Dennis Kazek

Rising Death

Zenturio Books

Bibliografische Information der Deutschen Nationalbibliothek:
Die Deutsche Nationalbibliothek verzeichnet diese Publikation in der Deutschen Nationalbibliografie; detaillierte bibliografische Daten sind im Internet über dnb.dnb.de abrufbar.

Coverdesign oliviaprodesign@fiverr.com
Illustration: Chris Morrell
Modell: darkcolorsart @Instagram

Herstellung und Verlag
Dennis Kazek, Hasseler Weg 49, 45701 Herten
Druck: Amazon Europe, Luxemburg

1. Auflage

Weitere Titel von Dennis Kazek

Rising Death

Sirana Trilogie
- Sirana: Befreit
- Sirana: Verdammt
- Sirana: Entfesselt

Für die besonderen Menschen in meinem Leben, die zu früh von uns gegangen sind.
Möget ihr euch an einem besseren Ort befinden, als dem, den ich hier erschaffen habe.

Weitere Infos zu meinen Büchern, einen kostenlosen Newsletter und mehr, findest du auf meiner Webseite:

www.kazek.org

Viktor Mason

Laut hallen die schweren Schritte in der dunklen und feuchten Gasse nach. Auf dem regennassen, mit Flechten überzogenen Kopfsteinpflaster müssen die beiden Männer aufpassen, um nicht auszurutschen. Schwer atmend rennen sie im Schutz der Häuserwände. Der Rückwand eines Lebensmittelgeschäftes schließt sich ein kleiner Geräteschuppen und ein mehrstöckiges Haus mit dunkelroten Klinkern an. Das interessiert die beiden jedoch kaum. Immer wieder blicken sie gehetzt über die Schulter.

„Meinst du, dass wir sie losgeworden sind?“, fragt der schlanke, hochgewachsene Mann seinen Partner keuchend. Gierig saugt er die kühle Nachtluft ein, auch wenn sie längst nicht so frisch ist, wie er sie gewohnt war.

Seine Jugend verbrachte Jimmy zum Großteil auf dem Bauernhof seines Onkels und immer wieder sehnt er sich zu dieser idyllischen Zeit zurück. Die kalten Abende, die sie vor dem großen, offenen Kamin in dem riesigen Wohnzimmer mit Gesellschaftsspielen verbrachten, gehören zu den besten Erinnerungen. Sein Begleiter verlangsamt seinen Schritt ebenfalls und bleibt schließlich stehen. Aufmerksam überprüfen beide ihre Umgebung. Abgesehen von den dunklen, leeren Fensterhöhlen in den Häusern um sie herum, können sie nichts entdecken. Einige der Fenster sind in den letzten Monaten zerbrochen und haben sich in Hunderte knirschende Splitter auf dem Boden der Gasse verwandelt. Der faulige Geruch von Exkrementen dringt ihnen in die Nase und Viktor wendet sich angewidert ab.

„Ich kann sie jedenfalls nicht sehen oder hören“, antwortet er, wischt sich über den kahlen Schädel und verlagert das Gewicht der schweren Tasche auf seinem Rücken. „Vielleicht haben wir Glück. Lass uns weiter gehen!“, fordert er Jimmy auf.

Aufmerksam, mit der 9mm-Glock-17 Pistole in der Hand, prüfen sie die Gegend, während sie ihren Weg fortsetzen. Immer wieder wirft Viktor Mason einen Blick über die Schulter, wie er es bei der Polizei in Ottawa gelernt hat. Trotz seines Alters von über vierzig Jahren ist Viktor mehr als fit, was er vor allem dem jahrelangen Muskelaufbau zu verdanken hat. Sein Begleiter Jimmy DeBlanc hingegen hält die Waffe sehr zaghaft. In seinem Leben als Mechaniker ist er, bevor das alles begann, nie mit Waffen in Berührung gekommen.

Als der Wind dreht, dringt ein leises Stöhnen in ihre Richtung vor, das den beiden bewaffneten Männern eine Gänsehaut über den ganzen Körper treibt. Obwohl es nur leise durch die Gassen dringt, wissen die beiden doch, was es zu bedeuten hat. Der Feind ist näher, als sie gedacht haben. Er hat es auf sie abgesehen und wird nicht aufgeben. Jimmy zittert und sieht sich angsterfüllt um. Sein Herz rast und vor Entsetzen schnürt es ihm den Hals zu.

„Ich würde mal sagen, dass wir sie nicht abgehängt haben“, knurrt Viktor Mason ärgerlich, was Jimmy für die Untertreibung des Jahres hält. Seine Hoffnungen hingen an einem seidenen Faden über einem tiefen Abgrund und nun schien sich dieser Faden immer mehr in Luft aufzulösen. Ihre Flucht dauert nun schon über eine Stunde und ständig stoßen sie auf neue Gegner, die zu zahlreich sind, als dass sie sie bewältigen könnten. Das Gefühl wie eine Ratte im Labyrinth umherzuirren, drängt sich Jimmy auf. Sein Blick fällt auf die zitternde Waffenhand und er muss stark an sich halten, um die aufsteigende Panik zu unterdrücken. Hätte er sich doch bloß nicht auf diese Tour eingelassen. „Wir müssen weiter! Beweg dich!“ Viktors Stimme reißt Jimmy aus seinen Gedanken. Sie verfallen erneut in einen Laufschritt, wobei die schweren Taschen auf ihrem Rücken hin und her schwingen.

Mit einem Mal bleibt Viktor abrupt stehen, wodurch Jimmy fast mit ihm zusammenstößt. „Jimmy, das sind eine Menge von ihnen“, flüstert der Polizist und zeigt mit ausgestrecktem Finger vor sich. Der Schein des Mondes gibt soeben den Blick auf eine Gruppe von Gestalten frei. Sie schlurfen, so schnell es ihnen möglich ist, auf die beiden zu, und ein lautes, gieriges Stöhnen geht von ihnen aus. Der weitere Weg ist erneut versperrt. Obwohl die beiden im Licht des Mondes keine Details erkennen können, wissen sie dennoch, dass es sich bei dieser Schar nicht um normale Menschen handelt. Sie haben zwar noch das Aussehen, ansonsten jedoch nichts Menschliches mehr an sich. Diese Tatsache hält sie jedoch nicht davon ab, Jagd auf Viktor Mason und Jimmy DeBlanc zu machen.

„Wir müssen sie irgendwie weglocken, damit wir zum Auto gelangen!", keucht Jimmy. Erneut fühlt er sich wie die Ratte in der Falle. Das beklemmende Gefühl des näher rückenden Todes frisst sich durch Jimmys Eingeweide.

Nach zwei weiteren Querstraßen weist Viktor mit eindeutig erleichtertem Gesichtsausdruck auf das Haus mit der baufälligen Veranda. Auf dem Hinweg hatten sie es als Orientierungshilfe ausgewählt, um den Wagen wiederzufinden. Er weist Jimmy per Handzeichen, ihm zu folgen und sie laufen auf einem schmalen Weg zwischen zwei Häusern, hechten durch eine Zauntür und rennen durch einen inzwischen verwilderten Garten. Der Sandkasten am westlichen Rand des Gartens ist mit Plastikförmchen übersät und eine verdreckte Puppe mit vormals dunkelblonden Locken hält einsam Wache.

Das grausige Stöhnen hinter ihnen nimmt an Intensität immer mehr zu. Die Zahl ihrer Verfolger wächst unerbittlich. Ein rund zwei Meter hoher Gartenzaun aus silbernem Draht umschließt den Garten. Fluchend sieht sich Viktor nach einem Weg über dieses Hindernis um. Sein Blick bleibt an dem vor ihnen liegenden Gartenhäuschen aus wild zusammen genagelten Brettern hängen. Eilig stemmt er sich daran hoch, packt Jimmys Arm und zieht ihn beinahe mühelos hinauf.

Beide ringen nach Atem. Erschöpft setzt sich Jimmy auf das Dach und atmet tief durch. Viktor ist stehen geblieben und sieht sich nach einer weiteren Fluchtmöglichkeit um. Hinter ihnen liegt der ausladende Garten, der sich langsam mit den Verfolgern füllt. Der Gestank weht bereits zu ihnen herüber und Jimmy schüttelt sich angeekelt. Während er noch nach Luft ringt und seine schmerzenden Glieder massiert, prüft Viktor bereits die Entfernung zum Zaun zu ihrer Linken.

„Wir müssen über den Zaun. Der hält sie lange genug auf, sodass wir wegkommen", entscheidet er.

Sein harter Gesichtsausdruck haftet an Jimmy. Dieser eiskalte, durchtrainierte Mann hat Jimmy von Anfang an nicht gefallen.

Nicht nur zu ihm hat sich der Polizist abweisend verhalten, doch scheint er in Jimmy einen besonders nervigen Schwächling zu sehen. Dies lässt er den Mechaniker nur allzu oft spüren. Dass da aber noch etwas war, hatte er nur im Gefühl. Bis zu diesem Ausflug war er sich nicht sicher, was es ist, doch nun hat er Gewissheit. Auch wenn Viktor dieses Geheimnis noch so gut geschützt hat, hat er – Jimmy – es nun herausgefunden. Nie hätte er gedacht, dass es einen derart hinterhältigen und egoistischen Menschen geben könnte. Sobald er wieder im Lager ist, würde er den anderen von Viktors Geheimnis erzählen.

Mit der Hand fährt sich Viktor über seine Glatze, um die Schweißtropfen wegzuwischen und nimmt die Tasche von seinem Rücken. Mit einer fließenden Bewegung wirft er sie über den Maschendrahtzaun. Jimmy folgt seinem Beispiel und sie können das satte Plumpsen hören, als die Taschen auf dem Gehsteig aufschlagen.

Während Jimmy die untote Horde im Blick behält, nimmt Viktor auf dem wackeligen Gartenhäuschen Anlauf und springt durch die Nachtluft. Er landet hinter dem Zaun, rollt sich ab und zieht in derselben Bewegung seine Waffe. Aufmerksam sichert er nach beiden Seiten ab und wendet sich dann an Jimmy.

„Wann wolltest du es mir sagen, Jimmy?“ Wie eine eisige Hand legt sich eine plötzliche Furcht um Jimmys Herz. Kann Viktor es entdeckt haben? Eigentlich ist es unmöglich, da Jimmy bei seinen Recherchen doch so vorsichtig gewesen ist. Nie hat er auch nur eine Andeutung dem Polizisten gegenüber gemacht. Wochenlang konnte er nichts herausfinden, also musste er aufs Ganze gehen. Dieser Ausflug war die beste Möglichkeit, aber Viktor kann nichts geahnt haben. Oder etwa doch? Jimmy läuft ein Schauer über den Rücken, setzt eine möglichst verwirrte Miene auf.

„Was meinst du, Mason?“ Selbst in seinen Ohren klingt seine Stimme nach kaum mehr als einem Stottern.

„Du spionierst mir schon seit Tagen hinterher und jetzt begleitest du mich auch auf den Einsätzen. Was willst du?“ Jimmy DeBlanc glaubt, sein Herz würde vor Angst aussetzen. Angstschweiß schießt aus seinen Poren und seine Beine zittern nervös. Er schüttelt den Kopf und geht ein paar Schritte zurück, um Anlauf zu nehmen. Er muss alles auf eine Karte setzen, bloß keine Angst zeigen. Dieser Hundesohn würde es riechen und ihn eiskalt zurücklassen.

„Du weißt ganz genau, was los ist. Ich habe deine Beteiligung an der Sache schon länger durchschaut!“, antwortet er und ist stolz darauf, wie selbstsicher seine Stimme klingt.

Die ersten Verfolger erreichen das Gartenhaus und hämmern mit ihren Armen dagegen. Ihr Geruch steigt Jimmy in die Nase und ruft starke Übelkeit hervor. Selbst die Jauchegrube auf dem Hof seines Onkels roch angenehm, verglichen mit diesem Gestank. Eine Mischung aus Verwesung, Exkrementen und anderen nicht identifizierbaren Gerüchen geht von ihnen aus. Ein unbehagliches Gefühl steigt in ihm auf und Jimmys Magen zieht sich krampfhaft zusammen.

„Das ist nicht der richtige Zeitpunkt, um darüber zu reden. Ich springe jetzt rüber!“ Viktor seufzt ärgerlich, reißt die Pistole hoch und drückt ab. Der Schuss peitscht durch die Luft. Jimmy strauchelt. Blut spritzt aus seinem Oberschenkel und er verliert den Halt. Sein Bein gibt nach und er fällt auf das Dach des Gartenhäuschens.

„Du Bastard!“, kreischt er vor Wut, Schmerz und Angst. Angestachelt von dem Blutregen aus seiner Schusswunde verstärken die Verfolger ihr Bemühen, das Gartenhäuschen einzureißen. Mit ihren Händen schlagen sie auf das Holz ein. Für einen Augenblick erinnert das Geräusch Jimmy an warmen Sommerregen, doch reißt ihn der Schmerz wieder aus seinen Gedanken.

„Was hast du getan?“, brüllt er panisch und richtet seine Waffe mit zittrigen Händen auf Mason, der jedoch nicht mehr zu sehen ist. Er muss sich hinter einem der Bäume versteckt haben, wird Jimmys adrenalindurchtränktem Gehirn klar.

„Tut mir leid, Jimmy, aber ich kann keine Mitwisser dulden. Das verstehst du doch sicher.“ Jimmys Glock kracht zweimal und Kugeln bohren sich in den Baum, hinter dem Masons Stimme hervorkommt.

„Du solltest deine Munition für diese hungrigen Bastarde sparen!“, höhnt Viktor und wirft sich im Schutz des massiven Baumstammes die Taschen über.

„Ich mach dich kalt, du verdammtes Arschloch. Dafür wirst du bezahlen!“, flucht Jimmy lauthals und feuert erneut. Tränen des Schmerzes und der Wut laufen über seine Wangen und hinterlassen eine Spur im Schmutz. Ärgerlich wischt er sie beiseite und spuckt aus.

„Du wirst es niemandem mehr erzählen, Jimmy. Das Geheimnis wird mit dir sterben“, ertönt erneut Viktors kalte Stimme aus dem Schatten des Baumes. Ein Knacken lässt Jimmy einen Schauer über den Rücken fahren. Die Außenwand des Gartenhäuschens gibt langsam nach und das Häuschen neigt sich zur Seite. Unzählige Hände werden nach ihm ausgestreckt. Finger kratzen über das Holz, hinterlassen schmierige Rückstände.

„Mason, MASON, MASON!!!!“, kreischt er beinah hysterisch und feuert einem der Angreifer in den Kopf, sodass dieser nach hinten stolpert. Im Fallen reißt er zwei seiner Kumpane mit sich. Sofort rücken weitere nach und füllen die Lücke wieder auf. Ihre toten Augen betrachten ihn voller Gier. Mit den Kiefern und Händen schnappen sie nach seinem Bein. Immer näher rutscht er an sie heran. Zähne schlagen voller Vorfreude auf sein warmes, saftiges Fleisch geräuschvoll aufeinander. Erneut feuert Jimmy, doch die Menge ist einfach zu groß. Er erwischt zwei weitere Angreifer, die getroffen zusammenbrechen. Aus ihren Wunden sickert ein dunkles, übelriechendes Sekret. Trotzdem neigt sich das Gartenhäuschen erbarmungslos immer mehr zur Seite.

Der Druck der anrückenden Toten belastet das Holz immer mehr. Leise knackt es. Jedes Mal fröstelt es Jimmy mehr. Adrenalin jagt durch seine Blutbahn. Der Schmerz in seinem Bein ist nur noch eine vage Erinnerung. In Jimmys Kopf springt der Überlebensmodus an; verdrängt die Panik. Eilig sucht er die Umgebung ab. Erneut erklingt das unheilvolle Knacken der Wände, dieses Mal jedoch wesentlich lauter. Das Häuschen erzittert. Unter Einsatz aller Kraftreserven stemmt sich Jimmy auf. Er entlastet das verwundete Bein so gut es geht, doch der stechende Schmerz lässt ihn taumeln. Mit zusammengebissenen Zähnen spurtet er los. Sein Bein knickt weg. Er springt, torkelt durch die Luft und knallt gegen den Maschendrahtzaun.

Unnachgiebig hält der Zaun Stand und bremst seinen Sprung abrupt. Der kalte, scharfe Draht reißt ihm die Haut im Gesicht und an den Armen auf. Das verletzte Bein schlägt auf dem Rasen auf und Jimmy meint eine Explosion in seinem Kopf zu sehen. Ein schmerzerfüllter Schrei ertönt und erst nach einigen Sekunden merkt er, dass er ihn selbst ausgestoßen hat. Alle Kraft scheint aus seinen Gliedern gewichen zu sein. Einzig der Schmerz durchflutet ihn im Takt seines rasenden Herzens.

„Heilige Scheiße“, flucht er heiser. Immer wieder schwappt die schwarze Welle der verheißungsvoll lächelnden Bewusstlosigkeit herauf. Seine Augen füllen sich mit Tränen. Eilig wischt er sie beiseite. Unter größter Kraftanstrengung drängt er die Bewusstlosigkeit zurück. Bloß nicht das Bein belasten. Das gierige Stöhnen kommt von überall um ihn herum und schon tauchen die ersten Gestalten auf der Rückseite des Gartenhäuschens auf.

Jimmys Glock spuckt ein Geschoss nach dem anderen aus und jedes Einzelne trifft sein Ziel. Die getroffenen Angreifer fallen zu Boden. Auf jeden, den er erwischt, folgen bereits vier weitere, die nach seinem warmen Fleisch lechzen.

Als Einzelkind musste Jimmy schon immer mehr kämpfen als andere. In der Schule galt er als Außenseiter und konnte sich auch bei den Mädchen nicht beliebt machen. Als die Epidemie ausbrach war niemand bei ihm, mit dem er die schweren Zeiten zusammen hätte durchstehen können. Jimmy war von Anfang an auf sich allein gestellt.

Erneut feuert er und die 9mm-Kugel durchdringt den Schädel eines der Untoten. Für einen Augenblick kann Jimmy durch das Loch hindurchsehen bevor der kaltfeuchte Leichnam zu Boden platscht.

Als Jimmy dann von Viktor und seiner Gruppe aufgelesen wurde, fühlte er sich zum ersten Mal geborgen. Sie benötigten seine Fähigkeiten als Mechaniker. Sogar die Frauen der Gruppe schenkten ihm ihre Aufmerksamkeit.

Schlurfende Schritte erreichen ihn und durch den Vorhang aus Tränen kann er die Umrisse von Menschen erkennen. Sein Magazin ist längst leer. Immer wieder zieht Jimmy den Abzug zurück, doch außer einem leisen „Klack“ passiert nichts. Sie beugen sich zu ihm herunter, als wollten sie ihm aufhelfen. Kalte Hände packen seine Arme und Beine. Verwesende Körper drücken sich auf sein Gesicht. Jimmy kämpft, schlägt und tritt um sich, doch die Menge ist einfach zu stark. Er spürt ihre Bisse in seinem Fleisch, ihre Fingernägel auf seiner Haut und ihren Gestank in seiner Nase. Gnadenlos reißen sie ganze Stücke aus ihm heraus und verschlingen diese.

Jimmy verflucht den Tag, an dem er Viktor das erste Mal getroffen und den Verdacht gehabt hat. Er schreit vor Schmerzen, bis er endgültig das Bewusstsein verliert.

Viktor läuft die von Bäumen gesäumten Straßen entlang und erreicht nach wenigen Metern den Parkplatz. Das Gewicht der beiden Taschen drückt schwer auf seinen Rücken, doch er ignoriert es. Ärgerlich schüttelt er den Kopf und flucht vor sich hin. Nie hatte er vorgehabt, Jimmy zu töten. Immer wieder lässt er die Szene vor seinem inneren Auge ablaufen, kann jedoch keine Alternative sehen. Jimmy kannte das Geheimnis. Wie er es herausgefunden hat, ist Viktor ein Rätsel. Er hatte mit niemandem gesprochen, keine Beweise zurückgelassen, und doch ist Jimmy ihm auf die Schliche gekommen.

„Scheiße!“, flucht er wütend und verpasst einer Mülltonne einen Tritt. Laut scheppernd rollt sie ein paar Meter, bevor sie von einem zerbeulten Toyota gestoppt wird. Bei dem Krach zuckt er zusammen und sieht sich vorsichtig um. Die leeren Straßen offenbaren keinen Verfolger und Viktor beeilt sich, zu seinem Ziel zu gelangen.

Sein Geländewagen befindet sich auf dem verlassenen Parkplatz eines sich im Bau befindlichen Supermarktes. Für einen Augenblick schleicht sich der Gedanke, dass niemand das Gebäude je fertigstellen wird, in Viktors Kopf. Er verscheucht die Bilder mit einem ärgerlichen Knurren.

Zwei Zombies wandern ziellos über den Parkplatz, beachten ihn aber nicht. Viktor hält die Waffe im Anschlag und nähert sich dem Wagen. Immer wieder prüft er die Umgebung und hält nach Gefahren Ausschau. Die Zeit bei der Polizei hat seine Sinne geschärft, so dass er gelernt hat, in jeder Situation wachsam zu sein. Immer wieder kam es in dieser Zeit zu Konflikten mit Dealern oder bewaffneten Gangstern. Mehrmals war Viktor genötigt, die Grenzen des Gesetzes zu überschreiten um sein Wohl zu sichern.

„Hey!“, ertönt eine Frauenstimme vom gegenüberliegenden Teil des Parkplatzes. „Warte!“ Augenblicklich richtet Viktor seine Waffe auf den Ursprung des Rufes. Er geht leicht in die Knie um kein gutes Ziel abzugeben. Der Lauf der Waffe folgt seinen Bewegungen. Sein eiskalter Blick erfasst eine Person, die auf ihn zugerannt kommt. Sie scheint allein zu sein.

Aufmerksam prüft er die Umgebung. Ein Hinterhalt ist das Letzte was er jetzt gebrauchen kann. Die beiden Wesen haben sie nun auch entdeckt und machen sich stöhnend auf den Weg, um die Frau abzufangen. Abrupt stoppt die Frau, als hätte sie die Untoten bis jetzt überhaupt nicht gesehen. Eilig nestelt sie an ihrer Jacke herum. Viktors Finger legt sich auf den Abzug. Mit einem lauten „Klong“ fällt ein Brecheisen auf den Asphalt des Parkplatzes. Sie flucht und bückt sich danach. Die Zombies haben sie fast erreicht.

„Was für eine verdammte Idiotin!“, flucht Mason, lässt die Tasche aus seiner Hand fallen und rennt auf die beiden Zombies zu. Ohne anzuhalten schlägt er dem Ersten, einem alten Mann mit zerrissener Stoffhose und dreckigem Unterhemd, den Griff seiner Waffe auf den Kopf. Das Splittern von Knochen, gefolgt von einem Geräusch, das ihn an eine zerplatzende Melone erinnert, zeigt Viktor, dass er stark genug zugeschlagen hat. Ohne einen weiteren Laut bricht der Zombie zusammen. Der Zweite erkennt ein neues Ziel und geht auf Viktor los. Die untote Frau verfügt über einen massigen Körper, der nur notdürftig von einem Nachthemd bedeckt wird. Ihr Hals ist von tiefen Bissspuren übersät. Viktor steckt im Laufen die Glock weg, nimmt die Tasche von seinem Rücken und wirft sie dem Wesen schwungvoll in die Arme.

Die Wucht der Tasche reißt die Untote zu Boden und Viktor ist sofort bei ihr. Ohne zu zögern schmettert er seinen Militärstiefel in das Gesicht der übergewichtigen Frau und zerquetscht ihren Kopf.

Ein dunkelroter Film aus Blut und Gehirnflüssigkeit sickert aus dem zerstörten Schädel. In einer fließenden Bewegung zieht er seine Waffe und richtet sie auf die Unbekannte, die langsam die Arme hebt. Das Brecheisen befindet sich in der einen Hand und ein Einkaufsbeutel in der anderen.

„Wer zum Teufel bist du?", zischt Viktor und weist sie mit der Waffe an, das Brecheisen fallen zu lassen. Sie streift die Kapuze ihres dunkelblauen Pullovers vom Kopf und blondes Haar wallt hervor.

„Nicht schießen … ich bin Jessy … bitte. Ich brauche Hilfe." Aufmerksam sieht sich Viktor um.

„Bist du allein?" Eilig nickt Jessy und legt das Brecheisen langsam vor ihre Füße. Sie ist fast so groß wie Viktor und ihre grünen Augen funkeln im Licht der Sterne.

„Wieso hast du sie nicht erschossen?", fragt sie verwundert und Viktor verdreht die Augen.

„Blondinen … wenn ich schieße, hören das deren verdammten Freunde und kommen auch zur Party. Darauf kann ich gut verzichten." Erneut sieht er sich misstrauisch um, kann jedoch weder auf dem offenen Parkplatz noch in den angrenzenden Häusern etwas Verdächtiges entdecken. Büsche versperren den Blick auf die Hauptstraße, auf der einige zurückgelassene Fahrzeuge stehen, wie Viktor weiß. Er behält Jessy fest im Blick. „Die Frage sollte eher sein, wieso treibst du dich hier allein herum?"

Sie stemmt die Arme in die Hüften. „Dasselbe könnte ich dich auch fragen", antwortet sie trotzig. Von ihrer Reaktion überrascht, muss Viktor grinsen. Die Waffe verschwindet im Holster und er weist ihr, ihm zu folgen. Etwas zögernd hebt Jessy ihre Brechstange wieder auf und folgt ihm zu dem schwarzen Hummer. Er öffnet den Wagen mit der Fernbedienung und lädt die Taschen ein. Jessy presst die Einkaufstüte gegen ihre Brust als wolle sie verhindern, dass ihr diese jemand wegnimmt.

„Ich bin Viktor Mason. Wenn du mitkommen willst, bin ich einverstanden. Ich fahre zu unserem Camp. Das ist etwas außerhalb der Stadt." Misstrauisch betrachtet sie den kahlköpfigen Mann mit dem grimmigen Gesichtsausdruck. Diesen versteht Viktor nur zu gut. Wenn sie zu ihm, einem Wildfremden ins Auto steigt, könnte er ihr sonst was antun. Ebenso dürfte die Aussage, dass er auch noch in den dunklen Wald fahren will, nicht sonderlich hilfreich gewesen sein. Er zuckt mit den Achseln. Wenn sie nicht mitkommen will, soll es ihm recht sein. Nach einem Augenblick des Zögerns steigt Jessy auf der Beifahrerseite ein und schnallt sich an.

Die ganze Fahrt über herrscht zwischen den beiden Funkstille und Viktor wirft seiner Begleiterin immer wieder interessierte Blicke zu. Obwohl ihre Kleidung aufgrund der Kälte des kanadischen Winteranfangs aus mehreren Schichten besteht, kann er eindeutig ihre wohlgeformte Figur darunter erkennen. Er schätzt ihr Alter auf kaum zwanzig und sie ist trotz des Drecks in ihrem Gesicht mehr als nur ansehnlich. Ihre langen blonden Haare hat sie aus dem Gesicht gestrichen und Viktor kann erkennen, dass ihre eng anliegende Jeans blutverdreckt und teilweise zerrissen ist.

Ihr Weg führt sie durch die Außenbezirke von Sudbury. Überall stehen demolierte Autos herum und untote Personen bewegen sich schwankend durch die Finsternis. Sie werfen dem Scheinwerferlicht des Geländewagens einen sehnsuchtsvollen Blick nach und gehen dann stöhnend ihres Weges. Der Wagen biegt auf eine Landstraße ein, die aus der Stadt herausführt.

„Also … wieso bist du allein unterwegs, Viktor?" Er weicht zwei ineinander verkeilten Fahrzeugen aus und zuckt mit den Schultern.

„Ich war mit einem Kollegen unterwegs, aber … er hat's nicht geschafft."

Erneut tauchen vor Viktors innerem Auge die Momente auf, in denen er abgedrückt hatte. Er sieht, wie das Blut spritzt und hört Jimmy schreien. Mit einem Kopfschütteln vertreibt er diese Bilder. Jessy mustert ihn eindringlich und senkt dann den Blick.

„Das tut mir leid. Standet ihr euch nahe?“ Er schüttelt den Kopf.

„Nein, wir kannten uns zwar ein paar Monate, aber das war schon alles. Ich hatte wenig mit ihm zu tun. Die Zombies haben ihn erwischt.“ Eine Weile schweigen sie, bis Viktor erkennt, dass sie wohl nichts weiter dazu sagen wird. „Und was machst du allein in Sudbury?“ Sie blickt aus dem Fenster und betrachtet die Bäume, die an ihnen vorbei zu fliegen scheinen. Als Viktor schon annimmt, dass sie nicht mehr antworten wird, sagt Jessy: „Ich ging dort zur Schule, als … es losging. Zuerst haben wir uns nichts dabei gedacht. Die Medien haben das Ganze ja auch ziemlich heruntergespielt. Eine Grippe … diese Idioten!“ Wütend beißt sie sich auf die Lippen und muss schlucken. „Als es schlimmer wurde, haben ein paar Freunde und ich mit unseren Eltern Vorräte besorgt um die Stadt zu verlassen.“ Unbewusst knetet sie ihre Hände und verschränkt die Arme schließlich vor der Brust, als sie Viktors Blicke bemerkt. „Doch dazu kam es nicht mehr. Diese … Zombies sind überall aufgetaucht und Sudbury wurde förmlich überrannt.“ Viktor nickt langsam. Er kann sich gut daran erinnern wie es in Ottawa war, als er von dort geflohen ist. Diese Wesen waren überall und es war kein Ende in Sicht.

„Die Polizei und das Militär haben versucht, sie zu vernichten aber für jeden der umgelegt wurde, schienen zwei nachzukommen. Mein Vater … er war Vorräte besorgen … und … er wurde gebissen.“ Ein Schluchzen ertönt und sie ringt sichtlich um Fassung.

„Das tut mir leid“, antwortet Viktor und presst die Zähne aufeinander. Obwohl jeder in der heutigen Zeit geliebte Menschen und Freunde verloren hat, macht es die Sache nicht leichter. Sie schnieft und nickt dankbar. Ein paar Tränen kullern ihre Wange hinab und Jessy wischt sie eilig weg.

„Meine Mutter hat sich um ihn gekümmert, weißt du? Er hatte starkes Fieber und hat ständig gehustet, als wäre er erkältet.“ Sie verschränkt die Arme fester vor der Brust, als wolle sie sich selbst trösten. Nur zu gut kennt Viktor diese Geste und weiß, dass Jessy von starken Selbstvorwürfen gequält wird. „Dann ist er gestorben. Wir saßen bei ihm, als es passierte. Es war so plötzlich, dass wir es erst gar nicht merkten." Ihre Stimme versagt und Jessys Unterlippe bebt. Tränen laufen über ihre Wangen und Viktor spürt zum ersten Mal seit vielen Jahren Mitgefühl. Er spürt ihren Schmerz und der Wunsch, sie in den Arm zu nehmen und ihr zu sagen dass alles wieder gut wird, ist nur schwer zu unterdrücken. Zu sehr erinnert sie ihn an seine eigene Familie, als dass es ihn kalt lassen könnte.

Mit ihrem Ärmel wischt Jessy die Tränen weg. „Dann ... erhob er sich wieder. Seine Augen ... mein Gott, seine Augen ... sie waren tot!" Ihre flüsternde Stimme versagt und sie schweigen beide betroffen. Viktor sieht sie kurz an und versucht, einen guten Satz zu finden. Etwas, dass ihr Mut gibt, und dass sie tröstet. Doch es gelingt ihm nicht.

„Das tut mir sehr leid", flüstert er schließlich und muss bremsen, um einem umgekippten Tanklaster auszuweichen. Das Exxon-Logo ist noch schwach im Licht der Scheinwerfer zu erkennen.

„Er sah uns … aber trotzdem hat er uns angegriffen. Er biss und schlug nach mir", erzählt die junge Frau, ohne Viktor anzusehen. „Meine Mutter ist aufgesprungen und auf ihn losgegangen. Sie haben gekämpft. Er biss sie mehrmals ... Sie schrie mich an, dass ich weglaufen solle." Jessy starrt in die Finsternis außerhalb des Wagens. Ihre Finger umschließen ihre Oberarme so fest, dass die Knöchel weiß hervortreten. „Ich war wie versteinert und konnte es nicht fassen. Voller Blut kämpfte sie mit ihm, um ihn von mir fernzuhalten. Ich stand nur da." Mit dem Ärmel verwischt sie die Tränen, während sie in die Ferne sieht. „Letztlich bin ich gerannt und ihre Schreie waren das Einzige, was mich auf dem Weg aus dem Haus begleitet hat. Die Stadt ist ins Chaos gestürzt, bevor ich meine Freunde erreichen konnte. Zu unserem Treffpunkt ist niemand gekommen und so habe ich mich auf die Suche nach einer sicheren Unterkunft gemacht."

„Du hast so lange allein überlebt?", fragt Viktor verwundert. Sie zuckt mit den schmalen Schultern und zieht die Nase hoch.

„Ich bin schneller als sie … das große Problem war nur, dass ich keine Lebensmittel hatte und so ständig irgendwo einbrechen musste. Meistens haben dort bereits welche auf mich gewartet. Es war eine Frage der Zeit, bis sie mich einmal erwischen würden."

Viktor lenkt den Wagen von der Landstraße herunter und fährt nach einigen Kilometern in den dunklen Wald vor ihnen. Ein kleiner Weg, kaum breiter als der Hummer, schlängelt sich in die Wildnis. Aufmerksam beobachtet Jessy ihn und legt das Brecheisen so auf ihren Schoß, dass sie es zur Not blitzschnell einsetzen kann.

„Es grenzt an ein Wunder, dass du es so lange geschafft hast." Anerkennung schwingt in seiner Stimme mit, doch bemerkt Jessy es nicht.

„Nur weil ich blond bin, heißt das nicht, dass ich nicht überleben kann." Viktor lacht erfreut auf.

„Gut zu wissen. Hast du keine anderen Menschen getroffen?" Aus dem Augenwinkel sieht er ihr Kopfschütteln und die Traurigkeit ist nicht zu überhören.

„Nein. Du bist der Erste, der noch lebt. Ich habe Schüsse gehört und bin aus meinem Versteck, in die Richtung der Schüsse geeilt. Da diese Zombies ja nicht zurückschießen, musste es sich um Menschen handeln."

Vor ihnen tauchen durch die Lücken zwischen den Bäumen Lichter auf. Viktor bremst den Wagen ab und lässt ihn ausrollen. Direkt nach einer kleinen Kurve kommen sie auf eine Lichtung, auf der sich bunte Zelte und einige Autos befinden. Taschenlampen werden auf sie gerichtet und Jessy kann hören, wie Waffen entsichert werden. Viktor stellt den Motor ab, löscht die Scheinwerfer und steigt aus.

„Waffen runter ihr Idioten, ich bin's! Wenn einer auf mich schießt, wird es das Letzte sein, was er tut." Zögernd steigt Jessy ebenfalls aus und betrachtet die kleine Gruppe nervös. Zehn Personen haben sich versammelt und senken die Gewehre und Pistolen. Ein Mann von über sechzig Jahren kommt auf die beiden zu. Durch seine dunkle Hautfarbe ist er in der Nacht kaum zu sehen.

„Warst du … oh … wer bist du denn?" Jessy lässt das Brecheisen auf dem Sitz liegen, reicht dem Mann die Hand.

„Jessy Zimmermann. Viktor hat mich aufgesammelt. Und Sie sind?“ Er schüttelt ihre Hand mit festem Händedruck.

„Lester Boyer, willkommen Jessy.“ Lester wirft einen Blick in den Fond des Wagens. „Jimmy?!“ Viktor holt die Taschen aus dem Wagen und wirft sie Lester vor die Füße.

„Er hat's nicht gepackt!“ Bestürzung macht sich in Lesters Gesicht breit.

„Was ist passiert?“

Gespielt gleichgültig zuckt Viktor mit den Schultern, geht zu einem der größeren Zelte und lässt sich auf einen Campingstuhl fallen. „Die Zombies haben ihn erwischt. Wir sind in einen Hinterhalt geraten und als wir über einen Zaun geklettert sind, haben sie ihn eingeholt. Ich konnte nichts mehr für ihn tun. Er wurde bereits gebissen“, berichtet Viktor. Wie ihm bekannt ist, haben die besten Lügengeschichten immer einen Funken Wahrheit in sich. „Ein paar der Bastarde habe ich noch erwischt, aber für Jimmy war es zu spät. Es waren einfach zu viele.“ Wieder tauchen die Bilder in seinem Kopf auf. Jimmy sieht ihn mit flehendem Blick an und scheint nach einem 'Warum?' zu fragen. Viktor verdrängt die Vorstellung.

Er sieht Lester direkt in die Augen und öffnet eine Bierdose, die auf dem Tisch gestanden hat. Der ältere Mann streicht sich nachdenklich über den Bart.

„Du kannst nichts dafür. Du hast bestimmt getan, was du konntest. Mach dir keine Vorwürfe“, befindet Lester und klopft Viktor aufmunternd auf die Schulter. Dieser trinkt einen Schluck des Bieres und lässt es die Kehle hinabrinnen. Mit dem Finger deutet er auf die Taschen.

„Ich werde immer mit der Schuld leben müssen. Immerhin haben wir ein paar Medikamente und Lebensmittel erbeutet. Munition für die 9mm und die 38er haben wir ebenfalls bekommen.“

Lester seufzt und prüft den Inhalt der schwarzen Stofftaschen. „Es war nicht deine Schuld. Er wusste, wie gefährlich es war, in die Stadt zu gehen“, versichert er dem Polizisten. „Er sagte es mir, bevor ihr aufgebrochen seid. Seine letzten Worte waren, dass er diesmal ganz besonders auf der Hut sein wollte. Es könnte eventuell gefährlicher werden als gewöhnlich."

Die Gemeinschaft

Als am Morgen die Sonne aufgeht, erwacht Jessy zum ersten Mal seit einer gefühlten Ewigkeit erholt und ausgeschlafen. Obwohl die Campingliege in ihrem neu erhaltenen Zelt nicht sonderlich bequem ist, hat sie den beschützten Schlaf doch genossen. Die kleine Gruppe wechselt sich ständig mit der Wache ab, sodass das Lager niemals unbeaufsichtigt ist. Die Bäume stehen recht nah an den Zelten, was es erschwert, Feinde möglichst früh zu erkennen. Die Wahl des Standortes war jedoch aufgrund von technischen Schwierigkeiten notwendig, wie Jessy gestern erfahren hat. Zwei Autos waren auf der feuchten Wiese stecken geblieben und in der Dunkelheit wollten sie nicht riskieren, sie zu befreien.

Sie streckt sich genüsslich und verlässt das kleine orangenfarbene Zelt. Ein kalter Windstoß fährt ihr unter die Jacke und lässt sie zittern. Schnell zieht sie den Reißverschluss zu und wickelt sich in eine Baumwolldecke ein. Ein kleines Feuer brennt in der Mitte des Lagers und im ersten Augenblick könnte man alles für eine fröhliche Campinggemeinschaft halten. Auf den zweiten Blick fällt ihr jedoch auf, dass die Fahrzeuge in einem Kreis um die Zelte aufgestellt sind. Die Lücken zwischen den Fahrzeugen haben sie mit Holz aus dem nahe gelegenen Wald gefüllt, um als eine Barrikade vor Angreifern zu dienen.

Niemand in dieser Gruppe ist unbewaffnet und der Wachposten auf dem Dach des Hummers ist sogar mit einem Repetiergewehr des Typs Remington 700 ausgestattet.

„Guten Morgen", begrüßt Lester Jessy und reicht ihr einen Thermobecher mit dampfendem Tee. „Kaffee haben wir leider nicht, aber Tee ist auch gut, um sich aufzuwärmen. Setz dich doch zu uns." Er lächelt sie freundlich an und deutet auf einen freien Campingstuhl neben seinem. Neben Lester sitzen noch drei weitere Personen am Feuer: Eine Frau mittleren Alters, ein dunkelhäutiger, muskelbepackter Mann mit einem Spinnennetztatoo am rechten Arm und ein übergewichtiges Mädchen mit finsterem Blick.

Jessy begrüßt alle und setzt sich neben Lester. „Viktor hat also einen Streuner gefunden und beschlossen, ihn mitzubringen. Hoffen wir, dass sie keine Flöhe hat“, grummelt der Dunkelhäutige, der auf den Namen Darius oder kurz D. hört. Sie mustert den Mann mit dem massiven Stiernacken und der Glatze. Selbst im Sitzen überragt er sie um gut einen Kopf und sein Blick schüchtert sie etwas ein. Sein muskelbepackter Arm ist dicker als Jessys Oberschenkel.

„Du bist unhöflich zu unserem Gast. Benimm‘ dich, oder besorg‘ Feuerholz!“, schimpft die Frau mit freundlicher Stimme. D. sieht sie gespielt grimmig an und grinst dann von einem Ohr zum anderen. „Ich mach nur Spaß, Kleine.“

Jessy zuckt mit den Schultern. „Über Flöhe musst du dir bei deiner Frisur wohl keine Sorgen machen.“ D. braucht einen Augenblick, bis er ihre Bemerkung verstanden hat, und lacht dann brüllend.

„Schlagfertig und hübsch, das kann ja was werden.“

„Ich bin Margret, aber alle nennen mich Maggie. Das ist meine Nichte, Lilli. Willkommen bei unserem kleinen Haufen, Jessy“, stellt sich die Frau vor. Jessy reicht Lilli ebenfalls die Hand, doch diese reagiert nicht und starrt nur in die Flammen.

„Ich danke euch von Herzen für eure Gastfreundschaft. Wenn ich Viktor nicht durch Zufall gefunden hätte, würde ich immer noch in Sudbury herumwandern und von Tag zu Tag leben.“ Sie trinkt einen Schluck Tee und genießt, wie die heiße Flüssigkeit sich den Weg in ihren Magen bahnt. Viel zu lange ist es her, dass Jessy eine warme Mahlzeit oder ein warmes Getränk gekostet hat. Ein wohliges Gefühl breitet sich in ihrem Bauch aus und Jessy schließt kurz genüsslich die Augen.

Lester schüttelt den Kopf. „Wenn wir anderen Menschen nicht helfen, was unterscheidet uns dann noch von diesen Bestien da draußen? Es gibt nicht mehr viele unserer Art. Da sollten die Überlebenden zusammenhalten.“ Er beugt sich zu Jessy herüber. „Weißt du, was unserem anderen Kollegen, Jimmy DeBlanc, passiert ist?“ Traurig schüttelt sie den Kopf.

„Es tut mir leid. Ich wünschte, ich wäre dabei gewesen. Vielleicht hätte ich irgendwie helfen können.“ Lester streicht sich nachdenklich über den Bart und lehnt sich wieder zurück.

„Oder du wärst auch tot. Seien wir froh, dass du hier gelandet bist.“

Zum späten Nachmittag erscheint Viktor zwischen den Bäumen. Er trägt ein erlegtes junges Reh über der einen Schulter und ein Gewehr über der anderen.

„Ich habe frisches Essen mitgebracht!“, ruft er und lässt das Reh in der Nähe des Feuers zu Boden fallen. Kurz lächelt er Jessy zur Begrüßung zu, wobei er den anderen einen grimmigen Blick zuwirft. Wenn sie es nicht gesehen hätte, hätte sie es für Einbildung gehalten.

Die Übrigen kommen aus ihren Zelten und versammeln sich am Feuer. Lester teilt Jason, einen ehemaligen Metzger, ein, das erlegte Tier auszunehmen und zuzubereiten. Ohne zu murren macht er sich an die Arbeit.

„Wie sieht es da draußen aus?“, fragt der Farbige Viktor.

„Die Tiere sind weitestgehend verschwunden. Ich war fast den ganzen Morgen hinter diesem hier her. Die Spuren habe ich so lange verfolgt, bis es endlich in Schussweite kam“, berichtet Viktor. Er lehnt das Gewehr an den BMW und wischt sich mit einem Taschentuch über die Glatze. „Ich denke, dass die Tiere vor den Zombies abhauen und wir deswegen weniger Wild erwischen. Wenn wir Pech haben, wimmelt es im Wald nur so von diesen untoten Bastarden. Gesehen habe ich aber noch keine.“

„Wir sollten überlegen, ob wir hier die Zelte abbrechen. Die Lichtung ist nicht sonderlich geeignet für eine Verteidigung und wir sehen den Feind zu spät“, schlägt Jason vor, während er die Haut von dem Reh abzieht.

„Durch die Wälder könnte sich eine ganze Armee bewegen und wir würden es erst mitbekommen, wenn sie uns in den Arsch beißen“, fügt Lester nachdenklich hinzu.

Viktor zuckt gleichgültig mit den Achseln. „Ihr könnt machen, was ihr wollt. Ich habe im Moment nicht vor, von hier wegzugehen. Die Beute, die wir in der Stadt machen können, ist gut und wir sind hier ziemlich abgelegen. Das Risiko, dass sie uns bis hierher folgen, ist sehr gering."

„Gering heißt aber nicht, dass sie nicht kommen könnten", erwidert Maggie. Viktor wirft ihr einen abfälligen Blick zu.

„Sicher ist man nirgends auf dieser verfluchten Welt. Vergiss das nie!" D. tritt zu der kleinen Gruppe und legt Viktor die Hand auf die Schulter. Er überragt ihn gut um zwei Köpfe.

„Immer mit der Ruhe, Mason. Wir brauchen uns gegenseitig. Niemand wird auf eigene Tour losfahren."

„Nimm' deine verdammte Hand weg oder ich werde sie dir abreißen." Wut blitzt in Viktors Augen auf und obwohl D. ihm überlegen zu sein scheint, tritt er einen Schritt zurück.

„Entspann' dich, Viktor. Wir sind auf derselben Seite!"

„Ich bin auf meiner Seite. Auch wenn wir zusammen unterwegs sind, heißt das nicht, dass dein schwarzer Arsch meinem ebenbürtig ist. Du bist ein kleiner Lehrer und hast mir nichts zu befehlen!" Die beiden Männer starren sich eine Weile an, bis schließlich D. den Blick senkt und auf den Boden spuckt.

„Fahr zur Hölle!", knurrt er und lässt die kleine Gruppe stehen.

Fassungslos beobachtet Jessy den Streit und bemerkt, dass die anderen ebenfalls kein Wort gesagt haben. Es scheint nicht der erste Streit zwischen Viktor und Darius gewesen zu sein. „Jetzt beruhigen wir uns alle erst einmal. Wir danken dir, Viktor, für dieses Reh. Du hast der Gruppe einen wertvollen Dienst erwiesen und unser Essen erlegt", mischt sich Lester ein und sieht Darius bittend an. Der Riese knurrt ein paar Worte und geht dann los, um Feuerholz zu sammeln. „Wir brechen auf, wenn es für uns alle am besten ist. Ob gemeinsam oder getrennt ist jedem selbst überlassen."

Maggie stimmt Lester zu und bietet sich an bei dem Ausnehmen des Rehs zu helfen. Jessy tritt einen kleinen Stein vor sich her und wandert unsicher über die Lichtung. Obwohl die Menschen sehr nett zu ihr sind, kann sie nicht einschätzen, zu welcher der kleinen Grüppchen sie sich stellen soll. Während der normalen Zeit war es einfach. Die anderen haben beinah darum gebettelt, sich in ihrer Clique aufhalten zu können. Sie war beliebt und jeder wollte mit ihr gesehen werden. Heute ist es anders. Beliebt ist inzwischen, wer in dieser Welt überleben kann und Führungsqualitäten hat.

Da ist Viktor, der sie gerettet hat und immer nett zu ihr gewesen ist, soweit man das bei ihm sagen kann. Auf der anderen Seite scheint Lester zu sein, der sie ebenfalls freundlich empfangen hat. Sie beschließt, sich erst einmal aus den Streitereien heraus zu halten und stattdessen mehr in Erfahrung zu bringen.

Beim Abendessen herrscht eine ausgelassene Stimmung und alle Anwesenden sprechen dem Fleisch des Rehs sichtlich zu. Die Flammen des Feuers schlagen hoch und verbreiten eine gemütliche Atmosphäre. Mia, eine Musikstudentin aus Düsseldorf, die ein Auslandssemester belegte, hat eine Gitarre dabei und beginnt ein paar leise Lieder zu spielen. Jessy beißt genüsslich in das gebratene Fleisch und der Saft läuft ihr am Kinn herunter. Viktor reicht ihr ein Tuch und sie wischt ihn ab. Dankbar lächelt sie, doch hat sich Viktor bereits wieder seinem Teller zugewandt. Sein Verhalten ändert sich innerhalb von Sekunden. Erst ist er fürsorglich, dann abweisend. Missmutig blickt Jessy zu dem kahlköpfigen Sturkopf. Aus ihm schlau zu werden, dürfte nicht sonderlich einfach werden.

Das laute Knacken von Zweigen lässt die Gruppe zusammenzucken. Die Musik verstummt augenblicklich. Sie schnappen sich die Waffen. Eilig winkt Viktor ihnen, sich zu verteilen und das Feuer zu löschen.

„Wir können sie durch das Feuer schlechter sehen, also aus damit!“ Jessy reagiert als erste und schüttet Erde auf die Flammen.

Der Mond ist hinter einigen Wolken verschwunden, sodass beinahe stockfinstere Nacht herrscht. Taschenlampen werden eingeschaltet und suchend auf den Waldrand gerichtet. Die Sekunden scheinen sich wie Stunden zu ziehen und abgesehen von dem eigenen schnellen Herzschlag kann Jessy nichts hören. Sie hat sich hinter den Kotflügel eines Geländewagens gekauert. Eine kleine Rauchwolke steigt von dem gelöschten Feuer auf. In der Ferne ruft ein Kauz.

„Vielleicht nur ein Tier?“, flüstert sie, doch Viktor grunzt verächtlich.

„Als ob es in diesen Zeiten wirklich nur mal ein Tier wäre …“ Niedergeschlagen muss Jessy ihm zustimmen und umfasst den Griff der neuen Schrotflinte fester. Die elf Personen haben sich hinter den Fahrzeugen versteckt und die Gewehre auf den Waldrand gerichtet. Das Knacken wiederholt sich nicht, was bereits verdächtig ist.

„Zombies würden mehr Krach machen“, flüstert Lester ihr zu und Jessy nickt.

„Wir sehen nach! Daniel, D. und Jason, ihr kommt mit mir“, befiehlt Viktor und ohne eine Antwort abzuwarten, klettert er zwischen zwei Fahrzeugen hindurch. Die Genannten folgen ihm, die Waffen im Anschlag.

Noch bevor er den Schuss hört, sieht Viktor das Mündungsfeuer. Einem Reflex folgend lässt er sich zu Boden fallen. Die Hitze des Projektils ist deutlich spürbar, als es ihn um wenige Zentimeter verfehlt. Hart schlägt er auf dem steinigen und feuchten Boden auf. Vor Wut und Schock über diesen Angriff, schickt er dem Schützen wüste Verwünschungen entgegen. Zeitgleich bringt er seine Glock in Anschlag und zielt auf den Schützen. „Feuer einstellen! Wir sind keine Zombies!“, brüllt er. Schon oft wurde auf ihn geschossen und nur selten kam der Schütze mit heiler Haut davon. Viktors Zähne knirschen, als er voller Wut auf den Waldrand starrt. Sein Zeigefinger ruht auf dem Abzug der Glock, jederzeit bereit, das Magazin auf den nächsten Gegner zu leeren.

Lichtkegel ihrer Taschenlampen wandern geisterhaft die Stämme entlang. Erneut feuert jemand. Das Klirren einer Fensterscheibe folgt dem Donnern des Schusses. Darius brüllt etwas, doch hört Viktor es kaum. Wie im Blutrausch richtet er die Waffe aus und feuert. Einmal. Zweimal. Ein erstickter Schrei zeigt ihm, dass er richtig gezielt hat.

Eilig duckt sich Jessy tiefer hinter den breiten Reifen des Hummers. Eine wahre Flut an Kugeln jagt über die Lichtung.

Dumpf hageln sie in das Blech der Fahrzeuge. Reifen verlieren pfeifend ihre Luft und Scheiben gehen zu Bruch. Als wäre es ein Baby, presst Jessy die Schrotflinte gegen ihre Brust. Ihr Herz hämmert. Sie bekommt kaum noch Luft. Ihre Hände zittern unkontrolliert und sie schließt die Augen fest. Ohne Unterlass peitschen Schüsse über sie hinweg. Die Luft riecht nach Schießpulver. Lichtblitze zucken aus den Läufen der Gewehre und Pistolen.

Krampfhaft hat sie den Lauf der Waffe umklammert, ihren Kopf zwischen die Schultern gezogen. Immer mehr kauert sie sich zusammen, als würde sich der Erdboden öffnen und sie in sich aufnehmen.

„Nicht getroffen werden“, flüstert sie sich zu. Auch wenn Jessy es nicht will, schiebt sich doch die Erinnerung an ihren besten Freund Marko in ihr Gedächtnis.

Bei einem Klassenausflug wurde er von einem Jäger verwundet, der die Gruppe nicht gesehen hatte. So viel Blut, seine Schreie und die Ohnmacht, nichts tun zu können, ließen Jessy gefrieren. Tränen kullern über ihre Wangen. Etwas berührt sie rau an der Schulter und sie kreischt auf.

Mit kräftigen Kriechbewegungen erreicht Viktor als erstes wieder den schützenden Ring aus Autos. Dicht gefolgt von Darius und Daniel geht er neben dem Kotflügel des Hummers in die Hocke und feuert über diesen hinweg in den Wald. Dieses Mal kein Schrei. Er knurrt verärgert. Die Unbekannten haben sie mit heruntergelassenen Hosen erwischt. Schon länger gab es keine Gefechte mit anderen Menschen, weswegen Viktor diese Gefahr nicht mehr berücksichtigt hat. Über sein eigenes Versagen in Rage versetzt, feuert er erneut. Die Glock gibt ein trauriges Klacken von sich. Sofort lässt Viktor das Magazin herausgleiten, steckt es in die Jackentasche und schiebt sein Ersatzmagazin hinein.

„Viktor, hier!“, ruft Lester. Im letzten Moment erkennt er das Gewehr, das ihm zugeworfen wird. Geschickt fängt er es auf, entsichert die Flinte und legt an. Als ein Mündungsfeuer auftaucht, antwortet Viktor sofort. Dank des langen Laufs ist die Flinte viel besser für Distanzkämpfe geeignet. Er sieht sich um, entdeckt

Jessy direkt neben sich. Zusammengekauert hockt das Mädchen neben dem Reifen.

„Was zum Teufel…?“, flucht er, packt sie an den Schultern und schüttelt sie durch. „Schieß gefälligst zurück!“, brüllt er sie an und ignoriert das blasse, verängstigt dreinblickende Gesicht. Wieso kann er nicht jemanden finden, der mit Waffen umgehen kann? Dieses Mädchen scheint die Schrotflinte für einen Kuschelhasen zu halten.

„Sie kommen auch von hinten“, warnt Maggie.

„Scheiße!“, flucht Viktor, packt Jessy am Kragen und zieht sie etwas hoch. „Mach dich nützlich. Jetzt!“ Ohne auf eine Reaktion zu warten wendet er sich wieder den Gegnern zu.

„Ich feure und sobald du sie siehst, erledigst du sie“, befiehlt Maggie der immer noch steifen Jessy. Welche Probleme dieses Mädchen auch immer hat, sie gefährdet Lilly und ihr Leben. Mit festem Griff packt Maggie Jessys Arm und zieht sie zu sich hinter den Van.

„Verstanden?“, zischt sie direkt neben Jessys Ohr. Kalter Schweiß steht auf deren Haut und sie zittert am ganzen Leib. Schnell wird Maggie klar, dass die Kleine unter Schock steht. „Na, super.“ Sie legt sich flach auf den Boden, bringt das Gewehr in Anschlag. Silhouetten huschen über die Lichtung. Maggie feuert und der Knall dröhnt unter dem Wagen. Ein Mann schreit auf, fällt keine drei Meter vor ihr zu Boden. Sein zerfetztes Bein kann Maggie nur schwer erkennen. Sofort drückt sie erneut ab und der Gegner verstummt.

„Ich kann … nicht auf Menschen schießen“, keucht Jessy. Ihre Gedanken wirbeln umher. Sturzbäche von Blut gurgeln vor ihrem inneren Auge aus Markos offener Brustwunde. Sie starrt auf das Gewehr, lässt es fallen. Sie hat ihn erschossen, so muss es gewesen sein. Wieso hat sie sonst eine Waffe in der Hand? „Oh Gott“, keucht Jessy. Ein Splitterregen geht auf sie nieder. Jemand traf das Seitenfenster des Vans. Erneut spürt sie Maggies Finger um ihren Unterarm. Die Frau ruft ihr etwas zu, doch versteht Jessy sie nicht. Maggie holt aus und mit einem Mal durchzuckt Jessy ein stechender Schmerz. Markos Gesicht verschwindet, die Schulkameraden sind wie weggeblasen. Nur Maggies Gesicht bleibt übrig.

„Reiß dich zusammen. Ich brauche dich jetzt“, zischt sie dicht neben Jessys Ohr. Ihre Wange glüht und schmerzt von der Ohrfeige.

„Ich …“ Maggie schüttelt den Kopf.

„Ist mir scheißegal. Du gefährdest uns alle. Nimm‘ das Gewehr und schieß‘ in diese Richtung. Jetzt!“

„Endlich“, knurrt Viktor. Zum wiederholten Male checkt er die Lage. Maggie hat den Neuzugang endlich dazu bringen können, wenigstens blind zu feuern. So können sie im Mündungsfeuer für den Bruchteil einer Sekunde die Gegner ausmachen. Geschätzte zwanzig oder dreißig Gegner haben sie in die Zange genommen. Dass das nicht gut ausgehen wird, sieht Viktor sofort. Fliehen ist nicht drin. Der Feind würde sie sofort erledigen. „Ich werde nicht auf dieser verdammten Lichtung draufgehen“, knurrt er, legt ein neues Magazin ein und erledigt zwei sich anschleichende Gegner in Daniels Mündungsblitz.

Ein Schmerzensschrei ertönt neben Viktor. Vanessa bricht zusammen. „Scheiße!“, flucht er und sinkt neben ihr auf die Knie.

„Es ist nichts“, stöhnt sie, presst die Hand fest auf den Oberarm.

„Nimm die Hand weg“, fordert Viktor sie auf und betastet die Wunde mit geübten Griffen. Über ihm jault ein Querschläger in die Tiefe der Nacht. Erneut stöhnt Vanessa vor Schmerzen auf. Er ertastet keine Eintrittswunde. „Ein Streifschuss. Das wird wieder.“ Sie nickt verbissen, schüttelt sich die Haare aus dem Gesicht. Mit grimmiger Miene feuern sie wieder auf die näher heranrückenden Gegner. Ihre Chancen sinken von Sekunde zu Sekunde.

Ein Donnern übertönt alle Gewehrsalven. Jessy hört den schrillen Schrei. Ein erneutes Donnern fegt einen Angreifer knapp vor der Barrikade von den Füßen. Er wird gute zwei Meter weit zurückgeschleudert. In seinem Brustkorb klafft ein faustgroßes Loch. Die Angreifer rufen laut Befehle. Panisch ziehen sie sich zurück. Zwei weitere werden von dem unsichtbaren Helfer erledigt, bevor sie das rettende Unterholz erreichen. Schwer atmend versucht Jessy, etwas in der Dunkelheit zu erkennen. Schweiß steht ihr auf der Stirn und sie muss die Zähne aufeinander pressen, um nicht damit zu klappern. Die kleine Gruppe bleibt im Schutz der Fahrzeuge und wartet darauf, dass etwas passiert. Die plötzliche Stille kommt Jessy gespenstisch vor. Sie kann die Anspannung der anderen beinahe körperlich spüren. Jeder wartet, was als Nächstes passiert. Schweißnasse Hände umfassen die Griffe ihrer Waffen fester. Atem wird angehalten.

„Alex, du kannst herauskommen!", brüllt Viktor plötzlich in die Nacht und Jessy sieht ihn fragend an, bevor sie sich an den Einzelgänger erinnert. Mit dem großen Mann, der auf den Namen Alex hört, hatte sie bisher kein Wort gewechselt. „Alexandr Wolkow, er ist unser Scharfschütze. Die Waffe ist unverkennbar, er setzt ein Barrett M82-Scharfschützengewehr ein. Hast du die großen Löcher in den Kerlen nicht gesehen?" Sie schüttelt angewidert den Kopf. Eine Taschenlampe blitzt zweimal in der Dunkelheit auf, dann noch drei Mal. „Da kommt er!" In der Ferne ist das Knacken von Unterholz zu hören, das die flüchtenden Angreifer unter ihren Füßen zertreten.

Die Gruppe versammelt sich vor den Wagen und applaudiert dem Mann, der sich dem Kreis nun nähert. Er ist drahtig, sehr groß und wirkt äußerst brutal auf Jessy. Das schwere Kaliber 50-Gewehr hat er sich über die Schulter gehängt und eine 9mm-Pistole befindet sich in seiner rechten Hand. Aufmerksam betrachtet er seine Umgebung, jederzeit bereit, erneut zu feuern. Viktor geht ihm entgegen und schließt ihn in die Arme. „Keine Sekunde zu früh, mein Freund! Du hast uns allen die scheiß Ärsche gerettet!"

Der Russe grinst breit und seine schlechten Zähne kommen zum Vorschein. Sein Gesicht wirkt durch eine breite Narbe brutal, was Jessy erst bei näherem Hinsehen auffällt. Er muss sich herunterbeugen, um Viktor ebenfalls zu umarmen.

„Ich war sicher, ich bin zu spat", berichtet er mit schwerem Akzent. „Jagd war nicht gut, chabe Schusse gehort und schnell zuruck gelaufen. Nachtsichtgerat gut!“ Er lacht und klopft Maggie aufmunternd auf die Schulter, die dadurch beinahe das Gleichgewicht verliert.

Lester reicht ihm ebenfalls dankend die Hand und wendet sich dann an die Gruppe. „Wir müssen noch mehr Wachen aufstellen, falls sie wiederkommen. Bei Tagesanbruch inspizieren wir die Wagen und machen eine Bestandsaufnahme.“ Er sichert sein Repetiergewehr. „Das Feuerwerk dürfte unseren wandelnden Freunden nicht entgangen sein. Ich wette, ein Begrüßungskomitee ist bereits auf dem Weg. Morgen früh rücken wir ab“, erklärt er ihnen und Viktor nickt zustimmend.

Toronto

„Sei still!“, flüstert die rauchige Stimme und Chan duckt sich noch etwas weiter hinter die kleine Begrenzungsmauer, die früher einmal eine Sitzbank umschlossen hatte. Er umfasst seine Brechstange so fest, dass seine Fingerknöchel weiß hervortreten. Michael hockt neben ihm und sieht vorsichtig über die Mauer hinweg.

„Die ganze Straße ist voll. Wir schaffen es hier nie rüber, ohne dass uns die ganze Meute folgt! Lass‘ uns zurück zum Gebäude gehen!“

Kaum eine Armlänge von ihnen entfernt, schlurft ein Zombie mit trübem Blick entlang. Immer wieder schnappen seine Kiefer ins Leere. Chan hält die Luft an, als der wandelnde Leichnam sie passiert. Sein Herz pocht in seiner Brust. Er hat Angst, dass der Zombie es hören könnte und hält seine Brust daher fest umschlungen.

Auf der Straße befinden sich laut Chans letzten Schätzungen rund zweihundert dieser Monster. Die meisten stehen nur stumpfsinnig herum, drehen sich mal nach rechts und mal nach links, als wären sie sich nicht sicher, was sie tun sollen. Als der Zombie sie passiert hat, seufzt Chan erleichtert. Er spürt, wie seine Hand zittert und auch, wenn ihm der Anblick dieser Untoten inzwischen bekannt ist, fürchtet er sich doch vor ihnen. Eine tiefe, uralte Angst vor diesem unnatürlichen Dasein brodelt in seinem Inneren. Nur mühsam kann er seinen Fluchtinstinkt beruhigen. Aufgrund seiner Leibesfülle, kann er keinen ausgedehnten Wettlauf mit den Zombies riskieren. Das Zitat eines Films schiebt sich in seinen Verstand und er fröstelt. „Die Dicken wurden zuerst gefressen, da sie langsam waren“, erinnert er sich. Entschlossen, nicht von den Zombies gefressen zu werden, schüttelt Chan den Gedanken beiseite.

Die beiden jungen Männer schleichen sich im Schutz von kleinen Mauern und Reklamekästen, gefüllt mit Plakaten von spärlich bekleideten H&M-Models, zurück zu dem vierstöckigen Einkaufspalast Eaton Center in der Innenstadt von Toronto.

Immer wieder müssen sie in gekauerter Stellung warten, bis ein Untoter an ihrem Versteck vorbeigezogen ist. Chans Oberschenkel schmerzen von der ungewohnten Haltung. Immer wieder muss er sich hinsetzen. Nach einer gefühlten Ewigkeit erreichen sie die mit Glas bestückten Türen. Seit Wochen sind sie weit aufgerissen und hängen teilweise schief in den Angeln.

Einige untote Gestalten befinden sich im Kaufhaus, deren Positionen sich Chan und Michael genauestens gemerkt haben. Immer wieder schlurfen diese ein scheinbar bestimmtes Gebiet ab und marschieren langsam die Gänge auf und ab. Ein Trieb aus ihrem vorigen Leben scheint sie an diesen Ort gezogen zu haben. Chan konnte eine Frau beobachten, die immer wieder mit den angefaulten Händen auf einer Schmuckvitrine herumwischte.

Ungesehen erreichen die beiden die südliche Rolltreppe und hasten sie eilig hinauf. Zwischen den Regalen und Schaufensterpuppen haben sie jede Menge Deckung, doch auf der Treppe sind sie von weither sichtbar.

Trotz seines erheblichen Gewichts bewegt sich Chan fast lautlos und bleibt Michael dicht auf den Fersen. Im ersten Obergeschoss angekommen, muss er jedoch nach Luft ringen und stützt sich an dem Geländer ab. „Scheiße, Mann, ich bin echt zu fett."

„Das sage ich dir schon seit Jahren, aber es muss erst die Welt untergehen, bevor du auf mich hörst", antwortet Michael grinsend und klopft seinem Kumpel aufmunternd auf die Schulter. In gebückter Haltung schleichen sie durch die Abteilung für Herrenoberbekleidung, vorbei an Sakkos und Pullundern für Besserverdienende. Kurz darauf erreichen sie eine unscheinbar aussehende Tür. Michael schließt sie mit dem, vor einem Monat erbeuteten Schlüssel auf und schon sind sie in ihrem Versteck.

Der kleine Raum, ein ehemaliges Büro, ist gerade einmal so groß, dass sich zwei Personen in ihm bewegen können, ohne sich ständig auf die Füße zu treten. Ein großes Fenster zeigt nach Osten.

Die ersten Sonnenstrahlen blenden Chan und er blinzelt, während er auf die Straße herunter sieht. Unzählige Untote haben sich auf den Straßen von Toronto versammelt und wandern diese nun langsam ab. „Wir hätten gestern Mittag gehen sollen. Da waren es noch weniger. Wir brauchen unbedingt etwas zu essen und trinken", beschwert sich Chan und zeigt auf den Minimarkt gegenüber. Als wenn ihn sein Magen gehört hätte, knurrt er im selben Moment bestätigend.

„Klar, wir gehen am helllichten Tag mal eben über die Straße, winken ihnen zu und shoppen nach Herzenslust. Wir brauchen zwar Essen, aber was bringt es uns, wenn wir dafür draufgehen?" Michael ist größer als Chan, weswegen er über ihn hinweg sehen kann und zeigt auf die Kreuzung zu ihrer Rechten. „Der Mustang scheint noch immer nicht von ihnen beachtet worden zu sein. Wenn wir herausfinden können, ob er Sprit hat und anspringt, können wir von hier verschwinden." Entschieden schüttelt Chan den Kopf.

„Das ist keine gute Idee. In der Stadt und diesem Center haben wir alles, was wir brauchen. In vielen Geschäften sind noch Lebensmittel und bisher haben wir auch keine Plünderer – außer uns selbst – gesehen." Er reibt sich nervös den Nacken und stellt fest, dass er wieder schwitzt. „Hier geht es uns doch ... gut. Wieso sollen wir das aufs Spiel setzen und aus der Stadt verschwinden?"

„Ich habe es dir schon Hunderte Mal gesagt und ich sage es wieder: Die Stadt ist nicht sicher. Du siehst es doch selbst, wenn du aus dem Fenster schaust. Überall sind diese Dinger. Es müssen Millionen allein in der Innenstadt sein. Je weniger Besiedlung, desto weniger Zombies. Gecheckt?", entgegnet Michael und weist auf die umliegenden Hochhäuser. „Ich habe das Gefühl, dass es von Woche zu Woche mehr von denen werden. Was ist, wenn es in ein paar Wochen so viele sind, dass wir nicht einmal mehr aus dem Haus können?", fragt er seinen Freund, worauf dieser keine Antwort hat.

Chan setzt sich auf seinen dicken Hintern und lehnt sich an die Wand des möbellosen Büros.

„Das wäre nicht so gut", räumt er nach einigen Minuten Bedenkzeit ein. „Bei deinem Plan müssten wir erst mal aus der Stadt herauskommen. Dann stellt sich die Frage, wohin wir gehen sollen. Ist es dort wirklich besser und sicherer als hier?", gibt er zu bedenken. Nachdenklich kaut er auf seiner Unterlippe. Veränderungen sind ihm zuwider. Vor allem, weil es im Moment gut für sie aussieht. Wer weiß, ob die Veränderungen dieses Mal nicht zu ihrem Tod führen.

Sie sitzen eine Weile stumm da und hängen ihren Gedanken nach.

„Wir könnten versuchen, in die Staaten zu kommen. Vielleicht hat deren Regierung das Problem bereits behoben und wir haben nur nichts davon mitbekommen“, schlägt Michael vor.

„Wenn der Mustang anspringt …“, fügt Chan grimmig hinzu.

„Morgen Nacht, wenn der Mustang anspringt!“, bestätigt Michael.

Eine Gruppe aus zwanzig Zombies befindet sich in der Nähe des knallroten Fahrzeugs. Planlos torkeln sie durch die Gegend, während ihr Gestank den beiden jungen Männern direkt ins Gesicht geweht wird. Mehrfach hat Michael gehofft, sich an den Geruch von verwesendem Fleisch zu gewöhnen, jedoch ohne Erfolg. Chan zeigt auf einen Zombie, der sich mühsam über den Asphalt zieht. Seine Beine sind zerquetscht worden und schleifen bei jeder Bewegung hinter ihm her. Die beiden prägen sich jeden der Zombies ganz genau ein. Wie schnell er ist, welche Behinderung er hat. Auf keinen Fall wollen sie einen vergessen, der sie dann überraschen kann.

Das Anschleichen bis zur Kreuzung hat fast die ganze Nacht gedauert, da sie immer wieder warten müssen, bis Zombies verschwinden oder in eine andere Richtung sehen.

Ihr Weg erinnert Michael an ein Videospiel aus seiner Jugend. Immer wieder musste man dort als Agent warten, bis der Wachposten in eine andere Richtung sah, bevor man weiterschleichen konnte. Nie hätte er gedacht, dass dieses Anschleichen so nervenzerreißend sein kann.

„Wenn das eigene Leben auf dem Spiel steht, erhöht das den Einsatz deutlich“, knurrt er leise über seine abschweifenden Gedanken.

Am Horizont zeichnet sich bereits das Orange der aufgehenden Sonne ab. Auf ihrem Weg, der keine hundert Meter lang war, haben sie sieben Gegner so lautlos wie möglich getötet. Vor den restlichen rund dreihundert, die sich zwischen dem Fahrzeug und dem Bekleidungsgeschäft befinden, haben sie sich versteckt.

Ihr ständiges Stöhnen und Schlurfen zerrt stark an den Nerven und Chan schwitzt enorm. Ob vor Angst oder weil ihm warm ist, kann Michael nicht feststellen.

Mit seiner Hand umschließt er den Zündschlüssel des Fahrzeugs, das keine zwanzig Meter vor ihnen steht. Vor einigen Tagen konnten sie ihn seinem untoten Besitzer aus den toten Fingern reißen, als dieser sich in das Bekleidungsgeschäft verirrt hat. Jedenfalls hoffen sie, dass es sich um den Schlüssel für diesen Wagen handelt. Das Emblem des galoppierenden Pferdes ist auf dem Schlüsselanhänger aus Plastik zu sehen. Ansonsten lässt nichts Rückschlüsse auf seinen Bestimmungsort zu.

Am Mustang halten sich zwei Dutzend Zombies auf, die unterschiedlich aktiv nach potentiellen Opfern Ausschau halten. „Was nun? An denen kommen wir nicht vorbei, ohne dass sie uns bemerken. Sie alle zu töten dürfte auch nicht gerade einfach werden, außer wir setzen unsere Waffe ein“, stellt Chan trocken fest und wischt sich den Schweißfilm von der Stirn. Er hebt seine .357er-Magnum Colt Python mit sechs Patronen in der Trommel.

„Das Baby wird aber dafür sorgen, dass deren Freunde auch an unserer Party teilnehmen. Die Waffe ist extrem laut, wie wir beide wissen“, gibt Michael zu bedenken und betrachtet die Anzahl der Gegner. „Zudem müsstest du mindestens zwei Mal nachladen, während ich dir Deckung gebe und die andere Hälfte erledige. Wir müssen uns etwas anderes überlegen.“ Er duckt sich tiefer hinter einen Süßigkeitenautomaten, den sie bereits vor Wochen geleert hatten.

Ein Zombie mit Jeansjacke watschelt in ihre Richtung. Sein stumpfsinniger Blick zeigt, dass er die beiden noch nicht entdeckt hat. Unbeholfen stolpert er über die Bordsteinkante und fällt keine fünf Meter von Michael entfernt zu Boden. Michaels Herz macht einen Satz. Ein Schwall Verwesungsgeruch wird ihnen entgegengeschleudert. Angewidert schüttelt er sich und presst sich noch näher an den Automaten. Sein Herz rast und inständig hofft er, dass der untote Jugendliche sie noch nicht erblickt hat. Langsam greift er hinter seinen Rücken und nimmt den Teleskopschlagstock zur Hand. Mit einer ruckartigen Bewegung gleiten die Glieder aus dem gummierten Griff und rasten ein. Mit einer Länge von fünfzig Zentimetern ist der Schlagstock im ausgefahrenen Zustand eine tödliche Waffe. Mit angehaltenem Atem wartet er, ob der Zombie näherkommt.

Umständlich rappelt sich dieser wieder auf und macht einen wackeligen Schritt in Richtung Straße. Sein angefressenes Bein mit der zerfetzten Hose, zeigt Michael deutlich, wie er infiziert wurde. Erleichtert atmet Michael aus, doch da dreht sich das Wesen um. Michaels Blut scheint zu gefrieren. Die schlurfenden Schritte kommen immer näher und die Haare im Nacken stellen sich Michael auf. Er umschließt den Griff des Schlagstocks fester. Der Zombie hat sie fast erreicht, als er erneut stolpert und zu Boden fällt. Der halb verweste Kopf landet direkt neben Michaels Oberschenkel. Die toten Augen erblicken ihn und Gier und Hunger scheinen in ihnen aufzulodern. Der Zombie öffnet den Mund, um nach ihm zu schnappen. Doch Michael ist schneller. Er springt in der Deckung des Automaten auf und lässt den Kopf des Schlagstocks mehrfach auf den Schädel knallen. Mühelos durchdringt das Metall Knochen und das darunter liegende Gehirn. Sein Gegner erschlafft lautlos und die Flüssigkeit, die einst sein Gehirn war, rinnt aus seinem zerstörten Schädel.

„Oh, Scheiße“, flüstert Chan und sämtliche Farbe weicht ihm aus dem Gesicht. Michael sieht ihn fragend an. Als jedoch keine Antwort kommt, folgt er Chans Blick. Eine Gänsehaut macht sich auf seinem ganzen Körper breit. Adrenalin jagt in seine Blutbahn.

„Oh, Scheiße!“, bestätigt er Chan.

Keine zweihundert Meter vor ihnen macht die Straße einen kleinen Bogen und führt in die Fußgängerzone. Die ersten Sonnenstrahlen schieben sich mühsam durch die Häuserschluchten und geben den Blick auf ein Heer von untoten Leibern frei. Zombies unterschiedlicher Verwesungsstadien ziehen in einer Herde durch die Innenstadt. Sie füllen die komplette Straßenbreite aus und Michael kann kein Ende erkennen. Ihre Schritte hallen von den Häusern wider und das Stöhnen wird vom Wind weitergetragen.

„Das müssen Tausende sein“, keucht Chan, während Michael nur stumm nicken kann. Es gelingt ihm nicht, den Blick von den unzähligen Leibern abzuwenden, die sich ihnen entgegen schieben. Immer wieder trampeln sie über Artgenossen hinweg, die von stehen gelassenen Fahrzeugen aufgehalten werden und zu Boden fallen. Ihr Anblick erinnert an einen Fluss, der sich durch ein ausgetrocknetes Bett schiebt.

„Wir müssen uns beeilen! Wir können nicht jeden so leise beseitigen. Wir setzen alles auf eine Karte, einverstanden?“, flüstert Michael. Er hatte geplant seine Stimme ruhig klingen zu lassen, doch es gelingt ihm nicht. Die Todesangst, die ihn beim Anblick dieser Armee erfasst, schnürt ihm beinahe die Kehle zu.

Innerhalb von Sekunden hat er festgestellt, dass sie es nicht mehr rechtzeitig zurück ins Kaufhaus schaffen würden. Das Heer würde sie entdecken und den Konsumtempel stürmen. Einer Belagerung können sie definitiv nicht standhalten. Chan zittert und sein farbloses Gesicht scheint noch bleicher zu werden.

„Habe ich denn eine Wahl?“ Michael schüttelt den Kopf und Chan seufzt. „Okay. Aber eines müssen wir uns versprechen. Wenn einer gebissen wird, muss der andere ihn töten. Ich will nicht als Zombie herumlaufen.“

„Einverstanden! Los jetzt!“

Mit den Waffen im Anschlag stürmen sie los. Chan lässt seine Brechstange auf den Schädel eines weiblichen Zombies mit einem halb aufgefressenen Arm niedergehen. Der Kopf mit den zerzausten blonden Haaren zerplatzt wie eine reife Melone und der Zombie fällt zu Boden. Köpfe wenden sich ihnen zu. Münder werden aufgerissen. Beinahe gleichzeitig stoßen sie alle einen gierigen Stöhnlaut aus.

„Das ist gruselig, wenn sie das tun“, raunt Michael Chan zu, während er seinen Schlagstock aus den Resten des Kopfes eines ehemaligen Angestellten der Stadtwerke zieht. Die alte orangene

Sicherheitsweste ist von Blut besudelt. Die nahestehende Gruppe Zombies wird nun aktiver, fängt lauthals an zu stöhnen und geht gesammelt gegen Chan und Michael vor. Diese kämpfen verbissen und ein zerschmetterter Schädel folgt dem Nächsten. Das anschwellende Geräusch, das nun folgt, lässt die beiden Männer frösteln. Sie sind das Gestöhne von einigen Hundert Zombies auf den Straßen gewohnt, doch was ihnen nun entgegenbrandet, verschlägt ihnen die Sprache.

Die ersten Untoten aus der Gruppe von einigen tausend haben die beiden Menschen ebenfalls entdeckt. Sie alle erhöhen ihr Tempo und gieren nach dem warmen Fleisch. Schneller als eine Pistolenkugel greift diese Euphorie auf sämtliche Herdenteilnehmer über. Einige tausend Leiber setzen sich, so schnell sie können, in Bewegung, um die beiden Menschen zu zerfleischen. Die Luft ist erfüllt von ihrem Gestank und den Geräuschen, wenn sie über den Asphalt schlurfen und ihren Rufen und dem Krach, wenn sie Gegenstände umstoßen.

„Sie haben uns entdeckt. Jetzt oder nie!", schreit Michael fast panisch und zeigt überflüssigerweise auf die Zombies. Die beiden erreichen den Wagen und Michael streckt einen Mann mit Halbglatze nieder. Er zieht den Autoschlüssel aus der Tasche und will ihn ins Schloss stecken. Durch das ganze Blut sind seine Hände glitschig und der Schlüssel gleitet ihm aus der Hand. Reflexartig greift er nach ihm, verfehlt ihn jedoch. Mit einem Platschen landet der Schlüssel in den blutigen Überresten eines Schädels und Michael flucht herzhaft. Mit vor Ekel verzerrtem Gesicht stochert er in der wabbeligen Masse mit spitzen Fingern herum, bis er den Schlüsselbund findet und ihn herausziehen kann. Die Armee von Untoten ist jetzt keine dreißig Meter mehr von ihnen entfernt. Michael bildet sich ein, bereits ihren nicht vorhandenen Atem auf seiner Haut zu spüren. Hektisch wischt er den Schlüssel und seine Hände an der Kleidung des Zombies ab.

Plötzlich hält eine knochige Hand sein Bein fest. Er schreit, zerrt sofort an seinem Bein. Panik macht sich in ihm breit und er sieht voller Angst nach unten. Der verkrüppelte, beinlose Zombie hat ihn gepackt und versucht, sich näher heranzuziehen um ein saftiges Stück Fleisch abzubeißen.

So schnell er kann packt Michael den Schlagstock mit beiden Händen und hämmert das verstärkte Ende mit voller Wucht auf den Schädel. Blut und Gehirnmasse spritzen von der Wucht des Aufschlages in sämtliche Richtungen. Der Schlagstock wird ihm beinahe aus der Hand gesprengt, als der Stahl den Asphalt trifft. Der Zombie sackt in sich zusammen. Michael keucht vor Angst und Anstrengung. Zeit für eine Verschnaufpause hat er jedoch nicht, da sich die Wand aus Zombies bedrohlich stark genähert hat. Für den Bruchteil einer Sekunde kann Michael den roten Helm eines Feuerwehrmannes in der Horde aus Untoten erkennen. Eilig öffnet er die Tür des Autos, greift zur Beifahrertür und öffnet diese ebenfalls. Chan lässt sich hineinfallen und sie schließen die Türen.

Die von der Sonne aufgeheizten Ledersitze fühlen sich gut an und die beiden verschnaufen für einen kurzen Augenblick. „Der Moment der Wahrheit, mein Freund. Entweder der Wagen springt an oder wir sind tot“, flüstert Michael, woraufhin Chan die Finger kreuzt. Durch das Fahrerfenster kann Michael die angrenzenden Geschäfte inzwischen nicht mehr sehen. Zu viele Körper behindern die Sicht. Keine zehn Meter trennt die Armee aus Untoten von dem roten Sportwagen. Sie strecken ihre Hände nach den beiden aus. Michael faltet die Hände und ein kurzes Stoßgebet folgt. „Herr, egal was du von uns beiden hältst, es gibt nicht mehr viele hier, die an dich glauben. Also rette unsere scheiß Ärsche vor den verfluchten Zombies!“

„Amen!“, stimmt Chan zu.

Langsam steckt Michael den Schlüssel ins Zündschloss und dreht ihn. Der Wagen gibt ein Stottern von sich und verstummt wieder. „Fuck!“, flucht Chan, doch Michael versucht es erneut. Sein Herz rast vor Aufregung und Angst. Ein Klopfen lässt sie beide zusammenzucken. Der erste Untote hat den Wagen erreicht und schlägt gierig an die Fahrerscheibe.

Erneut stottert der Wagen, springt jedoch nicht an. „Aussteigen und anschieben?“, fragt Chan, bevor ihm klar wird, was er da vorgeschlagen hat. Sofort ist er still und beißt sich auf die Unterlippe. Vier weitere Zombies haben den Wagen erreicht und pressen sich gegen das Metall. Ihre Gesichter hinterlassen Schlieren auf dem Lack.

„Komm schon, Baby. Sei ein braves Auto. Wir brauchen dich!“, fleht Michael und dreht erneut den Schlüssel. Das Stottern des Anlassers klingt bereits kräftiger und die beiden schöpfen etwas Hoffnung. „Bitte, bitte … bitte!“ Der Motor stottert und plötzlich röhrt er auf. Der mächtige Sound dröhnt ihnen in den Ohren und Chan hat Freudentränen in den Augen. „Yeah! Danke, danke, danke!“

Aus den Boxen dröhnt die Stimme von Bon Scott, dem ehemaligen Leadsänger von ACDC: „I'm on the highway to hell.“ Die beiden sehen sich ungläubig an.

„Das ist jetzt nicht sein Ernst“, lacht Chan und Michael grinst breit. Er gibt Gas und der Wagen schießt nach vorn.

„Der Tank ist zu drei Viertel voll. Das sieht gut aus“, berichtet Michael lachend und beschleunigt weiter. Die Untoten bleiben zurück, sichtlich unzufrieden mit dem Ausgang dieser Situation. Das Fahrzeug jagt die Straße entlang. Immer wieder müssen sie vereinzelt stehenden Untoten ausweichen. Zweien kann Michael nicht mehr vollständig ausweichen und sie prallen vom Kotflügel ab. Mit einem Knall werden sie durch die Luft geschleudert und reißen weitere Untote zu Boden.

„Ab nach Süden!“, jubelt Chan und führt eine kleine Tanzeinlage mit den Armen aus. Michael muss bei dem Anblick lachen. Es fühlt sich gut an. Zum ersten Mal seit Stunden kann er sich entspannen. Der Wagen beschleunigt weiter, heraus aus der toten Stadt Toronto.

Vorratsbeschaffung

Der kühle Fahrtwind pfeift durch das zerstörte Fenster des Geländewagens und Jessys lange dunkelblonde Haare flattern wild herum. Seit Stunden haben sie den düsteren Wald verlassen und fahren Richtung Westen auf Nebenstraßen. Ihre Fahrzeugkolonne ist von ursprünglich sieben Wagen auf vier zusammengeschrumpft. Der nächtliche Überfall einer Gruppe von Plünderern hat drei Fahrzeuge derart demoliert, dass diese nicht mehr fahrtüchtig sind.

Der kleine Konvoi muss immer wieder anderen Fahrzeugen ausweichen, die auf der Straße zurückgelassen wurden. In den meisten Fällen hat Benzinknappheit dazu geführt, dass die Besitzer ihren Wagen haben stehen lassen müssen.

„Meinst du, dass sie uns verfolgen werden?", fragt Jessy. Viktor, der ehemalige Polizist aus Ottawa, schüttelt den kahlen Kopf.

„Nein, sie werden sich leichtere Ziele suchen. Der Kerl, den wir verhört haben, hat uns gesagt, dass sie von weniger Gegnern ausgegangen sind und auf den Überraschungsmoment gehofft hatten. Sie haben zwar Motorräder, aber ich bezweifle, dass sie sich damit weit von ihrem Nachschub entfernen."

„Was habt ihr … ihr mit ihm gemacht? Mit dem, der angeschossen wurde?", fragt sie leise, auch wenn sie die Antwort im Grunde gar nicht hören möchte. Nervös kaut Jessy auf ihrer Unterlippe, während sie aus dem Fenster sieht.

Viktor zuckt mit den Schultern. „Er hatte eine Bauchwunde. Selbst wenn wir gewollt hätten, hätten wir ihn nicht retten können. Wozu also wertvolle Medikamente verschwenden?" Obwohl Jessy mit dieser Antwort gerechnet hat, muss sie doch den Schock erst einmal verkraften. Sie lehnt sich im Sitz zurück und atmet tief durch. Auch wenn sie den angeschossenen, sein Name war Jeremy, nur kurz gesehen hatte, erkannte sie gestern jedoch die blanke Panik in seinen Augen. Die Bauchwunde blutete stark und Viktors Verhör half ihm auch nicht, sich zu entspannen. Nur mit viel Glück war es ihnen allen gelungen, dass niemand ernsthaft verletzt wurde. Ein Großteil der Wunden stammt von Glassplittern oder Streifschüssen.

„Ihr … hättet ihn nicht töten müssen." Viktor lacht humorlos und schüttelt den Kopf.

„Was hätten wir tun sollen? Ihm Nahrung und Wasser lassen oder ihn in ein Krankenhaus bringen? Dort wäre er noch eher gestorben, denn dort wimmelt es nur so von diesen Untoten." Erneut muss Viktor einigen Fahrzeugen ausweichen, die ineinander verkeilt sind. Sie fahren mit gut sechzig Kilometern pro Stunde über die mehrspurige Landstraße.

Gedankenverloren spielt Jessy mit der Schrotflinte in ihrer Hand. „Hör' auf, daran herumzufummeln. Du hast gestern Nacht unser aller Leben gefährdet, weil du so edel sein und niemanden erschießen wolltest", knurrt Vanessa aus dem Fond des Hummers. Ihr Oberarm ist mit einem Verband versehen, der von einem Streifschuss herrührt.

Mit ihren klaren grünen Augen sieht sie Jessy vorwurfsvoll an, bevor diese sich von Vanessa abwendet. Sie lässt die Schrotflinte mit Pumpaction-Funktion wieder nach vorn kippen, sodass sie gegen das Handschuhfach gelehnt ist.

„Es tut mir leid … ich habe noch nie eine Waffe benutzt. In Sudbury kam ich mit dem Brecheisen gut klar. Waffen sind etwas anderes. Ich war dabei, als ein Freund aus Versehen angeschossen wurde. Es war einfach grauenhaft. Seine Schmerzensschreie und das viele Blut. Mein Gott, so viel Blut", verteidigt sie sich, doch Vanessa schnaubt nur verächtlich und wirft ihr zu einem Zopf gebundenes langes braunes Haar zurück. Bevor sie jedoch etwas sagen kann, greift Viktor ein.

„Es reicht jetzt, ihr beiden. Sonst halten wir an und ihr tragt das zwischen euch aus. Auf ein schönes Schlammcatchen habe ich mal wieder große Lust." Die beiden jungen Frauen werfen ihm giftige Blicke zu. Viktor zuckt mit gespielter Enttäuschung die Schultern. „Einen Versuch war's wert." Ein Grinsen kann er sich trotzdem nicht verkneifen.

„Vor uns liegt Chelmsford. Das Städtchen scheint nicht besonders groß zu sein. Wir könnten uns nach Vorräten umsehen", ertönt Lesters Stimme über Funk. Viktor wirft einen Blick auf die Karte, die Jessy ihm nun hinhält, und nickt. Sie übermittelt seine Entscheidung über Funk. Die Kolonne fährt bei der nächsten Kreuzung Richtung Osten. Zwei einsame Tannen stehen hier schon seit Jahren wie Wächter, die bedächtig jedes vorbeifahrende Auto überprüfen. In der Ferne sind bereits die ersten Häuser zu sehen.

„Wir stellen die Wagen außerhalb des Ortes ab und gehen zu Fuß. Das Geräusch der Motoren würde die untoten Bewohner anlocken“, gibt Viktor zu bedenken und zeigt auf einen mit Unkraut überwucherten Weg, der sich in einer langen Kurve zu einem Rastplatz windet.

„Einverstanden“, ertönt die rauschende Stimme von Lester.

Chelmsford ist ein kleiner Ort und laut dem grünen Ortseingangsschild leben rund zweitausend Bewohner hier. Die Häuser sind größtenteils mit Klinkern verziert und verfügen über inzwischen verwilderte Vorgärten. Viktor, Daniel und Darius übernehmen die Vorhut. Sie halten ihre Gewehre im Anschlag und schleichen im Schutz der Häuserwände durch einige Gassen. Faith, Mia und Alexandr folgen den Dreien in kurzem Abstand. Während die beiden Frauen Faustfeuerwaffen tragen, hat Alexandr Wolkow sein Barett M82 über die Schulter gehängt. In seiner Hand befindet sich ein AK47-Sturmgewehr.

Viktor signalisiert der Nachhut per Handzeichen aufzuschließen und zeigt auf den Marktplatz vor ihm. Eine Gruppe Untote befindet sich dort. Sie wandern scheinbar ziellos umher und sobald sie gegen ein Hindernis stoßen ändern sie ihre Richtung. Ihr Gestank weht zu ihm herüber, was für Viktors Gruppe einen taktischen Vorteil bedeutet. Solange ihnen der Wind entgegenweht, können sie nicht vom Feind gewittert werden.

„Ich kann von hier aus eine Apotheke und einen kleinen Lebensmittelladen erkennen. Beide Geschäfte scheinen in Ordnung zu sein, aber vielleicht wurden sie auch schon geplündert“, berichtet Darius und zeigt in die Richtung, in der sich die Geschäfte befinden.

„Wir haben es mit etwa zwanzig Untoten zu tun. Sobald sie uns sehen, werden sie uns angreifen. Wir könnten versuchen, sie zu umgehen, aber das kostet Zeit. Ich sage, wir schalten sie aus, lautlos, und beeilen uns anschließend. Ich möchte nicht herausfinden, ob eine Horde hier irgendwo lauert“, flüstert Viktor und die Übrigen nicken zustimmend.

„Ich geh‘ auf Dach!“, verkündet Alexandr und weist auf das Haus neben ihnen. Von dem Dach aus hat er den ganzen Platz im Blick und kann Feuerschutz geben.

„Nur schießen, wenn es absolut notwendig ist. Der Krach wird diese Scheißkerle sofort anlocken, wie Scheiße eine Fliege!“ Alexandr grinst Viktor zu und macht sich auf den Weg.

Sie stecken ihre Schusswaffen weg und jeder schnappt sich eine behelfsmäßige Waffe. Viktor zieht seinen Baseballschläger aus der Schlaufe am Rücken seiner schusssicheren Weste, wohingegen Faith und Mia ihre Messer ziehen. „Okay, los, los, los.“ Mit weiten Schritten eilen sie auf die Untoten zu, als sie entdeckt werden. Wie auf einen lautlosen Befehl hin, drehen alle gleichzeitig den Kopf in ihre Richtung.

Ein besonders scheußliches Exemplar mit offenem Brustkorb und strähnigen Haaren stolpert bereits in ihre Richtung. Das gierige Stöhnen verbreitet sich und die kleine Gruppe wartet nicht länger. Mit einem mächtigen Schlag reißt Viktor den Kopf des verstümmelten Zombies vom Körper. Dieser segelt durch die Luft und verschwindet in einem verzierten Brunnen.

D. lässt seinen Werkzeughammer auf den Kopf eines Zombies im Blumenkleid niedergehen und zertrümmert diesen mit Leichtigkeit. Dieser geht zu dem Boden, nur noch ein leichtes Zucken und die Gegenwehr verebbte vollends. Es bleibt ihm keine Zeit zum Durchatmen. Einige Schritte von ihm entfernt, sieht er zwei weitere Untote, die zielstrebig auf Mia zuwanken, die vor ihnen zurückweicht.

Sie umfasst den Griff des Messers fester und sticht dann zu. Die Klinge rutscht am Schädelknochen ab und schneidet tief in das Gesicht des Untoten. Die Leiche stolpert durch den Schwung des Angriffs, fängt sich aber wieder und setzt den Angriff fort.

Sein Leidensgenosse ist nun auch bei ihr. Er packt ihren Arm. Erschrocken schreit Mia auf. Der Zombie zerrt mit seinen kalten, unnachgiebigen Händen an ihrem Arm. Seine Zähne schnappen nach ihr. Mit dem Messer sticht sie nach den Händen. Knochen sind bereits durch das fehlende Fleisch seiner Hand zu sehen. Das Messer trifft das Handgelenk seiner rechten Hand und mit einem Knacken bricht die Hand ab. Der Armstumpf trifft jedoch ihren Waffenarm und das Messer landet klirrend auf dem Boden. „Scheiße!", flucht sie. Mit der Linken hält der Zombie sie weiterhin fest und versucht, sie zu beißen. Der zweite greift ebenfalls nach ihrem Arm. Panisch springt Mia gerade noch rechtzeitig beiseite. Schweiß schießt aus allen Poren. Sie keucht und zerrt, um sich aus dem Griff des ersten zu befreien.

Die Zombies sind so nahe, dass ihr Gestank überwältigend ist. Mit letzter Kraft drückt sie mit der freien Hand gegen seine Schulter und hält ihn sich so vom Leib. Gleichzeitig muss sie immer wieder den Bissen ausweichen. Dass sie dies nicht mehr lange durchhalten kann, ist ihr bewusst. Tränen laufen ihre Wange hinab. Der Gedanke, bei lebendigem Leib gefressen zu werden, versetzt ihr einen Adrenalinschub, der ihr wieder neue Kraft gibt. Vor Wut aufschreiend, stürzt sie sich vor und rammt gegen den Brustkorb des Zombies, der ihren Arm fest im Griff hat. Von dem Angriff überrascht, lässt er von ihr ab und taumelt zurück. Blut spritzt auf Mias Kleidung, als sein Schädel von einem Werkzeughammer zerschmettert wird. Schnell weicht sie weiter zurück, damit Darius den anderen ebenfalls erledigen kann.

„Danke!", haucht sie. Ihre Beine geben nach und sie sinkt auf das Kopfsteinpflaster. Erst jetzt bemerkt sie, wie stark sie zittert. Darius nickt nur und ist schon an ihr vorbei, um weitere Gegner zu erledigen. Der große Farbige mit dem Spinnennetztattoo macht die Feinde ohne Probleme nieder. Keiner kommt nahe genug an den ehemaligen Sportlehrer heran, um ihm Schaden zuzufügen. Ein Pfeil saust an ihm vorbei und bohrt sich in das Auge eines Zombies. D. blickt sich grimmig um. „Das war meiner … such dir deinen Eigenen!"

Daniel lacht und legt den nächsten Pfeil auf seinen Hightech - Bogen. Kurz darauf haben sie die kleine Schar von Untoten niedergestreckt. Aufmerksam beobachtet Viktor die Umgebung, ob die kleine Schlacht weitere Gegner angelockt hat.

„Wir sollten uns beeilen. Darius und Mia, ihr besorgt Medikamente, Verbandszeug und das Ganze. Daniel, Faith und ich schnappen uns alles Mögliche in Form von Konserven. Wir treffen uns in zehn Minuten wieder hier. Wenn's Probleme gibt, eher!", befiehlt Viktor.

Die Gruppe trennt sich und Viktor führt sein Team Richtung „Mikes Food Market". Er geht in leicht gebückter Haltung und federt jeden seiner Schritte ab, um möglichst kein Geräusch zu machen. Die Glasfront des Marktes ist weitestgehend intakt. Ein kleines Seitenfenster an der Tür wurde eingeschlagen, ansonsten wirkt alles so, als wäre es ein normaler Markttag.

Mit den Händen bedeutet er seinem Team, dass Daniel und er die Vorhut übernehmen, während Faith hinten absichert. Sie bindet ihre leicht gelockten Haare im Nacken zusammen, sodass sie ein freies Blickfeld hat, und tritt neben die Tür. Auf Viktors Zeichen öffnet sie diese und springt zurück. Daniel hat den Pfeil aufgelegt und bereits gespannt, um alles zu töten, das durch diese Tür kommt.

Das Einzige, was ihnen jedoch entgegenschlägt, ist ein muffiger und teils süßlicher Geruch von verfaultem Fleisch und Obst. Seit Monaten gibt es in dieser Stadt scheinbar keinen Strom mehr, was die Lebensmittel nicht gut verkraftet haben. Viktor presst den Ärmel seiner Jacke vor den Mund und knurrt verärgert.

„Lüften wäre keine schlechte Idee."

Mit dem Schläger in der Hand macht er vorsichtig einen Schritt nach dem anderen. Seine Sinne sind geschärft, jederzeit bereit, ein verräterisches Geräusch zu entlarven. Einsätze wie diese erinnern ihn daran, wie er als Polizist Verstecke von Drogendealern oder anderem Abschaum gestürmt hat. Wie sehr vermisst er seine gut trainierte Truppe. Hier konnte er sich immer auf Rückendeckung verlassen. Diese Zivilisten improvisieren nur, auch wenn Daniel einer der Fähigeren ist. Schlagbereit lässt Viktor seinen Blick über die, zum großen Teil bereits geplünderten Regale wandern. Nur hin und wieder stehen dort noch Dosen herum.

„Verflucht, wir sind zu spät", knurrt Viktor. Faith steckt das Messer weg und schnappt sich einen Baseballschläger, den sie unter der Kasse entdeckt hat.

„Der hat dem Vorbesitzer scheinbar wenig geholfen. Hoffen wir, dass er mir bessere Dienste leistet." Während Viktor und Faith die übrig gebliebenen Konserven mit Mais, Thunfisch und eingelegter Ananas einsammeln, überprüft Daniel den Rest des Ladens.

„Kommt mal her."

Er zeigt auf eine Tür, die scheinbar in das Lager des Ladens führt. `Keep out!! Danger!!´ ist mit roter Farbe auf die Tür geschrieben und die Drei sehen sich unschlüssig an. „Entweder ist da drin mindestens einer dieser verfluchten Bastarde oder jemand versucht, uns von seinem Proviant fernzuhalten", überlegt Viktor laut. Die schwere Metalltür verfügt über kein Sichtfenster und schließt dicht ab. Ihre knappen Vorräte reichen noch für etwa eine Woche, wenn sie rationieren. Ohne einen größeren Fund sinken ihre Überlebenschancen und machen sie noch angreifbarer. Dagegen steht möglicherweise eine Horde aus Zombies, die sich hinter dieser Tür befindet. Für Essen zu sterben steht jedenfalls nicht auf Viktors To-do-Liste.

Aufmerksam sieht er sich noch einmal im Laden um. Ein Hinterhalt ist ausgeschlossen. Die Regale sind ordentlich in zwei Reihen aufgestellt, sodass er einen guten Überblick hat. Mit Sicherheit wollte der Besitzer auf diese Weise Ladendiebe schnell ausfindig machen. Viktor wendet sich wieder der Tür zu und knirscht mit den Zähnen. Er muss das Risiko eingehen. Mit der geballten Faust schlägt er gegen die Tür und sein dumpfes Klopfen dringt schallend durch den Laden.

Als nur ihr eigener leiser Atem zu hören ist, zuckt Viktor mit den Schultern. „Okay, wir gehen rein. Seid vorsichtig. Wenn sich dort drin etwas aufhält, erledigen wir es, bevor es uns erledigen kann!" Daniel und Faith sind einverstanden. Langsam dreht Viktor den Knauf der Tür und diese gibt mit einem lauten Quietschen nach. Die kleine Gruppe zuckt bei dem Geräusch gleichzeitig zusammen.

„Wie in einem verdammten Horrorfilm“, flüstert Daniel.

„Dann geht die Hübsche also gleich drauf, na toll“, ulkt Faith und Daniel grinst breit.

„Mann, hat Viktor Schwein.“

„Schnauze jetzt. Wir haben nicht mehr viel Zeit!“, unterbricht sie der Polizist gereizt und Daniel wird wieder ernst. Gedanklich schüttelt Viktor den Kopf über dieses kindische Verhalten. Jeden Augenblick kann eine Horde Untoter auf sie losgehen und die beiden verhalten sich wie Pubertierende. Jetzt ist er jedoch auf sie angewiesen, also verdrängt Viktor den Gedanken. Den Baseballschläger hat er vorsichtshalber gegen seine Glock ersetzt. Auf engem Raum mit dem Schläger zu kämpfen kann sich als tödlicher Fehler herausstellen, auch wenn er so den Krach eines Schusses riskiert.

Unheilschwanger erfüllt die Luft den dunklen Raum mit dem Gestank des Todes. Von Faith ertönt ein erstickter Würgelaut und sie wendet sich schnell ab. Er selbst atmet bewusst flach, um den Gestank nicht so tief in die Lungen aufzunehmen. Routinemäßig betätigt Viktor den Lichtschalter, doch die Lampen reagieren nicht. Eilig holt jeder eine kleine Taschenlampe hervor.

„Dem Geruch nach sind wir nicht allein. Seid vorsichtig!“, mahnt Viktor.

Der kleine Raum ist vollgestellt mit Regalen aller Art. Diese sind mit Dosen und Tüten gefüllt. Verschimmeltes Brot liegt neben eingelegten Heringen und Kartoffelsuppe in Dosen. Faith holt mehrere Einkaufstaschen aus Leinen aus ihrem Rucksack und füllt die Lebensmittel hinein. „Ich habe unseren Freund gefunden“, ruft er und die beiden gehen zu ihm. Ein Zombie mit zerschmetterten Beinen blickt zu ihnen herauf und stöhnt gierig. Seine Finger sind zu Klauen verkrampft und ein Auge fehlt. Maden haben sich auf seinem Gesicht angesammelt und verleihen ihm einen noch schrecklicheren Anblick. Auf seiner Jacke kann man noch das Namensschild erkennen, das ihn als „Mike“ ausweist. „Wir haben wohl den Besitzer gefunden", stellt Viktor mit trockenem Humor fest.

Faith kann es nicht mehr verhindern und übergibt sich. Über ihren Ausrutscher grinsend, nimmt Daniel einen Pfeil aus dem Köcher und rammt ihn dem Zombie durch das verbliebene Auge bis ins Gehirn. „Der dürfte hinüber sein." Er grinst Viktor an. Mit einem Mal schreit Daniel auf. Viktor läuft ein eisiger Schauer über den Rücken. In einer bösen Vorahnung zuckt der Lichtkegel seiner Taschenlampe zum toten Zombie zurück. Doch dieser hat sich nicht geregt. Nur Sekundenbruchteile später lässt er den Lichtkegel zu Daniels Hand wandern. Sein Blut scheint zu gefrieren. Das entstellte Gesicht eines kleinen Jungen blickt sie voller Gier an. Aus seinem Mund rinnen noch einige Tropfen Blut und ein Stück Fleisch, das er soeben aus Daniels Unterarm herausgerissen hat. Genüsslich schmatzt er, während er unbeholfen aus dem unteren Regalbereich klettert, in dem es sich versteckt hatte. Vor Schmerz und Wut brüllt Daniel auf. Mit geballter Faust verpasst er dem Kind einen Schlag, so hart, dass sie seine Knochen brechen hören können.

Der kleine Körper fliegt durch die Luft und knallt scheppernd gegen ein Regal. Dosen fallen zu Boden, eine plumpst sogar auf den Zombie. Viktors Puls rast. Seine Taschenlampe folgt dem Zombie, die Glock im Anschlag. Umständlich erhebt sich das untote Kind wieder. Sein linker Arm baumelt nutzlos an seiner Seite und Blut läuft ihm aus dem Mund.

„Verdammte Scheiße, der hat sich unter dem Regal versteckt!", kreischt Daniel, dem Wahnsinn nahe.

Die Erinnerung an ein fernes Ereignis, bei dem er selbst in einer ähnlichen Situation war, lähmt Viktor für einen Augenblick. Vor seinem inneren Auge sieht er ein Zimmer mit einem Bett und der Leiche einer Frau daneben. Eilig verscheucht er die Bilder und andere Gedanken. Die Waffe in seinen Händen folgt jeder seiner Bewegungen und der Lauf zeigt auf den Zombie. Er atmet flach ein, sichert sie wieder und steckt die Glock in den Halfter. Wütend darüber, dass er den Untoten übersehen hat, holt Viktor den Baseballschläger hervor und erledigt den Kindzombie mit einem gezielten Schlag. Das Knirschen und Knacken von Knochen und der aufsteigende Gestank des Todes bringen Faith erneut dazu, sich zu übergeben. Sie würgt und stützt sich am Regal ab. Wie hypnotisiert starrt Daniel auf die Wunde. Der Schock steht ihm ins Gesicht geschrieben.

„Lass mal sehen. Vielleicht ist es gar nicht so schlimm", flüstert Viktor. Nur zu gut ist ihm bewusst, dass seine Stimme nicht mal ansatzweise überzeugend geklungen haben muss. Der Biss eines Untoten ist tödlich, das weiß jeder. Noch immer geschockt, schüttelt Daniel den Kopf. Er stolpert zur Leiche des Zombies und tritt immer wieder und wieder schimpfend auf ihn ein. Stumm sieht Viktor ihm dabei zu. Sein Magen zieht sich zusammen, bei dem Gedanken, was nun folgen wird.

Als Viktor aus Ottawa floh, war Daniel die erste Person, die er getroffen hat. Zusammen haben sie sich auf den Weg gemacht, um eine Chance auf Überleben zu haben. Dabei hat er sie genau bis zu diesem Punkt geführt, an dem sie jetzt stehen. Während Viktor sich nur um sie beide kümmern wollte, hat Daniel darauf bestanden auch anderen Menschen zu helfen, denen sie begegneten. Die Gruppe wuchs mit der Zeit und nun, keine zwölf Monate nach Ausbruch der Seuche steht sie an einem Scheideweg. Auch wenn Viktor kaum jemanden aus der Gruppe mag, ist Daniel doch einer der Zuverlässigen. Er hat sich als kampferprobter Helfer erwiesen. Schon mehrmals haben sie sich gegenseitig das Leben gerettet. Soweit Viktor weiß, ist Daniel irgendwo im Osten aufgewachsen und hat als Förster gearbeitet. Der leidenschaftliche Jäger hat den Umgang mit dem Bogen perfektioniert und ihnen so manche gute Mahlzeit gebracht.

Das Klappern der Dosen reißt Viktor aus seinen trübsinnigen Gedanken. Faith füllt die Leinentaschen mit den Lebensmitteln, vermeidet ganz bewusst, Daniel anzusehen, was Viktor ihr nicht verdenken kann. Für einen Moment erwägt Viktor, ein Risiko einzugehen. Es könnte das Leben seines Freundes retten. Er starrt auf den blutgetränkten Baseballschläger. Sollte er jetzt damit anfangen, wäre sein Geheimnis offenbart. Das Vertrauen der Gruppe wäre dahin. Im schlimmsten Fall wäre es jedoch unnötig, denn vielleicht hilft es Daniel gar nicht. Mit der Fußspitze verteilt er Dreck auf dem Boden. Faith stolpert bereits nach draußen. Dosen klappern in ihren Beuteln.

Mühsam verdrängt Viktor die Gedanken. Zuneigung darf ihn nicht führen. Sie schwächt ihn, macht ihn unvorsichtig. Das kann sich Viktor nicht leisten. Er hat eine Mission, die es zu erfüllen gilt. Das Geheimnis muss gewahrt werden. Es wird von Nutzen sein, aber nicht wenn er es nun jedem erzählt.

„Gehen wir."

Als sie schließlich den Lagerraum verlassen und wieder im vorderen Teil des Marktes stehen, dreht sich Viktor zu Daniel um. Jedem der Drei ist klar, was nun passieren wird. „Du kannst nicht mitkommen, das weißt du", raunt Viktor, selbst darüber erstaunt, wie belegt seine Stimme klingt. Der Bogenschütze nickt langsam und Viktor kann erkennen, dass sämtlicher Kampfeswille aus ihm gewichen ist.

„Ich weiß … in wenigen Minuten werde ich wohl ansteckend sein. Keiner weiß genau, wie lange es dauert bis ich …", er stockt, und spuckt aus, „bis ich einer von ihnen geworden bin. Es wäre zu riskant, mich mitzunehmen." Die beiden Männer sehen sich an und Viktor verspürt zum ersten Mal seit langem wieder Bedauern.

Faith presst die Lippen fest aufeinander und ihre Augen glänzen feucht. Sie geht zu Daniel, umarmt ihn kurz.

„Es tut mir leid." Ihre Stimme ist kaum mehr als ein Flüstern, doch Daniel nickt ihr dankbar zu. Er setzt ein schiefes Grinsen auf und boxt ihr freundschaftlich gegen die Schulter.

„Das muss es nicht. Es war nicht deine Schuld. Ich hätte den Raum besser sichern müssen."

Ihr Kopfschütteln will nicht enden und Viktor wendet sich ab. Ein Kloß hat sich in seinem Hals festgesetzt und er verflucht sich dafür. Schwäche darf ihn nun nicht übermannen. Er muss sich räuspern.

„Wir sehen uns wieder", flüstert Daniel und legt seine Stirn gegen Faiths. „Sag Mia, dass ich sie liebe." Wie von einem Stromschlag getroffen, zuckt Faith zusammen. Ihre Schultern sinken ab und ihr Körper bebt stumm.

„Das … werde ich“, presst sie hervor und verlässt dann eilig mit zitternder Unterlippe den Laden. Die Taschen mit den Lebensmitteln schleppt sie kraftlos mit sich mit.

Nach mehrmaligem Schlucken verschwindet der Kloß und Viktor sieht Daniel an. Der Förster lächelt matt.

„Ich denke, jeder wusste, dass Mia und ich ein Paar waren, oder?“ Viktor zuckt mit den Achseln.

„Ihr wart nachts nicht wirklich leise. Es war schwer zu überhören, wie du ihr den Verstand rausgevögelt hast.“ Ein herzhaftes Lachen, begleitet von enormer Schamesröte, überschwemmt Daniel und Viktor kann sich ein Grinsen ebenfalls nicht verkneifen.

„Du hast mir etwas geschworen, Viktor“, flüstert Daniel wieder ernst.

„Ja, ich weiß. Deswegen bin ich noch hier.“ Die beiden Männer sehen eine gefühlte Ewigkeit aneinander vorbei. In Viktors Hals befindet sich wieder das klamme Gefühl, das nicht verschwinden will, so oft er auch schluckt.

Der Mord an Jimmy hat ihm keinerlei Probleme bereitet. Er hatte ihn noch nie leiden können und dann steckte er noch die Nase in Viktors Angelegenheiten. Ihn zu beseitigen war nötig und keine große Sache. Doch was jetzt vor Viktor liegt, ist etwas anderes. Es scheint, als stünde Jimmy neben dem totgeweihten Daniel und verhöhne Viktor. Er atmet tief durch, bereut es im nächsten Augenblick aber. Der Gestank aus dem Lagerraum hat sich bis in den Laden ausgebreitet. Viktor muss kurz würgen. Unentschlossen dreht er den Baseballschläger in der Hand. Daniel wischt sich über die Stirn und wirft einen Blick auf den kalten Schweiß und Schmutz, der sich nun auf seiner Hand befindet. Sein Unterarm schmerzt offensichtlich. Blut sickert aus der Wunde und tropft auf den Fliesenboden.

„So sollte es eigentlich nicht zu Ende gehen. Fast zwölf Monate habe ich es geschafft, nicht gebissen zu werden. Verdammt“, flucht Daniel und verpasst dem leeren Regal zu seiner Linken einen Fußtritt. Es gibt dem Druck nach und kippt scheppernd gegen ein anderes Regal. Viktor lehnt sich mit dem Rücken gegen die Außenwand und nickt bedächtig.

„Es war eine gute Zeit, auch wenn die Toten auf der Erde herumlaufen. Ich wünschte, dass ich etwas tun könnte." In seinen eigenen Ohren klingt der Satz hohl, weiß er doch, dass er etwas tun könnte. Das Risiko wäre seiner Meinung nach jedoch enorm. Die Wirkung möglicherweise nicht vorhanden. Daniel scheint von Viktors Überlegungen jedoch nichts mitbekommen zu haben. Die beiden Männer sehen sich schweigend an. Daniels Beine zittern und er muss sich an einem der Regalbretter abstützen.

„Soll ich den Anderen noch etwas von dir ausrichten?" Daniel überlegt kurz und nickt dann.

„Richte Mia aus, dass es mir leid tut. Ich werde immer an sie denken und sie sehr vermissen." Er blinzelt schnell hintereinander, damit Viktor seine aufsteigenden Tränen nicht sieht. „Sie soll … aber nicht auf mich warten, sondern glücklich werden. Das Schicksal lässt sich nicht mehr abwenden." Daniel schluckt schwer und wendet sich während eines Hustenanfalls ab. „Du musst nun allein auf die Jagd gehen. Achte auf die Gruppe, du bist einer der Anführer. Sei nicht immer so ein verdammter Wichser, sondern kümmere dich um sie."

Sie grinsen sich an und Daniel überreicht ihm den Bogen und den Pfeilköcher.

„Waffen sind rar. Gib' sie jemandem, der damit umgehen kann."

„Du hast mein Wort."

Daniel zieht seine gefütterte Jacke aus, rollt sie zu einem Bündel zusammen und reicht sie Viktor. „Ich will nicht zu Tode geprügelt werden wie ein Hund. Schieß' mir in den Kopf. Die Jacke dürfte den Schall genug dämpfen, damit es niemand hört."

Seine Stimme zittert und seine Hand noch mehr. Es kostet ihn sichtlich mehr Kraft, mutig zu wirken, als er zugeben möchte.

Der Baseballschläger verschwindet in der Schlaufe auf Viktors Rücken und er zieht seine Glock, schiebt sie in die Jacke und richtet den Lauf auf Daniels Gesicht. Kurz schließt Viktor die Augen, atmet tief ein und vertreibt alle Gedanken aus seinem Kopf. Diese

Technik beherrscht er gut. Die Zweifel, das Gewissen und der Blutdurst verschwinden für einige wertvolle Sekunden. Er kann sich vollkommen auf seine Aufgabe konzentrieren. Die Person vor ihm verschwimmt zu einem Unbekannten, den er soeben das erste Mal getroffen hat. Er presst die Zähne aufeinander, entsichert die Glock, sieht Daniel an und drückt ab.

Die Sonne berührt bereits den Horizont, als sie endlich ein abgelegenes Plätzchen an einem kleinen Fluss erreicht haben. Die Fahrzeuge werden erneut als Barrikade aufgestellt, auch wenn sie nicht mit einem weiteren Angriff rechnen. Viktor hat Kundschafter ausgeschickt, die das Gelände in Augenschein nehmen und nach Zombies und feindlich gesinnten Menschen Ausschau halten sollen.

Als die Dunkelheit sich ausbreitet, entzünden sie mehrere kleine Feuer, die alle nicht sonderlich hoch brennen. „Wir wollen niemanden auf uns aufmerksam machen", hatte er ihnen eingebläut und so sitzt jeder eng vor den Flammen, um etwas Wärme abzubekommen.

Auch wenn Jessy Daniel nicht sonderlich gut kannte, nimmt sie sein Tod stark mit. Ein einziger Biss reicht aus, um das Leben eines Menschen auf der Stelle zu ändern. Dass Viktor ihn getötet hat, um sein Leiden zu verkürzen, macht die Sache für die anderen nicht besser. Lester, den Jessy bisher als kommunikativen Menschen kennengelernt hat, ist in seinen Gedanken versunken. Nur selten spricht er ein Wort, während sie um das Feuer herumsitzen.

Alexandr, der Scharfschütze, hat sich auf einen Baum zurückgezogen, von dem aus er die Umgebung beobachten kann. Zu Daniels Tod hat er nicht viel gesagt, doch sah Jessy Trauer in seinen Augen.

„Das ist echt nicht fair. Er war ein so guter Mensch", flüstert Mia und wischt sich die Tränen aus den geröteten Augen. Seit sie davon erfahren hat, kann sie nicht mehr aufhören zu schluchzen. Selbst Jessy ist bekannt, dass Daniel und sie schon seit mehreren Wochen ein Paar waren und viel füreinander empfunden haben.

„Er hat nicht leiden müssen, es ging schnell. Sein Mut war bewundernswert.“ Mia scheint Viktor gar nicht zu hören. Erneut schüttelt ein Weinkrampf sie und Faith legt mitfühlend ihren Arm um die junge Frau.

„Wir sollten ihn begraben“, schlägt Maggie vor, doch Viktor schüttelt entschieden den Kopf.

„Wir müssten ihn quer durch die ganze Stadt tragen. Dadurch wären wir wieder in Gefahr und mit einer Leiche auf den Schultern lässt es sich schwerer kämpfen oder flüchten. Er wird nicht wieder aufstehen und herumlaufen. Das war ihm wichtig.“

„Er hat eine anständige Beerdigung verdient. Nicht … wie eines dieser Dinger einfach liegen gelassen zu werden“, protestiert Jessy schwach. „Auch wenn in Zeiten, in denen die Toten umherwandeln, eine Beerdigung nebensächlich erscheint, so hat es doch etwas Abschließendes für uns. Ein geliebter Mensch, der verstorben ist, wird zu Grabe getragen.“ Sie wischt sich einige Tränen mit dem Ärmel aus dem Gesicht. Der Gedanke, dass sie weder ihren Vater noch ihre Mutter beerdigen konnte überwältigt sie ganz überraschend. „Man kann noch ein Mal … Abschied von ihm nehmen.“

Viktor verdreht die Augen und seufzt. „Wenn du ihn beerdigen willst, dann hol‘ ihn und trage ihn her. Jeder Mensch mit Verstand sollte von dort wegbleiben. Wir wissen nicht, wie viele Zombies sich noch hier befinden und ob sie den Schuss nicht doch gehört haben.“ Viktor trinkt einen Schluck Whiskey, den sie im Lager gefunden haben, und reicht die Flasche an Darius weiter. „Für Daniel zählte, dass er nicht wieder aufstehen wird. Wenn wir ihn transportieren, wäre es zudem möglich, dass wir uns an ihm anstecken. Ein Tropfen Blut von einem frisch Infizierten reicht schon aus, damit wir genauso enden wie er. Will einer das Risiko wirklich eingehen?“, fügt Viktor hinzu und sieht Jessy herausfordernd an.

„Das verstehe ich nicht“, flüstert Jessy und sieht sich unsicher in der Gruppe um. „Was unterscheidet das Blut eines frisch Infizierten von dem eines Zombies? Ich wurde schon öfter von Blut und Gewebe getroffen, aber infiziert bin ich nicht … oder?“ Der Gedanke, dass in ihrem Inneren bereits Viren umherwüten, die sie nach und nach in eine menschenfressende Irre verwandeln, lässt ihr einen Schauer über den Rücken jagen. Beruhigend legt Lester ihr die Hand auf die Schulter.

„Keine Sorge, du kannst vom Blut eines Zombies nicht infiziert werden, vom Blut eines frisch Infizierten aber sehr wohl. Das wollten uns jedenfalls die Medien noch mitteilen, als sie nach und nach den Betrieb eingestellt haben."

„Wenn jemand gebissen wird, dann breitet sich das Virus in seiner Blutbahn aus. Es infiziert alle Organe und löst eine Art Erkältung aus. Der Infizierte muss ständig niesen und verteilt auf diese Weise das Virus weiter. Daher konnte es sich auch so rasend schnell auf der ganzen Welt verbreiten", fährt Vanessa mit Lesters Erklärung fort. Sie reibt sich die Arme, da ihr die Kälte am meisten zusetzt. „Nach unbestimmter Zeit verstirbt der Gebissene an der Krankheit und … wieso auch immer … verstirbt das Virus in seinen inneren Organen und im Blut. Einzig in der Mundhöhle bleibt es am Leben, scheinbar um sich weiter durch Bisse zu verbreiten." Viktor nickt zustimmend.

„Vermutlich ist Daniels Leiche nicht mehr ansteckend, aber ich würde das Risiko nicht eingehen."

„Also muss ich mir keine Sorgen machen, wenn ich auf einen Zombie einschlage? Wenn jemand noch lebt, kann er mich aber infizieren, ebenso sein Blut", fasst Jessy zusammen und ein Schauer läuft ihr über den Rücken. Der Gedanke, dass die Lebenden gefährlicher als die Toten sind, bereitet ihr Unbehagen.

Betretenes Schweigen ist die Antwort und Jessy presst die Lippen fest aufeinander. Lester räuspert sich.

„So ist es. Deswegen können wir Daniel nicht bergen. Er ist an einem besseren Ort, sein Körper bleibt hier, aber sein Geist ist schon lange fort. Behaltet ihn in euren Herzen, denn er war ein guter Kollege und Freund."

„Du sagtest, dass es eine unbestimmte Zeit dauert, bis jemand verstirbt?", fragt Jessy nach.

„Woran es liegt, wissen wir nicht. Bei manchen dauert es Tage, bis er sich verwandelt. Wiederum andere sterben in wenigen Minuten und kommen sofort als Untote wieder“, antwortet Viktor mit bereits angesäuselter Stimme.

„Wieso musste es Daniel treffen?“, fragt Mia leise. Sie war sich sicherlich nicht bewusst, dass sie die Frage laut gestellt hat. Ihr leerer Blick haftet an den flackernden Flammen. Maggie reicht ihr eine Dose Pfirsiche, die sie gerade mühsam mit dem Messer geöffnet hat, doch Mia reagiert nicht.

„Das Leben ist nie fair, Mia. Daniel hat dich geliebt und du ihn. Wir alle haben Menschen verloren und werden weitere, die uns sehr am Herzen liegen, verlieren. Diese verdammten Monster übertragen die Krankheit einfach zu schnell, als das man sich vor ihr schützen könnte. Ein Biss und unser Schicksal ist besiegelt“, antwortet Lester, mehr zu sich selbst als zu Mia. Sein Gesicht wirkt hart im Schein der tanzenden Flammen.

Lilli nimmt die Dose Pfirsiche und beißt in eine Pfirsichhälfte, wobei ihr der Saft am Kinn hinabrinnt.

„Das Leben ist einfach scheiße. Finde dich damit ab, Mia!“ Ärgerlich schüttelt Jessy den Kopf.

„Daniel hat sich für unsere Gruppe geopfert. Er wollte uns alle beschützen und ist bei dem Versuch gestorben.“

Lilli setzt einen verachtenden Blick auf. „Als ob das den Tod ehrenvoll machen würde. Er war zu langsam oder unvorsichtig und wurde deswegen getötet.“

Erneut bricht Mia in Tränen aus und eilt in Richtung ihres Zeltes. Wütend springt Faith auf und verpasst Lilli einen harten Tritt gegen den Oberschenkel, dass diese aufheult. „Halt deine verdammte Klappe, du fette Kuh!“, faucht sie und eilt ihrer Freundin nach.

Viktor streckt sich neben Jessy aus, als hätte er die Streitereien gar nicht mitbekommen. Der Himmel ist wolkenlos und vereinzelt sind bereits einige Sterne zu sehen.

„Ein Tag wie jeder andere … die Welt dreht sich weiter, als wäre nichts geschehen. Die Menschheit steht vor ihrer Vernichtung und doch hat sich an den großen Dingen des Universums nichts geändert“, stellt Jessy nüchtern fest.

„Da sieht man mal, wie unbedeutend wir eigentlich sind", stimmt Viktor ihr zu.

Sie nickt nachdenklich und wickelt sich fester in ihre Jacke.

Erkenntnisse

Der eisige Wind bläst über die aufgewühlte See zu seiner Linken. Zügig lenkt Travis den dunkelgrünen Ford Pick-Up seit einer Stunde über die Küstenstraße. Seine kalten, blauen Augen behalten den Asphalt im Blick und Muskelstränge spannen sich über seine nackten Oberarme. Bei dem Gedanken an die letzten Monate gleitet ein Lächeln über sein hartes Gesicht. Er wendet sich seinem Beifahrer zu und plaudert: „Das war eine wilde Zeit, sage ich dir."

Unbändig streifen seine Gedanken umher. Es gelingt ihm kaum, einen von ihnen zu fassen. Die Euphorie hat ihn erfasst und zum ersten Mal seit vielen Monaten, ist er zufrieden. Er genießt seine neu gewonnene Freiheit in vollen Zügen.

„Ich war auf einem Schiff. Es war keiner dieser Luxusliner, aber wir hatten es relativ gemütlich. Jeden Tag durften wir einige Stunden an die frische Luft und uns die Beine vertreten", berichtet er dem graubärtigen Beifahrer mit dem Schlapphut. Vor seinem inneren Auge kann der muskelbepackte Hüne die Gischt auf seinem Gesicht spüren, wenn die „Dark Hope" durch die Fluten pflügte. Achtzig Personen waren sie. Achtzig Personen auf engstem Raum. Er atmet tief ein und genießt, wie der Winterwind durch den Schlitz an dem Fahrerfenster rauscht, das er einen Spalt breit geöffnet hat.

„Dunkle Hoffnung, ja das trifft es", erzählt er ihm und lacht freudlos. „Zwanzig Stunden waren wir unter Deck. Keine Privatsphäre, keine Ruhe. Dieses ständige Dröhnen der Maschinen und die nicht enden wollenden Stimmen." Er spuckt direkt zwischen die Füße seines Beifahrers.

„Entschuldige. Macht der Gewohnheit", entschuldigt sich Travis höhnisch und grinst, wobei er seine strahlend weißen Zähne entblößt. „Wenn man wie ein Tier eingesperrt wird, verliert man manchmal seine Manieren."

Noch immer kann er die Schritte der Wärter hören. Schwere Militärstiefel auf den Gittern und dem Bodenblech der Gänge. Er kann hören, wie sie ihre Runden gehen. Wie sie sich unterhalten.

Seine Hand schließt sich fester um das Lenkrad und die Knöchel treten weiß hervor.

„Sie haben uns nicht gemocht. Mich … mich, haben sie nicht gemocht. Wieso? Ich habe ihnen nichts getan“, beschwert er sich und beißt sich auf die Unterlippe.

„Es war eine unschöne Zeit, das kann ich dir sagen, mein Freund“, fährt er fort und streicht sich über seine durchtrainierte Brust. Schon immer hat er viel Sport getrieben, seinen Körper für die Aufgaben gestählt, die vor ihm liegen sollten. Niemand sah es kommen, doch er konnte die Verdorbenheit in ihren Augen sehen. Nichts was er tat, haben sie verstanden. Man sperrte ihn ein, für lange Zeit.

„Die Hölle friert eher zu, als dass Sie noch einmal an Land kommen werden und freien Fußes über diese Welt wandern“, hallen die Worte des Richters in seinem Kopf nach. Dieser fette und überhebliche Mann mit dem unglaublich langen Bart. Er erinnerte ihn irgendwie an einen afrikanischen Weihnachtsmann, der es wagte, ihm zu drohen. Er blieb ruhig, lächelte einfach nur.

Szenen tauchten damals in seinem Kopf auf. Wunderschöne Szenen, in denen er diesen Weihnachtsmann verpackte und stückchenweise an die bedürftigen Kinder verschicken würde.

„Die Hölle friert eher zu …“, sagt er voller Sarkasmus und wischt sich eine Freudenträne von der Wange. „Ich denke, dass dies wohl nun der Fall sein muss.“

Travis wendet sich seinem Beifahrer zu. „Was passiert ist?“ Angestrengt nachdenkend kratzt er sich am Nacken. Wo sollte er da bloß beginnen? Bei den immer wirrer werdenden Nachrichten, die unter der Crew kursierten? Oder vielleicht bei den kranken Wärtern, die mit dem Helikopter zu ihrem Dienst erschienen? Eine Grippe, nichts Wildes, sagte man ihnen. Die gesamte Ostküste schien davon betroffen und immer mehr Kliniken mussten schließen. Nein, das wusste sein Beifahrer bestimmt.

„Als es immer schlimmer wurde, ließen sie uns kaum mehr aus unseren Zellen. Diese Hochsicherheitseinrichtungen sind echt nicht so komfortabel, wie man vielleicht denkt“, berichtet er schließlich und in Gedanken kann er seine Zelle von drei mal zwei Metern vor sich sehen. Das Bett passte gerade einmal hinein und eine Toilette war an der Außenwand ans Gittern angebracht. Von seiner Zelle aus hatte er den perfekten Überblick über die restlichen zwanzig.

Er konnte sehen, wie sich die einzelnen Insassen zu Gangs zusammenschlossen. Immer wieder wurde bei dem „Hofgang“ jemand verletzt oder getötet. Mehr als einmal musste er sich zur Wehr setzen, wenn ein Naivling meinte, sich einen Namen durch seinen Tod machen zu können. Das Zerschmettern des Kehlkopfes mit einem gezielten Schlag war seine bevorzugte Methode, um diese Störenfriede fernzuhalten. Nur sehr selten brauchte er mehr.

Zufrieden lächelt Travis, als er sich an das Röcheln seiner Gegner erinnert. Den Meisten war klar, dass sie tot waren, noch bevor sie die Wärter umringten. Hätte er eine Waffe gehabt, wäre das Ganze noch stilvoller vonstatten gegangen. So jedoch musste er sich damit zufriedengeben, was einem zur Verfügung stand. Diese Lektion hatte er schon früh in seinem Leben gelernt.

„Vor gut einer Woche geschah es. Miguel, so heißt du doch, oder?“, erzählt er dem Schlapphutträger und sieht weiter auf die Straße vor sich. Sie windet sich entlang der Küste. Immer wieder brechen sich aufgepeitschte Wellen an den gewaltigen Felsen. Häuser oder andere Zeugen der Zivilisation kann er schon eine geraume Weile nicht mehr ausmachen und so konzentriert sich Travis auf die Straße vor ihm.

„Ich wurde durch Schreie geweckt, was durchaus nicht unüblich war. Aber dieses Mal war es anders.“ Seine blassblauen Augen, die an einen gefrorenen See erinnern, blicken in weite Ferne. „Blutüberströmte Menschen torkelten durch die Gänge des Schiffs. Ich hörte ein grauenvolles Stöhnen, das aus vielen Kehlen stammte.“ Noch nie in seinem Leben hatte er derartige Geräusche gehört. Selbst ihm, dem abgebrühten Draufgänger wandert eine Gänsehaut über den Rücken.

„Menschen schrien, Schüsse donnerten durch den Bauch des Schiffes und jemand rief, dass die Zellen geöffnet werden sollten.

Meine wurde als eine der Ersten geöffnet und doch blieb ich darin."

„Alter! Kannst du vielleicht endlich deine verdammte Fresse halten und einfach fahren?", ertönt die genervte Stimme seiner Begleiterin aus dem Fond des Pick-ups. Seit sie zusammen von der „Dark Hope" geflohen sind, hat sie es sich auf der schmalen Rückbank bequem gemacht.

Travis wendet sich ihr über den Rückspiegel zu und lächelt sie strahlend an. Dieses Lächeln, das in seiner Jugend schon viele Frauen hat schwach werden lassen, zieht bei ihr bisher nicht. Die Hoffnung gibt er jedoch nicht auf.

„Ach komm schon, Schatz. Miguel will doch bestimmt wissen, wen er großzügiger Weise am Straßenrand mitgenommen hat!", fordert er sie auf und kann sehen, wie sie mit ihren smaragdgrünen Augen rollt. Auch wenn Travis bisher nicht herausgefunden hat, wieso Kaylee an Bord der „Dark Hope" gewesen ist, ist ihm doch nur zu klar, dass sie nicht weniger gefährlich ist, als er selbst. Nur die gefährlichsten der gefährlichen Verbrecher kommen auf diese schwimmende Festung. Obwohl er sie mehrmals während ihrer Flucht gefragt hat, hat sie ihm doch nie eine Antwort gegeben.

Zusammen sind sie durch die eisige See geschwommen, als das Schiff auf Grund lief. Auch wenn es nur rund hundert Meter gewesen sind, hat ihn diese Aktion beinahe das Leben gekostet. Die Kälte des Meeres und die starke Strömung haben seinen Körper an die Grenzen seiner Belastbarkeit gebracht. Allein sein stählerner Wille hat ihn durchhalten lassen und der Anblick, als sie ihre nassen Klamotten auszogen, um sich an dem entzündeten Feuer zu wärmen, war es wert. Schon lange hat Travis keinen, so wohlgeformten Körper sehen können wie den von Kaylee.

Einzig die 9-mm-Beretta in ihrer Hand, mit der sie sogar schläft, hat ihn auf Abstand gehalten. Nur zu gern hätte er ihre festen Brüste in seinen Händen gehalten, wäre in Kaylee eingedrungen. Ob sie es wollte oder nicht. Travis leckt sich über die Lippen bei dem Gedanken und beschließt, dass er diesen Plan in den nächsten Tagen irgendwie in die Tat umsetzen sollte.

Ein Verkehrsschild taucht rechts von der Straße auf und kurz wirft er einen Blick darauf. Auch wenn ein Strauch in etwa die Hälfte von ihm verdeckt, kann er sich nun doch ein Bild davon machen, wo er sich befindet.

„Bis Portland sind es nur noch rund vierzig Kilometer“, berichtet er Kaylee und sieht wieder auf die Straße. Äste aller Größen liegen immer wieder auf der weiten Straße. Schon lange scheint niemand mehr unterwegs gewesen zu sein, um die Straßen zu befreien. Gleichgültig zuckt Travis mit den Schultern und erzählt seine Geschichte weiter.

„Die Häftlinge rannten aus ihren Zellen und es entbrannte ein Chaos.“ Vor seinem inneren Auge kann er sehen, wie sich sein Zellennachbar auf einen anderen stürzte. Sie kämpften um Irgendetwas, das Travis nicht sehen konnte. Es war ihm auch egal, denn in aller Seelenruhe verschaffte er sich einen Überblick. Auch wenn man ihn als Monster, Bestie oder Unmensch ansah, handelte er selten wahnsinnig.

Zuerst versuchten die Wärter seine kämpfenden Mitgefangenen wieder in die Zellen zu sperren, doch ging irgendetwas gewaltig schief: Plötzlich kämpften Wärter gegen Wärter. Manche fielen sich gegenseitig an, bissen einander und töteten sich sogar. Seine Zeit war gekommen und Travis floh aus seiner Zelle. Mit mehr Glück als Verstand konnte er es vermeiden, in einen der vielen Kämpfe hineingezogen zu werden. Die ansonsten verschlossenen Türen waren zum Teil geöffnet und er nutzte die Gelegenheit zur Flucht.

Er wirft einen Blick in den Rückspiegel. Abgesehen von ihrem Wagen, scheint sich weit und breit kein anderes Fahrzeug auf dieser Straße zu befinden. „Wenig los heute. Vielleicht haben wir Glück und sind weit genug entfernt, bevor die Bullen das Schiff entdecken“, wagt er zu hoffen und grinst breit. Sobald sie feststellen würden, dass Insassen fehlen, wäre die Jagd eröffnet. Eine Großfahndung ist das Letzte, was Travis jetzt gebrauchen kann.

„Das wäre wünschenswert. Allein für den Fluchtversuch kriegen wir viele Jahre aufgebrummt“, stimmt ihm Kaylee von der Rückbank zu. Sie bindet sich ihre langen blonden Haare zusammen und stopft sie unter die schwarze Cap, die sie einem Wärter abgenommen hat. In ihrer schwarzen Uniform sieht sie in Travis' Augen atemberaubend aus und auch wenn sie ihr etwas zu groß ist, füllt sie sie doch an den richtigen Stellen aus.

Er grinst breit und nickt ihr zu. „War doch eine gute Idee, die Klamotten der Wärter in einer Plastiktüte mitzunehmen, sodass sie nicht nass werden“, sagt er und nach kurzem Überlegen fügt er frech grinsend hinzu: „Wobei ich auch nichts dagegen hätte, wenn du nackt wärst. Wir könnten uns gegenseitig wärmen.“

Kaylee schnaubt verächtlich und ihre Augen mustern ihn kalt. „Sorry, du bist immer noch nicht mein Typ.“ Travis verspürt wieder diese Wut, die ihn schon oft erfasst hatte, doch zwingt er sich zur Ruhe. Jetzt ist nicht der richtige Moment, um ihr Manieren beizubringen. „Ändert sich ja vielleicht noch, wer weiß. Ich habe viel zu bieten“, erklärt er stattdessen und präsentiert seinen stattlichen Bizeps. Schon so manche Frau ist seinem durchtrainierten, gestählten Körper erlegen und sie haben eine sehr wilde Nacht miteinander verbracht, erinnert sich Travis.

Er spürt bereits, wie sich seine Männlichkeit allein bei der Erinnerung regt und beschließt, seinem Verlangen schon bald nachzugeben. Sein P90-Sturmgewehr liegt zwischen den Beinen von Miguel, knapp außerhalb seiner eigenen Reichweite.

„Kein Interesse. Ich habe andere Pläne“, entgegnet Kaylee kalt und ihre Finger spielen mit dem Griff der Beretta. Ihr Misstrauen gegenüber ihm zeugt von ihrer guten Menschenkenntnis. Ein Jäger erkennt einen Jäger, dessen ist sich Travis schon immer sicher gewesen. Mit ihr wird er sich viel Zeit lassen, wenn es schließlich soweit ist.

Sie gelangen an eine Weggabelung und Travis bremst den Pickup ab. „So, Schatz, rechts geht es nach Fairfield und geradeaus müssten wir, wenn ich mich nicht irre, nach Portland gelangen“, berichtet er und zeigt auf das kleine Straßenschild, das einsam und verlassen zwischen zwei mächtigen Kiefern steht. Kaylee setzt sich aufrecht und sieht sich aufmerksam um. Travis' Blick wandert ihren schlanken Hals hinab, über ihre Arme, bis zu ihren wohlgeformten Schenkeln, die in den schwarzen Hosen verführerisch auf ihn wirken.

„Sieh‘ nach vorn, oder ich werde dir dein bestes Stück abschneiden und es dir zu essen geben“, knurrt sie gefährlich und sieht ihm direkt in die Augen. Er beugt sich zu ihr nach hinten. Keine fünf Zentimeter ist ihr Gesicht von seinem entfernt. Ihr warmer Atem streift seine Wange. Verachtung und Wut kann Travis in ihrem Blick erkennen, und er muss sich stark zusammenreißen, um ihr keine zu verpassen. Daneben ist jedoch noch etwas anderes. Etwas, das ihn frösteln lässt. Diese junge, hübsche Frau ist mehr als nur gefährlich. Das erkennt er auf den ersten Blick. Seine Hand ballt sich angesichts ihrer Frechheit zur Faust. Das metallische Klacken eines Sicherungshebels lässt ihn innehalten.

„Tu‘ mir den Gefallen, versuch es“, flüstert sie und lächelt kalt. Der Lauf der Beretta drückt gegen den Fahrersitz, und auch wenn Travis kein Forensiker ist, weiß er doch, dass das Projektil von dem Sitz nur unwesentlich gebremst würde. Er lächelt entwaffnend und dreht sich wieder nach vorne.

„Wieso sollte ich dir etwas tun wollen? Wir sitzen im selben Boot“, versucht er die Situation zu entspannen. In Gedanken stellt er sich bereits vor, wie er ihr die Waffe abnehmen und ihr dann die Kleidung vom Körper reißen wird. Sie würde es nicht genießen. Sie wird vor Schmerzen schreien, doch das erregt ihn nur noch mehr. Für ihre Anmaßung wird er sie bezahlen lassen. Auf die schlimmste Art und Weise. Travis lächelt verschlagen und zwingt sich zur Geduld.

„Wir biegen ab. Die Cops würden uns sicher in der Großstadt zuerst vermuten“, beschließt sie. Langsam nickt Travis zustimmend, legt den Gang ein und wendet sich an den Mann auf dem Beifahrersitz. „Miguel, was denkst du?“

Erneut verdreht Kaylee die Augen. „Du hast ihn vor fast fünfzehn Minuten umgelegt. Was meinst du, wird er dir noch sagen können?“, flucht sie. Travis seufzt beleidigt und zuckt erneut mit den Schultern.

„Er hatte meine Gefängniskleidung gesehen, was sollte ich machen?“

„Ihn vielleicht nicht noch ins Auto setzen und mitnehmen?“, entgegnet sie gereizt und wirft der Leiche des älteren Latinos mit Schlapphut einen verächtlichen Blick zu.

„Er war ein guter Zuhörer und so ein Schuss ins Herz geht auch schnell“, erklärt er und grinst breit. Mit dem Finger stößt er gegen Miguels Arm, der bandagiert ist.

„Er hatte hohes Fieber und hat ständig gesagt, dass er von einem Tier gebissen wurde“, erklärt Travis und ist stolz darauf, dass sein absolut grottiges Spanisch doch noch gereicht hat. Die Worte „krank“ und „gebissen“ hatte er verstanden, bevor er den alten Mann in die ewigen Jagdgründe geschickt hatte. Das Fieber muss ihn schon eine Weile durchgeschüttelt haben, denn Miguel war bereits ziemlich ausgezehrt. Travis bezweifelt, dass er es noch lange durchgehalten hätte. Dass diese illegalen Einwanderer nie zum Arzt gehen, wundert ihn am meisten. Eine Spritze gegen Tetanus, eine Penicillindosis, und alles ist gut. Wie oft wurde er schon von einem Hund gebissen? Er kann sich nicht einmal mehr daran erinnern.

„Ich werfe ihn raus, dann kannst du nach vorn kommen“, entscheidet Travis und sieht Kaylee freundlich an. Vorn hätte sie nicht mehr die überlegene Position und er könnte versuchen, ihr die Waffe abzunehmen. Sie nickt und Travis streckt sich, greift an Miguel vorbei und öffnet die Beifahrertür. Aus dem Augenwinkel sieht er plötzlich eine Bewegung und seine Nackenhaare stellen sich auf.

„Was zum Teufel …?“

Travis‘ Schrei gellt durch den Pick-up und erschrocken zuckt Kaylee zusammen. Eilig sieht sie sich um, kann jedoch außerhalb des Wagens keinen Angreifer erkennen. Ihr Herz rast und als sie zu Travis sieht, verwundert sie das Bild. Der grobe Klotz liegt halb unter dem toten Miguel und schlägt plötzlich um sich. Kaylee will gerade etwas Gehässiges sagen, als ihr der Atem stockt. Miguel beugt sich plötzlich vor, wobei sein Hut vom Kopf rutscht. Ohne Vorwarnung versenkt er seine Zähne in der rechten Schulter des Hünen. Verblüfft starrt Kaylee auf diese unwirkliche Szene. Sie sah genau, wie das Geschoss in Miguels Brust eingedrungen und auf der Rückseite wieder austrat. Wie eine Strohpuppe fiel der schwache Mexikaner zu Boden und blieb dort regungslos liegen.

Mit einem Ruck reißt der Mexikaner dem hektisch um sich schlagenden Travis ein Stück Fleisch aus der Schulter, schluckt und schnappt sofort wieder zu. Halb unter Schock stehend, begreift Kaylee die Situation nicht, aber ihr Killerinstinkt erwacht in derselben Sekunde. Sie drückt den Lauf der Beretta in die Rückseite des Beifahrersitzes, dreht ihn in einem schrägen Winkel nach oben und drückt ab. Die Kugel durchschlägt den Sitz und den Oberkörper des alten Mannes. Sein Körper schwankt kurz, was Travis nutzt und sich schnell wieder zurück zum Fahrersitz lehnt. Er keucht und Blut fließt aus der tiefen Bisswunde. Sein kreidebleiches Gesicht wird noch bleicher, als er sieht, wie Miguel sich ihm trotz des erneuten Treffers zuwendet.

Fassungslos starrt Kaylee auf den Mexikaner mit den zwei Einschusslöchern. Ihr Verstand versucht eine Erklärung zu finden wo keine ist. Miguel stößt ein röchelndes Stöhnen aus.

„Was ist hier los?“, keuchen beide gleichzeitig. Hastig klettern sie aus dem Wagen, als wäre der Leibhaftige hinter ihnen her. Kaylees Fuß bleibt hängen. Panisch sieht sie sich um, erkennt jedoch nur das Gestänge des Sitzes. Schnell dreht sie ihren Fuß etwas und kann entkommen. Mit der Hand stößt sie die Tür auf, stolpert beim Aussteigen erneut und torkelt ins Freie.

Der kalte Wind lässt sie frösteln und die makabre Szenerie, die sich nun im Fahrzeug abspielt, lässt sie an ihrem Verstand zweifeln. Schnell entfernt sie sich einige Schritte von dem Geländewagen und starrt auf das, was sich dort tut. Der für tot befundene Miguel quält sich über die Mittelkonsole und den Fahrersitz, um ihnen zu folgen. Sein Kiefer schnappt leer in der Luft und Blut tropft an seinem Kinn hinab. Die fast weißen Augen starren sie gierig an und Kaylee glaubt Wut in ihnen blitzen zu sehen. Er zieht sich kraftvoll über den Fahrersitz und lässt sich auf die Straße plumpsen.

„Heilige Scheiße“, flucht Kaylee und sieht auf ihre Beretta. Der Lauf ist noch warm von der abgefeuerten Patrone, die den Mexikaner scheinbar nicht einmal verletzt zu haben scheint.

„Von einem Tier gebissen?“, fragt sie. Ihre Stimme klingt schriller, als sie es beabsichtigt hat. Sie weicht einen weiteren Schritt vor dem, sich langsam aufrichtenden, Toten zurück.

„Mein Spanisch ist nicht so gut“, verteidigt sich Travis keuchend und presst die Hand auf die Wunde an seiner Schulter.

„Ein Mann wurde von etwas gebissen, hat Fieber, und als er erschossen wurde, kommt er nach einiger Zeit wieder und will dich fressen“, fasst Kaylee zusammen und ihr Magen scheint sich in einer Zentrifuge zu befinden, so schlecht ist ihr.

„Ach, komm schon … du glaubst doch nicht etwa …“, beginnt Travis und lacht dann hysterisch. „Es gibt keine Zombies, verdammt noch mal.“ Kaylee atmet tief ein und unterdrückt die Angst, die sie soeben erfasst hatte. Eine Schwäche und dieser blutrünstige Mann würde sie überwältigen, ungeachtet der Gefahr, die von dem Mexikaner ausgeht.

„Ach ja?“, fragt Kaylee und feuert erneut. Die Kugel durchschlägt den Hals des Beifahrers und Miguel. Durch die Wucht des Aufpralls prallt er gegen den Wagen. Er stöhnt auf, setzt dann wieder unbeholfen einen Fuß vor den anderen, und geht auf Kaylee zu. Sie breitet die Arme aus, zieht die Augenbrauen hoch und sieht Travis vielsagend an.

„Und?“

„Das ist doch unmöglich, ich meine …“, antwortet Travis stammelnd. Seinem Gesichtsausdruck nach kommt ihm gerade die Entwicklung an Bord der „Dark Hope“ ins Gedächtnis. Mehrere Tage haben sie sich an Bord versteckt, bis das Schiff auf Grund lief. Während dieser Zeit konnten sie die schlimmsten Geräusche hören und inzwischen ergeben sie auch einen Sinn. Niemand hat nach den beiden Häftlingen gesucht, was Kaylee von Anfang an merkwürdig vorkam. Ihren ersten Verdacht, dass Travis vielleicht geschickt wurde um den Ausbruch mit ihr zu inszenieren, warf sie schnell über Bord. Der ungehobelte Klotz war einfach zu dämlich, um so raffiniert zu sein. Immer wieder hatte sie ihn beobachtet, wie er sie angestarrt hat. Auch wenn Kaylee sich nicht der ganzen Taten sicher ist, die dieser Mann vollbracht hat, so ist sie sich doch sicher, dass er nicht ihr Freund sein möchte. Mit Sicherheit kann er sich nicht ihrer Grausamkeit rühmen, aber ein unbeschriebenes Blatt ist Travis mit Sicherheit nicht.

„Ein Zombie", stammelt Travis und scheint den untoten Mexikaner inzwischen mit anderen Augen zu sehen. Langsam sickert diese Information in sein Hirn. Angestrengt denkt Kaylee nach und versucht, sich an jeden der ätzend langweiligen Horrorfilme zu erinnern, die sie je gesehen hatte.

Miguel stolpert erneut in ihre Richtung und Kaylee tritt lieber ein paar Schritte weiter zurück. Sein gieriges Stöhnen lässt sie frösteln. Durch den zweiten Schuss muss sie seine Luftröhre und Kehlkopf zerstört haben, sodass er nur noch röchelt. Das Geräusch klingt wie ein kaputter Blasebalg. Eine Gänsehaut jagt über ihren Rücken.

„Mein Gewehr ist im Auto", flucht Travis und zeigt auf sie. „Lenk ihn ab, dann hole ich es und wir erledigen ihn zusammen."

Auch wenn sein Vorschlag durchaus vernünftig zu klingen scheint, läutet in Kaylees Hinterkopf eine Alarmglocke. Solange Travis keine Waffe hat, ist er für sie keine sonderliche Bedrohung. Ein Schnellfeuergewehr, wie eine P90 würde dies schnell ändern.

„Nicht nötig", entgegnet sie, zielt auf den Zombie und feuert.

Eine kleine Wunde taucht auf der Stirn des Mexikaners auf, während sein Hinterkopf förmlich explodiert. Mit weit aufgerissenen Augen kippt der Untote nach hinten und landet auf den Asphalt. Sein demolierter Schädel schlägt mit einem feuchten Platsch auf. Angeekelt verzieht Kaylee das Gesicht. Als sie sich wieder gefangen hat, sieht sie Travis an und grinst.

„Zombiefilme … Das Gehirn zu zerstören, ist die beste Methode." Travis wirft einen Blick in den Wagen, scheint es jedoch nicht zu wagen, die Waffe herauszuholen.

„Hoffentlich weiß er das auch und bleibt nun tot", antwortet er und tritt vorsichtig gegen Miguel. Dieser hat sein letztes bisschen Leben ausgehaucht. Mit leeren Augen starrt er den Wolken hinterher, die über den Winterhimmel ziehen.

Erleichtert, dass der untote Mexikaner nicht erneut aufsteht, atmet Kaylee aus und lächelt zufrieden. „Hat sich doch gelohnt mit einem Arsch ins Kino zu gehen und sich einen Zombiefilm anzusehen."

Nervös streicht sie sich eine Haarsträhne aus dem Gesicht. Ihre Hand zittert leicht und sie zwingt sich zur Ruhe. Mit ihrem Blick sucht sie aufmerksam die Umgebung ab. Nirgends scheint sich jemand zu befinden und ein ungutes Gefühl breitet sich in ihrer Magengegend aus. Die Umgebung scheint sich mit einem Mal komplett verändert zu haben. Das Geröll, die Äste und der Unrat auf den Straßen sah sie zuvor nur als Unrat. Nun wachsen sie zu Anzeichen für eine Apokalypse heran. Kaylee unterdrückt ein Frösteln, das tief aus ihrem Inneren emporsteigt.

„Was ist … was ist, wenn die ganze Welt, oder zumindest die gesamte Ostküste unter dieser Pandemie leidet?", gibt sie zu bedenken und Travis sieht sie nachdenklich an. Er erinnert sie an einen Bären, der versucht, einen Haufen zu legen, während ihm eine Gruppe von Besuchern dabei zusieht. Beinah hat sie Sorge, dass sich Travis beim Nachdenken verletzen würde.

„Wir wären frei. Niemand würde uns suchen oder verfolgen", schlussfolgert er messerscharf und Kaylee verdreht genervt die Augen.

„Ja, das auch. Ich meinte aber eher, was wäre, wenn die Menschheit sich in einem Kampf gegen Untote befindet, oder diesen bereits verloren hat?" Der Hüne zuckt gleichgültig mit den Schultern.

„Eine Welt, in der nur die Starken überleben, ist mir ziemlich recht. Kein Gesetz, keine Vorschriften, ja, das ist was für Travis!" Irgendwie hatte sie befürchtet … nein erwartet, dass ihm dieser Gedanke zusagt.

„Wir beide könnten richtig etwas erreichen. Entweder machen wir einen Beutezug durch die Städte, gründen unsere eigene Gang oder wir besetzen einfach eine Villa nach der Anderen."

Der Spruch „Nicht, wenn du der letzte Mann auf Erden wärst", bekommt eine neue Bedeutung für Kaylee und sie schüttelt ärgerlich den Kopf. Travis wäre mit Sicherheit eine Bereicherung für sie, wenn sie ihm vertrauen könnte. Seine Muskeln und sein Hang zur Gewalt könnten ihnen viele Türen öffnen. Vermutlich würde er sie jedoch bei der erstbesten Möglichkeit verraten, vergewaltigen oder töten. Vielleicht auch alles zusammen. Die Alternative wäre, dass sie sich ihm freiwillig hingibt, und ihn so mit Sex unter Kontrolle behält. Schon mehrfach ist ihr dies mit Männern gelungen, die weitaus klüger waren als Travis.

Unauffällig mustert sie ihn erneut von oben bis unten. Seine kräftigen Oberschenkel, den durchtrainierten Hintern, seinen ausgeprägten Sixpack. All das hat sie schon oft gesehen und trotzdem nie in Betracht gezogen, mit ihm intim zu werden. Ihr Blick fährt weiter hoch, über seine breite Brust und die starken Schultern. Ihre Pupillen verengen sich für einen Augenblick, als sie an der Bisswunde hängen bleibt. Der alte schwarz weiße Horrorfilm kommt ihr wieder ins Gedächtnis. Eine Gruppe von Menschen war in einem Landhaus von Zombies umzingelt und einer wurde gebissen. Nach und nach verwandelte er sich in einen von ihnen und tötete viele Menschen.

„Das klingt nicht schlecht", gesteht sie und tut, als würde sie tatsächlich über seinen Vorschlag nachdenken. Wie eine Schlange starrt er sie mit seinen kalten Augen an, auf ihre Reaktion wartend. Aufmerksam wägt sie ihre Möglichkeiten gegeneinander ab. Ihr Wissen über diese Krankheit ist gleich null. Wenn es sich als Fehleinschätzung herausstellt und Miguel nur irgendetwas anderes war, dann würde sie ihre beste Chance auf eine erfolgreiche Flucht verlieren. Tief in ihrem Inneren spürt sie jedoch, dass ihr Entschluss feststeht. Die Bestie in ihrem Inneren hat die eiskalte Berechnung bereits angestellt.

„Einverstanden. Wir checken die Lage in Hampton, und wenn es sich wirklich um eine Pandemie handelt, werden wir entscheiden, wie wir vorgehen", erklärt sie sich einverstanden und lächelt ihn freundlich an. Langsam nickt Travis und seine harten Gesichtszüge werden etwas freundlicher.

„Falls wir uns aber irren und hier geht irgendwas anderes vor, sollten wir uns absichern. Kannst du Miguel über die Brüstung ins

Meer werfen?“ Sie steckt die Waffe in den Hosenbund und zeigt ihm deutlich, dass sie nicht vorhat, ihn zu überfallen.

„Wieso? Der tut doch nichts?“, entgegnet Travis leicht misstrauisch und Kaylee stimmt ihm zu.

„Das stimmt. Nur wenn die Polizei noch existiert, werden sie uns suchen. Wenn Sie die Leiche finden, wissen sie zumindest, dass wir hier waren“, erklärt sie geduldig. Travis reibt sich den Nacken und zuckt beim Schmerz, der dabei von seiner Schulter ausgeht, zusammen.

„Okay, ich werfe ihn ins Meer.“ Mühelos packt er den toten Mexikaner am Kragen und zerrt ihn hinter sich her. Nur eine schmale Leitplanke trennt die Straße von dem Rand der Klippen. Fünfzig Meter tief unter ihnen brandet der Atlantik gegen die Felsen und Gischt spritzt auf. Travis klettert über die Planke hinweg, während der eiskalte Winterwind an ihm zerrt. Aufmerksam beobachtet Kaylee ihn dabei und wägt ihren Entschluss ab. Wenn sie es tut, gibt es kein Zurück mehr. Eine zweite Chance gibt es nicht und sie würde für immer mit dieser Entscheidung leben müssen. Travis tritt an den Rand der Klippe, hebt Miguel problemlos hoch, stemmt ihn über den Kopf und wirft ihn dann wie eine Puppe über den Rand. Er sieht der Leiche nach und streckt sich genüsslich.

Noch bevor er sich wieder zu Kaylee umgedreht hat, ist sie hinter ihn getreten. Mit einer fließenden Bewegung zieht sie ihre 9mm, hält sie ihm an den Hinterkopf und drückt ab.

Wie ein Brett kippt der Riese nach vorn und verschwindet stumm in der Tiefe. Tief atmet Kaylee durch, saugt die kalte, salzige Luft in ihre Lungen. Kein Gefühl der Reue oder des Verlustes macht sich in ihr breit. Der Entschluss, Travis zu töten, wurde getroffen und damit ist es für sie abgeschlossen. Ein nachträgliches Bedauern und nach Alternativen suchen, gibt es für die junge Frau nicht. „Handle und lebe mit den Konsequenzen.“ Das hat ihr Vater ihr schon von klein auf beigebracht. Aufmerksam mustert sie die Umgebung, doch niemand scheint den Schuss gehört zu haben. Zufrieden steckt sie die Beretta in den Hosenbund zurück und geht zum Wagen, legt den Gang ein und fährt Richtung Hampton.

Auch an ihr sind die Jahre der Gefangenschaft nicht spurlos vorbeigegangen. Immer wieder blickt sie aufmerksam in den Rückspiegel. Jederzeit bereit das Gaspedal des alten Wagens bis zum Anschlag durchzudrücken. Nachts wacht sie regelmäßig bei dem kleinsten Geräusch auf, darauf eingestellt, sich zu wehren.

Die Frauen waren in einem separaten Teil des riesigen Tankers untergebracht, sodass sie erst bei ihrer Flucht von den Männern erfahren hatten. Sie streicht eine Haarsträhne aus dem Gesicht und lenkt den Wagen um einige schnell hintereinander folgende Kurven die Küstenstraße hinab. Die Gischt der Wellen sprüht über die mächtigen Felsen. Schwach glitzert die Sonne, die kaum durch die Schleierwolken scheint. Sie dreht die Heizung etwas höher und atmet tief durch.

Wenn die Welt wirklich den Untoten gehört, dann gibt es kein zu Hause, zu dem sie zurückkehren könnte. Die Menschen, die sie einmal geliebt hatte, sind mit ziemlicher Sicherheit tot. Ihre Gedanken schweifen zu ihrer Mutter und ihrem jüngeren Bruder ab. Keiner der beiden hat ihre Taten jemals verstanden. Niemand aus ihrem Freundeskreis wusste davon, was sie getan hat, und doch wurden sie stundenlang verhört. Einzig ihr Vater, so vermutet Kaylee, hatte eine Ahnung. Er wusste von ihrer blutigen Natur.

Die Felsen verschwinden allmählich und die Straße wird nun als Allee von Bäumen gesäumt. In einigen Kurven windet sich die Straße, vorbei an teuer aussehenden Häusern. Hecken, Mauern und schmiedeeiserne Tore grenzen die Grundstücke von denen der Nachbarn ab. Bewundernd lässt Kaylee ihren Blick in die Einfahrten wandern, hält jedoch nicht an. Die gesamte Gegend wirkt wie ausgestorben auf sie. Luxuskarossen befinden sich auf den Stellplätzen, doch ignoriert sie diese vorerst. Ihr primäres Ziel, wie sie es gern nennt, ist die Erkundung. Erst wenn sie sicher ist, dass der Zombie im Auto kein Einzelfall war, könnte sie sich auf die neue Umgebung einstellen.

Immer weiter folgt sie der Woodland Road, Richtung Süden. Häuser werden von Bäumen abgelöst, dann wieder mal ein alleinstehendes Haus. Aufmerksam achtet Kaylee darauf, nicht zu schnell zu fahren. Das Letzte, was sie jetzt gebrauchen könnte, wäre ein einsamer Streifenpolizist, der in der Gegend der Reichen und Schönen Ausschau nach einem Temposünder hält. Kein Auto kommt ihr entgegen, kein Briefträger ist zu sehen. Auch scheinen auf dem Tennisplatz zu ihrer Rechten schon lange keine Spieler mehr gewesen zu sein.

Als sie an die große Kreuzung gelangt, die die Woodland Road mit der Atlantic Avenue kreuzt, bremst sie vor dem Stoppschild ab. Der Motor brummt im Leerlauf. Ein weißes, dreigeschossiges Haus befindet sich ihr gegenüber, zu ihrer Rechten ein Friedhof, nur durch eine niedrige Steinmauer von der Straße getrennt. Nirgends ist eine Menschenseele zu sehen. Kaylee lehnt sich in dem unbequemen Sitz zurück und reibt sich über die Stirn um die Kopfschmerzen zu vertreiben. Lange Autofahrten hat sie noch nie gut vertragen, doch scheint das jetzt ihr geringstes Problem zu sein. Sie hat keine Ahnung, was hier passiert ist, und das behagt ihr ganz und gar nicht.

Einsamkeit hat ihr noch nie etwas ausgemacht, doch was sie hier erlebt, ist etwas anderes. Auch wenn sie nicht sonderlich gesellig war, gab es doch immer die Möglichkeit andere Menschen zu treffen. Dies könnte nun anders sein.

„Was ist, wenn ich der letzte lebende Mensch auf dem Planeten wäre?“, fragt sie sich selbst. Eine unbestimmte Angst schnürt ihr für einen Augenblick die Brust zu. Kaylee lehnt sich zurück, schließt die Augen und atmet tief ein. Langsam lässt sie den Atem wieder durch die Nase entweichen. Sie kann spüren, wie sich ihr Körper entspannt. Das Herz schlägt wieder normal, die Anspannung weicht aus ihren Muskeln. „Panik bringt dich nicht weiter“. Entschieden schluckt sie ihre Besorgnis herunter und knirscht mit den Zähnen.

Nach ein paar Minuten stellt sie den Motor ab, schaltet das Warnblinklicht an und steigt aus. Der frische Wind, der vom nahe gelegenen Meer bis zu ihr herüber weht, lässt sie frösteln. Sie schlingt die Arme um ihren Körper. Mit wenigen Schritten erreicht sie die Abgrenzung des Friedhofes, steigt über sie hinweg und geht durch das schienbeinhohe Gras. Erneut breitet sich das ungute Gefühl in ihrem Magen aus, was nicht allein von dem Hunger herzurühren scheint. Sie erreicht die ersten Grabsteine, geht um sie herum und prüft die Umgebung aufmerksam. Ein leichter Verwesungsgeruch scheint immer mal wieder aufzutauchen, wenn der Wind eine Böe in ihre Richtung treibt.

„Du bist auf einem Friedhof, das ist ganz normal", ruft sie sich zur Ordnung und versucht ein Lächeln aufzusetzen. Es gelingt ihr nicht, und als sie mit dem Fuß gegen einen umgefallenen Grabstein stößt, wird ihr klar, was ihr Unbehagen bereitet. Sie seufzt niedergeschlagen.

Das hohe Gras würde in einer so reichen Wohngegend nie geduldet, dessen ist sich Kaylee sicher. Der Friedhof wurde mit Sicherheit seit vielen Monaten nicht mehr gepflegt, und da er sich an einer Hauptstraße befindet, ist das undenkbar. Dies lässt nur den Schluss zu, dass irgendetwas die Bewohner mehr beschäftigt haben muss als kurz geschnittener und gepflegter Rasen.

„Okay, also doch eine Apokalypse", stellt sie fest. Amüsiert über ihre innere Gelassenheit im Zuge dieser weitreichenden Erkenntnis muss Kaylee grinsen.

Aus dem Augenwinkel sieht sie eine Bewegung und lässt sich instinktiv zu Boden fallen. Das Gras fühlt sich kalt und feucht an, was sie jedoch ausblendet. Sämtliche Sinne sind aktiviert und sie konzentriert sich auf ihr Gehör. Die Vögel, die noch vor wenigen Sekunden sporadisch getrillert haben, sind verstummt. Sie spüren die Anwesenheit eines Feindes. Kaylee greift unter ihre Jacke, zieht die Beretta hervor und entsichert die Faustfeuerwaffe. Wer auch immer dort läuft, würde sich kaum gegen eine 9mm-Pistole wehren können. Sie atmet flach den erdigen Duft ein und spannt ihre Armmuskeln an. Vorsichtig stemmt sie sich etwas in die Höhe, sodass sie über das Gras hinwegsehen kann.

Zwei Personen laufen langsam die Atlantic Avenue entlang, leicht schwankend, fast wie Betrunkene. Langsam lässt sich Kaylee wieder auf den Boden zurücksinken und prüft ihre Möglichkeiten. Bei den beiden Betrunkenen handelt es sich, aller Wahrscheinlichkeit nach, um Zombies. Wenn nicht, würde sie schon bald riesige

Probleme bekommen. Vorsichtig steht sie auf, zuerst in die Hocke, dann vollständig. Die Beretta weist genau auf den Oberkörper des Mannes, der ihr am nächsten steht. Sie folgt ihnen in einem Abstand von zehn Metern, als die Wesen plötzlich stehen bleiben. Wie ferngesteuert wenden sich beide Köpfe gleichzeitig Kaylee zu.

„Wow … das ist gruselig“, flüstert sie erschrocken. „Auch wenn ihr mich nicht versteht. Geht weiter und wir kriegen keine Probleme!“, ruft sie den beiden Wesen lauter zu. Diese ignorieren ihre Warnung jedoch offensichtlich und wanken jetzt eilig zu ihr herüber. Der Erste fällt über die niedrige Steinmauer und landet mit einem dumpfen Klatschen auf dem Boden. Mit geschultem Blick prüft Kaylee die Entfernung zu den Zombies, dann zu ihrem Auto und zuckt mit den Achseln.

Gerade als sie beschließt, den beiden Untoten aus dem Weg zu gehen, läuft ihr ein kalter Schauer über den Rücken. Ein Gefühl, als hätte sie etwas Wichtiges vergessen, breitet sich blitzschnell in ihrem Kopf aus. Knochige Finger legen sich auf ihre rechte Schulter und erschrocken schreit Kaylee auf. Sie torkelt nach vorn. Gleichzeitig schlägt sie die Hand beiseite. Ihr Fuß stößt gegen den umgefallenen Grabstein und Kaylee verliert das Gleichgewicht.

Schmerzhaft landet sie auf dem Hintern. Ein untoter Gärtner sieht sie aus bleichen Augen an und stöhnt enttäuscht, dass sich sein Futter bewegt.

„Heilige Scheiße, wo kommst du Arsch denn her?“, flucht sie, nimmt die Waffe in Anschlag und feuert.

Einer Explosion gleich verteilt sich der Inhalt des Gärtnerkopfes in der Umgebung. Erleichtert keucht Kaylee und rappelt sich wieder auf. In ihrem Stolz gekränkt, dass sich ein wandelnder Leichnam an sie hatte anschleichen können, klopft sie sich das Gras von ihrer Hose ab.

„So … ihr wolltet mich also ablenken und dann fressen.“ Ihre Stimme gleicht einem bedrohlichen Knurren. Mit schnellen Schritten geht sie auf die beiden verbliebenen Gegner zu. Zwei Mal drückt sie ab, zwei Mal tötet sie. Ihr Puls rast und noch immer kann sie den Griff der kalten, toten Finger an ihrer Schulter spüren. „Mädchen, du musst vorsichtiger sein“, ermahnt sie sich selbst und schüttelt sich vor Ekel. Es dauert eine Weile bis sie ihren Atem wieder unter Kontrolle hat. Nachdem sie nun sicher ist, dass es sich um eine wirkliche Zombie-Apokalypse à la George A. Romero handelt, beschließt Kaylee, sich die Häuser der Reichen einmal in Ruhe anzusehen.

Stimmen aus der Ferne

Die dritte Nacht hintereinander konnte die kleine Gruppe um Viktor Mason und Lester Boyer nun ruhig schlafen. In dieser Zeit ist es deutlich kälter geworden und der Boden hart gefroren.

„Der Winter wird nicht mehr lange auf sich warten lassen", stellt Viktor mit ruhigem Tonfall fest. Alle haben sich um den Hummer herum versammelt, um das weitere Vorgehen zu besprechen.

„Uns bleiben nicht viele Alternativen. Entweder wir halten es im Winter bei Schnee und Eis hier oben aus oder wir ziehen gen Süden. Wir wissen nicht, wie schlimm es dort ist. Rein physikalisch müssten die Zombies hier oben bei Schnee und Eis träger werden und nicht mehr so gefährlich sein. Ob das wirklich so ist, wissen wir natürlich nicht", erklärt Viktor. Er lehnt sich gegen die Beifahrertür des schweren Hummers und mustert jeden Einzelnen.

„Wenn sie nun an der Kälte sterben?", fragt Maggie und ein wenig Hoffnung schimmert in ihren Augen.

Lester hebt die Hände, um diese Spekulation direkt zu unterbinden.

„Wir wissen es nicht. Es wäre sehr schön, wenn im nächsten Frühling der ganze Spuk ein Ende hat, aber die Seuche wütet seit fast einem Jahr und es war zu Beginn ebenfalls kalt. Das hat das Ganze nicht wirklich aufgehalten." Er blickt in die Gesichter der Umstehenden. Die meisten nicken zustimmend. „Unabhängig davon, wie sollen wir so lange überleben? Wir müssten mehr Feuer machen, mehr Lebensmittel besorgen und uns warmhalten", fährt er fort.

„Und was schwebt euch als Ziel vor?", fragt Darius und verschränkt die Arme vor der mächtigen Brust.

„Keine Ahnung. Houston, Miami, Dallas? Irgendwohin wo es warm ist. Wenn die Kälte diese Missgeburten echt umbringt, könnten wir im Frühjahr zurückkommen und unsere Häuser wieder aufbauen", antwortet Viktor und die Anwesenden schöpfen bei den Worten Hoffnung, was sich durch ein leises Getuschel bemerkbar macht.

„Es ist ein weiter Weg bis nach Houston oder Miami. Wir müssen durch besiedelte Gebiete und treffen dort vermutlich auf ebenso viele Untote wie hier. Wir haben nicht genug Munition und Kämpfer für eine solche Reise", hält Jason dagegen. Der ehemalige Metzger wägt gern alle Möglichkeiten mehrfach ab, bevor er sich festlegt. Verärgert knurrt Viktor und streicht sich über die Glatze.

„Herr Gott, Jason, wie oft noch? Wenn wir hier bleiben, erfrieren oder verhungern wir. Ziehen wir in den Süden, können wir überleben, oder auch draufgehen", knurrt Viktor über die ständigen Widersprüche des Metzgers. Seit er vor einigen Monaten von Mia aufgelesen wurde, hat sich Jason als ziemliche Nervensäge entpuppt. Ständig gibt er Bedenken preis, stellt alles in Zweifel, was Viktor vorschlägt und bringt sich kaum in das Gruppenleben ein. Für Leute wie ihn hat Viktor nur ein Wort: Schmarotzer. Wenn er könnte, würde er diesen faulen Hund mit Tritten vertreiben.

„Falls du es nicht mitbekommen hast: Die Toten wandeln auf der Erde! Die verdammte Hölle hat sie wieder ausgespuckt und nun dürfen wir uns mit ihnen rumschlagen. Wo soll es also heute noch sicher sein?", flüstert er und seine Stimme klingt dabei bedrohlich.

Jessy stellt sich neben Viktor und zieht ihren Parker enger um sich, um die Kälte abzuhalten. Der Hummer ist ein hervorragender Windschutz für die schlanke junge Frau.

„Ich werde mit in den Süden kommen. Der Winter hier oben hat mir noch nie gefallen. Die Schneestürme, die Kälte, das Eis und was nicht alles." Sie reibt sich die Arme durch die Jacke warm und schüttelt sich bei den Erinnerungen. „Damals hatten wir noch eine Heizung und warmes Essen und Getränke. Jetzt? Nein danke, ich möchte nicht hier bleiben, so schön es hier auch meistens ist."

Ein hitziges Gespräch entbrennt unter den Mitgliedern der Gruppe, doch die meisten sind Viktors und Jessys Meinung. Ein Umzug in den Süden ist die einzig sinnvolle Wahl. „Wir werden noch einen Beutezug unternehmen, bevor wir aufbrechen. Wir brauchen Sprit und Lebensmittel. Munition und Waffen wären auch nicht verkehrt." Viktor sieht auf die Straßenkarte, die sie vor einigen Wochen in einer Tankstelle erbeutet hatten. Nachdenklich reibt er sich den Nacken und betrachtet sie eingehend. „Diese Sachen finden wir nicht in der Kleinstadt, wir müssen in eine Größere. In Sudbury waren wir schon und Jessy kennt sich dort sehr gut aus. Ich schlage vor, dass wir dorthin zurückkehren, unsere Vorräte auffüllen und uns auf den Weg machen."

Ihr Weg zurück nach Sudbury bringt alte Gefühle wieder ans Tageslicht. Hier haben sie Jimmy DeBlanc verloren. Durch einen Zombieangriff. Viktor hatte nicht den Eindruck, dass sie ihm die Geschichte über Jimmy nicht abgekauft hätten. Und er täte gut daran, sein kleines Geheimnis für immer für sich zu behalten. Sollten die anderen es jemals herausfinden, würden sie es mit Sicherheit nicht positiv aufnehmen.

Jessy hat ihnen auf einem Stadtplan die wichtigsten Ziele markiert. Eine von sieben Tankstellen, zwei Supermärkte und ein Waffengeschäft. Sie alle liegen kilometerweit auseinander, doch besteht die Chance, alle benötigten Sachen zu bekommen.

„Die Tankstelle wird das größte Problem. Die Pumpen, die das Benzin liefern, dürften schon lange außer Betrieb sein, da sie seit rund einem Jahr keinen Strom bekommen haben", gibt Lester zu bedenken.

„Gelingt es uns nicht sie wieder in Gang zu bekommen, müssen wir Benzin aus Autos abzapfen. Die Ausbeute dürfte da jedoch gering sein, da die meisten liegen gebliebenen Fahrzeuge staubtrocken sind", erklärt er und Viktor stimmt ihm zu.

„Das sehe ich genauso. Hoffen wir, dass dein Plan gelingt, die Pumpe der Tankstelle wieder in Gang zu bringen, Lester."

Faith sitzt ebenfalls im Hummer, neben Lester, der gerade sein Remington-700 Repetiergewehr reinigt.

„Wir sollten dieses Mal alle zusammen bleiben. Wenn wir mehr Feuerkraft haben, können diese Zombies uns nicht platt machen."

Der Vorwurf in ihrer Stimme ist nicht zu überhören und Viktor muss sich zwingen, ruhig zu bleiben. Dass sie einen Schuldigen für Daniels Tod sucht, kann er nur zu gut verstehen, doch will er diese Schuld nicht auf sich nehmen. Zur Abwechslung war nicht er es, der Daniels bisheriges Leben beendet hat. Sein Leben war durch den Biss des Kindzombies verwirkt.

In der Vergangenheit ging Viktor oft über Leichen, um seine persönlichen Ziele zu erreichen. Er bereut so gut wie keine Entscheidung, Daniels Exekution jedoch war eine andere Situation. Natürlich hätte dies nicht unbedingt so enden müssen, doch wäre die Gruppe dann über sein Geheimnis gestolpert. Sie hätten gefragt, wie es dazu gekommen ist und hätten gefordert, dass er es öfter einsetzt. Im schlimmsten Fall wäre es sogar sinnlos gewesen, da Daniel keine sehr hohe Überlebenschance hatte. Ab dann hätte er es aber jedes Mal teilen müssen. So tat er das, was für ihn und Daniel am besten war und schoss ihm in den Kopf.

„Daniel wurde überrascht, wie du selbst gesehen hast, als du dir die Seele aus dem Leib gekotzt hast. Er hatte keine Chance", entgegnet er schließlich wütend.

„Meine Sorge sind eher die Motorradfahrer. Sie haben uns schon mal überfallen. Wie werden sie wohl reagieren, wenn wir nun in die Stadt fahren?"

Lesters Einwand lässt alle einen Augenblick überlegen.

„Wir werden ihnen keine Gelegenheit geben, uns noch mal zu überraschen", beschließt Viktor und tritt das Gaspedal weiter durch.

Die kleine Gruppe aus vier Fahrzeugen hat in einiger Entfernung von der Shell-Tankstelle geparkt. Vor dem flachen Gebäude befinden sich einige Zapfsäulen und dessen Fensterfront ist derart verdreckt, dass sie nicht einen Blick ins Innere werfen können. Neben dem bereits weit geöffneten und vermutlich ausgeräumten Verkaufsshop befindet sich noch eine Werkstatt. Das Schild über der Tür wurde offensichtlich schon vor langer Zeit zerstört, sodass Viktor nur die Anfangsbuchstaben „Sa" lesen kann. Viktor und Alexandr haben sich auf das Dach eines nahe gelegenen Schuppens begeben und kundschaften die Gegend mit den Visieren ihrer Gewehre aus. Aufmerksam lässt er seinen Blick über die verlassene Straße wandern, vorbei an liegen gebliebenen Autos und verlassenen Häusern. Die drei Gestalten, die sich schlurfend über den

Parkplatz der Tankstelle bewegen, vollenden das Bild einer postapokalyptischen Geisterstadt.

„Ich kann drei Zombies ausmachen. Und du?“ Alexandr lässt sich Zeit und stimmt ihm dann zu.

„Drei, da.“ Mit der Hand gibt Viktor das Zeichen zum Angriff und Lester, der Ingenieur, winkt den anderen zu. Sie starten die Motoren der Fahrzeuge und legen die Strecke zur Tankstelle mit hohem Tempo zurück. Statt direkt zu den Zapfsäulen zu fahren, halten sie an der äußeren Begrenzung des Grundstücks. Wie Viktor weiß, muss sich dort die Bodenplatte, die den unterirdischen Tank abdeckt, befinden. Sein Gewehr folgt dem Hummer und er beobachtet wie Faith und Lester aussteigen. Ein kalter Windzug streift Viktors kahlen Schädel und er knurrt verärgert. Dieses Wetter behagt ihm absolut nicht. Auch wenn er nicht der Typ Mensch ist, der sich in die Sonne legt, um braun zu werden, bevorzugt er dennoch wärmere Temperaturen.

Er klopft Alex auf die Schulter, als Zeichen, dass er zu den anderen gehen soll und springt dann vom Schuppen. Der stille Russe wird ihnen Deckung geben, solange sie das Benzin abfüllen.

Als Viktor die anderen erreicht, haben sie bereits die Platte geöffnet und schleppen soeben die behelfsmäßige Pumpeinrichtung herbei, die Lester entworfen hat. Die Einfüllstutzen werden geöffnet und der Schlauch drauf gepresst. Der zweite Schlauch der Pumpe wird an den Tank des Hummers angeschlossen, der mit einem Überbrückungskabel die Pumpe mit Strom versorgt.

Die drei Untoten stolpern stöhnend auf die neu entdeckte Beute zu. Voller Abscheu betrachtet Viktor die mit Bisswunden übersäten Bewacher. Wer sie einmal waren, kann er beim besten Willen nicht mehr erkennen und es interessiert ihn auch nicht. Wesen wie sie haben ihm den letzten Rest seiner Familie genommen. Das wird er ihnen niemals verzeihen. Routiniert bringt er seine Glock in den Anschlag, doch er drückt nicht ab. Es wäre eine Verschwendung von Munition und der Krach könnte Weitere anlocken. Erst müssten sie das Benzin haben. Verärgert lässt er die Waffe wieder sinken.

Das wohlverdiente Töten hätte ihm etwas Frieden gebracht. Allein bei dem Gedanken, wie eine dieser entstellten Bestie seine Familie damals angriff, spürt er einen Anflug von Raserei. Faith hat bereits einen Pfeil auf Daniels Bogen gelegt, spannt die Hightech-Waffe und schießt. Der Pfeil saust durch die Luft und verfehlt den Kopf eines Cordhosen-Trägers um mehrere Zentimeter.

„Das war ja wohl nichts", kommentiert Viktor ihren ersten Versuch unter Druck. Sein Finger ruht neben dem Abzug seiner gesicherten Glock, doch will er Faith noch eine weitere Chance geben.

Der erste Zombie streckt die Arme vor. Seine Kiefer schlagen immer wieder klappernd aufeinander. Erneut legt Faith an und schießt. Statt des Kopfs erwischt sie dieses Mal nur den Hals. Der Zombie strauchelt, fängt sich jedoch wieder. Den Pfeil in seinem Hals ignoriert er, als wäre dieser überhaupt nicht vorhanden. Zielstrebig setzt er seinen Weg fort. Eilig legt Faith noch einen Pfeil auf. Der Zombie ist nun keine zwei Meter von ihr entfernt. Gespannt verfolgt Viktor den Kampf. Wenn sie nun nicht trifft, wird sich das Wesen auf sie stürzen. Darius hält seinen Hammer bereits in der Hand, jederzeit bereit einzuschreiten. Lester, Jason und Mia haben ihre Waffen auf den Untoten gerichtet, doch niemand feuert. Verärgert über ihr eigenes Versagen knurrt Faith, spannt den Bogen, atmet hörbar aus und lässt die Sehne los. Der Pfeil zischt durch die Luft und landet mit einem leisen Knacken in der Stirn des Untoten. Der Getroffene stoppt seinen Angriff, kaut noch einmal in der Luft und fällt dann steif zu Boden.

Erleichtert seufzt sie. Auch wenn sie es verbergen möchte, kann Viktor doch ihr Zittern sehen. Während Darius an ihr vorbei stürmt, lobt er sie kurz und macht die anderen beiden Untoten nieder. Sein Werkzeughammer zertrümmert ihnen die Schädel.

„Lautloser hätten wir es nicht schaffen können", freut sich Jessy und Viktor zuckt gleichgültig mit den Schultern.

„Das waren drei, die weit entfernt waren. Das schafft sogar ein Blinder mit Krückstock. Kein Grund, sich auf die Schulter zu klopfen", erwidert Viktor.

„Fick' dich", schimpft Faith und marschiert zu dem von ihr erlegten Zombie, um die Pfeile zurückzuholen. Viktor blickt ihr hinterher und pfeift bewundernd, als sie sich bückt um den Pfeil herauszuziehen.

„Lieber würde ich dich ..."

„Viktor! Es reicht", mischt sich Lester ein und zeigt auf die Pumpe. „Es funktioniert. Wir kommen an das Benzin. Der Hummer ist gleich voll, dann befüllen wir die anderen Wagen. Es wäre gut, wenn ihr Kanister findet, damit wir Reserven haben. Tankstellen sind in ländlichen Gegenden nur sehr selten zu finden, das wisst ihr alle."

Zuerst will Viktor aufbrausen, doch belehren ihn die wütenden Blicke der anderen eines Besseren. Er nickt Lester zu und weist Darius, Vanessa und Mia an, ihm zu folgen. Zu Viert durchsuchen sie den Verkaufsshop der Shell-Station. Diese wurde, wie Viktor bereits vermutete, schon ausgeräumt. Sämtliche Lebensmittel, Zigaretten, Benzinkanister und andere Gegenstände wurden mitgenommen. Einzig ein paar verblichene Zeitschriften lagern einsam in ihrem Ständer. Hinter der Ladentheke entdeckt Mia einige kleine, leere Kanister für Motoröl, die sie ebenfalls einsammeln. Doch nichts um Benzin in größeren Mengen abzufüllen.

„Wir könnten eine der Regentonnen nutzen, die draußen stehen", schlägt Mia vor, doch Darius schüttelt entschieden den Kopf.

„Sie sind aus Metall. Sobald ein Funke sich entzündet, gehen die hoch wie eine Bombe. Zudem müssen wir sie auf den Wagen befestigen, was sie zu Zielscheiben für die Biker machen würde."

Enttäuscht tritt Mia gegen eine leere Plastikflasche, die vor ihr auf dem Boden liegt. Vanessa legt ihr aufmunternd ihre Hand auf die Schulter.

„War trotzdem eine gute Idee."

Die beiden Frauen kennen sich bereits seit einigen Monaten, wie Viktor inzwischen erfahren hat. Zusammen hatten sie die Außenbezirke von Toronto hinter sich gebracht und sind wochenlang durch die Landschaft geirrt, bevor sie von Lester aufgelesen wurden. Mit ihren neunzehn Jahren ist Mia nach Lilli die Jüngste in der Gruppe. Die ehemalige Musikstudentin hat sich jedoch als überaus zäh und erfinderisch erwiesen, weswegen der Polizist sie inzwischen als vollwertiges Mitglied ansieht.

Sie durchsuchen noch die angrenzende Werkstatt, können jedoch auch dort keine passenden Kanister finden. Vanessa geht zu dem Metalltisch, auf dem sich allerlei Werkzeug befindet und vergewissert sich, dass darunter und dahinter niemand lauert. Sie schaltet das kleine Radio ein. Wie erwartet ist das Einzige, was sie empfangen, ein Rauschen. Die Senderstationen in Kanada haben ihr Programm schon vor Monaten eingestellt. Selbst die automatischen Playlisten der Sender sind inzwischen verstummt, was sie anhand der fehlenden Musik im Autoradio mitbekommen haben.

Während sie durch die Frequenzen wechselt, hört sie plötzlich eine Stimme. „... bin hier. Kann mich jemand verstehen?“ Die Vier sehen sich überrascht an und Vanessa stellt lauter. Der Mann am anderen Ende scheint die Botschaft immer wieder zu wiederholen. „Mein Name ist Claude und ich wohne in Sudbury. Wenn mich jemand hören kann, meldet euch bitte. Ich habe Lebensmittel und genug Wasser, um länger durchzuhalten. Die Meute vor meinem Haus wird jedoch immer größer. Sie werden irgendwann durchbrechen. Ich bin hier auf Hilfe angewiesen. Kann mich jemand verstehen?“

„Wir müssen ihm helfen!“, stellt Mia fest.

Viktor schüttelt entschieden den Kopf.

„Zu gefährlich, Mia. Wenn wir uns bis zu ihm durchschlagen, wo auch immer er sich befindet, haben wir es mit sehr vielen Zombies zu tun. Im schlimmsten Fall haben unsere Biker den Ruf auch schon gehört, da er mit Sicherheit schon eine Weile sendet. Sie warten bestimmt, bis er tot ist und holen sich dann seine Lebensmittel.“

Viktor will das Radio ausschalten, doch Mia stellt sich ihm in den Weg. „Die anderen sollen das auch hören, dann entscheiden wir gemeinsam, wie wir vorgehen.“ Ihre braunen Augen blitzen eisig und sie verschränkt die Arme vor der Brust. Viktor lacht über diese Geste, doch als sich Vanessa unterstützend neben sie stellt und ihn ebenfalls anfunkelt, flucht er: „Fahrt zur Hölle. Macht doch, was ihr wollt."

Die Gruppe ist geteilter Meinung über den Rettungseinsatz von Claude. Obwohl er nicht sonderlich weit weg zu wohnen scheint, haben die Wenigsten Lust darauf, gegen eine Horde Untoter zu kämpfen. Seine Position hat er sowohl in Form von Straßennamen als auch Koordinaten kundgetan. Er verfügt nach eigenen Angaben über eine Hobbyfunkerausrüstung, was Viktor erklärt, wieso er im Radio zu hören ist. Claude muss seit längerer Zeit immer weiter Frequenzen ausprobiert haben, bis sie ihn endlich gehört haben. Eine Antwort können sie ihm mangels Ausrüstung aber nicht zukommen lassen, weswegen ein Besuch die einzige Möglichkeit darstellt.

„Wir sollten uns einen Überblick über die Lage verschaffen und dann entscheiden, ob wir dem Mann helfen können oder nicht", schlägt Mia vor und sieht Vanessa Hilfe suchend an. Diese nickt und bestätigt: „Wir sind genau wie er Menschen. Wir sind es ihm schuldig nachzusehen. Wenn wir uns zu sehr selbst in Gefahr bringen, dann lassen wir es. Wenn es aber möglich ist ... müssen wir es wenigstens versuchen!"

„Das ist Schwachsinn. Wir kennen den Typen nicht, können keinen Kontakt mit ihm aufnehmen und wissen gar nicht, ob er uns etwas bringt oder nicht." Viktor spuckt auf den Boden und stapft ärgerlich davon. Jessy eilt ihm etwas zögerlich nach, holt ihn jedoch recht schnell wieder ein.

„Was ist, wenn sie recht haben, Viktor? Schulden wir es ihm nicht wenigstens zu sehen, ob wir ihm helfen können? Du bist doch Polizist gewesen, du hast anderen Menschen geholfen."

Viktor bleibt stehen und sieht ihr fest in die grünen, hoffnungsvoll wirkenden Augen. Ihr blondes Haar weht im kühlen Wind und seine Wut verfliegt wie eine Rauchwolke im Sturm.

„Du verstehst es nicht, Jessy. Du kannst es nicht verstehen. Ja, ich war Polizist in Ottawa, aber ich war kein guter Polizist. Ich ... naja, ich war nicht gerade das, was man als ehrlich ansehen würde."

Sie hört ihm schweigend zu und hält seinem Blick stand. Trauer huscht über sein hartes Gesicht und er wischt sich mit den Händen über die Glatze.

„Ich war nicht bei ihnen, als es schlimmer geworden ist. Mein Sohn ... er war gerade einmal acht Jahre alt, wurde von ihnen getötet. Meine Frau versuchte sie abzuwehren, aber sie hat es nicht geschafft. Sie ist ebenfalls ... gestorben."

Er reibt sich den Nacken, sieht sich nervös um und knirscht wieder mit den Zähnen. Jessy sieht ihm fest in die Augen, er wendet den Blick ab und geht ein paar Schritte.

„Die Polizei hatte den ganzen Tag auf der Straße versucht, gegen das Chaos anzugehen. Als ich nach Hause kam, habe ich die beiden im Schlafzimmer gefunden." Es fällt ihm mehr als schwer und ihm wird klar, dass er es noch niemandem zuvor erzählt hat.

„Sie waren infiziert?", haucht sie, obwohl sie die Antwort bereits zu kennen glaubt. Er nickt langsam, die Szene stellt sich langsam vor ihrem inneren Auge auf, während er erzählt.

„Ich öffnete die Zimmertür und er ... ich meine, sie lagen dort in der Ecke. Die ganze Wand war voller Blut. Meiner Frau fehlte ein Arm und ... ihr Bauch war aufgerissen. Eine dieser Bestien war noch in der Wohnung. Als er mich sah, ist er auf mich zugekommen. Ich habe ihn erledigen müssen." Seine Stimme wird leiser und Jessy legt ihm die Hand auf die Schulter.

„Das tut mir so leid, Viktor." Er nickt geistesabwesend. Seine Gedanken befinden sich immer noch in seiner alten Wohnung.

„Das Schlimmste war, dass mein Junge die Augen öffnete. Er erhob sich blutverschmiert und für den Bruchteil einer Sekunde war ich glücklich, dass er lebte." Viktor wendet sich von ihr ab und wischt sich eine Träne aus den Augen.

„Dann griff er mich an. Seine Augen waren milchig, wie die von diesen Bastarden und er wollte mich beißen."

Jessy hat ebenfalls Tränen in den Augen und sie nimmt Viktor, trotz seines Widerstandes, in den Arm und presst sich gegen ihn.

„Du konntest ihn nicht retten. Er war schon lange tot." Wütend reißt sich Viktor los und starrt sie an.

„Glaubst du, dass ich das nicht weiß. In der Sekunde, in der er auf mich losstürmte, war es mir klar. Ich habe ihn ... getötet ... meinen eigenen Sohn! Hast du auch nur die geringste Ahnung, was für ein Mensch man sein muss, wenn man seinem eigenen Sohn den Schädel wegschießt?“ Sie schüttelt den Kopf und Viktor zeigt auf die anderen, die sich noch immer darüber unterhalten, wie es weitergehen soll.

„Sie auch nicht. Ihr habt schlimme Dinge erfahren. Eure Freunde sind zu diesen Dingern geworden. Niemand, aber auch niemand von euch musste sein eigen Fleisch und Blut töten.“

„Und deine Frau ...?“ Gespielt gleichgültig zuckt Viktor mit den Schultern.

„Ich habe ihr eine Kugel in den Kopf gejagt, bevor sie wieder aufstehen konnte. An diesem Tag verlor ich das, was von meiner Familie noch übrig war. Wir haben schon … vorher Verluste hinnehmen müssen, aber das war doch etwas anderes.“ Jessy presst die Hand vor den Mund, schüttelt langsam und traurig den Kopf.

„Das tut mir sehr leid. Ich hatte keine Ahnung.“ Erneut spuckt er auf den Boden, als könne er den schalen Geschmack seiner Tat auf diese Weise loswerden. Mit dem Handrücken wischt er sich die letzte Träne weg.

„Und so wird es auch bleiben. Ich will nicht, dass die anderen davon erfahren. Ich halte diese scheiß Gruppe zusammen, jedenfalls versuche ich das.“ Er presst die Zähne aufeinander und sieht zu einem Punkt am Horizont. „Solange aber die Leute nicht auf mich hören, werden wir immer wieder jemanden verlieren. Vor allem bei Unternehmungen wie diesen. Und das für einen Fremden, den wir nicht mal kennen.“

„Ich kann dich sehr gut verstehen. Du möchtest nicht, dass den anderen etwas zustößt. Aber können wir das auf Kosten von Claude tun? Wir sollen nicht einmal versuchen ihm zu helfen? So bist du nicht, Viktor.“ Er hält ihrem Blick Stand und der altbekannte, grimmige Ausdruck kehrt in sein Gesicht zurück.

„Du kennst mich nicht, Jessy. Du weißt nicht, WIE ich bin“, knurrt er verärgert. Mit der Hand fährt er über seine Glatze.

Sie konnte es nicht wissen, da er es niemandem erzählt hatte. Der Tag, an dem er seine Familie verlor, war auch der Moment, an dem er beschloss, sein Geheimnis zu bewahren. Niemals würde er riskieren, es zu veröffentlichen. Selbst wenn das bedeutet, dass weitere Menschen sterben müssen. Vor seinem inneren Auge sieht er wieder die Szene im Garten. Jimmy DeBlanc hatte keine Ahnung, dass Viktor ihn bereits durchschaut hat. Dieser Trottel verweilt nun in den Bäuchen unzähliger Untoter. Dieses Schicksal steht jedem bevor, der es wagen sollte, in Viktors Vergangenheit herumzuschnüffeln.

Würden sie herausfinden, was er getan hat und wieso, würden sie ihn im besten Fall töten. Die restliche Gruppe ist Viktors Meinung nach noch lange nicht bereit für diese harte Welt. Indem er sein Geheimnis wahrt, beschützt er sich, und gemäß seiner Logik auch sie.

Rettungsmission

Das laute Stöhnen aus über einhundert Kehlen wird ihnen schon eine Weile vom Wind entgegengetragen. Viktor, Alexandr, Lester und Mia haben sich von der Fahrzeugkolonne entfernt, um einen Blick auf die Szene vor ihnen zu werfen. Das Haus von Claude befindet sich keine fünfzig Meter vor ihnen. Ein hoher, hölzerner Gartenzaun umrundet das Grundstück. Eine überwältigende Anzahl an Dränglern hat ihn jedoch inzwischen niedergerissen. Mit ihren Händen klopfen und hämmern die Untoten gegen die Türen und mit Brettern vernagelten Fenstern des Zweifamilienhauses. Die mannshohe Heckc ist an vielen Stellen ebenfalls niedergetrampelt worden.

„Es müssen gut einhundert sein, wenn ich mich nicht irre“, flüstert Viktor und reicht Lester das Fernglas. Durch das Fenster des großen Schlafzimmers des Mehrfamilienhauses haben sie eine gute Sicht auf Claudes Haus. Alexandr bestätigt Viktors Meinung durch sein Zielfernrohr und Lester reicht das Fernglas an Mia weiter.

„Das sieht nicht gut aus. Das Haus wurde wohl noch nicht eingenommen, aber es kann nicht mehr lange dauern“, stimmt ihm Lester zu und weist auf das Fenster an der Südseite, an dem sich bereits ein paar Bretter gelöst haben.

„Kannst du Claude sehen?“, fragt Mia und der Russe mit der Narbe im Gesicht sucht die Fenster in den oberen Stockwerken ab. Er schüttelt den Kopf.

„Nein, nichts zu sehen.“

„Wenn wir uns ihm gegenüber bemerkbar machen könnten, ohne diese Viecher zu uns zu locken ...“, grübelt Viktor und mustert ihre Umgebung.

„Selbst, wenn er da drin ist, wie sollen wir an den ganzen Zombies vorbeikommen?“, wirft Mia ein und Viktor lacht gehässig.

„Komisch, jetzt fällt dir mein Argument wieder ein. Aber ihr wolltet ja nicht auf mich hören“, knurrt er verärgert. Niedergeschlagen blickt Mia zu Boden.

„Ich dachte, wir könnten ihn retten. Aber so wie das hier aussieht ...“, sie spielt mit der Kordel an ihrem Kapuzenpullover „müssen wir wohl unverrichteter Dinge abziehen.“

„Jetzt sind wir einmal hier, also können wir ihn auch genauso gut einsammeln“, knurrt Viktor mit grimmigem Unterton. Alexandr klopft Viktor auf die Schulter und zeigt auf das Haus.

„Da, Dachfenster!“ Die Drei sehen gleichzeitig durch ihr Fernglas. Sie müssen ihre Augen bedecken, da die Sonne ihnen direkt entgegenscheint.

„Da ist ein Mann. Ob es Claude ist, weiß ich nicht. Mia, such‘ im Haus nach einem Spiegel oder so was. Beeile dich, bevor er wieder weg ist.“ Sofort springt sie auf und läuft in das angrenzende Badezimmer. Da sie den Spiegelschrank nicht von der Wand entfernen kann, läuft sie hinab ins Erdgeschoss und ins Wohnzimmer. Kurz darauf reicht sie Viktor einen Bilderrahmen mit Glas und sieht ihn fragend an. Er legt sein Fernglas beiseite, nimmt den Bilderrahmen und fängt an, mit ihm die Sonnenstrahlen zu reflektieren. Nach ein paar Sekunden hat er sie auf das Fenster im Dachgeschoss ausgerichtet und auf das Gesicht des Mannes. Nun dreht er den Rahmen weg und wieder hin, sodass der Mann immer kurz geblendet wird. Dieser blinzelt, hält die Hand schützend vor die Augen und versucht etwas zu erkennen.

Viktor legt den Bilderrahmen neben sich auf die Kommode, winkt mit beiden Armen und endlich erkennt der Mann ihn und winkt zurück. „Das wurde aber auch mal Zeit“, knurrt er und beauftragt Mia, das Radio zu holen, das er in der Küche gesehen hat.

„Wir können zwar nicht mit ihm reden, aber wir können ihn hören.“ Claude verschwindet und kommt kurz darauf mit einem Whiteboard zurück, das er direkt vor das Fenster stellt.

„*Könnt ihr mich über Funk erreichen?*“, steht darauf. Viktor sucht ebenfalls nach etwas zum Schreiben, doch nichts ist groß genug, um auf die Entfernung ohne Fernglas gesehen zu werden. Er hält das Fernglas in die Höhe, zeigt darauf und anschließend auf Claude. Dieser starrt aus dem Fenster und schüttelt den Kopf.

„Er hat kein Fernglas. Schlecht vorbereitet ..."

Mia kommt mit dem Radio, doch leider funktioniert es nur mit Strom und ein Batteriefach gibt es nicht.

„Wir hätten das aus der Tankstelle mitbringen sollen, seine Batterien waren noch stark", schimpft Viktor, mehr zu sich, als zu den anderen.

„Er schreibt", berichtet Alex und deutet erneut aufs Haus.

„*Ja bedeutet ein Arm. Nein bedeutet zwei Arme. Könnt ihr mich über Funk hören?*" Viktor hebt beide Arme und Claude wischt die Frage aus. „*Seid ihr hier, um zu helfen?*" Ein Arm. „*Soll ich etwas tun?*" Zwei Arme.

„Okay, informier die anderen, dass wir einen Plan brauchen. Wir müssen diese Viecher von seinem Haus weglocken und ihn rausholen, Vorräte einladen und verschwinden. Das Ganze, ohne gebissen oder getötet zu werden." Mia nickt eilig und verschwindet zusammen mit Alexandr. Lester stellt sich neben Viktor und starrt auf die Zombies vor Claudes Haus. Der schwarze Ingenieur streicht sich über den Bart.

„Das wird nicht einfach. Danke, dass du uns hilfst. Das bedeutet mir viel."

Viktor winkt ab.

„Ich mache das nicht für dich, alter Mann."

„Für wen auch immer du es tust, ich danke dir."

„Er hat Vorräte. Wir brauchen Vorräte", entgegnet Viktor, obwohl ihm klar ist, dass es nicht so laufen wird. Keiner der anderen würde Claude bestehlen und ihn seinem Schicksal überlassen. Damit hätte Viktor allein kein Problem, doch würden die Frauen gegen ihn vorgehen, sollte er das auch nur in Erwägung ziehen. Durch das Fernglas kann er erkennen, dass Claude unruhig im Haus auf und ab läuft. Ihm ist der Stress deutlich anzusehen. Das Klopfen muss schon seit Tagen so gegangen sein. An Schlaf war mit Sicherheit nicht zu denken.

„*Habt ihr einen Plan?*" steht auf dem Whiteboard. Viktor überlegt kurz und hebt dann einen Arm.

Mit Vollgas rast der Hummer durch die Straße und bremst abrupt mit quietschenden Reifen vor Claudes Einfahrt. Viktor öffnet die Tür und feuert dem ersten Zombie in den Kopf. Der Schuss peitscht laut und jede Faser in Viktors Körper sagt ihm, dass das keine gute Idee war. Das Klopfen und Schaben am Haus verstummt in derselben Sekunde. Die rund einhundert Leichname drehen sich zu ihm um und ein gieriges Stöhnen entweicht ihren Kehlen. Erneut feuert Viktor und Jessy stößt einen schrillen Pfiff zwischen den Fingern hindurch aus.

„Hier her. Es gibt Happi Happi!", ruft sie und klopft auf das Dach des Hummers.

Die Zombies setzen sich torkelnd in Bewegung und strecken die Hände nach dem vermeintlichen Snack aus. Zufrieden nickt Viktor und steigt schnell wieder ein. Er lässt den Motor aufbrüllen und fährt langsam ein Stück vor. Die Zombies folgen dem Wagen, gierig darauf, ihre Zähne in warmes, pulsierendes Fleisch zu schlagen.

„Sie fallen darauf rein", stellt Jessy zufrieden fest.

„Natürlich, sie sind dumm wie Stroh."

Als fast alle Zombies vom Grundstück herunter sind und Viktor und Jessy folgen, starten Lester, Darius und Alexandr die Motoren. Mit den verbliebenen drei Fahrzeugen rasen sie über den zerstörten Zaun ebenfalls auf das Haus zu und parken dicht vor dem Eingang. Alexandr schwingt sich aus dem Wagen, entsichert seine 9mm-Pistole und schraubt den Schalldämpfer darauf, den er vor einigen Wochen bei der Plünderung eines Waffenladens gefunden hatte. Von dem Lärm der Fahrzeuge angelockt, kommt ein einzelner Zombie schwankend um die Hausecke herum. Als er Frischfleisch wittert, stöhnt er gierig und eilt auf die kleine Gruppe zu. Keine Sekunde später steckt ein Pfeil in seinem Schädel und er fällt mit weit aufgerissenen Augen zu Boden.

„Das war meiner", beschwert sich Alexandr grinsend und Faith zuckt mit den Schultern.

„Du bist zu langsam, alter Mann." Sie zwinkert ihm zu und holt ihren Pfeil zurück.

„Alexandr, du und Darius werdet das Haus sichern und Claude finden. Wir halten hier draußen alles sauber. Beeilt euch!“, befiehlt Lester und Alexandr eilt auf ein mit Brettern verrammeltes Fenster zu.

Darius und er entfernen sie und mit dem Griff seines Gewehres zerbricht er das Glas. Nachdem er die scharfen Scherben entfernt hat, steigt er als erstes in das dunkle Haus. Darius folgt ihm dichtauf. Aufgrund der Bretter vor den anderen Fenstern ist es im Haus düster und sie können recht wenig erkennen. Der Russe bewegt sich geschmeidig und verursacht kaum ein Geräusch. Sie durchsuchen das Wohnzimmer, in dem sich mehrere große Möbelstücke befinden. Er wirft einen Blick hinter die Couch, während Darius hinter den Sesseln nachsieht.

Der Gestank der Verwesung zieht durch die Räume, jedoch lässt es sich nicht genau identifizieren, woher er stammt. Alexandr weist Darius per Handzeichen an, hinter ihm zu bleiben und sie durchkämmen einen Raum nach dem anderen, jedoch erfolglos.

Sie gehen in Richtung Küche, die im Halbdunkeln liegt. Der lange Flur ist gesäumt mit Bildern von einer glücklichen Familie. Der dicke Teppich dämpft ihre Schritte und Darius bleibt mehrfach an einem der Bilder stehen. Als Erster betritt Alexandr die dunkle Küche und sichert sie nach allen Seiten hin ab. In der Sekunde erscheint das Gesicht eines großen Mannes keinen Meter vor ihm. Die Nase fehlt, ein Auge hängt nur noch lose in der Höhle und sein Bauch ist aufgerissen. Seine Finger krallen sich in Alexandrs Schultern und er stolpert. Der Zombie fällt mit ihm zu Boden und beißt nach ihm. Sein Gestank ist derart intensiv, dass Alexandr spürt, wie sein Magen rebelliert. Angewidert wendet er den Kopf ab. Der Scharfschütze schlägt mit dem Griff der Waffe auf ihn ein.

„Mach was. Davai!“, brüllt er Darius zu, der wie angewurzelt stehen geblieben ist. Der Zombie beißt zu, erwischt jedoch nur die kugelsichere Weste die Alex trägt und zuckt überrascht zurück. In dem Moment, in der er den hässlichen Kopf hebt, schlägt Darius zu. Sein Hammer dringt tief in den Schädel ein und der Zombie erschlafft. Mit Schwung packt Darius ihn an den verfaulten

Schultern und wirft ihn von dem Russen herunter. Alexandr wuchtet sich hoch, das Gesicht vor Wut verzerrt. Mit zwei Schritten ist er bei dem Untoten und es hagelt Tritte. Der Leichnam rutscht auf den Fliesen. Ein letzter Tritt reißt den Kopf von den Schultern. Mit einem widerwärtigen Geräusch landet er auf dem Küchenfußboden. „BLIN! Scheiße!", flucht der Russe und spuckt noch einmal auf die Leiche.

Von seiner miesen Reaktionszeit peinlich berührt, schaut Darius betreten zu Boden. Doch Alexandr beachtet ihn nicht weiter. Woher der Zombie genau gekommen ist, ist ihnen ein Rätsel. Sämtliche Fenster scheinen verbarrikadiert zu sein und die Tür war ebenfalls verschlossen. Er weist nach oben und sie gehen zusammen zurück ins Treppenhaus.

„Claude?", ruft Darius.

„Hier oben. Kann ich runterkommen?", ertönt die Rückmeldung.

„Alles klar, du kannst runterkommen." Das Rücken von Möbeln ist zu hören und dann öffnet sich die Flurtür. Heller Sonnenschein strömt die Treppe hinab und die beiden müssen ihre Augen bedecken.

Ein schlaksiger Mann im fortgeschrittenen Alter kommt die Treppe hinab. Er hält einen Golfschläger als Waffe in den Händen und Darius zeigt darauf.

„Das ist nicht notwendig. Wir sind nicht hier, um dir etwas anzutun. In der Küche hat sich ein Streuner rumgetrieben. Weißt du, woher der kommen könnte?" Claude erstarrt.

„Wenn, dann aus dem Keller!", flüstert er und zeigt zurück zur Küche. „Die Kellertür ist alt, aber ich dachte, sie hält."

Alexandr und Darius werfen sich vielsagende Blicke zu. Beide richten ihre Waffen auf den Kellereingang und deuten Claude, ihnen zu folgen. Alexandr geht vor, wobei er die 9mm-Smith&Wesson bereits entsichert hat. Der Gestank des Todes strömt ihnen aus dem dunklen Raum entgegen.

„Ich brauche Taschenlampe", flüstert er und Claude nickt eilig. Er öffnet eine Küchenschublade und reicht dem Russen das gewünschte Objekt. Dieser schaltet sie ein und der helle Strahl dringt in den Keller herein.

„Der Lichtschalter ist an der rechten Seite. Das Licht ist aber nicht sonderlich hell“, erklärt Claude und Alexandr nickt.

Der stockdunkle Raum ist mit Kisten vollgestellt und der große Russe stößt mehrmals mit der Schulter dagegen. Der Lichtkegel der kleinen Taschenlampe wandert über einige Schwerlastregale. Hier hat Claude seine Vorräte in beschrifteten Kisten verstaut. Im Schein der Lampe erkennt Alexandr, dass einige Aufbewahrungsboxen auf dem Boden liegen. Ihr Inhalt wurde verstreut. Schlurfen kommt aus allen Ecken und Schweiß sammelt sich auf seiner Stirn. Sein Atem geht flach und er zwingt sich innerlich zur Ruhe, wie er es vor Jahren beim Militär gelernt hat. Aus dem Augenwinkel kann er eine Silhouette erkennen, wirbelt herum und drückt ab. Der Knall des Schusses wird von den Wänden reflektiert und Claude hält sich erschrocken die Ohren zu. Der Zombie bricht mit einem Loch im Kopf zusammen.

Eiliges Schlurfen ist zu hören, als andere Untote sich beeilen, dem bevorstehenden Festmahl beizuwohnen. Vier weitere Male feuert Alexandr. Jede Kugel streckt einen der Angreifer nieder. Vorsichtig gehen sie weiter bis zur Kellertür, die in den Garten führt.

„Wand hat Schusse nicht nach draußen dringen lassen. Sie chaben nicht gehort“, erklärt Alexandr, wieso die Fünf nicht auf ihr Ablenkungsmanöver hereingefallen sind und zeigt auf die massiven Wände, in die die zersplitterte Kellertür eingelassen ist.

„Hoffen wir, dass das nun alle waren“, seufzt Darius und die drei Männer gehen zurück in die Wohnung, nachdem sie einige schwere Kisten vor die zerbrochene Kellertür geschoben haben.

Lester, Mia und Vanessa sind ebenfalls ins Haus gekommen, während Faith draußen Wache hält und Alex aus einem Dachfenster heraus die Umgebung im Auge hat. Claude nippt an einem Glas zwanzig Jahren altem Whiskey, von dem er allen anderen ebenfalls etwas angeboten hatte. Sie haben sich im

Wohnzimmer versammelt und er berichtet auf Lesters Bitte hin von seinen Erlebnissen.

„Als es im Oktober letzten Jahres in den Nachrichten von Meldungen über ein unbekanntes Virus in Südamerika zu wimmeln begann, habe ich mich mit Lebensmitteln eingedeckt. Irgendwie hatte ich das Gefühl, dass an der Sache mehr dran ist, als nur eine einfache Grippe."

Er nimmt einen tiefen Schluck und seufzt zufrieden. Die Belastungen der letzten Tage oder Wochen - Lester ist sich nicht sicher wie lange Claude in dem belagerten Haus ausgeharrt hat - haben ihren Tribut gefordert. Innerlich bewundert er den Mann, dass er sich noch so gut unter Kontrolle hat. An viel Schlaf war aufgrund des Krachs mit Sicherheit nicht zu denken. Das ständige Klopfen und Hämmern dürfte Claudes Nerven stark belastet haben. Trotzdem wirkt der Mann ruhig und gefasst. Die Erleichterung über seine Rettung ist ihm deutlich anzusehen.

„Manche sagten, ich wäre verrückt oder ein Verschwörungsfanatiker, aber irgendwie wusste ich es. Als es dann im Januar auch hier losging und rapide um sich griff, habe ich mein Haus verbarrikadiert. Ich habe so viele Lebensmittel und Getränke besorgt, wie es mein Kreditrahmen zugelassen hat." Nachdenklich dreht er das Glas in der Hand, bevor er einen weiteren tiefen Schluck trinkt. Ein genüssliches Seufzen entfährt ihm, als der edle Tropfen seine Kehle hinab rinnt.

„Du hast die ganzen elf Monate in diesem Haus verbracht?", fragt Lester bewundernd, doch Claude schüttelt den Kopf.

„Nein, nicht ganz. Ich bin zwischenzeitlich auch mal für einige Wochen unterwegs gewesen. Ich musste mir einen Überblick über die Katastrophe verschaffen. Meinen Wagen habe ich bei diesem Unterfangen leider eingebüßt und es hat lange gedauert, bis ich, halb verhungert, wieder zu Hause angekommen bin." Bei dem Gedanken an die Tortur schüttelt er sich.

„Als ich wieder hier war, beschloss ich auszuhalten bis es besser wird. Dieser Tag kam jedoch nicht. Statt einer reinigenden Militäraktion kamen immer mehr Untote. Ein paar sind mir gefolgt und haben seitdem mein Haus belagert. Ich habe den

Fehler gemacht, sie nicht sofort auszuschalten. So haben sie mehr ihrer Artgenossen angelockt."

Dieses Verhalten ist der kleinen Gruppe nur allzu gut bekannt. Die Untoten machen sich gegenseitig auf Nahrung aufmerksam, wenn sie alleine nicht drankommen.

„Dann waren es bald schon zu viele und ich konnte nicht mehr riskieren, das Haus zu verlassen. Vor zwei Wochen habe ich mit dem Senden des Notsignals angefangen. Ihr seid die Ersten, die darauf reagiert haben."

Mia lächelt ihn aufmunternd an.

„Wir haben dein Signal heute empfangen und konnten nicht anders, als dir helfen. Dafür sind Menschen doch da."

Er drückt ihre Hand als Dank und leert das Glas Whiskey.

„Hast du Familie?", fragt Lester und trinkt ebenfalls von der goldbraunen Flüssigkeit. „Mein Sohn ... er arbeitet in New York bei einem Pharmaunternehmen. Er sagte, sie arbeiten an einem Mittel. Vielleicht haben sie es schon und dieser Albtraum hat ein Ende." Seine Stimme ist leise und niedergeschlagen.

„New York. Bei welchem Pharmaunternehmen?", fragt Darius und spielt mit dem Hammer, den er soeben von den Überresten eines Zombies befreit hat.

„GenTec Pharma. Wir … wir haben schon lange nicht mehr miteinander gesprochen. Bevor die Welt unterging, hatten wir einen Riesenstreit. Ob er noch lebt, oder ob es New York überhaupt noch gibt, weiß ich nicht." Trauer schwingt in seiner Stimme mit und er wendet sich kurz ab, um sich zu sammeln.

„Eine Stadt wie New York gibt es mit Sicherheit noch. Es werden sicherlich noch weitere Firmen daran geforscht haben. Die Chance, ihn lebend zu finden ist also deutlich vorhanden", antwortet ihm Lester aufmunternd.

„Wir wollen das Land ohnehin verlassen. Da würde sich der Süden und New York ja eindeutig anbieten", stimmt Mia ihm zu. Claudes Augen strahlen bei der Erwähnung und er lächelt breit.

Claudes Keller hat sich als wahre Fundgrube für lebenswichtige Utensilien entpuppt. Von Wasseraufbereitungstabletten,

Medikamenten über Verbandszeug, Lebensmittel und Einmannpackungen des Militärs, bis hin zu Funkgeräten und Kanister mit Benzin haben sie so gut wie alles gefunden, was ihnen von Nutzen sein kann. Unter Claudes fachkundiger Anleitung haben sie fast alles in die Fahrzeuge geschafft.

Dank Viktors und Jessys Ablenkungsmanöver, hatten sie die Untoten einen guten Kilometer weit weglocken, bevor sie Gas gegeben und in einem großen Bogen zurückgekehrt sind. Die Zombies sind weiterhin auf dem Weg in die entgegengesetzte Richtung, was Alexandr ihnen durch seine Beobachtungen aus dem Dachgeschoss des Hauses bestätigen konnte.

„New York also“, beginnt Viktor die Besprechung im Wohnzimmer und Alexandr nickt zustimmend.

„Er chat gesagt, sein Sohn wohnt in New York und arbeitet bei großer Firma. Vielleicht sie chaben Gegenmittel.“

„Hat er gesagt, welche Firma?“, fragt Viktor, gespielt gleichgültig.

„Irgendwas mit GenTec Pharma oder so“, antwortet Faith und Viktor läuft ein Schauer über den Rücken. Er sieht sie überrascht an, hat sich jedoch schnell wieder unter Kontrolle. Das kann kein Zufall sein, eilt es ihm durch den Kopf. Haben sie es herausgefunden? Konnten sie von seinem Geheimnis wissen? Mit der rechten Hand wischt er sich über den Schädel. GenTec Pharma, er hätte wissen sollen, dass ihn dieses Kapitel wieder einholt.

„Das ist doch Bullshit“, knurrt er und zeigt auf die Leichen, die sie aus dem Keller heraufgebracht haben.

„Wenn wir nach New York fahren, können wir uns direkt einsargen. Hast du eine Ahnung, wie viele Menschen dort gelebt haben? Die dürften inzwischen alle als wandelnde Leichen unterwegs sein, um Party zu machen.“ Er läuft auf und ab wie ein eingesperrtes Raubtier.

„Wir meiden die Großstädte aus gutem Grund. Im Süden wollte ich ja auch nicht direkt nach Miami oder Houston, sondern nur in die Gegend, um dort irgendwo ein ruhiges Leben zu beginnen. Die Großstädte sind überrannt von diesen Dingern, darauf verwette ich meinen Arsch!"

„New York liegt zwar etwas abseits unseres Südkurses, aber es liegt im Süden von hier aus gesehen. Wir könnten uns in die Richtung vorarbeiten und wenn es kein Anzeichen von Erfolg gibt, drehen wir ab und fahren Richtung Houston", schlägt Vanessa vor.

„Das Risiko ist eindeutig größer, als die Chance auf Erfolg." Viktor flucht und zeigt erneut auf die verdeckten Leichen auf der Kellertreppe.

„Die Menschheit ist am Arsch. Wir sind die einzigen Menschen, die noch zählen. Scheiß auf den verdammten Rest. Jedes Mal, wenn wir versuchen andere zu retten, reißt man uns den Arsch auf. Ohne mich!"

Die Blicke der Umstehenden richten sich auf Jessy, doch diese hebt abwehrend die Hände.

„Schaut mich nicht so an, ich werde ihn mit Sicherheit nicht versuchen zu überreden, nach New York zu gehen. Das Einzige, was ich als Kompromiss vorschlagen könnte, wäre, dass wir die Ohren offen halten. Sollten wir auf unserem Weg Richtung Houston mitbekommen, dass es in New York ein Heilmittel gibt, fahren wir dort hin."

„Wir kriegen Besuch!", ertönt Mias Stimme aus dem Flur und das Knattern von Motorrädern ist zu vernehmen.

„Das hat uns gerade noch gefehlt", flucht Viktor, schnappt sich ein M16-Maschinengewehr aus dem Stapel Waffen und lädt es durch.

„Alex, zurück ins Dachgeschoss. Halt dich bereit. Mal sehn, was unsere Freunde wollen."

Die Übrigen bewaffnen sich ebenfalls und bringen sich an den Fenstern, die zur Straße hin zeigen, in Stellung. Jessy erhält den Auftrag den Garten im Auge zu behalten, falls sie sich erneut von hinten anschleichen wollen.

„Wer ist das?", fragt Claude überrascht, doch Viktor beachtet ihn nicht weiter.

Die Maschinen stoppen in der Einfahrt des Hauses und werden abgestellt. Ungefähr zwanzig Mann steigen ab. So gut wie alle tragen schwarze Lederkleidung, deren Nieten und Metallbänder im Sonnenschein glitzern.

„Sie tragen kugelsichere Westen. Wenn ihr schießen müsst, schießt auf die Beine und den Kopf!", ruft Viktor den anderen zu.

Ein muskelbepackter Mann mit langem braunem Bart schwingt sich von einer Harley Davidson und zieht lässig eine Schrotflinte aus der Halterung hinter seinem Sitz.

„Mein Name ist Richard. Wir wissen, dass ihr da drin seid", ruft er ohne Anzeichen von Angst oder Sorge. Er steht mitten in der Einfahrt, gut sichtbar für jeden Schützen. „Ich will reden, schickt mal einen raus, der was zu sagen hat. Keiner von meinen Männern wird das Feuer eröffnen." Lester macht sich bereit, doch Viktor packt ihn an den Schultern. Ihm ist klar, dass es sich um eine Falle handeln könnte. Wenn er Lester gehen lässt, würde dieser den Anderen viel zu vertrauensselig gegenübertreten.

„Nein, du bleibst. Ich habe Erfahrung mit so was. Wenn das eine Falle ist, sorge dafür, dass der Bärtige als Erstes dran glaubt!"

„Ich komme raus!", brüllt Viktor und verlässt das Haus durch die Eingangstür. Das M16 hat er im Haus gelassen, doch die Glock-17 ruht in seiner Hand. Ihr Lauf zielt direkt auf den Schädel des Bikers.

„So sieht man sich doch mal persönlich. Schön, dass ihr reden wollt. Ich dachte schon, ich wäre den ganzen weiten Weg umsonst gekommen", höhnt der Bärtige und lehnt sich lässig auf den Lauf seiner Schrotflinte. Seine arrogante und selbstgefällige Art stört Viktor enorm, doch er reißt sich zusammen. Sein eiskalter Blick bohrt sich in den Richard. Die Hand schließt sich fester um den Griff seiner Waffe.

„Worüber willst du reden? Ich habe nicht den ganzen Tag Zeit", knurrt Viktor und bleibt in einigen Metern Entfernung vor dem Mann stehen.

Er kann erkennen, dass trotz der gelassenen Haltung und der gesenkten Waffe Wachsamkeit in dessen blauen Augen blitzt. Bei der geringsten falschen Bewegung würde dieser Riese reagieren und mit hoher Wahrscheinlichkeit sehr schnell feuern können. Viktor streicht sich über den kahl geschorenen Schädel und grinst breit.

„Mein Name ist wie gesagt Richard und ich bin der Anführer dieser kleinen Gang. Unser letztes ... Aufeinandertreffen lag unter keinem guten Stern. Ich hoffe, dass ihr uns den Versuch nicht nachtragt. Wir haben euch für … leichte Beute gehalten. Mein Vize hat den Preis für den Fehler bezahlt, ihr habt ihn erwischt."

Viktor zuckt mit den Schultern.

„Kann gut sein, wir haben einige deiner Jungs kalt gemacht. Du kannst von Glück sagen, dass niemand von uns getötet wurde, sonst würdest du hier nicht mehr stehen."

Wut blitzt kurz in den kalten Augen auf, doch Richard hat sich schnell wieder im Griff. Er verschränkt die Arme lässig vor der mächtigen Brust, wobei er besonders darauf achtet, die Schrotflinte nicht in Viktors Richtung zu drehen.

„Ich möchte dir eine Zusammenarbeit vorschlagen."

Hausdurchsuchung

Nur langsam kommt die Wärme wieder in ihre Finger zurück, während sie sie aneinander reibt. Nachdem Kaylee die ersten beiden Häuser durchsucht hat, ist ihr klar geworden, dass schon andere diese Idee hatten. Die Häuser waren durchsucht, Lebensmittel fehlten, ebenso wie Schmuck und Bargeld. Auch wenn sich Kaylee nicht vorstellen kann, dass Geld im Falle einer Apokalypse seinen Wert behält, hatte sie doch gehofft, welches zu finden. Stattdessen konnte sie zwei Dosen mit Möhreneintopf, eine seit vier Monaten abgelaufene Dose mit eingelegtem Hering und zwei Packungen Zwieback ergattern.

Gierig schlingt sie den Inhalt des ersten Eintopfes herunter und genießt jeden Bissen. Ihr leerer Magen hat seit Stunden rebelliert und sich lautstark Gehör verschafft, sodass sie schon Sorge hatte, die Untoten der gesamten Gegend hätten sie gehört. Nachdem ihr Hunger gestillt ist, lehnt sich Kaylee auf dem Fahrersitz des Pickups zurück. Ein Blick auf ihre spärlichen Vorräte genügt, um zu wissen, dass sie damit keine zwei Wochen auskommen wird. Sie wird weitere Nahrungsmittel und vor allem Wasser auftreiben müssen.

„Also, dann mal weiter", sagt sie zu sich selbst, dreht den Zündschlüssel um und der Motor erwacht grummelnd zum Leben. Eine dicke schwarze Abgaswolke taucht hinter ihr auf, und auch wenn Kaylee kein Mechaniker ist, weiß sie, dass das kein gutes Zeichen ist. Der Wagen verbrennt Öl und es lässt darauf schließen, dass er schon lange nicht mehr richtig gewartet worden ist. Gedanklich setzt sie einen neuen Wagen auf ihren Einkaufszettel und lenkt ihn in die abbiegende Straße hinein. Die Häuser befinden sich hinter hohen Mauern, so dass sie keine Möglichkeit hat hineinzusehen. Auf jedem Grundstück könnten sich Plünderer oder die Eigentümer herumtreiben. Ob in lebendem oder totem Zustand ist nicht sicher. Immer wieder ertappt sich Kaylee bei dem Gedanken, dass vielleicht die gesamte Menschheit ausgerottet wurde und sie eine der letzten zehn Überlebenden weltweit sein könnte. Der Gedanke versetzt ihr einen Stich ins Herz und sie bemüht sich, ihn schnell wieder zu verdrängen. Schwäche kann sie sich nicht leisten, erst recht nicht in einer Welt wie dieser.

Dass nur die Starken überleben, und sie niemals Schwäche zeigen darf, sagte ihr schon ihr Vater. Es war nicht sein Fehler, dass sie auf die schiefe Bahn geraten ist. Eine Verkettung unglücklicher, … nein, tragischer Umstände, davon ist Kaylee überzeugt. Ihre Familie hätte nichts tun können, um sie von diesem Weg abhalten zu können. Viel zu tief waren der Schmerz, der Hass und die Wut in ihr. Ihrer Seele verwandelte sich zu der Zeit in eine tiefe schwarze Masse, die stetig größer wurde, und sie zu verschlingen drohte. Nur das Verlangen nach Vergeltung verhinderte noch, dass es sie nicht vollständig zerstörte.

Leise seufzt sie bei dem Gedanken, dass sie ihre Rache bekommen hatte. Seelenfrieden hat ihr es jedoch nicht gebracht, was sie nicht weiter stört.

Im Hochsicherheitstrakt des Schiffes galt sie als brutal und äußerst gefährlich. Ein Ruf, den sie sich schnellstmöglich aufgebaut hat, so dass niemand ihr jemals den Rang ablaufen konnte. Vier ebenfalls verurteilte Frauen musste sie dafür töten, doch war das ein vergleichsweise geringer Preis für den Schutz des eigenen Lebens.

Es war ihr egal, wer sie waren oder weswegen sie eingesperrt wurden. Es ging einzig darum, ihre eigene Position zu festigen, und dafür ging Kaylee über Leichen. Die anschließende Einzelhaft, die Schläge, die Tritte und der Schlafentzug konnten sie nicht brechen. Niemand würde das je können.

Das Haus hinter der Kurve wirkt wie jedes andere, doch hat es auf Kaylee eine gewisse Anziehungskraft. Stotternd bleibt der Pickup vor der Einfahrt stehen und Kaylee wägt ihre Chancen ab. Eine massive Mauer schützt das Grundstück. Bäume bieten Schutz vor neugierigen Blicken von der Straße und aus dem Haus selbst. Mit Sicherheit verfügt das Haus über eine Alarmanlage, doch ob das noch jemanden interessiert, wagt Kaylee stark zu bezweifeln. Sie schaltet den Motor ab, nimmt die Pistole vom Beifahrersitz und prüft das Magazin. Sechs Patronen befinden sich noch darin und eine im Lauf. Sieben Kugeln, die zwischen ihr und einem noch viel gefährlicherem Leben stehen.

Gedanklich rutscht die Suche nach Munition auf ihrem Einkaufszettel an die zweite Stelle, direkt hinter Wasser. Auch wenn sie gewohnt ist zu kämpfen, möchte sie in der heutigen Zeit nicht auf den Schutz einer Waffe verzichten. Als sie die quietschende Fahrertür des Pickups wieder zugeschlagen hat, fegt ein kalter Windstoß über sie hinweg. Eilig schlägt Kaylee den Kragen hoch und schlingt die Arme um sich. Sie nähert sich aufmerksam dem schmiedeeisernen Tor und späht über das Grundstück. Der Rasen wurde seit Monaten nicht mehr geschnitten und Unkraut hat sich in den Fugen der Steinpflaster breitgemacht.

Ihr Blick wandert über das zweistöckige Haus mit mehreren Erkern und Gauben. Keine Bewegung ist an den Gardinen zu sehen und so beschließt sie, hier nach Lebensmitteln zu suchen. Ohne Probleme klettert sie an dem Tor hinauf und auf der anderen Seite wieder hinunter. Mit schnellen Schritten eilt sie über die Grasfläche, die unter ihren Sohlen knirscht. Der kalte Wind hat die Grashalme gefrieren lassen. Als sie die Hintertür erreicht, späht sie aufmerksam durch die kleinen Glasscheiben. Das Wohnzimmer mit der gewaltigen Couch, dem Flachbildfernseher und dem Kamin wirkt menschenleer. Zeichen für einen Einbruch kann Kaylee nicht entdecken und es scheint auch nichts verwüstet worden zu sein. Das Logo einer Sicherheitsfirma befindet sich auf einem kleinen Aufkleber an der Glasscheibe neben dem Türgriff.

„Wir sind in zwei Minuten hier, Einbruch zwecklos“, liest Kaylee und prüft erneut die Umgebung.

„Das wollen wir dann doch mal sehen.“ Mit dem Knauf der 9mm-Pistole schlägt sie das kleine Fenster neben der Tür ein, greift hinein und öffnet die Tür von innen. Schnell schließt sie die Tür hinter sich und sichert den Raum mit vorgehaltener Waffe ab. Das Zwielicht im Haus lässt viele Ecken und Räume dunkel. Erneut wünscht sie sich, eine Taschenlampe zu besitzen. Eine

Begegnung mit einem untoten Hausbesitzer, der sich in einer dunklen Ecke versteckt, möchte sie gern vermeiden.

„Hallo? Ist jemand da?“, ruft sie, gegen ihre Überzeugung, sich leise verhalten zu müssen. Ihr Zeigefinger ruht neben dem Abzug der Waffe, jederzeit bereit zu feuern. „Hey, kann ich mal ihr Telefon benutzen?“, ruft sie diesmal lauter und klopft mit der Faust gegen einen Mahagonischrank. Als keine Antwort und kein Geräusch von schlurfenden Schritten ertönt, wird Kaylee mutiger und steckt die Waffe in den Hosenbund. Sie geht um die bequeme Couch herum, zieht einen mattschwarzen, gusseisernen Schürhaken aus dem Ständer neben dem Kamin und lässt ihn probeweise durch die Luft sausen.

„Leiser und muss nicht nachgeladen werden“, murmelt sie zufrieden. Ihre Schritte werden durch den dicken Teppich gedämpft. Fasziniert blickt sie auf die helle Farbe und die Erinnerung an einen ebensolchen Teppich kommt ihr wieder ins Gedächtnis. Ein Teppich, ähnlich wie dieser, sog die Auswirkungen ihrer Tat in sich auf. Seine Farbe veränderte sich so schnell von weiß zu rot, dass sie noch immer das Farbenspiel vor Augen sieht. Zufrieden lächelnd geht sie weiter und betritt die Küche.

Der Eindruck, dass niemand bisher in diesem Haus gewesen ist, verschwindet augenblicklich, als Kaylee die leeren Dosen, die Krümel von Brot und die Verpackung von Süßigkeiten auf allen Ablageflächen der großen Küche sieht.

„Ach scheiße, Mann“, knurrt sie und verpasst einer leeren Raviolidose einen Tritt, dass sie polternd durch den Flur rollt. Die unteren Schränke der Küchenzeile sind geöffnet und restlos geplündert. Kaylee schnappt sich einen Stuhl, steigt darauf und öffnet die Übrigen.

„Wer sagt‘s denn“, stellt sie grinsend fest und blickt auf einige Packungen Schokoriegel und andere Süßigkeiten. In den angrenzenden Schränken befinden sich im oberen Teil ebenfalls noch diverse Nahrungsmittel, die sie sorgsam auf der Arbeitsfläche neben dem Herd abstellt. Gerade als sie vom Herd herunter steigt, hört sie ein Geräusch. Das vertraute, harte Klicken der Sicherung einer großkalibrigen Waffe.

Augenblicklich verharrt sie in gespannter Haltung und hebt langsam die Arme vom Körper.

„Mach keinen Scheiß, das ist nur Essen“, sagt sie und späht zeitgleich nach möglichen Deckungsmöglichkeiten. Je nachdem, was für eine Waffe ihr Gegner hat, müsste die Deckung einiges aushalten können. In Sekundenschnelle erfasst ihr Gehirn die Anrichte, den Küchentisch, den glatten Boden, über den sie mit entsprechendem Schwung aus der Gefahrenzone rutschen könnte. Langsam dreht sie sich um und ihre Augen weiten sich vor Überraschung.

„Heilige Scheiße, du bist … ein Kind“, flucht sie. Die Mündung eines Jagdgewehrs ist direkt auf ihren Oberkörper gerichtet und der Junge hat Mühe, die schwere Waffe im Anschlag zu halten. Seine Arme zittern, was auch von der Nervosität herrühren könnte. Kaylee verarbeitet die neue Situation gedanklich und wägt ihre Optionen in Sekundenbruchteilen ab.

„Mein Name ist Kaylee. Wohnst du hier?“

Der Junge mit den großen braunen Augen nickt stumm, während der Lauf des Gewehres weiterhin stur auf sie gerichtet ist. Auch wenn die Schutzweste mit Sicherheit einen Teil des Geschosses abfangen wird, würde der Treffer gefährliche Nachwirkungen mit sich bringen. Analytisch mustert sie den Jungen. Er scheint große Angst zu haben, was sie ihm nicht einmal verübeln kann. Eine Fremde bricht in das Haus ein, draußen wandern Untote umher und er scheint allein zu sein.

„Ich hole jetzt meine Waffe aus dem Hosenbund und lege sie auf die Anrichte. Ich werde dir nichts tun. Du hast mein Wort.“

Langsam zieht sie die Pistole mit spitzen Fingern hinter ihrem Rücken hervor und legt sie auf die Marmorablage vor sich. Der Junge atmet sichtlich erleichtert aus und Kaylee lächelt ihn freundlich an, wobei sie etwas in die Hocke geht, um nicht so bedrohlich auf ihn zu wirken.

„Ich wusste nicht, dass noch jemand hier ist. Daher habe ich die Schränke durchsucht. Es gehört natürlich alles dir“, erklärt sie und mustert jede Regung seinerseits. Sobald er Anzeichen macht, abdrücken zu wollen, würde sie sich nach rechts fallen lassen und ihm anschließend die Waffe entreißen.

Stumm wie ein Fisch wandert der Blick des Jungen von ihr zu den Nahrungsmitteln auf der Anrichte und wieder zurück zu ihr.

„Du hast nichts von mir zu befürchten. Ich bin harmlos." Der Junge schüttelt den Kopf.

„Nein, das bist du nicht. Du bist gefährlich." Überrascht sieht Kaylee ihn an und blickt an sich herab. Nichts erscheint ihr irgendwie verräterisch.

„Wie kommst du darauf?", fragt sie vorsichtig, jederzeit bereit auszuweichen, falls sich die Situation verändert.

„Die netten Menschen sind alle tot", flüstert er und Tränen glitzern in seinen Augen. Ein Gefühl, das sie seit geraumer Zeit nicht mehr an sich herangelassen hat, gleitet über den tiefschwarzen See, der einmal ihre Seele war: Mitgefühl.

„Wieso denkst du das?", fragt sie weiterhin gestellt freundlich lächelnd. Schon lange hat sie nichts mehr amüsant gefunden, keine freundliche Geste empfangen. Nichtsdestotrotz ist ihr die Reaktion der anderen bekannt, wenn sie freundlich reagierte. Lange hat sie sich als eine Person ausgegeben, die sie nicht war. Eine gute Freundin, eine nette Arbeitskollegin, eine gute Tochter. All das war eine Show, die sie spielen musste, damit sie ihrem Ziel näherkommen konnte. Ihr Vater hat es verstanden, er war der Einzige, der zumindest hin und wieder durch ihre eiserne Maske sehen konnte. Er sah, was tief in ihr vorging und es erschrak ihn. Der Schmerz, den sie in seinen Augen sah, hat sie dazu gebracht, ihre Emotionen noch perfekter vorzutäuschen. Niemand sollte mehr erkennen, dass sie nicht so ist, wie sie vorgibt zu sein.

Psychopathin, Soziopathin. All das waren nur Worte, entworfen von der Presse, um höhere Absatzzahlen zu erreichen. Niemand konnte hinter ihre Fassade sehen. Niemand kannte sie wirklich. Der Junge scheint nach einer passenden Antwort zu suchen und sagt: „Mama und Papa sind tot…", er lässt die Waffe sinken, und starrt in weite Ferne, „Sie sind tot. Ich habe gesehen, wie sie getötet wurden." Tränen kullern über seine blassen

Wangen und er wischt sie eilig mit dem Ärmel seines Pullovers beiseite. „Sie sind wieder aufgestanden, wie Ms. Seymore von Nebenan."

Verständnisvoll nickt Kaylee und macht einen vorsichtigen Schritt auf den Jungen zu.

„Wie heißt du?" Er schnieft und wischt sich erneut die Tränen aus dem Gesicht.

„Timmy", flüstert er. Kaylee legt die Hand auf das Gewehr und nimmt es ihm vorsichtig ab, sichert es und legt es ebenfalls auf die Anrichte.

„Du hast hier so lange allein gelebt, Timmy?" Er nickt und zeigt auf die Essenreste und den Müll, der in der ganzen Wohnung verteilt liegt.

„Ich hatte genug zu essen, kam aber an die oberen Schränke nicht heran."

„Wie lange ist das schon so? Kannst du mir etwas über den Ausbruch der Krankheit sagen?", fragt sie interessiert. Erneut schüttelt Timmy den Kopf.

„Nein, ich weiß nichts darüber. Sie stehen wieder auf, sind aber nicht mehr Dieselben." Er beugt sich zu Kaylee vor und flüstert ängstlich: „Sie essen Menschen." Langsam streicht sie ihm über den Kopf und nickt ernst.

„Ich weiß, Schatz."

Verhandlungssache

Viktor sieht Richard aus zusammengekniffenen Augen an.

„Du willst was?“

Der große Biker lacht, jedoch zeigt sich keine Freude in seinem harten Gesicht. Der lange Bart reicht ihm knapp bis zur Brust und wippt bei dem Gelächter.

„Ich schlage dir vor, dass wir uns zusammentun. Deine Gruppe ist gut bewaffnet. Meine Leute können mit Waffen umgehen und kennen die Gegend.“

„Wir haben nicht vor, hier zu bleiben. Das Wetter ist nicht so gut für meine alten Knochen“, entgegnet Viktor und hält dem Blick des Mannes stand, der seine Schrotflinte inzwischen locker an einem Finger baumeln lässt.

„Zusammen hätten wir eine deutlich bessere Chance, lebend aus dieser Situation herauszukommen.“ Viktor wirft einen Blick auf die Begleiter des Bikers. Hartgesottene Kerle mit finsterem Blick, automatischen Waffen und größtenteils kugelsicheren Westen. Sie behalten das Haus im Auge, in dem sich Viktors kleine Gruppe aus Überlebenden verschanzt hat.

„Einmal angenommen man könnte dir vertrauen. Was hast du von dieser Übereinkunft?“ Richard setzt ein gespielt entrüstetes Gesicht auf.

„Ich bin vertrauenswürdig, da kannst du jeden meiner Männer fragen! Nun ... ich denke, dass unsere Überlebenschancen deutlich höher sind, als wenn jeder für sich allein unterwegs ist. Wir können uns gegenseitig Schutz geben und große Gruppen werden nicht von Plünderern angegriffen.“

„Sagen wir mal, dass uns dein Angebot nicht gefällt und wir uns lieber alleine durchschlagen wollen. Ihr würdet uns dann mit Sicherheit ganz ohne Blutvergießen abziehen lassen, oder?“ Der Hohn in Viktors Stimme ist nicht zu überhören, doch Richard breitet die Arme als hilflose Geste aus.

„Natürlich würden wir das. Einzig um die Vorräte würden wir euch bitten. Es ist schwer, heutzutage an diese Waren heranzukommen.“

„Das ist nachvollziehbar. Du wirst verstehen, dass ich diese Entscheidung nicht mal eben in der Auffahrt treffen kann. Ich werde mich mit meiner Gruppe beraten und dir unsere Entscheidung dann mitteilen", antwortet Viktor gespielt freundlich, und jeder der beiden Männer weiß, dass er belogen wird.

Der bärtige Muskelprotz nimmt die Schrotflinte wieder in beide Hände und Viktors Finger legt sich auf den Abzug seiner Glock-17. Sie starren sich eine Weile an, bis Richard grinst und sagt: „Du hast Eier in der Hose, Mann. Das muss man dir lassen. Angesichts unserer Lage und der, bestimmt bald durch den Motorenlärm angelockten Zombies, bitte ich um eine schnelle Entscheidung."

„Natürlich. Du hast mein Wort", antwortet Viktor und geht rückwärts zurück zur Haustür. Die Waffe hält er weiterhin auf Richard gerichtet, um zu verhindern, dass er oder einer seiner Männer das Feuer eröffnet.

Zurück im Haus schließt Viktor die Haustür und deutet allen, auf ihren Posten zu bleiben.

„Wenn sich einer von denen rührt, will ich's wissen", befiehlt er und die Anspannung durchzieht fast spürbar die Luft. Viktor geht auf und ab. Gehetzt blickt er sich um.

„Was haben sie gesagt?", fragt Lester, der aus der Entfernung nicht alles mitbekommen hat.

„Sie wollen die Vorräte, ansonsten töten sie uns. Er hat auch noch was von einer Zusammenarbeit vorgeschlagen, jedoch halte ich das für eine Falle. Ich habe nur Männer in seiner Gruppe gesehen. Er weiß aber bestimmt, dass wir mehr Frauen als Männer haben."

„Worauf willst du hinaus?", fragt Mia, doch Lester kommt Viktor zuvor.

„Entweder wollen diese Typen ihre Zukunft durch Nachwuchs sichern, oder sie wollen Spaß haben." Mia wird blass und richtet ihren Blick wieder auf den Eingang.

„Was hast du ihm gesagt?", fragt Lester. Beiden Männern ist die Lage bewusst, in der sie sich befinden.

„Dass ich das mit euch besprechen muss", knurrt Viktor und zählt die Munition durch, die vor ihm ausgebreitet liegt.

„Du denkst doch nicht ernsthaft darüber nach, auf ihr Angebot einzugehen, oder?", fragt Lester im Flüsterton.

„Natürlich nicht. Hältst du mich für bescheuert?", entgegnet Viktor gereizt und Lester atmet erleichtert auf.

„Wie sieht unser Plan aus?"

Viktor knurrt ärgerlich und steckt ein paar neue Patronen in das Magazin seiner Glock. „Das ist die schlechte Nachricht. Wir haben keinen. Wenn wir uns ein Feuergefecht mit ihnen liefern, haben wir die taktisch bessere Position. Sie können aber ohne Probleme unsere Fahrzeuge unbrauchbar machen. Wir würden hier festsitzen", wägt Viktor ihre Optionen ab und Lester stimmt ihm zu. „Das Gewehrfeuer würde die Zombies anlocken und die Biker müssten sich nur verkrümeln. Schon haben wir es hier mit einer Übermacht zu tun, die wir nicht aufhalten können."

„Kann man ihm eventuell trauen?", fragt Claude, der Hausbesitzer.

„Nein. Ich kenne solche Leute von früher als ich Polizist in Ottawa war. Sie sind nur sich selber gegenüber loyal und führen ihr Regime mit eiserner Hand. Richard würde nie etwas tun, das nicht zu seinem Vorteil ist", versichert Viktor ihm.

„Und eine Zusammenarbeit mit uns wäre für ihn nicht von Vorteil? Wieso hat er dann nicht gewartet, bis wir aus dem Haus heraus sind, und hat uns auf freier Straße überfallen?", wirft Darius ein. Der groß gewachsene Schwarze kennt sich im Gangmilieu nicht sonderlich aus, da er als Sportlehrer zwar öfter Schüler aus dem Bereich hatte, aber nie selbst Erfahrungen gesammelt hat.

Jason stimmt ihm zu: „Sein Vorteil wäre dort viel größer, da er uns in die Zange nehmen kann, was hier aufgrund unserer Situation schwierig ist. Wir können ihnen lange genug Widerstand leisten, so dass sie sich zurückziehen müssten."

„Klar haben wir dann auch nichts gewonnen. Aber er ebenso wenig. Wir würden uns einbunkern und die Vorräte nach und nach aufbrauchen“, gibt Darius zu bedenken. Lester nickt zustimmend.

„Da habt ihr nicht Unrecht. Ich gehe aber davon aus, dass es ihnen um die Frauen in unserer Gruppe geht. Bei einem Feuergefecht auf offener Straße wäre das Risiko hoch, dass wir alle getötet werden. Sie hätten dann nur die Lebensmittel gewonnen, was nur ein kleiner Gewinn wäre.“

„Wenn wir uns ihnen ausliefern, können wir auch direkt Selbstmord begehen. Auch wenn sie uns am Leben lassen, werden sie das Kommando an sich reißen. Sie sind einfach in der Überzahl“, flucht Viktor und wirft einen Blick aus dem Fenster. Richard steht nicht mehr mitten in der Einfahrt, sondern scheint sich mit seinen Leuten zu besprechen.

„Da hat er bestimmt recht. Was wäre, wenn wir einen Ausfall wagen und sie überraschen? Wir könnten sie bekämpfen“, schlägt Vanessa vor, doch schüttelt Viktor den Kopf und zeigt auf die Positionen, die vom Feind bezogen wurden. Der halb eingerissene Gartenzaun und die Hecke geben ihnen keine vollständige Deckung. Viktor ist sich jedoch sicher, dass die Biker eindeutig im Vorteil sind, wenn seine Gruppe das Haus verlässt.

„Wir müssen das Blatt wenden. Zumindest eine Pattsituation herausholen, sodass sie nicht riskieren können uns anzugreifen“, stellt Darius fest und Viktor stimmt ihm zu.

„Wir brauchen Verstärkung!“

Mit schnellen Schritten eilt er die Holztreppe hinauf ins Dachgeschoss. Er lässt sich neben Alexandr Wolkow nieder, der flach auf dem Bauch liegt und sein M82 Scharfschützengewehr durch das Fenster vor ihm richtet, wobei er darauf achtet, dass der Lauf von außen nicht zu sehen ist.

„Wie sieht es aus, mein Freund?“ Der Russe schüttelt langsam den vernarbten Kopf. „Nicht gut, gar nicht gut. Viele Gegner, ich werde nicht alle erwischen.“ Der schwere russische Akzent lässt ihn gefährlich wirken. Die kalten Augen und die lange Narbe, die sich durch sein Gesicht zieht, verstärken diesen Eindruck.

Viktors Gehirn arbeitet angestrengt und er sucht fieberhaft nach einem Ausweg. Eine List würden die Biker schnell durchschauen und die kleine Gruppe vermutlich mit Kugeln durchsieben. Auf Zeit zu spielen ist ebenfalls keine Option, da die Biker nicht so lange warten werden.

„Wie sieht es in der Umgebung aus? Sind Zombies zu sehen?" Alex sieht ihn fragend an. Als er sieht, dass es Viktor ernst ist, richtet er sein Zielfernrohr neu aus und untersucht die Umgebung.

„Ein paar Untote in zweichundert Metern Entfernung. Eine Gruppe, fast vierzig im Suden, achtchundert Meter. Hauptgruppe von mehr als chundert oder zweichundert im Westen", berichtet er und Viktor nickt zufrieden. Ein Plan beginnt sich in seinem kahlen Schädel zu verfestigen.

„Wenn du schießt", überlegt Viktor laut „könnten uns diese Zombies finden, oder würde der Schall durch die Häuser verfälscht?" Als ehemaliger Scharfschütze kennt sich Alexandr gut mit solchen Fragen aus. Erneut prüft er die Umgebung aufgrund der neuen Parameter und zuckt dann mit den Achseln.

„Ich denke, sie uns finden werden. Was chast du vor Viktor?" Der Polizist grinst und klopft ihm auf die Schulter.

„Wir besorgen uns eine Armee!"

Ein Schuss donnert durch die Luft und die Biker springen sofort in Deckung. Sie entsichern ihre Waffen und Befehle werden gebrüllt.

„Was geht da vor?", ruft Richard zum Haus herüber und Viktor kann hören, dass die überraschende Wendung dem Gangster nicht zusagt. Viktor und Lester verlassen das Haus durch die Haustür. Sie tragen einen Körper, eingewickelt in einen blauen Plastiksack.

„Keiner schießt!", brüllt Viktor seinen Leuten zu.

„Richard, wir hatten einen Mitbewohner. Er muss sich im Keller versteckt haben. Mein Mann hat vergessen, wie laut eine Magnum ist", erklärt er und sie lassen die Leiche zu Boden fallen. Der zerstörte Schädel dreht sich in die Richtung des Rockers.

Obwohl diese Leiche von Alexandrs 9mm getötet wurde, sieht die Wunde im Schädelbereich auf den ersten Blick so aus, als könne sie aus einer großkalibrigen Waffe stammen.

„Waffen runter!", befiehlt Richard und seine Männer kommen dem Befehl widerwillig nach. Der Biker sieht Viktor misstrauisch an, kommt dann aber in Begleitung zwei seiner Männer näher. Diese haben ihre Waffen schussbereit gesenkt, machen jedoch keine Anstalten, auf Viktor oder Lester zu zielen.

Richard wirft einen Blick auf die Leiche und flucht. „Diese Bastarde sind echt eine Plage. Der Schuss dürfte auch aus großer Entfernung hörbar gewesen sein. Es wird schon bald nur so von ihnen wimmeln. Habt ihr euch entschieden?"

Viktor sieht zu Lester und dieser nickt zustimmend.

„Das haben wir. Dein Vorschlag für eine Zusammenarbeit scheint das Beste für unsere beiden Lager zu sein. Wir sind einverstanden. Die einzige Bedingung ist, dass du und ich gleichberechtigt sind. Entscheidungen werden gemeinsam getroffen."

Der Biker grinst breit und reicht Viktor die kräftige Hand.

„Selbstverständlich. Auf eine gute Zusammenarbeit." Viktor ergreift sie und die beiden sehen sich fest in die Augen.

„Wir sollten von hier verschwinden. Wir haben den Großteil der Vorräte bereits in den Autos. Wenn ihr uns helft, den Rest einzuladen und auf eure Motorräder verteilt, dann kriegen wir den Keller schnell leer", drängt Lester und Richard stimmt ihm zu. Er winkt seine Leute heran, die die Waffen wegstecken und sich um ihn versammeln. Mit kurzen Worten erklärt er ihnen die Lage. Sie beeilen sich, die letzten Kisten, Waffen und Nahrungsmittel aus dem Keller herauf zu schleppen.

„Wo liegt euer Lager?", fragt ihn Viktor.

„Keine halbe Stunde von hier. Wir werden euch hinführen."

„Einverstanden", stimmt Viktor zu.

Richard grinst breit und fügt hinzu: „Da wir ja nun ein Team sind, was hältst du davon, wenn von uns jeweils einer in euren Wagen mitfährt?" Ein Schauer läuft Viktor über den Rücken, doch behält er seine freundliche Miene bei.

„Das ist eine gute Idee. Die Wagen sind aber schon ziemlich voll. Wenn deine Leute anpacken, können wir die Sachen in einer halben Stunde umgeladen haben. Dann passen deine Leute auch mit rein."

Viktor sieht Richard fest in die Augen, ob dieser seinen Bluff durchschaut. Bei dem Gedanken, Biker in ihren Fahrzeugen zu haben, wird ihm unwohl. Richard beißt sich kurz auf die Lippe und schüttelt dann den Kopf.

„Dafür haben wir keine Zeit. Die Meute wird bald hier sein. Einer von uns wird im Hummer mitfahren. Dort ist genug Platz. Das andere machen wir dann im Lager." Viktor nickt zustimmend.

„Wie du möchtest. Los geht's!"

Abgesehen von einem kleinen Zwischenfall, bei dem einer der Biker, ein grober Klotz namens Juri, Vanessa belästigt hat, gibt es keine Probleme. Richard löst das Problem, indem er Juri mehrere Schläge und Tritte verpasst, die den Ukrainer zu Boden gehen lassen.

Nachdem die letzten Vorräte auf die Motorräder und Autos verteilt sind, steigen alle auf und in ihre Fahrzeuge. Die ersten Zombies haben das Haus bereits erreicht und werden von den Bikern durch Kopfschüsse erledigt. Viktors Gruppe befindet sich in den Fahrzeugen, begleitet von einem Mann aus Richards Gruppe. Der Junge ist kaum älter als achtzehn und hört auf den Namen Christoph. Er trägt ein AK47-Sturmgewehr bei sich, das er zwischen seine Beine gestellt hat. Jessy nimmt links und Vanessa rechts von ihm Platz. Christoph rutscht etwas beiseite, um die beiden Frauen nicht zu berühren. Seine Schüchternheit ist offensichtlich und lässt Jessy innerlich grinsen.

Der Konvoi verlässt das Grundstück, wobei die Motorräder zum großen Teil vor ihnen fahren, um die Führung zu übernehmen. Zwei Maschinen halten sich neben den vier Fahrzeugen und drei direkt hinter ihnen. Das Knattern der schweren Maschinen wird von den eng stehenden Häusern reflektiert und wirkt dadurch noch lauter als zuvor. Die Kolonne bewegt sich mit einer Geschwindigkeit von vierzig Kilometern pro

Stunde durch die Straßen von Sudbury. Sie müssen extrem achtsam fahren, da sich neben parkenden Fahrzeugen am Straßenrand auch hin und wieder liegen gebliebene Fahrzeuge auf der Fahrbahn befinden.

Jessy zieht ihre Jacke aus und drückt die Brust dabei deutlich raus. Christoph kommt nicht umhin, zu ihr herüber zu sehen und spürt plötzlich das kalte Metall einer Waffe an seinem Schritt. Seine ohnehin blasse Gesichtsfarbe wird noch bleicher und er zittert leicht. Vanessa lächelt ihn zuckersüß an und flüstert: „Deine Waffe. Schieb sie langsam rüber. Eine falsche Bewegung und das war's mit der Familienplanung." Der Junge nickt eilig und schiebt das Sturmgewehr mit den Füßen zu ihr herüber.

„Alles klar, Viktor", meldet Jessy und zwinkert dem Biker aufmunternd zu.

„Wenn du willst, kannst du mit uns mitkommen. Wenn du lieber zu deinen Leuten willst, lassen wir dich bald aussteigen." Christoph sieht von einer zu anderen und muss sich räuspern, da sein Hals total trocken zu sein scheint.

„Was habt ihr denn vor? Ich dachte, wir wären jetzt ein Team."

„Tut mir leid. Wir haben andere Pläne. Wir vertrauen Richard und dem Rest eurer Gruppe nicht. Es erscheint uns nicht ganz schlüssig, dass er uns alle aufnehmen will."

Christoph blickt betreten zu Boden und Vanessa lacht zufrieden.

„Es stimmt also. Richard hatte irgendwas vor", ruft sie triumphierend. „Viktor, gleich ist es soweit", warnt Vanessa und der Polizist grinst breit.

„Ich weiß!"

Vor ihnen gabelt sich die Straße und die Motorräder vorn biegen nach links ab. Viktors Hummer befindet sich als Letzter im Konvoi, hinter ihnen sind nur noch drei Motorräder. Zweimal betätigt Viktor kurz die Lichthupe und hämmert das Bremspedal mit seinem Fuß aufs Bodenblech. Mit quietschenden Reifen bremst der Hummer ab, schneller als die drei Biker hinter ihnen reagieren können. Die Motorräder stoßen mit einem Knall gegen den Hummer und einer der Fahrer wird von seinem Gefährt herunter geschleudert. Er fliegt über den Hummer hinweg. Die Anderen landen mit dem Kopf voran am Heck des Fahrzeugs. Da sie keine Helme tragen, ist das laute Knacken von Knochen zu hören.

Sofort beschleunigt Viktor wieder und folgt der nun ausbrechenden Fahrzeugkolonne. Statt den Motorrädern nach links zu folgen, fahren sie nach rechts gen Westen. Die beiden Biker zu ihrer rechten müssen hart bremsen, um nicht zu kollidieren. Hierbei verlieren sie die Kontrolle über ihre Motorräder und stürzen zu Boden, wobei die schweren Maschinen unter ihnen wegbrechen. Eine landet halb vor dem Hummer, wird von ihm erfasst und durch die Wucht des Aufpralls hinfort geschleudert. Das Motorrad segelt durch die Luft, wobei es sich um die eigene Achse dreht und beim Aufprall mehrere Schaufensterpuppen zerschmettert, die in einem Brautmodengeschäft stehen.

Heilloses Chaos herrscht unter den Bikern. Noch bevor die Vorhut reagieren kann, sind die Fahrzeuge von Viktors Gruppe schon fast einen Kilometer weit gekommen.

„Sie haben sich gesammelt und nehmen die Verfolgung auf", berichtet Jessy, die sich auf die Rückbank kniet und aus dem Heckfenster starrt. Erneut betätigt Viktor die Lichthupe und der Ford Geländewagen vor ihnen, besetzt mit Alexandr, Claude und Mia bremst ab. Schnell zieht Viktor an ihm vorbei, so dass der Wagen nun das Schlusslicht bildet.

Mit hoher Geschwindigkeit geht es weiter, obwohl es für Alexandr nun nicht sonderlich einfach wird. Er hat sein Scharfschützengewehr auf der Ablage über dem Kofferraum aufgebaut und sich auf der Rückbank hingekniet. Als er feuert, wird die Heckscheibe des Fords heraus gesprengt und zersplittert auf der Fahrbahn. Das Projektil trifft einen Biker, knapp zweihundert Meter von dem Fahrzeug entfernt, in die Brust und reißt ihn von seiner Maschine. Das Motorrad überschlägt sich und verkeilt sich in ein geparktes Auto. Ohne Unterlass feuert der Scharfschütze, sobald er ein Ziel anvisiert hat. Fünf Biker kann er auf diese Weise von ihren Maschinen holen und ihre Verfolger dezimieren.

Diese erwidern inzwischen das Feuer. Projektile pfeifen an dem Wagen vorbei. Immer wieder müssen die Verfolger Alexandrs Feuer ausweichen. Im Slalomkurs geht es mit hoher Geschwindigkeit weiter durch die Stadt. Vorbei an Eisdielen, Geschäften, Sitzgruppen und Kneipen. Die Biker haben sich angepasst und schlagen Haken, um Alexandr das Treffen zu erschweren. Ihre Geschosse aus automatischen Waffen schlagen in die Karosserie ein. Scheiben zersplittern. Mia versucht, den Geschossen so gut es geht auszuweichen, während Claude neben Alexandr auf der Rückbank kniet und ihm Munition reicht. Trotz der unruhigen Fahrweise von Mia gelingt es ihm, nach fünf Fehlschüssen erneut einen der ledergekleideten Fahrer zu töten.

Während der Kampf am Ende der Kolonne weitergeht, zieht Viktor mit dem Hummer an den anderen beiden Fahrzeugen vorbei und setzt sich an die Spitze. In den engen Straßen schrammt der gelbe Geländewagen immer wieder an anderen Fahrzeugen vorbei. Funken sprühen an der Flanke des Wagens hoch. Endlich haben sie ihr Ziel erreicht. Viktor betätigt das Warnblinklicht und die beiden Fahrzeuge hinter ihm tun es ebenfalls.

„Festhalten! Das wird nun extrem unangenehm!“, ruft er und Christoph ebenso wie Jessy werden kreidebleich. Obwohl sie den Plan kennt, wird ihr erst jetzt bewusst, wie gefährlich es werden wird.

Vor ihnen taucht ein gewaltiges Heer aus Körpern auf. Die Gruppe, die sie von Claudes Haus weggelockt haben, hat sich mit mindestens einer weiteren Horde zusammengeschlossen. Die Untoten erstrecken sich bis zum Horizont. Sie schleppen ihre verfaulenden Körper über die gesamte Straßenbreite. Mehrere Hundert dieser Wesen starren stumpfsinnig auf die Fahrzeuge, die sich ihnen mit hoher Geschwindigkeit nähern. Viktor schaltet das Warnblinklicht aus und tritt das Gaspedal weiter durch. Die mächtige Maschine in dem Motorblock brüllt auf und der Hummer erhöht seine Geschwindigkeit.

„Die nächste Abzweigung dürfte in etwa bei der Hälfte der Zombies sein“, ruft Vanessa ihm zu, die einen Stadtplan in der Hand hält. Währenddessen bewacht Jessy den Biker.

„Festhalten!“, brüllt Viktor, Sekunden, bevor der Hummer die ersten Zombies erwischt. Lautes Poltern und Krachen ist zu hören. Die Leichen werden nach links, rechts, oben und unten weggeschleudert. Der Kühlergrill des Hummers fungiert als Rammbock und pflügt eine Schneise durch den Mob. Die Fahrzeuge hinter ihnen haben nur wenig Zombies in ihrem Weg und können mehr oder weniger problemlos in die Menge eintauchen. Hinter ihnen schließt sich die Lücke wieder, da die Untoten nun den Fahrzeugen hinterher marschieren.

„Viktor, nach links. Neben dem Supermarkt!“, ruft ihm Vanessa aufgeregt zu und Viktor blinkt links als Zeichen für die folgenden Wagen. Der Hummer kämpft mit den Körpern, die sich vor ihm auftürmen, doch schafft es der Motor, den Wagen weiter voranzubringen. Verfaulende Hände und Arme klopfen gegen die Scheiben. Gesichter, eines hässlicher als das andere, scheinen sie anzuschreien. Alexandr muss mehrmals feuern als sich Hände durch das fehlende Heckfenster des letzten Wagens strecken.

Mit etwas mehr als Schrittgeschwindigkeit erreichen sie die Abzweigung und sind kurz darauf aus der Masse aus Leibern heraus. Viktor fährt mit niedriger Geschwindigkeit weiter, bis sie sicher sind, dass alle Fahrzeuge entkommen sind.

„Wieso glaubt ihr, dass Richard euch nicht durch sie hindurch folgen wird?“, fragt Christoph und Viktor lacht gehässig.

„Hast du die letzten Minuten verschlafen? Unsere Autos sind kaum durch diese Viecher gekommen. Was meinst du, was den Motorrädern passieren würde?“ Jessy blickt durch das Heckfenster und schaudert. „Richard wird uns nicht durch die Zombies hindurch folgen. Bis er eine Alternativroute gefunden hat, ist unser Vorsprung groß genug, um halbwegs sicher zu sein. Willst du nun bei uns bleiben oder sollen wir dich in sicherer Entfernung zu den Zombies absetzen?“ Eilig schüttelt Christoph den Kopf.

„So gut ging es mir bei Richard absolut nicht. Ich … ich möchte euch gern begleiten, wenn ich darf …“

„Natürlich darfst du“, antwortet Jessy und Viktor stimmt zu.

„Viktor“, ertönt Mias Stimme über Funk. Viktors Magen krampft sich zusammen, da selbst über Funk ihre Stimme bedrückt klingt.

„Was gibt es?“ Es dauert ein paar Sekunden, bis die Antwort erfolgt.

„Wir haben Claude verloren. Er wurde von einem Querschläger getroffen.“ Viktor flucht laut und schlägt voller Wut aufs Lenkrad. Der Konvoi beschleunigt und sie verlassen Sudbury über die Bundesstraße Richtung Süden.

Kalte Küche

„Wir müssen unbedingt eine Pause machen. Mein Hintern tut mir weh und ich muss pissen wie ein Elch“, beschwert sich Chan zum wiederholten Mal. Ärgerlich sieht Michael ihn an. Auf ihrem Weg zur amerikanischen Grenze haben sie schon wiederholt Pausen machen müssen, da Chan sich ständig über irgendetwas beschwert.

„Wie kann ein so breiter Kerl wie du so wehleidig sein?“, knurrt Michael und lenkt den in Toronto erbeuteten roten Mustang GT an den Straßenrand.

Seit ihrer Flucht aus der Großstadt sind bereits drei Tage vergangen, in denen sie nur gefahren, gegessen, im Auto geschlafen und Benzin aus anderen Autos abgefüllt haben. Seitdem sie aufgebrochen sind, hat sich die Vegetation kaum verändert. Nadelwälder, soweit das Auge reicht, breiten sich vor ihnen aus.

Eilig verlässt Chan den Wagen und verschwindet in den Büschen. Michael steigt ebenfalls aus, um sich die Beine etwas zu vertreten. Die .357er-Magnum hat er in der rechten Hand, während er sich streckt und dehnt. Weit und breit ist niemand anderes zu sehen. Eine unheimliche Stille liegt über dem Wald. Die Bäume stehen so dicht, dass kaum Licht durch die Wipfel fällt. Nach wenigen Metern verschwindet der Boden in einem düsteren Zwielicht. Michael kann weder Vögel noch andere Tiere hören. Unruhig tritt er von einem Fuß auf den anderen. Es behagt ihm gar nicht, ungeschützt in der Wildnis zu warten. Als Stadtmensch zuckt er bei jedem Geräusch zusammen. Hinter jedem Schatten erkennt er den Körper eines Untoten. Tief atmet Michael die kalte Luft ein. Erleichtert seufzt er auf, als sein Freund aus dem Dickicht zurückkehrt.

Mühsam stapft Chan wieder zum Auto zurück und schließt dabei den Reißverschluss seiner Jeans. Er streckt sich ebenfalls und geht ein paar unbeholfene Schritte die Straße entlang.

„Meinst du, dass es noch andere Menschen gibt?“ Seine Gedanken kreisen, wie so oft in den Monaten, in denen sich die beiden kennen, um seine Familie. Er musste sie in Boston zurücklassen, als er einen Job in Toronto bei einer Softwareentwicklungsfirma bekam. Seit dem Ausbruch der unbekannten Seuche hat er viel versucht, um möglichst viel über seine Familie in Erfahrung zu bringen.

„Die Wahrscheinlichkeit spricht eindeutig dafür, dass noch mehr überlebt haben. Wenn es uns gelungen ist, wieso sollte es anderen dann nicht auch gelingen?“, antwortet Michael und lehnt sich gegen die warme Motorhaube des Ford Mustangs.

„Vielleicht hat das Militär ja Boston rechtzeitig erreicht und die Seuche eingrenzen können. Sollen wir nicht doch in Richtung Boston fahren, Michael?“ Dieser schüttelt bestimmend den Kopf. Auch wenn er die Hoffnungen seines Freundes nur zu gut verstehen kann, möchte Michael kein Risiko eingehen. Der Gedanke, in die nächste von Untoten bevölkerte Stadt einzufahren, bereitet ihm Übelkeit.

„Wir halten uns von jeder Großstadt fern. Hat dir Toronto nicht gereicht?“ Kleinlaut murmelt Chan einige Worte und Tränen glitzern in seinen Augen.

„Chan, … es tut mir leid. Ich weiß doch, dass du die Hoffnung hast, dass es deiner Familie gut geht. Vielleicht ist das auch so. Aber bevor wir nicht mit Sicherheit wissen, dass Boston sauber ist, sollten wir uns davon fernhalten.“ Er legt dem massigen Asiaten die Hand auf die Schulter und beide starren eine Weile in den beginnenden Sonnenuntergang.

„Wir haben nicht mehr viel Treibstoff im Tank. Laut dem letzten Schild müsste in fünfzehn Kilometern ein Rasthof mit Tankstelle kommen. Vielleicht haben wir Glück und kommen an Benzin und ein paar Nahrungsmittel. Sonst wird es ein langer Fußmarsch.“ Zustimmend nickt Chan und sie steigen wieder ein.

Um ein Haar wären die beiden an dem Rasthof vorbei gefahren. Verständlicherweise brennt kein Licht in dem etwas zurückgelegenen Gasthaus. Als Chan ihn entdeckt und seinem Kumpel dabei schmerzhaft in die Seite boxt, tritt Michael fest auf die Bremse. Über sein eigenes Versagen fluchend, setzt Michael zurück. Langsam fahren sie die asphaltierte Auffahrt hinauf. Das helle Licht der Scheinwerfer durchschneidet die Dunkelheit wie ein Schwert. Vor ihnen tauchen leer stehende Trucks und Autos auf. Die meisten parken geordnet auf den vorgesehenen Flächen. Langsam und aufmerksam fahren sie mit ihrem Mustang näher heran. Der Motor röhrt, doch zeigt sich in der Finsternis keine Bewegung.

„Okay, wir parken hier mittig vor dem Restaurant und durchkämmen erst mal die Umgebung. Sprit besorgen wir danach", beschließt Chan, doch Michael schüttelt den Kopf.

„Nein, erst mal besorgen wir Sprit. Wenn wir abhauen müssen, kommen wir mit dem Rest im Tank nicht sonderlich weit."

Niedergeschlagen fügt sich Chan, der sich bereits darauf gefreut hatte, im Restaurant nach etwas Essbarem zu suchen. Seit Stunden knurrt sein Magen und verlangt nach Nachschub. Die beiden jungen Männer steigen aus dem Wagen aus und sehen sich um.

„Und wenn wir warten, bis es Tag wird? Wir könnten uns im Wagen verstecken. Bei Tageslicht sehen wir mehr", gibt Chan zu bedenken.

„Erst Benzin, dann sehen wir weiter. Ohne Benzin warte ich nicht auf diesem Parkplatz!", erwidert Michael entschieden. Die Warnleuchte des Tanks hatte bereits geleuchtet. Mit viel Glück haben sie noch Sprit für hundert Kilometer. Sollten sie angegriffen werden, wäre eine Flucht mit dem Wagen nicht möglich. Sie würden keine weitere Tankstelle innerhalb dieses Radius erreichen. Mit dem Gedanken in diesem Wald gestrandet zu sein, kann sich Michael nicht anfreunden. Chan reißt ihn aus seinen Überlegungen.

„Meinst du, wir können diesmal etwas aus den Zapfsäulen holen?", fragt sein Freund unsicher und Michael probiert die Spritpistolen aus. Nichts regt sich und er schüttelt niedergeschlagen den Kopf.

„Plan B."

Mit Schlauch und Reservekanister bewaffnet laufen sie die Fahrzeuge ab. Der Mond ist hinter einer dicken Wolke verschwunden und die Sterne sind ebenfalls kaum zu sehen. Chan umschließt sein Brecheisen fester und sein Atem geht pfeifend. In der anderen Hand hält er den Kanister und quetscht sich zwischen zwei Sportwagen hindurch. Er klopft die Tanks ab, kann jedoch nur sehr schwer feststellen, ob und wie viel Benzin noch in ihnen ist.

„Chan, da kommt etwas!“, warnt ihn Michael keine zwanzig Meter neben ihm. Chan versteinert und versucht etwas in der Finsternis zu entdecken. Schritte bewegen sich über den Asphalt. Immer wieder bleibt der Verursacher stehen und scheint sich zu orientieren. Chans Herz pocht so laut, dass er das Gefühl hat, jeder im Umkreis von hundert Kilometern müsse es hören. Sie starren in die Finsternis. Nichts ist zu sehen. Die Schritte kommen leise näher. Vor Chans innerem Auge schlurft eine riesige Horde Untoter vor ihnen entlang. Die leisen Schritte kommen näher. Chan macht sich bereit. Er hebt das Brecheisen. In dem Moment verschwindet die Wolke vor dem Mond. Die beiden starren verdutzt in das Gesicht eines Rehs. Das Rotwild betrachtet die beiden Menschen misstrauisch. Als Chan erleichtert ausatmet, ergreift es die Flucht. Mit weiten Sprüngen verschwindet es im Dickicht der Bäume.

„Heilige Scheiße. Ich dachte, das wäre es nun“, gesteht Chan lachend und wischt sich den Schweiß von Stirn und Nacken. Michael kommt zu ihm herüber und auch er muss breit grinsen. Sämtliche Farbe ist ihm aus dem Gesicht gewichen und er muss sich auch erst einmal von dem Schock erholen.

Nachdem sie einige Liter Benzin aus den umstehenden Wagen unbehelligt abfüllen konnten und den Tank des Mustangs bis zum Rand gefüllt haben, machen sie sich auf den Weg zum Restaurant.

„Sei verdammt vorsichtig, Chan. Die Autos da draußen gehörten bestimmt einmal jemandem. Wenn wir Glück haben, sind sie nicht mehr da.“ Der Asiate kann den Zweifel in Michaels Stimme nur zu gut hören. Er glaubt selbst nicht, was er sagt. Nicht verwunderlich für Chan, bedenkt man die Welt, in der sie leben.

„Unser Glück wurde eventuell mit dem Reh aufgebraucht. Lass dich nicht beißen!“, fügt Michael nachdenklich hinzu.

Der Asiate setzt ein grimmiges Gesicht auf und sie betreten das Restaurant. Die Glastür schwingt beinahe geräuschlos auf. Vor einigen Jahren war dies mit Sicherheit ein nobles kleines Restaurant, das sehr nah an die Baumgrenze gebaut wurde. Inzwischen hat sich die Natur viel wiedergeholt. Zweige reichen durch die zerbrochenen Fenster und die Tische sind umgeworfen oder zertrümmert. Ob dies von Tieren oder Menschen getan wurde, lässt sich nicht feststellen. Es gibt sehr viele Ecken. Blickschutze und Stellwände, die so gestellt wurden, dass die Gäste bestmögliche Privatsphäre genießen. Nervös lauschen sie in die Stille, können jedoch nichts hören. Die Dunkelheit in dem Raum ist allgegenwertig. Immer wieder stößt Chan gegen Müll oder Möbel. Der Gestank erinnert ihn an eine Mülldeponie im Sommer. Verwesung, Exkremente und noch etwas anderes vermischen sich in seiner Nase zu einem ekelerregenden Gestank.

Glas knirscht unter Chans Schuhen, als sie das Restaurant systematisch durchsuchen. Der Raum ist groß genug, um hundert Personen zu bedienen. Im Moment scheint sich jedoch niemand hier zu befinden. Michael weist Chan per Handzeichen an, dass sie sich in Richtung der Küche vorarbeiten sollen. Dieser hebt den Daumen, als Zeichen, dass er verstanden hat. Ihre Taschenlampen, die sie im Kofferraum eines geparkten Cabrios gefunden haben, verfügen nur über einen fingerbreiten, schwachen Lichtstrahl. Der Großteil bleibt im Dunkeln. Der große Tresen versperrt ihnen nun den Weg. Auf ihm befinden sich zerbrochene Flaschenreste, an denen sich Michael fast verletzt hätte. Er flucht und stößt die Schwingtür zur Küche auf.

Ein unidentifizierbarer Gestank schlägt ihnen entgegen und Chan muss sich übergeben. Zur, von Verwesung, Blut und Exkrementen geschwängerten Luft gesellt sich der säuerliche Gestank von Chans Erbrochenem. Schnell presst Michael seinen Ärmel vor seine Nase. Nur durch stärkste Konzentration kann er verhindern, Chans Beispiel zu folgen. Er atmet flach durch den Mund und versucht so wenig zu riechen wie möglich.

Die Küche ist total verwüstet und Ratten flüchten vor dem Lichtkegel ihrer Taschenlampe. Vorsichtig geht Michael vor, direkt gefolgt von seinem Freund. Bei dem Gestank muss Chan immer wieder würgen. Der gesamte Boden ist dunkel und erst auf den zweiten Blick können sie es als Blut identifizieren. Die beiden sehen sich unsicher an und Chan zeigt in Richtung Tür.

„Ich glaube, ich habe den Herd zu Hause angelassen. Wir sollten lieber mal nachsehen", flüstert er und Michael nickt zustimmend.

„Das sollten wir umgehend prüfen." Als sie eilig durch die Schwingtür zurück in den Gastraum treten, stoßen sie fast mit dem Besitzer des Restaurants zusammen. Eine vergammelte Schürze, die sich knapp über seinen dicken Bauch spannt und das Namensschild mit „Boss" haben ihn verraten. Seine milchig weißen Augen schauen die beiden an. Das halb verweste Gesicht mit dem zerfetzten Vollbart befindet sich fast direkt vor Chans. Der kreischt auf und schlägt zu. Noch bevor der Zombie reagieren kann, kracht das Brecheisen auf ihn nieder und zertrümmert seinen Schädel. Ein Ächzen entweicht ihm und er sinkt zu Boden.

Vor ihnen bewegen sich die Schatten. Michael flucht. Die Zombies müssen von draußen gekommen sein oder sich im Restaurant versteckt haben. Durch Chans Schrei wissen sie nun, wo das Futter zu finden ist. Gierig auf neue Beute, setzen sie sich in Bewegung. Das Stöhnen erschallt und schlurfende Schritte lassen ihnen die Haare im Nacken und auf den Armen zu Berge stehen.

„Oh, fuck!", brüllt Chan beim Anblick der unzähligen, näherkommenden Schatten. In Panik rennt er einfach los. Die Zombies scheinen einen Kreis um die beiden zu ziehen. Michael kann die milchig weiße Scheibe des Mondes kaum noch erkennen. Immer wieder wird sie von Körpern verdeckt. So schnell er kann stürmt er hinter seinem Freund her. Einfach drauf los. Richtung Tür. Ein Kampf auf diesem engen Raum, ohne etwas zu sehen, kann nur tödlich enden. Er zieht den Kopf zwischen die Schultern und rennt.

Kalte Hände greifen nach ihnen. Fingernägel kratzen über seine Jacke. Der Gestank des Todes ist überwältigend. Sein Blut kocht und seine Beine fühlen sich schwerelos an. Sein ganzer Körper ist nur noch auf Flucht ausgelegt. Michael rammt einen Untoten beiseite. Seine Schulter ist verletzt, jedoch ignoriert er den Schmerz. Der Zombie plumpst irgendwo hinter ihm zu Boden. Er bückt sich unter vier Armen hindurch, die ihn greifen wollen. Knochen knacken, als er die Hand vor seinem Gesicht packt und verdreht. Weitere Hände greifen nach ihm, doch können sie ihn nicht festhalten.

Chan erreicht die Tür als Erstes und rennt direkt in einen Untoten. Beide werden durch die Wucht des Zusammenstoßes zu Boden gerissen. Sie rollen die Treppe hinab. Michael stockt der Atem, und für eine Sekunde blickt er wie versteinert den beiden hinterher. Wenn Chan gebissen wird, hat er niemanden, mit dem er weiter reisen kann. Er würde den einzigen Menschen verlieren, der ihm geblieben ist. Die blanke Angst lässt Michael erschaudern. Chans Schrei reißt ihn aus der Starre. Hinter sich hört er bereits die Verfolger. Die zerstörten Türen des Restaurants bieten keinen Schutz. Die Untoten werden ihnen auf den Parkplatz folgen können.

Mühsam reißt er sich zusammen, zieht die Magnum aus dem Hosenbund. Mit einem Satz springt er die Stufen der Treppe hinab, um Chan beizustehen. Beim Anblick einer Meute von gut fünfzig Untoten weiten sich Michaels Augen. Sie haben sich auf dem Parkplatz verteilt. Jetzt eilen sie alle in ihre Richtung. Der Motor des Mustangs muss über Kilometer hinweg zu hören gewesen sein.

Chan schreit um Hilfe. Er schlägt und tritt auf den Zombie ein, was die umstehenden Untoten nur noch schneller anlockt. Eilig richtet Michael die Waffe auf den Angreifer, kriegt jedoch kein freies Schussfeld. Das Geschoss würde den Zombie zwar töten, den dünnen Körper aber durchschlagen und Chan mit Sicherheit schwer verletzten oder sogar ebenfalls töten. Hinter sich kann Michael die Partygesellschaft aus dem Restaurant hören, die sich am entflohenen Buffet gütig tun will.

Es gelingt Chan, sich unter dem Untoten wegzurollen. Sofort ist Michael da und feuert. Die Magnum donnert und der Kopf des Zombies explodiert in tausend Stücke.

„Wurdest du gebissen?“, fragt Michael, schriller als er es geplant hatte. Eilig tastet sich Chan ab, entdeckt jedoch nichts. Er schüttelt den Kopf so heftig, dass sein Kinn schwabbelt.

„Nein ... ich glaube nicht“, keucht er. Die Meute hat nach dem Schuss ihr Tempo erhöht. Sie versucht den beiden den Weg zum Fahrzeug abzuschneiden. Über zwanzig Zombies befinden sich bereits zwischen ihnen und dem Mustang.

„Es sind zu viele!“, keucht Chan und schwingt das Brecheisen wie ein Schwert vor sich durch die Luft, was die Zombies jedoch nicht beeindruckt.

„Zu den Lastern! Vielleicht steckt in einem der Schlüssel. Ich werde das prüfen. Kannst du die Jungs auf Abstand halten?“

Chan nickt gezwungenermaßen und sie laufen los, vorbei an einer Reihe toter Hände, die sich ihnen entgegen strecken. Die Parkplätze der Lastwagen befinden sich knapp hundert Meter zu ihrer Rechten und sind von den Bäumen am weitesten entfernt.

Michael wirft Chan im Laufen die Pistole zu, die er unbeholfen auffängt. Schnell entsichert er sie und zielt auf den erstbesten Zombie. Michael verschwindet im ersten Führerhaus.

Zwei Untote sind sehr nah. Keine fünf Meter trennen sie von Chan. Der sieht dem Ersten direkt ins Gesicht. Eilig hebt er die Waffe und drückt ab. Das Projektil durchschlägt donnernd den ersten Schädel und reißt den Kopf des Hintermannes mit vom Hals. Beide Zombies sind erledigt.

„Counterstrike for the win, Arschloch!“, ruft Chan lachend, dem Wahnsinn nahe.

Mit dem Brecheisen zieht er einem weiteren nah gekommenen Zombie einen zweiten Scheitel. Schnell weicht er weiter aus. Der nächste Schuss donnert und ein Zombie geht getroffen zu Boden. Chans Waden berühren etwas und er schreit erschrocken auf. Hektisch schlägt er danach, als ein metallener Ton ertönt. Erst jetzt wird ihm klar, dass es sich um einen der Trucks auf dem Parkplatz handelt. Er ist rückwärts laufend dagegen gestoßen. Das laute Röhren eines Dieselmotors ertönt plötzlich neben ihm. Mit einem ohrenbetäubenden Brüllen springt der Motor des Trucks an und im Nu ist der Platz von seinen Scheinwerfern taghell erleuchtet.

Chans Blase leert sich bei dem Anblick, der sich ihm präsentiert. Ungefähr hundert Untote haben sich inzwischen auf dem Parkplatz versammelt. Gierig schlurfen sie auf ihn zu. Über fünfzig sind keine zehn Meter mehr von ihm entfernt. Die Schüsse scheinen alle untoten Bewohner aus der nahen Umgebung angelockt zu haben.

„Beweg deinen Arsch in den Truck!“, brüllt Michael und Chan reißt sich aus seiner Starre. Er wirbelt herum, fällt fast über seine eigenen Füße und klettert die Stufen zum Führerhaus hinauf. Michael hat ihm bereits die Tür geöffnet. Er legt den Gang ein und gibt Gas. Langsam setzt sich der Truck in Bewegung und Michael hält auf die größte Ansammlung von Zombies zu. Er gewinnt an Fahrt und die ersten Feinde verschwinden unter seinem Kühlergrill.

„Woher weißt du, wie man so ein Ding fährt?“, keucht Chan und sieht erst jetzt, dass er sich eingenässt hat. Nervös zupft er an seiner feuchten Jeans. Der Gestank des Urins breitet sich in dem Führerhaus aus. Beschämt sieht Chan zu Boden.

„Mein Onkel hatte so einen großen Truck und wir haben einige Touren zusammen gemacht, bevor ich nach Toronto kam. Wir haben uns während der Fahrt abgewechselt, auch wenn ich keinen Führerschein dafür habe.“

Michael lenkt an dem Mustang vorbei und verabschiedet sich leise von dem Fahrzeug. „Hoffen wir, dass der Wagen es übersteht und irgendwann jemand hier vorbei kommt und ihn findet. Der Tank ist ja nun voll.“

Als der Morgen graut, kuppelt Michael den Gang aus und lässt den Lastwagen ausrollen. Die Straße vor ihnen erstreckt sich noch einige Kilometer bergauf und bergab und ist weithin einsehbar.

„Sehen wir doch mal nach, was wir geladen haben. Der Tank des Lasters ist randvoll“, grinst er und Chan genehmigt sich das erste Mal seit der Begegnung ebenfalls ein schwaches Lächeln. Die Sonne streckt gerade ihre ersten Strahlen über die Baumwipfel und sie steigen vorsichtig aus. Michael geht sofort ein paar Schritte vom Truck weg. Mit einer fließenden Bewegung zieht er die Magnum. Vorsichtig überprüft er, ob sich einer der Zombies am Unterboden festgehalten hat. Erst als sie sicher sind, dass es keine blinden Passagiere gibt, gehen sie zum Anhänger. Der Metallanhänger ist relativ lang und ein zerkratztes Logo ist auf seiner Seite zu sehen. Was es darstellt, ist nicht mehr zu erkennen.

„Ich öffne die Türen und du sicherst mich ab. Was auch immer da raus kommt, wird erschossen!“, befiehlt Michael und Chan nickt zustimmend. Er steckt das Brecheisen weg und nimmt die Magnum von Michael.

„Bereit?“

„Bereit!“

Michael öffnet die Verriegelung und zerrt die schwere Tür nach außen. Kein Stöhnen oder Schlurfen ertönt, was ihm direkt etwas Hoffnung macht. Er stellt sich neben Chan und seine Kinnlade klappt herunter.

„Heilige Mutter Gottes“, ruft er lachend und umarmt Chan vor Freude. Der Asiate lacht überrascht und klopft sich auf die Schenkel.

„Da brat mir doch einer 'nen Storch.“ Michael klettert als Erstes in den Hänger und öffnet einen der Kartons mit der Aufschrift „*Dosenfleisch*“.

„Alles voll, hier haben wir Dosenobst, Schokoriegel, Schokoladentafeln und dahinter stehen kistenweise Cola und Spriteflaschen. Mein Freund ... ich glaube, dass wir uns im Schlaraffenland befinden.“ Heiser lacht Chan und fängt eine Tafel Schokolade auf, die ihm Michael zugeworfen hat. Eilig packt er sie aus und beißt genüsslich hinein.

„Oh jaaaa, das hat mir echt gefehlt. Du glaubst gar nicht wie sehr“, sagt er und schließt genüsslich die Augen.

Nachdem sie eine grobe Inspektion des Inhaltes vorgenommen haben, wissen die beiden nun, dass der Großteil der Waren noch haltbar ist und auch in den nächsten Wochen oder Monaten nicht verfaulen wird. Die Sachen, die ungenießbar aussehen, holen sie aus dem Anhänger und stellen sie neben die Straße.

„Endlich haben wir auch mal richtig Glück", stellt Michael zufrieden fest und Chan grinst ihn mit Schokolade verschmierten Zähnen an.

„Du sagst es, Alter. Du hast echt den richtigen Laster erwischt. Scheiß auf den Mustang!" Michael stimmt ihm zu und trinkt einen großen Schluck Cola, bevor er sie an Chan weiter reicht.

„Okay, nun da wir die nächsten Tage und Wochen keinen Hunger leiden müssen, sollten wir uns wieder auf den Weg machen. Ab in den Süden. Das war der Plan. An dem sollten wir festhalten. Der Winter dürfte schon bald kommen."

„Amerika, wir kommen!", grölt Chan und wankt zurück zum Führerhaus. Michael verriegelt die Türen des Anhängers wieder und steigt dann ebenfalls wieder vorne ein. Er lässt den Motor aufheulen und sie setzen ihre Fahrt Richtung Süden fort.

Partnerschaft

Als es Nacht wird, entzündet Kaylee ein kleines Feuer im Kamin und reibt sich die kalten Hände. Timmy hat sich in eine Decke gewickelt und in die hinterste Ecke der Couch gequetscht.

„Das Feuer … sie können es sehen“, flüstert er ängstlich, doch Kaylee antwortet besänftigend.

„Nein, das können sie nicht. Eure Mauer ist sehr hoch und sie können nicht durch Stein sehen, oder?“

Nachdenklich schüttelt Timmy den Kopf, wirkt jedoch weiterhin nicht erleichtert. Immer wieder wandert sein Blick zu den hohen Wohnzimmerfenstern, durch die eine pechschwarze Nacht zu sehen ist. Kein Mond scheint und die Sterne befinden sich hinter dicken Wolken, was es selbst Kaylee unmöglich macht, durch die Scheiben etwas zu erkennen. Mit Timmys Erlaubnis, steckt sie ihre Pistole wieder in den Hosenbund. Das Jagdgewehr liegt vor ihnen auf dem Wohnzimmertisch.

„Wie lange bist du schon hier?“, fragt sie, um das Schweigen zu brechen. „Auch wenn mich die Lebensgeschichte des Jungen nicht wirklich interessiert, habe ich doch das Gefühl, er wolle darüber reden. Zumindest würde es helfen, dass er Vertrauen zu mir aufbaut und so tut, was ich möchte“, lässt sie sich durch den Kopf gehen. Noch immer wägt sie die Mehrbelastung, die sie durch ihn haben könnte, gegen den Nutzen ab. Würde es zu seinen Ungunsten ausfallen, plant Kaylee heute Nacht, mit der Hälfte der Vorräte zu verschwinden.

„Ich weiß nicht. Vielleicht ein halbes Jahr. Meine Uhr geht nicht mehr“, antwortet Timmy auf ihre Frage und zeigt ihr eine Jurassic Park-Uhr, deren Batterie leer zu sein scheint.

Mit einem Mal wird Timmy bleich und seine Augen weiten sich. Er starrt an Kaylee vorbei, die sich in böser Vorahnung Richtung Fensterfront dreht. Ein Mann und eine Frau kommen schwankend auf die Fenster zu. In ihrer Brust klaffen Einschusslöcher, was sie nicht davon abhält, durch die Gegend zu spazieren. Langsam erhebt sich Kaylee und sieht von Timmy zu den beiden Gestalten. Sein Blick klebt förmlich an dem Gesicht der Frau.

„Deine Eltern?“, fragt sie, wobei die Worte kaum aus ihrem trockenen Mund kommen wollen. Sie hatte das Grundstück nicht abgesucht. Wahrscheinlich wurden sie vor dem Haus erschossen und laufen seitdem durch den Garten. Timmy sieht sie an, presst die Lippen fest aufeinander und schüttelt den Kopf.

„Nein … meine Eltern sind tot. Das sind Monster.“ Kaylee lächelt überrascht über seine Erkenntnis.

„Du hast recht. Das sind nicht mehr deine Eltern.“ Die beiden Zombies haben die Scheiben erreicht und schlagen mit ihren Händen dagegen. Timmys Mutter presst ihr Gesicht an das Glas und scheint sich hindurchbeißen zu wollen. Schnell zieht Timmy die Decke übers Gesicht und Kaylee hört, wie er weint.

Sie schnappt sich den Schürhaken und geht zur Hintertür.

„Timmy, bleib unter der Decke.“

Leise öffnet sie die Tür, schlüpft hinaus und zittert vor Kälte. Sofort vermisst sie die Wärme des Kamins. Die beiden Untoten haben Kaylee noch nicht bemerkt, konzentrieren sich völlig auf das Deckenknäuel auf der Couch. Das warme Licht der Flammen tanzt über ihn hinweg und wirft Fratzen an die Wände.

„Hey Arschloch, komm schon. Es gibt Futter“, ruft Kaylee den beiden Zombies zu. Fast gleichzeitig stoppen sie ihr Klopfen und wenden sich dem neuen Opfer zu.

Mit unbeholfenen Schritten stolpern sie Kaylee hinterher, die sie von der Fensterfront weglockt. Auch wenn Timmy weiß, dass seine Eltern tot sind, möchte sie es nicht riskieren, dass er einen Schock bekommt, wenn sie seine untoten Eltern zu Tode prügelt. Rückwärts geht Kaylee zur großen Nordmanntanne und winkt den Toten, ihr zu folgen.

„Ja, gut machst du das, du Missgeburt. Komm her, ich hab was Feines für euch.“

Die beiden Zombies strecken die Arme nach ihr aus und Kaylee macht einen weiteren Schritt zurück. Sie holt mit dem Schürhaken aus, als ihr Fuß plötzlich wegknickt. Sie fällt zu Boden und der Schürhaken rutscht ihr aus der Hand. Das Plumpsen des

Stahls auf den knochenharten Boden ertönt. Die Untoten stöhnen auf, was fast wie ein Lachen klingt. Timmys Mutter lässt sich einfach nach vorn fallen und landet mit ihrem Gewicht auf Kaylee. Der Gestank dringt ihr in die Nase und sie hat das Gefühl, sich übergeben zu müssen. Schnell verpasst sie der Frau einige Schläge ins Gesicht. Der Zombie stört sich nicht daran und schnappt immer wieder nach ihr. Kaylee packt die Kehle von Timmys Mutter und hält sie mit aller Kraft von ihrem Gesicht weg. Geifer läuft der Frau aus dem Mund und sie schnappt wild um sich. Wild zappelt der Kopf hin und her. Die Hände krallen sich in Kaylees Ärmel, wollen die Haut aufreißen. Kaylees Arm schmerzt von der ungewohnten Haltung, doch sie ignoriert es. Ein Biss und sie könnte sich ebenfalls in eines dieser Monster verwandeln. Mit der freien Hand tastet sie hektisch nach dem Schürhaken. Die 9mm-Pistole drückt unangenehm in ihren Rücken, doch hat sie keine Möglichkeit daran zu kommen. Das Gewicht der Mutter verhindert, dass sie die Waffe ziehen kann. Nun lässt sich der Vater auf die Knie sinken und greift nach ihrem umhertastenden Arm.

„Scheiße!“, flucht Kaylee und gibt die Suche nach dem Schürhaken auf.

Ihr Gehirn schaltet augenblicklich von Verteidigung zu Angriff über. Ihre Finger bohren sich in die weiche, eiskalte Kehle der Mutter. Schwarzes Sekret rinnt ihr zähflüssig über die Finger. Ein Gestank, als würde sie im Hochsommer durch ein Schlachthaus spazieren, schlägt ihr entgegen. Kaylee spürt, wie ihr der Eintopf wieder hochkommt. Sie blendet alles aus, presst ihre Hand gegen die Stirn der Mutter, während sie die zweite an das Kinn legt. Sie wartet, bis sich die Muskeln kurz entspannen, um gleich wieder zuzubeißen.

Mit aller Kraft lässt Kaylee ihre Arme vorschnellen und dreht den Kopf der Mutter fast bis auf den Rücken. Das Knacken und knirschen von Wirbeln ertönt und der Körper sackt kraftlos auf Kaylee nieder. Der Vater beugt sich zu ihr herunter und presst dabei ihre Schultern fest gegen den Boden, sodass sie einklemmt ist. Sein fauliger Atem schlägt ihr entgegen und die gelben Zähne nähern sich rasant ihrem Hals. Kaylee schreit auf und bäumt sich unter Aufbietung sämtlicher Kräfte auf, als ein Schuss donnert. Ein wahrer Regen aus Blut, Fleisch und Knochen geht auf sie nieder und sie schließt die Augen. Der Körper des Vaters fällt auf sie. Die Kälte der Leichen von oben und die Kälte des Bodens von unten lassen sie erschauern.

Krampfhaft hält Kaylee die Luft an, um nicht den Gestank der beiden einatmen zu müssen. Nach einer gefühlten Ewigkeit wird der Vater von ihr herunter gezerrt. Das Blut und andere Körpersäfte haben sie komplett eingesaut und sie kann sich vorstellen, welchen Anblick sie Timmy gerade bietet, der mit dem Gewehr vor ihr steht. Sein Körper zittert und er starrt auf die beiden Leichen. Die Mündung zeigt direkt auf Kaylees Gesicht.

„Das ist das zweite Mal, dass du mit einer Waffe auf mich zielst“, keucht sie und stemmt die Leiche der Mutter von sich herunter. Erschrocken zuckt sie zurück, als die Kiefer erneut zuklappen. „Was zum Teufel?“ Trotz gebrochenem Genick schnappt der Kopf weiter nach ihr. Die milchig weißen Augen folgen jeder ihrer Bewegung gierig.

„Wurdest du gebissen?“, fragt Timmy flüsternd, den Finger weiterhin am Abzug. Das Gewehr zeigt nun direkt auf ihren Unterleib und bei dem Gedanken, was die Waffe anrichten kann, wird Kaylee mulmig.

„Nein, die haben mich nur eingesaut.“ Aufmerksam tastet sie sich ab, sucht im schlechten Licht nach einer Verletzung.

„Bist du sicher?“, fragt er nun etwas gefasster und Kaylee nickt.

„Ja, du hast mir den Arsch gerettet. Danke.“

Er nickt nur stumm, lässt das Gewehr fallen und geht zum Haus zurück. Sie blickt ihm nach. Der Junge hat riesigen Mut bewiesen und ihr das Leben gerettet, obwohl er sie nicht einmal kennt. Neben ihrem Fuß klappt immer noch der Kiefer der Mutter auf und zu. Kaylee beendet den Spuk mit einem festen Tritt, der Knochen splittern lässt und das Gehirn auf dem Rasen verteilt.

Nachdem sie sich mit eiskaltem Regenwasser aus der Tonne an der Hauswand gesäubert hat, setzt sich Kaylee zu Timmy. Er kaut nachdenklich auf einem Schokoriegel und scheint seinen Gedanken nachzuhängen. Ob er unter Schock steht, dass er seinem eigenen Vater den Kopf weggeschossen hat, kann Kaylee nicht mit Sicherheit ausschließen. Sie dreht die Pistole wie einen Kreisel auf dem Tisch herum und lässt sich ihre Optionen durch den Kopf gehen.

Immer wieder kehren ihre Gedanken jedoch zu der Begegnung mit den beiden Untoten zurück. So hilflos, wie in dem Moment, als sie der Mann zu Boden gedrückt hat, hatte sie sich schon lange nicht mehr gefühlt. Sie hasst sich für diese Schwäche. Ein Kind musste sie retten, peinlicher geht es für sie gar nicht. Kaylee atmet tief durch und sieht wieder zu Timmy.

„Wir sollten von hier verschwinden“, bringt sie tonlos hervor, doch der Junge ignoriert sie vollständig. Sein Blick ist in weite Ferne gerichtet und erst als Kaylee ihn sanft mit dem Schürhaken anstößt, reagiert er.

„Hmm?“ Sie versucht ein Lächeln und wiederholt ihre Aufforderung. Er schüttelt langsam den Kopf.

„Nein, ich bleibe hier. Hier ist alles, was ich kenne.“ Seine Augen füllen sich erneut mit Tränen und Kaylee muss hilflos mit ansehen, wie sein kleiner Körper von einem Weinkrampf geschüttelt wird. Im Trösten war sie ihrer Meinung nach noch nie gut. Meistens hat sie es durch ihre rein logische Art noch schlimmer gemacht, daher beschloss sie, es nicht noch einmal zu versuchen.

„Es ist nicht sicher hier“, versucht sie es nach einigen Minuten des Schweigens erneut. „Der Winter ist bereits da und es wird lange dauern, bis es wieder wärmer wird. Wir sollten in den Süden fahren.“ Ohne Vorwarnung springt Timmy auf und stürmt aus dem Wohnzimmer.

„Hmm … das lief nicht so schlecht wie erwartet“, knurrt Kaylee ein wenig nachdenklich. Sie beschließt, dem Jungen erst einmal seinen Freiraum zu lassen, damit er nachdenken kann. Sollte er sich nicht für die, ihrer Meinung nach, richtige Wahl entscheiden, wäre es wenigstens seine Entscheidung. Leise durchstöbert sie die Schubladen und Schränke des Hauses, immer darauf bedacht, dass Timmy es nicht mitbekommt. Ungern möchte sie ihm den Eindruck vermitteln, ihn nur ausbeuten zu wollen.

Ein Blick auf die Vorräte zeigt ihr, dass man damit nur ungefähr zwei Wochen überleben kann. Wenn sie es mit Timmy teilt, bliebe ihr maximal eine Woche. Ihr Überlebensinstinkt sagt ihr, sie solle die Vorräte einzusammeln und verschwinden. In einer Welt wie dieser hat der Junge ohnehin keine sonderlich große Überlebenschance. Sie würde ihre eigenen Chancen verdoppeln, wenn sie ihn zurücklässt. Er kann keine Wache halten, da sie sich nicht darauf verlassen kann, dass er nicht einschläft. Schnell und ausdauernd rennen liegt ihm offensichtlich ebenfalls nicht. Sollten sie in eine entsprechende Situation kommen, würde Timmy sie ausbremsen oder sogar gefährden.

Gedankenverloren streicht sie über eine Müslipackung. Wieso sollte sie ein Kind mitnehmen und sich um ihn kümmern? Er ist nicht ihr Sohn. Bis vor einigen Stunden kannte sie ihn nicht einmal. Doch irgendwas an ihm sorgt dafür, dass Kaylee zumindest darüber nachdenkt. Allein diese Gedanken kommen ihr befremdlich vor. Es war schon immer viel einfacher für sie, auf sich allein gestellt zu sein. Niemand, den sie durchgehend täuschen musste, niemand, der sich in ihre Angelegenheiten einmischt. Und doch … Timmy ist anders. Er ist ein Kind. Wie kann sie ein schutzloses Kind bestehlen und es dem sicheren Tod überlassen? Eine düstere Stimme in ihrem Hinterkopf scheint sie für diese Überlegungen auszulachen. Sie hatte schon weitaus schlimmere Dinge getan, aber könnte sie durch die Rettung eines Kindes diese ungeschehen machen und sich der Hölle entziehen.

„Wohl kaum“, flüstert sie gedankenverloren, „aber er hat mir das Leben gerettet. Ohne ihn wäre ich infiziert oder aufgefressen worden.“

Nachdenklich sieht sie sich in der Küche um.

„Schulde ich es ihm?“ Sie fährt sich mit gespreizten Fingern durch ihre langen Haare. „Es könnte daran liegen, dass Timmy wie mein kleiner Bruder aussieht.“ Er war älter, aber das macht nicht viel aus. Die kindlichen, großen Augen. Dieselbe Haarfarbe. All das beeinflusst sie, dessen ist sich Kaylee sicher. Sein Mut jedoch ragt weit aus diesen Eigenschaften hervor. Er könnte ihr helfen, wenn auch im begrenzten Umfang.

Als sie die Garage durch die Tür neben dem Bad betritt, staunt sie nicht schlecht.

„Oh. Wow, Jackpot", jubelt sie lachend.

In der riesigen Garage parken drei teure Wagen, in deren Lack sie sich spiegelt. Dass der Besitzer viel Liebe in die Fahrzeuge gesteckt hat, kann sie auch an den unzähligen Werkzeugen erkennen, die sorgsam an den Wänden aufgereiht worden sind. Sie wirken ordentlich, aber gleichzeitig oft benutzt. Da Kaylee keine große Ahnung von Autos hat, kann sie nur hoffen, dass mindestens einer voll funktionstüchtig ist. Sie lässt ihre Finger über den Kotflügel der großen Bentley-Limousine streifen, betrachtet den Escalade-Geländewagen aber mit wachsendem Interesse. Sein Stauraum ist um einiges größer und durch seine Größe und die Geländefahrfähigkeit dürfte er die bessere Wahl sein. Den dritten Wagen, ein knallrotes Ferrari-Cabrio beachtet sie nur beiläufig. Für einen solchen Hochgeschwindigkeitswagen hat sie im Winter, während einer Zombieapokalypse, keine Verwendung. Zu ihrer Enttäuschung sind die Wagen abgeschlossen und die Schlüssel sind bisher nicht aufzufinden.

„Die Autos gehören meinem Vater", ertönt eine dünne Stimme im Durchgang zum Haus.

„Ich weiß, aber er braucht sie nun nicht mehr. Er ist an einem besseren Ort und möchte bestimmt, dass du in Sicherheit bist", antwortet Kaylee Timmy und schlendert zu ihm zurück. Sie geht vor ihm in die Hocke und sieht ihm direkt in die rot umrandeten Augen. „Deine Vorräte werden hier irgendwann in den nächsten Wochen zu Ende sein. Dann wirst du in den umliegenden Häusern suchen müssen. Du begibst dich in Gefahr und bist ganz allein", erklärt sie ihm die Situation. „Ich weiß nicht, ob mein Weg der sicherere ist. In der heutigen Zeit scheint nichts mehr sicher zu sein und du kennst mich nicht. Es wäre daher nicht so schlau, wenn du einfach mit mir mitkommst", schlussfolgert sie nachdenklich. „Okay, warte. Das war jetzt irgendwie nicht das, was ich sagen wollte.“ Timmy lächelt für einen Augenblick und Kaylee grinst erleichtert.

„Du brauchst mich. Gib es doch zu“, scherzt er und versucht, tapfer zu wirken, indem er die Hände zu Fäusten ballt und sich aufrichtet.

„Du hast recht, ich brauche dich“, bestätigt sie mit ernstem Blick und reicht ihm die Hand. „Ich verspreche, dass ich dich beschützen werde. Wir sind Partner und entscheiden zusammen, aber wenn es um den Kampf geht, musst du mir gehorchen. Wenn ich sage lauf, dann läufst du.“

Ihre ausgestreckte Hand bleibt vor seinem Arm stehen und sie wartet, ob er sich auf den Vorschlag einlässt. Timmy scheint seine Möglichkeiten abzuwägen und ergreift schließlich ihre Hand.

„Männer müssen Frauen beschützen. Ich werde dich beschützen“, sagt er und schüttelt ihre Hand mit festem Griff. Kaylee muss über diesen Knirps schmunzeln, der sie, eine Gewaltverbrecherin und mehrfache Mörderin, beschützen möchte, akzeptiert seine Bedingung jedoch.

„Okay, du bist mein Bodyguard, aber du hörst trotzdem auf das, was ich sage. Zuerst brauchen wir Kleidung, Wasser, Waffen und Munition, sowie einen Wagen.“

Nachdem sie warme Kleidung für beide in Kartons in der Garage gestapelt haben, berichtet Timmy ihr, dass der Escalade nicht geeignet wäre. Sein Vater hätte immer über den extrem hohen Spritverbrauch gemeckert und er musste ihn mehrfach in die Werkstatt zurückbringen. Somit lädt Kaylee die Kartons in den Kofferraum des Bentley, nachdem Timmy ihr die Schlüssel gegeben hat. Aus dem Waffenschrank der Familie konnten sie eine 9mm-Glock, gut vierhundert Schuss Munition und das Jagdgewehr inklusive dreihundert Schuss organisieren. Zu Kaylees Glück passen die Patronen ebenfalls in ihre Beretta, sodass sie mit zwei Pistolen, einem Sturm- und Jagdgewehr, einem Schürhaken und einem Kinderbaseballschläger aus Titan bewaffnet sind.

Als sie eine letzte Runde durch das Haus macht, bleibt ihr Blick an dem Familienfoto auf dem Kamin hängen. Es zeigt eine blonde Frau mit guter Figur, einen erfolgreichen Geschäftsmann in schwarzem Anzug und Timmy vor dem Kamin. Ihre lächelnden Gesichter wirken glücklich und Kaylee nimmt es aus dem Glasrahmen, faltet es zusammen und steckt es ein. Sie würde es Timmy geben, sobald der richtige Augenblick gekommen ist.

Problemlos springt der Bentley an, als Kaylee den Zündschlüssel dreht. Die Batterie scheint trotz der längeren Zeit in gutem Zustand zu sein. Die Tankanzeige ist ebenfalls komplett oben, sodass sie einige hundert Kilometer schaffen müssten. Zufrieden lehnt sie sich in den bequemen Sitzen zurück und probiert das Navigationsgerät aus. Zu ihrer Enttäuschung kann es auch nach zehn Minuten keinen Satelliten finden.

„Ihr habt nicht zufällig Straßenkarten im Haus, oder?“, fragt sie Timmy, der auf dem Beifahrersitz Platz genommen hat. Er schüttelt nach einem Augenblick des angestrengten Überlegens den Kopf und Kaylee seufzt. „War ja klar. Als ob mal wirklich alles glattgehen würde.“

„Wohin wollen wir fahren?“ Sie zuckt mit den Achseln und lässt sich die möglichen Antworten durch den Kopf gehen. Timmy würde wahrscheinlich nichts dagegen haben, wenn sie ihm die Wahrheit sagt, doch könnte er Fragen zu ihrer Vergangenheit stellen. Das möchte sie so lange wie möglich vermeiden.

„Ein … Freund hat eine recht abgelegene Hütte an einem großen See. Soweit ich weiß, kennt die Hütte so gut wie niemand. Wir sollten dorthin fahren und mal sehen, was sich dann ergibt“, antwortet sie ihm, so nah an der Wahrheit, wie sie es verantworten kann.

Timmy presst die Lippen aufeinander und zieht die Augen etwas zusammen, wie er es immer zu tun scheint, wenn er angestrengt nachdenkt.

„Das klingt gut, wir sollten es versuchen.“

Gespräche

Das Rauschen des Windes über dem großen Lake Nipissing ist eine angenehme Abwechslung zu dem stetigen Stöhnen und Schlurfen der Zombies in Sudbury. Wellen schlagen gegen den Kiesstrand und ab und an springt ein Fisch vergnügt aus dem Wasser.

Die kleine Gruppe ist seit zwei Tagen unterwegs, um ihren Vorsprung vor den Bikern weiter auszubauen. Christoph, ein ehemaliges Mitglied der Biker, der sich ihnen angeschlossen hat, versichert Viktor, dass man sie nicht so weit verfolgen würde. Viktor geht jedoch lieber auf Nummer sicher und so haben sich die Mitglieder der kleinen Gruppe von Überlebenden beim Fahren abgewechselt. Auf diese Weise konnten sie eine große Strecke zurücklegen.

Obwohl der Wind kalt in Viktors markantes Gesicht schneidet und es rot färbt, bleibt er stehen und genießt die friedliche Ruhe. Er beobachtet den weitläufigen Kieselstrand, auf dem sie Zuflucht gesucht haben. Die Baumreihen stehen weit genug weg, sodass jeder Angreifer weithin sichtbar ist.

„Meinst du, dass wir die Häuser am See überprüfen sollten?“, fragt Jessy und stellt sich dicht neben Viktor. Er zuckt unschlüssig mit den Schultern.

„Unsere Vorräte dürften noch eine Weile reichen, es gibt also keinen wichtigen Grund, dorthin zu gehen. Wo Häuser sind, können auch Zombies sein. Davon habe ich erst mal mehr als genug gesehen.“

„Ich auch. Jede Nacht träume ich davon, wie sie an unsere Scheiben klopfen und den Wagen versuchen umzuwerfen. Wenn es ihnen gelingt und sie mich packen, wache ich schweißgebadet auf“, stimmt Jessy ihm zu. Gedankenverloren fröstelt sie und blickt auf das blaue kalte Wasser.

Lester, der Ingenieur und leidenschaftliche Hobbyangler, ist zusammen mit Faith in einem kleinen Ruderboot auf den See gefahren. Sie versuchen, mit selbst gebastelten Angeln Fische zu fangen. Abgesehen von Jason, der mit seiner Remington-700

Wache hält, wirkt alles sehr friedlich und Jessy verspürt Frieden. Sie könnte es sich sehr gut vorstellen, hier zu bleiben. Der See wirkt beruhigend auf sie. Nichtsdestotrotz spricht sie die Überlegung nicht aus, da ihr klar ist, dass Viktor sie wieder für naiv halten würde. Dabei wünscht sie sich nichts weiter als Frieden und Ruhe vor den Untoten. „Ist dieser Wunsch denn so verkehrt?" fragt sie sich ständig.

Die alten Werte, ein Haus im Grünen mit weißem Lattenzaun sind schon lange vorbei, doch der Wunsch sich niederzulassen ist mehr als nur ein flüchtiger Gedanke.

Ein Räuspern reißt die beiden aus ihren Gedanken. Christoph steht keine hundert Meter von ihnen entfernt und lächelt sie verlegen an. Seine Lederkleidung hat er gegen eine Jeans, ein kariertes Wollhemd und eine Fellmütze getauscht.

„Du wolltest mich sprechen, Viktor?" Der dünne Ex-Biker schaut unsicher zu Boden, als hätte er dort etwas Interessantes gefunden.

„Ja, allerdings. Ich möchte mehr über Richard und seine Gang erfahren. Mit wem haben wir es zu tun?"

Der junge Mann sieht den Polizisten mit dem finsteren Blick und der Glatze nur kurz an, bevor er sich wieder dem Stein zuwendet, der vor seinem Stiefel liegt.

„Ich war gut ein halbes Jahr bei ihnen. Sie haben mich ein paar Monate nach dem Ausbruch der Seuche gefunden und ich war ziemlich abgemagert. Durch die Untoten konnte ich nie richtig schlafen oder zur Ruhe kommen. Wohin ich auch ging, überall waren schon welche von diesen Biestern. Irgendwann habe ich Lärm von Motorrädern gehört und bin einfach dorthin gelaufen." Jessy nickt verständnisvoll. Sie kennt das Gefühl nur zu gut, allein unterwegs zu sein. Jede Nacht zu hoffen, dass das eigene Versteck gut genug ist und man nicht durch die plötzlichen Bisse eines Zombies geweckt wird. Niemand, der die Wache mit einem tauscht. Niemand mit dem man seine Pläne besprechen kann. Und noch schlimmer: niemandem zum Reden.

„Zuerst waren sie sehr gemein zu mir und ich musste mir einen Platz bei ihnen verdienen, doch Richard ist kein … so schlechter Mensch. Tief drinnen hat er ein gutes Herz und er war es auch, der mir erlaubt hat zu bleiben."

„Du verdankst ihm also viel", stellt Viktor trocken fest und der Junge stimmt nickend zu.

„Wir sind fast nur in Sudbury und Umgebung auf die Jagd gegangen. In der Nacht, als ihr den Überfall zurückgeschlagen habt, ist Richard sehr wütend geworden. Er wollte gerade die Überlebenden erschießen, als sie ihm von …" Er stockt, und beißt sich auf die Lippen.

„… von den Frauen erzählt haben", führt Jessy den Satz zu Ende und Christoph nickt langsam.

„Ja, sie haben euch ihm gut beschrieben. Dich, Viktor und einige der Frauen. Da wurde Richard sehr aufmerksam und hatte den Plan, euch zu finden." Er tritt unruhig von einem Fuß auf den anderen. Es ist ihm offensichtlich nicht wohl dabei, diese ganzen Informationen herauszugeben.

„Er hat befohlen, Patrouillen auszuschicken. Es sollte sich keiner sehen lassen und ihm nur den Standort mitteilen. Er wollte sich einen Plan ausdenken, um den Männern einige … Vergnügen zu organisieren."

Viktor hört ihm geduldig zu und Jessy bewundert ihn dafür. Den Ärger, den sie gegenüber Christophs Truppe verspürt, kann sie nur mühsam unterdrücken. Wie kann ein Mensch sich so unsozial verhalten, indem er andere jagt, ihnen die Vorräte abnimmt und sogar tötet? Für Jessy ergibt das keinen Sinn. Es wäre viel einfacher, wenn man koordiniert gegen die Untoten vorginge und sich eine Basis aufbauen würde.

„Sie haben euch dann bemerkt als ihr die Tankstelle geplündert habt. Richard hat befohlen, euch zu folgen, um herauszufinden, wo er euch am Besten eine Falle stellen kann. Als ihr dann in das Haus gegangen seid, hat er seine Chance gesehen und die Hälfte seiner Männer mitgenommen." Viktor verzieht ärgerlich die Miene.

„Nur die Hälfte? Das ist nicht gut. Ich dachte, wir hätten ihm empfindlichen Schaden zugefügt, indem wir so viele seiner Leute verletzt und getötet haben."

Christoph errötet und schweigt.

„Erzähl weiter", befiehlt Viktor und Jessy versucht abzuschätzen, wie viele Männer Richard wohl noch hat und ob er diese einsetzen würde um sie wiederzufinden. Die Frage ist nicht ob, sondern wie weit sie gehen werden, berichtigt sie sich selbst in Gedanken und hört wieder dem Ex-Biker zu.

„Ich weiß nicht genau, wie es nun dort aussieht. Der Fehlschlag, den Richard nun erlitten hat, wird ihn im Ansehen der Gang stark sinken lassen. Sie stehen zwar auf den ersten Blick fest hinter ihm, da er jeden tötet, der etwas anderes tut, aber ich denke nicht, dass sie ihm weiter vertrauen."

„Also wäre es möglich, dass sie Richard als Anführer absetzen. Das wäre für uns vielleicht nicht das Schlechteste. Welche Pläne hatte Richard für das weitere Vorgehen?" Christoph zuckt unwissend mit den Schultern.

„Ich weiß es nicht. Er hat nicht viel bekannt gegeben und mir erst recht nicht. Ich war ein Niemand in seiner Gang."

„Nun weiß Richard von unseren Plänen, in den Süden zu ziehen", merkt Jessy an und Viktor sieht sie überrascht an.

„Woher das?"

Sie begegnet seinem Blick irritiert.

„Erinnerst du dich nicht? Du hast es ihm gesagt." In dem Moment dämmert es Viktor und er flucht laut.

„Das hätte mir nicht passieren dürfen. Scheiße, verdammt." Sie legt ihm die Hand auf die Schulter und wirft ein: „Mach dir keine Sorgen. Wir haben ja nicht den direkten Weg über den Highway genommen, sondern die Landstraßen. Außerdem werden sie hier bestimmt nicht nach uns suchen. Wenn doch … dann schlagen wir sie erneut zurück."

„Jason, wir sollten die Wachen verstärken", befiehlt Viktor dem Metzger. „Schicke einen als Späher zurück zur Straße. Ich möchte nicht, dass man uns überrascht. Ich Idiot habe den Typen doch gesagt, dass wir nach Süden wollen."

Jason hebt den Arm als Bestätigung und geht dann zu Alexandr, der in einiger Entfernung in dem Ford schläft.

„Hoffen wir, dass du recht hast, Jessy ... hoffen wir, dass du recht hast", knurrt Viktor.

Seit drei Tagen sind sie nun am See und bisher ist weder von Zombies, noch von Bikern etwas zu sehen oder zu hören. Der erste Schnee ist bereits gefallen und bedeckt die Scheiben der Fahrzeuge. Die Temperatur ist stark gesunken, so dass Viktor zusammen mit Lester an einem großen Feuer sitzt und die Straßenkarte überprüft. Die Übrigen der Gruppe haben sich zumeist in ihre Zelte und die Schlafsäcke zurückgezogen.

„Wir müssen von hier weg. Der See liefert uns schutzlos dem eisigen Wind aus und von taktischem Nutzen ist er uns auch nicht. Er verhindert unsere Flucht, wenn wir vom Wald aus angegriffen werden. Es ist Zeit weiterzuziehen", sagt Viktor im leisen Ton und Lester stimmt ihm zu.

„Ja, du hast recht. Ich habe nur gewartet, damit sie sich endlich einmal etwas ausruhen können. Die Natur ist wunderschön und bisher waren nirgends Zombies zu sehen."

„Das verstehe ich. Es war eine sehr gute Idee von dir, aber nun müssen wir weiter. Ich schlage vor, dass wir einen Bogen machen um die Biker nicht im Rücken zu haben. Wir fahren etwas nach Westen und dann Richtung Süden. Es gibt einen Stausee in Tennessee, an dem es relativ sicher sein müsste. Ich denke, dass wir den als vorläufigen Zielort betrachten sollten."

Er weist die Strecke auf der Karte und zeigt Lester, welche Route er meint.

Der alte, dunkelhäutige Mann reibt sich die müden Augen.

„Du hast dir darüber schon länger Gedanken gemacht, oder?" Viktor grinst breit und lacht kurz.

„So leicht zu durchschauen?" Lester nickt müde und seine Stimme ist nur noch als leises Flüstern zu hören.

„Ich habe mich mit Jimmy unterhalten, bevor ihr zusammen nach Sudbury aufgebrochen seid, Viktor." Viktors Miene versteinert und Lester kann sehen, wie sich Viktors Hand zur

Faust ballt. Der alte Mann nickt langsam, als habe er die Bestätigung erhalten, die er sich erhofft hatte. Er sieht seinem Begleiter in die Augen.

„Ich weiß nicht, was zwischen euch vorgefallen ist. Er wollte mir keine Details nennen. Eines weiß ich aber mit Sicherheit, deine Geschichte … da ist was faul.“

„Was soll …“

„Lass mich aussprechen! Jimmy DeBlanc war mir nicht besser bekannt als du, aber er war eine ehrliche Haut. Ich habe ihn respektiert, so wie ich dich respektiere. Viktor, du bist ein guter Mensch, der leider oft falsche Entscheidungen trifft.“

Viktor steht wütend auf und geht ein paar Schritte, bevor er stehen bleibt und sich zu dem Rentner umdreht.

„Du weißt nichts über mich, alter Mann! Ich tu das, was ihr nicht tun wollt. Ich rette euch andauernd den Arsch und du misstraust mir. Was soll ich davon halten?“ Viktor kocht vor Wut, was Lester an dem knallroten Kopf erkennen kann. Er steht ebenfalls auf, tritt aber etwas näher an die Flammen um sich die Hände zu wärmen.

„Sag du es mir, Viktor. Jimmy hatte bei dir einen Verdacht, den er in den nächsten Tagen beweisen wollte. Nur kam er nicht von eurem Ausflug zurück. Zombies haben ihn erwischt und du warst der einzige Zeuge.“ Er sieht in die lodernden Flammen und ein kurzer Schmerz ist auf Lesters Gesicht zu sehen. „Brauchen wir dich, Viktor? Ohne Frage, ja! Sollten wir dich bei uns haben? Ich denke, nein.“

Er hustet und muss sich wieder setzen. Viktors Augen funkeln wie die eines Raubtieres im Licht der lodernden Flammen.

„Ich bin ein alter Mann und wer weiß, wie lange ich noch lebe. Zum Teufel, wer von uns weiß das schon in dieser Welt?“ Erneut hustet er und trinkt einen Schluck Tee aus seiner Thermoskanne.

Eine Weile sagt niemand ein Wort, bis Viktor sich wieder auf den Baumstamm setzt und die Hände im Schoss faltet.

„Also, was erwartest du von mir? Soll ich bis zum Sonnenaufgang verschwunden sein?“ Lester scheint ihn nicht zu hören, er starrt fasziniert in die tanzenden Flammen. „Lester!“

„Ja? Oh, entschuldige. Nein, ich denke nicht, dass es eine weise Entscheidung wäre, dich gehen zu lassen. Du bist uns eine große Hilfe und ein guter Anführer. Du kannst ein guter Mensch sein, der sich um andere kümmert. Auf diese Werte solltest du dich besinnen."

Er trinkt einen weiteren Schluck, da sein Hals bereits kratzt. Eine Erkältung scheint im Anmarsch zu sein.

„Was auch immer du in deinem früheren Leben gewesen bist, jetzt bist du für diese Menschen verantwortlich. Jessy, Vanessa, Faith, Mia, Alexandr, Jason, Maggie, Lilli, Christoph, Darius und mich."

Viktor winkt ab und knurrt: „Ich weiß, wer sie sind."

Lester schüttelt den Kopf.

„Nein, das weißt du nicht. Du weißt, wer sie jetzt sind. Du weißt nicht, was sie durchgemacht haben. Du weißt nicht, wer sie sind. Trotzdem bist du für jeden Einzelnen verantwortlich. Ob es dir nun gefällt oder nicht. Als Anführer muss man einer solchen Aufgabe gerecht werden."

Viktor lehnt sich etwas zurück, starrt in den Sternenhimmel.

„Wer sagt, dass ich ihr Anführer sein will? Vielleicht habe ich andere Pläne."

Lester seufzt und lächelt traurig.

„Viktor, das ist keine Aufgabe, zur der man sich meldet, oder auf die man sich bewirbt. Du hast mit Richard verhandelt. Du hast den Angriffstrupp angeführt. Du hast mit ihnen Vorräte besorgt. Du bist ihr Anführer. Deine eigenen Pläne sind solange unwichtig wie sie nicht der ganzen Gruppe nutzen."

„Was wirst du ihnen sagen?" Lester sieht ihn fragend an und Viktor ergänzt: „In Bezug auf Sudbury und Jimmy." Der alte Mann zuckt mit den Schultern.

„Ich weiß doch nichts, wieso sollte ich also etwas sagen. Ich habe mich mit dir unterhalten, so wie es Kameraden tun. Ich war in Vietnam, wusstest du das?" Viktor schüttelt den Kopf.

„Damals hatten wir einen Kompanieführer, der sich einen Scheiß um die Gruppe gekümmert hat. Sein Ziel war es, reich aus diesem Krieg zurückzukehren. Wir haben sieben Kameraden durch seine Arroganz verloren, bis es gereicht hat.“ Er hustet. „Was ich dir damit sagen will: ich beobachte dich, Viktor. Setz uns für deine Ziele ein und es wird eventuell doch noch mal ein Problem zwischen uns geben.“

Viktor betrachtet ihn eine Weile und versucht sich scheinbar Lester mit einem Gewehr im Krieg vorzustellen. „Dein Zugführer, wie ging es zu Ende?“ Lester zuckt mit den Schultern.

„Die Kugel eines Feindes hat ihn getötet. Das war jedenfalls die offizielle Version.“

Treffpunkt

Das gleichmäßige Brummen des mächtigen Dieselmotors macht Chan sehr träge. Immer wieder fällt er in einen unruhigen Halbschlaf, während Michael den schweren Truck auf der Straße hält. Die Landschaft hat sich kaum verändert, außer, dass, es hin und wieder blau durch die Bäume schimmert. Ein großer See muss sich hinter den Bäumen befinden. Doch Michael zieht es vor, in der warmen Fahrerkabine zu bleiben, und nur für kurze Zwischenstopps das Führerhaus zu verlassen.

„Chan! Wach auf!", ruft er und tritt auf die Bremse. Der schwere Laster beginnt zu schlingern und Michael hat Mühe, ihn auf der Straße zu halten. Die Bremsen quietschen und Qualm steigt vom Asphalt auf, als die Reifen zum Stehen kommen.

„Was ist los?", keucht Chan, den das Bremsmanöver nach vorn geschleudert hat. Fast wäre er mit dem Kopf auf dem Armaturenbrett aufgeschlagen. Wortlos zeigt Michael nach vorn und Chan erkennt, warum sein Kumpel gebremst hat. Eine Gruppe aus fünf Motorrädern befindet sich keinen Kilometer vor ihnen. Die Maschinen stehen auf der Straße, besetzt mit ihren Fahrern.

„Wahrscheinlich Plünderer!", flucht Michael und zieht die Magnum aus seiner Tasche. Er lädt die freien Kammern mit Patronen nach und reicht sie Chan.

„Für den Fall der Fälle."

Chan zittert am ganzen massigen Körper und lässt die Waffe vor Nervosität fallen. Schnell beeilt er sich, sie wieder aufzuheben. Genervt verdreht Michael die Augen.

„Meinst … meinst du, dass sie vielleicht einfach vorbei fahren?", flüstert Chan, als fürchte er, die Männer könnten ihn hören.

„Würdest du einen Truck voller Lebensmittel einfach so ziehen lassen? Sie haben uns gesehen. Wenn wir wenden, greifen sie uns an. Fahren wir weiter, greifen sie uns an", stellt Michael fest und er presst die Lippen aufeinander. Der Gedanke, den Truck oder sein

Leben zu verlieren, gefällt ihm mit Sicherheit nicht besser als Chan.

„Es sind nur fünf, was können die schon machen? Wir fahren sie einfach um!“, schlägt Chan vor, doch Michael schüttelt den Kopf.

„Motorräder sind wendiger als ein Lastwagen. Sie haben die rechtzeitig von der Straße, bevor wir da sind. Dann werden sie uns verfolgen und es wird geschossen.“

Die Motorräder setzen sich in Bewegung. Zwei der Fahrer beschleunigen und lassen die Maschine auf dem Hinterrad fahren. Mit hoher Geschwindigkeit rasen sie auf den Truck zu. Kurz bevor sie sie erreichen, verlangsamen sie ihr Tempo und scheren aus, sodass sie nun beide Spuren blockieren.

Das Herz der beiden Freunde schlägt bis zum Hals und Michael verspürt den dringenden Wunsch, einfach Gas zu geben und weg zu fahren.

Zwei schwere Yamaha-Motorräder umrunden den Truck einmal und die Fahrer halten auf Höhe der Fahrerkabine. Die anderen drei bremsen in einigen Metern Entfernung und beobachten die Szene. Beide Fahrer sind bewaffnet und halten eine UZI-Maschinenpistole im Anschlag.

Der Biker auf der Fahrerseite klappt das Visier seines Helms hoch und deutet Michael mit der Waffe, das Fenster herunter zu kurbeln. Die Maschinenpistole wirkt derart einschüchternd, dass Michael die lächerlich bunten Streifen auf dessen Anzug gar nicht mehr bemerkt.

„Wieso haltet ihr an?“, fragt der Mann mit einem tiefen Bass in der Stimme. Obwohl er auf der Maschine sitzt, schätzt Michael ihn auf eins achtzig. Ein drahtiger Kerl, dessen wachsame Augen immer auf den Truck und die Umgebung gerichtet sind. Es handelt sich definitiv nicht um einen einfacher Schläger. Michael versucht, so gelassen wie möglich zu wirken.

„Wir warten auf unsere Verstärkung, da wir nicht sicher sein konnten, was eure Straßenblockade zu bedeuten hat.“ Der Mann auf dem Motorrad wirft einen Blick über seine Schulter, sieht jedoch nichts.

„Sie scheinen sich aber Zeit zu lassen."

Michael schwitzt ein wenig. Er lehnt sich ein wenig entspannter zurück. „Das passiert nun mal, wenn man in so einer großen Gruppe unterwegs ist. Ab und an bleibt mal jemand liegen. Das hält das Ganze ein wenig auf", blufft er gelassener, als er sich fühlt.

Der Fahrer lacht und schüttelt den behelmten Kopf. „Du bist ein guter Lügner. Nicht perfekt, aber ein guter Lügner. Wir haben nicht vor, euch etwas anzutun." Er zeigt auf die anderen Fahrer, wobei seine Augen durch das geöffnete Visier weiterhin fest auf Michael gerichtet sind.

„Meine Leute und ich sind auf der Suche nach Nahrungsmitteln und anderen Gebrauchsgegenständen für die Familien zu Hause. Unser Dorf liegt einige Kilometer entfernt und unsere Beutezüge treiben uns immer weiter ins Land."

„Das klingt alles sehr gut, aber wieso richtest du dann die UZI auf mich?", entgegnet Michael und zeigt auf die entsicherte Waffe.

„Nicht alle Menschen, denen wir begegnen, sind uns freundlich gesonnen", erklärt der Fahrer. „Es hat uns misstrauisch gemacht, dass ihr so plötzlich angehalten habt. Ich bin mir zudem sehr sicher, dass ihr ebenfalls bewaffnet seid. Wir müssen uns halt schützen", fügt er grinsend hinzu.

Chan beugt sich zu Michael herüber und flüstert: „Glaub ihm nicht, das sind Gangster." Michael verdreht die Augen und seufzt.

„Das weiß ich, du Idiot."

Der Motorradfahrer weist auf den Anhänger. „Was habt ihr geladen?" Michaels Magen krampft sich noch mehr zusammen und er wünscht sich ganz weit weg. Er kann schlecht abschätzen, ob der Motorradfahrer die Wahrheit sagt. Sollte es sich bei ihnen um gewöhnliche Plünderer handeln, würden sie bei der Erwähnung von Lebensmitteln hellhörig. Schnell wägt Michael seine Möglichkeiten ab.

„Ein paar Lebensmittel und Schlafsachen", antwortet er, wohl wissend, dass der ganze Anhänger mit Lebensmitteln, Getränken und einer ganzen Palette Hightech Schlafsäcken beladen ist, die auch bei minus dreißig Grad warmhalten.

„Und dafür so ein großer Truck?“, entgegnet der Fahrer misstrauisch und Michael zuckt mit den Schultern.

„Der Laster war nie voll und von irgendwas müssen wir ja auch leben. Wir wollen Richtung Süden, damit wir endlich im Warmen sind. Der Winter wird hier oben zu hart. Außerdem gibt es hier zu viele Plünderer.“

„Wir wollen euch nicht überfallen!“, versichert der Fahrer und lässt die Maschinenpistole ein Stück sinken. Eines der anderen Motorräder kommt langsam angerollt. Es stoppt keine Manneslänge vor dem Truck, dessen Motor noch immer brummend läuft. Sein Fahrer steigt ab und durch den Lederanzug ist eine wohlproportionierte Frau zu erkennen. Sie nimmt ihren Helm ab und eine wallende Mähne dunkelroten Haares kommt zum Vorschein. Ihre Maschinenpistole baumelt an einem Gurt, der quer über ihren Oberkörper geht, an der Hüfte.

„Was gibt es?“, fragt sie den Sprecher der beiden.

„Wir unterhalten uns. Die beiden sind allein unterwegs Richtung Süden. Wir haben uns gerade über ihre Ladung unterhalten.“

Die junge Frau mustert Michael eindringlich und fragt dann: „Hat er euch erklärt, wieso wir euch angehalten haben?“

Michael nickt und antwortet: „Ja, das hat er. Tut mir leid, aber so ganz glaubwürdig war das nicht. Wir sind beide bewaffnet und wenn es sein muss, verteidigen wir unsere hart erkämpfte Ware.“

Er kann sehen, wie sich die grün funkelnden Augen der Frau zu Schlitzen verengen. Ihre Hand wandert zum Gurt der Waffe. Das schmale Gesicht mit den ausgeprägten Wangenknochen wirkt sehr anziehend auf Michael. Jedoch geht er nicht das Risiko ein, sie zu unterschätzen.

Im Kopf wägt er seine Chancen gegen die fünf erneut ab: Sie selbst verfügen lediglich über eine .357er-Magnum, die bei jedem Schuss neu entsichert werden muss. Die Gegner besitzen vollautomatische Schnellfeuergewehre, deren Kugeln das Blech des Führerhauses in einen Schweizer Käse verwandeln würden. Ihre Chancen stehen also nicht sonderlich gut und so beschließt

Michael, es zu riskieren. Er will versuchen, an das Gute im Menschen zu glauben.

„Wenn ihr aber wirklich ein ganzes Dorf versorgt, … vielleicht können wir helfen." Chan schüttelt heftig den Kopf und umfasst den Griff der Magnum fester. Die Frau legt den Kopf ein wenig schief und scheint über seinen Vorschlag nachzudenken.

„Was hindert uns daran, dass wir euch nicht einfach eure Ware abnehmen und euch töten?" Michaels Puls beschleunigt sich und er hat das Gefühl, sich übergeben zu müssen.

„So wie ich deinen Freund verstanden habe, seid ihr nicht darauf aus, anderen etwas anzutun. Zudem habt ihr die Gewissheit, dass mindestens einer von euch beiden und dein Kumpel auf unserer Beifahrerseite draufgehen werden. Ich habe hier eine Schrotflinte auf meinem Schoß, die direkt auf euch zeigt."

Er klopft mit dem Griff des Schlagstockes gegen die Türverkleidung und ein dumpfes Klopfen ist zu hören.

Die Frau lacht hell und ehrlich auf. „Das sind sehr gute Argumente, muss ich schon sagen. Das war aber nur ein Scherz, keine Sorge. Wie dir Rico schon erklärt hat, haben wir nicht vor, euch zu überfallen."

Sie nimmt die Hand von der Waffe und der Fahrer namens Rico ebenfalls. Michael seufzt erleichtert auf.

„Eure Ware gehört euch. Wir sind anständige Leute, die für ihre Mitmenschen sorgen. Fremden Lebensmittel zu stehlen, nur damit wir überleben können, ist nicht unsere Überzeugung."

Michael mustert die junge Frau eindringlich. Er kann keine Lüge in ihrem hübschen Gesicht entdecken.

Fragend sieht er Chan an, doch der Asiate schüttelt weiterhin den Kopf. Er traut den fünf absolut nicht. Auch in Michael hadern sein Verstand und sein Herz miteinander. „Wenn sie wirklich ein Dorf haben, das Hilfe braucht, gebietet es der Anstand zu helfen", flüstert er Chan zu. Nur wenn sie helfen, haben sie selbst nichts mehr zu essen. Wenn es eine Falle ist, würden sie alles verlieren, vielleicht sogar ihr Leben. Dessen ist sich Michael ebenfalls bewusst.

Nervös reibt er sich den Nacken.

„Unser Angebot steht. Wenn ihr wollt, können wir sehen, ob wir euch helfen können. Wir haben … etwas mehr Nahrung, als wir im Moment benötigen."

Die beiden Biker sehen sich erneut an und flüstern sich etwas zu. Der Mann schüttelt heftig den Kopf, doch scheinbar hat die Frau mehr zu sagen. Er nickt langsam und steckt die UZI ganz weg.

„Einverstanden. Wir zeigen euch das Dorf und die Leute. Ihr entscheidet dann, ob ihr uns helfen könnt. Wenn nicht, dürft ihr unbeschadet eures Weges ziehen. Ihr habt mein Wort darauf. Ich bin Eliza Blair."

Michael nickt zustimmend.

„Michael, und das ist Chan. Ich kann dir nichts versprechen, aber wenn wir helfen können, helfen wir."

Das scheint Eliza zu reichen, doch dreht sie sich noch mal um und zeigt auf Michael.

„Ach, Michael, bevor ich es vergesse: wenn ihr mich verarscht und irgendwas schief geht, … dann sterbt ihr."

Zwei Motorräder begleiten den schweren Truck. Eliza fährt vor und Rico hinter ihnen. „Was hast du dir dabei gedacht, Michael? Vielleicht bringen sie uns jetzt zu ihrem Lager, wo viele bewaffnete Männer warten. Die durchlöchern uns und schnappen sich unser Essen." Chan wirkt fast hysterisch und Michael nimmt seinem Freund lieber die Magnum ab, bevor er aus Versehen schießt und einen Krieg auslöst.

„Sie hätten uns jederzeit töten können. Ob wir ihnen vertrauen können, wage ich zu bezweifeln. Aber im schlimmsten Fall haben wir einen Zwanzigtonner, den wir als Waffe einsetzen werden." Er klopft auf das Lederlenkrad und grinst böse. „Wir werden in jedem Fall viele von ihnen mitnehmen, wenn es dazu kommen sollte." Chan schüttelt den Kopf.

„Das beruhigt mich nicht, Michael. Das beruhigt mich absolut nicht!"

Ihr Weg führt sie eine schmale, geteerte Straße entlang. Viele Schlaglöcher säumen sie. Mehrfach muss Michael ausweichen, damit der Laster nicht so tief einsackt und die Waren verrutschen. Die kahlen Äste der Bäume streifen das Dach des Anhängers, und kratzen über den Lack. Ärgerlich verzieht Michael jedes Mal das Gesicht, auch wenn der Laster nicht ihm selbst gehört.

Nach einer halben Stunde sehen sie ein kleines Dorf. Eine große Kirche ist schon von Weitem zu sehen. Auf den Feldern vor der aufgeschütteten Stadtmauer, tummeln sich einige Zombies. Eliza feuert ein paar Mal vom Motorrad aus auf Untote, die sich auf der Straße bewegen und ihr hätten gefährlich werden können.

Vor einem schmiedeeisernen Tor, breit genug um zwei Autos nebeneinander durchzulassen, befinden sich ein paar Untote, die ihre Hände durch das Gitter stecken. Dahinter scheinen sich Menschen zu befinden, die nun Kopfschüsse austeilen und somit alle Zombies unschädlich machen. Die Mauer selbst besteht aus übereinander gestapelten Steinen, die auf über drei Meter aufgetürmt wurden. Sie sind unterschiedlich groß und trotzdem wirkt die Mauer massiv genug, um auch einem großen Ansturm über Jahre hinweg Stand zu halten.

Das Tor wird geöffnet und sie fahren hinein. Michael bremst den Truck langsam ab und entsichert die Magnum, bevor er sie in die Jackentasche steckt. Gewehre, überwiegend Jagdgewehre, werden auf das Führerhaus gerichtet, doch Eliza befiehlt ihnen, die Waffen zu senken. Männer und Frauen in halbwegs sauberen Kleidungsstücken kommen näher. Fast alle sind bewaffnet. Michael stellt den Motor aus und öffnet langsam die Tür. Chan folgt ihm nach einer Minute.

Sie steigen die Stufen herunter und Eliza kommt ihnen entgegen. Sie hat den Helm abgesetzt und reicht Michael die Hand. Er zögert einen Augenblick, sichert dann die Waffe in seiner Jacke und schüttelt kurz ihre Hand.

„Das sind Freunde. Niemand wird sich an ihnen oder ihrem Laster vergreifen. Ich werde sie zu meinem Vater bringen. Er entscheidet!“, ruft sie so laut, dass alle Umstehenden sie verstehen können.

Die Wachen kehren ans Tor zurück und Eliza bittet Michael und Chan ihr zu folgen, was diese auch tun.

Ihr Vater, ein Mann mittleren Alters, sitzt an einem langen Tisch in einem großen und alten Backsteinhaus. Das Emblem an der Eingangstür weist es als Rathaus aus und wie es scheint, hat es nun wieder diese Funktion. Leute haben sich versammelt und tragen ihre Beschwerden oder Probleme vor. Während sie warten, dass sie an der Reihe sind, sehen sie, wie Elizas Vater sich die Anliegen anhört und anschließend entscheidet, was zu tun ist.

„Er tut so, als wäre er ein König“, flüstert Chan Michael zu.

Als sie schließlich an der Reihe sind, bittet der Mann sie, Platz zu nehmen. Niemand hat sie durchsucht, sodass Michael weiterhin die Waffe in der Jacke hat.

Zwei Männer mit Gewehren stehen an der Wand hinter Elizas Vater und mustern die beiden Neuankömmlinge argwöhnisch.

„Mein Name ist Jack Blair. Willkommen in unserer kleinen Stadt Riverset. Was kann ich für euch tun?“ Seine Stimme klingt befehlsgewohnt und gleichzeitig väterlich.

Eliza tritt vor.

„Wir haben diese beiden auf der Straße aufgelesen und im Gegensatz zu den anderen brauchten sie keine Hilfe. Sie sind im Besitz eines Lastwagens und verfügen über Lebensmittel.“ Sie lächelt Michael aufmunternd zu und fährt fort. „Michael und Chan haben angeboten, uns vielleicht ein paar der Lebensmittel zu überlassen. Sie hielten uns für Banditen.“ Sie grinst breit und ihr Vater mustert die beiden jungen Männer ernst.

„In der heutigen Zeit kann man nicht vorsichtig genug sein. Ihr seid ein großes Risiko eingegangen, indem ihr zu uns gekommen seid. Wir danken euch hierfür. Ihr habt mein Wort, dass euch kein Leid in dieser Stadt widerfahren wird.“

Michael sieht Chan kurz an und antwortet dann.

„Danke. Gastfreundschaft ist selten geworden. Ihr seid die ersten Menschen, die wir seit unserer Flucht aus Toronto getroffen haben.“

Elizas Vater seufzt enttäuscht.

„Das stimmt leider. Wir haben in den letzten Monaten ein paar Menschen getroffen, die Richtung Süden unterwegs waren. Sofern sie Hilfe benötigten, haben wir gern geholfen." Traurigkeit schwingt in seiner Stimme mit und er berichtet: „Ein paar Banden sind auch unterwegs, die unsere Kundschafter bereits überfallen haben. Wir haben gute Leute verloren. Die Untoten sind nicht mehr unsere einzige Sorge. Die Lebensmittel für unsere Bevölkerung sind zudem immer knapp."

„Ihr lebt ziemlich abgelegen hier. Wieso erledigt ihr die Untoten nicht und bewirtschaftet die Felder dort draußen?", fragt Michael direkt heraus und der Mann lacht.

„Die Idee ist nicht schlecht, jedoch kommen immer mehr von denen. Sie ziehen aus den großen Städten heraus und es scheint, als folgen sie einem bestimmten Weg." Er lehnt sich in dem schweren, reich verzierten Holzstuhl zurück und seufzt. „Ein Teil von ihnen kommt an uns vorbei und manche bleiben hier, um uns zu belagern. Wir töten immer wieder welche von ihnen, aber es werden nicht weniger." Er kratzt sich das stoppelige Kinn. „Außerdem kommt der Winter und der Boden ist inzwischen knochenhart. Sobald er wieder aufgetaut ist, werden wir versuchen, die Landwirtschaft auszubauen. Bis dahin ist es aber ein weiter Weg und wir müssen uns irgendwie ernähren." Michael nickt verständnisvoll. Obwohl er nie Landwirtschaft betrieben hat, ist es verständlich, dass im Winter nichts wächst. Ein ganzes Dorf ohne entsprechende Landwirtschaft zu versorgen, erweist sich mit Sicherheit als sehr schwierig.

„Beutezüge in die größeren Städte sind riskant, aber wir versuchen es so oft es geht. Mehrere Teams rücken täglich aus, um Essen, Kleidung und Medikamente zu organisieren. Der Fluss hinter unserer Stadt und die vielen Brunnen liefern uns zum Glück ausreichend Trinkwasser, sodass wir das nicht auch noch suchen müssen", bestätigt der Bürgermeister Michaels stumme Vermutungen.

„Wie viele Menschen leben hier?"

„Um die zweihundert. Viele davon Frauen und Kinder, da einige unserer Männer im Kampf gegen die Untoten gefallen sind.

Mein eigener Sohn ebenso wie die Söhne und Ehemänner vieler Bewohner." Michael wirft Eliza einen verstohlenen Blick zu und sieht die Trauer in ihrem Gesicht, als der Bruder erwähnt wird.

„Sagen wir, wir wüssten, wo es vermutlich noch einige Lebensmittel gibt. Was würden wir im Gegenzug dafür erhalten?", fragt Michael und sieht den Bürgermeister offen an. Interesse und Misstrauen glänzen beide in dessen Gesicht.

„Das hängt davon ab, wie viele es sind und wo sie sich befinden. Auch frage ich mich, wieso ihr sie nicht selbst geborgen habt, wenn sie doch vorhanden sind."

Michael schüttelt den Kopf.

„Wir wissen, wo es weitere Lastwagen gibt. Ob und was da drin ist, wissen wir nicht. Wir müssen also spekulieren. Beim letzten Mal hat es auch funktioniert."

Er sieht seinen Freund fragend an und Chan stimmt zu. An Elizas Vater gewandt fährt Michael fort: „Wir kennen einen Ort, von dem wir auch unseren Lastwagen haben. Dort stehen noch fünf weitere. Was sie geladen haben, kann ich nicht sagen. Sie sahen aber wertvoll im Hinblick auf Lebensmittel und Benzin aus. Wir möchten im Gegenzug aber auch etwas."

Der Bürgermeister faltet die Hände und sieht die beiden mit unergründlicher Miene an.

„Ich höre."

„Ein Zimmer mit zwei Betten, entsprechende Mahlzeiten, wenn wir euch Lebensmittel geben. Von dem, was wir dort noch finden, steht uns ein fairer Anteil zu. Wir erhalten Waffen und Munition, ebenso wie genug Lebensmittel und Essen für zwei Wochen. Etwas Benzin wäre ebenfalls eine nette Geste, ist jedoch nicht unbedingt notwendig. Der Tank ist noch relativ voll. Natürlich kann man in der heutigen Zeit nie genug Treibstoff haben."

Der Bürgermeister lacht und lehnt sich zurück. „Das sind ziemlich geringe Forderungen, für die Menge an Lebensmitteln, die wir benötigen. Wo ist der Haken?"

Michael richtet sich auf und hält dem Blick des Mannes stand.

„Wir wissen wie gesagt nicht, was in den Lastern ist. Das schwöre ich bei allem, was mir heilig ist. Es kann sein, dass das ganze Unternehmen eine Pleite für euch wird. Es kann aber auch eine Goldgrube sein." Er überlegt kurz und erklärt dann das Hauptproblem. „Problem Nummer zwei: Dort sind mindestens hundert Zombies gewesen, als wir zuletzt dort waren. Ob die noch da sind, wissen wir nicht. In jedem Fall erhalten wir die uns versprochenen Sachen, wenn wir die Anforderung erfüllen. Wir führen euch dort hin und helfen euch gegen die Zombies. Das ist der Deal!"

Alle Augen richten sich auf Elizas Vater und er kaut nachdenklich auf seiner Unterlippe. „Einverstanden. Ihr bekommt, was ihr wünscht. Was ist in dem Laster dort unten?"

Chan nickt Michael zu.

„Nahrungsmittel, wie Dosenfleisch, Süßigkeiten, Cola und Schlafsäcke. Die Lebensmittel müssten für das Dorf knapp reichen, jedoch nicht lange. Ihr erhaltet den Inhalt des Anhängers und wir erhalten eine angemessene Verpflegung davon."

Ein Raunen geht durch den Raum und Michael kann das Leuchten in den Augen der Umstehenden sehen. „Wir haben einen Deal", verkündet Jack Blair und reicht den beiden die Hand.

Gegen Abend versammelt sich eine große Schar an Mitbürgern um den Laster und der Bürgermeister klettert zum Führerhaus hinauf. Er weist die Leute an, ruhig zu sein und ruft dann: „Morgen in aller Früh wird sich eine Gruppe von uns auf den Weg machen, um die versprochenen anderen Laster zu suchen. Wenn alles glattgeht, werden sie gegen Abend wieder da sein." Er sieht seine Leute bestimmt an, und auch wenn er zuversichtlich zu wirken versucht, kann Michael doch Sorge in seinem Gesicht entdecken. „Verabschiedet euch voneinander, vielleicht wird es das letzte Mal sein. Über Nacht kommen unsere Kundschafter zurück."

Er geht zu Michael, Chan und Eliza, die etwas Abseits stehen. „Ich hoffe, dass der Rasthof nicht mehr so gefährlich ist, wie zu der Zeit, als ihr da gewesen seid. Vielleicht haben wir Glück und die Zombies sind weiter gezogen. Drauf verlassen werde ich mich aber nicht. Ihr nehmt also genug Waffen und Munition für einen kleinen Krieg mit!“

„Das hoffe ich auch. Habe keine große Lust, noch mal so viele von diesen Dingern vor mir zu sehen. In meinen Träumen sehe ich sie ziemlich oft“, gesteht Michael und Eliza drückt Michaels Hand. Überrascht sieht er zu ihr und bei ihrem Anblick klopft sein Herz schneller.

Ihr Vater tut, als würde er es nicht bemerken und fragt: „Was haltet ihr davon, wenn ihr danach bei uns bleibt? Ihr müsst nicht weiter ziehen, wenn ihr nicht wollt. So oder so habt ihr bereits einen mehr als ausreichenden Beitrag geleistet.“

„Das ist ein großzügiges Angebot, Sir. Wir danken dafür, aber Chan und ich werden weiter Richtung Süden reisen. Er hat Familie in Boston und sollte die Chance bestehen, dass sie noch leben, wollen wir sie finden. Wenn es vergebens ist, werden wir spätestens im Frühjahr wieder herkommen.“

Jack Blair nickt zufrieden und reicht Michael die Hand.

„Ich hoffe, ihr findet, was ihr sucht. Ihr seid hier immer willkommen. Jetzt legt euch hin. Das wird morgen ein heißer Tanz und wir brauchen jeden Mann in Bestform. Wir wollen niemanden verlieren.“

Die beiden schütteln die Hand zum Abschied und gehen dann mit Eliza zurück zum Haus des Bürgermeisters, in dem sie untergebracht sind.

„Das wird morgen mit Sicherheit kein Spaziergang“, knurrt Michael und Chan nickt ängstlich. „Hoffen wir nur, dass dein Vater sein Wort hält und uns dann auch ziehen lässt.“ Eliza nickt langsam und hängt ihren eigenen Gedanken nach.

Massaker

Das Geräusch des Konvois, bestehend aus Motorrädern, Autos und einem Zwanzigtonners, hallt über die menschenleere Landstraße. Ihre Scheinwerfer lassen die anbrechende Nacht vor ihnen fast taghell erscheinen. Obwohl sie recht früh losgefahren sind, dauert die Reise den gesamten Tag. Tiere flüchten vor den gut zwanzig Fahrzeugen, die alle voll besetzt sind, mit bewaffneten Männern und Frauen. Michael tritt das Gaspedal des Trucks fast bis zum Boden durch. Trotzdem kommt es ihm wie eine Ewigkeit vor, bis das Fahrzeug beschleunigt. Den Anhänger haben sie in dem Dorf gelassen, dessen Namen Michael noch immer nicht kennt. Chan sitzt auf dem Beifahrersitz und hat eine doppelläufige Flinte in der Hand. In seinem Gürtel steckt eine 9mm-Pistole und Munition für beides befindet sich in dem Rucksack.

Michael hat zu seiner .357er-Magnum noch ein M16-Sturmgewehr erhalten. Hinter ihm steht Eliza, die in ihrer schwarzen Kleidung mit kugelsicherer Weste sehr attraktiv aussieht. Ihre langen dunkelroten Haare hat sie sich zu einem Zopf nach hinten gebunden und starrt in die noch vorhaltende Dunkelheit vor ihnen.

„Wie weit ist es noch bis zum Restaurant?“

Michael schaut auf die Geschwindigkeitsanzeige und den Kilometerstand.

„Ich schätze mal, dass wir in zehn Minuten da sein dürften. Hey, was ist das?“ Er zeigt nach vorn, von wo aus sich zwei Lichter näher. Sie befinden sich zu weit auseinander, um ein Auto zu sein. Mit der linken Hand schnappt er das Seil für die Hupe und zieht daran. Sein Truck stößt ein lautes Dröhnen aus.

„Sie drehen um“, ruft Eliza aufgeregt, als die Lichter der Entgegenkommenden plötzlich schlingern. Das laute Knattern zweier Harleys ist zu hören, als dessen Fahrer versuchen, sich vor dem Konvoi in Sicherheit zu bringen.

„Hup zweimal und dann noch einmal!“, befiehlt Eliza und beugt sich vor Anspannung vor. Michael folgt ihren Anweisungen und vier Motorräder vom hinteren Ende ihres Konvois preschen nach vorn, überholen den Truck und nehmen die Verfolgung auf.

„Vielleicht haben sie wichtige Informationen“, erklärt Eliza und lächelt frech.

„Du bist unmöglich. Vielleicht sind es auch nur einfache Reisende, die sich bei unserem Anblick die Hosen vollgemacht haben“, entgegnet Michael lachend und schüttelt den Kopf.

„Dann haben sie nichts zu befürchten. Sind es aber Plünderer, die arme Reisende ausnehmen, werden wir ihnen Manieren beibringen.“

Keine fünf Minuten später erreichen sie die Stelle, an der die beiden Harley-Fahrer gestellt wurden. Sechs Motorräder sind nebeneinander geparkt. Die Biker aus ihrem Dorf richten ihre Waffen auf zwei Fremde. Mit hinter dem Kopf verschränkten Händen knien sie auf der Straße. Michael bremst ab und schaltet das Warnblinklicht als Zeichen für einen Stopp ein. Der gesamte Konvoi aus zwanzig Fahrzeugen stoppt und Eliza springt als Erstes vom Bock. Sie tritt zu den Gefangenen, und beginnt sie zu befragen. Michael und Chan warten im Truck, während sie den Motor laufen lassen.

„Die Antwort scheint ihr nicht gefallen zu haben“, kommentiert Chan den Schlag, den Eliza einem der beiden Fahrer verpasst. Die beiden sind drahtig und sehen durchaus brutal aus. Ihre schwarze Motorradkluft lässt sie fast mit der Dunkelheit verschmelzen.

„Das sind Harleys. Keine Rennmotorräder wie die Yamahas von Elizas Leuten“, bemerkt Michael und zeigt auf die beiden abgestellten Bikes.

„Was machen zwei einzelne Biker, ohne Stauraum für Lebensmittel, allein so weit draußen?“, fragt Chan und mustert die beiden Männer erneut. Michael lacht und schüttelt den Kopf.

„Falls du es schon vergessen hast. Wir sind auch zu zweit und waren allein unterwegs.“

„Oh ...“, erinnert sich Chan grinsend.

Zehn Minuten später steigt Eliza wieder ein. Die beiden Männer wurden gefesselt und auf einen der Pickups geladen. Ihre Harleys werden nun von zwei Frauen aus dem Dorf gefahren.

„Und?“, fragt Michael sie, bevor er den Truck langsam wieder in Bewegung setzt.

„Sie wollten erst mal nichts sagen. Erst als wir sie überredet haben, sind sie mit der Sprache rausgerückt. Sie suchen eine Gruppe von Überlebenden, die auf dem Weg nach Süden ist. Die haben ihnen wohl irgendwas gestohlen oder so“, erzählt Eliza und stützt sich an der Rückenlehne des Fahrersitzes ab. Interessiert wirft Michael einen Blick auf das kleine elektronische Gerät mit dem Display.

„Was ist das?“ Nachdenklich zuckt Eliza die Schultern.

„Scheint eine Art Funkpeiler zu sein“, vermutet sie, legt das Gerät aber weg. „Hoffen wir, dass die gesuchten Leute weit genug weg sind. Diese Biker machen keinen freundlichen Eindruck auf mich. Die bedeuten nur Ärger.“

„Jetzt bekämpfen und bestehlen sich die Menschen schon wie eh und je. Man könnte echt meinen, dass wir größere Probleme haben als diese Kleinigkeiten, oder?“, beschwert sich Michael und Eliza stimmt ihm lächelnd zu: „Da hast du recht.“

Die Sonne ist bereits zur Hälfte untergegangen, als sie den Gasthof erreichen. Lange Schatten, geworfen von den nahestehenden Bäumen, tauchen ihn in ein finsteres Licht. Michael kann kaum etwas erkennen.

„Wir sind da“, flüstert Michael und schüttelt den Kopf über sich selbst. Als ob die Zombies sein Gespräch hören könnten, bei dem Krach, den die Kolonne macht. Er lässt den Truck ausrollen und wartet auf die Übrigen. Die Fahrzeuge stellen sich in einer Linie auf, sodass die Scheinwerfer auf das Gasthaus gerichtet sind. Untote sind weit und breit nicht zu sehen. Der rote Mustang GT steht verlassen auf dem Parkplatz und Michaels Herz macht einen Sprung vor Freude, als er ihn entdeckt.

„Die Trucks und andere Fahrzeuge stehen an der rechten Seite des Restaurants. Wollen wir nicht lieber warten, bis die Sonne wieder aufgeht? Wir könnten dann eindeutig mehr sehen."

Eliza schüttelt entschieden den Kopf.

„Wenn wir warten, können sie uns überraschen und das Licht der Autos dürfte weithin sichtbar sein. Zudem haben wir uns nicht gerade leise genähert. Ich wette, die Ersten von ihnen haben sich bereits auf den Weg gemacht."

Michael glaubt ein Déjà-vu zu haben und schluckt schwer. In derselben Situation waren sie bereits und diese hätte fast ein tödliches Ende genommen. Er atmet tief ein, berührt das M16 und beschließt, dass er diesmal nicht so überrascht werden wird.

„Dann sollten wir uns beeilen, bevor sie hier eintreffen", beschließt Michael und steigt aus dem Führerhaus.

„Absitzen!", ruft Eliza und die Dorfbewohner kommen der Aufforderung nach. Fast vierzig Personen stellen sich in einer Reihe auf und prüfen ihre Waffen.

„Wie sieht es mit den Fahrzeugen aus? Ist da was zu holen?" Michael zuckt mit den Schultern.

„Wir wissen es nicht. Wir hatten uns erst einmal im Restaurant umgesehen, aber dort war alles voller Blut und es war … erschreckend, sodass wir uns zurückgezogen haben."

Sie winkt zwei Männer heran, die sich in Tarnkleidung der Armee gekleidet haben. „Marcus, Simon ihr beiden schnappt euch zehn Leute und durchsucht die Autos nach nützlichen Gegenständen. Passt auf Feinde auf." Die beiden nicken und eilen davon, um den Auftrag auszuführen.

Michael prüft das Magazin des M16, genau, wie es ihm von einem älteren Dorfbewohner gezeigt wurde. Schießübungen konnte er noch nicht damit machen, doch ist er zuversichtlich es hinzubekommen. Eliza gibt das Handzeichen zum Vorrücken und die kleine Gruppe nähert sich vorsichtig dem Restaurant. Beim Anblick des düsteren Eingangs kommt Michael die Szene in den Kopf, in der Chan zusammen mit dem Zombie die Treppe hinab stürzt. Sein Magen zieht sich zusammen, als er an die Angst denkt, die er in diesem Moment verspürt hat.

Am Waldrand taucht der erste Zombie auf. Zwei Dorfbewohner zielen mit ihren Gewehren auf ihn, und noch bevor Michael sie aufhalten kann, krachen bereits die Schrotflinten und der Zombie wird niedergestreckt. Michael zieht seinen Teleskopschlagstock aus der Jackentasche und rennt auf ihn zu. Auf die Entfernung war es mehr als unwahrscheinlich, dass ein Gewehr mit Schrotmunition einen Untoten vernichten kann. Wie als Bestätigung, rappelt sich das Wesen wieder auf. Seine Zähne blitzen im Licht der untergehenden Sonne, da ihm ein Stück der Lippe fehlt.

Die bleichen stumpfsinnigen Augen blicken ihn an und ein gieriges Stöhnen kommt aus seiner Kehle. Ohne zu warten, schlägt Michael zu und zertrümmert ihm den Schädel. Der Zombie sackt in sich zusammen und starrt mit weit aufgerissenen Augen in den dunkelroten Himmel.

Er flucht über den unnötigen Krach und kehrt zu seiner Gruppe zurück. Diese hat nicht auf ihn gewartet, sondern sich bereits auf den Weg zu den Fahrzeugen gemacht, die neben dem Restaurant parken. Wie von Michael prophezeit, befinden sich fünf große Lastwagen mit Anhängern auf dem Rastplatz, die soeben untersucht werden. Bei einem handelt es sich um eine Art Tankwagen, doch zeigt das Emblem einer tanzenden Kuh, dass es sich mit hoher Wahrscheinlichkeit um einen Milchtransporter handelt.

„Wir könnten ihn leeren und versuchen, Benzin in ihm zu lagern“, schlägt Chan vor und Eliza nickt überschwänglich.

„Mit unseren Pumpen sollten wir an das lagernde Benzin der Tankstelle kommen. Dann füllen wir es in den Milchtanker“, bestimmt sie, während sie bereits Instruktionen an die Männer erteilt.

Die anderen Lastwagen sind verschlossen und die Schlüssel lassen sich nirgends entdecken. Zwei Jungen schlagen die Scheiben der Türen ein und gelangen so in die Zugmaschinen. Auch dort sind jedoch keine Schlüssel zu finden.

„Wir müssen sie irgendwie kurzschließen, hat jemand von euch eine Ahnung wie das geht?“, fragt Michael zweifelnd. Ein älterer

Mann in einem grauen Overall hebt die Hand und geht auf den ersten Lastwagen zu.

„Er ist unser KFZ-Mechaniker“, erklärt Eliza und grinst breit. „Ich habe schon damit gerechnet, dass wir ihn gebrauchen könnten.“

„Du bist wirklich eine sehr vorausschauende Frau“, antwortet Michael und knufft sie freundlich in die Seite. Sie erwidert die Geste, indem sie ihm mit der Hüfte einen Stoß gibt und zwinkert ihm zu.

Die Vorhängeschlösser an den Anhängern werden mit Bolzenschneidern durchtrennt, sodass sie endlich einen Blick ins Innere werfen können. Der erste Truck ist eine Enttäuschung, sein Laderaum ist komplett leer. Vermutlich war er auf dem Rückweg von einer Tour oder wollte erst Ladung aufnehmen.

Eliza gibt Befehl, wenigstens den Dieseltreibstoff abzupumpen, da man den Sprit ohnehin immer gebrauchen kann. Dafür leeren sie wie geplant den Milchwagen. Ein extrem übler Gestank breitet sich aus, als sie die inzwischen geronnene Milch ablaufen lassen.

Chan würgt und muss stark mit sich kämpfen, damit er sich nicht übergibt.

„Meinst du, wir sollten den Milchtank nicht erst ausspülen, bevor wir dort Diesel einfüllen?“, flüstert Michael, doch Eliza schüttelt den Kopf.

„Dafür fehlt uns die Zeit. Ich denke nicht, dass die übrig gebliebene Milch den Diesel beschädigt. Ansonsten müssen sich unsere Leute im Dorf etwas überlegen, um es herauszufiltern.“

Der zweite Truck ist mit unzähligen Matratzen, Kissen, Bettdecken und entsprechenden Bezügen vollgestopft. Vom dritten Truck aus schlägt ihnen ein gewaltiger, alkoholischer Gestank entgegen, als sie den Hänger öffnen. Wie ein Sturzbach schwemmen ihnen einige Liter, diverser Getränke entgegen. Kaputtes Glas wird ebenso mit herausgeschwemmt.

„Wir sollten nachsehen, ob noch Flaschen heil geblieben sind“, schlägt Michael vor und hält sich die brennende Nase zu.

Der vierte Lastwagen hat zu ihrer Freude ein paar Konserven geladen. In dem großen Hänger stehen vier Paletten mit diversen Fertiggerichten.

„Immerhin etwas“, stellt Chan niedergeschlagen fest. Ihre Hoffnung, noch einen vollen Lastwagen zu finden, hat sich leider nicht erfüllt.

„Richard, Simon und Theon: ihr kümmert euch um die Zapfsäulen. Seht zu, dass wir mit unserem neuen Tankwagen an den Sprit kommen“, befiehlt Eliza und die Angesprochenen beeilen sich, ihrem Befehl nachzukommen.

Eliza bringt das M16 in Anschlag und wendet sich an Michael, Chan und fünf weitere Dorfbewohner.

„Wir gehen jetzt ins Restaurant. Passt auf euch auf. Michael hat berichtet, dass sich beim letzten Mal Zombies dort herumgetrieben haben.“

Chan entsichert die Magnum und folgt als Letzter der kleinen Gruppe. Michael und Eliza sichern nach vorn ab, während sie mit den Waffen im Anschlag durch die breite Tür treten. In dem düsteren Licht erkennt Michael mehrere Bewegungen. Er richtet die Taschenlampe darauf aus und sieht die entstellten Gesichter von ungefähr zehn Untoten.

Eilig, aber ohne Hetze, verteilt Eliza per Handzeichen die Dorfbewohner. Etwas ungeübt aber zügig stellen sie sich in eine gerade Feuerlinie auf.

„Erledigt sie“, flüstert Eliza, woraufhin das Donnern der Schüsse ertönt.

Zusammen mit Chan untersucht Michael daraufhin einige der Nischen und zurückgezogenen Sitzgelegenheiten. Drei weitere Untote können sie gefahrlos beseitigen, bevor sie wieder zur Hauptgruppe aufschließen.

„Wir sollten nun die Küche und das Lager untersuchen. Vielleicht befinden sich dort noch haltbare Lebensmittel“, wagt Eliza zu hoffen.

Rena und Sid gehen als Erstes durch die Schwingtür in die Küche und stolpern keine Minute später kreidebleich wieder heraus.

„Das ist ein Schlachthaus. Überall Blut auf dem Boden ... und der Gestank. Dort liegen auch die Überreste von einem Haufen Menschen“, keucht Rena, und nimmt seine dünne Brille von der Nase. Sid stimmt seinem Partner eilig zu und muss sich übergeben.

„Das ist doch kein Grund, hier sein Essen zu verteilen“, witzelt Rena, doch kann sich Sid nicht darüber amüsieren.

Ein Schrei und Schüsse lassen die Gruppe herumwirbeln.

„Woher ...?“, beginnt Eliza, doch Chan weist bereits nach draußen. Das Mündungsfeuer einiger Gewehre erhellt die hereingebrochene Nacht.

„Los, Beeilung!“, ruft sie und die Gruppe rennt, so schnell sie kann, aus dem Restaurant heraus. Im Licht der Fahrzeugscheinwerfer eröffnet sich ihnen ein grausames Bild: Untote in den unterschiedlichsten Verwesungsstadien haben den Rastplatz erreicht. Sie stürzen sich mit Heißhunger auf die kämpfenden Dorfbewohner.

„Sie kommen aus dem Wald!“, stellt Chan überflüssigerweise fest.

Michael eilt bereits die Stufen der Terrasse hinab, verpasst einem nahestehenden Zombie einen Hieb mit dem Schlagstock. Knochen splittern und der Zombie kippt steif nach hinten. Ohne ihn weiter zu beachten, rennt Michael weiter. Das M16 in seiner Hand, verleiht ihm Selbstsicherheit trotz der unzähligen Feinde.

Ein Mann stürmt ihnen entgegen, sein ganzes Gesicht ist blutverschmiert und ein Auge baumelt aus der Höhle. Er schreit vor Schmerzen und Eliza kann ihm im letzten Moment noch ausweichen. Der Mann prallt gegen einen Farmer, der hinter Michael stand und jetzt von ihm zu Boden gerissen wird. Die Menschen feuern mit allem, was sie haben, auf die untoten Gegner. Köpfe explodieren, Fleisch wird von Knochen gesprengt, Gliedmaßen fallen von den Körpern.

Immer mehr Untote stolpern aus dem Unterholz hervor. Es muss sich um eine der größeren Horden handeln, wie Michael vermutet. Ein Untoter greift gerade eine junge Frau an. Sofort steckt Michael den Schlagstock in seinen Gürtel und bringt das Sturmgewehr in Anschlag. Er entsichert es und feuert. Der unbedachte Rückstoß des M16-Sturmgewehrs verhindert, dass Michael den anvisierten Zombie trifft. Die Kugeln verschwinden, ohne Schaden angerichtet zu haben, in der Nacht. Der Zombie dreht sich zu ihm um, reißt die Arme hoch und stolpert so schnell er kann auf ihn zu. Michael stellt sich fest hin und richtet den Lauf des Gewehrs neu aus. Sein Herz schlägt ihm bis zum Hals.

Die schwere Waffe drückt gegen seine Schulter. Schweiß sammelt sich auf seiner Stirn und er zwingt sich, sich zu beruhigen. Diesmal ist er auf den Rückstoß vorbereitet und feuert. Eine kurze Salve lässt das Gewehr krachen und der Untote wird von der Wucht der Geschosse kurz angehoben und nach hinten geworfen.

Ein blutiger Kampf ist entbrannt. Menschen schießen und schlagen auf die wandelnden Toten ein. Zähne und Finger dringen in Fleisch und Sehnen vor. Schreie gellen durch die Nacht. Wie ein Rudel Haie scheinen die Zombies in eine Art Blutrausch zu fallen. Sie schnappen und kratzen immer schneller.

Michael weicht vor zwei Frauen zurück, die in ihren blutbesudelten Abendkleidern auf ihn zugewankt kommen. Er feuert und zerfetzt der Blonden den Kopf. Ihre Freundin stöhnt gierig auf und wirft sich auf Michael. Dieser macht schnell einen Schritt beiseite. Der Körper landet neben ihm auf dem Boden. Ohne zu zögern, versenkt er seinen schweren Militärstiefel in dem Schädel. Das laute Knacken von Knochen verschafft ihm einen Augenblick der Zufriedenheit. Gehirnmasse klebt an seinen Stiefeln, doch er beachtet es nicht weiter.

Ein Dorfbewohner kann einer Gruppe Zombies schwer verletzt entkommen. Sein Arm ist halb abgerissen und baumelt nur noch an einigen Muskelsträngen. Der Mann spürt es aufgrund des Schockes kaum. Eliza reagiert als Erste, hält ihn fest und presst ihre Hand auf die stark blutende Wunde, um sie zu verschließen.

„Legt sie um!“, schreit sie in Panik, als ihr Blut aus der Arterie ins Gesicht spritzt.

Der Kampf dauert unzählige Minuten, die Michael wie eine kleine Ewigkeit vorkommen. Das Gewehr hat er bereits liegen gelassen, da er das Ersatzmagazin nicht eingerastet bekommen hat. Wie ein Berserker wütet er mit seinem Schlagstock unter den wandelnden Toten. Das Knacken von Schädelknochen, Zähnen und Nasenbeinen folgt jedem Schlag. Blut, Gehirnreste, Sekrete und andere Körperbestandteile kleben an seiner Kleidung und an seiner Waffe. Immer wieder muss er den rutschigen Griff davon befreien. Sein Arm schmerzt höllisch von der ungewohnten Bewegung, doch zwingt Michael sich, weiter zu machen. Der Schlagstock beendet das Dasein eines Busfahrers.

Nach und nach ebbt der stetige Strom von Untoten aus dem Unterholz ab. Die Schüsse werden weniger. Mit dem Handrücken wischt er sich den Schweiß von der Stirn und stützt sich auf den Oberschenkeln ab. Erschöpft keuchend sieht sich Michael um.

Der Anblick, der sich ihm bietet, lässt Michael frösteln. Die Dorfbewohner, die nicht so schwer verletzt sind, kümmern sich um ihre Gefährten. Chans Gesicht ist bleich und er zittert am ganzen Körper.

„Michael …“, stammelt sein Freund. Dieser sieht ihn fragend an, versteht jedoch nicht, was der stotternde Freund ihm sagen will.

„Wir reden gleich.“ Er lässt ihn stehen und geht zu Eliza zurück. Der Mann in ihren Armen ist gestorben, doch hält sie weiterhin seinen blutverschmierten Kopf auf ihrem Schoß. Sie weint und ihr gesamter Körper bebt. Michael legt ihr die Hand auf die Schulter und sieht sie mitfühlend an.

„Er war mein Grundschullehrer und ein guter Freund der Familie“, bringt sie zwischen einigen Heulkrämpfen hervor. Er legt den Schlagstock beiseite und kniet sich neben sie. Sanft nimmt er ihre Hand und entfernt sie von dem Kopf des Mannes. Eliza starrt ihn kurz an, lässt sich jedoch führen. Er zieht sie auf die Beine und sieht Chan ernst an.

Der Asiate nickt verstehend, und während Michael Eliza zu dem Mustang bringt, verhindert Chan, dass ihr Grundschullehrer wieder aufersteht.

Mit der Hand wischt er ihr Blut aus dem Gesicht, froh, dass es nicht ihr eigenes ist. Sämtliche Kraft scheint sie verlassen zu haben, was Michael ihr nicht verdenken kann. Die Herde hat die Anzahl der Dorfbewohner enorm reduziert. Mit einem solchen Angriff hat er auch in seinen wildesten Fantasien nicht gerechnet.

„Wurdest du gebissen?" Seine leise Frage reißt Eliza für einen Augenblick aus ihrer Starre. Eilig tastet sie ihren Oberkörper ab, bis sie schließlich den Kopf schüttelt.

„Nein, ich glaube nicht. Aber Mister Conners … Er …", flüstert sie, bis ihre Stimme versagt. Eilig nimmt Michael sie in den Arm.

„Du konntest ihm nicht mehr helfen. Es tut mir so leid." Ihr warmer Körper bebt erneut unter einem Heulkrampf. Fest hält Michael sie an sich gepresst. „Er lebt in deinen Erinnerungen weiter. So wird er nie vollkommen gegangen sein", verspricht er ihr und nimmt ihr Gesicht schließlich zwischen seine Hände. Tief sieht er ihr in die tränengefüllten, grünen Augen. „Ich bin für dich da. Ich werde dich nie verlassen!".

Für einen Augenblick glaubt er, Unglaube in ihren Augen aufflackern zu sehen, dann lächelt sie gequält.

„Danke, das weiß ich zu schätzen."

Mit dem Ärmel ihrer Jacke wischt sie die Tränen ab, wobei sie Blut über ihr Gesicht verteilt. Sie versucht ihre Stärke zu behalten, nicht schwach auszusehen, doch Michael kann hinter ihre Maske sehen. Der Schmerz über den Verlust in ihren Augen, lässt sein Herz verschrumpeln.

„Du hättest nichts machen können. Sie haben uns überrascht." Mit seiner Stirn berührt er ihre und nimmt sie erneut fest in den Arm. „Es tut mir sehr leid um deine Freunde."

Sie schluchzt kurz und ihre Unterlippe bebt. Nur mühsam kann sie sich unter Kontrolle halten, das sieht Michael an ihrem Gesicht.

„Wir sollten die Trucks als Krankenwagen nutzen. Jeder, der nicht sitzen kann, wird in den Hänger gelegt", flüstert sie mit belegter Stimme. Ein Mann mit abgesägter Schrotflinte tritt neben die beiden und räuspert sich umständlich.

„Ja, Gunnar?", fragt Michael, der den Jäger bereits auf der Fahrt etwas besser kennengelernt hat, und lässt Eliza los.

„Wir sollten von hier verschwinden, bevor noch mehr von ihnen auftauchen."

„Wir nutzen die Laster als Krankenwagen. Bringt alle, die nicht fahren können dorthin. Der Rest verteilt sich auf die Autos und Motorräder. Wir können die übrigen Motorräder ebenfalls in die Laster packen", gibt Michael ihren Befehl weiter. Gunnar scheint zu überlegen, ob er Michaels Aufforderung nachkommt, akzeptiert es jedoch schnell.

„Earl!", ruft Michael und der Mechaniker kommt aus dem Führerhaus. Er trottet zu ihm herüber, steigt über einige zerfetzte Zombies herüber, als wäre es das Normalste der Welt.

„Ja?"

„Sind die Laster einsatzbereit?" Der Mechaniker reibt sich den Nacken, blickt zu den metallenen Monstern und nickt dann.

„Ja, sie sind einsatzbereit. Ich würde aber nicht meine Hand dafür ins Feuer legen, dass sie es alle bis ins Dorf schaffen." Michael grunzt verärgert über die Situation.

„Tu dein Bestes. Wir müssen hier weg!" Er pfeift mit den Fingern im Mund und die Dorfbewohner drehen sich zu ihm um.

Nur zu deutlich kann Michael in ihren Gesichtern erkennen, wie sehr sie der Verlust dieser Menschen schmerzt.

„Wir müssen von hier weg. Vielleicht war das nicht die einzige Horde, die hier durchziehen möchte. Verstaut die Verletzten und beobachtet sie genau. Wenn sie sich verwandeln … ihr wisst, was dann zu tun ist", erteilt sie Befehl an ihre Leute. Kurz zittert ihre Stimme und sie beißt sich auf die Unterlippe.

„Okay, alle Mann zu den Fahrzeugen. Wer einen Truck fahren kann, geht zu Earl", führt Michael aus, und geht zum Truck mit dem Alkohol. Nach kurzer Suche nimmt er einige Flaschen Wodka heraus. Mit vor Wut verzerrtem Gesicht schraubt er die Verschlüsse ab, reißt einige Streifen Stoff aus dem Hemd eines Zombies und stopft sie hinein.

„Was hast du vor?", fragt Eliza, obwohl es mehr als offensichtlich ist.

„Dieses verfluchte Restaurant hat mich fast zwei Mal das Leben gekostet. Es hat viele gute Menschen getötet. Es wird Zeit, es niederzubrennen!"

Wut und Hass sprühen in seinen Augen, als er den Stoff anzündet und die Flasche in hohem Bogen durch eines der Fenster wirft. Sie zerplatzt auf dem Boden und eine Feuerlache breitet sich aus. Er reicht den umstehenden Dorfbewohnern ebenfalls Flaschen und diese folgen seinem Beispiel. Im Nu brennt das Restaurant lichterloh und die Flammen schlagen in die finstere Nacht. Auch wenn es nichts mehr an ihrer Situation ändern wird, so tut es doch gut, dass sie ihrer Wut und ihrer Trauer Luft machen können.

Aus früheren Zeiten

Wie ein Schraubstock schließen sich die Finger um ihren Arm. Ein stechender Schmerz jagt durch ihren Körper und vertreibt die Panik. Mit aller Kraft wehrt sie sich gegen ihn. Er flucht, fasst nach und sie nutzt die Chance. Ihr Tritt trifft sein Schienbein. Ein lauter Schmerzensschrei lässt ihn torkeln. Bevor er reagieren kann, gräbt sie ihre Zähne in seinen Arm. Der kupferige Geschmack von Blut erfüllt ihren Mund und der schmerzende Griff wird gelockert. Sofort rennt sie los. Einfach nur weg. Die Häuser fliegen nur so an ihr vorbei. Angst verleiht ihr zusätzliche Kräfte. Irgendwas stimmt jedoch nicht, irgendetwas hat sie vergessen. „Anabelle!"

Mit einem Schrei schreckt Kaylee hoch. Sie braucht einen Augenblick, um ihre Umgebung zu erfassen, dann atmet sie erleichtert aus. Es war nur ein Traum. Ein furchtbarer Albtraum, den sie schon eine gefühlte Ewigkeit nicht mehr hatte. Mit der Hand wischt sie über ihre schweißnasse Stirn, als sie Timmy bemerkt. Ängstlich starrt er sie an. Erst jetzt spürt Kaylee wie erschöpft sie ist. Ihr Puls rast noch immer und sie glaubt, noch immer das Blut zu schmecken. Sie lässt sich in den Fahrersitz sinken.

„Entschuldige, mieser Traum." Stumm nickt Timmy und rollt sich wieder in seine Decke auf dem Rücksitz ein.

„Habe ich auch oft", flüstert er und ist kurz darauf wieder eingeschlafen. Kaylee schließt die Augen und kneift sich in den Nasenrücken. Mühsam zwingt sie die Trauer, die sich in ihrem Herzen breitgemacht hat, zurück in den schwarzen See ihrer Seele. Als sie sich sicher ist, nicht mehr von Gefühlen beherrscht zu werden, öffnet sie die Augen wieder.

Mit dem Ärmel wischt sie die beschlagenen Scheiben frei und sieht sich aufmerksam um. Der Parkplatz, gleich neben der Interstate, wirkt friedlich. Kein Untoter wandelt zwischen den vielen verlassenen Autos umher. Lediglich der Wind heult über die freie Fläche und eine Eisschicht hat sich auf der Frontscheibe des Bentleys gebildet. Sie streckt ihre tauben Beine ein wenig und merkt erst jetzt, wie kalt es geworden ist. Mit der flachen Hand streicht sie über die Ledersitze und lächelt.

Der Wagen hat in etwa die Ausmaße ihrer Zelle, ist jedoch um ein Tausendfaches bequemer und bietet sehr viel mehr Luxus. Die weichen Ledersitze sind stufenlos verstellbar, sodass sich Kaylee richtig zurücklehnen kann. Auch wenn sie im Grunde kein Autofan ist, genießt sie die Bequemlichkeit des hunderttausend Dollar teuren Fahrzeuges. Trotzdem wird es in ihm zu kalt, um dauerhaft hier zu schlafen. Leise prüft sie das Magazin ihrer Beretta, schnappt sich das P90-Sturmgewehr vom Beifahrersitz und steigt geräuschlos aus.

Der Winterwind vertreibt die restliche Müdigkeit aus ihrem Körper und sie geht ein paar Schritte. Schotter knirscht unter ihren Sohlen und dank des hellen Mondes kann sie weit sehen. Einsam und verlassen steht ein Toilettenhäuschen zwischen den Limousinen, Geländewagen und Kleinwagen. Am Morgen wollen sie die Wagen nach Brauchbarem durchsuchen und, wenn möglich, auch Benzin abzapfen. Die Wagen stehen mit Sicherheit seit Monaten hier herum, schutzlos den Elementen ausgesetzt. Ob und inwieweit sie noch funktionieren, kann sie nicht mit Sicherheit sagen. Ihre Entscheidung, den Bentley zu behalten, ist gefallen.

Aus dem Augenwinkel heraus sieht sie in der Ferne eine Bewegung. Sofort geht Kaylee hinter einem Auto in Deckung. Auf der Interstate sind zwei näherkommende Scheinwerfer zu sehen.

„Scheiße“, knurrt Kaylee, prüft das Magazin der P90 und sucht die Umgebung nach einer guten Schussposition ab. Bei dem näherkommenden Fahrzeug handelt es sich um ein Auto, das sie im Mondlicht nur als Limousine identifizieren kann. In so einen Wagen passen im Bestfall fünf Personen, jedoch würde man in der heutigen Zeit Vorräte benötigen, was selbstverständlich Stauraum kostet. Ihre vorläufige Schätzung reduziert die Anzahl der Insassen auf zwei oder drei. Das erhöht ihre eigenen Chancen deutlich, sollte der Wagen zu ihnen kommen.

Aufmerksam beobachtet sie die Lichthöfe, die über den Asphalt gleiten. Als plötzlich auch Licht von der Seite kommt, fährt Kaylee vor Schreck zusammen. Timmy steigt aus dem

Wagen, wodurch beide in das sanfte Licht der Innenraumbeleuchtung getaucht werden. Noch bevor sie ihn warnen kann, bremst der fremde Wagen hörbar ab. Sie wurden gesehen.

Kaylee dreht am Schalter der Sicherung und die P90 wird auf Einzelschuss umgestellt. Sie richtet das Schnellfeuergewehr auf den Wagen aus. Eilig kauert sich Timmy neben sie und nimmt das Jagdgewehr in den Anschlag. Auch wenn sie zahlenmäßig möglicherweise im Nachteil sind, haben sie doch die bessere Position. In Gedanken durchlöchert Kaylee die Windschutzscheibe, zuerst auf der Fahrerseite, dann Beifahrer. Sollte noch jemand im Fond sein, würde er zu einer der beiden Seiten flüchten müssen.

Der graue Wagen bremst auf dem Schotter und bleibt schließlich stehen. Die Scheinwerfer werden auf Standlicht geschaltet, der Motor läuft jedoch weiter. Durch die Scheinwerfer ist ihr der Blick in das Innere des Wagens verwehrt, was Kaylee nicht behagt. Es wäre denkbar, dass die Insassen durch die Windschutzscheibe feuern, nur um ihnen zuvor zu kommen. Immer mehr Möglichkeiten fallen ihr ein und sie muss sich zwingen, den Finger vom Abzug zu lassen.

„Hallo?“, ertönt eine Stimme aus dem Wagen. Da die Türen weiterhin geschlossen sind, muss jemand das Fenster geöffnet haben. „Wir haben das Licht gesehen. Brauchen Sie Hilfe?“, ertönt die eindeutig nervöse Stimme eines jungen Mannes. Kaylee kann die Angst fast riechen und lächelt zufrieden. Mit ängstlichen Gegnern kann sie einfacher umgehen.

„Was wollt ihr?“, ruft sie selbstsicher. Sie tippt Timmy auf die Schulter und deutet ihm, sich etwas zurückzuziehen.

„Nichts. Wir … wir wollten nur nachsehen, ob Sie Hilfe benötigen. Wir wussten nicht, dass es noch andere Überlebende gibt.“

Die unterdrückte Freude in seiner Stimme ist für sie nur allzu gut heraus zu hören. Viel zu lange hat sie sich mit den unterschiedlichen Stimmungslagen der Mitmenschen vertraut gemacht. Gelernt und nachgeahmt hat sie sie, bis sie perfekt darauf eingespielt war. Ihre gesamte Existenz war darauf aufgebaut, nur damit niemand hinter ihre Fassade sehen konnte. Nur so konnte sie ihre Taten vollbringen, ohne dass der Verdacht auf sie fiel.

„Wir brauchen keine Hilfe, sind jedoch schwer bewaffnet. Wenn ihr etwas versucht, erlebt ihr den nächsten Sonnenaufgang nicht", antwortet sie drohend, was ihren Gesprächspartner verstummen lässt.

Sie kann ein leises Gemurmel hören und mindestens zwei Personen streiten sich, ob sie nicht lieber verschwinden sollten. Kaylee wäre es ebenfalls lieber, wenn sie unbehelligt weiterziehen können. Menschen hatte sie noch nie gern um sich und die Fahrzeuginsassen erscheinen ihr nicht sonderlich nützlich. Ängstliche Menschen, die sich auf gut Glück einer anderen Gruppe nähern, sind einfach zu naiv. Sie hoffen auf das Gute, ohne sich auf das Schlimmste vorzubereiten. In Zeiten wie diesen hält Kaylee diese Eigenschaften für tödlich.

„Ich steige aus, nicht schießen!", ruft der Sprecher und die Beifahrertür öffnet sich sehr langsam. Zwei Handflächen erscheinen über dem Türrahmen und schließlich steht ein rund zwei Meter großer Riese neben dem Wagen.

„Wie hat der denn dort reingepasst?", wundert sich Kaylee, verscheucht den Gedanken aber wieder.

„Ich bin unbewaffnet, bitte nicht schießen." Erneut wendet sich Kaylee an Timmy, sieht ihm fest in die Augen und flüstert: „Was auch passiert, du verlässt die Deckung auf keinen Fall. Halte das Gewehr auf den Fahrersitz gerichtet. Wenn etwas schiefgeht, feuerst du darauf. Kann ich mich auf dich verlassen?"

Eifrig und fest entschlossen nickt der Junge und umfasst den Griff der Waffe noch fester. Sie tätschelt ihm den Kopf und erhebt sich dann langsam, die P90 im Anschlag.

„Okay, ich bin hier. Dein Freund soll den Motor abstellen." Als der Mann das Gewehr sieht, hebt er die Hände noch etwas weiter in die Luft und macht einen Schritt zurück.

„Wir sind Freunde, du musst nicht mit dem Gewehr auf mich zielen“, fleht er etwas weinerlich und in Kaylee wächst der Zweifel, wie dieses Riesenbaby so lange überlebt hat.

„Wir sind vier Leute, wenn du oder deine Kumpels irgendeinen Scheiß machen, durchlöchern wir euch“, blufft Kaylee mit finsterem Gesicht. Langsam lässt sie das Gewehr etwas sinken, sodass die Mündung zumindest nicht mehr auf seinen Oberkörper zeigt.

„Mein Name ist Stefan und deiner?“

Erneut blickt sie misstrauisch zum Wagen, dessen Innenraum durch das Licht der Scheinwerfer nicht gut zu erkennen ist. Der Motor läuft weiterhin, was Kaylee etwas nervös macht. Sie versucht abzuschätzen, wie lange der Wagen benötigt, um sie zu erreichen. Vier Sekunden, vielleicht fünf. Je nachdem, wie schnell die Reifen auf dem Schotter greifen.

„Ich sagte, er soll den Motor abstellen.“ Ihre schneidende Stimme lässt Stefan zusammenzucken und er wendet sich an den Fahrer. Kurz darauf verstummt der Motor und die Fahrertür öffnet sich.

Die Fahrerin, etwas kleiner als Kaylee und deutlich pummeliger, tritt ins Licht und abgesehen von der abgesägten Schrotflinte wirkt sie wie ein harmloser Mensch. Sie verfügt über eine wahre Lockenpracht, die ihr fast bis zum Hintern reicht. Kaylee betrachtet das ungleiche Paar einen Augenblick und als sie sicher ist, dass niemand weiter in dem Wagen sitzt, nimmt sie den Finger vom Abzug des P90. Die Frau mit der Schrotflinte sinkt vor Erleichterung etwas in sich zusammen. Kaylee ist sich sicher, dass die beiden noch nie auf einen Menschen geschossen haben.

„Also … was führt euch in diese Gegend?“, fragt sie schließlich, um das Eis zu brechen. Die beiden sehen sich kurz an, und als Stefan nickt, erklärt die Pummelige: „Wir haben in einem Flüchtlingscamp in der Nähe von Buffalo gelebt und als es immer schlimmer wurde, sind wir abgehauen. Unser Ziel ist Florida. Ich habe dort Familie.“ Sie sichert die Schrotflinte und legt sie auf die dampfende Motorhaube des Ford.

„Fiby und ich sind Monate lang unterwegs gewesen, ohne auch nur die geringste Spur von Menschen zu sehen. Und dann sahen wir das Licht."

Kaylee knurrt missmutig über den möglicherweise verhängnisvollen Fehler. Hätte sie die Glühbirnen herausgeschraubt, stünde sie hier nicht mit zwei Weicheiern, die ihr eher zur Last fallen, als dass sie nützlich sind. Da Timmy jedoch alles hören kann, wird es unmöglich sein, ihm zu verkaufen, dass die beiden eine Gefahr darstellen. Einen Grund, die beiden zu töten, würde sie vor ihm nicht einfach finden. Das würde ihre weitere gemeinsame Reise mit Sicherheit erschweren.

Das Leben der beiden bedeutet Kaylee rein gar nichts. Es ihnen zu nehmen, würde ihr selbst aber einige Konflikte mit Timmy einbringen, deren Konsequenzen sie zum jetzigen Zeitpunkt noch nicht absehen kann. Nur aus diesem Grund, davon ist Kaylee überzeugt, leben Stefan und Fiby noch.

„Und ihr?", fragt Stefan, wobei er sich immer wieder umsieht, um Kaylees Begleiter zu entdecken.

„Timmy, du kannst rauskommen." Die beiden staunen nicht schlecht, als Timmy ins Licht der Scheinwerfer tritt.

„Ein Kind …?", flüstert Fiby.

„Wir kommen aus dem Norden, wo wir eine Weile gewohnt haben. Jetzt wollen wir nach Kentucky. Ein Freund hat dort ein Haus und wir wollen sehen, ob man sich dort niederlassen kann", erklärt Kaylee zähneknirschend. Es behagt ihr gar nicht, Fremden ihre Pläne mitzuteilen. Auch wenn sie nicht ganz der Wahrheit entsprechen, kommen sie diesen doch schon recht nah.

„Wieso kommt ihr nicht mit nach Florida? Wir haben bestimmt noch Platz für euch", schlägt Stefan, sehr zum Missfallen von Fiby, vor. Sie wirft ihm einen grimmigen Blick zu und Kaylee grinst innerlich.

Fiby scheint in ihr eine Konkurrentin zu sehen, die ihr den Begleiter ausspannen könnte. Auch wenn es ihr Spaß machen würde, Stefan um den Finger zu wickeln, nur um Fiby zu frustrieren, schüttelt Kaylee den Kopf.

„Florida dürfte von Untoten nur so wimmeln. Wo viele Menschen lebten, sind auch viele Tote. Unser Plan steht. Ich denke nicht, dass wir uns da einigen können.“ Sie hebt entschuldigend die Hände.

„Ihr könnt doch mit uns kommen. Je mehr wir sind, desto besser“, platzt Timmy freudestrahlend hervor. Längst hat er die Waffe auf den Boden gelegt und sieht nun von Stefan zu Fiby und dann zu Kaylee. „Kaylee, sie dürfen doch mitkommen, oder?“ Am liebsten hätte Kaylee ihn angeschrien, dass es nicht infrage kommt, ihn ins Auto gesetzt und wäre gefahren. Noch besser, sie hätte Timmy den beiden überlassen. Dann hätte sie nun eine Sorge weniger. Die Optionen rasen durch ihren Kopf und sie wirft einen verstohlenen Blick auf den Bentley. Noch bevor Timmy reagieren könnte, wäre sie am Steuer und würde den Motor bis zur Belastungsgrenze treiben. Der klapperige Ford könnte es mit dem Luxuswagen nicht aufnehmen, dessen ist sich Kaylee sicher.

„Kaylee?“, fragt Timmy und sieht sie mit großen flehenden Augen an. Bei seinem Anblick spürt sie das warme Gefühl einer Erinnerung. Auch wenn diese schon sehr verblasst ist, erinnert sie sein Blick doch an ihren kleinen Bruder. Ihm konnte sie nichts abschlagen, wenn er sie mit seinen großen Augen angesehen hat. Wütend über diese Schwäche, schielt Kaylee erneut zum Wagen. Sie wägt ihre Optionen ab, spürt jedoch innerlich, dass sie sich bereits entschieden hat.

„Ach scheiße, wieso nicht“, wirft sie alle ihre Pläne über Bord. Irgendwie scheint dieses Kind genau zu wissen, wie es sie herumbekommt. Streng nimmt sie sich vor, dass sie beim nächsten Mal „nein“ sagt.

Fiby scheint sich nicht im Geringsten darüber zu freuen, doch rennt Timmy bereits auf sie zu, umarmt sie stürmisch. Auch ihr Widerstand schmilzt dahin. Anschließend geht er zu Stefan, reicht ihm wie ein Mann die Hand und plappert direkt darauf los, wie er gedenkt die Gruppe zu beschützen.

„Er kann einen echt überrumpeln“, flüstert Fiby und schlendert extra langsam zu Kaylee herüber. Das Misstrauen ist nicht verflogen und sie scheint auszuloten, ob Kaylee sie akzeptieren würde oder nicht.

„Ja, darin ist er gut. Man kann ihm nichts abschlagen. Keine Ahnung, wie er das macht“, knurrt sie ein wenig ärgerlich.

Dass sich Fiby und Stefan ihnen anschließen, gehörte nicht zum Plan und dürfte die ganze Sache erheblich schwieriger machen. Auf der anderen Seite weiß sie nichts über die beiden. Sie scheinen klüger als neunzig Prozent der restlichen Menschheit zu sein, da sie noch leben.

„Wenn es dir nicht recht ist, dann fahren Stefan und ich einfach weiter. Wir wollen keine Belastung für euch sein.“ Fibys Blick sucht nach Anzeichen für eine Bestätigung oder eine Ablehnung in ihrem Gesicht, doch setzt Kaylee ihr wärmstes Lächeln auf und schüttelt gespielt langsam den Kopf.

„Unsinn. Je mehr desto besser. Wir können uns bei der Wache abwechseln und im Konvoi ist man sicherer“, lügt sie und sieht Fiby direkt in die Augen.

Wie sie festgestellt hat, glauben Menschen einem eher, wenn man sie direkt ansieht. Sie reicht Fiby die Hand und als diese sie ergreift, kann Kaylee spüren, wie sehr Fiby zittert. Entweder ist ihr extrem kalt oder sie hat große Angst vor Kaylee.

„Kann es sein, dass du mir etwas sagen möchtest?“, fragt Kaylee vorsichtig. Ihr Blick bohrt sich in Fibys Gesicht, die eilig zu Boden sieht. Langsam schiebt Kaylees Hand sich zu ihrer Gesäßtasche, wo sich das Teppichmesser befindet, das sie in Timmys Haus an sich genommen hat.

„Ja … ich …“, ihre Stimme zittert und sie lässt Kaylees Hand los, die sie jedoch weiterhin festhält.

„Ja?“, hakt sie aufmerksam nach. Fibys Verhalten passt eindeutig auf einen bestimmten Typ Mensch und das kann gefährlich werden.

„Ich weiß …“, sie schluckt, sieht sich Hilfe suchend zu Stefan um. Als dieser jedoch nicht zu ihr herüber sieht und Kaylee ihre Hand fester drückt, antwortet Fiby endlich. „Ich weiß, wer du bist. Ich habe in der Zeitung davon gelesen, habe … habe deinen Gerichtsprozess im Fernsehen verfolgt.“

Jetzt ist es Kaylee, der für einen Augenblick unwahrscheinlich kalt wird. Als hätte jemand einen Eimer mit Eiswasser über ihr ausgeschüttet, zuckt sie vor Fiby zurück.

„Ich weiß nicht, wovon du sprichst“, flüstert sie gefährlich leise. Ihre Finger umschließen das Teppichmesser und sie lässt die Klinge hinter ihrem Rücken ein Stück herausgleiten. Mit einer schnellen Bewegung könnte sie Fibys Kehle aufschlitzen, noch bevor diese einen weiteren Ton von sich geben würde.

„Du bist meine Heldin“, gesteht Fiby, immer noch ängstlich. Sie wagt es nicht, Kaylee in die Augen zu sehen.

Misstrauisch sucht Kaylee nach dem geringsten Anzeichen einer Lüge. Fibys Leben hängt davon ab, dass sie keine findet.

„Was du mit diesen … diesen Schweinen gemacht hast ….“ Sie sieht Kaylee voller Bewunderung an und dann sofort wieder ihre Schuhe. „Sie haben es verdient.“

Die beiden Frauen sehen sich stumm an, während Kaylee ihre Optionen abwägt. Keine der beiden Möglichkeiten gefällt ihr sonderlich gut, da sie ein nicht zu kalkulierendes Risiko beinhalten.

„Wenn ich die Person wäre, für die du mich hältst“, beginnt Kaylee und tritt wieder näher an Fiby heran, sodass sie niemand sonst hören kann, „sollte dir klar sein, dass ich das nicht an die große Glocke hängen möchte.“ Sie packt Fibys Kinn und drückt ihren Kopf hoch, sodass diese ihr direkt in die Augen sehen muss.

„Ja, ich verstehe“, haucht Fiby und zittert erneut wie Espenlaub.

„Gut.“

„Alles Okay bei euch?“, ruft Stefan zu ihnen herüber und gleichzeitig antworten die beiden Frauen: „Ja, alles in Ordnung.“

Grausame Feststellung

Müde streckt Chan seine Glieder und stöhnt auf. Der Muskelkater, der ihn seit zwei Tagen plagt, macht jede Bewegung zu einem Kraftakt. Er reibt sich den Schlaf aus den Augen und stemmt sich aus dem harten Bett heraus. Seine Knie knacken bei den ungeliebten Bewegungen und Chan stützt sich an der Wand gegenüber von seinem Bett ab. Das Graben eines Brunnen hatte er sich nie als so eine Knochenarbeit vorstellen können. Ohne Strom oder schwere Baugeräte, zählt jedoch einzig die Muskelkraft.

„Ich bin definitiv zu alt für diesen Scheiß“, stöhnt er und drückt den Rücken durch. Erneut knackt es und er seufzt tief.

Nachdem er sich angezogen und seine gefütterte Jacke wieder übergestreift hat, verlässt er sein Zimmer im Dachgeschoss des kleinen Hauses. Die Familie, die ihm dieses angeboten hat, ist sehr freundlich und Chan war dankbar dafür. Während Michael im Haus des Bürgermeisters übernachtet, hat sich Chan in dem kleinen Dorf umgesehen und ein kleines Zimmer gefunden.

„Guten Morgen“, begrüßt ihn Betty, die Frau des Hauses und bittet ihn, Platz zu nehmen. Gebratene Eier und Speck stehen bereits duftend auf dem Tisch und Chan läuft das Wasser im Mund zusammen.

„Es ist echt beeindruckend, wie sie trotz der Zombieapokalypse so ein tolles Mahl zubereiten können“, lobt Chan seine Gastwirtin und sie lächelt zufrieden.

„Wir haben zwanzig Hühner im Garten und die legen fleißig Eier, das ist unser Glück. Die Übrigen tausche ich mit den Nachbarn für Futter und andere Sachen. Man schlägt sich halt so durch.“

Chan reibt seine, mit ein paar Blasen überzogenen Hände und isst anschließend das duftende Frühstück. Die Kälte des Morgens wird von dem kleinen Feuer im Herd größtenteils abgehalten. Trotzdem ist er froh über seine dicke Jacke, und dass er einige Kilos zu viel auf den Rippen hat. Obwohl dies viele Nachteile für ihn hat, so glaubt er doch, dass ihn der zusätzliche Ballast warm hält. Als Kind war ihm schon immer heiß, wenn andere in seiner Umgebung gefroren haben.

„Wie kommt ihr mit dem Brunnen voran?“, fragt Betty und setzt sich zu ihm an den Tisch.

Er wischt sich den Mund ab und zuckt mit den Schultern.

„Der Boden ist steinhart und es ist nicht einfach, ein Loch in ihn hinein zu schlagen. Ich verstehe nicht, wieso ihr nicht auf den Fluss vertraut.“

Sie lächelt milde, doch ihre Augen zeigen eindeutig Angst.

„Der Fluss fließt nicht sonderlich schnell und hin und wieder bringt er Untote mit sich. Diese liegen zumeist eine geraume Zeit im Wasser und man kann nie sicher sein, wie sauber es ist. Im Sommer wird der Fluss zudem schmaler und führt nicht so viel Wasser. Brunnen sind da besser.“

„Wenn sie nur nicht so tief sein müssten“, mault Chan und Betty lacht.

„Du hast dich freiwillig angeboten zu helfen. Nach eurer Hilfe mit dem Rasthaus hättest du das nicht tun müssen.“

Er grinst verlegen und spült die letzten Reste des Frühstücks mit klarem Wasser hinunter.

„Ich dachte, es wäre unhöflich, wenn ich nichts gemacht hätte. Wie geht es den Verwundeten?“

Betty schüttelt traurig den Kopf.

„Zwei weitere sind heute Nacht gestorben und die Grippe bei den anderen wird immer schlimmer. Vier haben sich bereits an der Grippe angesteckt und es scheint sich weiter auszubreiten. Der Bürgermeister überlegt eine Art Quarantäne über betroffene Häuser zu verhängen. Unsere Arzneivorräte sind sehr begrenzt.“

Chans Magen zieht sich zusammen und seine Augen werden groß. „Sagten Sie gerade, dass es eine Grippe gibt?“

Betty nickt und sieht ihn fragend an.

„Was ist los?“ Chan springt auf und ruft ihr noch im Hinausstürmen zu: „Bleiben sie auf jeden Fall zu Hause!“

Keuchend rennt er durch die, mit Kopfsteinpflaster versehenen, Straßen und presst sich ein sauberes Taschentuch auf Mund und Nase.

„Das darf nicht wahr sein. Das darf einfach nicht wahr sein“, stößt er immer wieder zwischen einigen Atemzügen hervor. Sein Herz rast und die Röte steigt ihm ins Gesicht. Den kalten, schneidenden Wind spürt er so gut wie gar nicht.

Die Bilder aus den Nachrichtensendungen der letzten Tage, vor dem Zusammenbruch der Infrastruktur, kommen ihm immer wieder ins Gedächtnis. Menschen stolpern durch die Straßen, die Krankenhäuser sind überfüllt und viele husten und schniefen. Dass es über eine Art Grippe verbreitet wurde, ist nicht gesichert, aber Chan spürt, dass er recht hat. Diverse Theorien sind in den unterschiedlichsten Sendungen diskutiert worden, jedoch ohne fundierte Beweise.

Kalter Schweiß rinnt ihm den Rücken herunter. Wenn er recht hat? Er mag es sich gar nicht ausmalen, was dann passiert. Einige Dorfbewohner weichen ihm nur mit knapper Mühe aus. Sie werfen ihm verächtliche Blicke hinterher, die Chan jedoch nicht weiter interessieren. Vorbei an einem Metzger, einem Bäcker und zwei Kleidungsgeschäften, rennt der Asiate und spürt, wie seine Beine langsam weich werden. Er verringert sein Tempo und geht, nach Luft schnappend, so schnell er kann weiter.

Nach wenigen Minuten erreicht er endlich den Marktplatz und das dahinterstehende Rathaus. Da ein bewaffneter Dorfbewohner vor dem Eingang mit der schweren, mit Eisen verstärkten Holztür steht, weiß Chan, dass der Bürgermeister im Rathaus sein wird. Der Posten am Eingang sieht ihn missmutig an, als Chan stammelnd vor ihm stehen bleibt.

„Ich … ich muss zum …“. Er atmet tief ein und stützt sich an der Fachwerkwand ab. „Ich … muss zum Bürgermeister. Dringend!“

Der Mann nimmt die Hand runter und lässt Chan passieren, nachdem er ihn nach Waffen durchsucht hat. Stolpernd betritt er das Rathaus und steht vor der großen Treppe, die mit schier endlosen Stufen in die Höhe führt.

„Ach, leck mich“, flucht Chan und stemmt seinen Körper in die Höhe.

Die Sorge verleiht ihm zusätzliche Kräfte und so erreicht er das Ende der Treppe für seine Verhältnisse ziemlich schnell. Die dritte Tür auf der linken Seite ist ihm als Büro des Bürgermeisters bekannt. Er klopft und tritt gleichzeitig an.

Trotz der frühen Stunde sitzt der Bürgermeister bereits in seinem Büro. Er blickt von einem Stapel handschriftlicher Papiere auf, legt die Lesebrille auf den Tisch und sieht den keuchenden und schwitzenden Asiaten fragend an. Chan ringt nach Luft und lässt sich auf den Platz gegenüber dem Bürgermeister fallen.

„Sir, wir haben ein großes Problem. Ich fürchte … in ihrer Stadt breitet sich das Virus aus."

„Ich weiß, die Grippe geht …".

Chan schüttelt heftig den Kopf, wobei sein Kinn etwas schwabbelt.

„NEIN, es ist das Zombievirus!"

Der Bürgermeister prustet verächtlich.

„Das kann nicht sein. Soweit mir bekannt ist, wird es nur durch einen Biss oder einen Kratzer übertragen. Unsere Bewohner, die mit euch mitgefahren sind, wurden alle untersucht. Keiner war infiziert."

Chan reibt sich den verschwitzen Nacken mit einem Taschentuch trocken.

„Das Virus wird nicht nur so übertragen, wie sie es kennen. Es gibt eine Inkubationszeit, in der es den Wirt noch nicht tötet. Es will sich verbreiten und dazu nutzt es die Grippefunktion. Was glauben sie, wie es sonst in so kurzer Zeit die ganze Welt infizieren konnte?"

„Das sind doch nur Vermutungen", entgegnet er, doch Chan schüttelt den Kopf.

„Die Fernsehübertragungen haben davor gewarnt, dass frisch Infizierte fast noch gefährlicher sind als bereits zu Zombies gewordene Menschen." Er steht auf und geht ein paar Schritte. „Das Virus verbreitet sich über den Schnupfen und andere Körperflüssigkeiten während dieser Phase. Es infiziert weitere Menschen und dann weitere, bis es den Wirt tötet und wiederkehren lässt. Dieses Virus hat, so gesehen, zwei Phasen. Beide sind verheerend."

Wut und Angst machen sich in dem Gesicht des alten Mannes breit.

„Wenn du recht hast …"

Chan nickt traurig und reibt sich die schmerzenden Hände. Der Bürgermeister erhebt sich von seinem Stuhl.

„Welche Beweise hast du dafür, dass es das Virus ist?" Chan zuckt mit den Schultern und starrt auf einen Punkt vor seinen Füßen.

„Keinen … ich weiß es einfach. Die Leute müssen sich irgendwie infiziert haben. Vielleicht … oh mein Gott … das Blut."

Der Bürgermeister starrt ihn an, als würde er in einer fremden Sprache sprechen. Chan brabbelt unkontrolliert vor sich hin, während sein Gehirn die Puzzlestückchen nacheinander zusammensetzt.

„Das Blut. Wir hatten viele Verletzte, die gepflegt wurden und trotz Bisswunden hierher gebracht wurden. Sie waren infiziert. Ich wette, sie waren die ersten, die krank geworden sind. Sie haben dann alle anderen infiziert."

Sämtliche Farbe weicht aus dem Gesicht des Bürgermeisters und er scheint in Minuten um einige Jahre zu altern. Er fährt sich mit den Fingern durch die Haare und sackt in sich zusammen. Seine Augen werden glasig und er ringt nach Luft. Chan sieht ihn überrascht an.

„Sir?" Der Bürgermeister winkt ab und presst die Hand vor den Mund.

„Nichts …" Er sieht auf die Karte der Stadt und muss sich erst einmal sammeln, bevor er fortfährt.

„Die Grippe hat ihren Ursprung im Haus des Doktors, wo wir die Kranken hingebracht haben", erklärt er Chan.

„Wir müssen sofort handeln!", drängt Chan und der Bürgermeister nickt gedankenverloren. Er hört den Asiaten so gut wie gar nicht, und erst als Chan ihn an den Schultern rüttelt, klärt sich sein Blick und er presst die Kiefer fest zusammen.

„Wir müssen handeln“, sagt er und deutet Chan, ihm zu folgen.

Michael sieht in die tiefen grünen Augen, ganz nah vor seinem Gesicht und streicht eine widerspenstige Locke roten Haares aus ihrem Gesicht. Eliza lächelt ihn zufrieden an und presst ihren warmen, wohlgeformten Körper fester gegen seinen. Ihr Duft steigt ihm in die Nase und er erwidert das Lächeln.

„Das war guuuut“, stellt sie lachend fest und Michael muss bei ihrem Gesichtsausdruck grinsen.

„Welches der vielen Male?“, fragt er und ihre Augen leuchten verschmitzt auf.

„Du bist unmöglich“, entgegnet sie und boxt ihn scherzhaft gegen die Schulter.

„Ich weiß“, antwortet er und gibt ihr einen Kuss auf die Stirn.

„Das kannst du doch besser“, antwortet sie grinsend und zieht ihn zu sich heran, sodass sie ihm einen innigen Kuss mit ihren warmen weichen Lippen geben kann.

Noch immer kann Michael es gar nicht fassen. Seitdem sie vom Rasthof zurückgekehrt sind, hat sich Eliza immer in seiner Nähe aufgehalten. Auch nachdem sie den Schock über die herben Verluste überwunden hatte, blieb sie bei Michael. Gestern Nacht rief sie ihn dann zu sich ins Schlafzimmer, wo sie ihn splitternackt begrüßte. Gedankenverloren grinst Michael vor sich hin. Wie ein kleiner Schuljunge hatte er sie angestarrt und sein Mund muss offen gestanden haben. Jedenfalls ist Eliza in lautes Lachen ausgebrochen, was seine Anspannung komplett aufgehoben hat. Die letzte Nacht war die beste seines bisherigen Lebens.

Das Klopfen an der Tür reißt die beiden aus ihrer trauten Zweisamkeit.

„Moment!“, ruft Eliza und zieht schnell die Bettdecke bis unters Kinn hoch.

Michael schlüpft in seine Boxershorts und eine Jeans, als sich die Tür öffnet und Elizas Vater und Chan hineinkommen. Der Bürgermeister lässt seinen Blick über die sich ihm bietende Szene wandern, knirscht mit den Zähnen und sieht Michael finster an.

„Vater", ruft Eliza überrascht und er antwortet knapp: „Zieht euch an, es ist wichtig!"

Keine fünf Minuten später sitzen die Vier zusammen im Wohnzimmer des großen Hauses, nah am Kamin und Eliza hält ihre Hände in Richtung des Feuers. Mit kurzen Worten hatte ihr Vater soeben die Situation geschildert.

„Seid ihr euch sicher?", fragt sie und sieht ihren Vater Hilfe suchend an. „Es … es könnten bereits viele Hunderte von uns infiziert sein." Der Wunsch in ihren Augen, dass es sich nur um einen Scherz handelt, schmerzt Michael tief in der Brust.

„Wir sind uns ziemlich sicher. Die Seuche hat uns erreicht und ist mitten unter uns. Wir müssen schnell handeln, bevor wir alle verdammt sind", antwortet ihr Vater und streicht sich über den Bart. Michael lehnt sich in dem gemütlichen Ohrensessel zurück und starrt in das flackernde und knisternde Feuer. Ab und an knackt es und erfüllt den ganzen Raum mit seiner Atmosphäre.

„Vielleicht ist es nur eine normale Grippe. Wir sollten die Wohnungen und Häuser abschotten. Wenn es nur eine normale Grippe ist, wird sie schnell wieder vergehen. Wenn nicht …"

„Das Wichtigste ist Eindämmung", stimmt ihm der Bürgermeister zu. Er steht auf und deutet den anderen, ihm zu folgen. Zusammen kehren sie in die Kälte des Wintermorgens zurück und die kleine Gruppe zieht den Kopf ein und eilt Richtung Rathaus.

Der Morgennebel steht noch über den Feldern und die Stimmung der Dorfbewohner ist ebenso eisig wie der Wind, der durch die Gassen pfeift. Bürgermeister Blair hat kurzfristig die einflussreichsten Bewohner seines kleinen Dorfes wecken lassen und sich mit ihnen zu einer Beratung getroffen. Michael, Chan und Eliza warten indessen in seinem Büro.

„Vielleicht sollten wir von hier verschwinden", schlägt Chan mit leiser Stimme vor. Die Angst steht ihm buchstäblich in sein bleiches Gesicht geschrieben.

Eliza funkelt ihn ärgerlich an, doch bevor sie etwas sagen kann, mischt sich Michael ein. Er steht von der kleinen Couch auf und tritt ans Fenster.

„Diese Leute sind zusammen mit uns zum Gasthof gefahren. Wir waren für sie verantwortlich und nun … nun breitet sich wahrscheinlich die Seuche innerhalb der Stadt aus.“ Er reibt sich den verspannten Nacken und schließt seufzend die Augen.

„Wir können nicht verschwinden, Chan. Wir müssen versuchen zu helfen und alles tun, was in unserer Macht steht.“

Obwohl Chans Stimme zittert und er auf den Boden vor seinen Füßen starrt, beharrt er weiter auf seiner Position.

„Wir begeben uns unnötig in Gefahr, Michael. Mir tun diese Leute ebenfalls sehr leid, aber wir können ihnen nicht helfen. Klügere Menschen als wir haben vor fast einem Jahr schon gedacht, dass sie es hinbekommen.“

Mit dem Daumennagel kratzt Chan über einen Fleck auf dem Holzschreibtisch.

„Wie es ausgegangen ist, können wir jeden Tag dort draußen sehen“, fährt er leise fort und ihm versagt die Stimme.

„Wir sind keine Ärzte, das weiß ich. Nur, wie sieht es aus, wenn wir nun einfach abhauen? Und … was ist mit den Menschen, die uns viel bedeuten?“, antwortet Michael, ohne ihn anzusehen. Chan blickt verstohlen zu Eliza rüber, die ein Bein über die Lehne der Couch baumeln lässt und ihn ärgerlich anfunkelt.

Dass seine Feigheit von ihr abgelehnt wird, ist für Chan kein Geheimnis. Insgeheim wünschte er sich selbst, dass er mutiger wäre. Sein Verstand ruft ihn jedoch jedes Mal wieder zur Raison, denn Angst ist seiner Meinung nach ein logischer Zustand.

„Sie hält dich am Leben“, flüstert er, mehr zu sich selbst, als zu den anderen beiden.

„Ja, das ist richtig“, stimmt ihm Michael geistesabwesend zu, der nicht ganz verstanden zu haben scheint, was Chan meinte.

Als sich die Tür öffnet und eine Gruppe von vier Männern mit Elizas Vater hereinkommt, drehen sich die drei zu ihnen um.

„Wir sind alle der Meinung, dass die Lage ernst ist. Lieber schränken wir einige Tage die Bürgerrechte ein, als dass wir der Seuche gestatten, sich weiter auszuweiten. Ab jetzt tritt eine komplette Ausgangssperre in Kraft. Ich werde bewaffnete Männer auf die Straßen schicken, die die Bewohner nach Hause bringen", erklärt der Bürgermeister, während er einen Schlüssel aus seiner Schublade kramt.

„Chief, ich möchte, dass ihre Männer unseren Freunden Bescheid geben. Sorgen sie dafür, dass die Straßen in einer halben Stunde leer sind. Sollte jemand medizinische oder andere Hilfe benötigen, informieren sie Doktor Harbet."

Der oberste Feuerwehrmann nickt verständnisvoll, schnappt sich seinen Helm und verschwindet aus der Tür.

„Es wird zu einer Panik kommen, wenn die Leute davon erfahren", versucht es der Doktor scheinbar zum wiederholten Male, doch Elizas Vater schüttelt energisch den Kopf. „Ich habe ihren Einwand schon in der Besprechung vernommen, Doktor. Unsere Leute sind klug und können auf sich aufpassen. Seit zehn Jahren bin ich Bürgermeister und ich kenne sie gut."

Der Arzt scheint noch etwas erwidern zu wollen, doch mischt sich der Polizeiwachtmeister ein.

„Wir haben nicht genug Leute, um die Ausgangssperre durchzusetzen. Die Menschen werden sich weigern, in ihre Häuser zu gehen und immer wieder werden sich welche rausschleichen. Unser Dorf ist zwar klein, aber trotzdem zu groß, um es abzusichern." Er weist auf die Karte des Dorfes an der Wand.

„Ich weiß", stimmt ihm der Bürgermeister zu. „Wir müssen die Leute informieren und ihnen den Ernst der Lage erklären. Jeder, der das Haus verlässt, kann sich infizieren. Sie werden zu Hause bleiben müssen", fährt er fort.

„Und was ist mit den Menschen, die einen kranken und bereits infizierten Menschen zu Hause haben?", wirft Chan ein.

Alle Augen richten sich erwartungsvoll auf den Bürgermeister.

„Sie sind wahrscheinlich bereits ebenfalls infiziert und wir können nichts mehr für sie tun. Sie werden ebenfalls unter Quarantäne gestellt."

Vertrauensbruch

Noch etwas schlaftrunken schält sich Jessy aus ihrem Schlafsack. Das fahle Licht der aufgegangenen Sonne scheint durch ihr graues Zelt. Müde reibt sie sich die Augen und gähnt herzhaft. Seit rund einer Woche campieren sie an dem See. Lester konnte einige Fische fangen, was ihre Mahlzeiten deutlich verbessert hat, findet Jessy. Jedoch ist ihr nicht entgangen, dass die Nächte immer kälter geworden sind. Selbst der dicke Schlafsack, in den sie sich vollbekleidet legt, hält sie nachts kaum noch warm. Stimmen dringen gedämpft zu ihr vor und Jessy beschließt, das Zelt zu verlassen. Ein kalter Windstoß fährt ihr ins Gesicht und unter die geöffnete Jacke, als sie hinaustritt. Beinahe alle Mitglieder der kleinen Gruppe sind bereits auf den Beinen und packen ihr Hab und Gut zusammen.

„Es ist also soweit. Wir ziehen weiter", stellt Jessy fest. Ihr suchender Blick wandert den Strand entlang und entdeckt Viktor. Schniefend zieht sie den Reißverschluss ihrer Daunenjacke zu und stapft zu dem bulligen Polizisten herüber. Mit seiner schwarzen Wollmütze und der dicken Jacke wirkt er etwas pummelig.

„Guten Morgen", begrüßt sie ihn lächelnd. Viktor dreht sich kurz zu ihr um und nickt zurück.

„Morgen." Mit Schwung verlädt er einige Kisten im Kofferraum des Hummers.

„Wir brechen auf?", fragt Jessy, obwohl sie die Antwort bereits zu kennen glaubt.

„Ja, es wird nachts einfach zu kalt. Zudem möchte ich vor dem ersten Schnee aus Kanada raus sein. Es gibt keinen Räumdienst mehr und du weißt, wie viel Schnee hier im Winter runterkommen kann", antwortet er, während die nächsten zwei Schlafsäcke im Kofferraum verschwinden.

„Nur zu gut", pflichtet Jessy ihm bei. Bei dem Gedanken, im Meterhohen Schnee stecken zu bleiben wird ihr ganz mulmig im Magen. Ohne die Fahrzeuge würden sie in kürzester Zeit erfrieren, weswegen sie freie Straßen brauchen.

„Maggie wird dein Zelt gleich abbauen. Sie sagte, dass du es ja eh nicht hinbekommen wirst“, erzählt Viktor grinsend. Gespielt schockiert stemmt Jessy die Hände in die Hüften.

„Was soll das denn heißen? Nur weil ich bei den letzten zwanzig Versuchen ewig gebraucht habe? Eine Unverschämtheit ist das. Also wirklich“, protestiert sie mit sehr grimmigem Gesichtsausdruck. Ihre Augen funkeln vergnügt und Viktor zuckt gespielt unwissend mit den Schultern.

„Den genauen Grund weiß ich leider nicht. Ich denke nicht, dass es damit zusammenhängt, dass selbst Lilli ihr Zelt und zehn weitere in derselben Zeit abgebaut hat, wie du eines.“

Betrübt sieht Jessy zu Boden und kickt einen kleinen Kiesel von sich.

„Ich bin ja auch schon alt. Sie ist noch jung und lernwillig. Bei mir hingegen sind die besten Jahre vorbei.“

Todtraurig sieht sie Viktor für ein paar Sekunden an, bevor dieser in lautes Lachen ausbricht.

„Du bist zweiundzwanzig, junge Dame. Stell dich nicht wie eine achtzigjährige Oma an.“

„Das tu ich nicht. Ich bin gefühlte achtzig“, entgegnet Jessy mit hochgeregter Nase. Es gelingt ihr nur mit Mühe, die ernste Mimik aufrecht zu erhalten. Immer wieder zuckt ihr Mundwinkel zu einem Grinsen.

„Okay, dann werde ich mal einpacken, was herumsteht“, gibt Viktor nach. Noch bevor Jessy weiß, wie ihr geschieht, hat er sie um die Taille und Schultern gefasst und in den Kofferraum gelegt. Vergnügt quietschend klettert sie umständlich wieder aus dem Kofferraum des Hummers.

„Hey, ich bin doch kein Schlafsack“, beschwert sie sich lachend. Mit der Faust boxt sie Viktor gespielt entrüstet gegen die Schulter.

Er wird wieder ernst und zeigt auf die riesigen Plastikkanister, in die sie das Wasser einfüllen. Soweit Jessy weiß, fassen sie ungefähr 30 Liter Wasser. Über einen kleinen Plastikhahn können sie es dann wieder abfüllen.

„Wir müssen unsere Vorräte auffüllen. Lass uns Wasser aus dem See einfüllen. Abkochen können wir es später", bestimmt Viktor und Jessy stimmt ihm zu.

Ihr ist bewusst, dass die Gruppe einen hohen Verbrauch an Wasser hat, weswegen sie nicht nur darauf hoffen können, abgefülltes Wasser aus Supermärkten erbeuten zu können. Alle drei Fahrzeuge verfügen über mindestens einen dreißig Liter Wassertank, den sie bei jeder Gelegenheit wieder auffüllen.
Zusammen mit Viktor trägt sie den halb vollen Kanister zum See. Kleine Wellen schwappen gegen die Kieselsteine. In der Ferne kreist ein Seeadler und Jessy saugt die kalte, klare Luft tief in ihre Lungen.

„Es ist wunderschön hier", stellt sie nachdenklich fest. Auch wenn sie schon eine Woche hier sind, kann sich Jessy nicht an dem Anblick des kristallklaren Sees mit den umstehenden hohen Bäumen sattsehen.

„Irgendwann kaufe ich mir ein Haus an so einem See", sinniert sie und ein glückliches Lächeln breitet sich auf ihrem Gesicht aus. Das kalte Wasser dringt durch den Stoff ihrer Jeans und Jessy fröstelt, während sie die Öffnung des Kanisters unter Wasser drücken. Gluckernd läuft das kostbare Nass hinein.

„Der soll aber nicht so kalt sein wie dieser", fügt sie zitternd hinzu.

Der Kanister ist voll und Jessy hat das Gefühl, er würde eine Tonne wiegen. Viktor zieht ihn wieder aus dem See und zusammen schleppen sie ihn zum Strand.

„Du meinst, dass du ein Haus besetzen willst und hoffst, dass die Besitzer niemals wiederkommen?", fragt er zwinkernd.

„Bedeutet das nicht kaufen? Da muss ich dann wohl etwas verwechselt haben", antwortet sie lachend und sie tragen den Kanister mit vereinten Kräften über den Kiesstrand.

Mit einem Mal bleibt Viktor wie versteinert stehen. Überrascht sieht Jessy erst zu ihm, dann folgt sie seinem Blick. Lilli steht am Kofferraum des Hummers und hat eine kleine Flasche Wasser in der Hand.

„Warte hier!“, zischt Viktor und ohne Vorwarnung spurtet er los. Jessy wird vom Wasserkanister fast zu Boden gerissen, als Viktor seine Seite loslässt und der Kanister auf den Boden knallt.

Als Jessy wieder aufsieht, hat Viktor die überrascht dreinschauende Lilli bereits erreicht.

„Gib das her!“, brüllt er und packt ihr Handgelenk. Ein Schmerzensschrei entfährt der Jugendlichen. Viktor muss sehr hart zugepackt haben. Jessy rennt zu ihm um einzuschreiten.

„Ich habe Durst“, verteidigt sich Lilli, wobei sie versucht, ihre Hand zu befreien.

„Nicht dieses Wasser. Das ist meins!“, knurrt er wütend. Mit seiner freien Hand greift er die Flasche und entreißt sie Lillis Griff.

„Was ist dein Problem? Ich wollte nur etwas trinken“, entgegnet sie trotzig mit Tränen in den Augen.

Viktors Gesicht ist vor Wut verzerrt, wie Jessy es noch nie zuvor bei ihm gesehen hat. Noch bevor sie eingreifen kann, schleudert Viktor das Mädchen von sich. Sie landet auf dem Kies und schrammt sich die Beine auf.

„Was mein Problem ist? Du gehst einfach an meine Sachen! Wenn das noch einmal passiert …“, brüllt er und legt die Hand auf den Griff seiner Waffe und zieht sie ein Stück aus dem Holster. Wie versteinert starrt die gesamte Gruppe auf die sich ihnen bietende Szene. Aus dem Augenwinkel kann Jessy sehen, wie Lester die Augen zusammenkneift und den Griff seiner Remington fester umfasst. Die Mündung des Gewehrs ist jedoch gesenkt.

„Haben das alle verstanden?“, brüllt der Polizist.

Schweigsam geht die Fahrt vonstatten. Immer wieder wirft Jessy Viktor einen verstohlenen Blick zu. Dieser starrt jedoch mit grimmigem Gesichtsausdruck aus der Frontscheibe des Hummers, ohne sie zu beachten. Seit Viktor die Waffe gegen Lilli erhoben hat, hat sich die Stimmung innerhalb der Gruppe verschlechtert. Wütend kaut Jessy auf ihrer Unterlippe und sieht in den Seitenspiegel. Sie fahren an erster Position des kleinen Konvois. Die anderen Fahrzeuge sind nur durch ihre Scheinwerfer in der pechschwarzen Dunkelheit zu erkennen.

„Wieso?", fragt sie unvermittelt, als sie es vor Ärger nicht mehr aushält.

Viktor grunzt verärgert und wirft ihr einen eisigen Blick zu.

„Wieso was?" Sie verschränkt die Arme vor der Brust und starrt ihn finster an.

„Das weißt du ganz genau! Wieso hast du sie mit der Waffe wegen Wasser bedroht?" Statt zu antworten, starrt er weiter auf die Straße. Der schwere Geländewagen rumpelt über die mit Schlaglöchern übersäte Straße. Immer wieder werden sie, trotz der guten Federung, durchgeschüttelt.

Jessy starrt Viktor weiterhin an, wodurch sein kahler Schädel langsam rot anläuft. Er wirft ihr einen vernichtenden Blick zu, doch lässt sie sich davon nicht einschüchtern. „Ich werde dich solange angucken, bis du mir sagst, was hier los ist", erklärt sie ihm und Viktor muss lachen. „Was?!", fragt sie überrascht, doch er lacht noch immer und schüttelt den Kopf.

„Das erinnert mich an meinen Sohn. Er hat immer solange die Luft anhalten wollen, bis er bekommen hat, was er wollte."

Unwillkürlich muss sie trotz der verzwickten Lage grinsen und stimmt dann in sein Lachen mit ein. Obwohl er für einen Augenblick fröhlich wirkt, kann Jessy die tiefe Trauer in seinen Augen erkennen, die von dem Verlust seiner Familie stammt.

„Das ändert nichts an der Tatsache. Du hast jemanden von uns mit der Waffe bedroht, Viktor. Was hast du dir dabei gedacht?"

„Das verstehst du nicht", entgegnet er stur. Sie legt die Beine auf das Armaturenbrett und lehnt sich in den gemütlichen Ledersitz des Hummers zurück.

„Da hast du verdammt noch mal recht. Ich verstehe es echt nicht! Erklär es mir also bitte. Ich bin im Moment die Einzige, die noch halbwegs auf deiner Seite ist."

„Meinst du, das stört mich? Diese Leute sind doch nur Ballast für mich. Ich käme viel schneller voran, wenn die nicht ständig wegen irgendwas rumnörgeln würden."

Vor Jessys innerem Auge taucht wieder die Schießerei während ihrer ersten Nacht bei der Gruppe auf. Seit Langem hatte sie nicht solche Angst gehabt, wie an diesem Abend. Als es drauf ankam, schoss sie nicht, sondern gefährdete die ganze Gruppe. Immer wieder denkt sie an diesen Moment und machte es richtig. In ihren Tagträumen schoss sie auf die Angreifer, nur in dieser Nacht nicht.

„Ich bin auch keine Hilfe. Ich falle dir auch nur zur Last", stellt sie nach einigen Minuten Schweigen fest.

„Mach dich nicht lächerlich", entgegnet er ohne viel Überzeugungskraft, was Jessys Meinung bestätigt.

„Wieso bleibst du bei der Gruppe, wenn sie dich so sehr stört?"

Er scheint eine Weile über diese Frage nachzudenken und Jessy spielt mit der Kordel an ihrem Kapuzenshirt.

„Ich weiß es nicht." Viktor muss das Tempo verringern, da nicht weit vor ihnen erneut Fahrzeuge die Straße blockieren. Sie haben sich zum Teil ineinander verkeilt, was eine Weiterfahrt unmöglich macht.

„So ein Mist", schimpft er, betätigt den Warnblinker und bleibt vor den Fahrzeugen stehen. Die anderen beiden Geländewagen halten knapp hinter dem Hummer. Türen öffnen sich und die Mitglieder der kleinen Gruppe strömen zum größten Teil nach vorne. Alexandr sichert die Umgebung ab, indem er mit seinem Scharfschützengewehr auf das Dach des Hummers klettert und durch sein altes Nachtsichtgerät schaut.

„Was ist passiert?", fragt Lester Boyer und tritt neben Jessy.

Seit dem Vorfall redet er kaum noch mit Viktor. Jessy vermutet, dass zwischen den beiden ebenfalls irgendetwas vorgefallen sein muss.

„Ein ziemlich schlimmer Unfall. Da kommen wir nicht so einfach durch", stellt Viktor auf den ersten Blick fest.

„Die Autos sind ja förmlich ineinandergeschoben. Wie kann denn so was passieren?", fragt Vanessa, wobei sie in eines der halb zerstörten Autos blickt. Eine Hand klopft von innen gegen die Scheibe und Vanessa springt vor Schreck kreischend in die Luft. Ein bekanntes Stöhnen ertönt.

„Mein Gott!", keucht sie und presst die Hand auf die Brust. „Dieser Hurensohn hat mich fast zu Tode erschreckt."

Viktor zieht seine Waffe und tritt zu dem Wagen. Mit der Taschenlampe in der anderen Hand leuchtet er den Wagen, einen dunkelroten VW-Beetle, aus. Ein Zombie in ziemlich schlechter Verfassung hat sich auf dem Rücksitz eingesperrt. Seine gelben Zähne ragen aus dem Kiefer. Die Haut hat sich deutlich zurückgezogen, sodass seine Lippen und Augenlieder kaum zu erkennen sind. Auf dem Fahrersitz befindet sich ein abgenagtes Skelett mit einem zerstörten Schädel.

„Ich vermute mal, dass unser Freund hier während der Fahrt einen Snack zu sich nehmen wollte und den Fahrer gebissen hat", erklärt Viktor und verlässt den VW.

„Er hat ganze Arbeit geleistet. Die Wagen auseinander zu zerren wird eine ganze Weile dauern. Ich schlage vor, dass wir uns einen anderen Weg suchen. Zwei Kilometer zurück habe ich eine Ausfahrt gesehen", knurrt er verärgert über diese Schwierigkeiten.

„Was sollen wir mit dem Zombie machen?", fragt Faith, während sie mit den Fingern gegen die Fensterscheibe drückt. Wie ein Tier in einem Terrarium schnappt der Zombie nach ihren Fingern, kann sie jedoch nicht erreichen.

„Der Armleuchter hat uns einen Umweg beschert. Soll er doch in dem Wagen elendig zugrunde gehen. Ist die gerechte Strafe", spuckt Viktor förmlich aus.

„Wir kriegen Gesellschaft!", ertönt der schwere russische Akzent von Alexandr. Er zeigt in die Richtung, aus der sie gekommen sind. Zwei schwankende Körper tauchen langsam in dem Lichtkegel von Viktors Taschenlampe ein. Die beiden Zombies schauen verdutzt zu ihm herüber, beschleunigen dann aber ihre unbeholfenen Schritte. Noch bevor jemand reagieren kann, hat Viktor seine Waffe gezogen und feuert zwei Mal. Laut hallen die Schüsse durch die Nacht.

„Wir hätten sie auch lautlos unschädlich machen können", stellt Lester gereizt fest. Viktor wirft ihm einen ärgerlichen Blick zu.

„Wir bleiben eh nicht hier, was soll's also?"

Der Zombie im VW-Beetle rumort noch mehr, nachdem die Schüsse gefallen sind. Er kann sich jedoch nicht befreien. Viktor starrt Lester an und der ehemalige Ingenieur weicht seinem Blick aus.

„Du verschwendest Munition, die wir noch brauchen werden."

Viktor spuckt verächtlich aus, knapp vor Lesters Füße. Die beiden Männer starren sich einen Augenblick an, als Jessy dazwischen geht.

„Wir sollten los. Die Schüsse konnten bestimmt bis nach Texas gehört werden." Sie zwängt sich zwischen den beiden Männern hindurch, die ihr widerwillig Platz machen und sich schließlich trennen.

„Das ist noch nicht vorbei, Viktor", warnt Lester mit grimmiger Stimme.

„Du schuldest mir noch eine Antwort." Schläfrig reibt Jessy sich die Augen. Das gleichmäßige Brummen des mächtigen Dieselmotors lässt ihren Körper langsam sein Recht auf Schlaf einfordern. Viktor tut so, als hätte er sie nicht gehört, also stößt Jessy ihn mit der Hand an.

„Laut Karte müsste in zwei Meilen eine kleine Parkbucht kommen, mit Toilettenhäuschen. Wir sollten sehen, ob der Ort sicher ist und dort unser Nachtlager aufschlagen", entgegnet der ehemalige Polizist, ohne auf ihren verärgerten Blick einzugehen.

„VIKTOR! Warum hast du Lilli so grob angegriffen?"

Er wirft ihr einen Blick zu und muss schlucken.

„Jessy ... ich bin lieber allein unterwegs. Die Menschen um mich herum sterben, erst recht die, die mir wichtig sind. Ich konnte meine Familie nicht vor diesen Monstern beschützen. Mitglieder dieser Gruppe sind durch Zombies getötet worden und Weitere werden noch sterben."

„Das ist keine Antwort auf die Frage, wieso du Lilli mit der Waffe bedroht hast. Nur, weil sie eine Flasche Wasser trinken wollte?"

Viktor seufzt schwer und scheint an irgendwas zu denken, das ihn stark mitnimmt. Aufmerksam betrachtet Jessy ihn. Sie kann sehen, wie seine Kiefer mahlen.

„Es hängt alles zusammen, Jessy. Ich ... ich wollte sie retten, nur daher habe ich getan, was ich getan habe. Jeder von uns trifft schwere Entscheidungen, manche haben fatale Folgen. Das Karma, sofern es so etwas gibt, rächt sich jedoch jedes Mal."

Sie kann erkennen, wie es hinter seiner eisernen Miene brodelt. Irgendetwas quält Viktor ungemein und Jessy antwortet mit weicher Stimme.

„Du bist kein schlechter Mensch, Viktor. Jeder von uns hat Menschen verloren, die er liebt, und es werden noch weitere sterben. Diese Seuche ist einfach zu schnell gewesen, wir konnten nichts dagegen tun. Dafür bist du nicht verantwortlich. Deine Familie ist an einem besseren Ort, sie müssen nun nicht mehr leiden."

Sie verzieht beim Geräusch von Viktors knirschenden Zähnen das Gesicht, sagt jedoch nichts.

„Was ist ... was ist, wenn wir doch etwas hätten tun können?"

„Was meinst du?", fragt sie etwas überrascht.

Er hält das Lenkrad des schweren Geländewagens so fest umschlossen, dass seine Fingerknöchel weiß hervortreten.

„Ich weiß nicht. Vielleicht gab es ja eine Art Gegenmittel, nur wurde es halt nie verbreitet."

Jessy schüttelt vehement den Kopf.

„Das kann nicht sein. Wenn es ein Gegenmittel gegeben hätte, dann hätte man das in den Nachrichten damals erfahren. Die Menschen hätten alles getan, um es zu schützen und zu verbreiten. Wir alle sind nur kleine Rädchen in einem Getriebe, aber davon hätten wir gehört."

Erneut schluckt Viktor schwer und sein Adamsapfel hüpft auf und ab.

„Du hast recht, wir hätten davon erfahren. Es gab nichts, was wir hätten anders tun können."

„Lilli ..."

Genervt stöhnt Viktor auf und verdreht die Augen.

„Jessy! Ich hatte einen guten Grund zu tun, was ich getan habe. Dieses Wasser ist meine Notreserve. Wir haben genug im Konvoi, was sie trinken kann, aber dieses ist tabu. Ich ... hänge sehr daran. Es tut mir leid, dass ich euch so eine Angst gemacht habe. Ich habe nicht nachgedacht, als ich die Waffe gezogen habe.“

Sie schließt die Augen und kuschelt sich in den Sitz.

„Egal was es ist, du solltest dir eine bessere Lüge einfallen lassen. Auch wenn du die Gruppe nicht um dich haben willst, brauchst du sie. Das geht aber nur, wenn du eine Begründung für deinen Ausraster lieferst, die sie dir abnehmen.“

Jessy betrachtet ihn durch die fast geschlossenen Augenlider aufmerksam. Die Muskeln seines Kiefers sind angespannt und er scheint irgendetwas vor ihr verheimlichen zu wollen. Jessy kennt dieses Verhalten nur zu gut, jedoch hatte es meistens etwas mit ihren Freundinnen zu tun. Viktor scheint jedoch ein sehr großes Geheimnis mit sich herumzutragen, das er noch nicht bereit ist zu teilen.

„Irgendwas ist mit dem Wasser, was dich so hat ausflippen lassen. Solange du das Rätsel nicht auflöst, wird dir niemand vertrauen und ohne Vertrauen zueinander sind wir tot“, erklärt sie ihm und knuddelt ihre Jacke zu einem Kissen zusammen.

Viktor muss unwillkürlich grinsen. Diese junge Frau, die auf den ersten Blick wie ein zerbrechliches kleines Ding aussieht, hat es faustdick hinter den Ohren. Ihr Atem geht schon nach wenigen Minuten langsamer und gleichmäßig. Ab und zu murmelt sie leise ein paar Worte. Viktor muss sich zusammenreißen, um auf die Straße zu sehen und sie nicht beim Schlafen zu beobachten. In seinem Kopf arbeitet es trotz auf Hochtouren. Obwohl Jessy es vielleicht nicht wusste, hat sie doch den Nagel auf den Kopf getroffen. Viktor braucht die Gruppe, zumindest, bis sie aus dem eisigen Kanada heraus sind. Er muss sich zwingen, seinen Kiefer zu entspannen, da ihm langsam die Zähne vom Zusammenpressen schmerzen.

Wenige Minuten später erreichen sie den kleinen Rastplatz mit zwei vereinzelt stehenden Toilettenhäuschen. Der kleine Konvoi hält auf den vorgesehenen Parkplätzen an und Viktor erklärt den anderen, dass sie die Nacht hier verbringen werden. Da die Gegend weithin einsehbar ist und der Wind eiskalt über den kleinen Hügel pfeift, entscheiden sie sich, keine Wachen außerhalb der Fahrzeuge aufzustellen. Viktor erklärt sich bereit, die erste Wache zu übernehmen, so dass alle anderen schlafen können. Er zieht den Reißverschluss seines Parkers zu und marschiert ein paar Schritte, um seine Beine wieder zu lockern. Das viele Sitzen ist nichts für ihn. Lieber marschiert er mit strammen Schritten einige Meilen, als den ganzen Tag im Wagen zu sitzen.

Der Wind schneidet auf seiner Haut, doch spürt er die Kälte so gut wie gar nicht. Seine Gedanken kreisen um die nächste Tat, die er durchführen muss. Wenn es schief geht, würde es den letzten Funken Vertrauen vernichten, der noch bei der Gruppe vorhanden ist. Das Risiko ist groß, doch er kann es sich nicht leisten, es nicht einzugehen. Die Alternative würde bedeuten, allen die Wahrheit zu sagen, was er auf keinen Fall tun kann.

„Sie würden es nicht verstehen", redet er sich ein und reibt sich seine inzwischen sehr stark schmerzenden Ohren.

Nachdem er fast eine Stunde in der Eiseskälte verbracht hat, ist er sicher, dass alle Gruppenmitglieder inzwischen tief und fest in den Fahrzeugen schlafen. Mit schnellen Schritten geht er zum Fond des Hummers, öffnet leise die Tür und setzt sich auf den Rücksitz. Als die Innenbeleuchtung wieder erloschen ist, beginnt er, die Flaschen mit Wasser einzeln aus dem Kofferraum zu fischen und sie aufzuschrauben.

Schwerfällig schiebt sich die dunkelrote Sonnenscheibe über den Horizont, als wolle sie vorsichtig schauen, ob sich ein Aufstehen überhaupt lohnt. Der kalte Wind hat etwas nachgelassen, doch sind die Scheiben der Autos trotzdem gefroren. Lester hat ein kleines Feuer entzündet, über dem sie gerade Tee kochen, als Viktor mit einem Pappkarton zu ihnen kommt. Er stellt ihn Lilli vor die Füße, die bei seinem Näherkommen bleich geworden ist. Sämtliche Mitglieder starren ihn an. Viktor ist sich sicher, dass Lester bereits die Hand an seiner

Waffe hat. Nach einem Augenblick räuspert sich Viktor und geht vor Lilli in die Hocke.

„Lilli, ich weiß nicht, was ich sagen soll. Es tut mir so unendlich leid, dass ich dich mit der Waffe bedroht habe. Ich ... ich bin ausgerastet und das war falsch von mir.“ Mit zerknirschter Miene sieht er zu Boden und steht wieder auf, öffnet den Pappkarton und einundzwanzig Wasserflaschen kommen zum Vorschein.

„Mein Sohn hatte dieses Wasser gekauft, als wir beschlossen, Ottawa zu verlassen. Er war noch sehr jung und starb, bevor wir die Stadt verlassen konnten. Ich ... ich habe noch keine Möglichkeit gehabt, um ihn und meine Frau zu trauern. Als du das Wasser nehmen wolltest, ist bei mir eine Sicherung durchgebrannt.“

Er reibt sich verlegen über die Glatze und sieht langsam in die Runde. In den meisten Gesichtern kann er Mitleid und Verständnis erkennen. Aufmerksam betrachtet Viktor Lesters Gesicht, der ihn ebenfalls sehr eindringlich mustert. Viktor ist sich nicht sicher, ob der alte Veteran seine Geschichte ebenfalls glaubt.

„Es war falsch von mir und es tut mir von ganzem Herzen leid. Ich hoffe, dass du mir verzeihen kannst. Das Wasser … es hat im Grunde keinen Mehrwert für mich. Es waren nur die damit verbundenen Erinnerungen.“

Er schiebt ihr den Pappkarton mit dem Fuß hin. „Ich möchte, dass du sie nimmst, als Zeichen meiner Entschuldigung.“

Maggie stößt Lilli gegen die Schulter und sie antwortet: „Danke, Viktor.“

Er nickt und dreht sich um. Jessy steht mit vor der Brust verschränkten Armen im Windschatten des Hummers und lächelt ein wenig verschlafen. Als er außer Hörweite der anderen ist, beugt sie sich zu ihm herüber und flüstert: „Die Story war schon deutlich überzeugender, als das, was du mir gestern erzählt hast.“

Viktor sieht sie misstrauisch an. Jessy lächelt entwaffnend, dann wird sie wieder ernst.

„Wenn du irgendwann bereit bist, mit jemandem zu sprechen, dann bin ich für dich da.“

Viktor zuckt mit den Schultern.

„Die Sache ist gegessen und damit ist es gut."

Jessy zieht eine Augenbraue hoch und sieht ihn fest an.

„Viktor, wir leben in Zeiten, in denen die Toten durch die Welt wandern. Glaubst du wirklich, ich hätte so lange überlebt, wenn ich verschlafen würde, wie jemand in mein Auto einsteigt und im Kofferraum Flaschen umfüllt?"

Viktors Magen zieht sich krampfhaft zusammen und er ballt wütend die Hand zur Faust. Innerlich verflucht er sich dafür. Wie hatte er so dumm sein können?

„Jeder Mensch hat Geheimnisse, aber tu mir einen Gefallen, belüg mich nie wieder. Ich bin zwar blond, aber nicht bescheuert. Wenn du mir etwas nicht sagen kannst oder willst, dann sag das. Ich möchte nur, dass du ehrlich zu mir bist."

Erneut presst Viktor die Kiefer aufeinander und überlegt, was er nun sagen soll. Schließlich entscheidet er sich, einfach zu nicken.

„Gut, wir verstehen uns", sagt Jessy, setzt ein gespielt fröhliches Gesicht auf und marschiert zu den anderen.

Missverständnis

Etwas rüttelt an ihr. Kaylee schreckt hoch, zieht in derselben Sekunde ihre Waffe und presst sie Fiby ins Gesicht.

„Nicht …“, flüstert diese erschrocken und stolpert zurück.

„Was zum Teufel machst du?“, zischt Kaylee und atmet erleichtert aus als sie merkt, dass es kein Zombie war. Vorsichtig sichert sie die Beretta wieder und steckt sie ins Holster zurück.

„Du hast im Schlaf gesprochen und einmal sogar geschrien. Ich wollte dich lieber aufwecken, bevor die anderen es hören“, erklärt Fiby immer noch zittrig.

Unwirsch nickend tupft sich Kaylee den kalten Schweiß von der Stirn. Müde streckt sie ihre steifen Glieder und steht schließlich auf.

Die Eiseskälte ist einem Nieselregen gewichen, der ohne Unterlass auf sie niedergeht. Stefan hat aus einer alten Plane und ein paar Seilen einen Unterstand zwischen zwei großen Kiefern erbaut. Mit den restlichen Seilen und ein paar Konservendosen installierte Kaylee die erste Alarmanlage ihres Lebens. Wenn sich etwas durch die Seile bewegen will, würden die Dosen genug Krach machen, um sie zu wecken.

Das niedrig brennende Feuer verbreitet kaum Wärme. Trotzdem hat sich Timmy in einem Schlafsack nah am Feuer zusammengerollt und schnarcht leise vor sich hin. Er scheint sich erkältet zu haben, doch Kaylee macht sich erst einmal keine Gedanken darüber. Medikamente sind rar und sie möchte die paar, die sie aus den Häusern erbeutet haben, nicht verschwenden. Wenn es Timmy schlechter geht, wird sie ihn damit versorgen. Vorher jedoch nicht.

Kein Tierlaut ist in der düsteren Nacht zu hören, was ihr ein ungutes Gefühl in der Magengegend bereitet. Normalerweise müsste selbst bei einem solchen ungemütlichen Wetter irgendwo ein Tier zu hören sein. Aufmerksam sucht Kaylees Blick die Bäume, die Sträucher und die Zwischenräume ab. Die hohen Laubbäume sind seit Monaten kahl und trotzdem erreicht kaum Licht den Waldboden. Nur hin und wieder erkämpft sich der

Mond eine Möglichkeit, durch die vorbeiziehenden Wolken zu schauen, und seine bleichen Strahlen hinabzusenden.

„Wir sollten von hier verschwinden. Irgendetwas stimmt nicht mit diesem Ort", flüstert Kaylee, mehr an sich als an Fiby gewandt. Diese reibt ihre Arme durch den Stoff ihrer dicken Winterjacke und nickt zustimmend.

„Ich habe Schritte gehört, das ist gut eine halbe Stunde her. Sie sind aber nicht in unsere Richtung gelaufen."

Überrascht sieht Kaylee sie an.

„Wieso hast du mich nicht geweckt?" Wut steigt in ihr auf.

„Ich habe das Feuer abgedeckt und gewartet, ob sie kommen. Wären sie nähergekommen, hätte ich euch sofort geweckt", verteidigt sich der Lockenkopf, doch lässt sich Kaylee damit nicht abspeisen.

„Wir waren leichte Beute. Du hast diese Entscheidung nicht zu treffen. Nächstes Mal weckst du mich, verstanden?" Ihr Gesicht befindet sich nur Zentimeter neben Fibys Ohr. Nur wenig hätte gefehlt und die Kälte in ihrer Stimme hätte bei Fiby zu Erfrierungen führen müssen. Diese nickt eilig.

„Ja … verstanden, Kaylee. Bitte … es tut mir leid."

Immer noch wütend, wendet sich Kaylee von ihr ab, was Fiby mit einem erleichterten Seufzen kommentiert.

„Gingen sie wie Menschen oder Zombies?"

„Menschen, ich bin mir absolut sicher", antwortet sie nach kurzem Überlegen. Nachdenklich sieht Kaylee in den Regenschleier. Scheinbar gibt es doch noch mehr Menschen, als sie es vermutet hat.

„Ich sehe mich um, du hältst weiter Wache. Wenn du irgendwas bemerkst, schieß in die Luft. Ich komme dann zurück", beauftragt Kaylee sie.

„Okay. Pass auf dich auf."

Die Regentropfen laufen an dem Schirm ihrer Cap zusammen, bilden einen Tropfen und fallen dann zu Boden. Längst ist ihre schwarze Schutzweste von dem Wasser vollgesogen und fühlt sich noch schwerer als zuvor an. Ihr Haar klebt an ihrem Nacken und die Kälte wirkt sich nicht förderlich auf ihre verstopfte Nase aus.

Nachdem Kaylee der Richtung, aus der Fiby die Schritte gehört hatte, zwanzig Minuten gefolgt ist, konnte sie Anzeichen von Personen entdecken. Der Schlamm war aufgewühlt, und Zweige an den nahestehenden Sträuchern wurden abgeknickt. Aufgrund der schlechten Lichtverhältnisse kann sie jedoch nicht einschätzen, wie viele Menschen es waren. Das P90-Sturmgewehr baumelt vor ihrem Bauch, die Beretta ruht in ihrer Hand. Vorsichtig schleicht sie in die Richtung, die die Gruppe genommen hat. Ihre Gedanken kreisen darum, wie sie sich verhalten soll, sollte sie die Menschen finden. Eine größere Gruppe bedeutet ein zusätzliches Risiko dass man sie erkennt und vielleicht nicht so sympathisch findet wie Fiby. Auf der anderen Seite könnten es hilfsbereite Leute sein, die ihnen Medizin oder Essen aushändigen würden. Beides ist bei ihnen rar gesät, da Fiby und Stefan wenig Essen hatten auftreiben können.

„Blödsinn, als ob jemand dir so wertvolle Vorräte geben würde. Sie würden schon lange nicht mehr leben, wenn sie jedem helfen würden“, ruft sich Kaylee selbst zur Raison. Sie kann es sich nicht leisten, dass diese geringe Hoffnung die Realität überflügelt. In dem Fall wäre sie schneller tot, als es ihr lieb ist.

Entschlossen ruft sich Kaylee ihren Grundsatz ins Gedächtnis zurück, dass bis zum mehrmaligen Beweis des Gegenteils jeder Mensch böse ist. Ihr einziger Trumpf ist, dass sie sich selbst für noch viel bösartiger hält. Ein Raubtier unter Pflanzenfressern. Nicht unverwundbar, aber doch um einiges gefährlicher als ihre Konkurrenz.

Das Durchladen einer Schrotflinte lässt sie augenblicklich erstarren.

„Von wegen Raubtier …“, knurrt sie leise und dreht sich in die Richtung des Geräusches.

Ein Mann mit Glatze und einer Armeetarnuniform befindet sich keine fünf Meter hinter ihr. Seine tief liegenden Augen sind nicht zu erkennen, jedoch kennt Kaylee den harten

Gesichtsausdruck, den er hat. Dieser Mann wird nicht leicht zu überzeugen sein, dass sie harmlos ist.

„Warum folgst du uns?", knurrt er finster. Kaylee lässt ihren Blick von seinem Gesicht zur Mündung der Schrotflinte und zurück zu seinem Gesicht wandern. Ihrer Einschätzung nach würde sie das Streugeschoss in jedem Fall treffen. Der Mann scheint zu wissen, was er tut, da er sich außerhalb ihrer Reichweite befindet.

„Ich habe Schritte gehört, als ich meinen Lagerplatz aufgeschlagen habe", erklärt sie langsam, so nah an der Wahrheit, wie es geht. „Da ich bisher allein unterwegs war, wollte ich endlich mal wieder lebende Menschen sehen."

„Leg die Waffen auf den Boden, dann die Hände hinterm Kopf verschränken." Entschlossen schüttelt sie den Kopf, hält seinem Blick stand.

„Keine Chance."

Die beiden starren sich an. Jeder Muskel im Körper ist angespannt. Deutlich kann Kaylee erkennen, wie er nervös zu kauen beginnt, je länger die Stille anhält.

„Das muss nicht blutig enden. Ich stecke die Waffe weg, wenn du deine senkst", schlägt sie vor, als das Knacken eines Zweigs hinter ihr zu hören ist.

Blitzschnell lässt sich Kaylee zur Seite fallen, als die Schrotflinte donnert. Der Mündungsblitz erhellt die Nacht und in seinem Schein kann Kaylee kurz mehrere verängstigte Gesichter erkennen. Wie durch ein Wunder verfehlt sie das Geschoss der Flinte. Noch bevor der Schütze seinen Fehler korrigieren kann, feuert sie. Zwei Kugeln schlagen in seiner Brust ein und er kippt wie ein gefällter Baum nach hinten.

„NEIN", ertönt der schmerzverzerrte Schrei einer Frau. Eine junge Frau stürmt aus ihrem Versteck. Kaylee springt auf, die Waffe im Anschlag. „Er hat dich beschützt!", kreischt sie, sinkt neben dem Mann auf die Knie und Tränen kullern ihr über das Gesicht.

„Beschützt?" Vorsichtig wirft Kaylee einen Blick neben sich. Der Körper, mit dem halb zerstörtem Kopf eines Zombies liegt dort. Noch vor einige Sekunden stand sie an genau dieser Stelle. Die Schrotflinte hat ihm das Gehirn rausgeblasen. Als Dank hat sie ihren Retter erschossen.

„Scheiße." Die Mitglieder der Gruppe kommen langsam näher. Sie haben ebenfalls Waffen im Anschlag. „Das wusste ich nicht", versichert Kaylee, macht jedoch zwei Schritte zurück.

Sollten sie das Feuer eröffnen, muss sie hinter dem nächsten, ausreichend dicken, Baum Schutz suchen. Sie entdeckt einen gute drei Meter hinter ihr, weswegen sie noch einen weiteren Schritt macht.

„Du hast ihn getötet. Du hast meinen Vater getötet", kreischt die junge Frau.

Zeit für Reue oder Entschuldigung bleibt nicht. Noch bevor ein anderer der Gruppe etwas tun kann, hat sich die Frau die Schrotflinte gegriffen. Reflexmäßig hebt Kaylee die Waffe und feuert. Die Flinte donnert, als die junge Frau sie nach oben verreißt. Kaylees Geschosse durchschlagen ihren Brustkorb. Noch bevor die Frau auf dem Boden aufschlägt, rennt Kaylee los. Der Wald wird beinah taghell von den Mündungsfeuern der Waffen erhellt. Die Projektile sausen an Kaylee vorbei, reißen Äste von den Büschen und Bäumen.

Sie erreicht den Baumstamm, wirbelt um ihn herum. Die halb verweste Fratze eines Zombies befindet sich keine zehn Zentimeter vor ihr. Ein Schrei löst sich unwillkürlich aus ihrer Kehle. Der Zombie packt ihre Schultern. Kaylee hämmert den Griff ihrer Pistole auf seinen Schädel. Der Zombie erschlafft unter ihren Schlägen. Rinde und ganze Holzstücke werden von den Kugeln der Schützen aus dem Stamm geschlagen. Eilig presst sie sich fester gegen das schützende Holz.

Sie hält den toten Zombie fest und ihr Verstand arbeitet blitzschnell einen Plan aus. Auch wenn die Chancen ungünstig für sie stehen, ist dies doch ihre beste Chance. Sie hat zwei der Gruppenmitglieder getötet. Diese Menschen werden sie mit Sicherheit nicht mehr gehen lassen. Der Wunsch nach Rache muss sie beherrschen, was Kaylee ihnen nicht verdenken kann.

„Ich habe die Situation zwar ausgelöst, aber das bedeutet noch lange nicht, dass ihr mich abknallen könnt“, knurrt sie grimmig.

Umständlich hält sie den Leichnam fest, während sie ihre Pistole nachlädt und wegsteckt. Anschließend zieht sie ihre Cap vom Kopf und setzt sie dem Zombie auf. Unter Anstrengung dreht sie ihn, sodass er halb neben dem Baum zu sehen ist. Nur eine Sekunde später wird er ihr durch einen Schuss aus der Hand gerissen. Die Leiche fällt zu Boden und die Schützen stellen das Feuer ein.

„Haben wir sie erwischt?“, fragt ein Mann, keine zehn Meter von ihr entfernt.

Kaylees Puls rast. Ihre Hand zittert noch immer und sie lehnt sich gegen den mächtigen Stamm. Der Duft des aufgeplatzten Holzes steigt ihr in die Nase und sie atmet ihn tief ein.

„Ja, ich denke schon“, antwortet ein Zweiter.

Schritte nähern sich der Leiche und dem Baumstamm. Kaylee schließt die Augen, lässt sich in die Hocke sinken. Wie sie es von ihrem Vater gelernt hat, leert sie ihren Geist. Dafür lässt sie sämtliche Gedanken, die Ängste, die Sorgen los. Alles verschwindet. Sie kann spüren, wie eine Bestie in ihr nach ihrem Verstand greift. Zu lange war diese gezwungen nur zuzusehen. Eingesperrt, tief in dem schwarzen See, der einmal ihre Seele war.

„Es ist Zeit“, flüstert sie lautlos, bewegt dabei nur die Lippen. „Zeit, die Bestie zu entfesseln.“

Ohne dass sie es bewusst macht, hält sie das P90-Sturmgewehr in der Hand. Die Einstellung wird auf kurzer Feuerstoß gestellt. Zweige knacken. Sie kommen. Töten oder getötet werden. Kaylee wirbelt um den Baumstamm herum. Das P90 im Anschlag. Ein kurzer Feuerstoß und ein Mann mit grüner Baumwolljacke wird zu Boden geschleudert. Ein weiterer Feuerstoß und zwei Jugendliche im Partnerlook hauchen ihr Leben aus. Kaylee rennt auf ihre Angreifer zu. Blätter, Zweige und Matsch explodiert um sie herum. Kugeln donnern an ihr vorbei in die Nacht. Mündungsblitze zeigen ihr den Weg zu ihrem nächsten Opfer. Kaylee feuert. Den Schmerzensschrei hört sie im Blutrausch kaum, schon feuert sie auf ihren nächsten Gegner.

Nur Sekunden, nachdem das Gefecht begann, ist es auch schon wieder beendet. Zorn und unbändige Mordlust kochen in ihr über. In geduckter Haltung lauscht sie nach Stimmen, irgendwelchen Hinweisen auf weitere Gegner. Die Bestie in ihr wünscht sich, dass noch mehr auftauchen. Ihr Finger ruht auf dem Abzug der Waffe. Atemwolken steigen vor ihrem Gesicht auf. Der Moment verstreicht, ohne dass sie Anzeichen auf Feinde entdeckt. Langsam erhebt sie sich, sichert mit dem Gewehr in alle Richtungen ab. Mitleidlos blickt sie auf die junge Frau hinab, die nun neben ihrem Vater gestorben ist.

„Miststück", flucht Kaylee und spuckt auf sie herab. Sie sichert das Gewehr wieder, zieht die Beretta. Nach einem erneuten prüfenden Blick geht sie zum Zombie zurück, schnappt sich ihre Cap und durchsucht die Leichen.

„Was ist passiert?", fragt Fiby zittrig. Immer wieder sucht ihr Blick Kaylees Körper nach Einschusslöchern ab. Als sie in das Lager zurückkehrte, haben Stefan, Timmy und Fiby sie bereits mit schussbereiten Waffen erwartet.

„Alles in Ordnung", knurrt Kaylee und lässt mehrere erbeutete Rucksäcke zu Boden fallen, in denen sie den Proviant und die restlichen Habseligkeiten der kleinen Gruppe verstaut hat. „Du hattest recht, es war eine Gruppe von Menschen. Als ich aber mit ihnen reden wollte, haben sie einfach das Feuer eröffnet."

Fiby tastet die Schutzweste ab, kann jedoch kein Projektil finden, das sich in sie verirrt hat.

„Du wurdest nicht getroffen, oder?"

Entschieden schüttelt Kaylee den Kopf und spuckt aus.

„Nein, so leicht bin ich nicht zu töten." Sie zeigt auf die Rucksäcke. „Das brauchen die nun nicht mehr. Durchsucht die Sachen und ladet ein, was wir brauchen können. Wir müssen von hier verschwinden."

„Wieso das?", fragt Stefan etwas überrascht.

„Wenn Zombies die Schüsse gehört haben, werden sie ihnen folgen. Wir dürften also schon bald eine ziemlich große Meute um uns herum haben", erklärt Kaylee gereizt.

Sie kann es nicht leiden, wenn man ihre Befehle infrage stellt. In einem privaten Moment würde sie das Stefan einmal erklären müssen. Eilig packen sie ihre paar Utensilien zusammen. Stefan baut den Unterstand ab und Timmy sammelt die leeren Konservendosen und Seile wieder ein. Kaylee verstaut die Rucksäcke im Kofferraum des Bentleys und stützt sich an dem Kofferraumdeckel ab.

Das Gesicht des Schrotflintenträgers taucht vor ihrem inneren Auge auf. Er hatte sie gerettet und sie hat ihn dafür umgelegt. Auch wenn man es als Unfall hätte auslegen können, wäre das Ergebnis dasselbe. Elf Menschen wurden heute Nacht durch sie getötet. Niemand, den sie kannte oder dessen Tod sie bedauert, dennoch sind sie tot. Das Blut dieser Elf klebt nun an ihren Händen.

Sie reibt die Handflächen an ihrer Jeans, als wolle sie es abwischen, bis ihr klar wird, was sie tut. Sofort stoppt Kaylee damit und sieht sich um. Fiby hat sich in den Mondeo gesetzt und trinkt Wasser aus einer Plastikflasche. Stefan taucht gerade am Waldrand auf, als ein schriller Schrei die Nacht durchzieht. Wie unter einem Peitschenhieb zuckt Kaylee zusammen.

„TIMMY!", schreit Kaylee. Noch bevor Stefan sich überhaupt in Richtung des Schreis umdrehen kann, ist Kaylee an ihm vorbei. Sie rast durch das Unterholz, ignoriert die Schmerzen der Schnitte von Ästen auf ihrer Haut. „Timmy! Wo bist du?", brüllt sie in den Wald hinein. Ein Schuss donnert. Sofort schwenkt Kaylee in seine Richtung. Das Mündungsfeuer war kurz zu sehen. Sie rennt so schnell sie kann. Ihr Fuß bleibt in einer Wurzel hängen und sie fällt. Hart schlägt sie auf dem Boden auf. Ein stechender Schmerz durchfährt ihr rechtes Bein bis hinauf ins Knie.

Sie stöhnt auf, beißt die Zähne zusammen und stemmt sich mit schmerzverzerrtem Gesicht in die Höhe. Schmerzen, die wie Flammen brennen, flimmern vor ihrem geistigen Auge, doch humpelt sie weiter. Sie zieht die Beretta und traut ihren Augen nicht. Die Gruppe aus elf toten Wanderern steht um einen Baum herum und versucht etwas zu erreichen. Als Kaylee nach oben sieht, erkennt sie Timmy, der sich krampfhaft an einem dicken Ast festhält.

Der Schmerz in ihrem Fuß lässt Kaylee aufstöhnen und sie verlagert das Gewicht auf den anderen. Entschlossen entsichert sie die Beretta und feuert. Der Kopf der jungen Frau explodiert und eine Blutfontäne verteilt sich auf die Gesichter der Übrigen. Gleichzeitig wenden sie sich von dem Baum ab. Wie in einem Blutrausch schlurfen sie gierig auf Kaylee zu. Eine Kugel nach der anderen verlässt den Lauf der Beretta, bis es nur noch leise klickt.

Vier verbliebene Zombies haben Kaylee nun erreicht und als diese zurückweichen will, gibt ihr verletzter Fuß nach. Sie stürzt zu Boden. Wie in einem Déjà-vu sieht Kaylee, wie sich die Zombies zu ihr herabfallen lassen. Schnell greift sie an ihre Gesäßtasche, zieht das Teppichmesser heraus. Mit aller Kraft rammt sie die Klinge tief in das Auge des Ersten. Der Mann im Armeetarnanzug sackt leblos in sich zusammen. Kaylee rollt sich unter ihm weg, wobei sie die Beine seiner Tochter erwischt. Sie stürzt, faucht gierig und greift nach Kaylee. Selbst im Tod will sie ihren Vater rächen. Mit dem Griff der Waffe schlägt ihre Mörderin auf das Gesicht ein. Erst als die Gegenwehr der Frau komplett erschlafft und ihr Gesicht einem blutigen Brei gleicht, hört Kaylee auf.

Zwei Schüsse peitschen, dann noch mal drei und die letzten beiden Untoten gehen getroffen zu Boden. Eilig geht Kaylee in die Hocke, will das P90-Gewehr in Anschlag nehmen, doch ihr Bein gibt nach. Sie kippt zur Seite und landet schmerzhaft auf einer der Leichen.

„Alles in Ordnung?“, ertönt Stefans Stimme und Kaylee nickt langsam. Sämtliche Kraft scheint aus ihrem Körper gewichen zu sein und sie bleibt auf dem Mann liegen.

„Das waren sie … sie sind alle wieder auferstanden“, keucht sie und ringt nach Luft. Stefan reicht ihr die Hand und zieht sie wieder auf die Füße, was Kaylee einen lauten Schmerzensschrei entlockt. „Mein Fuß …“, flucht sie und stützt sich an Stefans Schulter ab.

Inzwischen ist Timmy vom Baum heruntergeklettert, hebt sein Jagdgewehr auf und eilt zu Kaylee. Noch bevor sie ihn bremsen kann, hat er sie bereits umarmt und presst sich fest gegen sie. Erneut schmerzt ihr gesamtes Bein und treibt Kaylee die Tränen in die Augen.

Sie beugt sich zu Timmy herunter, packt sein Kinn und zwingt ihn, sie anzusehen. „Wurdest du gebissen?“

Heftig schüttelt er den Kopf.

„Nein, sie haben mich nicht erwischt.“

Ohne auf seine Antwort zu hören, tastet sie ihn bereits ab. Vielleicht hat er es gar nicht mitbekommen. Seine Arme sind bissfrei, Hals und Oberkörper auch. Beine ebenfalls. Erleichtert atmet Kaylee auf.

„Du hast mir vielleicht einen Schrecken eingejagt“, flüstert sie und presst den Jungen wieder an sich.

„Wir sollten wirklich von hier verschwinden. Fiby wartet bei den Autos“, fordert Stefan sie auf. Er sieht Kaylee an, dann ihr Bein und reicht Timmy sein Gewehr.

Noch bevor Kaylee etwas erwidern kann, hat er sie bereits hochgehoben. Der Schmerz verfliegt augenblicklich, als sie das Bein entlasten kann.

„Echt jetzt?“, knurrt sie gespielt verärgert. In Wahrheit wäre sie nicht einmal sicher, den Weg bis zum Wagen zu schaffen. Diese Blöße will sie sich jedoch nicht geben.

„Du bist taff, ich weiß. Wir müssen aber schnell von hier weg. Also keine Widerrede“, antwortet er und hält ihrem giftigen Blick Stand.

Erleichtert, dass er sie nicht absetzt, fügt sich Kaylee seinen starken Armen.

„Wenn du mich fallen lässt, wirst du dir aber wünschen, dass dich die Zombies erwischt hätten.“

Er sieht sie an und sie kann Belustigung in seinem Blick erkennen.

„Jetzt halt einfach die Klappe und lass dich retten.“

Ausbruch

Nachdenklich kaut Michael auf einem trockenen Stück Brot. Da sein Hals trocken ist, hat er hat Schwierigkeiten beim Schlucken. Seit fünf Tagen herrscht eine gnadenlose Ausgangssperre in dem kleinen Dorf. Diese wird von Polizei, Feuerwehr und ein paar nicht infizierten Männern mit Gewehren aufrechterhalten.

Obwohl Michael nachweislich nicht infiziert ist, steht er seit zwei Tagen ebenfalls unter Quarantäne. Das Ausbleiben der grippeartigen Symptome nach einer entsprechend langen Zeit, hätte Grund genug für seine Freilassung sein müssen. Seit der Quarantäne hat er Eliza nicht mehr sehen dürfen, was seine Stimmung nicht verbessert. Sie fühlte sich nicht sonderlich gut, klagte über Migräne und ist vor zwei Tagen zum Arzt gegangen. Missmutig legt er das Brot auf den Teller zurück und geht ein paar Schritte in der stickigen Küche auf und ab. Der kleine Herd am Rand strahlt eine angenehme Wärme ab, die sich jedoch nicht bis in den ganzen Raum ausbreiten kann. Michael reibt sich die kalten Hände, um wieder ein Gefühl hineinzubekommen.

„Ich hasse diese Winter“, flucht er und stapft missmutig durch die Wohnung, die man ihm zugewiesen hat.

Die Möbel haben schon vor Monaten begonnen Staub anzusetzen und der vormalige Besitzer scheint seitdem auch nicht mehr anwesend gewesen zu sein. Michael lässt den Finger über eine Vitrine gleiten, verreibt den Staub zwischen den Fingern und ballt anschließend die Hand zur Faust. Immer wieder zerbricht er sich den Kopf darüber, wo Eliza stecken mag. Dass die Dorfbewohner etwas übertrieben vorsichtig geworden sind, hat er bereits gemerkt.

„Vielleicht haben sie sie einfach erst einmal vorsorglich unter Quarantäne gestellt. Sie wird schon bald wieder hier sein“, überlegt Michael laut und verreibt den Staub an seinem Hosenbein.

Als es an der Tür klopft, zuckt er zusammen, geht mit schnellen Schritten hin und öffnet sie. Chan steht mit einem Topf in der Hand und grinst verlegen.

„Ich habe etwas Eintopf ergattern können und dachte mir, dass ich mal bei dir vorbeischaue." Sein asiatischer Freund reicht ihm das dampfende Behältnis, bleibt aber vor der Wohnung stehen.

„Danke, mein Freund. Weißt du, was dieser Mist soll? Dass ich nicht infiziert bin, dürfte doch weithin zu sehen sein. Wieso werde ich eingesperrt?" Er stellt den Topf auf den massiven Holztisch und kehrt zu Chan zurück, der seinen Kopf schüttelt.

„Nein, keine Ahnung. Es war auf direkten Befehl des Bürgermeisters und er hat keine Gründe genannt." Vorsichtig sieht er sich nach rechts und links um, bevor er zu Michael sagt: „Dein Haus wird aber genau so streng bewacht wie das der anderen Infizierten."

Michael steckt den Kopf etwas weiter aus der Tür und kann zwei bewaffnete Männer in dicken Mänteln erkennen, die ihn beobachten. Ihre Gewehre halten sie locker vor sich in den Armen und ihr Atem ist in der kalten Winterluft zu sehen.

„Weißt du, was mit Eliza ist? Ist sie in Sicherheit?"

Er klemmt die Hände unter die Achseln, als ein Windstoß ihn bis ins Mark frösteln lässt.

Traurig sieht Chan ihn an und schüttelt erneut den Kopf.

„Tut mir leid, ich habe sie auch nicht mehr gesehen. Scheinbar hat ihr Vater sie auch unter Quarantäne gestellt." Dass Chan nicht glücklich über diese Mitteilung ist, kann Michael nur zu gut verstehen. Er weiß, wie viel Eliza ihm bedeutet und er versucht alles, um mehr Informationen zu beschaffen.

„Vielleicht ist sie auch nur irgendwo anders untergebracht. Habe mich auch schon umgehört, aber bisher hat sie wohl niemand gesehen."

Chan fischt ein paar Fusseln aus seinem schwarzen Mantel und tritt unruhig von einem Fuß auf den anderen.

„Was ist los Chan?", fragt Michael etwas genervt, dass sein Freund sich immer so vor bestimmten Fragen drücken muss. Obwohl sie nun schon einige Wochen zusammen unterwegs sind, hat Chan seine Unsicherheit nicht ablegen können.

„Ich weiß, dass du nicht infiziert bist. Allem Anschein nach sind aber bereits einige Dorfbewohner mutiert und haben einige Leute angegriffen.“ Er sieht sich vorsichtig um und flüstert: „Ich glaube nicht, dass diese Quarantäne wirklich funktioniert. Es wurden bereits Bewacher in Quarantäne geschickt. Sie brachten es nicht übers Herz zu schießen und wurden ebenfalls infiziert.“

Nachdenklich zieht Michael die Augenbrauen zusammen. Dass die Lage sich in so kurzer Zeit so zuspitzt, hatte er nicht erwartet.

„In den Großstädten gab es zwar viel mehr Menschen, doch war die Anonymität eine große Hilfe. Die Behörden haben schneller auf Zombies oder Infizierte gefeuert. In einem kleinen Dorf wie diesem, kennt jeder jeden und die wenigsten sind bereit, ihre Nachbarn zu töten. Was denkst du, werden sie es in den Griff bekommen?“, fragt er seinen Freund, obwohl er die Antwort bereits zu kennen glaubt.

Chans zerknirschtes Gesicht bestätigt Michaels Verdacht. Niedergeschlagen seufzt er. „Ich wollte eh nicht dauerhaft hier bleiben, aber so schnell wollte ich auch nicht wieder weg. Vor allem wegen Eliza, ich kann sie nicht zurücklassen.“

Sein Freund nickt verständnisvoll und reibt sich den speckigen Nacken.

„Ich werde mich weiter umhören und mal zusehen, was ich vorbereiten kann. Wir sollten aber nicht mehr allzu lange warten.“ Seine ernste Stimme und der traurige Blick lassen Michaels Magen verkrampfen.

Chan scheint sich seiner Meinung sehr sicher zu sein und das beunruhigt Michael. Sehr oft hat sich sein Freund in den letzten Wochen nicht geirrt und wenn er dieses Mal auch richtig liegt, will Michael lieber nicht über die Konsequenzen nachdenken.

Nachdem sich Chan verabschiedet hat, geht Michael mit schnellen Schritten ins Schlafzimmer. Er steigt auf den wackeligen Stuhl, greift auf den massiven Kleiderschrank und zieht die schwere Magnum und den Schlagstock zu sich heran. Mit einem geschulten Blick prüft er die Munitionskammern und schiebt sich die Waffe in die Schlaufe seines Werkzeuggürtels. Ein leichtes Gefühl der Sicherheit breitet sich in ihm aus.

Die nächsten drei Tage erhält er, abgesehen von Chan, immer noch keinen Besuch. Die immer geringer werdende Anwesenheit der Wachen auf den Straßen zeigt jedoch, dass etwas im Gange ist. Chan berichtet Michael immer wieder die neusten Infos, kann jedoch nicht mit Details aus erster Hand dienen. Seit Eliza verschwunden ist herrscht Funkstille aus dem Rathaus und Chan darf es nicht einmal mehr betreten.

„Die Lage spitzt sich weiter zu", presst Chan zwischen den Zähnen hervor und sieht gespielt belustigt zu den beiden Wachen.

„Wie schlimm ist es geworden?", fragt Michael und reibt sich das stoppelige Kinn.

„Wir haben bestimmt zwanzig Neuinfektionen und das sind nur die, die mir mitgeteilt wurden. Es haben bereits einige Bewohner das Dorf über Nacht verlassen. Der Bürgermeister hat eine kleine Familie erwischt und ihnen das Hab und Gut abnehmen lassen. Ich fürchte, der Mann hat sich stark verändert."

„Oder etwas hat ihn verändert", hört Michael sich selbst sagen. Er zeigt Chan die Magnum unter seiner Jacke. „Wann ist die beste Chance für uns hier auszubrechen?" Chan druckst ein wenig herum und tritt nervös von einem Fuß auf den anderen.

„WANN?", wiederholt Michael gereizt.

„Die Wachen werden so um eins abgelöst, dann kann ich versuchen, dich aus dem Haus zu holen. Die Wachen am Tor werden nicht komplett abgelöst, es sind immer mindestens vier Mann am Haupttor." Chan überlegt und zählt mit den Fingern nach, bis er sich ganz sicher ist. „Drei bewachen jeweils die Nebentore und die Brücke über den Fluss", fügt er schließlich seiner Aufzählung hinzu und nickt zufrieden.

Nachdenklich reibt sich Michael das Kinn und blickt Chan dann ernst an.

„Heute Nacht."

Der Asiate zuckt wie unter einem Peitschenhieb zusammen.

„Heu … heute Nacht? Das kann nicht dein Ernst sein. Wir brauchen einen Plan und müssen zusehen, dass man uns nicht erwischt."

Obwohl er sich seiner Sache nicht sicher ist, zuckt Michael mit den Schultern.

„Es wird klappen. Wenn der Mustang aufgetankt ist, schaffen wir es.“

Chan treten trotz der Eiseskälte Schweißperlen auf die Stirn.

„Das ist er, a … aber er ist eingeschlossen. Soweit ich weiß, hat der Bürgermeister den Schlüssel in seinem Haus. Im Rathaus ist er jedenfalls nicht, ich habe mich unauffällig umgehört.“

Michael knurrt ärgerlich. Elizas Vater geht ihm immer mehr und mehr auf die Nerven, was er auf den Tod nicht ausstehen kann.

„Dann haben wir unser Ziel. Erst zum Haus des Bürgermeisters, anschließend Eliza finden und mit dem Wagen Richtung Süden.“

Die beiden jungen Männer verabschieden sich, wohl wissend, dass die kommende Nacht ihre letzte sein könnte.

Immer wieder wird der volle Mond von Wolkenfetzen verhüllt, die sich eilig über den sternenübersäten Nachthimmel bewegen. Der eiskalte Winterwind rüttelt an den Fensterläden und pfeift durch die dunklen Gassen des kleinen Dorfes. Obwohl sich Michael zur Ruhe gezwungen hat, konnte er doch kein Auge zumachen. Seine Muskeln sind wie die eines sprungbereiten Panthers gespannt. Immer wieder wirft er einen Blick auf seine beleuchtete Funkuhr. Auch wenn das Synchronisierungssignal schon seit Monaten verstummt ist, konnte er sich nicht von seiner Armbanduhr trennen. Seit sein Vater sie ihm zur bestandenen Führerscheinprüfung geschenkt hat, hat er sie nur in den allernötigsten Fällen abgelegt.

„Ich hätte mit Chan einen Uhrenvergleich durchführen müssen. Wer weiß, ob seine Uhr richtig geht“, knurrt er ärgerlich über seine eigene Nachlässigkeit. Ein Geräusch, wie ein leiser Aufprall, reißt Michael aus seinen Gedanken. Sein Atem geht flach und angestrengt lauscht er in die Dunkelheit. Das Geräusch wiederholt sich kurz darauf und Michael schleicht in gebückter

Haltung mit weiten Schritten zur Tür. Vorsichtig öffnet er sie einen Spalt und spürt, wie die kalte Luft in seiner Nase schmerzt.

Ein Körper presst sich gegen die Tür und Michael wird in den Raum zurückgestoßen. Er stolpert ein paar Schritte. Unbeholfen will er die Magnum aus dem Hosenbund ziehen, doch erkennt er im Licht der Sterne nun Chan.

„Scheiße, hast du mich erschreckt. Ich hätte dich fast kalt gemacht", flucht Michael gedämpft und steckt die Magnum zurück in den Hosenbund.

Eilig sieht sich Chan um und ringt nach Luft.

„Ich wollte nicht von den Wachen gesehen werden. Sie sind etwas eher dran als gestern und hätten mich fast erwischt", keucht er und lässt sich in den Sessel fallen, in dem Michael zuvor gesessen hat.

Die beiden Freunde sehen sich einen Augenblick lang in der Dunkelheit an. Einzig Chans schneller Atem ist zu hören.

„Bereit?"

Ohne ein weiteres Wort stehen sie auf, Michael zieht seine Waffe, entsichert sie und öffnet vorsichtig die schwere Tür. Chan steht dicht hinter ihm und zeigt Richtung Süden, aus der leise Stimmen zu vernehmen sind. Michael nickt, zwängt sich durch den Türspalt und geht mit federnden Schritten auf die Straße. Der helle Mond wirft tiefe, rabenschwarze Schatten, in denen sich die beiden jungen Männer schnell bewegen.

Michael kann Chans keuchenden Atem hören. Obwohl Chan kaum Gewicht verloren zu haben scheint, hat sich seine Kondition dennoch sichtlich verbessert. Sie erreichen die Kreuzung, an der die kleine Sackgasse, in der er untergebracht war, die Kingsroad, erreicht. Sie lauschen angestrengt in die Dunkelheit, können jedoch weder Schritte noch Stimmen vernehmen. Ein Käuzchen stößt ihren unverkennbaren Ruf nicht weit entfernt in einem der kahlen Bäume aus.

In geduckter Haltung eilen sie weiter, jederzeit bereit, sich in einen der vielen Hauseingänge zu pressen. Aus Erfahrung weiß Michael, dass die Kingsroad zwei Kurven beschreibt und dabei am Haus des Bürgermeisters vorbei führt. Es ist ihr erstes Ziel. Die eng gebauten Häuser aus dunklen Ziegelsteinen werden nun weniger und es folgen helle Häuser mit ausladenden Vorgärten. Ihrer Deckung beraubt, laufen die beiden etwas schneller.

Abrupt stoppt Michael, als sich die Wolke, die sich vor dem Mond befunden hat, fortbewegt. Die hellen Strahlen des Himmelskörpers ermöglichen ihm, einen freien Blick auf die vor ihnen liegende Straße zu nehmen. Zwei Männer lehnen am Straßenrand und reiben sich die handschuhbesetzten Hände. Der Atem der beiden steigt weiß in der Dunkelheit auf und sie unterhalten sich leise. Mit einer hektischen Handbewegung weist Michael seinen Freund in den naheliegenden Vorgarten, sodass sie aus dem direkten Sichtfeld der Wachen sind.

„Zwei Wachen", flüstert er und zeigt in die Richtung.

Chan nickt und setzt sich mit einem Plumps in das hart gefrorene Blumenbeet. Er muss sich einen Augenblick ausruhen.

„Da vorn kommen noch vier", warnt Chan plötzlich und duckt sich hinter den kahlen Busch. Michael sieht in Richtung der Vier, doch die Art wie sie gehen, stimmt ihn nachdenklich.

„Chan … ich glaube nicht, dass es deren Ablösung ist."

Der Asiate sieht auf seine Uhr und stimmt dann zu.

„Ja, die dürften erst in einer halben Stunde hier sein. Wer ist es dann?"

„Ich fürchte, das sind keine Menschen mehr", erklärt Michael und Chan sieht ihn zuerst fragend an, bis es so langsam in seinen Verstand einsickert.

„Oh nein …"

Nervös beißt sich Michael auf die Unterlippe.

„Wir haben ein großes Dilemma, Chan. Die Zombies kommen von hinten. Die Wachen werden sie nicht rechtzeitig bemerken. Wenn wir sie warnen, erledigen sie zwar die Zombies, wissen dann aber, dass wir hier sind."

Hektisch überlegt Michael, während die Zombies immer näher an die beiden Wachen herankommen.

„Ich kann sie doch nicht einfach dem Tod überlassen. Nur … was werden sie tun, wenn sie uns entdecken? Ich kann nicht zurück in das Haus", wägt er flüsternd seine Möglichkeiten ab.

Die Untoten haben bereits ihre Hände ausgestreckt, gierig darauf, frisches warmes Fleisch zu fassen. Chan sieht sich eilig um, entdeckt einen etwa faustgroßen Stein. Er schnappt ihn sich und holt Schwung. Der Stein fliegt in hohem Bogen durch die Luft, verfehlt knapp einen Laternenpfahl und landet mit einem lauten Klirren in der Scheibe von „Harrys Süßwaren“. Die beiden Wachen schrecken aus ihrem Gespräch auf, wirbeln herum und reißen beim Anblick der vier Zombies ihre Gewehre hoch.

Schüsse donnern durch die Nacht, hallen von den Häuserfronten wider und setzen sich in den angrenzenden Gassen fort. Der erste Zombie geht getroffen zu Boden. Sein Kopf explodierte unter der Wucht des Projektils. Michael klopft Chan anerkennend auf die Schulter.

„Gut gemacht. Jetzt schnell weiter.“

Der Kampf zwischen den beiden Wachen und den verbliebenen drei Untoten, verschafft ihnen genug Spielraum, um in der Nacht zu verschwinden.

Am hölzernen Kreuz mit der Jesusfigur biegen die beiden jungen Männer in einen kleinen verwinkelten Weg ein. Hecken säumen seinen Rand und verwehren ihnen den Blick auf die angrenzenden Gärten. Einzig Gartentore ermöglichen den Zugang von dieser Seite aus.

Michael stoppt, als sich vor ihnen etwas in der Dunkelheit rührt. Sein Atem geht schnell. Eilig richtet er die Magnum auf den Schatten vor ihm. Chan bleibt hinter Michael stehen und lugt an ihm vorbei. Leise Schritte kommen näher, doch sie können wegen der hohen Hecken nichts erkennen. Das Licht des Mondes erreicht den Boden an dieser Stelle nicht. Angestrengt starrt Michael auf die Stelle, von der er das Geräusch vermutet.

„Wer ist da?“, flüstert Chan und umfasst den Griff des Schlagstockes fester.

Michael entsichert die schwere Faustfeuerwaffe und das metallische Klicken beruhigt ihn ein wenig.

„Komm raus, wenn du kein Untoter bist“, ruft er in einem etwas lauterem Flüsterton. Schritte nähern sich. Michael atmet erschrocken ein und der Abzugshahn spannt sich. Augen blitzen kurz in der Dunkelheit auf.

„MICHAEL!"

Erschrocken zuckt Michael zusammen, als auch er erkennt, um was es sich handelt. Ein Labrador mit schmutzigem Fell trottet vorsichtig auf die beiden Männer zu. Aufmerksam beobachtet der hüfthohe Hund die beiden. Langsam lässt Michael die Waffe sinken und atmet erleichtert aus. Chan lächelt breit und geht vor dem Tier in die Hocke.

„Ohh, du bist aber ein Feiner", flüstert Chan und streckt ihm die Hand entgegen. Aufmerksam beobachtet der Hund sie, beginnt aber bereits vorsichtig mit dem Schwanz zu wedeln.

„Chan, wir müssen weiter", ruft Michael ihm in Erinnerung. Sein asiatischer Freund ist jedoch von dem Hund fasziniert. Er krault ihm den Nacken, was dieser sichtlich genießt und Chan die andere Hand leckt.

„Können wir ihn behalten, Michael?"

Innerlich muss Michael bei dem flehentlichen Gesichtsausdruck des erwachsenen Mannes lachen, doch zwingt er sich zur Härte. „Chan, der Hund gehört mit Sicherheit jemandem. Wir können ihn nicht mitnehmen." Dass sich der Hund bereits mit Chan angefreundet hat, ist unübersehbar. In einer Art, wie es nur ein Hund kann, hat er den Menschen bereits in sein kleines Herz geschlossen. Die beiden verhalten sich, als würden sie sich schon ewig kennen.

Chan zieht ein Stück Schokolade aus seiner Jackentasche, wickelt es aus und bricht ein Stückchen für seinen neuen Kumpel ab. Der Hund schnappt es vorsichtig aus Chans Fingern und verschlingt es gierig. Damit ist die lebenslange Freundschaft besiegelt.

Das Haus des Bürgermeisters ist eingebettet zwischen zwei mächtigen Tannen, die weit über vier Meter in den Himmel ragen. Der nahe gelegene Fluss flüstert leise sein stetiges Lied. Michael, Chan und Rufus beobachten das Haus aus ihrem Versteck im weitläufigen Garten.

„Er sieht aus wie ein Rufus", hatte Chan behauptet und da Michael nicht wusste wie ein Rufus aussieht, hat er dem zugestimmt.

Sie hocken unter dem, auf einem Rahmen umgedrehten Fischerboot, und beobachten das Haus.

„Im ersten Stock, meine ich, eine Kerze entdecken zu können, die hinter dem Vorhang brennt", flüstert Michael und weist auf das Fenster.

Die weiße Hauswand leuchtet im Licht des Mondes grell. Der Kirchturm ist links von ihnen ebenfalls zu erkennen, auch wenn noch ein Block Häuser zwischen ihnen und der Kirche liegt. Rufus hat sich neben seinen beiden neuen Herrchen, flach auf den Bauch gelegt und schnuppert nur ab und an in die Luft.

„Ich halte das für keine gute Idee. Der Bürgermeister wird sein Haus doch bestimmt bewachen lassen", wiederholt Chan seine Bedenken zum gefühlt hundertsten Mal. Michael verdreht die Augen und wendet sich seinem Freund zu.

„Ich gehe nicht ohne Eliza. Zudem brauchen wir den Autoschlüssel. Entweder du bist dabei oder nicht."

Chan zögert etwas, nickt dann aber stumm. Sie krabbeln unter dem Boot hervor und Michael spürt erst jetzt, wie kalt ihm von dem Boden geworden ist. Er fegt sich den Dreck von der Jacke und sie eilen in Richtung des Hauses. Der Rasen knirscht leise unter ihren Schritten, vorbei an einem kleinen Teich, dessen Oberfläche mit einer Eisschicht überzogen ist.

Sonnenliegen stehen auf einer Terrasse, auf den Sommer wartend, der noch lange nicht in Sicht ist. Rufus hält sich dicht bei Chan und bleibt plötzlich abrupt stehen, als der Wind dreht. Er versteift sich, stellt die Ohren auf und die Nackenhaare sträuben sich. Michael bekommt es zuerst nicht mit, doch Chan weist ihn auf den Hund hin.

„Was ist?"

Chan schüttelt den Kopf.

„Er wittert irgendwas."

Verärgert knurrt Michael.

„Es sind Zombies auf den Straßen. Natürlich wittert er etwas. Wir sollten uns beeilen.“

„Und wenn die Zombies hier sind?“ Erneut blickt er Richtung Hintertür, die keine fünf Meter entfernt ist.

„Rufus, komm“, ruft er leise, doch der Hund ignoriert ihn. Die Lefzen ziehen sich etwas zurück und die Zähne kommen zum Vorschein. Ein tiefes Grollen dringt aus der Kehle des Tieres hervor und Michael sieht sich aufmerksam um.

Mit der .357er-Magnum im Anschlag geht er auf das Haus zu, während Chan bei dem Hund bleibt. Die Gartentür wird aufgestoßen. Das Mündungsfeuer aus dem Lauf des doppelläufigen Jagdgewehres tanzt in der Dunkelheit. Nur dank seiner schnellen Reflexe kann Michael dem tödlichen Schuss entgehen. Die Mülltonne neben ihm hat nicht so viel Glück. Sie wird von dem Geschoss durch die Luft geschleudert. Hart schlägt Michael auf dem Boden auf.

Ein Schatten jagt an ihm vorbei, schneller, als er hätte reagieren können. Noch bevor der Angreifer die Waffe erneut abfeuern kann, hat Rufus ihn erreicht. Der Labrador fliegt durch die Luft und vierzig Kilogramm Muskeln treffen den Schützen vor die Brust. Ein Schrei ertönt und die beiden fallen zu Boden. Der Hund bleibt über ihm stehen und starrt ihn mit gefletschten Zähnen und einem bedrohlichen Knurren tief in die Augen.

„Rufus, aus!“, ruft Chan schrill, selbst von der Reaktion des Tieres überrascht.

Schnell tritt Michael vor und schiebt mit dem Fuß die Schrotflinte beiseite. Der Lauf der Magnum ist auf Elizas Vater gerichtet.

„Danke, Rufus. Geh runter von ihm.“

Der Hund blickt kurz zu Michael, knurrt dann den Bürgermeister noch mal an und steigt von ihm herunter.

„Ihr …“, keucht der Mann und reibt sich die schmerzende Brust.

„Ja, wir“, antwortet Michael und deutet Chan, die Waffe zu nehmen.

„Was wollt ihr hier? Du stehst doch unter Quarantäne.“

Michael schnaubt verächtlich. „In ihrer Stadt wandern bereits Untote durch die Gegend. Was soll da die Quarantäne noch bringen?“

„Michael, sieh ihn dir mal an.“

Das Licht einer kleinen Kerze auf dem massiven Couchtisch lässt Michael einen Blick auf das eingefallene Gesicht des vormals starken Mannes werfen.

„Oh mein Gott. Sie sind infiziert“, flucht Michael und geht schnell einen Schritt zurück. „Ich … ich hatte keine Wahl“, stammelt der Bürgermeister und stemmt sich mühsam in die Höhe.

„Was soll das heißen?“

„Es breitet sich nicht bei jedem gleich schnell aus. Bei ihr …“, seine Stimme versagt und sein Körper wird von einem Hustenanfall geschüttelt.

„Eliza …!“, keucht Michael und eilt an dem Bürgermeister vorbei.

Der enge Flur ist vollgestellt mit wertvollen Möbeln. Bilder hängen an der Wand. Sie zeigen eine glückliche Familie, die mit einem und später mit zwei Kindern am Fluss spielt. Der Abschlussball, das erste Auto, Fotos von einem Urlaub in Ägypten. All das sieht Michael, doch er kann es nicht in sich aufnehmen. Ein ungutes Gefühl breitet sich in ihm aus.

„ELIZA!“, brüllt er nun, ohne Rücksicht auf eventuelle ungebetene Zuhörer. Der Schuss wird ohnehin in den nächsten Minuten jeden Untoten im Umkreis zielsicher zum Haus führen. Mit schnellen Schritten sprintet er die hölzerne Treppe hinauf. Weitere Fotos, Geburtstagsfeiern, Partys, Ausflüge und sogar eine Hochzeit sind an der Wand verewigt. Panisch öffnet er eine Tür nach der anderen, bis er neben dem Elternschlafzimmer eine Verschlossene findet. Mit voller Wucht tritt er gegen die Sperrholztür. Das Schloss verweigert seinen Dienst und gibt den Zugang frei.

Fassungslos starrt Michael auf die sich ihm bietende Szene. Eliza sitzt auf einem Bürostuhl. Ihre Arme sind an der Lehne festgebunden und ihre Haare hängen ihr wirr im Gesicht. Michaels Bewegungen werden immer langsamer und seine Augen weiten sich. Eliza trägt ein Sommerkleid, mehr als unpassend für diese Jahreszeit. Ihre Haut wirkt gerade in diesem schlechten Licht grau und farblos.

„Nein …", keucht er und geht auf die Knie.

Sein Herz scheint für einen Augenblick auszusetzen. Fassungslos starrt er sie an. Plötzlich ruckt ihr Kopf hoch und milchig weiße Augen starren ihn an. Ein unmenschliches Fauchen kommt aus ihrem Mund. Sie zerrt wütend an den Fesseln, die sich bereits tief in das Fleisch geschnitten haben. Unbeholfen schnappt sie in Michaels Richtung, der gut einen Meter vor ihr kniet. Die Magnum ist ihm mit einem Poltern aus der Hand geglitten und liegt nun neben seinem Bein.

„Ich habe nichts mitbekommen. Wie konnte ich so blind sein?"

Erneut zerrt der Zombie an den Fesseln und der Stuhl schwankt gefährlich.

„Ich habe dich geliebt, auch wenn wir uns noch nicht so lange kannten", flüstert Michael und sieht ihr in die kalten, gnadenlosen Augen.

Der Moment, als sie gemeinsam im warmen Bett lagen und er ihren Körper mit Küssen überzogen hat, drängt sich in sein Gedächtnis. Er legt vorsichtig eine Hand auf ihren Schenkel. Überrascht, wie kalt und leblos sich ihre Haut anfühlt, zieht er sie schnell wieder zurück.

„Eliza, … Michael?" Er wirbelt herum und entdeckt Chan, der im Türrahmen steht. „Mein Gott … es tut mir so leid!"

Der Asiate ist den Tränen nahe und er muss sich gegen die Türzarge lehnen, um nicht zu schwanken.

Erneut faucht der Zombie, der zuvor einmal eine wunderschöne junge Frau in den besten Jahren gewesen ist.

„Ich konnte sie nicht … ich konnte es nicht übers Herz bringen", flüstert die Stimme des Vaters hinter Chan. Er hat sich ein Taschentuch vor den Mund gepresst, um die beiden nicht zu infizieren.

„Sie ist doch meine Tochter, der einzige Mensch, der mir noch geblieben ist.“

Der Zombie erhöht seine Anstrengungen sich zu befreien, jetzt da drei potenzielle Nahrungsquellen so nah bei ihm sind. Er wirft sich hin und her, eine Kraft, die Michael noch nie zuvor bei einem dieser Wesen gesehen hat. Für einen Moment übertrifft die Neugier seine Trauer und er fragt sich, wieso fast alle Untoten so träge sind, nur Eliza nicht.

Mit einem Kopfschütteln vertreibt er diese unnützen Gedanken.

„Sie ist nicht mehr deine Tochter. Wir haben sie verloren, sie ist …“, Michaels Stimme versagt und er wendet sich von den beiden Männern ab, um seine Tränen zu verbergen. Unkontrollierbar kullern sie wie Murmeln aus seinen Augen. „… sie ist … tot“, bringt er mühsam hervor und ringt nach Luft. Er kann es nicht ertragen sie anzusehen.

Ihr langes Haar, ihre zuvor makellose Haut und ihr, nun vor Hass entstelltes Gesicht. Jeder noch so kurze Blick verursacht einen Stich wie von einem Messer in seiner Brust. Michael stützt sich auf dem Teppich ab und presst die Lippen fest zusammen, um das Zittern seines Kiefers zu stoppen.

Rufus steht neben Chan und knurrt den untoten Körper an. Seine Zähne sind gebleckt und Geifer läuft ihm die Lefzen herunter.

„Rufus, aus!“, ermahnt Chan den Hund, doch dieser lässt sich nicht beruhigen. Erst als Chan ihn mit dem Bein wieder aus dem Raum schiebt, gibt der Hund nach.

„Wie ist es passiert?“ Elizas Vater zuckt kraftlos mit den Schultern.

„Ich weiß es nicht. Sie fühlte sich nicht gut und ist daher zum Arzt gegangen. Das wirst du ja noch wissen. Der Arzt stellte dann schnell fest, dass sie wohl infiziert sein muss.“ Er schluckt schwer und tritt neben Chan.

Bürgermeister Blair wirkt kaum lebendiger als seine verstorbene Tochter und Michael fragt sich, wie lange er wohl noch hat.

„Wir haben dich ebenfalls unter Quarantäne gestellt, da du dich bestimmt an ihr infiziert haben musst. Ich habe … habe sie in ihrem Zimmer eingesperrt und mich um sie gekümmert. Es wurde nicht besser.“ Er wendet sich nun ebenfalls ab und sein Körper bebt unter dem Trauerausbruch.

Erst jetzt wird Michael klar, was er meint. Panik vertreibt die Trauer für einen Augenblick.

„Ihr dachtet … ich sei infiziert. Oh Gott.“

Chan und er sehen sich an. Der Asiate ist kreidebleich geworden.

„Aber ich habe keine Symptome“, stammelt Michael.

Sein Magen rebelliert. Nur mühsam kann er sein Abendessen drin behalten. Kalter Schweiß tritt ihm auf die Stirn und seine Beine zittern. Er lehnt sich etwas zurück und atmet durch.

„Du hast sie hier versteckt und sie musste allein vor sich hinvegetieren“, stellt Michael kalt fest und Wut schwingt in seiner Stimme mit. Der Bürgermeister schüttelt den Kopf.

„Nein, ich habe mich um meine Tochter gekümmert. Hätte sie euch nicht kennengelernt, wäre sie noch am Leben. Wie viele sind nun tot, nur weil sie mit euch in diesem Rasthaus waren?“ Er beginnt, sich immer weiter in Rage zu reden. „Ihr seid es, die diesem Dorf mit all den lieben und guten Menschen den Tod gebracht haben. Dafür werdet ihr euch verantworten müssen. Entweder vor mir oder vor Gott. Du hast meine Tochter GETÖTET!“

Mit einem Schrei stürzt er sich auf Michael. Von seiner Reaktion überrascht, bleibt Michael schließlich keine Wahl. Er lässt sich zur Seite fallen, sodass er den ausgestreckten Händen des Vaters entgeht.

Der Bürgermeister kann seinen Schwung nicht mehr bremsen. Seine Augen weiten sich, als er plötzlich Eliza vor sich sieht. Mit voller Wucht prallt er gegen den Zombie und zusammen fallen sie zu Boden. Der Stuhl zersplittert unter dem zusätzlichen Gewicht. Blitzschnell beißt der Zombie zu. Die weißen, gepflegten Zähne bohren sich in den warmen Hals des Vaters. Mit einem Ruck reißt sie ein ganzes Stück Fleisch heraus. Eine Blutfontäne schießt aus der zerfetzten Schlagader.

Immer wieder schnappt der Zombie zu. Ein weiteres Stück wird herausgerissen, noch bevor der Vater überhaupt einen Schrei ausstoßen kann. Erschrocken taumelt Michael zurück, prallt gegen ein Bücherregal aus dem einige Exemplare herausfallen. Rufus bellt laut und springt nervös von einer Stelle auf die andere.

Chan reagiert als Erster, hebt die Magnum auf und richtet sie auf das grausam anzusehende Paar. In dem fahlen Licht des Mondes sieht es aus, als würden sich die beiden umarmen. Die gurgelnden Schreie des immer schwächer werdenden Mannes zerstören dieses Bild jedoch schnell. Chans Hand mit der schweren Faustfeuerwaffe zittert. Weiterhin bellt Rufus warnend und Michael starrt wie versteinert auf die Szene. Obwohl sich die Gedanken in seinem Kopf überschlagen, kriegt er doch keine zu fassen. Der erste Moment, als Eliza ihren Motorradhelm absetzte taucht vor seinem inneren Auge auf. Schon in dieser Sekunde hatte sie ihn verzaubert. Dann der Moment, als sie blutüberströmt vor dem Rasthaus kniete. Nie wird er die Panik vergessen, die ihn übermannte.

Ein Schuss donnert durch den Raum und Rufus verstummt augenblicklich. Die Kugel verfehlt Eliza um einen halben Meter. Das mit Glas eingerahmte Filmposter zerspringt unter der Wucht des Geschosses und kracht zu Boden. Chan reibt sich die schmerzende Hand, er hat den Rückstoß der Waffe nicht beachtet. Umständlich befreit sich der Zombie von dem inzwischen toten Körper ihres Vaters und will zu Chan. Dieser umschließt die Waffe mit beiden Händen, stellt sich etwas breitbeinig hin und feuert erneut.

Blut, Gehirnfetzen und Knochen verteilen sich großflächig an der Wand des Zimmers. Mit weit aufgerissenen Augen fällt Michaels frühere Freundin steif um. Ihr zerstörter Schädel klatscht mit einem Geräusch, das an einen feuchten Schmatzer erinnert, auf das Laminat.

Fassungslos sieht Michael auf die Szene und eine unbändige Wut gegen seinen Freund baut sich in ihm auf. Er ballt die Hand zur Faust. Jede Faser in seinem Körper sehnt sich danach, Chans Gesicht zu Brei zu schlagen, doch bremst er sich. Fest presst er die Augenlider aufeinander und atmet stoßweise, auch um die Übelkeit zu vertreiben.

Als er aufblickt, sieht er, dass Chan am ganzen Körper zittert. Er richtet die Waffe weiterhin stur auf Elizas leblosen Körper. Nachdem Michael den Anflug von Übelkeit überwunden hat, tritt er zu Chan und nimmt ihm die Waffe ab. Seine Hand zittert vor Wut und Trauer. Er muss sich weiter stark zusammenreißen, um nicht auf Chan loszugehen. Auch wenn Michael klar ist, dass sein Freund richtig gehandelt hat, hat er doch soeben die Frau getötet, die er liebte.

„Sie … sie wollte uns auch töten“, verteidigt sich Chan stammelnd und sieht flehentlich zu dem dunkelblonden Labrador, als erwarte er eine Beipflichtung. Michael nickt gezwungen.

„Ich weiß, ich habe es gesehen. Ich konnte … konnte es einfach nicht“, antwortet er mit zusammengepressten Zähnen und wendet sich angeekelt von den beiden Leichen und seinem Freund ab.

Mit schweren Schritten schwankt er zu Elizas Leiche. Sein Blick verschwimmt. Mehrmals muss er blinzeln. Chans Gegenwart spürt er in seinem Rücken. Es war die einzige Wahl. Vor ihm liegt jedoch nicht irgendein Zombie, der ihn fressen wollte. Vor ihm liegt seine Freundin. Die Frau, die er als lebendigen, lachenden, witzigen und kämpfenden Menschen kennengelernt hat. Nie mehr wird er ihr Lachen hören. Nie mehr ihre funkelnden Augen sehen. Auch wenn sie sich noch nicht lange kannten, war da doch etwas zwischen ihnen. Und diese verdammte Seuche hat sie ihm genommen. Nicht Chan oder ihr Vater. Es war dieses verdammte Virus, das sie von einer lebensfrohen Frau in ein blutrünstiges Monster verwandelt hat.

Sein Blick gleitet ihre Arme hinab bis zu den zu Krallen verkrampften Fingern. Er bringt nicht den Mut auf, ihr ins Gesicht zu sehen. Krampfhaft versucht er, ihr lebendiges Gesicht vor sein inneres Auge zu rufen. Nicht diese entstellte Fratze. Es gelingt ihm jedoch nicht.

„Lass uns den Autoschlüssel suchen und von hier verschwinden", flüstert Michael kraftlos und sein Freund nickt beipflichtend.

Als Chan bereits verschwunden ist, tritt Michael zu Elizas Bett und nimmt die Bettdecke in die Hand. Vorsichtig bedeckt er sie, bis nur noch die Füße herausschauen.

„Ich liebe dich."

Sie durchsuchen zuerst das Schlafzimmer des Bürgermeisters, anschließend das geräumige Wohnzimmer, doch werden sie erst in der Küche fündig. Der Schlüssel des Ford Mustangs GT liegt zwischen einem Dosenöffner und einer Käseraspel in der Schublade des Küchenschrankes.

Triumphierend schwenkt Chan ihn, doch verspürt Michael bei dem Fund keine Freude. Sein Kopf und Herz fühlen sich leer an. Das düstere Haus wirkt ebenfalls leer und kalt. Ebenso fühlt sich Michaels Körper an. Vielleicht tobt das Virus ja bereits in ihm. Er war viel mit Eliza zusammen. Sie hatten Sex, haben sich geküsst, lagen direkt nebeneinander. Eine Übertragung muss einfach stattgefunden haben. Wie soll er nun weiter machen? Er könnte Chan infizieren oder jeden anderen Menschen. Das warnende Bellen reißt Michael aus seinen Gedanken. Eilig läuft er in den Hausflur. Das Knarren der Holztreppe lenkt ihre Aufmerksamkeit auf sich.

„Das darf doch nicht wahr sein", stöhnt Michael auf, als er den verstümmelten Leichnam des Bürgermeisters herunterwanken sieht. Unbeholfen steigt er die Stufen hinab, rutscht aus und fällt einige herab, bevor er sich wieder fängt. Der zerfetzte Hals und das halb aufgefressene Gesicht lassen ihn noch grausamer wirken, als alles was die beiden jemals gesehen haben.

„Ach, komm schon …", flucht Michael und nimmt den Teleskopschlagstock aus seinem Gürtel.

Mit einem kräftigen Schwung fährt der Schlagstock zu seiner vollen Länge aus. Er streckt ihn aus, sodass der Zombie darüber stolpert. Mit einem lauten Poltern kracht er die letzten Stufen hinab und bleibt stöhnend am Fuß der Treppe liegen. All seine Wut und seinen Hass über die Ungerechtigkeit, setzt Michael in diesen Schlag. Er holt aus und lässt den Schlagstock mit voller Wucht in den Schädel krachen. Mit einem letzten Stöhnen erschlafft der Körper und Blut, ebenso wie ein übel riechendes Sekret, sickert aus dem zerstörten Kopf.

Er atmet tief durch und zwingt sich zur Ruhe. Seine Trauer verschließt er in einer kleinen Schublade, tief in seinem Kopf.

„Sammle alle Lebensmittel und Waffen ein, die hier im Haus zu finden sind. Wir verschwinden aus dieser verdammten Stadt."

Sein Freund kommt der Aufforderung sofort nach und Michael setzt sich auf den Stuhl an dem kleinen Esstisch. Die Gedanken in seinem Kopf lassen ihm keine Ruhe. Wenn Eliza infiziert war, als sie miteinander geschlafen haben und auch, als sie krank war. Wieso hat er sich dann nicht infiziert? Vorsichtig, als würde er etwas heraufbeschwören, tastet er seine Lymphknoten ab, kann jedoch keine Schwellung feststellen, die auf eine Infektion hindeutet.

Michael seufzt und fährt sich mit den Fingern durch die Haare. Die Welt hat sich stark verändert und immer wieder erleben sie Neues und Verwirrendes. Er schüttelt den Kopf und kommt schließlich zu dem Entschluss, dass Eliza zwar infiziert war, aber noch nicht ansteckend gewesen ist. Soweit Michael weiß, hat jeder eine andere Inkubationszeit, sodass es durchaus möglich gewesen wäre.

„Oder ich bin einfach immun …", flüstert er leise und betrachtet seine Hände. Sie sehen nicht anders aus, als zuvor und auch sonst kann er keine Änderung an sich erkennen. Ärgerlich schüttelt Michael den Kopf und stemmt sich in die Höhe. Ein Wunschtraum bleibt weiterhin ein Traum, dessen ist er sich bewusst.

„Es bringt nichts, weiter darüber zu grübeln", beschließt er schließlich. Er geht zurück zur Leiche des Bürgermeisters. Vorsichtig steigt er über ihn hinweg. Seine Beine fühlen sich schwer an und jeder Schritt, der ihn seinem Ziel näher bringt, ist wie ein Schritt unter Wasser.

Als er das kleine Zimmer erneut betritt, schlägt ihm sofort der Übelkeit erregende Gestank entgegen. Er zwingt sich, flach durch den Mund zu atmen, steigt über Elizas Beine und tritt an die Kommode. Ein Foto in einem dunkelbraunen Holzrahmen zeigt Eliza, wie sie lachend am Steuer eines Fahrzeuges sitzt. Ihre große Sonnenbrille verdeckt fast das halbe Gesicht und trotzdem lässt das Foto Michaels Herz schmerzen. Er steckt es in die Tasche und zusammen mit Chan und Rufus verlassen sie das Haus und anschließend das Dorf.

Einsatz (elf Monate zuvor)

Das ständig zuckende Blaulicht des Streifenwagens tauchte die Straße vor ihnen in eine abstruse Atmosphäre. Viktor Mason lenkte das Fahrzeug durch den spätabendlichen Berufsverkehr von Ottawa. Die meisten Autos vor ihnen wichen rechtzeitig aus, doch mehrmals musste er stark bremsen, um nicht mit einem langsamen Fahrer zu kollidieren. Sein Partner, Sergeant Thomas Pegg, krallte sich an dem Türgriff fest und bremste jedes Mal mit, wenn Viktor zu nah auffuhr.

Der Funkspruch hatte sie vor wenigen Minuten erreicht. Seitdem die Seuche sich in den letzten Wochen immer weiter ausbreitete, musste die Polizei alles Mögliche unternehmen, um die Seuchenschutzbehörde zu unterstützen. Menschen griffen andere Menschen an. Unzählige Tote hatte es in den letzten sieben Tagen bereits gegeben.

„Wagen vierundsiebzig, bitte melden, Wagen vierundsiebzig. Wir haben einen 1-8-7“, knarrte es aus dem Funkgerät, doch da sie nicht gemeint waren, ignorierten sie den Funkspruch.

„Sind denn heute alle wahnsinnig geworden? So eine Krankheit ist ja nicht gerade angenehm, aber deswegen fällt man doch keine anderen Menschen an. Die können sich auf etwas gefasst machen“, fluchte Viktor.

Eigentlich hatte er an diesem Abend dienstfrei und wollte mit seiner Frau und seinem Sohn aufs Land fahren. Weit weg von dieser Krankheit. Als er jedoch auf dem Revier ankam, hatte ihn der Captain direkt wieder losgeschickt.

„Bieg‘ hier rechts ab, dann sind wir schneller dort“, dirigierte ihn Pegg und Viktor bog mit quietschenden Reifen ab.

Zwei Autos, die er geschnitten hatte, hupten ärgerlich, doch Viktor störte sich nicht dran.

„Zentrale, hier ist Wagen dreiundsechzig. Wir werden angegriffen. Brauchen sofort Unterstützung, Officer verletzt!“, ertönte es über Funk, doch da die beiden zu weit weg waren, brachte es nichts, sich auf den Weg zu machen.

Sie erreichten ihr Zielgebiet: eine Sozialbauwohnsiedlung. Hochhäuser reihten sich an Hochhäuser und die Szene, die sich vor ihnen auftat, erinnerte eher an ein Kriegsgebiet, als an einen Bezirk von Ottawa.

Ein Mann stürmte auf die Straße und schrie etwas. Viktor musste hart bremsen, um ihn nicht zu überfahren. Die Reifen quietschten und der Wagen blieb stehen.

„Verpiss dich von der Straße!", brüllte Viktor durchs offene Fenster und fuhr weiter.

Brennende Mülltonnen und Autos standen überall herum, Menschen liefen schreiend durch die Straße.

„Was zum Teufel geht hier vor?", fluchte Viktor und musste erneut bremsen, als ein Mann auf sie zugerannt kam. Er winkte mit den Armen und die beiden Polizisten stiegen aus.

„Ich wurde gebissen, Mann. Der Wichser hat mich gebissen!"

Der dunkelhäutige Mann mittleren Alters zeigte auf seinen Arm, der stark blutete und hielt ihn Viktor hin.

„Nimm das Ding aus meinem Gesicht!", fauchte der Polizist und griff zum Funkgerät, das sich an seinem Gürtel befand. „Zentrale, hier Wagen dreiundzwanzig, in den Sozialbauten. Wir brauchen einen Krankenwagen." Er wartete kurz, bis die Zentrale bestätigte und sagte dem Mann: „Setz dich hier hin. Der Krankenwagen ist auf dem Weg."

Dieser presste die Hand auf die Wunde und ließ sich auf den Bordstein neben dem Streifenwagen sinken. Schreie gellten durch die Luft. Aufmerksam prüfte Viktor die Umgebung. Die Hand an der Waffe, bereit auf jede Bedrohung zu reagieren. Schatten bewegten sich auf sie zu. Eine Gruppe schien einen Einzelnen anzugreifen. Erneut fluchte Viktor.

„POLIZEI! Weg von ihm!", brüllte Viktor und zog während des Rennens die Waffe. Das Gewicht der Glock-17 gab ihm einen Hauch von Sicherheit. Die fünf Angreifer drehten sich zu den beiden Polizisten um und fauchten gierig. Ohne abzuwarten, griffen sie an. Obwohl sie nicht sonderlich schnell waren, ließ ein uralter Instinkt die beiden Männer abstoppen und langsam zurückweichen. In ihrer zerrissenen und mit Blutflecken übersäten Kleidung wirkten die Fünf eher wie Opfer, als wie Angreifer. Das karierte Hemd des vordersten Mannes wies einige Löcher auf, aus denen Blut sickerte. Das Ende seines Darms baumelte aus der Wunde an der Hüfte. Die Frau lief mit einem verdrehten Fuß, der schon länger gebrochen sein musste. Trotzdem hatte sie offensichtlich keine Schmerzen. Die Verletzung behinderte sie nur ein wenig beim Schlurfen.

„Heilige Scheiße. Was ist denn mit denen?", fragte Viktor.

Die Gruppe schien keinerlei Respekt vor den Gesetzeshütern zu haben. Sie stöhnten wie unter Wahn auf und torkelten weiter in ihre Richtung. Viktor hob die Waffe.

„Stehenbleiben! Das ist meine letzte Warnung, ihr Penner!"

Unbeeindruckt kamen die Menschen weiter auf sie zu.

Er gab einen Warnschuss in die Luft ab. Das Donnern der Waffe erschreckte die Wesen nicht, es motivierte sie eher noch, die Strecke zwischen ihnen schneller zu überwinden. Gierig streckten sie ihre Hände nach ihm aus und stöhnten vor Vorfreude.

„Was soll der Scheiß? Seid ihr auf Droge?", rief Viktor „Wollt ihr erschossen werden? Keine verfluchte Bewegung!"

Die Fünf hörten ihn scheinbar nicht. Erneut krachte die Glock und der Sakkoträger unter ihnen wurde am Arm erwischt. Fleisch wurde von der Kugel mitgerissen. Der Typ strauchelte kurz und setzte seinen Weg fort, ohne den Streifschuss auch nur eines Blickes zu würdigen.

„Heilige Scheiße …!", fluchte Sergeant Pegg und sie sahen sich an. Angst, Verwirrung und der Wunsch nach Selbstschutz spiegelte sich in Peggs Augen wider.

Seit einiger Zeit fuhren sie zusammen Streife und kannten sich daher gut. In dem Viertel, in dem sie eingesetzt waren, musste man sich auf seinen Partner verlassen können. Einmal unaufmerksam und einer der Dealer hatte einem eine Kugel verpasst. Viktor und Thomas waren daher schnell ein eingespieltes Team geworden. Jeder achtete auf den anderen und konnte an der Körperhaltung ablesen, was in ihm vorging.

Thomas schoss dem Sakkoträger ins Knie. Knochen splitterten, als das Geschoss das Bein durchschlug. Der Mann strauchelte, stöhnte kurz auf, hinkte aber weiter auf sie zu. Kein Schmerzenslaut verließ seinen Mund.

Der Gegner war keine vier Meter mehr von ihnen entfernt. Viktors Glock krachte. Zwei Kugeln jagten dem Banker in die Brust. Blut spritzte und der Mann fiel zu Boden. Seine Kumpanen hielt dies jedoch nicht davon ab, weiter vorzurücken. Als wäre dieser Moment noch nicht absurd genug, stand der Getroffene nun wieder unbeholfen auf. Als wäre er nur hingefallen, richtete er sich wieder auf und folgte den anderen. Fassungslos starrten Viktor und Thomas den Mann an. Die Einschusslöcher über dem Herzen und in der Lunge waren deutlich zu erkennen, und doch bewegte sich diese Person als wäre es nur ein Kratzer.

„Wie ist das möglich?“, keuchte Viktor.

Sämtliche Handbuchvorfälle geisterten ihm durch den Schädel. Noch nie musste er auf jemanden schießen, der einfach nicht zu töten war. Im ersten Augenblick dachte er, der Typ würde eine schusssichere Weste tragen, doch das konnte nicht sein. Die Einschusslöcher im Torso waren gut zu erkennen. Er dürfte nicht einmal mehr leben. Stattdessen hatte er sich wieder erhoben und war nun bis auf Armeslänge an ihn herangekommen.

„Mann, legt diese Arschlöcher um!“, kreischte der Gebissene hinter ihnen.

„Gott, vergib uns“, keuchte Thomas und Viktor feuerte.

Mit seiner 9mm-Pistole erledigte er zwei der Angreifer durch einen Kopfschuss. Thomas wartete, ob die Gegner erneut aufstehen, doch diesmal blieben sie am Boden liegen. Blut und Gehirnmasse quollen aus den Löchern.

„Noch einen Schritt und ihr endet ebenso!“, warnte Viktor die drei verbliebenen Angreifer, doch sie reagierten überhaupt nicht. Viktor drückte ab und Sekunden später lagen die drei am Boden.

„Zentrale, Officer Mason und Pegg in Schießerei verwickelt. Brauchen Krankenwagen und die Spurensicherung“, meldete Thomas Pegg schwer atmend.

Seine Hände zitterten. Viktor wusste, dass sein Partner noch nie seine Waffe mit tödlicher Folge abfeuern musste. Ihm selbst war es deutlich leichter gefallen. Wegen dieser Fünf würde er keine schlaflosen Nächte haben. Einzig die hitzigen Diskussionen mit der internen Ermittlung nervten ihn schon jetzt. Den sogenannten Kollegen konnte er es ohnehin nie recht machen, weswegen er lieber mal eine Leiche verschwinden ließ, als sie zu melden.

„Verstanden, Wagen dreiundzwanzig. Warten sie auf weitere Anweisung", ertönte es über Funk und Viktor strich sich über den Schädel.

Während seiner Laufbahn musste er schon mehrfach Personen erschießen, doch keine von ihnen war so unbeeindruckt von seiner Dienstwaffe und gleichzeitig so angriffslustig wie diese Fünf.

„Wagen dreiundzwanzig, hier Zentrale. Setzen sie ihren Einsatz fort. Ich wiederhole: setzen sie ihren Einsatz fort. Die Dienstaufsicht wird sich gegebenenfalls später bei ihnen melden."

Überrascht starrten die beiden Polizisten erst auf das Funkgerät, dann sich gegenseitig an.

„Sag mal, habe ich das gerade richtig verstanden? Wir erschießen fünf Leute und die ermitteln nicht? Vor allem nicht bei dir, Viktor?"

Langsam nickte Mason und war genauso verwirrt wie sein Kollege. Die anderen Male, als er jemanden erschossen hatte, durften sie sich nicht wegbewegen und mussten auf die Dienstaufsicht warten, die sie sofort in die Mangel genommen hatte.

Schreie gellten durch die Nacht und immer wieder war das Krachen von Schüssen zu hören. Viktor und Thomas sehen sich unsicher an. Längst war den beiden Cops klar, dass sie die Sozialbauten verloren hatten. Anarchie war ausgebrochen und die beiden Gesetzeshüter verfügten nicht über ausreichend Feuerkraft, um der Lage Herr zu werden.

„Steigen Sie ein, wir fahren Sie in die Notaufnahme, bevor wir zum Revier zurückfahren", bestimmte Thomas und Terence, das Bissopfer, nickte eilig. Er setzte sich in den Fond des

Polizeiwagens, von den beiden Polizisten durch ein Maschendrahtgitter getrennt.

„Hier Wagen dreiundzwanzig. Die Sozialbauten sind verloren, wir kommen zum Revier zurück“, gab Thomas per Funk durch.

Mit Blaulicht und Sirene ging die Fahrt los. Immer wieder konnten sie aus dem Augenwinkel grausame Szenen sehen, in denen Angreifer sich über Opfer hermachten und sie zu Boden zogen.

„Dieser Wahnsinn kann doch nicht normal sein. Sobald wir in der Zentrale sind, schnappe ich mir meine Sachen und mache mich auf den Weg“, flüsterte Thomas.

„Wo willst du hin?“ Viktor war die Antwort im Grunde egal, aber er hatte das Gefühl, sein Partner wollte, dass er fragte.

„Ich habe eine Tochter … naja eigentlich Stieftochter, in Brantford. Sie geht dort aufs College. Ich werde zu ihr fahren.“ Er zog ein Foto aus seiner abgewetzten Lederbrieftasche und hielt es Viktor hin. Auf dem Bild war eine junge Frau mit langen braunen Haaren zu sehen, zierlich, aber mit einem energischen Blick.

„Becky ist die Einzige, die mir in dieser Welt noch geblieben ist“, flüsterte er und strich mit dem Finger über die Wange auf dem Foto.

Viktor nickte langsam und verdrehte die Augen. Auch wenn seine Familie ihm ebenfalls wichtig war, konnte er nicht verstehen, wieso jemand so sentimental mit einem Foto umging. Gedanklich ging er die Dinge durch, die er noch erledigen musste, bevor er mit seiner Familie aus der Stadt verschwinden konnte. Das Auto war bereits vollgetankt und um Lebensmittel wollte sich seine Frau Nancy kümmern. Sie sollte die Koffer mit Sicherheit bereits gepackt haben und er brächte sie dann nur noch ins Auto. Eine neue Straßenkarte würden sie noch benötigen, da sich Viktor in dieser Situation nicht auf ein Navigationsgerät verlassen wollte.

„VIKTOR!“, brüllte Thomas panisch und er wurde aus seinen Gedanken gerissen. Gerade sah er noch, wie ein Mann von seinem Kühler erfasst und durch die Luft gewirbelt wurde. Der Knall war ohrenbetäubend und Viktor hämmerte das Bremspedal aufs

Bodenblech. Mit quietschenden Reifen kam der Wagen zum Stehen.

„Verdammt!“, keuchte Viktor und sprang aus dem Fahrzeug. Sein Blick wanderte über die Straße. Zeugen waren nicht zu sehen. Schüsse aus Pistolen klangen in der Ferne. Ein automatisches Gewehr schien zu antworten. Mit wenigen Schritten war er um den Wagen herumgelaufen. Er verfluchte sich dafür, dass er den Mann übersehen hatte. Das hatte ihm gerade noch gefehlt, dass nun doch eine Untersuchung auf ihn zukäme. In Notwehr jemanden zu erschießen, das lässt man durchgehen, aber jemanden zu überfahren, war eine andere Sache.

Als er um den Wagen herum gekommen war, sah er sein Opfer. Die Jeans war blutverschmiert und er konnte ein Stück Knochen erkennen, das aus dem Hosenbein ragte. Seine Arme und Beine waren widernatürlich verdreht und Viktor wurde schon bei dem Anblick übel. Er konnte sich nicht einmal vorstellen, welche Schmerzen der junge Mann haben musste, sofern er den Unfall überlebt hatte.

Er streckte die Hand nach dem Mann aus.

„Mann! Sei vorsichtig! Denk daran, was die Fünf eben gemacht haben!“, kreischte Terence warnend aus dem Wagen und Viktor zuckte zurück.

Die Erinnerung, wie sich der getroffene Banker wieder aufrichtete und ihn dann angriff, ließ Viktor erschauern. Mit dem Fuß berührte er vorsichtig den am Boden liegenden Mann.

„Können sie mich verstehen?“

Thomas Pegg war ebenfalls ausgestiegen und prüfte die Umgebung auf Gefahren.

„Ich glaube, dass er hinüber ist“, stellte Viktor emotionslos fest.

Er richtete sich wieder auf und knirschte mit den Zähnen. In Viktors Kopf arbeitete es und er spielte sämtliche Möglichkeiten in den wenigen Sekunden durch.

„Wir müssen ihn ... loswerden“, stellte er fest und fluchte innerlich über die neue Situation. Pegg sah ihn entgeistert an.

„Loswerden?“

„Das wird mit Sicherheit eine Untersuchung geben, wenn wir das melden. Wir lassen ihn verschwinden und ... Scheiße."

Viktors Blick fiel auf Terence, der den beiden Polizisten zusah. Thomas Pegg folgte Viktors Blick und er schluckte schwer.

„Wir können ihn nicht verschwinden lassen", entgegnete Pegg, als er sich wieder gefasst hatte. „Er ist ein Mensch und das war ein Unfall. Wir müssen es melden."

Viktor schüttelte den Kopf.

„Nein, das müssen wir nicht. Sieh dich doch nur mal um. In den Nachrichten haben sie doch schon von den Zuständen in China und Europa erzählt. Jetzt geht es hier auch los, auch wenn unsere Vorgesetzten das noch verschweigen. Niemand wird einen mehr oder weniger vermissen."

Thomas schüttelte fest entschlossen den Kopf.

„Nein, Viktor. Das kann ich nicht verantworten. Es war ein Unfall und wir werden ihn melden." Er drehte sich um und macht einen Schritt Richtung Wagen, als er das Schaben von Metall an Leder hörte. Sein Körper versteifte sich. Langsam drehte er sich um und sah, dass Viktor seine Glock-17 in der Hand hatte. Der Lauf der Waffe zeigte auf den Boden vor seinen Füßen.

„Was hast du vor?", fragte Pegg, wobei er seine Hand langsam in Richtung des Waffenholsters schob. Die Geschichten, die man hinter vorgehaltener Hand über Viktor erzählte, hatten ihn bis zum heutigen Abend nicht gekümmert. Zu absurd, hatte er immer gesagt.

Die beiden Männer starrten sich an. Viktor knirschte mit den Zähnen und starrte seinem Partner in die Augen. Thomas' Atem ging schneller und Adrenalin schoss durch seine Blutbahnen.

Über zwei Jahre hatte die interne Ermittlung versucht, Viktor den Mord an seinem Ex-Partner nachzuweisen. Indizien und Vermutungen waren ebenso wie Gerüchte weit verbreitet. Es fehlte jedoch an Beweisen. Zeugen verschwanden oder wussten plötzlich nichts mehr. All das klang für Thomas Pegg viel zu unglaubwürdig, als dass er eine Zusammenarbeit abgelehnt hätte. Niemand, der sich für den Weg des Gesetzeshüters entschied, konnte so ein mieses Arschloch sein. So dachte er jedenfalls bis vor wenigen Minuten.

Ein kehliges Stöhnen lenkte ihre Aufmerksamkeit auf sich. Der überfahrene Mann begann, sich langsam zu bewegen. Obwohl sämtliche Knochen im Körper gebrochen sein mussten, wendete der Mann sich Viktor zu. Seine milchigen Augen schienen in weite Ferne zu sehen. Schwarzer, mit Blut versetzter Speichel, floss ihm aus dem Mund. Die Hälfte der Zähne fehlte, ausgeschlagen bei dem Sturz. Die Haut im Gesicht war bis tief ins Fleisch abgeschabt und der Schädel wirkte merkwürdig verformt.

Viktor richtete die Glock auf den Mann und machte schnell einige Schritte bei Seite. „Was zum Teufel ...?“, fluchte er.

Auch sein Partner konnte den Blick nicht von dem Wesen abwenden. Mühsam bewegte es sich auf Viktor zu, zog sich über den Asphalt. Seine zertrümmerten Gliedmaßen zog es schwerfällig hinter sich her. Die Kiefer schnappten leer in die Luft.

„Was für ein scheiß Horrorfilm ist das hier?“, fluchte Viktor und ohne zu warten, feuerte er dem Mann in den Kopf.

„NEIN!“, brüllte Pegg, konnte jedoch nichts mehr unternehmen.

„Er war einer von ihnen“, erklärte Viktor, sah jedoch nur in die Mündung einer Glock-17.

Die 9mm-Pistole zielte genau auf seinen Kopf. Viktors Augen verengten sich zu Schlitzen und seine Hand umschloss den Griff seiner Pistole fester.

„Nimm – Die – Waffe - Runter“, befahl Viktor gefährlich leise.

Entschieden schüttelte Thomas den Kopf.

„Leg deine Waffe auf den Boden. Dann legst du dir selbst Handschellen an“, entgegnete dieser und entsicherte die Waffe.

Die beiden Männer funkelten sich gegenseitig an. Viktor versuchte abzuschätzen, wie weit sein Partner wohl gehen würde.

„Er war einer von denen. Er hätte uns beide auch angegriffen.“

Sergeant Pegg schüttelte den Kopf. „Das wird die Untersuchung zeigen, bis dahin bist du erst mal verhaftet.“

Viktor lachte freudlos, und als er sicher war, dass sein Partner nicht sofort abdrücken würde, zog er blitzschnell die Waffe. Jetzt waren beide Mündungen auf den jeweils anderen gerichtet.

„WAFFE RUNTER!", brüllte Thomas Pegg und sein Finger legte sich an den Abzug.

„Weißt du, was uns beide unterscheidet, Thomas?", fragte Viktor seelenruhig.

„Einiges, aber was meinst du im Speziellen?", entgegnete er patzig und musterte Viktor aufmerksam.

Der Schuss peitschte durch die Luft und Thomas Pegg stürzte wie ein gefällter Baum nach hinten. Die Waffe glitt ihm aus den schlaffen Fingern, noch bevor er auf dem Pflaster aufschlug.

„Ich habe bereits Kollegen erschossen", beantwortete Viktor die Frage und hob die Waffe von seinem Partner auf. Nachdem er sie verstaut hatte, ging er langsam und bedächtig zum Streifenwagen zurück. Ihm war klar, dass es für die Tat keine Zeugen geben durfte.

„Terence, wir sollten uns mal unterhalten", rief er seelenruhig und richtet die Waffe auf die Seitenscheibe. Der Mann hob schützend die Hände.

„Bitte nicht. Ich werde es niemandem sagen. Sie haben mein Wort. Oh Gott …", bettelte er und rutschte auf die andere Seite der Sitzbank, soweit wie möglich von Viktor weg.

„Es tut mir leid, aber das geht nicht. Ich habe gerade einen Kollegen erschossen, mit dem ich seit vier Monaten zusammengearbeitet habe. Meinst du wirklich, dass ich es riskieren werde, dich am Leben zu lassen? Aussteigen, sofort!"

Terence schüttelte wild seinen Kopf.

„Nein, Mann. Ich bin doch nicht bescheuert. Wenn ich aussteige, knallst du mich ab." Viktor zuckte mit den Schultern und feuerte in den Wagen. Die Kugel traf Terence in der Brust. Seine Augen weiteten sich, fassungslos vor Schrecken. Blut sickerte aus der Wunde und färbte seinen Pullover dunkel. Gemächlich ging Viktor um den Wagen herum, steckte seine Waffe weg und öffnete die Tür. Der Getroffene fiel ihm fast entgegen. Mit geübtem Griff packte Viktor ihn beim Kragen und zerrte ihn aus dem Fahrzeug. Von dem Schuss angelockt, näherten sich drei Infizierte. Schnell zog Viktor seine Waffe und richtete sie auf die Wesen, besann sich dann aber eines Besseren.

„Ich glaube, dass wir zusammenarbeiten können", knurrte er.

Terence röchelte krampfhaft nach Luft, da die Kugel mindestens einen Lungenflügel erwischt hatte.

Gemächlich schloss Viktor die hintere Tür des Fahrzeugs und stieg dann wieder auf der Fahrerseite ein.

Die Infizierten hatten den Wagen nun erreicht, klopften gegen die Scheiben und starrten hinein. Viktor verhielt sich still und wartete einen Augenblick. Terence hustete Blut und keuchte. Der Augenblick war da. Die Untoten wendeten sich ihm zu. Im Seitenspiegel konnte Viktor sehen, wie seine Augen vor Angst groß wurden. Er versuchte zu fliehen, was ihm aber aufgrund der Schussverletzung nicht gelang. Die drei beugten sich über ihn und begannen ihr Mahl. Im Wagen hörte Viktor das Schmatzen und Gurgeln. Er sah, wie sie Eingeweide herausrissen und sich in die blutigen Münder stopften. Einen Augenblick lang bereute er seine Tat, doch schluckte er den metallenen Geschmack in seinem Mund herunter, atmete tief durch und startete den Motor.

„Wagen dreiundzwanzig an Zentrale. Wir wurden überrannt. Mein Kollege ist tot, der Zivilist hat ihn angegriffen. Ich kehre zum Revier zurück", meldete er über Funk und stieß ein leises Gebet aus, dass sie ihm keine Fragen stellen würden. In der heutigen Nacht waren schon schrägere Sachen geschehen und mit etwas Glück würde er mit diesen beiden Morden davon kommen - wie so oft.

„Wagen dreiundzwanzig, verstanden. Sorgen sie dafür ... dass ihr Kollege nicht wieder aufsteht. Die ... Zer ... Zerstörung des Gehirns ist der einzig richtige Schritt", ertönte die Stimme der Leitzentrale über Funk. Viktor musste innerlich grinsen.

„Bitte wiederholen, Zentrale", heuchelte er seine Überraschung.

„Sie haben richtig verstanden, zerstören sie das Gehirn. Sobald Sie damit fertig sind, lautet ihr neuer Befehl, sich zur Portage

Bridge zu begeben. Die Nationalgarde baut dort eine Barrikade auf.“

Ärgerlich knurrte Viktor und wischte sich den Schweißfilm von dem kahlen Schädel. Der Dienst schien einfach kein Ende zu nehmen.

„Verstanden.“

Serienkiller (zwei Jahre zuvor)

Seit Wochen hatte sie das Opfer beobachtet. Die junge Frau mit den langen braunen Haaren, den fröhlichen Augen und der ansteckenden guten Laune saß keine zehn Meter von ihr entfernt. Kaylee nippte an ihrem Wasser und lehnte sich in dem Loungesessel zurück.

Das Riverside, ein Nachtclub der gehobenen Kategorie, war rappelvoll. Junge Männer und Frauen tanzten zu wilder Musik, während die Luft erfüllt war von Parfüm, Schweiß und anderen Gerüchen, die Kaylee nicht weiter analysieren wollte. Die Musik dröhnte in ihren Ohren und immer wieder ertappte sie sich dabei, wie ihr Fuß im Takt der Bässe wippte. Sie strich ihre langen dunkelblonden Haare aus dem Gesicht und ließ ihren wachsamen Blick über die Gesichter der Menge wandern. Heute würde sie zuschlagen. Seit Wochen war sie auf der Jagd.

Heute würde es ein Ende haben. Ihre Finger zuckten vor Vorfreude und Kaylee lächelte kalt. Heute würde sie ihre Genugtuung bekommen. Diese Erlösung, auf die sie schon so viele Jahre gewartet hatte. Die anderen waren nur die ersten Versuche, aber in dieser Nacht sollte es tatsächlich stattfinden. Noch hatte die junge Frau, deren Name Sharon ist, keine Ahnung, was auf sie zukommen würde. Der Horror, den sie erleben wird, kann sich Kaylee nur zu gut vorstellen, doch es war notwendig. Nur so konnte ein unbändiger Trieb in Kaylees Innerem gestillt werden: Der Drang zu töten.

Der warme Sommerwind erfrischte sie angenehm, nach der stickigen Luft, die in dem Club vorgeherrscht hatte. Behutsam legte Kaylee das schwere Fernglas beiseite, durch das sie einen perfekten Blick in Sharons Wohnung hatte. Die hellrosa Gardinen verhüllten weder die Möbel eines schwedischen Möbelhauses, noch die unzähligen Porzellanfiguren, die in der Wohnung herumstanden. Bei dem Anblick lief Kaylee ein Schauer den Rücken hinunter. Wie man seine Wohnung nur so mädchenhaft gestalten konnte, war ihr noch immer ein Rätsel.

Ihr Vater hatte ihr schon in frühester Kindheit beigebracht, wie sie sich bei Jungs Respekt verschaffen konnte. Obwohl er immer gern einen Sohn gehabt hätte, war Kaylee die ersten Jahre das einzige Kind ihrer Eltern. Ihr Vater brachte ihr alles bei, was sie an diesem Tag so gut gebrauchen konnte. Die Jagd auf gefährliche Beute war das, was ihr am meisten Spaß machte. Wenn sie im selben Zug noch eine alte Rechnung begleichen konnte, umso besser.

Erneut setzte Kaylee das Fernglas an die Augen und ließ ihren Blick über die einzelnen Fenster wandern. Im Inneren saß Sharon gerade mit einem jungen Mann auf der Couch und sie konnte sehen, dass sie laut lachte. Wahrscheinlich hatte er ihr soeben einen charmanten Witz erzählt. Das markante, sauber rasierte Gesicht, mit den dunkelblauen Augen und den leicht gelockten Haaren, war Kaylee sofort aufgefallen. Der Mann war fast doppelt so alt wie die junge Sharon, doch das störte die beiden offensichtlich nicht. Kaylee ballte die Hand zur Faust und sog die Luft stoßweise ein. Ihr Puls raste. Adrenalin wurde in die Blutbahn abgegeben und sie musste sich stark zusammenreißen, um an ihrem Plan festzuhalten. Nicht mehr lange. Nicht mehr lange und sie würde ihre Rache genießen können. Endlich das Leben zu nehmen, das sie schon so lange nehmen wollte. Ein kaltes, aber glückliches Lächeln glitt über ihr hartes Gesicht und sie leckte sich über die Lippen.

Sharon beugte sich vor, küsste den Mann und er erwiderte ihren Kuss innig. Verächtlich schürzte Kaylee die Lippen und funkelte die beiden Turteltäubchen wütend an. Ein Stein drückte unsanft gegen ihren Oberschenkel, als sie sich leicht drehte.

Das Dach gegenüber von Sharon Wohnung war nicht sonderlich sauber, doch das störte Kaylee nicht. Zum gefühlt hundertsten Mal tastete sie nach ihrer kleinen schwarzen Tasche. Ihr Werkzeug, wie sie es gern nannte, befand sich an Ort und Stelle. Heute Nacht sollte es blutige Dienste leisten, das stand für Kaylee fest.

Aufmerksam sah sie sich um. Die Fenster um Sharons Wohnung herum waren dunkel. Nirgends rührte sich ein Vorhang oder eine Gardine. Niemand bemerkte sie, niemand würde sie von ihrer Tat abhalten.

Lautlos erhob sie sich im selben Moment, als Sharon ebenfalls aufstand und im Bad verschwand. Kaylee wusste genau, was nun passieren würde. Sie klopfte sich den Staub und die kleinen Steinchen vom Körper und verließ das Dach über die Feuertreppe zu ihrer Linken. Die Geräusche der Straße gelangten an ihr Ohr, doch abgesehen von vereinzelt fahrenden Autos, war niemand unterwegs.

In diesem Stadtteil von Buffalo nachts noch unterwegs zu sein, konnte lebensgefährlich sein. Bei dem Gedanken schlich sich erneut ein Lächeln über Kaylees Gesicht. Wenn die Bewohner wüssten, dass es auch zu Hause nicht sicher war, würden sie so schnell es geht, ihre Wohnungen verlassen.

Als sie die Straße erreichte, sah sie sich vorsichtig um. Der riesige Müllcontainer verdeckte sie optimal, sodass niemand, der vorbeikommt, sie entdecken konnte. Über Wochen hatte Kaylee diesen Ort geprüft. Jede Kleinigkeit hatte sie sich eingeprägt.

Aufmerksam las sie die Nummernschilder der Fahrzeuge, die in der schmalen Gasse parkten, und nickte zufrieden. Niemand Fremdes schien hier zu sein, keine Zivilstreife, die die Wohnung ebenfalls unter Beobachtung hatte. Die Abläufe der Polizei waren Kaylee wohl bekannt, war sie doch mit ihnen aufgewachsen. Der Asphalt strahlte noch immer die Wärme des Tages ab und viele Bewohner hatten ihre Fenster ein Stück geöffnet, so auch Sharon. Diese Eigenschaft hatte sie als das perfekte Opfer auserwählt und Kaylee lächelte zufrieden, als sie das schmale Badezimmerfenster durch ihren Feldstecher sehen konnte. Der Spalt war da, groß genug, um das Fenster vorsichtig weiter zu öffnen und durchzuschlüpfen.

Kaylee atmete tief durch. Wenn sie es vermasselte, würde sie mit ziemlicher Sicherheit heute Nacht sterben. Ein Hauch von Angst wanderte durch ihre Gedanken, doch verdrängte sie sie wieder. Ihre behandschuhten Finger ballten sich zur Faust und sie verschmolz mit der Dunkelheit, während sie die Feuerleiter am anderen Haus über das Wagendach eines Ford Escape erklomm.

Im Badezimmer roch es wie in einer Parfümfabrik und Kaylee musste sich ein Niesen verkneifen. Sharon hatte jede Menge unterschiedlicher Seifen, Lotion, Cremes und andere Körperpflegemittel auf jedem noch so kleinen Stellplatz im Bad verteilt. Hoch konzentriert, um nichts umzustoßen, stieg Kaylee durch den Spalt des Fensters ein. Angespannt wartete sie, bis sich ihre Augen an die Dunkelheit gewöhnt hatten. Ihr Atem ging schnell vom Emporklettern der Feuerleiter und sie wartete, bis er sich wieder normalisiert hatte.

Jede Faser in ihrem Körper stand unter Spannung. Es war dieser Moment, der sie jedes Mal wieder am meisten erregte. Der Moment, bevor sie ihre Tat vollbrachte. Vorsichtig öffnete sie die Badezimmertür einen Spalt und lugte in den kleinen Flur, der in das Wohnzimmer und in die Küche führte. Vom Wohnzimmer aus gelang man durch eine weitere Tür in das Schlafzimmer. Den Grundriss der Wohnung kannte Kaylee inzwischen in- und auswendig. Das helle Laminat passte gut zu den warmen Orangetönen der Wand und innerlich bewunderte Kaylee Sharons Geschmack. Auch wenn sie viel zu viel Kitsch herumstehen hatte, hatte diese junge Frau doch Stil.

Lautlos wie eine Katze huschte Kaylee den kurzen Flur entlang, presste sich gegen die Wand neben dem Türrahmen zum Wohnzimmer. Eine Männerstimme war zu hören und Kaylee lief ein eisiger Schauer über den Rücken. Wut, Angst und Hass brodelten in ihr. Schnell presste sie die Zähne aufeinander und atmete stoßweise, um die aufwallenden Emotionen zu bezwingen. Die Zeit würde kommen, doch jetzt noch nicht. Sie durfte jetzt keinen Fehler machen. Zu lange hatte sie auf diese Chance gewartet.

Bedächtig sah sie um die Ecke und prüfte das leere Wohnzimmer. Zwei Weingläser standen auf dem Glastisch und die Couch war verlassen. Erneut ertönte die Stimme des Mannes und Kaylee war sich sicher, dass sie aus dem Schlafzimmer kam. Erneut lief ihr ein Schauer über den Rücken. War sie vielleicht zu spät? Eilig sah sie auf die Uhr an ihrem Handgelenk und seufzte erleichtert. Nein, es würde noch eine ganze Weile dauern, bis es soweit war. Doch heute war sie hier, heute würde das Ganze ein Ende finden.

„So, meine Süße“, ertönte die raue Stimme des Mannes.

Immer wieder tauchten Bilder vor Kaylees innerem Auge auf. Die Augen eines Mannes, kaum zwanzig Jahre alt. Sie blieben kalt, während er sie anlächelte. Seine leicht lockigen Haare lagen ihm wirr auf dem Kopf und sein maßgeschneiderter Anzug stand ihm hervorragend. Vierzehn Jahre war es her. Vierzehn Jahre, in denen sie es nicht vergessen konnte.

Kaylee huschte über den dicken Teppich im Wohnzimmer, schob sich an der Wand entlang. Fotos von Sharon waren zu sehen. Fotos im Urlaub, mit Freunden und bei ihrer Abschlussfeier der Highschool. Eine junge Frau, die das Leben genoss.

Wut stieg erneut in Kaylee auf und sie spürte, dass es immer schwerer wurde, sie zu unterdrücken. Ein Hass, so tief, dass sie glaubte zu erschauern, als er an der Oberfläche leckte. Eine Kraft stieg in ihr auf. Sie spürte, wie diese Kraft sie durchfuhr. Ihre Sinne waren hellwach, ihre Muskeln bereit zuzuschlagen, dem Albtraum endlich ein Ende zu machen.

„Dann wollen wir doch mal sehen, was du zu bieten hast.“

Kaylee lehnte sich zur Seite, um durch die weit geöffnete Tür des Schlafzimmers zu blicken. Das Licht war erloschen, nur zwei dicke Kerzen standen auf dem Fensterbrett. Er wusste, was er tat, denn durch das Licht und die Vorhänge konnte niemand in den dunklen Raum sehen.

Kaylee konnte Sharon schemenhaft erkennen. Ihre Arme und Beine waren ans Bett aus dickem Eichenholz gefesselt. Ihr Atem ging flach, was Kaylee anhand des sich langsam hebenden und senkenden Brustkorbs erkannte. Sie hatte die Augen geschlossen und schien zu schlafen, doch Kaylee wusste nur zu gut, dass dies kein Schlaf war.

Oft hatte Kaylee sie dabei beobachtet, wie sie schlafen gegangen ist und sich im Schlaf gedreht und gewunden hatte. Oft hatte Kaylee darüber nachgedacht, was unweigerlich passieren würde. Auch wenn sich unter normalen Umständen alles in Kaylee dagegen gesträubt hätte, dies zu tun, so hatte sie nun keine Wahl. Es war ihre einzige und beste Chance, ihn aus dem Versteck zu locken.

Schon bald würde es ihm auch klar werden. Schon bald würde er bemerken, dass Sharon keines seiner Opfer war. Niemand, das er betäuben, vergewaltigen und auf bestialische Art und Weise ermorden konnte. Sie war der Köder!

Kaylee legte ihre schwarze Tasche auf den Boden, zog den Totschläger hervor, den sie von ihrem Vater bekommen hatte, und richtete sich wieder auf. Mit geübtem Blick erfasste sie jeden Gegenstand zwischen sich und dem Mann. Kein Teppich, über den sie stolpern könnte, kein Spiegel, in dem er sie kommen sah. Sie lächelte freudlos, atmete leise tief ein und spurtete los.

Panthergleich jagte sie durch die Finsternis. Vorbei an dem Türrahmen, der Kommode an der linken Wand des Schlafzimmers. Mit einem langen Schritt war sie über die Hausschuhe hinweg, die achtlos im Raum lagen. Der breite Rücken mit dem Jackett war keine zwanzig Zentimeter von ihr entfernt und sie schlug zu. Der Stab sauste durch die Luft und das mit Bleikugeln gefüllte Ende traf mit voller Wucht den oberen Rücken des Mannes. Ein erstickter Schrei ertönte, wobei er nach vorn taumelte und gegen das Fußteil des Bettes prallte.

Lachend atmete Kaylee aus und mit einem Tritt sorgte sie dafür, dass der Mann zu Boden ging. Noch bevor er sie ansehen konnte, sank sie auf seine Brust und verpasste ihm einen Schlag ins Gesicht, der ihn das Bewusstsein kostete.

Freude breitete sich in Kaylee aus und sie lachte zum ersten Mal seit Jahren erfreut auf. Der tiefschwarze See, der ihre Seele war, begann in ihr zu brodeln. Sie konnte spüren, wie ihr Gesicht vor Erregung glühte und sie presste die Zähne fest aufeinander, um die Emotionen zu unterdrücken. Noch war es nicht so weit, noch durfte sie sich nicht gehen lassen. Das war erst der Anfang.

Eine halbe Stunde später kam er langsam zu sich. Sein Blick flackerte und er zuckte vor Schmerz zusammen. Er bemühte sich, seine Schultern zu entlasten, stöhnte aber bei jeder Bewegung auf. Der Totschläger hatte mit absoluter Sicherheit das rechte Schulterblatt zertrümmert. Er stöhnte auf, als er sich bewegen wollte, und begann langsam zu realisieren, dass sich etwas verändert hatte.

Aus dem Schatten sah Kaylee wie er sich umsah, an den Fesseln zerrte, die ihn an den metallenen Stuhl banden. Seine ausgestreckten Hände waren an den Armlehnen fixiert, sodass er sie nicht bewegen konnte. Zehn Meter Seil hatte Kaylee verwendet, ebenso wie zwanzig Kabelbinder. Der Mann war an den Stuhl gebunden, als wäre er mit seinem Körper verwachsen. Eine für Kaylee bewährte Methode. Unmöglich zu durchbrechen.

Er zerrte an den Fesseln, doch der Schmerz, der von dem Schulterblatt ausging, ließ ihn schnell aufgeben. Hektisch sah er sich um, suchte seinen Peiniger, doch Kaylee hielt sich weiterhin versteckt und genoss die Show. Einer Raubkatze gleich, die ihr verwundetes Opfer bereits entdeckt hatte, und nur auf den richtigen Moment wartete, um zuzuschlagen. Das hübsche Gesicht des Mannes wirkte vor Angst verzerrt und Kaylee sog den Anblick auf, wie ein Verdurstender jeden Tropfen Regen. Sie spürte, wie der Anblick in ihren dunklen See floss, der einmal ihre Seele gewesen war. Eine Seele, die brutal beschädigt wurde, eine Seele, die nach Vergeltung schrie.

Mit aufreizenden Schritten trat sie aus dem Schatten und lächelte ihn an. Ein kaltes, herausforderndes und triumphales Lächeln. Lange hatte sie daran gearbeitet. Monatelang hatte sie es einstudiert und bei jedem ihrer Opfer zuvor ausprobiert, bis es perfekt war. Sie war das Raubtier, nicht er. Nie mehr würde er sie verletzten, nie mehr anderen Schaden zufügen. Kurz versicherte sie sich, dass Sharon noch betäubt auf dem Bett lag, bevor sie sich dem Mann zuwandte.

„Hallo Andrew“, hauchte sie und setzte sich auf die Bettkante ihm gegenüber. Überrascht sah er sie an. Dass sie seinen Namen kannte, hatte er vermutlich am wenigstens erwartet. Für einen

Augenblick war die Angst in seinem Gesicht zu erkennen. Dann hatte er sich wieder unter Kontrolle.

Aufmerksam sah er sie an. Der Knebel und das Klebeband hinderten ihn daran, mit ihr zu sprechen, weswegen er es nicht einmal versuchte.

„Ja, wir kennen uns“, beantwortete Kaylee seine ungestellte Frage und lächelte zuckersüß.

„Es ist … lass mich mal nachrechnen. Ach nein, das muss ich nicht. Ich weiß es, es ist genau vierzehn Jahre, drei Monate und sieben Tage her, als wir uns das letzte Mal sahen.“ Sie beugte sich vor und stützte sich mit den Armen auf ihren Knien ab. Ihr Gesicht war kaum einen halben Meter von Andrew entfernt und doch schien er sie nicht zu erkennen. Kaylee atmete flach und musste ihre Wut über diese fehlende Reaktion unterdrücken. Zu sehr hatte sie gehofft, dass er bei ihrem Anblick sofort wüsste, wer sie war und was er getan hatte. Nur mit größter Anstrengung gelang es ihr, ihre zur Faust geballten Finger wieder zu lösen und lächelte erneut.

„Ottawa vor vierzehn Jahren. Du warst … entschuldige, du hast dich als Student ausgegeben.“ Sie schlug die Beine übereinander und bemerkte seinen Blick, wie er an ihren strammen Schenkeln haftete. „Zwei kleine Mädchen. Du hast sie auf dem Rückweg von der Schule angesprochen“, half sie ihm auf die Sprünge.

Andrew runzelte die Stirn und sah sie erneut direkt an. Seine warmen Augen wurden mit einmal groß und ein Flackern der Wiedererkennung flammte in ihnen auf.

„Genau“, ermunterte sie ihn und lächelte erfreut, „Genau, du hast mich und meine Freundin Anabelle nach dem Weg gefragt. Hast uns Geschichten erzählt und uns Süßigkeiten gegeben.“ Anabelles Gesicht tauchte, wie jede Nacht, vor Kaylees innerem Auge auf. Die langen blonden Zöpfe, die Stupsnase, das fröhliche Lachen und die dunkelblauen Augen. Ihre beste Freundin, seitdem sie zusammen im Kindergarten waren. Tränen stiegen ihr in die Augen und sie blinzelte schnell, damit Andrew es nicht sah. Mit der geistigen Hand schöpfte sie schnell eine Kelle aus dem Teich der Wut. Die Trauer verflog.

„Du wolltest uns beide entführen. Hast uns am Arm gepackt und in deinen Lieferwagen gezerrt“, fuhr sie voller Abscheu fort. Sie konnte sehen, dass er sich erinnert. Sie waren seine zweiten Opfer, wie Kaylee später erfahren hatte. Ein Mädchen, das keine zehn Kilometer von ihr entfernt wohnte, war das Erste. „Ich konnte fliehen, doch du hast Anabelle behalten. Du hast sie mitgenommen und getötet.“ Tränen kullerten über Kaylees Wangen und sie konnte sie nicht stoppen. Immer mehr und mehr kamen und sie spürte, wie die Trauer immer größer wurde.

„Hmhhmpf“, sagte er und sie konnte an seiner Augenpartie erkennen, wie er lächelte. Noch bevor er etwas sagen konnte, schnellte Kaylees Faust vor und krachte auf seine Nase. Ein hässliches Knirschen ertönte und Andrew schrie vor Schmerz auf. Blut rann aus seiner gebrochenen Nase und Kaylee wischte sich eilig die Tränen beiseite. Sie zog die Nase hoch und atmete mehrere Male tief durch.

Ein Gemurmel lenkte kurz ihre Aufmerksamkeit auf sich und sie sah, dass Sharon langsam wieder zu sich zu kommen schien. Schnell stand Kaylee auf, schnappte sich einen Schal aus ihrer Tasche und ging zum Kopfende des Bettes. Andrews Blicke folgten ihr auf Schritt und Tritt und sie konnte fast hören, wie sein Verstand arbeitete. Er suchte einen Fluchtweg, verstand ebenfalls noch nicht ganz, wie es zu dieser Situation hatte kommen können.

Kaylee kniete sich aufs Bett, hob mit der linken Hand vorsichtig Sharons Kopf an und band dann den Schal vor ihren Augen fest. Sie achtet genau darauf, dass Sharons Nase und der geknebelte Mund frei waren und kehrte dann zu Andrew zurück, der auf der anderen Seite des Bettes an dem Stuhl gefesselt war.

„Du erinnerst dich also. Das ist gut, denn es macht doch keinen Spaß, wenn du dich nicht erinnerst“, stellte sie zufrieden fest und ließ ihre Tasche auf das Oberbett fallen. Das Klimpern ihres Werkzeuges war zu hören und für einen Augenblick konnte sie Sorge in Andrews Augen erkennen. „Ja, das ist alles für dich.

Ich habe Geschenke mitgebracht“, beantwortete Kaylee erneut seine ungestellte Frage und strahlte von einem Ohr zum anderen.

Immer wieder schwappten die Wellen ihres inneren Sees gegen ihren Verstand. Sie konnte spüren, wie lange, knochige Finger nach ihrem Geist griffen. Ein Wahnsinn brodelte unter der Oberfläche, eine aufgestaute Wut und ein Hass, der befreit werden wollte. Noch nie in ihrem Leben war sie derart von Gefühlen erfüllt. Ekstatisch vor Vorfreude, sah sie erst auf die Tasche, dann auf Andrew.

Dass ihm ihre Gemütsveränderung nicht entgangen zu sein schien, konnte Kaylee sofort sehen. Ungeachtet seiner Schmerzen zerrte er erneut an den Fesseln.

„Bemüh dich nicht. Dreizehn andere Kerle haben diese Fesseln auch nicht entfernen können. Ich bin sehr gründlich, musst du wissen“, berichtete sie und setzte sich wieder auf die Bettkante.

„Ich war fleißig, während ich im Grunde nur dich gesucht habe. Vielleicht hast du von den Morden in Kanada und den USA gehört.“ Sie lehnte sich etwas zurück und versuchte sich, an die Zeitungsartikel zu erinnern, die von ihren Taten berichteten. „Der Engel des Todes. Ich glaube, das war der Spitzname, den man mir gab. Hast du es mitbekommen?“, fragte sie, doch er schüttelte nur den Kopf. Kaylee nickte langsam und rieb sich den Nacken, da die schwarze Kleidung sie immer dort kratzte. „Es waren Männer wie du. Naja, nicht ganz …“, gestand sie und zuckte gleichgültig mit den Schultern.

„Sie haben ihre Opfer nicht getötet, so wie du. Die meisten haben einfach eine Droge in den Drink der Frauen getan und sie dann bei ihr zu Hause vergewaltigt.“

Allein bei dem Gedanken an die vielen Frauen, die diese dreizehn über die Zeit hinweg vergewaltigt haben mussten, drehte sich ihr der Magen um.

„Sie haben es verdient. Es war nicht schwer, weißt du?“ Kaylee stand auf und ging ein paar Schritte. Sie konnte es sich nicht leisten, dass ihre Muskeln nach dem Abfall des Adrenalinspiegels nun schlappmachten. „Wenn du einmal weißt, wie ein Raubtier seine Beute aussucht, erkennst du sie auf einen Blick. Ihr Gang, ihr

Auftreten, ihr Reden. All das verrät sie." Andrews Blick folgte ihr, während sie den Raum durchquerte ohne ihn aus den Augen zu lassen.

Sie ging zum Bett, öffnete die Tasche und zog eine Gartenschere hervor. Zufrieden ließ sie diese mehrmals zuklappen und trat dann neben Andrew. Sein Rasierwasser duftete angenehm, doch ignorierte Kaylee jedes Gefühl, dass dieses Monster für sie sympathisch machte. Allein die Erinnerung an Annabelles Gesicht reichte aus, damit sie wieder diesen abgrundtiefen Hass spürte.

Mit einer fließenden Bewegung nahm sie Andrews linke Hand, spreizte den kleinen Finger ab, setzt die Schere an und drückte mit aller Kraft zu. Der Stahl presste sich durch das Fleisch, zertrümmerte den Knochen und mit einem leisen Klatsch landete der Finger auf dem Boden. Andrew brüllte seinen Schmerz in den Knebel und Kaylee lächelte zufrieden.

Blut tropfte auf den dicken Teppich und färbte ihn rot. Ein angenehmes Gefühl breitete sich in ihr aus, als hätte sie Jahre lang den Atem angehalten und schmeckte nun zum ersten Mal wieder die süße Luft.

Einen Finger nach dem anderen trennte sie ihm auf diese Weise ab, was Andrew fast in den Wahnsinn trieb. Er zerrte an seinen Fesseln, die sich bereits in das Fleisch schnitten, warf den Kopf umher und beschimpfte sie ohne Unterlass. Durch den Knebel drang kaum ein richtiges Wort zu ihr durch und Kaylee tätschelte ihm mütterlich den Kopf.

„Keine Sorge, wir haben noch viel Spaß zusammen", flüsterte sie ihm ins Ohr, bevor sie ihm den letzten Zeigefinger abschnitt. Einzig seine beiden Daumen waren noch an ihrem Ort, ansonsten ragten nur kleine Stümpfe von seiner Handfläche ab. „Der menschliche Körper kann viel Schmerz aushalten. Ich werde es genießen", erklärte sie ihm lächelnd.

Plötzlich kam Bewegung ins Bett. Sharon war aufgewacht und zerrte an den Fesseln. Sie warf sich umher und schrie gegen ihren Knebel an. Schnell sprang Kaylee auf und ging zu Sharons Seite des Bettes.

„Alles gut. Dir wird nichts passieren, Sharon. Bitte beruhige dich!“, sagte sie und drückte die junge Frau an den Schultern auf die Matratze. „Ich bin hier, um dir zu helfen“, erklärte sie, doch wand sich Sharon weiter unter ihrem Griff. „Der Mann, der dich hier besucht hat, ist ein Vergewaltiger und Mörder“, fuhr sie fort und mit einem Mal lag Sharon still und drehte ihren Kopf in Kaylees Richtung.

Sie sagte etwas in ihren Knebel, doch konnte Kaylee es nicht verstehen. Kaylee‘s Gedanken irrten umher. Wenn sie den Knebel entfernte, würde Sharon vielleicht um Hilfe rufen und ihren Plan ruinieren. Auf der anderen Seite musste sie Todesangst haben, was Kaylee ihr nicht eine Sekunde übelnehmen konnte.

„Ich habe ihn seit Jahren gejagt und endlich hier gefunden. Er wird dir nichts mehr tun, doch wird er noch Buße tun müssen.“ Sanft strich Sie eine Haarsträhne aus Sharons Nase und rang weiter mit sich.

„Ich musste dir die Augen verbinden, damit du mich nicht wiedererkennen kannst. Es tut mir sehr leid, aber das, was ich mit ihm machen werde, wird nicht schön“, erklärte sie ehrlich und konnte erkennen, dass Sharon ihr aufmerksam zuhörte.

Sie atmete schnell und ihre Muskeln waren weiterhin angespannt, doch bewegte sie sich nicht mehr als nötig. Der Stuhl rutschte ein Stück über den Teppich und Kaylee wandte sich wieder Andrew zu, der versuchte, durch ruckartige Bewegungen den Stuhl zum Umfallen zu bringen.

„Ach Andrew, was tust du denn da? Es scheint, als würdest du unser Beisammensein nicht genießen. Wohin möchtest du denn?“, fragte sie und ihre Augen glänzten gefährlich. Sie klappte die Gartenschere zusammen, fixierte die beiden Scherenblätter, sodass sie vorn die leicht abgerundete Spitze hatte.

Mit ein paar Schritten war sie wieder bei ihrem Opfer, drückte die Spitze in den Stumpf des vormaligen rechten Mittelfingers und Andrew schrie auf. In seinem Blick flackerte der Wahnsinn und als sie die Schere einige Male herumdrehte, wurde er ohnmächtig. Der vormals weiße Teppich verfügte inzwischen über einen großen roten Fleck, der immer weiter wuchs.

„Hmmpf hmmpf hmpppf hmppf?", ertönte es von Sharon und Kaylee ging wieder zu ihr zurück. Allen Sorgen zum Trotz entfernte Kaylee vorsichtig den von Andrew angebrachten Knebel und Sharon atmete gierig ein.

„Danke", flüsterte sie und Kaylee lächelte, was sie jedoch aufgrund der Augenbinde nicht sehen konnte.

„Keine Ursache. Bitte ... ruf nicht um Hilfe. Er ist gerade ohnmächtig, aber muss noch büßen." Kaylees Hand schwebte über Sharons Mund, sodass sie ihn jederzeit zuhalten konnte, sollte sie schreien.

„Verstanden", flüsterte sie und eine Gänsehaut bildet sich auf ihren Armen. „Was ... was machst du mit ihm?" Kaylee überlegte kurz, ob sie ihr die Wahrheit sagen sollte, oder lieber nicht.

„Ich sage es mal so ..., dein Teppich muss leider verbrannt werden. Tut mir leid."

„Ich konnte ihn sowieso nie leiden", antwortete Sharon und grinste vorsichtig. Ihre Angst vor Kaylee war nur allzu deutlich auf ihrer gekräuselten Stirn und den angespannten Armmuskeln zu erkennen.

„Ich bin hier, um ihn seiner gerechten Strafe zuzuführen. Es tut mir so leid, dass du da mit reingezogen wurdest, aber ich hatte keine Wahl."

Andrew stöhnte und hob langsam wieder den Kopf.

„Was heißt das, du hattest keine Wahl?", fragte Sharon, wie beiläufig.

„Ich brauchte einen Köder ... und habe ein Profil von dir auf vielen Singlebörsen angelegt. Hier sucht er seit einigen Jahren seine Opfer aus ...", gestand Kaylee und stand vom Bett auf, um sich wieder Andrew zuzuwenden.

„Du hast mich ... ihm vorgeworfen?", keuchte Sharon und Kaylee konnte den erneuten Schmerz in ihrer Stimme hören.

„Ich war immer bei dir, habe dich beschützt. Seit ein paar Wochen folge ich dir."

Sie rammte die Spitze der Schere mit voller Wucht in Andrews rechte Kniescheibe.

„Du WUSSTEST aber, was passieren wird!"

Kaylee schaute betreten zu Boden und drehte die Schere genüsslich herum. Das schlechte Gewissen, das sie wegen Sharon hatte, trübte jedoch das Vergnügen an Andrews Schmerzensschreien. Immer wieder knackte es, wenn die Stahlschere über die Knochen schrammte.

„Er konnte dir nichts tun, ich war immer da. Es ist kein Trost, ich weiß ...“, gestand sie und zieht die Spitze ruckartig aus dem Knie. „Er wollte dich vergewaltigen, dann foltern und anschließend töten. Das zieht er gern über mehrere Tage hin, wie du vielleicht aus den Zeitungen erfahren hast“, berichtete Kaylee, um die Lage zwischen ihnen beiden zu entspannen. „Er musste aufgehalten werden ... unter allen Umständen!“ Sharon schluchzte und Kaylee sah sie verstört an. Sie hatte angenommen, dass Sharon glücklich über ihre Rettung wäre. So, wie es der Großteil der dreizehn Frauen gewesen war, die sie vor ihrem Schicksal bewahrt hatte. Sharon jedoch zeigte keinerlei Freude, sondern schien sich noch mehr zu fürchten. Diese Emotionen waren für Kaylee nicht nachvollziehbar.

„Sharon? Ich wünschte, es wäre anders gegangen, aber du bist in Sicherheit. Niemand tut dir etwas.“

„Hmppf! Hmpf! hmppf hmmpff!“, fluchte Andrew und zuckte unter den Schmerzen immer wieder zusammen, die von seinen überreizten Nerven ausgingen.

„Du mich auch, Andrew!“

„Hiiiiiiiiiiiiilllllllllllllllllllllllllffffffffffffeeeeeeeeeeeeeeeee!!“

Der Schrei ließ Kaylee zusammenzucken. Schnell wandte sie sich wieder Sharon zu, die soeben tief Luft holte und erneut laut und schrill um Hilfe rief. Sofort wurde Kaylee klar, dass ihr Plan nicht mehr aufgehen würde. Die Wände waren zwar nicht dünn, jedoch würde der dicke Nachbar über ihr mit Sicherheit ihren Ruf hören. Er war jede Nacht lange auf und wenn er keine Pornos im Fernsehen sah, dann las er ein Buch.

Andrew lachte. Er lachte und Tränen liefen seine Wangen herab. Sein triumphaler Blick war mehr, als Kaylee ertragen konnte.

Sie griff in die Tasche, holte ein kleines Instrument hervor, zog die Plastikkappe ab und ließ das Skalpell durch ihre Finger gleiten. Andrews Augen weiteten sich, als er erkannte, was sie da hatte und rüttelte erneut an den Fesseln. Jegliche Schadenfreude war augenblicklich aus seinem Gesicht verschwunden.

„Das war anders geplant. Du solltest noch viel mehr leiden, aber so müssen wir es beschleunigen“, flüsterte sie ihm ins Ohr.

Ohne Vorwarnung rammte sie die scharfe Klinge in seine Genitalien. Mühelos drang sie ein und Blut spritzte hervor. Andrew kreischte in den Knebel, während Sharon weiter um Hilfe rief. Ihre Stimme war jedoch leiser geworden, als wollte sie hören, was neben ihrem Bett passierte.

Kaylee drehte die Klinge herum, sodass sie nun nach oben zeigte und mit Kraftanstrengung gelang es ihr, das Chirurgeninstrument durch seine Leiste, seine Bauchdecke, seine Brust bis hin zu den Schultern zu führen. Schnell machte sie einen Schritt zur Seite, als der Druck des Magens die aufgeschlitzte Haut sprengte und zusammen mit einer wahren Fontäne an Blut zu Boden fiel.

Geschockt starrte der Vergewaltiger und Mörder wie seine Innereien aus dem gewaltigen Schlitz glitten. Längst schrie er nicht mehr. Sein Verstand war nicht mehr in der Lage, den Schmerz zu verarbeiten.

„Das ist für Annabelle“, knurrt sie und stieß das blutige Skalpell erst in das rechte, dann ins linke Auge, bevor sie es an seinen Hals setzte.

„Polizei, Öffnen Sie die Tür!“, erklang die befehlsgewohnte Stimme eines Mannes auf dem Flur. Kurz überflutete Panik Kaylees Verstand und sie sah sich nach einem Ausweg um. Keiner ihrer Pläne sah eine überstürzte Flucht vor. Ihre mit Blut besudelte Kleidung würde in jedem Fall eine Spur hinterlassen.

Ein dumpfer Schlag gegen die Wohnungstür war zu hören und ihr wurde klar, dass in wenigen Sekunden mindestens zwei Beamte im Raum stehen würden. Das dumpfe Pochen wurde von einem krachenden Splittern abgelöst, als das Schloss nachgab und sich die Tür öffnete.

Kaylee gab ihrem Handgelenk einen Ruck und durchtrennte Andrews Halsschlagader. Einem Springbrunnen gleich spritzte das Blut bei jedem Herzschlag in einem hohen Bogen aus seinem Hals. Zwei Männer tauchten in der Tür auf, sahen von Sharon zu Andrew, von Andrew zu Kaylee und zogen ihre Waffen.

Ihre Aufforderung, das Skalpell fallen zu lassen, nahm Kaylee noch wahr. Zufriedenheit breitete sich in ihr aus. Niemand würde Andrew mehr retten können. Niemandem würde er mehr wehtun können. Sie ließ das Skalpell fallen, hob die Arme ganz langsam und verschränkte die Finger hinter ihrem Kopf, bevor sie sich auf die Knie, in den bluttriefenden Teppich kniete.

Aufgelesen

Chan, Michael und Rufus sind seit Tagen wieder unterwegs. Nachdem sie dem Tod in dem kleinen Dorf nur knapp entkommen sind, haben sie sich wieder auf ihren Weg Richtung Süden gemacht. Der rote Mustang GT liegt ruhig auf der Straße, während Michael ihn mit siebzig Kilometern pro Stunde vorwärts scheucht.

Aufgrund der eintönigen Fahrt schweifen Michaels Gedanken immer wieder zu Eliza ab. Ihr Tod hat ihn schwer getroffen. Beinahe jede Nacht sieht er sie in seinen Träumen. Mal ist es die witzige und kluge Frau, mal der blutrünstige Zombie. Eine Träne läuft seine Wange herab. Tief haben sich ihre kleinen Frotzeleien in sein Gedächtnis eingebrannt. Wie sie sich gegenseitig in den gemeinsamen Nächten geneckt haben. Die Erinnerungen an ihre sanfte Stimme und die klaren grünen Augen lassen sein Herz schmerzen.

„Was würde ich dafür geben, sie noch einmal in den Armen halten zu können?“, flüstert er mit belegter Stimme.

„Hmm?“, ertönt Chans fragende Stimme, doch Michael schüttelt den Kopf.

„Sorry, habe nur mit mir selbst geredet.“

Eliza’s Bild verschwindet vor seinen Augen und er konzentriert sich wieder auf die Straße.

Seit der Flucht ist Chan stiller als sonst geworden. Er beschwert sich nicht mehr über seine Schmerzen am Hintern, sondern hängt fast die ganze Zeit seinen Gedanken nach. „Ich glaube nicht, dass meine Eltern noch leben“, teilt er unvermittelt mit.

Zuerst reagiert Michael nicht, bis die Botschaft durch seine Gedanken sickert. Er wendet sich Chan zu.

„Wie kommst du darauf?“

Chan zuckt träge mit den Schultern. „Ich habe gesehen, wie sich einige Hundert Leute in wenigen Tagen mit dem Virus infiziert haben. Wie soll meine Familie da überlebt haben?“ Gedankenverloren krault er den großen Kopf des Labradors.

Rufus hat es sich in der Zwischenzeit auf der Rückbank bequem gemacht und den Kopf auf die Mittelkonsole gelegt. „Es ist unmöglich, diese Welt als Lebender zu durchqueren. An jeder Ecke wartet der Tod und er jagt dich“, erklärt Chan verbittert und sieht aus dem Fenster.

„Wir haben überlebt. Das darfst du nie vergessen. Das macht die Toten nicht wieder lebendig … du weißt was ich meine“, antwortet Michael und presst wütend die Zähne über diese Formulierung zusammen.

„Ich bin wütend!“

Überrascht sieht Michael ihn an.

„Wütend?“

Chan nickt und seine Augen blicken traurig aus der Seitenscheibe. „Es ist einfach so ungerecht. Gute Menschen, die sich für andere einsetzen, müssen sterben. Und diese Zombies? Sie haben keine Seele, keine Ziele, außer dem Fressen. Sie leben einfach weiter.“

Michael nickt zustimmend. „Das ist wahr, aber was können wir tun? Wir haben nicht genug Munition um jeden Zombie auf dieser Welt zu töten?“

„Jeden töten, den wir töten können“, erwidert Chan mit eisiger Stimme und zeigt nach vorn.

Auf der Straße, keinen Kilometer vor ihnen, schwankt eine Gestalt entlang. Hass und Wut lodern in Michael auf und er bremst den Wagen ab.

„Was machst du? Fahr ihn um!“, fordert Chan grimmig. Michael schüttelt jedoch den Kopf.

„Nein, ich werde ihn persönlich töten, für das, was seine Artgenossen getan haben.“

Chan greift sich sein Brecheisen aus dem Rucksack zwischen seinen Füßen.

Der kalte Winterwind pfeift Michael ins Gesicht, als er aus dem im Leerlauf brummenden Mustang steigt. Fest schließen sich seine Finger um den Griff des Schlagstocks. Viel zu viele Menschen mussten sterben, ohne dass sie etwas hätten tun können. In seinen

Gedanken reift die Überlegung, ob sie vielleicht der Grund waren, wieso die Seuche das Dorf erobert hat. Ohne sie wäre die Gruppe nicht zum Rasthof gefahren. Eliza und die anderen könnten noch leben. Einem Stich gleich, schmerzt sein Brustkorb und Michael atmet tief durch. Den Gedanken für ihren Tod verantwortlich zu sein, kann er kaum ertragen. Seine Brust schnürt sich zu. Die Welt scheint sich zu drehen.

„Michael?", ruft Chan besorgt, was Michael aus seiner Panikattacke reißt.

Der Zombie schwankt schneller heran und das schaurige Stöhnen kommt aus seiner aufgerissenen Kehle. Der übergewichtige Mann in einem blauen Overall streckt die Arme aus und will die beiden an sich reißen.

Chan lässt das Brecheisen nieder krachen und erst der rechte, dann der linke Mittelarmknochen zersplittert. Seine Arme baumeln nutzlos am aufgedunsenen Körper, was den Zombie jedoch nicht stoppt. Mit der Spitze des Schlagstocks drückt Michael gegen dessen Brust, sodass er den Zombie auf Abstand halten kann. Dieser schnappt wütend nach seinem Peiniger, kann ihn jedoch nicht erreichen. Ein fauliger Geruch strömt von ihm aus und Geifer läuft ihm aus dem entstellten Mund. Rufus bellt aus dem Fond des Wagens, doch ignorieren ihn die beiden. Erneut schlägt Chan zu und der Zombie fällt zu Boden.

Mit seinen gebrochenen Armen schlägt er nach ihnen, kommt jedoch nicht heran. Die beiden sehen ihm mitleidlos zu und Michael verpasst ihm einen Tritt gegen den Oberkörper, der die Rippen knacken lässt. Chan fällt mit ein und eine unzählige Menge an Tritten prasselt auf den am Boden liegenden Zombie ein.

Knochen brechen, Haut und Fleisch werden von den Knochen gerissen, und doch hören die beiden nicht auf. Der Untote versucht sich zu wehren, jedoch gelingt es ihm nicht. Mit dem Schlagstock prügelt Michael nun auf den Schädel ein. Der Zombie erschlafft und Gehirn spritzt in alle Richtungen. Immer wieder und wieder schlägt Michael auf ihn ein, bis der Schädel einer breiigen Masse gleicht.

Langsam verschwindet Elizas Lächeln vor seinem inneren Auge und er kehrt zurück in die Realität. Mühsam erhebt er sich wieder auf und betrachtet die Spritzer auf seiner Kleidung. Die blutverschmierte Waffe wischt er am Overall des Zombies ab.

Beide atmen schwer vor Anstrengung.

„Das tat gut“, keucht Chan und sieht sich nach weiteren Opfern um, kann jedoch keine entdecken. Michael stimmt ihm zu und lehnt sich an den Mustang.

„aaaaaaaaaahhhhhhhhhhhhhhh“, brüllt er seine Wut heraus.

Erst als ein Stöhnen ertönt, wird Michael klar, wie dumm diese Tat war. Ungefähr zehn Untote kommen schwankend aus dem Wald.

„Das ist nicht euer Tag, Jungs“, knurrt Michael. Chan umschließt den Griff der Brechstange fester und stellt sich neben Michael. Sein Gesicht ist vor Wut verzerrt und zusammen stürmen sie los.

Der Schlagstock zertrümmert die Stirn und Nase des Schädels des ersten Untoten. Noch bevor der Zombie den Boden berührt, hat Michael ihn wieder herausgezogen und trennt mit einem kräftigen Schlag einen Kopf vom Rumpf. Die Knochen splittern, als die stumpfe Waffe das angebrochene Genick zerstört und der Kopf in der Wiese verschwindet. Chan zertrümmert mit seinem Brecheisen einen Schädel nach dem anderen. Blut, Gehirn und Knochenreste kleben bereits an dem Eisen, doch es stört ihn nicht.

Keine fünf Minuten später wischen sie die Überreste der Zombies von ihrer Kleidung. Die Überreste befinden sich in keinem besseren Zustand als der Zombie im Overall, doch die Trauer bleibt in den Herzen von Chan und Michael.

„Es hilft irgendwie nicht“, stellt Chan traurig fest, doch Michael entgegnet: „Es wird sie nie wieder lebendig machen, aber jeden Zombie, den wir töten, hindern wir daran, jemanden zu infizieren.“

„Seid ihr fertig?“, ruft eine Frau aus dem Wald. Sie zucken sichtlich zusammen und sehen sich nach dem Ursprung um. „Ich komme raus, wenn ihr mir versprecht, mich nicht ebenso zuzurichten wie diese Kreaturen."

Michael rammt den Schlagstock auf den Boden, wodurch er wieder in den Griff zurückgleitet. Dann steckt er ihn in den Gürtel und Chan lässt das Brecheisen sinken. Die Frau, die nun zwischen den Bäumen hervor kommt, ist kaum größer als Chan und sehr schmächtig. Ihre langen braunen Haare sind verfilzt und die Kleidung schlabbert an ihr herum.

„Ich bin Becky", stellt sie sich vor und Michael nennt ihre Namen. „Ihr habt mich gerettet. Diese Gruppe hat mich seit drei Tagen belagert, nachdem ich auf einen Baum geflohen bin."

Das linke Bein zieht sie etwas nach, was Becky jedoch zu kaschieren versucht. Michael ist klar, dass sie versucht, nicht verletzlich zu wirken.

„Ich suche eine Mitfahrgelegenheit, und da ihr das erste Auto seid, das hier überhaupt vorbei kommt und dazu noch anhält, wollte ich die Chance nutzen."

Sie bleibt in einigen Metern Entfernung vor den beiden stehen und mustert sie aufmerksam. Die Art, wie sie die beiden ansieht, missfällt Michael etwas. Obwohl Becky harmlos wirkt, sind ihre Augen sehr wachsam, was auf ein geschultes Verhalten zurückzuführen scheint.

„Ich glaube nicht, dass wir eine gute Gesellschaft sind. Wir ziehen das Pech regelrecht an", entgegnet Michael und Chan stimmt ihm zu.

„Sehe ich vielleicht aus, als wäre ich vom Glück verfolgt?", fragt sie gereizt. „Vor Tagen habe ich mir den Knöchel übelst verstaucht und musste auf einen Baum klettern, um nicht gefressen zu werden. Dort wäre ich mit Sicherheit verhungert, wenn ihr nicht gekommen wäret."

„Du wärst vorher verdurstet", berichtigt Chan unnötigerweise und Becky wirft ihm einen vernichtenden Blick zu.

„Danke, das baut mich auf." Ihr Gesicht ist vor Dreck verkrustet und auch die Arme sehen nicht besser aus.

„Was ist passiert?", fragt Michael und deutet auf ihre Arme.

„Ich habe versucht, meinen Geruch zu überdecken. Der Schlamm hat mich eine Weile geschützt, ich konnte mich an einer Gruppe von gute hundert dieser Viecher vorbei schleichen. Aber irgendwann wurde er trocken und spröde. Da haben mich zwei wahrgenommen und verfolgt."

Sie streicht sich eine Haarsträhne aus dem Gesicht. „Ich habe leider nichts, was ich euch geben könnte, aber bitte nehmt mich mit."

Michael nickt zustimmend und weist sie an, auf dem Beifahrersitz Platz zu nehmen.

„Chan, du gehst nach hinten."

Er stimmt widerstrebend zu, doch ist er so in der besseren Position zu reagieren, falls Becky irgendwelche Probleme macht. Als sie dem Wagen näherkommen, bleibt Becky wie angewurzelt stehen.

„Ach man, das kann doch nicht wahr sein. Wieso habe ich immer so ein Pech?" Fragend sieht Chan sie an und Becky knirscht mit den Zähnen. „Ich bin allergisch gegen Hunde."

Die Fahrt geht mit weit geöffnetem Beifahrerfenster weiter. Nachdem Becky die erste Niesattacke überstanden hat, geht es ihr ein wenig besser.

„Und wie ist deine Geschichte?", fragt Michael sie, doch Becky schüttelt den Kopf.

„Nichts Besonderes. Verfolgt, fast gefressen, gerettet. Mehr müsst ihr nicht wissen." Chan reicht ihr einen Schokoriegel von hinten. Ihr Gesicht erhellt sich mit einem Lächeln. So schnell sie kann, packt sie den Schokoriegel aus und beißt hinein.

„Ohhhh, mein Gott, ist das gut."

Michael grinst gezwungener Maßen.

„Da hast du vollkommen recht. Wir haben noch ein paar Lebensmittel, die dürften eine Weile reichen. Wohin willst du?"

Genüsslich kaut sie und hat die Augen geschlossen.

„Ist mir egal, Hauptsache weg von hier. Die Großstädte sollten wir jedenfalls meiden. Da habe ich ganz schlechte Erfahrung gemacht", antwortet sie und die beiden nicken zustimmend.

„Woher kommst du?“, fragt Chan und reicht ihr eine Flasche mit Wasser. Becky trinkt gierig einige lange Schlucke und lehnt sich zufrieden zurück.

„Ich komme aus Brantford, nicht weit von hier.“

Ihr Weg führt sie weiter die Straße hinab. Sie durchqueren einen kleinen Ort, dessen Häuser im viktorianischen Stil beinahe alle einer Feuersbrunst zum Opfer gefallen sind. Einschusslöcher in den Hauswänden sind stumme Zeugen einer heftigen Schlacht. Gerade als sie den anschließenden Wald hinter sich gelassen haben, verringert Michael überraschend die Geschwindigkeit.

„Siehst du auch, was ich sehe?“, fragt Chan ungläubig und Michael nickt.

Keinen Kilometer vor ihnen ist der Großteil der Landstraße versperrt. Der Rumpf einer Boeing 747 hat sich quer darüber ausgebreitet. Wrackteile liegen versprengt überall herum. Michael stoppt den Wagen einige Meter vor dem Rumpf.

„Willst du echt das Flugzeug durchsuchen?“, fragt Becky vorsichtig und bindet sich die langen Haare zu einem Zopf.

„Wir könnten Vorräte brauchen und meistens haben die Fluggäste auch einige Sachen dabei. Wir sollten die Gepäckstücke durchsuchen und alles mitnehmen, das uns hilft“, antwortet er und wirft immer wieder einen misstrauischen Blick auf das Flugzeug. In Gedanken sieht er bereits, wie eine Horde Untoter hinter dem Flugzeug hervor kommt und sie überfällt.

„Es muss schon eine ganze Weile hier liegen. Die letzten Maschinen, die ich noch gesehen habe, flogen vor über zehn Monaten“, gibt Chan zu bedenken und Becky stimmt ihm zu.

„Er hat recht. Die Maschine liegt mit Sicherheit schon viele Monate dort und wir werden nicht die Ersten sein, die hier vorbei gekommen sind. Sie ist bestimmt schon ausgeräumt worden, oder wird von den Insassen verteidigt.“

Michaels Magen verkrampft sich bei dem Gedanken, dass sich in dem Flugzeug noch Hunderte von Zombies befinden könnten, die angeschnallt an ihren Sitzen für immer dort verweilen würden.

„Das ist denkbar", räumt er ein und wägt bedächtig ihre Chancen ab. „Wir können es uns ja erst einmal genauer von außen ansehen", entscheidet er schließlich.

Widerwillig steigen sie aus, wobei Becky darauf achtet, dass Rufus den Wagen nicht verlässt. Der Hund würde mit Sicherheit in die Eingeweide des Flugzeuges vorpreschen und Zombies aufscheuchen. Chan geht als Erster zum Wrack und lauscht an ihm, bevor er wieder zu den anderen beiden zurückkommt.

„Ich konnte keine Geräusche aus der Maschine hören. Sie wirkt verlassen, aber mein Leben würde ich nicht darauf verwetten", berichtet er und zittert nervös.

„Was sollen wir tun, Michael?", fragt Becky.

Er sieht sich unsicher um, doch ist ihm bewusst, dass ihre eigenen Vorräte langsam zur Neige gehen. Seit einigen Tagen haben sie schon keine Lebensmittel mehr gefunden und der Bestand wird schnell aufgebraucht, auch wenn sie so wenig wie möglich essen.

„Wir untersuchen es", entscheidet er entschlossen.

Das Metall des Flugzeuges ist an vielen Stellen verbogen und aufgerissen, sodass scharfe Kanten sich ihnen entgegen strecken. Michael muss höllisch aufpassen, um sich nicht die Arme und Beine aufzuschneiden, während er in den Rumpf eindringt. Durch die Notlandung - sie sind sich einig, dass es kein direkter Absturz war - wurde der Boden des Rumpfes aufgerissen und ihnen die Möglichkeit gegeben hier einzudringen.

Becky und Chan folgen Michael dichtauf, jeder mit einer Waffe im Anschlag. Er selbst hat seine .357er-Magnum in der Hand, nachdem er alle sechs Kammern des Trommelrevolvers nachgefüllt hat. Durch den Rumpf gelangen sie in den Frachtraum der Boeing. Überall liegen Koffer und Taschen verstreut, nur selten gehalten von den Sicherheitsnetzen. Die meisten der Gegenstände sind bereits geöffnet, was Michael enttäuscht. Er fährt sich mit den Fingern durch die Haare und kniet sich vor einen durchwühlten Koffer.

„Mist. Ich dachte wirklich, dass wir etwas von Wert erbeuten werden."

Obwohl die Chance mehr als gering war, hatte er doch gehofft, dass noch niemand zuvor am Flugzeug war. Diese Hoffnung wurde jedoch zunichte gemacht. Sie quetschen sich durch die enge Umgebung, müssen ständig über Gepäckstücke klettern und versuchen dabei sämtliche Ecken zu überprüfen, in denen sich ein möglicher untoter Angreifer verstecken könnte.

„Sicher!", ruft Chan und kurz darauf auch Becky. Michael kann ebenfalls nichts Verdächtiges entdecken und klettert zu ihnen zurück.

„Sieht so aus, als wäre uns schon jemand zuvor gekommen. Wir sollten die verbliebenen Sachen rausschleppen und noch mal durchsuchen. Vielleicht finden sie noch Kleidung oder etwas anderes, das wir noch benötigen können", schlägt er vor und Chan stimmt zu.

„Die Kabine scheint noch verschlossen zu sein. Vielleicht finden wir im Handgepäck wichtige Sachen."

Eilig schüttelt Becky den Kopf.

„Eine Boeing dieser Größe fasst einige Hundert Passagiere. Wenn die Luken noch verschlossen sind, heißt das mit absoluter Sicherheit, dass sich die Passagiere noch darin befinden. Die Einzigen, die eine Tür nicht öffnen können, sind Zombies!"

„Sie hat vollkommen recht. Wir riskieren doch nicht unseren Arsch für ein paar Klamotten oder angeschimmelte Schokoriegel! Wir sollten die Koffer durchsuchen und uns danach weiter auf den Weg machen", stimmt Chan ihr kopfnickend zu.

Michael sieht die beiden fest an. „Schon mal drüber nachgedacht, dass wir Medikamente dort drin finden könnten? Was ist, wenn jemand von uns krank wird? Wir haben nichts bei uns, und das Wetter wird immer schlechter."

Becky schüttelt weiter den Kopf.

„Ich werde diese Todesmaschine nicht betreten, Michael, das kannst du vergessen. Leichen, die an ihre Sitze festgegurtet sind und nach uns schnappen, während wir ihr Handgepäck durchsuchen … allein bei dem Gedanken muss ich kotzen. Noch schlimmer wäre es, wenn sie nicht mehr angeschnallt sind“, entgegnet sie entschlossen.

Verständnisvoll nickt Michael. Nur zu gut kann er Beckys Einstellung verstehen. Zwingen will er sie definitiv nicht. Daher wendet er sich an Chan. „Chan, ich möchte, dass du an der Tür auf mich wartest und mir Deckung gibst, wenn ich eilig wieder raus muss.“

Der dicke Asiate starrt ihn ungläubig an.

„Ich?“

„Ja, du. Ich weiß, dass du Angst hast, aber ich kann dort nicht ganz allein reingehen. Auf unserem Weg in den Süden könnten wir auf Medikamente oder andere Sachen angewiesen sein, die wir in diesem Flugzeug finden können. Ich muss es versuchen.“

Er kann deutlich sehen, wie Chan zittert, und verflucht sich innerlich dafür, dass er seinen Freund dazu nötigen muss. Mit Sicherheit denkt Chan wieder an das Geschehene im Gasthof, als er mit einem Zombie zusammen die Treppe heruntergefallen ist. Um ein Haar wäre er von diesem infiziert worden.

„Ich muss mich hundertprozentig auf dich verlassen können. Wenn ich aus dem Flugzeug gerannt komme und diese Missgeburten hinter mir her sind, musst du mir helfen. Kann ich mich darauf verlassen?“ Er packt den Kopf seines Freundes mit beiden Händen und starrt ihm fest in die Augen.

„Das kannst du!“, antwortet Chan nach einigen Sekunden entschlossen und hält seinem Blick stand. Michael ist zufrieden und wendet sich dem Flugzeug zu. Er sieht sich den Rumpf genauer an und murmelt leise: „Wie komme ich am besten in das Flugzeug?“

Da das Fahrgestell die Notlandung ebenso wenig überstanden hat, wie ein Großteil des Rumpfes und einer halben Tragfläche, haben sich Michael und Chan für den einfachsten Weg entschieden. Der Mustang wird nah genug an die, in leichter Schieflage liegende Boeing, herangefahren, und Michael wird von seinem Dach aus versuchen, die Haupteinstiegsluke vorn zu öffnen.

Nach einigen Versuchen gelingt es ihm schließlich, die Tür zu öffnen. Der Gestank, der ihnen entgegenschlägt, treibt sie jedoch schnell wieder zurück. Eine unbeschreibliche Mischung aus Fäulnis, Exkrementen und anderen Gerüchen schlägt ihnen wie eine Faust entgegen. Michaels Magen rebelliert. Er kann es nicht mehr zurückhalten und muss sich übergeben.

„Oh mein Gott", keucht er und muss erneut würgen. Den süßlich fauligen Gestank von Verwesung war er gewohnt, doch eine luftdichte Büchse, die Wochen oder Monate lang in der Sonne stand, hat diesen Gestank mehr als verhundertfacht. Nachdem sich sein Magen ein wenig beruhigt hat und er aufgehört hat, sich zu schütteln, klettert er unter Aufbietung aller Kräfte wieder auf das Dach des Mustangs.

„Willst … willst du wirklich da rein?", keucht Chan und sieht Michael ängstlich an. Dieser nickt, obwohl sein Verstand eigentlich genau das Gegenteil sagt. Sein Magen verkrampft sich erneut bei dem Gedanken an den Geruch, der ihn gleich wie ein Mantel umschließen wird. Er überprüft die Magnum zum gefühlten hundertsten Mal, doch stellt sich einfach kein Gefühl der Sicherheit bei ihm ein. Die schwere Waffe fühlt sich noch schwerer als sonst an. Ihr Gewicht flößt ihm dieses Mal kein Vertrauen ein.

„Zwanzig Kugeln, sechs in der Trommel und vielleicht dreihundert Zombies", scheint sein Verstand zu schreien, doch ignoriert Michael ihn eilig. Er stemmt sich in die Höhe und steht keine Minute später im Eingang zum Flugzeug. Chan behält den Eingang mit schlagbereitem Brecheisen im Blick.

„Wenn etwas anderes als ich rauskommt, macht es kalt. Wenn ich nicht in einer halben Stunde zurück bin, komme ich nicht mehr. Dann verschwindet ihr. Ihr solltet es aber sofort hören, wenn ich Probleme bekomme."

Er klopft auf den Lauf seiner Magnum und setzt ein möglichst sicheres Grinsen auf. Dass es ihm nicht gelingt, kann er an den unsicheren Mienen seiner Kameraden sehen.

„Viel Glück!", flüstert Chan und Michael nickt ihm dankbar zu, dann betritt er die Maschine.

So flach wie irgendwie möglich atmet Michael in dem Halbdunkeln. Der Gestank von vielen verwesenden Körpern scheint in dem Raum zu stehen, sodass man ihn mit einem Messer zerschneiden könnte.

„Gott, bitte lass sie tot bleiben“, flüstert Michael und sieht sich unsicher um. Dass es keine gute Idee war, sein Leben für ein paar potenzielle Medikamente zu opfern, ist Michael durchaus klar. Er wollte jedoch keinen Rückzug mehr machen, als die anderen sich geweigert haben.

„Stolz bringt dich in dieser Welt um“, scheint eine unsichtbare Stimme zu ihm zu sagen, doch Michael schiebt sie beiseite.

„Ich bin hier und jetzt kann ich nicht mehr zurück“, flüstert er, um sich selbst Mut zuzusprechen. Vorsichtig teilt er den Vorhang vor seiner Nase und kann links von sich die Tür zum Cockpit erkennen. Sie ist verschlossen und ein Servierwagen hat sich vor ihr verkeilt. Er muss sich beim Absturz aus seiner Halterung gelöst haben und ist dann durch den Passagierraum gefahren, um hier gestoppt zu werden.

Michael atmet tief ein, was er im selben Moment wieder bereut. Sofort muss er sich erneut übergeben. Der Gestank ist schlimmer als alles, was er in seinem Leben jemals gerochen hat. Mit ziemlicher Sicherheit wird er seine Kleidung anschließend verbrennen können, denn den Gestank rauszuwaschen wird nicht einfach. Mit angehaltenem Atem lauscht er in die Stille. Das verräterische Schaben von Füßen über den Boden oder das Stöhnen von irgendwelchen Passagieren, die sich weigern tot zu bleiben, bleibt aus. Entschlossen, die Mission zu erfüllen, betritt er die Kabine. Sitze reihen sich vor ihm auf, voll mit Körpern, die noch angeschnallt sind. Atemmasken hängen von der Decke, doch niemand scheint eine aufgesetzt zu haben. Manche Körper liegen merkwürdig verdreht vor ihm auf dem Boden und ein paar stapeln sich links von ihm vor der Wand, die die Kabine von dem Cockpit trennt.

„Sie müssen beim Aufprall von ihren Sitzen geschleudert worden sein“, stellt Michael trocken fest. Er entsichert die Magnum, wobei ihm das harte Klicken des Sicherungshebels wie ein Schuss in der Stille vorkommt. Nichts regt sich und ein Teil von ihm wagt die Hoffnung, dass es keine Zombies in diesem Flugzeug gibt.

Er sieht sich um, doch keiner der Passagiere scheint seine Anwesenheit zu bemerken. Haut spannt sich lose über Knochen, eingefallene Augenhöhlen starren ihn an. Finger halten sich krampfhaft an den Sitzlehnen fest. Zertrümmerte Schädel sind Zeuge des massiven Traumas, das die Passagiere dieses Fluges erlebt haben.

„Es müssen einige überlebt haben, die Maschine war nicht schwer genug beschädigt, um sie alle zu töten“, stellt Michael mit einem bitteren Nachgeschmack fest.

Eine Bewegung in seinem Augenwinkel lässt ihn herumwirbeln. Er reißt die Magnum hoch und zielt auf die Bewegung. Sein Herz pocht wie verrückt und Schweiß tritt ihm auf die Stirn. Der Arm eines Insassen ist von der Lehne gerutscht und baumelt nun kraftlos von seinem Körper hinab. Erleichtert seufzt Michael und sichert die Magnum wieder. Nur mühsam kann er das Zittern unter Kontrolle bringen.

„Es war echt keine gute Idee, hier allein herein zu gehen“, flucht er und entschließt sich, sich zu beeilen.

In großer Eile durchsucht er die Gepäckablagen über den Köpfen der Toten und holt Taschen und Köfferchen heraus. Er schleppt sie zum Eingang und wirft sie aus der Tür, in dem Wissen, dass Chan und Becky sie auffangen und durchsuchen werden. So schnell es die Enge in dem Flugzeug zulässt, bringt Michael eine Tasche nach der anderen auf diese Weise hinaus. Er achtet peinlich genau darauf, den Leichen nicht zu nah zu kommen. Ihre Anwesenheit lässt ihn ständig wieder zusammenzucken. Seine Nerven sind wie Drahtseile gespannt und Angst befindet sich in jeder Faser seines Körpers.

„Wenn ich mich getäuscht habe und sie doch noch leben?“, flüstert er und ein Schauer läuft ihm über den Rücken. Immer wieder wandert sein Blick über die Leichen.

Gerade als er mit der ersten Handgepäckreihe fertig geworden ist und er hinter den Vorhang zur Bordküche tritt, bewegt sich etwas neben ihm. Die Haare im Nacken stellen sich sofort auf und er weicht einen Schritt zurück. Kalte Augen folgen seiner Bewegung und ein Mund schnappt träge nach ihm. Der weibliche Zombie ist von einem Servierwagen eingeklemmt und starrt Michael gierig an. Der Servierwagen hat ihr Rückgrat gebrochen und sie an die Wand gepresst. Eine Atemmaske baumelt halb zerfetzt um ihr Gesicht. Sie scheint die Einzige gewesen zu sein, die es rechtzeitig geschafft hat, die Maske aufzusetzen.

Die ehemalige Stewardess hebt den freien Arm und versucht vergeblich, ihn zu erreichen. Das Fleisch an ihrem Arm ist bis zum Knochen abgenagt. Erst jetzt fällt ihm auf, dass ihr Mund Spuren von Fleischverzehr aufweist.

„Sie muss sich selbst angefressen haben", stellt er fest und spürt erneut heftige Übelkeit.

Da der Zombie keine akute Gefahr für ihn darstellt, geht er vorsichtig an ihm vorbei und macht sich an die Gepäckablagen der zweiten Sitzreihe.

Der Zombie stöhnt und versucht sich zu befreien. Er kratzt mit den Fingern über den Teppichboden, wobei die Nägel abbrechen. Michael beeilt sich, auch hier die Gepäckstücke aus den Ablagen zu holen und sie nach vorn zu bringen. Die gespenstische Atmosphäre bleibt bestehen und das einzige Geräusch, das er vernehmen kann, ist das Kratzen der Stewardess und seine Schritte auf dem Kabinenboden. Bei jeder seiner Schritte ächzt der teppichbedeckte Kabinenboden. Die Magnum hat Michael in den Bund seiner Hose gesteckt, damit er beide Hände frei hat, um die Köfferchen und Taschen zu schleppen.

Nachdem er alle rausgeschafft hat, starrt er eine Weile auf die Tür des Cockpits. Der Servierwagen hat sich davor verklemmt, ließe sich jedoch mit ein wenig Aufwand entfernen. Das Bild von Funkgeräten und anderen nützlichen Gegenständen kommt Michael in den Kopf und er klopft mit dem Griff seiner Magnum gegen die Tür. Das dumpfe Pochen wird nicht beantwortet.

Da sich seine Nase inzwischen an den Gestank in der Maschine gewöhnt hat, will er die anderen nicht dazu zwingen ebenfalls einzusteigen. Er zieht die Magnum aus dem Hosenbund, entsichert sie und verpasst dem Servierwagen einen Tritt. Der rumpelt ein Stück zur Seite und Michael sieht den Drehgriff der Cockpittür.

So leise wie möglich dreht er ihn und zieht. Nichts geschieht, die Tür ist fest verschlossen. Erneut versucht er es, doch die Tür bewegt sich nicht. Er tritt ein paar Mal dagegen, bis sein Knie zu schmerzen beginnt.

„Michael! Alles in Ordnung?“, ruft Chan von draußen Er knurrt ärgerlich und humpelt zum Ausgang.

„Ja, alles okay. Ich habe versucht, die Tür zum Cockpit zu öffnen. Sie scheint aber verschlossen zu sein.“

Michael überlegt kurz und zuckt dann mit den Schultern.

„Vielleicht hat die untote Stewardess einen Schlüssel, aber ich möchte sie ungern durchsuchen“, ruft er seinen Freunden zu, als er plötzlich etwas an seinem Bein spürt.

Erschrocken schreit Chan auf. Starr vor Schreck sieht Michael an sich herunter und entdeckt die Stewardess, die sein Bein umklammert hat. Wie sie sich hinter dem Wagen befreit hat, ist ihm ein Rätsel. Obwohl diese Frage im Grunde total überflüssig ist, geistert sie durch seinen Kopf. Er strauchelt nach vorn und versucht, sein Bein zu befreien. Die Untote wird von ihm mitgezogen und ihre Finger krallen sich an sein Hosenbein. Todesangst breitet sich in ihm aus und sein Atem geht schnell. Michael greift nach der Magnum in seinem Hosenbund. Wieder schnappt die Stewardess nach ihm, doch ihre Zähne treffen nur den Saum seiner Hose. Die Magnum befindet sich in seiner Hand und er zielt eilig. Der Schuss kracht und der Kopf der Stewardess zerspringt in eintausend Stücke. Ihr Körper erschlafft und Michael stemmt angewidert ihre Finger von seinem Bein.

„Alles okay?“, fragt Chan. Michael nickt stumm und muss sich erst einmal setzen, da seine Beine sich wie Wackelpudding anfühlen.

„Das … war knapp“, keucht er und versucht, sein wie wild schlagendes Herz durch tiefe Atemzüge zu beruhigen.

Der kalte Winterwind schneidet Michael wie Rasiermesser ins Gesicht, als er bei voller Fahrt das Fenster herunterfährt. Immer noch muss er an die Stewardess denken, wie sie ihn um ein Haar infiziert hätte. Wie konnte er so dumm sein, eine Gefahr so zu missachten?

„Wie geht es dir?“, fragt Chan vom Beifahrersitz aus.

Michael reibt sich über die Stirn, während er den Wagen um einige kraterartige Schlaglöcher herumlenkt. Da die Straßen seit fast einem Jahr nicht mehr gewartet wurden, klaffen überall Risse und Löcher. Die Natur nutzt diese Gelegenheit und erobert sich ihren Anteil langsam wieder zurück.

„Es geht so. Ich hätte die Stewardess nicht am Leben lassen dürfen. Sie saß dort fest und ich dachte, dass ich sicher sei. Das wäre um ein Haar mein Ende gewesen.“

Chan legt seinem Freund die Hand auf die Schulter.

„Das kann jedem Mal passieren. Du solltest es nur nicht zur Gewohnheit werden lassen.“

Feuer

Missmutig sieht Viktor durch das klobige Fernglas. „Das sieht nicht gut aus. Das müssen Tausende sein."

Faith stößt ihn an, da sie auch einmal durchsehen möchte. Er reicht der jungen Frau mit den dunkelbraunen gelockten Haaren das Fernglas. In seinem Kopf tauchen jedes Mal schmutzige Gedanken auf, wenn er ihren Hintern in der eng sitzenden Hose sieht.

„Hör auf, mir auf den Arsch zu starren", knurrt sie, ohne ihn anzusehen, und Viktor lacht.

„Du hast echt Augen an deinem Hintern."

Sie legt das Fernglas zurück in seine Schachtel und reicht sie Viktor.

„Da kommen wir auf keinen Fall durch."

Grimmig stimmt er ihr zu und sie gehen den kleinen Trampelpfad von dem bewaldeten Hügel herunter zur Straße.

Die Kolonne aus vier Fahrzeugen wartet mit laufenden Motoren. Ihre kleine Gruppe hat sich weitestgehend verteilt, um die Gegend im Blick zu behalten.

„Die Straße führt durch eine Herde von einigen Tausend dieser Missgeburten. Unsere Freunde scheinen sich in dem Tal wohlzufühlen und warten nur auf uns", berichtet er Lester.

Verärgert seufzt der alte Mann.

„Überall wohin wir fahren, lauern diese Viecher auf uns. Es muss doch einen freien Weg Richtung Süden geben."

„Und wenn wir uns den Weg freischießen und einfach durchfahren?", fragt Vanessa, die gerade von ihrer Patrouille zurückkommt.

Entschieden schüttelt Viktor den Glatzkopf.

„Unsere Fahrzeuge würden es nicht durch eine solche Masse von Leibern schaffen. Die türmen sich vor uns auf wenn wir durchfahren und irgendwann stehen wir mittendrin. Die Sache in Sudbury hat nur geklappt, weil der Großteil der Gruppe noch nicht da war und wir schnell raus konnten."

Christoph, der ehemalige Biker sitzt auf dem Dach des Hummers und hält Ausschau. „Wir lenken sie ab“, schlägt er vor und springt vom Geländewagen. „Bei Richard haben wir es so gemacht, wenn die Zombies eine Stelle belagert haben, die wir unbedingt erreichen wollten. Eine Gruppe ist losgefahren mit ihren Bikes, hat an einem anderen Ort richtig Krach gemacht, und die Zombies sind anmarschiert.“

„Das könnte doch klappen“, bestätigt Jessy den Biker und sieht Viktor flehend an. „Ich bin es leid, ständig im Wagen zu sitzen und auf den Straßen nach Umwegen zu suchen, die uns an den Untoten vorbei bringen.“

Viktor überlegt angestrengt und sucht dann im Wagen nach einer Karte der Gegend.

„Die Hügel und Wälder machen es sehr schwer, einem Schuss oder dergleichen zu folgen. Wenn wir in einiger Entfernung feuern, bringt das vielleicht nicht das gewünschte Ziel. Der Schall kann abgelenkt werden und im schlimmsten Fall kommen sie dann auf uns zu.“

Jessy sieht sich die Karte ebenfalls an.

„Und wenn wir nicht schießen?“ Viktor will gerade eine spöttische Antwort geben, als sie fortfährt. „Wir wissen, dass sie hören und vermutlich auch riechen können. Ihre Augen funktionieren aber in den meisten Fällen auch. Entweder machen wir also etwas, das ihnen direkt ins Auge springt oder wir müssen uns zu ihnen begeben, um sie wegzulocken. Ich bevorzuge Variante eins.“ Lester lehnt sich auf die Motorhaube und sieht sich die Karte an.

„Was schwebt dir vor, meine Liebe?“

„Ein Feuerchen mit Explosion. Wir stapeln etwas Holz an dem Taleingang auf der anderen Seite und zünden es an. Es soll ordentlich qualmen und brennen. Damit wir sicher sein können, dass sie es auch merken, stellen wir noch irgendwas ins Feuer, das explodiert.“ Sie zeigt die Stellen auf der Karte, die sie sich ausgesucht hat und Viktor nickt anerkennend.

„Das ist ein guter Plan.“

Jessy grinst breit.

„Blindes Huhn trinkt auch mal 'nen Korn", knurrt Faith und verdreht genervt die Augen.

Eine Stunde später haben sie alles soweit geplant, dass Viktor und Jessy genau wissen, was sie tun müssen. Ihr Weg wird sie einen halben Kilometer zurück und dann durch die Wildnis führen. Zu dem Tal hinunter gibt es nur die eine Straße, die sie benutzen wollen. Viktor wählt den Ford Defender, da er eine schmalere Spur hat als der Hummer. Wenn sie sich zwischen Bäumen hindurchquetschen müssen, ist ein schlankes Fahrzeug eindeutig besser. In Momenten wie diesen ärgert sich Viktor, dass sie keine Motorräder besitzen. Erneut nimmt er sich vor, bei der nächstmöglichen Situation an welche zu denken.

Jessy prüft die Munition ihrer Pumpgun, wie Viktor es ihr schon mehrfach gezeigt hat. Faith lehnt sich an den Defender und sieht Viktor ernst an.

„Soll ich nicht lieber mitkommen? Wenn sie wieder nicht schießt, bist du vielleicht am Arsch", gibt Faith zu Bedenken. Viktor wirft Jessy einen kurzen Blick zu, überlegt und schüttelt dann den Kopf.

„Im besten Fall müssen wir nicht schießen. Wenn alles glattgeht, sind wir in einer Stunde zurück. Wenn sie es versaut und ich wählen muss, entscheide ich mich für mein Leben", antwortet er entschieden. Sein Blick bestätigt seine harten Worte und Faith nickt zufrieden. Faith konnte Jessy noch nie ausstehen, dessen ist sich Viktor bewusst. Seit er Jessy mitgebracht hat, verbringt er viel Zeit mit ihr und nicht mehr mit Faith.

Er prüft den Schlitten seiner Glock-17 ein letztes Mal, schiebt ein neues Magazin hinein, und steckt weitere Magazine in die Taschen seiner kugelsicheren Weste. Er schnappt sich ein AK47-Sturmgewehr und legt es auf den Rücksitz. Jessy sitzt bereits im Wagen und zeigt ihm fröhlich, dass sie die Pumpgun geladen hat. Erschrocken schiebt Viktor den Lauf der Waffe aus seinem Gesicht.

„Bist du bescheuert? Halt mir das Ding noch einmal vor die Nase und ich werfe dich persönlich den Zombies zum Fraß vor", flucht er. Bei seinem Wutausbruch zuckt sie, wie von einer Peitsche getroffen, zusammen.

„Es ... es tut mir leid ... das war keine Absicht“, stammelt Jessy verunsichert.

Noch immer wütend über dieses naive Verhalten lässt sich Viktor noch einmal Faiths Angebot durch den Kopf gehen, schüttelt dann ärgerlich den Kopf und startet den Wagen.

„Ziel mit der Waffe niemals auf einen Freund. Egal ob sie geladen, gesichert oder ungeladen ist. Man zielt mit Waffen nicht auf Freunde. Es kann immer etwas schief gehen und dann kannst du mein Gehirn von der Wagenscheibe abkratzen. Darauf lege ich keinen Wert“, erklärt er ihr und gibt Gas.

Fast drei Kilometer fahren sie die Straße zurück, bis Jessy den noch schwach vorhandenen Forstweg entdeckt. Laut Karte führt er fast bis an ihr Ziel, doch kann Viktor schon hier erkennen, dass sich die Natur einen Großteil der Strecke zurückgeholt hat. Büsche strecken ihre dornigen Äste über den Weg, Blätter haben sich zu Unmengen auf dem Boden gesammelt und wurden durch das kalte und feuchte Wetter rutschig. Aufmerksam lenkt Viktor den Ford Defender in den kleinen Durchgang. Äste kratzen über den Lack und Viktor verzieht schmerzlich das Gesicht.

„Gut, dass wir nicht den Hummer genommen haben. Die Bäume stehen dort ziemlich eng.“

Jessy nickt zustimmend, was er aus dem Augenwinkel sieht. Sein Blick heftet auf der Strecke vor ihnen. In zwei Schleifen schlängelt sich der Forstweg den Hügel hinab. Dass dies nicht mit einem Fußweg vergleichbar ist, war Viktor von Anfang an klar, doch nicht, dass es im Grunde nur zwei Vertiefungen im Waldboden sind, die von Fahrzeugen stammen. Immer wieder rutscht der Defender ein Stück, obwohl sein Fahrer auf die Bremse getreten hat.

Längst hat er den Allradantrieb eingeschaltet, was ihnen ein wenig mehr Stabilität bringt. Trotzdem kämpft sich der Defender unter größten Mühen den Hügel über die erste Schleife hinab. Sie rumpeln über kleine und größere Äste, die einer der letzten Stürme von den Bäumen gebrochen hat. Einer ist so groß, dass der Wagen stark schaukelt, doch auch dies meistert er. Erleichtert atmet Viktor auf. Durch die Lücken zwischen den Bäumen kann er die Silhouetten von Körpern erkennen. Beim Krach des Motors wenden sie sich ihnen zu und stolpern näher.

„Da ist ein ganzer Haufen dieser Bastarde im Unterholz. Wir werden vorsichtig sein müssen, wenn wir nachher aussteigen", warnt Viktor seine Begleiterin.

Jessy hält die Pumpgun fest umschlossen.

„Keine Sorge, ich werde schon nicht auf dich schießen", flüstert sie und für einen Augenblick sieht Viktor sie an.

„Was meinst du?" Jessy starrt weiterhin aus dem Fenster.

„Das war es doch, was Faith und du besprochen habt, oder? Wie werde ich dich dieses Mal in Gefahr bringen? Werde ich weinend wegrennen oder dich aus Versehen anschießen?"

Überrascht, dass sie den Grund für ihre Unterhaltung beinah richtig verstanden hat, muss Viktor lachen. „Das trifft es in etwa. Wenn ich aber nicht davon überzeugt wäre, dass du es packst, hätte ich dich nicht mitgenommen."

Jessy wendet sich ihm zu und er kann Besorgnis in ihrem Blick erkennen.

„Stimmt das wirklich? Ich weiß, dass wir beide in den letzten Tagen unsere Meinungsverschiedenheiten hatten, aber mir ist es echt wichtig, dass du mich als vollwertiges Mitglied der Gruppe ansiehst. Ich möchte meinen Teil beitragen und euch nicht zur Last fallen."

Erneut rutscht der Wagen und Viktor stößt einen herzhaften Fluch aus, während sich Jessy am Haltegriff festklammert. Die vorderen Reifen finden wieder Halt und bringen den Defender wieder auf Kurs.

„Absolut. Wir riskieren hier beide unser Leben. Ich muss mich zu hundert Prozent auf dich verlassen können und ich glaube, dass ich das kann", antwortet Viktor ihr ehrlich.

Auch wenn er es nicht riskieren wird, Jessy von seinem Geheimnis zu erzählen, hat er doch großes Zutrauen in ihre Fähigkeiten und ihren Charakter. Sie gab ihm das Versprechen nichts über das Umfüllen der Wasserflaschen zu erzählen und bisher hat sie es seines Wissens auch gehalten.

Nach einer gefühlten Ewigkeit erreichen sie die Baumgrenze und Viktor lenkt den Defender auf die Wiese. Sie entfernen sich rund zwanzig Meter vom Waldrand, damit ihr Feuer nicht auf die Bäume übergreift.

„Dann wollen wir mal. Bist du bereit?"

Als Zustimmung zieht Jessy den Reißverschluss ihrer Jacke zu und bindet sich das Haar zu einem Zopf. Viktor schnappt sich das AK47 und hängt es sich mit dem Gurt über seine Schulter. Aus dem Kofferraum holt er die beiden Benzinkanister, während Jessy bereits umliegendes Holz aufsammelt.

Überall um sie herum knackt das Unterholz. Untote schieben sich hindurch, während manche durch tiefhängende Äste gestoppt werden. Nicht wenige schaffen es irgendwie, sich mit den Ästen aufzuspießen und hängen nun an den Bäumen fest. Sie drücken die festen, tief hängenden Äste durch ihren Körper, bis sie nicht mehr zurück können. Hilflos wedeln sie mit den Armen, doch niemand kommt ihnen zur Hilfe. Verwundert über solche Dummheit schüttelt Viktor den Kopf. Zu ihrem Glück sind die Untoten langsam und haben auf dem unebenen und rutschigen Untergrund noch mehr Schwierigkeiten sich zu bewegen, als sie selbst. Aufmerksam prüft Viktor die nähere Umgebung. Kein Zombie hat sie erreicht, jedoch wird sich das in den nächsten Minuten ändern.

„Wir sollten uns beeilen."

Während Jessy das Holz zu einem kleinen Scheit auftürmt, öffnet Viktor den ersten Benzinkanister und verteilt dessen Inhalt großzügig auf dem Holz. Durch den Treibstoff sollte ein großes und stark rauchendes Feuer entstehen, das die Untoten anlockt.

„Viktor!"

Der warnende Schrei reißt ihn aus seinen Gedanken und er wirbelt herum. Ein Zombie hat ihn fast erreicht. Woher der Untote gekommen ist, kann Viktor auf den ersten Blick nicht erkennen. Sein angefressenes Gesicht wirkt im Zwielicht der Bäume noch entstellter als es eh schon ist. Irgendjemand hat ihm die halbe Wange und den Unterkiefer zur Hälfte weggebissen. Die Zunge hängt haltlos heraus. Viktor zieht seine Glock-17, dreht sie herum und schlägt dem Mann mit voller Wucht den Knauf gegen die Stirn. Knochen knacken und der Zombie geht zu Boden. Einige Tritte mit seinen schweren Militärstiefeln beenden das unselige Dasein.

„Danke", ruft er Jessy keuchend zu.

Sein Herz rast von dem plötzlichen Adrenalinschub und er muss sich zur Ruhe zwingen. Nach einigen tiefen Atemzügen hat sich sein Herz wieder beruhigt. Dass er sich dermaßen hat überraschen lassen, ist ihm peinlich. Knurrend über seine Nachlässigkeit schleppt Viktor noch einige dicke Äste heran.

„Fast wie beim Camping", kommentiert er seine Arbeit, doch Jessy reagiert nicht.

Sie starrt durch das Fernglas auf die Zombiehorde, die nun keine dreihundert Meter von ihnen entfernt ist. Viktor zündet einen Streifen Stoff an, steckt das Feuerzeug wieder weg und wirft den brennenden Streifen im angemessenen Abstand auf den Holzhaufen.

Augenblicklich fängt das Benzin Feuer und setzt den gesamten Stapel in Brand. Hitze schlägt Viktor entgegen und er stolpert einige Schritte zurück, wobei er die Hand schützend vors Gesicht hält. Der dicke schwarze Qualm des Holzes steigt in den Himmel auf. Unübersehbar verbreitet er sich.

„Sie haben es gesehen. Ein paar wenige machen sich auf den Weg", berichtet Jessy.

„Das reicht nicht. Wir brauchen sie alle." Viktor schnappt sich den zweiten, halb gefüllten Kanister, und wirft ihn in einem hohen Bogen in die Flammen.

„Das sollte sie anlocken", knurrt er zufrieden, packt Jessy am Oberarm und zieht sie weiter von dem Scheiterhaufen weg. Nur wenige Sekunden später lässt die Explosion des Benzinkanisters den Scheiterhaufen erzittern. Ein kleiner Feuerpilz erhebt sich, während lose Äste beiseite geschleudert werden.

„Sie haben es mitbekommen!", ruft Jessy voller Freude und zeigt auf die Horde.

„Wie viele machen sich auf den Weg?“, fragt Viktor und behält ihre unmittelbare Umgebung im Auge. Vier Untote sind ihnen bereits sehr nahe, was Viktor nicht sehr zusagt.

„So gut wie alle, wenn ich das richtig sehe.“ Viktor grinst breit und klopft ihr auf die Schulter.

„Guter Plan. Weg hier. Ich will nicht hier sein, wenn sie ankommen.“

Jessy stimmt ihm zu und sie eilen zurück zum Wagen.

Mit durchdrehenden Reifen schießt der Wagen über die Lichtung. Zwei Mal knallt es laut, als Untote vom Kotflügel erfasst werden.

„Verreckt“, zischt er ärgerlich.

Immer mehr Untote stolpern aus dem Wald vor ihnen. Vorsichtig verringert Viktor die Geschwindigkeit, als sie die Baumgrenze erreichen, schaltet in den zweiten Gang und den Allradbetrieb ein. Mehrere Zombies haben sich bereits auf dem Weg eingefunden und laufen nun auf den Wagen zu. Eilig kurbelt Viktor das Fenster herunter, hält seine Glock nach vorn und drückt ab. Der Schuss peitscht durch das Zwielicht und der erste Zombie geht getroffen zu Boden. Erneut feuert Viktor und drei weitere Zombies verlieren ihr untotes Leben. Er kann es nicht riskieren, dass sie den Wagen mit der niedrigen Ausgangsgeschwindigkeit stoppen, oder von der Straße drängen. Der Untergrund ist bereits eine einzige matschige Fläche und immer wieder jault der Motor auf, wenn die Reifen den Halt verlieren.

An der ersten Kurve bremst Viktor noch stärker ab, um sie nicht zu verpassen. Er schaltet in den ersten Gang, doch der Wagen bewegt sich nicht weiter. Ein Jaulen geht durch den Innenraum des Defenders und die beiden sehen sich fragend an. Viktor gibt vorsichtig Gas, doch rutscht der Wagen langsam zur Seite weg. Die Reifen können keinen Halt finden. Jessy weicht alle Farbe aus dem Gesicht und sie weist auf den Abhang, auf den sie zu rutschen.

„Raus hier!“, brüllt Viktor, packt das Sturmgewehr vom Rücksitz, während Jessy die Tür aufreißt, die Pumpgun schnappt und hinaus springt.

Der Wagen rutscht weiter und verlässt nun die Straße, worauf er an Tempo gewinnt und sich überschlägt. Immer wieder kracht er auf das Dach, wird hoch gewirbelt und landet auf den Rädern. Ein mächtiger Baum stoppt die Fahrt und sämtliche Scheiben des Defenders zerspringen.

„Viktor!“ Panisch sucht Jessy die Umgebung nach ihm ab. „Viktor! Viktor!“ Ihre Stimme überschlägt sich vor Angst. Er müsste neben ihr liegen, maximal zwei oder drei Meter entfernt, doch da ist er nicht. Wenn er aber nicht dort ist … Ein eisiger Schauer jagt Jessy über den Rücken. Ihr Blick hetzt zu dem verbeulten Geländewagen. Ein mächtiger Ast hat sich durch die Seitenscheiben gebohrt, auf Höhe des Oberkörpers. „Oh mein Gott …“

„Ich bin hier“, ertönt es verzerrt vor Schmerz aus dem Fahrzeug.

Erleichtert atmet Jessy aus, steht auf und stolpert in seine Richtung. Das Stöhnen der Untoten dringt nur unterbewusst an ihr Ohr. Mehr rutschend als laufend eilt sie den Abhang wieder hinab. Mehrmals landet sie auf dem Hosenboden, doch es stört sie nicht besonders. Einzig die Sorge um ihren Kameraden ist nun vorrangig.

„Lass mich bloß nicht allein. Bitte sei nicht schwer verletzt“, keucht sie, einem Stoßgebet gleich.

Ein Zombie streckt die Arme nach ihr aus. Erschrocken kreischt Jessy und stolpert zurück. Die Pumpgun fällt zu Boden. Panik steigt in ihr auf, als sie auf ihrem Hintern landet. Der Zombie, ein großer schlaksiger Kerl mit einigen Schusswunden in dem zerrissenen Black Sabbath T-Shirt macht einen Schritt auf sie zu. Gier glitzert in seinen Augen. Jessy greift um sich, sucht krampfhaft nach einer Waffe. Ihre Finger ertasten einen dicken Ast. Ein gieriges Stöhnen hinter ihr lässt Jessy zusammenzucken. Ein weiterer Untoter ist kaum zwei Meter entfernt. Mit aller Kraft packt sie den Ast und zieht ihn heran. Eilig steht sie auf, weicht dabei von den beiden Zombies zurück. Der Boden ist rutschig. Der Untote mit dem Heavy Metal T-Shirt hat große Probleme, die Balance zu halten. Jessy holt Schwung und lässt den Ast gegen seinen Kopf krachen. Der morsche Ast zersplittert unter der Wucht des Treffers.

„Oh scheiße!“, flucht sie, sieht jedoch, dass der Treffer gereicht hat.

Der Untote verliert seinen Halt und rutscht den Abhang hinab. Mit weit aufgerissenen Augen starrt Jessy ihm hinterher. Ihr Atem rast und sie glaubt, ihr Magen würde sich umdrehen, doch gelingt es ihr, sich nicht zu erbrechen. Eilig rennt sie zur Pumpgun, dreht sich zum zweiten Angreifer um und feuert. Der Rückstoß wirft sie erneut zu Boden, doch der Zombie verliert seinen kompletten Schädel.

„Das war knapp“, keucht Jessy und muss einen Augenblick durchatmen. Als sie sicher ist, dass ihre zitternden Beine ihr Gewicht wieder tragen, schlittert sie den Abhang zu Viktor herab. Als sie den Wagen erreicht, entdeckt sie den kahlköpfigen Polizisten am Kofferraum. „Wie geht's dir?“, fragt sie und mustert ihn aufmerksam. Er stützt sich an der Karosserie des Wagens ab und prüft vorsichtig seinen Fuß. Schmerzvoll verzieht er das Gesicht.

„Ich habe mir den Knöchel verstaucht oder gebrochen und ein paar Schürfwunden. Vermutlich ist auch eine Rippe hinüber, aber ansonsten ist alles gut“, knurrt er ärgerlich und stemmt sich mit ihrer Hilfe in die Höhe.

Auch wenn er seine Schwäche nicht zeigen will, kann Jessy doch in seinem Gesicht und den Augen sehen, wie sehr ihn die Verletzung schmerzt. Er beißt die Zähne fest zusammen und immer wieder kneift er die Augen zu. Eine Träne rinnt ihm übers Gesicht. Sie legt seinen Arm um ihre Schultern, um ihn zu stützen.

„Was machen wir nun?“, fragt sie ängstlich und betrachtet die Umgebung vorsichtig.

Viktor stützt sich halb auf ihrer Schulter ab und lehnt sich dann gegen den Defender. In dem Wald wimmelt es von Untoten und eine Schar von einigen Tausend ist auf dem Weg zu ihnen.

„Wir gehen zurück zur Gruppe und wenn nötig kämpfen wir uns den Weg frei. Was sollen wir sonst tun?“, entgegnet er wütend.

Seine eigene Schwäche und Verwundbarkeit macht ihm, für Jessy offensichtlich stark zu schaffen. Er lehnt sich gegen einen Baum und hängt sich das Sturmgewehr um.

„Such mir einen dicken Stock, auf den ich mich stützen kann. Wenn du mich stützt, kannst du uns keine Deckung geben.“

Sie nickt zustimmend und eilt dann los.

„Verflucht“, knurrt Viktor zu sich selbst. Er hätte merken müssen, dass der Abhang bei diesen Witterungsverhältnissen zu steil ist, um ihn zu schaffen. Nun liegt ihr Fahrzeug auf dem Talboden und ist von dort mit Sicherheit nicht mehr weg zu bekommen. Er prüft seine Munitionsvorräte und die Uhrzeit auf seiner Armbanduhr.

„Beeil dich, wir wollten in einer Stunde zurück sein.“

Jessy kommt mit einem stabil wirkenden Ast zurück, den sie soeben von kleinen Zweigen und Blättern befreit.

„Wir schaffen es niemals in einer Stunde zurück zum Treffpunkt. Du bist verletzt und ohne Fahrzeug wird das unmöglich.“

Viktor stemmt sich auf den Ast und stellt zufrieden fest, dass er hält.

„Ich weiß. Hoffen wir, dass sie uns nicht abschreiben, sondern nach uns suchen.“

So vorsichtig wie möglich belastet Viktor den Fuß. Ein stechender Schmerz jagt durch sein gesamtes Bein. Schmerzverzerrt beißt er die Zähne zusammen und setzt einen Fuß vor den anderen, während er sich an dem Stock abstützt. Der matschige Untergrund bietet kaum Halt, was sein Vorankommen erschwert. Einen weiteren Sturz kann er nicht riskieren, vielleicht würde er nie wieder aufstehen. Die Zombies haben sie längst eingekreist, dessen ist er sich sicher. Das Zeitfenster für eine Flucht sinkt von Minute zu Minute. Im Vergleich zur Situation mit Jimmy, ist dieses Mal jedoch niemand, den er zurücklassen könnte, damit er Zeit gewinnt. Würde er Jessy opfern, würden seine

Überlebenschancen drastisch sinken. Jessy geht einige Schritte vor ihm, die Pumpgun im Anschlag. Einige Silhouetten von Zombies sind zwischen den Bäumen zu sehen und sie schlurfen auf die beiden zu.

„Nicht schießen! Unsere Munition ist knapp. Nur feuern, wenn es absolut nötig ist. Jeder Schuss muss sitzen!“, befiehlt er mit zusammengebissenen Zähnen.

Mehr als drei Dutzend Gegner werden sie mit der wenigen Munition nicht erledigen können. Ihr primäres Ziel besteht darin, ihnen auszuweichen.

„Sie sind zu weit entfernt. Wenn sie angreifen, richtest du die Waffe auf ihre Köpfe und drückst ab.“

Sie zittert am ganzen Körper und sieht ihn ängstlich an.

„Und wenn ich das nicht kann?“

Viktors Magen zieht sich zusammen und erneut bereut er den Entschluss, sie mitgenommen zu haben. Er sieht ihr fest in die Augen und packt sie mit der freien Hand an der Schulter.

„Dann sterben wir!“

Er kann sehen, wie ihr Verstand mit dieser Botschaft kämpft, doch schließlich siegt der Überlebensinstinkt.

„Okay!“

Viktor nickt langsam und zeigt auf den Weg, der sich bergauf schlängelt.

„Auf geht's.“

Zusammen klettern sie den Weg hinauf. Das Stöhnen der großen Zombiehorde wird bereits vom Wind herübergetragen und jagt den beiden einen Schauer über den Rücken. Sollten sie es nicht rechtzeitig schaffen, werden die Zombies über sie herfallen.

In Viktors Kopf tauchen wieder die Bilder von Jimmy DeBlanc auf, den er verwundet hat, sodass die Zombies ihn erwischen konnten. Er sieht, wie sich ihre Hände in seine Gedärme schieben und diese herausreißen. Wütend schüttelt Viktor den Kopf, um diese Bilder zu verdrängen. Mit der einen Hand hält er den Stock, den er als Krücke benutzt, und mit der anderen seine Glock-17.

Drei Untote wanken von oben auf sie zu. Gierig strecken sie ihre Arme aus, als wollten sie sie umarmen. Jessy bleibt breitbeinig stehen, richtet die Waffe auf den Ersten und drückt ab. Laut kracht die Pumpgun und der Kopf des Zombies explodiert regelrecht. Der Schuss dürfte weithin zu hören sein und Viktor stellt sich bereits vor, wie die Meute sich nun in ihre Richtung wendet.

Zweimal schießt Jessy und die beiden Zombies landen auf dem Waldboden. Erleichtert, dass Jessy diese mentale Hürde endlich genommen hat, seufzt Viktor auf. Sobald man einmal auf einen Menschen geschossen hat, ihm sogar das Gesicht weggeschossen hat, sinken die Hemmungen gegen null. Jessy hat diesen Schritt nun vollbracht, denn das menschliche Gehirn macht emotional keinen Unterschied zwischen dem Gesicht eines Zombies und dem eines Menschen. Viktor sieht ihr in das bleiche Gesicht, kann jedoch statt Angst nur Entschlossenheit in ihrem Blick entdecken.

„Gut gemacht, Kleine!“

Seine Einschätzung war richtig. Die junge Frau hat keinesfalls vor zu sterben. Zum ersten Mal seit dem Unfall des Wagens wagt Viktor, auf ein Happy End zu hoffen.

„Weiter!“, ruft er und humpelt so schnell er kann vorwärts. Jessy folgt ihm eilig, wobei sie immer wieder nach hinten schaut.

„Viktor ... ich kann die Horde bereits sehen“, keucht sie und Tränen der Angst steigen ihr in die Augen.

Überlebenswille

Die Jury, bestehend aus zwölf Geschworenen brauchte keine halbe Stunde, um sie des mehrfachen Mordes schuldig zu sprechen. Für andere wäre dieser Schuldspruch einem Todesurteil gleich gekommen, doch nicht für Kaylee. Seit diesem besonderen, blutigen Abend ließen die Albträume nach. Statt jeder Nacht kamen sie nur noch vereinzelt.

Anabelle würde für immer in ihren Träumen vorkommen, dessen war sich Kaylee sicher. Doch sie dominierte sie nicht mehr. Die grausame Rache, die Kaylee an ihrem Entführer und Mörder genommen hatte, hatte ihr selbst Frieden gegeben. Die letzten Nächte erkannte sie nicht ihre beste Freundin, wie sie in den Lieferwagen gezerrt wird, sondern einen kahlköpfigen Mann mit der Schrotflinte. In ihrem Traum ist es jedoch jemand, den sie sehr gut kennt. Jemand, der immer für sie da war, bis sich die Türen des Helikopters schlossen, der sie zur „Dark Hope" brachte.

Ihr Vater hatte sie während des gesamten Prozesses nicht verlassen, hatte sich die grausamen Details ihrer Taten angehört und gab ihr Kraft. Sie wusste, dass jede ihrer Taten, jeder ihrer Morde gerechtfertigt war. Es traf nur böse Menschen, Menschen die andere vergewaltigt und ermordet hatten. Ihr Anwalt gab sein Bestes, auch wenn er ihr von Anfang an nie Hoffnungen machte. Die Polizisten hatten sie auf frischer Tat erwischt und dazu eine Augenzeugin, die Kaylees Geständnis Andrew gegenüber genauestens mitbekommen hatte. Ein Freispruch war nicht einmal im Ansatz möglich.

Da sie sowohl in Kanada, als auch in den Vereinigten Staaten ihren blutigen Feldzug unternahm und man sie in den Staaten fasste, wurde sie dort vor Gericht gestellt. Nach dem Schuldspruch durch die Jury verurteilte sie der Richter zu sieben Mal Lebenslänglich, ohne die Möglichkeit einer Bewährung. Zudem verweigerte er sich dem Antrag ihres Anwaltes, sie in der Nähe von Toronto in ein Hochsicherheitsgefängnis überführen zu lassen. Man brachte sie in eine schwimmende Festung, aus der ein Entkommen unmöglich schien.

Ein stechender Schmerz reißt sie aus ihrem Dämmerzustand und Kaylee stöhnt auf. Der Bentley ist durch ein tiefes Schlagloch gefahren, was selbst die guten Stoßdämpfer nicht ausgleichen konnten.

„Fahr doch mal etwas vorsichtiger", knurrt sie verärgert.

Stefan nickt in Richtung Straße und Kaylee kann erkennen, dass er nicht gerade viele Möglichkeiten hat. Die Fahrzeuge auf dem Highway stehen eng beieinander und sind teilweise ineinander verkeilt. Ein großes Fahrzeug muss mit Volldampf durch den Stau gefahren sein. Die schmale Schneise wurde auf die Weise gebahnt, in der sich nun der Bentley und der Mondeo bewegen. Fiby hatte sich einverstanden erklärt, den Mondeo zu fahren, während Stefan Kaylees Platz am Steuer des Bentleys übernommen hat.

Auch wenn sie es ungern zugibt, so kann sie doch mit ihrem verletzten Fuß kein Fahrzeug führen.

„Wie lange habe ich geschlafen?"

Stefan sieht auf seine Armbanduhr und zuckt mit den Achseln.

„Du warst gut zwei Tage immer mal wieder wach und bist wieder eingeschlafen." Kaylee streckt sich vorsichtig und wischt sich etwas Speichel vom Kinn.

„Irgendwas verpasst, während ich mich besabbert habe?"

Er grinst und schüttelt den Kopf.

„Nein, alles ruhig. Wir mussten aber schon zweimal Sprit von anderen Wagen abzapfen, hat aber alles geklappt. Wir konnten dabei eine große Horde Zombie sehen. Sie zogen südwärts, wenn ich das richtig erkennen konnte.

„Wie viele?"

Stefan scheint zu überlegen, schüttelt dann jedoch den Kopf.

„Ich bin absolut mies im Schätzen. Es können zehntausend oder hunderttausend gewesen sein. Von hier aus konnte ich nicht viel erkennen."

Kaylee kann ihn verstehen. Aus der Entfernung kann man die Anzahl der Gegner leicht unterschätzen. Ein so großes Heer sollten sie um jeden Preis umfahren.

„Wir sollten die Fahrzeuge durchsuchen. Vielleicht finden wir Verbandskästen und Gegenstände, die wir gebrauchen können.

Stefan schüttelt entschieden den Kopf. „Nein, sieh mal nach links."

Sie dreht sich ein wenig, wogegen sich ihr schmerzender Rücken wehrt. Trotzdem kann sie eine Menge Zombies erkennen, die auf der freien Fläche neben dem Highway umhertorkeln. Sie folgen dem Motorgeräusch der beiden Fahrzeuge.

„Das sind viele", knurrt Kaylee und schnallt sich ab. Vorsichtig betastet sie ihr Knie und dann den Knöchel. Beide sind leicht geschwollen und schmerzen bei jeder Berührungen, doch fühlen sie sich nicht gebrochen an. Erleichtert lehnt sie sich wieder zurück und schnallt sich wieder an. Sofern sie nicht zu Fuß vor Zombies fliehen muss, würde sie die Verletzungen überleben.

„Wo sind wir?" Die Umgebung ist deutlich dichter besiedelt und es scheint, als würden sie auf einen Vorort zufahren.

„Ich bin nicht sicher, aber es könnte Laconia sein. Wenn wir uns nicht verfahren haben, sind wir noch halbwegs auf Kurs", berichtet er ihr.

Kaylee sieht auf die leere Rückbank.

„Timmy?"

Stefan lächelt beruhigend.

„Er fährt mit Fiby. Sie solle nicht allein fahren müssen, hat er gesagt."

Das sieht Timmy ähnlich. Stets möchte er die Leute beschützen oder unterhalten, das hat Kaylee bereits festgestellt. Der taffe kleine Kerl ist ihr doch irgendwie ein wenig ans Herz gewachsen. Sie sieht in den Seitenspiegel. Eine Bewegung zieht ihre Aufmerksamkeit auf sich. Erneut sieht sie hinein.

„Wir kriegen Gesellschaft!" Stefan sieht in den Rückspiegel.

„Wo? … oh, ich sehe sie."

Kaylee dreht sich unter Schmerzen zur Rückbank um, holt das P90-Gewehr nach vorn, legt ein neues Magazin ein und lädt es durch.

„Vielleicht sind es gute Menschen", versucht Stefan sie zu beruhigen, doch klingt er für Kaylee nicht sehr überzeugt.

„Verringere die Geschwindigkeit und lass Fiby aufholen. Wir müssen ihr sagen was los ist, sofern sie es noch nicht gesehen hat."

Dass Fiby ihre Verfolger aber bereits bemerkt hat, sieht Kaylee schnell. Der Mondeo holt rasant auf und Fiby betätigt immer wieder die Lichthupe.

„Sie weiß es, gib Gas", befiehlt sie und sieht erneut in den Rückspiegel. „Die fahren hintereinander. Ich kann schwer abzuschätzen, wie viele es sind. Mit Sicherheit kann ich drei Geländewagen und ein Motorrad erkennen. Das Crossbike scheint als Späher zu fungieren", berichtet Kaylee zähneknirschend. Sie wägt ihre Optionen ab. „Auf Dauer können wir den Typen mit Sicherheit nicht davon fahren."

Den Stau haben sie hinter sich gelassen, doch stehen überall verlassene und kollidierte Fahrzeuge herum. Stefan manövriert so gut und so schnell er kann in die Lücken zwischen den Hindernissen. Immer wieder blickt er über die Schulter, um die Verfolger im Blick zu haben.

Kaylee schnallt sich ab und obwohl ihr gesamter Körper gegen diese Bewegung rebelliert, kniet sie sich auf den Beifahrersitz. Sie lässt das Fenster herunterfahren und der kühle Fahrtwind zerzaust ihre Haare. Sie beugt sich halb aus dem Fenster, stellt die P90 mit dem Zeigefinger auf Einzelfeuer und drückt ab.

Die Seitenscheibe eines demolierten Jeeps geht zu Bruch. Ihre Schulter schmerzt bei der ungewöhnlichen Haltung. Halb aus dem Fenster hängend, feuert sie erneut, kann aber auch diesmal die Verfolgerwagen nicht treffen. Diese eröffnen nun ihrerseits das Feuer. Schnell setzt sich Kaylee wieder in den Wagen und stöhnt vor Schmerzen auf.

„Ich erwische sie nicht, der Winkel ist nicht gut", knurrt sie verärgert über ihr Versagen. Kugeln schlagen im Kofferraum des Bentleys ein. Die Heckscheibe geht zu Bruch und ein Regen aus Glas geht auf die Rückbank nieder. Sie lässt sich etwas tiefer in den Sitz gleiten. Stefan lenkt die Limousine so gut er kann aus dem Schussfeld, doch setzen die Verfolger nach. Erneut rattern Gewehre und die Seitenscheiben gehen zu Bruch.

„So geht es natürlich auch", flucht Kaylee und feuert durch die Heckscheibe zurück.

Der Motorradfahrer wird von Kugeln getroffen, stürzt und wird von einem der Geländewagen überrollt.

„Autsch, das tat weh."

Stefan dreht sich ebenfalls um, um zu sehen, was los ist. Mit einem Mal spritzt Kaylee etwas Warmes ins Gesicht. Sie wischt es mit der Hand ab, sieht es an und ihr Magen zieht sich zusammen. Ihre komplette Handfläche ist dunkelrot. Der Wagen bricht nach links aus, steuert geradewegs auf das Wrack eines Ford Taurus zu. „Scheiße!", flucht Kaylee, lässt das Gewehr fallen, setzt sich und legt den Sicherheitsgurt an.

Stefans Kopf schlägt auf dem Lenkrad auf und die Hupe ertönt. Noch bevor Kaylee nach dem Lenkrad greifen kann, weiß sie, dass es zu spät ist. Die beiden Wagen stoßen zusammen und der Airbag in Form einer weißen Tüte kommt auf Kaylee zugeschossen, kurz bevor sie das Bewusstsein verliert.

„… Durchsuchen … Waffen … Jackpot."

Mühsam öffnet Kaylee die Augen. Jede Faser in ihrem Körper scheint nur noch aus Schmerzen zu bestehen. Immer wieder schwappt der schwarze Schatten der Bewusstlosigkeit zu ihr herauf, will sie in die Arme schließen.

„Der Fahrer ist tot. Die Kleine dürfte auch hinüber sein", hört sie die Stimme eines Mannes.

Sie wagt es nicht ihren Kopf zu bewegen, zu sehr schmerzt ihr Nacken. Blut rinnt an ihrem Hals entlang und tropft auf das Wagendach. Erst jetzt wird Kaylee klar, dass sie kopfüber hängt. Der Bentley muss sich überschlagen haben.

„Was für eine Verschwendung, die sah echt heiß aus. Habt ihr den zweiten Wagen schon erwischt?", antwortet ein zweiter Sprecher.

Vorsichtig tastet Kaylee ihren Nacken ab. Eine Glasscherbe steckt darin, vielleicht aus einem der Seitenfenster. Ganz vorsichtig zieht sie sie heraus und stöhnt leise bei dem Schmerz auf. Da sie in allen Gliedmaßen Schmerzen hat, wurde wohl kein wichtiger Nerv verletzt. Glück im Unglück. Der Gestank von Benzin dringt ihr in die Nase. Die Typen müssen den Tank erwischt haben.

Das Knacken und Rauschen eines Funkgeräts ertönt. „Der graue Wagen mit der Frau ist nahe der Methodistenkirche. Wir haben sie in den Straßen verloren, brauchen Unterstützung. Es wimmelt hier nur so von Walkern."

Glas knirscht, als sich die beiden Männer in Bewegung setzen.

„Was ist mit der Kleinen? Sie wird sich verwandeln", gibt der Erste zu bedenken.

„Soll sie doch den Rest ihres untoten Lebens in dem Wagen gefangen sein. Sie hat Armin erschossen."

Ein Moment der Freude taucht in Kaylee auf. Immerhin konnte sie einen von denen mit in den Tod nehmen.

„Abrücken!", brüllt der Anführer der Gruppe zu seinen Leuten.

Kaylee kann das Zuschlagen von sechs Fahrzeugtüren hören, dann starten die Motoren. Sie greift nach dem Mechanismus des Gurts und löst ihn vorsichtig. Schmerzensblitze durchzucken ihren Kopf und sie glaubt, dass die Welt vor ihr verschwimmt. Kraftlos plumpst sie aus dem Sitz und schlägt mit dem Kopf auf dem Dach auf.

Ein leises Schmatzen lässt Kaylee aufwachen. In böser Vorahnung sieht sie sich vorsichtig in dem Autowrack um. Stefan hängt in seinem Gurt. Seine Arme baumeln nach unten. An einem von ihm frisst eine dieser Kreaturen. Ein Schauer rinnt Kaylee über den Rücken. Der Zombie reißt ein großes Stück Fleisch aus dem Arm und kaut genüsslich darauf herum. Er scheint mit seiner Beute zufrieden zu sein. Mindestens vier paar Füße bewegen sich um den demolierten Bentley herum. Ihren Besitzern scheint die Lust auf bereits totes Fleisch vergangen zu sein. Zu Kaylees Glück haben diese Monster sie offensichtlich noch nicht bemerkt oder konnten sie nicht erreichen.

Unter großer Anstrengung zieht sie die Beretta aus dem Holster, prüft das Magazin und lässt es wieder einrasten. Vierzehn Schuss und eine im Lauf.

„Besser als nichts", flüstert Kaylee grimmig. Sie bewegt beide Hände, dann wippt sie in den Stiefeln mit den Zehen. Alles funktioniert. Sie atmet tief ein, konzentriert sich auf die nächste Aufgabe. Sobald sie die Tür geöffnet hat, würden die Zombies auf sie zukommen. Sie muss in der Lage sein, präzise zu schießen. Sonst würde es ein kurzer Kampf werden. Mit der freien Hand greift Kaylee zum Türöffner, betätigt ihn und versucht die Tür zu öffnen. Nichts rührt sich. Das Metall quietscht nur leicht.

„Das ist doch jetzt echt nicht wahr“, flucht sie leise.

Die blockierte Tür versaut ihren ersten Plan, ohne Frage. Sie dreht sich Richtung Fahrertür, atmet den fauligen, mit Benzin vermischten Gestank ein und richtet die Waffe auf den fressenden Zombie. Sie entsichert die Waffe und legt den Finger an den Abzug.

„Benzin!“, scheint ihr Unterbewusstsein regelrecht zu schreien. Sofort lässt Kaylee die Waffe sinken und seufzt erleichtert.

„Das war knapp …, scheiße.“

Sie sieht sich nach einer anderen Waffe um, kann jedoch nichts entdecken. Eilig greift sie an die Gesäßtasche, doch das Teppichmesser befindet sich nicht mehr dort. Panik macht sich in Kaylee breit. Unbewaffnet gegen einen Zombie anzutreten, der strategisch in der besseren Position ist, ist nicht ihre erste Wahl.

„Sobald ich mich etwas mehr bewege, wird der Feinschmecker bestimmt seine Freunde alarmieren“, knurrt sie verärgert.

Ihre Chancen würden sich in dem Moment drastisch verringern, dessen ist sich Kaylee sofort klar. Zwei Wege führen heraus. Einer garantiert, der andere könnte eine Sackgasse werden. Da Kaylee wenig Lust hat, auf der Rückbank des Wagens festzustecken, da sich die Türen vielleicht auch nicht öffnen lassen, beschließt sie, die Fahrertür zu wählen. Der tote Stefan und der Zombie stehen nun zwischen ihr und der Freiheit. Die Außenwände des Wagens scheinen langsam näherzukommen. Sie muss sich zwingen, ruhiger zu werden. Die Benzindämpfe, die Enge, das stetige Schmatzen und Schlurfen machen sie fast wahnsinnig.

Sie verdrängt die Gedanken, ähnlich wie bei einer Meditation. Eine innere Ruhe macht sich in ihr breit. Diese Ruhe verspürte sie jedes Mal, bevor sie getötet hat. Die kalte, analytische Kaylee erfasst ihre Umgebung aufmerksam und sucht nach Schwachstellen in der Deckung des Feindes, Möglichkeiten für sie selbst. Sie lässt den Blick über die demolierte Armatur gleiten, über die, mit spinnennetzartigen Mustern versehene Frontscheibe, bis zum Zombie. Erneut sieht sie sich die Frontscheibe an, beschließt, es zu versuchen. Mit zwei Tritten landet das Konstrukt krachend auf der Straße.

Sekundengleich hören das Schmatzen und das Schlurfen auf. Mühsam klettert Kaylee durch den neuen Fluchtweg, schneidet sich dabei in Hände und Beine. Blutige Handabdrücke sind stumme Zeugen ihres Weges.

Eine alte Frau in einem Morgenmantel steht ihr am Nächsten. Kaylee ringt nach Luft, da diese Flucht sie mehr Kraft gekostet hat, als geplant. Sie hebt die Beretta, die scheinbar hundert Kilo zu wiegen scheint, und drückt ab. Die Kugel zerstört den Brustkorb der Kreatur, tötet sie jedoch nicht. Als Kaylee den Arm höher heben will, durchströmt sie ein dumpfer Schmerz. Sie schreit vor Schmerzen auf. Tränen steigen ihr in die Augen, doch presst sie die Zähne zusammen. Die „Bademantelbraut" ist keine zwei Meter entfernt. Gierige Augen blicken sie an. Zähne mahlen auf Zähnen. Sie stemmt die Waffe höher und feuert erneut. Dieses Mal trifft sie das Gesicht der Frau. Das feuchte Geräusch, als der zerstörte Schädel auf dem rissigen Asphalt aufschlägt, hört sie schon nicht mehr.

Sie tastet nach ihrer linken Schulter und wischt sich die Tränen aus dem Gesicht. „Eine ausgekugelte Schulter zu dem verletzten Bein dazu. Das ist echt nicht mein Tag heute!", schreit sie wütend und stampft mit dem Fuß auf.

Die Zombies wanken schnell näher. Kaylee spürt, wie die Schmerzen weniger werden. Adrenalin jagt durch ihre Blutbahnen. Sie steigert sich noch mehr in Rage.

„Du willst mich also fressen? Ja? Dann komm und hol mich du Arschgesicht!", flucht sie und feuert.

Das Geschoss erledigt den Doktor in seinem Kittel. Nur wenige Minuten später hat sie die fünf Zombies erledigt und lehnt sich erschöpft gegen den Wagen. Das Wrack ist nicht mehr zu gebrauchen und die umstehenden Fahrzeuge sehen nicht viel besser aus.

Ein leichter Nieselregen setzt ein. Sie schließt die Augen, atmet tief durch und zwingt ihre Wut zurück. Wenn sie sich jetzt noch über das Wetter aufregt, würde es ein langer Tag werden. Im Zwielicht der heranrückenden Nacht kann sie mindestens fünfzig Gestalten erkennen, die sich ihr schlurfend nähern. Die Schüsse müssen sämtliche Zombies der Umgebung angelockt haben. In Kürze dürfte der Highway nur so von ihnen wimmeln.

Sie lässt sich auf den Asphalt sinken und lehnt sich gegen den Bentley. Zum ersten Mal seit Langem schleicht sich Hoffnungslosigkeit in ihren Verstand. Sie befindet sich kilometerweit von der nächsten Stadt, allein, ohne Vorräte und dazu noch schwer verletzt. Der Wunsch, einfach sitzen zu bleiben und das Leid mit einer Kugel zu beenden schwelt in ihren Gedanken. Sie blickt auf die Waffe, streichelt liebevoll über den Lauf.

„Du hast mich nicht verlassen. Du kannst mich erlösen“, flüstert sie hoffnungsvoll.

Es würde schnell gehen. Waffe in den Mund, nach oben zielen und abdrücken. Keine Schmerzen und auch keine Sorgen, als Zombie wiederkommen. Sie entsichert die Waffe mit ihrer ausgekugelten Seite, steckt sie sich in den Mund und setzt die Zähne auf. Der bittere Geschmack stört sie nicht. Es würde ja nicht lange sein. Schon bald haben alle Qualen ein Ende. Sie wäre endlich frei.

Selbst die Bestie in ihr schweigt. Keine Stimmen, die nach Rache oder Blut dürsten. Auch sie scheint sich mit dem Ende abgefunden zu haben. Glücklich lächelt Kaylee, streicht eine Haarsträhne aus dem Gesicht und sieht, wie sich der Nieselregen zu einem Tropfen an dem Schirm ihrer Cap sammelt.

Sie sieht ihm nach, bis er auf ihrer Hose aufschlägt. Sie streicht über ihr Bein, verreibt den Tropfen. Ihre Finger spüren eine Unebenheit und sie zieht den Gegenstand aus der Tasche. Es ist ein zusammengefaltetes Foto. Timmy und seine Familie lächeln sie vor dem großen Kamin an. Kaylee sieht vom Bild zur Waffe und von der Waffe zum Bild. Das freundliche Gesicht des kleinen Jungen scheint direkt in ihr schwarzes Herz zu sehen.

„Wo ist der Wagen mit der Frau?“, erinnert sie sich an die Worte des Anführers der Gang. Sie suchen Fiby. Bei Fiby ist Timmy. Sie verfolgen Timmy.

Die Müdigkeit verflüchtigt sich plötzlich aus ihren Knochen. Sie kann spüren, wie Energie durch ihre Blutbahnen fließt. Langsam sichert sie die Beretta, nimmt sie aus dem Mund. Ihr kalter Blick wandert über den Asphalt und stemmt sich in die Höhe. Der dunkle See ihrer Seele rührt sich. Die Bestie erwacht, jedoch fühlt es sich anders an. Kein Wunsch nach Rache kommt mit ihr. Es ist etwas anderes, das Kaylee nicht zu deuten vermag.

Sie humpelt zum Taurus, drückt ihre ausgerenkte Schulter dagegen und mit einer schnellen Bewegung springt sie wieder in das Gelenk zurück. Ein Schrei entgleitet ihr, doch stört sie das nicht.

Die Zombies sind noch gut dreißig Meter von ihr entfernt. Kaylee feuert auf den, der am nächsten ist und öffnet dann den Kofferraum. Sämtliche Waffen wurden von den Männern mitgenommen, ebenso die Munition.

Der Verbandskasten ist noch vorhanden, sowie zwei Jacken und eine leere Plastikflasche. Aus Stefans Hosentasche hat sie das Feuerzeug geholt, ebenso wie ein kleines Klappmesser. Kaylee stopft die Sachen in die Plastiktüte, die sie im Taurus gefunden hat, und richtet sich mühsam gerade auf.

„So Jungs. Ihr wollt also meinen kleinen Timmy haben. Da hättet ihr mich echt vorher töten sollen“, knurrt sie wütend und setzt sich humpelnd in Bewegung.

In letzter Sekunde

Der Kopf des Zombies explodiert regelrecht, als das Geschoss ihn trifft. Blut spritzt auf die nachfolgenden Wesen und Viktor humpelt, so schnell er kann, den steilen Hügel hinauf. Die eng stehenden Bäume erschweren es den beiden, ein freies Schussfeld zu bekommen. Jessy feuert erneut mit der Pumpgun und zerlegt zwei dicht zusammenstehende Zombies. Deren Zahl hat massiv zugenommen, seit die Horde sie eingeholt hat.

„Der Plan, die Untoten wegzulocken, hat zu gut funktioniert. Sie haben uns eingeholt“, flucht Viktor, lässt das leere Magazin aus seiner Glock-17 gleiten, steckt es in die Hosentasche und lässt ein volles Magazin einrasten. Eilig lädt er die Waffe durch und feuert erneut. Ein Zombie bricht zusammen und rollt den Hügel hinab, wobei er zwei weitere mit sich reißt.

Der Schweiß hat sich auf Viktors kahlem Schädel gesammelt und sein Körper jagt seit einer gefühlten Ewigkeit Adrenalin in seine Blutbahn. Jessy zieht einem Zombie den Griff der Schrotflinte über das Gesicht, was ihn zu Boden wirft. Sie holt aus und tritt mit voller Wucht gegen sein Gesicht. Die Nase bricht, Zähne werden aus dem Mund gesprengt und das Genick bricht mehr als einmal.

In den letzten Minuten hat sich die schüchterne und verweichlichte Jessy zu einer Kämpfernatur verwandelt. Wie eine verwundete Bärin, die ihre Jungen beschützt, hämmert sie auf die Zombies ein, deren Zahl immer weiter anzusteigen scheint. Viktor kämpft sich den Weg frei und erreicht sie schließlich. Blut, Knochensplitter und andere Körperflüssigkeiten kleben an Jessys Kleidung und ihr Gesicht ist verschmutzt von Dreck.

„Es werden nicht weniger. Wir können unsere Position hier nicht viel länger halten. Von oben kommen einfach zu viele“, keucht sie. Wut und Trauer stehen ihr ins Gesicht geschrieben. „Ahhhh“, brüllt sie ihren Frust und die Angst heraus und schiebt den Lauf der Waffe in den Mund eines Zombies, der gerade den Hügel erklimmt.

Er starrt sie überrascht an. Jessy verzieht das Gesicht angewidert und drückt ab. Der Kopf des Zombies explodiert und er wird regelrecht nach hinten weggeschleudert. Sie stützt sich auf ihren Oberschenkeln ab und muss schwer atmen.

„Viktor ..."

Er nickt und drückt ihre Schulter.

„Ich weiß."

Der Waldboden unten am Hügel ist nicht mehr zu erkennen. Unzählige Leiber haben sich hier versammelt und schieben sich eilig den Hügel hinauf. Da Viktor durch den Autounfall verletzt ist, der Waldboden rutschig und die entgegenkommenden Zombies in der Überzahl sind, kommen sie nur sehr langsam voran. Das Heer aus Untoten hat sich bis auf zehn Meter genähert, und deren Artgenossen aus dem Wald haben den Rest getan, um die beiden Menschen an einer Flucht zu hindern.

Immer klarer wird Viktor ihre Situation. Viel zu lange hat er sich auf die Hoffnung gestützt, dass seine Verletzung nicht so schlimm sei. Er ging davon aus, dass sie schneller wären als ein Haufen Untoter.

„Dass ich mich in diesem Punkt geirrt habe, wird uns unser Leben kosten", knurrt er grimmig.

Ein Blick an seinem Bein hinunter zeigt ihm, dass er es ist, der Jessy ausbremst. Sie würde nie von selbst auf die Idee kommen, ihn zurück zu lassen.

„Diese Entscheidung muss ich treffen", flüstert er. Bei dem Gedanken, allein mit all den Zombies zu sein, wird ihm flau im Magen. „Das ist die verdiente Strafe. Ich habe es verdient, sie nicht", stellt er grimmig fest. Sein Blick haftet auf Jessy. „Es tut mir leid. Auch wenn du nicht sie bist, muss ich dich doch versuchen zu retten."

Seine Stimme ist so leise, dass niemand ihn unter dem Krach der untoten Meute hören kann. Viktor atmet tief ein. Mühsam stützt er sich auf dem Ast ab.

„Du musst gehen", ruft Viktor und feuert zwei Mal. Die Untoten fallen tot zu Boden.

„Ich werde dich auf keinen Fall allein hier zurücklassen!“, protestiert sie und zieht ihn weiter vorwärts.

Zwei junge Frauen mit entstelltem Gesicht und angefressenen Armen taumeln gierig stöhnend auf sie zu. Jessy wartet, bis sie in einer Reihe stehen, lädt die Waffe durch und feuert. Beide Köpfe werden zerstört und die Zombies sind keine Gefahr mehr.

„Ich habe vielleicht noch zwanzig Schuss. Dann ist Ende „, keucht sie und lädt nach, während Viktor ihr Deckung gibt.

Der Aufstieg ist für ihn zu einer absoluten Qual geworden. Den Schmerzen nach zu urteilen, scheint der Knöchel nicht nur verstaucht zu sein. Er verflucht Jessy insgeheim dafür, dass sie gerade in diesem Moment ihren Mut gefunden hat. Viel lieber wäre es ihm, wenn sie außer Gefahr wäre.

„Jessy, du musst von hier abhauen. Du bist schneller als sie. Spar deine Munition und sieh zu, dass du die Straße findest. Dann folg ihr Richtung Süden und mit etwas Glück findest du den Rest der Gruppe wieder“, ruft er ihr über den Krach der Untoten hinweg zu.

Trotzig schüttelt sie den Kopf, wischt sich eine blonde Strähne aus dem Gesicht und lädt die Pumpgun durch.

„Du hast mich aus Sudbury gerettet. Ich werde dich nicht allein lassen.“

Viktor flucht und feuert erneut einem Zombie in den Schädel. Der Brillenträger purzelt den Abhang herunter und bringt mehrere Zombies dabei zu Fall.

„Das war etwas anderes! Dort waren nur zwei Zombies, die keine Gefahr für mich dargestellt haben. Hier sind mindestens zweitausend, wovon mehr als hundert keine zehn Meter entfernt sind.“

Er humpelt ein paar Schritte auf seinen Stock gestützt weiter und Jessy geht voran. Vier Zombies wanken von oben heran und laufen rutschend den Hang zu den beiden Menschen hinab. Jessy flucht, richtet die Waffe aus und drückt ab. Der erste Zombie fällt zu Boden und behindert dabei seine drei Begleiter, die sich nicht mehr auf den Beinen halten können. Erneut gibt Viktors Waffe ein heiseres „Klack“ von sich, als das Magazin leer ist.

„Fünfzehn Schuss, mehr habe ich nicht. Dazu noch das AK47 mit vielleicht hundert Schuss. Ich gebe dir Deckung, während du fliehst. Ich diskutiere nicht weiter darüber. Wir müssen an den Fortbestand der Menschheit denken, also beweg deinen verdammten Arsch den Hügel hinauf und lass mich hier!", brüllt er sie an, wobei sein Gesicht nur Zentimeter von ihrem entfernt ist.

Sie hält seinem Blick stand, schiebt seinen Kopf beiseite und schießt einem Zombie den Schädel weg, der sich von hinten genähert hat. In Viktors Ohren klingelt es vom Knall.

„Ich lasse dich nicht hier zurück! Entweder wir kehren beide zurück, oder niemand!" Viktor schüttelt umso entschlossener den Kopf.

„Das lasse ich nicht zu. Du machst dich auf der Stelle auf den Weg!" Er verpasst ihr einen Schubs und feuert voller Wut auf drei weitere Zombies.

Sie wischt sich den Schweiß vom Gesicht und verschmiert dabei den hoch gespritzten Dreck noch mehr. „Viktor ... ich lasse dich nicht hier zurück. Das könnte ich mir nie verzeihen. Wir brauchen dich!"

Er spukt verärgert auf den Boden und humpelt so schnell es ihm möglich ist ein paar weitere Schritte.

„Ich würde keine Sekunde zögern dich zurückzulassen. Es ist eine grausame Welt, also rette dich selbst. Du kannst noch viel Gutes tun!"

Nach ein paar weiteren Schüssen klackt seine Waffe und er schiebt sie zurück in den Halfter an seiner Hüfte. Jessy hilft ihm, das AK47 Sturmgewehr von der Schulter zu nehmen, und er lädt es durch.

„GEH!", brüllt er und feuert eine Salve auf die Zombies oben auf dem Hügel.

Das Gewehr rattert und die Geschosse durchschlagen die Gestalten. Viktor kann mit ihm nicht so gut zielen, wie mit seiner Glock, doch verfehlt er sein Ziel nicht. Die meisten Zombies brechen zusammen oder werden von der Wucht der Geschosse umgeworfen. „Sie sind nicht tot. Lauf und pass auf dich auf. Ich gebe dir Deckung!“, befiehlt er und feuert erneut nach oben.

Jessys Beine fühlen sie plötzlich wie festgewachsen an und sie kann keinen klaren Gedanken fassen. Zu widerstrebend sind die Gefühle, die in ihrem Kopf um die Oberhand kämpfen. Ihr Gehirn sagt ihr, dass sie laufen soll, ihr Herz sagt, sie soll bleiben. Sie macht ein paar Schritte in Richtung Hügelspitze.

„LOS, WEITER!“ Er feuert erneut und macht eine Lücke für sie in der Meute frei.

Jessy keucht und Tränen kullern ihr über die Wangen. Auch wenn sie Viktor kaum kennt, hat er ihr nun schon zwei Mal das Leben gerettet.

„Wenn ich ihn zurück lasse, bin ich nicht besser als diese Untoten. Lester sagte es schon. Wir sind besser als sie. Wir halten zusammen“, macht sie sich Mut.

Ein Farmerjunge taucht zwischen den Bäumen auf. Sein Oberkörper ist von einer Mistgabel durchbohrt. Er streckt seine Hände nach Jessy aus. Mehr als zweitausend Untote haben sie fast erreicht. Überall kann sie ihre Silhouetten sehen. Das Stöhnen der Horde ist ohrenbetäubend.

„Viktor ...“ Er sieht ihr in die Augen. „Da ist keine Angst. Nur Entschlossenheit“, stellt Jessy überrascht fest. „Er hat mit dem Leben abgeschlossen. Seine Entscheidung steht fest.“

„Geh. Jetzt!“, befiehlt er und mäht fast zehn der Untoten nieder.

Jessy erwacht aus ihrer Starre und läuft los. Eilig klettert sie den Hügel hinauf, hält sich an Baumstämmen, Ästen und Büschen fest. Der matschige und feuchte Boden rutscht immer wieder unter ihren Schuhen weg. Mehrfach strauchelt sie und landet sogar einmal auf dem Bauch.

Fast hat sie die Spitze des Hügels erreicht, als das dumpfe Rattern von großkalibrigen Maschinenpistolen ertönt. Zombies werden den Hügel hinabgeworfen. Erde und Blut spritzen auf. Fest presst Jessy sich in den Schlamm und betet, dass sie nicht von einer Kugel oder einem Feind gefunden wird. Das Feuer muss aus mehr als einer Waffe stammen und es kommt von oben. Sie gesteht sich den Hauch von Hoffnung zu und ruft: „Hey, HILFE! Wir brauchen Hilfe!“

Personen tauchen auf dem Weg auf und sie kann die Silhouetten erkennen. Fünf Personen stehen dort, bewaffnet mit M16-Maschinengewehren, Pistolen und Gewehren und nehmen die Untoten unter Beschuss.

Vor Jessy tauchen zwei Militärstiefel auf und sie sieht vorsichtig nach oben. Ein Mann mit einer Narbe im Gesicht und einem mehr als fiesen Gesichtsausdruck, reicht ihr die Hand. Sie greift zu und er zieht sie mühelos nach oben.

„Alex ...“, stottert sie, doch der Russe beachtet sie nicht weiter. Er marschiert zu den anderen, die aus allen Rohren auf die Zombies feuern und Viktor so Deckung geben. Dieser humpelt, so schnell es geht auf die Leute zu. Je einer stützt ihn.

„Zuruck zu den Fahrzeugen!“, befiehlt Alexandr mit schwerem russischem Akzent und zieht die immer noch geschockte Jessy mit sich. Beim Näherkommen erkennt Jessy, dass Viktor von Darius und Lester gestützt wird, während Vanessa, Faith und Mia weiter die Zombies niedermachen, die sich ihnen in den Weg stellen. Jessy beeilt sich, mit den anderen Schritt zu halten.

„Verflucht, pass doch auf“, schimpft Viktor, als Maggie seinen Knöchel untersucht. Die gelernte Krankenschwester wirft ihm einen missmutigen Blick zu.

„Für so einen brutalen Kerl bist du ein ziemliches Weichei. Jetzt halt endlich still, damit ich herausfinden kann, ob er gebrochen oder nur verstaucht ist!“

Der Hummer braust mit hoher Geschwindigkeit durch das Tal. Die drei Fahrzeuge haben direkt auf der Straße auf Jessy und Viktor gewartet und nach ihrem Einsteigen den Weg Richtung Süden wieder aufgenommen.

„Wieso hat das so lange gedauert, bis ihr gekommen seid?“, fragt Jessy Lester, der den Hummer fährt.

Der alte Mann presst die Lippen aufeinander, als wolle er verhindern etwas zu sagen.

„Wir sind wie abgesprochen losgefahren, als die Explosion zu hören war. Wir waren schon fast durchs Tal, als uns klar wurde, dass ihr nicht mehr kommen werdet."

Es knallt laut, als ein vereinzelter Zombie von dem Hummer erwischt und über den Wagen hinweg geschleudert wird. Bei dem Geräusch zuckt Jessy erschrocken zusammen. Ihr Herz rast und sie sieht dem Untoten durch den Seitenspiegel hinterher, wie er in der Dunkelheit verschwindet.

„Wir haben uns dann kurz abgesprochen und beschlossen, den Weg zurück zu fahren, um euch zu suchen. Als ihr nicht auf der Straße zu finden wart, war uns klar, dass etwas schief gelaufen sein muss", fährt der ehemalige Ingenieur fort.

„Als wir dann die Schüsse gehört haben, sind wir so schnell es ging zu euch gekommen", vervollständigt Darius die Erzählung.

„Keine Sekunde zu früh", knurrt Viktor und beißt die Zähne zusammen, als Maggie seinen Fuß nach links und rechts dreht.

„Er ist nicht gebrochen, aber du hast dir vermutlich einige Bänder gezerrt. Du solltest ihn die nächsten Tage nicht bewegen", stellt Maggie fest und setzt sich wieder auf ihren Platz im Fond des Wagens.

Viktor atmet schwer durch die Schmerzen und nickt ihr kurz dankbar zu.

„Also, können wir nun unsere Fahrt fortsetzen?", fragt er und schnallt sich an.

Lester presst erneut die Lippen aufeinander.

„Was ist los?", fragt Jessy und der alte Mann seufzt.

„Wir hatten ein kleines Zusammentreffen mit zwei Bikern. Sie haben uns wohl erkannt und wollten direkt abhauen. Alex hat sie erledigt. Es dürften schon bald mehr von ihrer Gruppe herkommen, um nach ihnen zu suchen."

„Verflucht", schimpft Viktor wütend und sieht aus dem Fenster.

Sie haben soeben die Baumgrenze passiert und jagen nun die Straße entlang, die zuvor von Zombies bevölkert war. Rechts von ihnen kann er noch den Rauch erkennen, der von dem Feuer ausgeht. Noch immer laufen Untote in diese Richtung. Der Wald muss inzwischen von ihnen überflutet sein.

„Es muss nicht so sein, dass die anderen runterkommen. Die Welt ist nicht mehr sicher und vielleicht vermuten sie Zombies oder Plünderer, die sie erwischt haben“, erklärt Viktor nach ein paar Minuten des Nachdenkens.

„Immerhin haben wir nun zwei Motorräder“, flüstert Jessy.

„Wir sollten uns viel eher die Frage stellen, wie es dieser Gruppe gelingt, uns ständig aufzuspüren! Kanada ist nicht gerade klein und wir sind mehrmals in andere Richtungen gefahren. Sie hätten uns gar nicht finden dürfen“, teilt Viktor seine Gedanken mit den anderen.

Maggie sieht ihn überrascht an und Viktor erklärt seinen Gedanken. „Erst die Bikes am See und jetzt das? Ich bitte euch. Das ist doch kein Zufall! Wir haben extra einen riesen Bogen gemacht und trotzdem haben sie uns gefunden. Neben dieser Tatsache sollten wir auch herausfinden, was sie wollen.“ Er bewegt vorsichtig seinen Fuß, zuckt jedoch bei dem stechenden Schmerz zusammen, der seinen Knöchel hinauf, bis in den Oberschenkel wandert zusammen. „Niemand unternimmt solch eine Anstrengung um ein paar Frauen zu bekommen! Egal, wie hübsch sie sind“, vollendet Viktor seine Einschätzung.

„Er hat recht. Irgendwas übersehen wir. Vielleicht haben wir eine Ratte im Nest?“, stimmt Darius ihm zu.

Energisch schüttelt Jessy den Kopf. „Christoph würde das mit Sicherheit nicht tun.“ Viktor reibt sich den kahlen Kopf und lehnt sich in dem Sitz zurück.

„Wer soll es sonst sein, Jessy? Unsere Gruppe ist schon lange zusammen unterwegs und abgesehen von dir und Christoph kam niemand hinzu“, gibt Viktor zu Bedenken.

„Nur, dass die Biker uns in der Nacht angegriffen haben als Jessy zu uns gestoßen ist“, fügt Darius hinzu.

Schweigen breitet sich im Wagen aus und Jessy mustert aufmerksam alle Gesichter.

„Das ist Schwachsinn. Es bleibt nur Christoph!“, schimpft Viktor vom Rücksitz aus und sie fassen den Entschluss, beim nächsten Stopp mit Christoph zu sprechen.

Der Schlag trifft ihn ohne Vorwarnung. Blut spritzt aus seiner aufgeplatzten Lippe und der schlaksige Biker taumelt gegen den Geländewagen. Abwehrend hebt er seine Hände vor seinen Körper und schüttelt eilig den Kopf.

„Ich habe euch nicht verraten. Wieso sollte ich das tun?“ D. spuckt ihm vor die Füße und ballt die Hand erneut zur Faust.

„Woher soll ich wissen, was in deinem scheiß Kopf vor sich geht? Ich werde die Wahrheit einfach aus dir rausprügeln.“

„Darius, lass ihn!“, schreit Jessy ihn an, wird jedoch von Alexandr zurückgehalten.

Der Russe muss sich nicht einmal besonders anstrengen, die wütende junge Frau festzuhalten. Darius macht ein paar Schritte auf ihn zu und Christoph stolpert zurück.

„Bitte! Bitte! Ich habe euch nicht verraten. Du musst mir glauben.“

Hilfe suchend blickt er sich um, doch begegnen ihm nur harte und erbarmungslose Blicke. Einzig Lilli starrt ihn verzweifelt durch die Scheiben des Hummers an.

„Wenn du es nicht warst, wieso können die Kerle aus deiner Gang uns dann immer noch folgen?“, fragt Viktor in ruhigem Ton und er wirft Darius einen kurzen Blick zu.

Der Schwarze bleibt, wo er ist, und sieht einfach nur bedrohlich aus.

„Ich kann Darius davon abhalten, dich weiter zu Brei zu schlagen, aber nicht wenn du uns nichts sagst“, fährt er fort und macht ein paar Schritte auf den dünnen Biker zu.

„Wieso verfolgen sie uns über eine solch weite Strecke und wieso können sie uns aufspüren, auch wenn wir einen ganz anderen Weg nehmen?“

Tränen aufgrund seiner Schmerzen steigen Christoph in die Augen. Eilig wischt er sie weg.

„Ich weiß es wirklich nicht. Wenn sie uns so weit verfolgen, wollen sie die Frauen wirklich dringend haben."

Viktor schüttelt ärgerlich den Kopf und Darius macht einen Schritt auf Christoph zu.

„Halt! Ich weiß es wirklich nicht. Das Einzige was ich weiß, habe ich euch gesagt. Sie wollten die Frauen und eure Vorräte erbeuten. Vielleicht wollen sie nun Rache für das, was ihr gemacht habt", fügt er hastig hinzu und Darius bleibt stehen.

„Das wäre unlogisch. Sie verfolgen uns durch das halbe Land und das nur für ein paar Frauen und Vorräte, die eure Gruppe gerade einmal ein paar Wochen oben halten würde. Sie verbrauchen viel mehr Ressourcen, als sie erbeuten würden!", entgegnet Viktor und kommt zu Christoph herüber. Er legt den Arm um den jungen Biker und beugt sich zu ihm heran. „Was weißt du noch?"

Der Junge schüttelt heftig den Kopf. „Wenn ich etwas wüsste, würde ich es euch sagen. Ich bin doch jetzt einer von euch."

„Bist du das?", knurrt Darius und lässt seine Fingerknöchel laut knacken.

Christoph nickt so heftig, dass Viktor für einen Moment Sorge hat, sein Kopf würde vom Hals fallen.

„Er sagt die Wahrheit", ruft Jessy und funkelt Alexandr wütend an, der sie noch immer festhält. Der narbengesichtige Russe grinst sie mit seinen schlechten Zähnen breit an, lässt sie jedoch nicht los.

„Wenn Richard noch das Kommando hat, wäre er bestimmt auf Rache aus und würde euch … uns weiter verfolgen. Koste es, was es wolle. Er hat seinen Männern die Frauen versprochen, und dass ihr ihn so blamiert habt, das wird er nicht auf sich sitzen lassen", vermutet Christoph und schaut ängstlich von Viktor zu Darius.

Nachdenklich reibt Viktor sich das Kinn. „Wir gingen bisher immer davon aus, dass Richard unsere Flucht nicht als Anführer überlebt hat. Er hätte mit Sicherheit seine Stellung verloren."

Darius knurrt ärgerlich. „Und wir haben keinen Grund, von etwas anderem auszugehen. Die Typen folgen uns, egal wohin wir fahren."

Beschwichtigend hebt Christoph die Hand.

„Wenn sie wüssten, wo ihr seid, wieso kommen dann immer nur so Wenige? Wenn ich euch verraten würde, dann würden sie gesammelt anrücken und euch töten!", versichert Christoph.

„Das ist nicht abwegig", stimmt Lester zu und Viktor muss ebenfalls darüber nachdenken.

„Der Einwand ist nicht ganz verkehrt", überlegt Viktor, doch kann er sich nicht sicher sein, dass Christoph kein Verräter ist.

„Richard kann seine Männer nicht dazu gebracht haben, das ganze südliche Kanada abzufahren. Sie kommen nicht viel schneller voran als wir. Sie brauchen also bestimmte Ziele, wo sie uns erwarten können. Nur wie kommt er auf diese?", fährt Lester nachdenklich fort und breitet eine Karte aus.

Die kleine Gruppe versammelt sich darum, wobei D. Christoph im Auge behält und seine Muskeln spielen lässt. Lester zeichnet die Stellen ein, bei denen sie bisher auf Patrouillen gestoßen sind und allmählich wird ein Muster sichtbar.

„Er hat seine Leute in einem riesigen Kreis um uns herum geschickt", stellt Viktor fest.

„Jedenfalls, wenn wir von unseren wenigen Daten ausgehen", stimmt ihm Lester zu. „Das Land ist trotzdem zu groß und sie können nicht erwarten, dass wir auf genau den Straßen auftauchen, an denen sie lagern."

„Und wenn sie das nicht müssen?", fragt Faith und fährt mit dem Finger die Straßen entlang.

Viktor schnaubt ärgerlich.

„Wenn sie keine Hellseher sind …"

Faith wirft ihm einen vernichtenden Blick zu und er behält den Rest für sich.

„Sie sammeln sich an bestimmten Bereichen und warten, ob wir kommen. Es wäre aber Schwachsinn ein oder zwei Männchen mutterseelenallein auf die Straße im Nirgendwo zu setzen, während die Zielgruppe auf einer Nebenstraße vorbei kommt“, fährt Faith in Gedanken versunken fort.

Ihr Gesicht nimmt einen grimmigen Ausdruck an und sie drängt sich wortlos zwischen Mia und Vanessa hindurch, geht zum Hummer und tastet die Radkästen ab.

„Was tust du da?“, fragt Jessy, doch Faith gibt ihr keine Antwort. Sie legt sich stattdessen auf den Kiesboden und rutscht unter den Geländewagen.

„Ich wusste es!“, flucht sie und krabbelt wieder hervor.

Darius reicht ihr die Hand und zieht die schlanke Frau mühelos auf die Füße. Sie hält ein kleines Plastikgehäuse mit einer Antenne in der Hand. Ein kleines rotes Lämpchen blinkt an ihm und Stille breitet sich aus.

„Diese Wichser haben uns verwanzt!“, flucht Viktor und tritt vor Wut gegen den Kotflügel des Hummers.

„Was ist das?“, fragt Mia und betrachtet den kleinen Kasten skeptisch.

„Ein Funksender. GPS funktioniert in unserer heutigen Welt nicht mehr, da die Satelliten entweder alle abgestürzt oder nicht mehr zu erreichen sind. Richard muss unsere Fahrzeuge als Sicherheitsmaßnahme mit einem Sender versehen haben“, erklärt Viktor und verflucht sich selbst dafür, dass er die Wagen nicht nach solchen Sachen abgesucht hat.

Faith robbt noch unter die anderen Wagen und kann zwei weitere Sender entdecken. „Ich wette, unter dem zerlegten Wagen im Tal befindet sich noch einer hiervon. Die haben uns tierisch verarscht“, flucht Viktor und geht ein paar Schritte. Um sich Luft zu machen, schlägt er auf den Kotflügel des Hummers.

„SCHEISSE!“, brüllt er und wirft einen Kiesel so weit er kann. Sein kahler Schädel ist knallrot vor Wut und Christoph duckt sich instinktiv. Er packt die Sender und will sie auf den Boden schmettern.

„NEIN!“, schreit Faith und Viktor hält überrascht inne. Sie grinst frech und wirft noch mal einen Blick auf die Landkarte.

„Ich habe eine bessere Idee, wie wir sie uns etwas vom Hals halten können. Ich brauche eines der Motorräder und jemanden, der mich als Wache begleitet."

Ohne auf eine Antwort zu warten, kramt sie im Kofferraum des Hummers herum, zieht eine Gefriertüte hervor und steckt die drei Sender hinein. Sie reißt einige Streifen Klebeband ab, und dichtet die Tüte komplett ab.

„Wohin geht die Reise?", fragt Lester und starrt sie irritiert an.

„Zum Fluss. Wir schicken unsere Freunde auf eine Planschtour."

Während Faith verschwindet, um ihren Plan durchzuführen, schnappt sich Lester Viktors Arm und zieht ihn ein Stück von den anderen weg.

„Was gibt es?", fragt Viktor, noch immer sauer darüber, dass er die Sender nicht selbst entdeckt hat.

Der Vietnamveteran reibt sich das Kinn, während er grimmig in die Ferne sieht.

„Wir kamen so spät, da es eine längere Diskussion gab, ob wir zurückfahren sollen, oder nicht".

Überrascht sieht Viktor den Farbigen an.

„Was soll das heißen? Wolltet ihr uns einfach zurück lassen?"

Missmutig schüttelt Lester den Kopf.

„Nicht euch …"

Viktor lacht laut und gehässig auf.

„Ach, nur mich. Geht es darum, was mit Lilli passierte?"

Lester wendet sich nun Viktor frontal zu. Seine dunkelbraunen Augen wirken eiskalt auf den Polizisten.

„Du hast Jimmy getötet, oder jedenfalls nichts getan, um ihn zu retten. Ich weiß das, Viktor! Du hast Lilli bedroht, einen Teenager! Du bist eine Gefahr für die Gruppe." Er beißt sich auf die Lippen und ballt die Hand zur Faust.

„Was redest du da für einen Scheiß?", entgegnet Viktor wütend und stößt ihn vor die Brust, dass Lester taumelt. „Jimmy wurde von Zombies getötet. Es war nicht meine Schuld!"

„Ach ja? Ich erinnere mich noch gut, dass du bei deiner Rückkehr sagtest, dass du für immer mit der Schuld leben müsstest. Zudem hatte Jimmy schon lange den Verdacht, dass du eine Gefahr für unsere Gruppe bist. Er hatte mit mir darüber gesprochen."

Wild funkeln sich die beiden Männer an. Auch wenn Viktor Lester deutlich körperlich überlegen ist, will er einen Angriff doch nicht riskieren.

„Das hast du mir schon am See unterstellt. Es stimmte damals nicht und stimmt auch jetzt nicht!", lügt Viktor wütend. Ihm bleibt nur die Flucht nach vorn. „Jimmy war unvorsichtig. Er wurde erwischt und ich konnte nur knapp entkommen. Die haben ihn zerfleischt und hätten es auch mit mir getan!" Er steht jetzt so nah vor Lester, dass dieser einen Schritt zurück macht.

„Und das soll ich dir glauben? Jimmy verdächtigt dich und kurz darauf ist er tot. Der Einzige, der mit ihm unterwegs war, warst du. Zufall?" Lesters Hand liegt auf dem Lauf der Remington, die vor seiner Brust baumelt. Eilig schätzt Viktor die Situation ein. Sein geschulter Verstand sagt ihm, dass er in jedem Fall schneller ist, als Lester.

„Es ist mir scheiß egal, was du glaubst! So ist es passiert!", knurrt Viktor und legt alle Überzeugungskraft in diesen Satz.

Die beiden Männer starren sich eine gefühlte Ewigkeit an, dann nimmt Lester die Hand vom Gewehr. Viktor entspannt sich ein wenig.

„Und was war mit Lilli?"

„Ich habe mich falsch verhalten", gibt Viktor ein wenig zerknirscht zu. „Sie ging an mein Wasser, ohne vorher zu fragen." Mit der flachen Hand wischt er sich über den kahlen Schädel und grinst verlegen. „Ich hatte die letzten Nächte nicht gut geschlafen und war deswegen ziemlich gereizt. Ich würde ihr doch niemals etwas antun!", versichert er Lester.

Längst ist ihr Streitgespräch den anderen aufgefallen. Immer mehr Blicke werden ihnen zugeworfen. Allen voran Jessy. Besorgt sieht sie Viktor an, was dieser versucht zu ignorieren.

„Ich glaube dir nicht, Viktor", antwortet Lester und zuckt mit den Achseln. „Aber ich kann dir auch nicht das Gegenteil beweisen. Lass dir aber eines gesagt sein: Wenn wieder jemand unter mysteriösen Umständen verschwindet, werde ich das mit Sicherheit nicht so einfach gut sein lassen!“ Er setzt für die anderen eine heitere Mine auf, doch sein eisiger Blick ist auf Viktor gerichtet.

Der Polizist nickt fast unmerklich. „Verstanden.“

Aufgespürt

Ein Fuß vor den anderen. Ein Schritt nach dem nächsten. Mühsam schleppt sich Kaylee den Highway entlang. Ihr Knöchel schmerzt bei jeder Belastung und die wieder eingerenkte Schulter pocht dumpf vor sich hin. Sie ist sich sicher, dass sie für andere absolut wie ein Zombie aussehen muss. Das blutverschmierte Gesicht, die blutigen Hände und mit langen Schnitten übersäte Arme. Selbst in ihrer schlimmsten Erinnerung war sie nie derart übel zugerichtet. Die brutalen Schläge der Wachen kommen ihr wieder ins Gedächtnis, doch auch diese haben nicht so höllisch wehgetan, wie ihre aktuellen Verletzungen.

Auf ein abgebrochenes Stahlrohr gestützt humpelt sie weiter, nur geringfügig schneller als ihre Verfolger. Wenn sie über die Schulter blickt, kann sie rund einhundert Untote entdecken, die ihr den Highway entlang folgen. Immer wieder muss sie Zombies ausweichen, die sich auf ihrem Weg befinden. Zwei Mal kam einer so nah, dass sie gezwungen war, ihn mit dem Stahlrohr niederzuschlagen. Auf keinen Fall will sie es riskieren, noch mal zu schießen. Nicht nur die Zombies würden die Schüsse hören, auch ihre Feinde, zu denen sie aufzuschließen hofft.

Immer wieder taucht Timmys Gesicht vor ihrem inneren Auge auf, das sie zum Weitergehen motiviert. Ihr Blut kocht vor Wut auf die Kerle, die sie überfallen haben. In Gedanken malt sich Kaylee bereits aus, wie sie diese Bastarde zu Tode foltern würde. Häppchenweise an die Zombies verfüttern, Schläge, Tritte, Aufschlitzen. All das sind Möglichkeiten, die sie sich sehr ausführlich durch den Kopf gehen lässt.

Sie ist so sehr in Gedanken vertieft, dass sie plötzlich mit jemandem zusammenstößt. Überrascht schreckt sie zurück und blickt in die halb entstellte Fratze eines jungen Mannes. Sein Ohr wurde abgefressen und seine Bauchdecke wurde geöffnet. Kaylee hat einen guten Einblick darauf, was in ihm vorgeht. Der Zombie starrt sie stumpfsinnig an. Sie hebt das Stahlrohr, doch macht er keine Anstalten, auf sie loszugehen. Nachdenklich betrachtet sie das Wesen. Die Verschnaufpause tut ihrem geschundenen Körper gut und da er scheinbar kein Interesse an ihr hat, nutzt sie die Gelegenheit.

„Hey“, flüstert sie und der Zombie dreht sich erneut in ihre Richtung.

Er stöhnt auf, lässt die Kiefer langsam kauen und macht einen Schritt auf Kaylee zu. Sofort hebt sie das Rohr, bereit zuzuschlagen. Unsicher sieht sich der Zombie um, als könne er sie überhaupt nicht sehen.

Als sie kein weiteres Geräusch macht, sieht der Zombie wieder stumpf durch die Gegend. Seine Kiefer mahlen und die Hände öffnen und schließen sich. Er scheint in Gedanken ein Opfer auszuweiden und zu verschlingen. Kaylee humpelt an ihm vorbei, bleibt dann aber stehen und wendet sich ihm wieder zu. Irgendwie hofft sie, dass die hundert Zombies hinter ihr sie auch nicht sehen können. Jedoch haben manche dieser Wesen sie bereits angegriffen, also muss irgendwas mit diesem Zombie anders sein.

„Es ist der Geruch“, flüstert sie nachdenklich. Seit ihrem Zusammenstoß stinkt ihre Weste nach dem Untoten. Die möglichen Optionen gehen ihr durch den Kopf, bis sie sich schließlich entscheidet.

Sie greift in die Bauchhöhle des Zombies und holt ein paar der Gedärme heraus. Er stöhnt gierig auf, tastet mit den Händen um sich, doch Kaylee weicht ihm aus. Mit vor Ekel verzerrtem Gesicht verschmiert sie die blutigen und teilweise matschigen Eingeweide auf ihrer Kampfweste. Sowohl auf dem Bauch und auf dem Rücken, soweit ihre schmerzenden Schultern es zulassen.

Der Gestank lässt ihren Magen rebellieren, doch unterdrückt sie das Übelkeitsgefühl so gut es geht. Sie nimmt das Gesicht des Zombies in die linke Hand und flüstert: „Danke.“

Mit der rechten rammt sie das Stahlrohr in seinen Schädel. Mühsam humpelt sie weiter, direkt auf einen untoten Mann im Overall der Gaswerke zu. Der Zombie schaut kurz in ihre Richtung, wandert dann jedoch weiter. Ihre stockenden, schwerfälligen Bewegungen und der Gestank des Todes scheinen ein Tarnumhang zu sein. Kaylee lächelt. Zum ersten Mal in den letzten Tagen sieht sie etwas Gutes an den Verletzungen.

Sie geht bis kurz vor den Techniker der Gaswerke, der in eine andere Richtung wankt. Mutig packt sie seine Schultern und dreht ihn in Richtung Vorort. Der Techniker stöhnt auf, was fast wie eine Frage klingt.

„Hmmm“, stöhnt Kaylee zurück und schiebt den Techniker einen Schritt vorwärts.

Er scheint zu begreifen, was sie will, oder will ohnehin in diese Richtung gehen. Gemächlich trottet er neben Kaylee her, die immer wieder zu ihm herüberlugt. Sollte der Zombie sie angreifen, will sie nicht davon überrascht werden.

Der Gesichtsausdruck des Mannes ist jedoch entspannt, als würde er einen Spaziergang an einem schönen Sommertag im Park machen. So laufen die beiden unterschiedlichen Wanderer seelenruhig nebeneinander her. Immer mehr Zombies sammelt Kaylee auf diese Weise ein und lenkt sie in Richtung Stadt.

Die Geräusche mehrerer Motoren kann sie bereits bis kurz vor dem Ortseingangsschild hören. In der Stille der heutigen Welt wirken sie allerdings fremdartig. Kaylee wirft einen Blick auf ihre Begleiter, die den Motorenlärm offensichtlich auch wahrgenommen haben. Immer mehr Köpfe wenden sich in die Richtung, aus der er stammt. In der letzten Stunde hat Kaylee gefühlt hundert Zombies auf den neuen Kurs geschickt. Zudem hat sie ihr Tempo verringert, damit die Verfolger aufholen konnten. Auch wenn sie zuvor Kaylee verfolgten, wirkt der Schutz aus Gestank und Verhalten auch bei ihnen. Keiner der Zombies macht Anstalten sie anzuknabbern, was Kaylee zufriedenstellt. Die Horde, in deren Mitte sie sich bewegt, ist ein guter Schutzschild gegen neugierige Blicke und sie dürfte ebenfalls als Kugelfang dienen.

Die Häuser in diesem vormals idyllischen Vorort sehen sich täuschend ähnlich. Einzig die Briefkästen scheinen sie voneinander zu unterscheiden. Nie konnte sich Kaylee vorstellen, was Menschen veranlasst so wohnen zu wollen. Auch wenn sie sich nicht gerade als Durchschnittsmensch sieht, fehlt ihr hier die Individualität. Sie kann sich regelrecht vorstellen, wie die Bewohner penibel darauf achten, dass die Nachbarn den Rasen gemäß der Verordnung schneiden, oder das Auto nur an bestimmten Tagen waschen.

„Die Apokalypse muss ein Segen für diese Anwohner gewesen sein.“, stellt sie grimmig fest.

Ein Zombie, der bisher links von ihr ging, rempelt sie an. Kaylee brummt missmutig, als ihre Schulter wieder zu schmerzen beginnt. Der Kellner mit seiner Schürze stöhnt ebenfalls und Kaylee kann sich des Eindruckes nicht erwehren, dass die Untoten irgendwie miteinander kommunizieren. Es muss mehr sein, als einfach nur dem Krach eines Artgenossen zu folgen. Ein richtiges Gespräch ist es nicht, aber sie verständigen sich, dessen ist sich Kaylee sicher.

Aufmerksam lauscht sie den Geräuschen, die die Untoten von sich geben. Die meiste Zeit wandern sie schweigend vor sich hin. Nur wenn welche zusammenstoßen, sie gegen Hindernisse laufen oder etwas Interessantes entdecken, geben sie Laute von sich. Mitten in der Herde hat Kaylee auf seltsame Art und Weise das Gefühl, beschützt zu sein. Die Monster um sie herum sind nicht weniger brutal, als ihre eigenen Taten vor einigen Jahren. Der einzige Unterschied ist, dass sie ihre Opfer nicht gefressen hat.

Der Kellner stöhnt auf und betrachtet Kaylee genauer. Ein Schauer läuft ihr über den Rücken. Ihre Finger schließen sich fester um das Metallrohr. Eine falsche Bewegung und sie würde diesem Monster den Kopf einschlagen. Dass seine Kumpane dieses eher untypische Zombieverhalten bemerken würden, muss sie dann in Kauf nehmen. Kaylee humpelt langsam weiter, jederzeit bereit, ihr Leben zu verteidigen.

Der Gestank der Meute ist unglaublich. Ein großer Vorteil, da ein einzelner Mensch vom Geruch her mit Sicherheit nicht auffällt. Trotzdem scheint der Kellner irgendwie Interesse an ihr gefunden zu haben. Er schlurft etwas schneller, um sie einzuholen. Kaylee betrachtet ihn aus dem Augenwinkel. Jede Faser ihres Körpers steht unter Spannung. Die Hand des Zombies hebt sich. Kaylee hält die Luft an. Das Stahlrohr löst sich vom Boden. Der Zombie öffnet seinen Mund. Schwarze Zähne, Speichel und Fleischreste sind zu sehen. Die Hand kommt näher. Kaylee dreht sich etwas, das Stahlrohr ist bereit zuzuschlagen. Plötzlich wird der Kellner von einem seitlich marschierenden Zombie angerempelt. Beide stolpern und fallen zu Boden. Ohne sich umzublicken, humpelt Kaylee weiter. Aufmerksam überprüft sie ihr Outfit. Was könnte den Toten veranlasst haben, nach ihr zu greifen?

Noch bevor sie die Antwort herausfinden kann, sieht sie ihn. Der Mann steht auf der Ladefläche eines Transporters und blickt durch ein Fernglas, direkt in ihre Richtung. Kaylee lässt die Schultern etwas mehr hängen, schlurft hinter einem fetten Mann her. Sein Hintern guckt halb aus der zerrissenen, schlammüberkrusteten Hose. Durch den dicken Zombie ist sie vor neugierigen Blicken geschützt. Sie hört den Mann etwas rufen, kann die Worte jedoch nicht verstehen. Die Gruppe aus untoten Leibern hat den Beobachter nun auch entdeckt.

Ein gieriges Stöhnen zieht sich durch die Reihen. Die Zombies erhöhen ihr Lauftempo ein wenig und einige Hände strecken sich nach dem vermeintlichen Opfer aus. Kaylees Blick sucht die angrenzenden Häuser ab. Eine Feuerwehrwache befindet sich zu ihrer Rechten. Der optimale Ort, um sich zu verbarrikadieren und notwendige Utensilien zu erbeuten.

Aus dem Haupteingang stürmen bewaffnete Männer. Sie bringen ihre schweren Sturmgewehre im Anschlag. Schnell sucht Kaylee nach einer Deckung. Ein Kleinwagen befindet sich keine zwei Meter neben ihr. Die Gewehre rattern. Kaylee lässt sich zu Boden fallen.

Kugeln durchschlagen Körper, sprengen große Fleischstücke heraus. Zombies neben ihr werden von den Kugeln durchlöchert. Der fette Zombie bricht getroffen zusammen. In seiner Stirn befinden sich mehrere Einschusslöcher. Eilig robbt Kaylee unter den Hyundai, zieht die Beretta aus dem Holster und hält nach einem Ziel Ausschau.

Zombies fallen zu Boden, erheben sich wieder und werden wieder zu Boden geschleudert. Ein Arm landet vor Kaylee auf dem Boden. Er zuckt noch ein paar Mal, bevor es vorbei ist.

In militärischer Formation rückt die Gruppe vor, was Kaylee anhand ihrer Stiefel sehen kann. Diese Männer sind im Umgang mit den Waffen geübt und sehr diszipliniert. Ihre Chance, eine kleine Gang zu überraschen, lösen sich mit dieser Erkenntnis in Luft auf. Wenn sich Timmy bereits in ihrer Gewalt befindet, erschwert das Kaylees Erfolgschancen deutlich.

Mühsam robbt sie unter dem Auto hervor und schleicht in geduckter Haltung zur Außenwand der Feuerwache. Hinter ihr dröhnen noch immer die Gewehre. Die Armee aus Untoten ist groß genug um sie eine Weile zu beschäftigen.

Das Backsteinhaus wirkt massiv und im Gegensatz zu einigen anderen Bauten sind die Scheiben noch intakt. Da sie nicht durch die großen Fahrzeugtore hineingelangen kann, schleicht Kaylee an der Wache entlang. Eine schmale Gasse führt sie zwischen der Wache und einer Bäckerei hindurch. Das Gras hat sich bereits durch die Fugen gedrängelt. Hier war schon lange niemand mehr, dessen ist sich Kaylee sicher.

Sie duckt sich unter den Fenstern hindurch, schleicht bis zum Ende der Gasse und lugt um die Ecke. Was sie dort sieht, verschlägt ihr kurz den Atem. Ihre Augen verengen sich zu Schlitzen und sie atmet scharf ein. Fiby und Timmy sitzen zusammen mit einigen anderen Frauen und Kindern auf einer Holzbank und unterhalten sich angeregt. An die zwanzig Personen kann Kaylee erkennen. Meist Frauen, Kinder und ältere Menschen.

„Hier stimmt doch etwas nicht", stellt sie grimmig fest.

Mit der Waffe im Anschlag betritt sie den Hof. Ein Mädchen schreit auf und rennt zu ihrer Mutter.

„Scheiße", flucht ein alter Mann mit Sauerstoffschläuchen in der Nase. Er nestelt an seiner Jacke herum, will offensichtlich eine Waffe ziehen.

„Keine Bewegung. Hände von der Waffe, alter Mann!", befiehlt sie.

Schnell hat sie die Entfernung humpelnd überbrückt und nimmt eine alte Waffe aus seiner Jackentasche. Weit aufgerissene Augen starren sie an. Ihr Anblick muss furchterregender sein, als sie es sich vorgestellt hat.

„Kaylee?"

Timmy macht erst einen, dann einen zweiten Schritt auf sie zu. Als sie nickt, strahlt er plötzlich übers ganze Gesicht und rennt ihr entgegen. Er umarmt sie fest und Kaylee lächelt erfreut. Ihre Sorge, dass sie zu spät kommt, verpufft. Sie streichelt ihm durchs Haar, behält aber die anderen im Blick. Dass sie nur noch zwei Kugeln in der Beretta hat, können die Menschen ja nicht wissen. Sie bezweifelt, dass die uralte Waffe des Sauerstoffabhängigen überhaupt noch funktioniert. Rost hat sich auf dem Lauf abgesetzt und der Schlitten lässt sich ebenfalls nicht bewegen. Fiby schlägt die Hand vor den Mund und Tränen glitzern auf ihrer Wange.

„Wir … wir dachten, dass du tot bist", stammelt sie und umarmt Kaylee ebenfalls vorsichtig.

Trotzdem kann Kaylee es nicht vermeiden, vor Schmerzen aufzustöhnen.

„So leicht bin ich nicht umzubringen. Was ist hier los? Ich dachte, ihr seid in Gefahr", sagt sie, während sie misstrauisch die Umstehenden beobachtet.

Die Schüsse von der anderen Seite des Gebäudes verstummen. Die kleine Truppe Söldner muss ihre untoten Begleiter niedergemäht haben. Vereinzelt kann sie noch Schüsse vernehmen. Vermutlich überprüfen sie die Zombies und verpassen den Überlebenden Kopfschüsse. So würde Kaylee es machen.

„Was zum Teufel!", flucht jemand.

Kaylee wirbelt herum. Zwei der Söldner starren sie überrascht an. Sie haben die Waffen im Anschlag. Kaylee richtet die Beretta auf sie aus, was im Vergleich zu den M16-Sturmgewehren der Gegner lächerlich wirkt.

„Waffe runter!", brüllt der Rechte.

Er ist einen Kopf größer als sein Kamerad und wirkt entschlossen. Kaylee packt Timmy an den Schultern und schiebt ihn hinter sich. Die beiden Männer starren sie unverhohlen an. Erst jetzt wird Kaylee klar, dass die beiden Söldner sie für einen Zombie gehalten haben müssen. Ihr Verhalten passt nur nicht zu dieser Annahme.

„Wenn ihr abdrückt, nehme ich mindestens einen von euch mit in den Tod“, knurrt sie. Vorsichtig humpelt sie einen Schritt zurück, schiebt Timmy dabei weiter zurück.

„Die Waffe runter!“, ertönt eine schneidende Stimme aus der Feuerwache.

Der Rest der Kampftruppe kehrt zurück. Zehn bis an die Zähne bewaffnete Soldaten treten in den kleinen Hof. Die Mündungen ihrer Waffen sind direkt auf Kaylee gerichtet.

Gehetzt blickt sie sich um. Der Fluchtweg ist versperrt. Zwei Kugeln befinden sich noch in ihrer Waffe. Nach einer gefühlten Ewigkeit nickt sie langsam, sichert die Beretta und lässt sie an ihrem Zeigefinger baumeln. Vier Söldner rücken zeitgleich vor, die Gewehre im Anschlag.

Ehe Kaylee sich versieht, wird ihr die Waffe aus der Hand gerissen. Hart wird sie zu Boden gerissen. Timmy schreit auf, was Kaylee einen Kraftschub verleiht. Sie rollt sich zur Seite, verpasst dem nächsten Kerl einen Schlag ins Gesicht. Mit einem Knacken gibt sein Nasenbein nach. Die Schmerzen in ihrer Schulter rauben ihr fast den Verstand. Nur mit größter Anstrengung kann sie kampfbereit bleiben. Mit dem unverletzten Bein tritt Kaylee gegen das Schienbein eines anderen. Der geht schreiend zu Boden. Mühsam stemmt sie sich auf, schnappt sich Timmy und umschließt ihn mit den Armen.

Ihr Atem geht keuchend und sie hat das Gefühl. gleich in Ohnmacht zu fallen.

„Rührt ihn nicht an“, knurrt sie keuchend und ballt die Hand zur Faust.

Fiby eilt herbei, drängt sich zwischen Kaylee und die Söldner.

„Bitte!“, ruft sie und hebt beschwichtigend die Arme.

Kaylee sinkt auf ein Knie herunter und stützt sich an Timmys Schultern ab. Er umarmt sie fest, was ihr einen stechenden Schmerz durch die Schulter treibt.

„Genug!“, befiehlt der Befehlshaber der kleinen Kampftruppe und seine Männer ziehen sich widerwillig zurück.

Wütende Blicke liegen auf Kaylee. Blut schießt aus der gebrochenen Nase und der Söldner verschwindet fluchend in der Feuerwache.

„Bitte tun Sie ihr nichts", fleht Fiby.

Der dunkelhäutige Mann mit der schwarzen Uniform betrachtet Kaylee eindringlich. Er ist kein einfacher Schläger, dessen ist sich Kaylee schnell sicher. Sein Auftreten und das Verhalten seiner Soldaten zeigen, dass sie ehrlichen Respekt vor ihm haben.

„Wurdest du gebissen?"

Sie schüttelt entschieden den Kopf.

„Bein verstaucht, Schulter ausgekugelt, von Zombies verfolgt, Autounfall, aber nicht gebissen", antwortet sie ihm wahrheitsgemäß.

Aufmerksam mustert er sie.

„Sie hat meine Pistole gestohlen", beschwert sich der alte Mann.

Kaylee zuckt entschuldigend mit den Achseln und reicht sie dem Mann zurück.

„Ich bin hier, um Timmy und Fiby abzuholen", erklärt sie und stützt sich auf die Lehne eines Campingstuhls.

Die Frau, die darauf sitzt, steht eilig auf und deutet ihr, sich zu setzen. Kaylee dankt ihr und lässt sich mit einem Plumps auf die Sitzfläche fallen. Sie streckt die Beine aus und schließt kurz die Augen.

„Du bist die, die uns angegriffen hat", stellt der Anführer fest.

Kaylee sieht ihn überrascht an.

„Was? Nein, habe ich nicht." Er schüttelt grimmig den Kopf.

„Du hast aus dem Auto heraus auf uns geschossen. Hast Armin getötet." Sein Blick wird eisig und Kaylee wünscht sich, dass sie die Waffe des alten Mannes nicht ausgehändigt hätte.

„Ihr habt uns zuerst angegriffen, ich habe uns nur verteidigt", erklärt sie grimmig. Wenn sie jetzt Angst zeigt, könnte er vielleicht denken, dass sie schwach ist. Das will Kaylee auf keinen Fall zulassen.

Die Söldner rücken näher. Ihre Verachtung ist fast greifbar.

„Wir sind euch gefolgt, da wir euch einholen wollten. Unser Ziel war es, dass ihr euch uns anschließen könnt. Bevor wir das aber besprechen konnten, hast du bereits auf uns gefeuert. Wir hatten keine Wahl“, erklärt er ihr.

Ein Schauer läuft Kaylee über den Rücken. Sie lässt das Geschehen noch einmal vor ihrem inneren Auge ablaufen.

„Scheiße …!“, flucht sie, als ihr klar wird, dass er Recht hat.

Erst die Gruppe im Wald, die sie unnötigerweise getötet hat. Nun ist Stefan wegen ihres Fehlers tot, der Wagen ein Totalschaden und sie befinden sich in der Gewalt dieser Söldner. Sie setzt die Cap ab und stützt ihren Kopf auf den Händen ab. Hat die Welt sich dermaßen verändert, dass sie nicht mehr in der Lage ist, rationale Entscheidungen zu treffen? Kaylee reibt sich die Stirn, um die aufsteigenden Kopfschmerzen zu vertreiben.

„Es tut mir leid“, flüstert sie verlegen.

„Ein guter Mann ist tot und dir tut es nur leid?“, schimpft ein grober Klotz. Sein kantiges Gesicht ist umrahmt von einem mächtigen Vollbart.

Kaylee starrt auf ihre Stiefel. Es hat sich anders entwickelt, als sie annahm. Die gesamte Welt scheint sich gegen sie verschworen zu haben. Eine Stimme in ihrem Kopf scheint sie auszulachen.

„Das passiert, wenn man sich als Einzelgänger mit anderen zusammentut“, scheint sie zu lästern. In einer ähnlichen Situation war Kaylee nie, solange sie sich nicht für andere verantwortlich fühlte.

Sie atmet tief durch und sieht dem Bärtigen direkt in die Augen. Sie setzt ihren kältesten Blick auf.

„Ja, ich sagte doch, dass es mir leidtut. Woher sollte ich wissen, dass ihr wirklich nur reden wolltet?“

Der Söldner weicht bei ihrem Anblick einen Schritt zurück.

„Gar nicht so dumm, der Kerl“, stellt Kaylee zufrieden fest.

Grimmig weicht er ihrem Blick aus, ballt die Hand zur Faust.

Schon oft konnte Kaylee mit einem gezielten Blick ihre Gegner einschüchtern und dieser Soldat scheint schlau genug zu sein, sie nicht weiter zu reizen.

Er flucht und geht in die Feuerwache zurück. Sein Kommandant sieht zwischen ihnen hin und her.

„Wie heißt du?"

„Kaylee."

Er reicht ihr die Hand.

„Major Steven Grey." Kaylee ergreift sie.

Sein Händedruck ist fest, aber nicht verletzend.

„Kaylee, und wie weiter?"

Die beiden sehen sich fest in die Augen. Er scheint auf etwas anzuspielen. Die Kaumuskeln sind stark angespannt. Sein Puls ist erhöht, was Kaylee mit ihrem Zeigefinger während ihres Händeschüttelns spüren kann. In ihr reift der Verdacht, dass der Mann sie zu kennen glaubt. Würde er sie erkennen, macht das die ganze Sache nicht einfacher.

„Kaylee Georgesens", lügt sie und versucht ein müdes Lächeln hinzubekommen. „Es tut mir wirklich sehr Leid um ihren Mann, Major."

Seine Augen suchen nach einem Anzeichen für eine Lüge in ihrem Gesicht, das erkennt sie eindeutig. Genauso haben sie unzählige Polizisten, Detectives und Psychologen angesehen. Immer haben sie nach einer verräterischen Mimik gesucht, doch hat Kaylee sie ihnen nie gezeigt. Zu lange musste sie sich schon verstellen, als dass sie in dieser Sache nicht geübt wäre. Sie kann erkennen, dass er ihr glaubt, jedoch weiterhin Zweifel hat. Dieser Anführer scheint nicht so einfach zu überlisten zu sein. Kaylee wird sicherstellen müssen, dass Fiby ihre wahre Identität nicht verrät.

„Du solltest dich waschen, dann kann sich einer meiner Leute deine Wunden ansehen."

Sie nickt zustimmend, versucht aufzustehen, aber ihre Beine versagen. Erschöpft sinkt sie auf den Campingstuhl zurück.

„Das klingt gut", keucht sie.

Die Farm

„Was denkst du?“, flüstert Viktor und beugt sich näher zu Alexandr Wolkow herüber. Der Russe sieht erneut durch das Zielfernrohr seines M82-Scharfschützengewehrs.

„Ich weiß nicht. Rauch kommt aus Schornstein, aber ich sehe kein Mensch“, antwortet er.

Viktor knirscht ärgerlich mit den Zähnen. Das gefrorene Gras knackt unter seinen Stiefeln, während die beiden Männer auf ein kleines Farmhaus blicken, das keine zwei Kilometer von ihnen entfernt steht. Zäune umringen die Ländereien, doch weder sind Untote noch Lebende zu erkennen. Vor wenigen Stunden haben sie die Grenze zu den Vereinigten Staaten überquert. Niemand hat sie aufgehalten, wie Viktor es inständig gehofft hatte. Wären die Grenzposten besetzt gewesen, wüssten sie zumindest, dass es in den USA noch eine richtige Struktur geben würde. So fühlt sich die kleine Gruppe in ihrer Vorahnung bestätigt, dass sich das Virus auch auf die USA ausgebreitet hat.

„Vielleicht ist das eine Falle von unseren Freunden auf den Motorrädern“, sagt Viktor schließlich und Alexandr zuckt mit den Schultern.

„Ich weiß nicht. Wir konnen nur kleine Gruppe senden. Ich gebe Deckung.“ Nachdenklich sieht sich Viktor das Farmgelände erneut von ihrer erhöhten Position aus an. Die Farm liegt in einem Tal, ungefähr einen Kilometer vom Waldrand entfernt.

„Ich spreche mit den anderen. Halt du die Augen offen.“

Ohne auf eine Antwort zu warten, stapft er den Hügel wieder hinab und erreicht die Fahrzeugkolonne. Sein Fuß hat sich in den vergangenen Tagen dank weniger Belastung und Maggies Heilkünste wieder deutlich gebessert. Immer noch merkt er ein leichtes Ziehen beim Auftreten, es behindert ihn aber kaum noch bei seinen täglichen Aufgaben. Immer wieder taucht die schreckliche Stunde in seinen Träumen auf. Zombies überall um ihn herum, sie kommen näher und erreichen ihn fast. Meistens wacht er auf, bevor die Ungeheuer ihn fressen können.

Als er die Gruppe erreicht, entdeckt er Jessy, die im Schneidersitz auf der Motorhaube des Hummers hockt. Sie winkt ihm fröhlich zu und er kann sich ein schiefes Grinsen nicht verkneifen. Viel zu oft erinnert ihn die junge Frau an ein albernes Kind, das die Aufmerksamkeit seiner Eltern auf sich ziehen will.

„Wärmst du dir deinen Hintern echt an meinem Wagen?", fragt er, obwohl ihm die Antwort bereits bekannt ist.

„Es ist schweinekalt, was soll ein armes Mädchen sonst tun?", beschwert sie sich und rutscht von der Motorhaube herunter. Er fängt sie auf und setzt sie unbeschadet auf den Boden.

Lester, der ehemalige Ingenieur, kommt Viktor entgegen, ebenso wie Faith, Jason und Vanessa. Die übrigen Mitglieder der Gruppe halten weiterhin Wache.

„Das Farmhaus scheint bewohnt zu sein, wir können jedoch niemanden sehen. Entweder ist es eine Falle oder die Bewohner wollen wirklich nicht gesehen werden", berichtet Viktor von seiner Entdeckung.

„Wir sollten die Farm am besten umgehen und unseren Weg Richtung Süden fortsetzen", schlägt Faith vor, doch Viktor schüttelt den Kopf.

„Wir könnten dort an Lebensmitteln gelangen, Informationen erhalten oder zumindest mal eine Nacht vernünftig schlafen."

„Das ist es nicht wert. Wenn es sich um eine Falle handelt, können wir unser Leben verlieren", entgegnet Jason, der Metzger.

Viktor lacht gehässig und starrt den klobigen Mann wütend an.

„Du bist einer derjenigen, die am meisten Proviant fressen und jetzt willst du nicht mal dafür sorgen, dass wir Nachschub kriegen? Setz dich auf deinen faulen Arsch und halt einfach die Klappe, wenn die Erwachsenen reden."

„Du hast doch bestimmt einen Plan?", fragt Lester, ungeachtet von Viktors Auseinandersetzung. Diese hat er schon zu oft erlebt, um sich noch darüber aufzuregen.

Der kahlköpfige Polizist nickt grimmig und zeigt auf die beiden Motorräder, die sie auf einem Anhänger festgebunden haben. Diese haben sie einsammeln können, nachdem sie Viktor und

Jessy aus den Klauen der Untoten gerettet haben. Ihre Besitzer, durchlöchert von Alexandrs M82, benötigten sie nicht länger.

„Zwei Leute fahren zur Farm, während die anderen außerhalb der Sichtweite bleiben und uns Deckung geben. Wenn es eine Falle ist, können wir auf den Bikes schneller abhauen und geben kein so großes Ziel ab. Ihr werdet die Leute dann ausschalten“, erklärt er und betrachtet misstrauisch die Gesichter um ihn herum.

„Das klingt nach einem guten Plan“, antwortet Jessy als Erste, lädt ihre Schrotflinte mit Pumpactionfunktion durch und stellt sich neben Viktor.

Faith wirft ihr einen grimmigen Blick zu und tritt dann ebenfalls zu Viktor herüber.

„Legen wir los. Je eher wir die Farm inspiziert haben, desto eher können wir weiter.“ Mit finsterem Blick betrachtet sie Jessy von der Seite.

„Dann ist es also beschlossen. Jessy und ich fahren vor und ihr gebt uns Deckung“, erklärt Viktor, doch Faith mischt sich schnell ein.

„Das wäre nicht klug, Viktor. Du bist zu wichtig für diese Gruppe und noch nicht komplett genesen. Jessy und ich werden die Farm auskundschaften und ihr gebt uns Deckung. Wenn was schief geht, könnt ihr uns besser rausholen.“

Ihre braunen Augen bohren sich in Jessys und diese zuckt gespielt gleichgültig mit den Schultern.

„Einverstanden.“

Viktor lässt sich den Plan durch den Kopf gehen. Ihm ist klar, dass Jessy vor den anderen nun keine Schwäche mehr zeigen will. Ihr verbissener Kampf gegen die Zombiehorden im Tal hat viele der Mitglieder tief beeindruckt. Sie haben Jessys eher peinlichen Einstand in die Gemeinschaft dadurch fast schon vergessen.

Viktor geht ein paar Schritte und mustert Faith nachdenklich. Sie ist eine der wenigen Personen, die Viktor nicht richtig einschätzen kann. Hinter ihrer meist freundlichen Fassade schlummert eine gefährliche Person. Viel zu oft hat er schon mit angesehen, wie Faith Jessy finstere Blicke zugeworfen hat, als sie dachte, dass es niemand sehen würde. Ihr ganzes Verhalten hat er schon mehrfach bei Verhören bei seinen Gegenübern gesehen. Obwohl Faith bisher kaum einen Anlass für Bedenken gezeigt hat, steckt doch mehr in ihr. Eine leise Stimme in Viktors Kopf scheint ihn davor zu warnen, die beiden Frauen allein losziehen zu lassen.

„Ich bin nicht wichtiger als jeder andere“, entgegnet Viktor schließlich, doch Jessy schüttelt den Kopf.

„Doch, das bist du. Faith und ich schaffen das!“ Sie lächelt gezwungen und Viktor stimmt grimmig zu.

„Einverstanden, aber seid vorsichtig.“

Das Knattern der beiden Motorräder dröhnt weithin in die kleine Senke hinab, während sich die schweren Maschinen über den holprigen Feldweg hinwegfegen. Jessy hält sich etwas hinter Faith, wobei beide ihre Gewehre gegen Pistolen getauscht haben. Der eiskalte Wind schneidet Faith ins Gesicht und ihre Wangen glühen bereits rötlich. Sie hat ihre Zähne fest aufeinander gepresst und die Augen zusammengekniffen. Ihre langen dunkelbraunen Locken wehen im Wind und für den Augenblick vergisst sie Jessy, die hinter ihr fährt.

Obwohl Faith sich mit so gut wie allen Mitgliedern der kleinen Gruppe versteht, kennt sie jedoch niemand richtig. Trotz ihres selbstsicheren Auftretens fühlt sie sich ständig unwohl, was ihr besonders in Situationen wie dieser wieder auffällt. Alleine, nur mit einer Pistole bewaffnet auf eine Farm zuzufahren, die möglicherweise gefährlich ist. Jessy ist in ihren Augen keine wirkliche Verstärkung, denn immer wieder tauchen beim Gedanken an Viktors Liebling die Szenen der ersten Nacht vor Faiths Augen auf. Als sie durch eine Gruppe von Angreifern eingekesselt waren, hat sich Jessy weinend hinter den Fahrzeugen versteckt und konnte niemanden erschießen.

„Die wird sich nie ändern. Was hat mich da bloß geritten, sie mitzunehmen“, flucht Faith leise vor sich hin. Einzelne Tränen laufen ihre Wangen entlang, da der Fahrtwind ihr in die Augen weht.

Zum wiederholten Male tastet sie an ihrer Hüfte nach dem Griff der schweren Desert-Eagle. Das Gewicht der Waffe beruhigt sie ein wenig, wenn auch nicht genügend, um sich sicher zu fühlen. Ihr ganzer Körper vibriert durch das Motorrad und Faith erinnert sich dabei an bessere Tage.

Zusammen mit einigen Freunden hatte sie eine Tour an der Ostküste der Staaten entlang gemacht. Nur mit ihren Motorrädern sind sie von Stadt zu Stadt gefahren. Es war die absolute Freiheit, wie Faith damals fand.

Ein Holzzaun ragt vor ihnen auf, kaum so hoch wie die beiden Frauen. Faith verringert die Geschwindigkeit und lässt das Motorrad vor dem Tor des Zauns ausrollen. Jessy stoppt unsicher neben ihr und muss damit kämpfen, dass die Maschine nicht zur Seite kippt. Ihre letzten Fahrstunden mit einem Motorrad sind offensichtlich viele Jahre her.

Selbstsicher stellt Faith den Motor ab, zieht in einer fließenden Bewegung die Desert-Eagle und sichert in alle Richtungen ab. Weder aus dem Farmhaus noch von anderen Seiten droht ihnen eine sichtbare Gefahr.

„Der Zaun kann keine Zombies abhalten, wenn ich das richtig sehe", keucht Jessy, die es soeben geschafft hat, den Ständer des Motorrads auszuklappen.

Missmutig muss Faith ihr zustimmen.

„Die Bretter sind zu weit auseinander. Jeder Mensch und auch einige Zombies könnten hier durchkommen, da hast du Recht. Ich kann jedoch keine entdecken."

Jessy blickt sich ebenfalls um, kann aber auch nichts außer gefrorenem Gras und einigen Büschen finden. Zwischen den Bäumen hinter ihnen blitzt dreimal eine Taschenlampe auf und Jessy dreht sich wieder zu Faith um.

„Sie können uns gut sehen. Sollen wir zu Fuß weiter gehen?"

Faith nickt kommentarlos, öffnet das schmiedeeiserne Tor und sie treten ein. Der Feldweg macht einen kleinen Bogen zwischen zwei Wiesen hindurch und endet schließlich vor dem Eingang des Farmhauses. Eine Scheune steht keine zwanzig Meter entfernt und Faith kann das zufriedene Grunzen von Schweinen daraus hören.

„Hier sind Tiere“, flüstert sie und geht mit federnden Schritten weiter auf das Haus zu. Jessy nickt stumm und hält die Fenster im Blick, um jede feindliche Bewegung sofort zu erfassen.

„Hallo? Ist jemand da?“, ruft sie und Faith zuckt erschrocken zusammen.

„Bist du wahnsinnig?“, keucht sie und sieht sich unsicher um.

Jessy schüttelt den Kopf.

„Sie haben uns längst gesehen, also wieso sollen wir uns nicht bemerkbar machen?“ Der Blick, den ihr Faith zuwirft, lässt sie frösteln, doch sie hält ihm mühelos stand.

„Was wollt ihr?“, ertönt plötzlich die Antwort aus dem Haus und die beiden Frauen sehen sich triumphierend an.

„Wir haben Rauch gesehen und wollten fragen, ob wir uns bei ihnen etwas aufwärmen dürfen“, antwortet Faith. Trotz aller Versuche kann sie nirgends eine Silhouette oder dergleichen sehen.

„Und das wollt ihr mit vorgehaltener Waffe erfragen?“, erfolgt der Einwand einer zweiten Person, doch können die beiden Frauen die Richtung, aus der die Stimme kommt, nicht genau ausmachen. Jessy sichert nach hinten ab, während Faith ein paar Schritte auf das Farmhaus mit den dicken Holzbalken zugeht.

„Wir konnten nicht wissen, ob ihr uns freundlich gesinnt seid oder nicht. Daher die Waffen. Ich stecke meine jetzt langsam weg“, ruft sie ihnen zu.

Die Desert-Eagle verschwindet in ihrem Hüftholster und sie breitet langsam die Arme aus und dreht sich um die eigene Achse, um den unbekannten Bewohnern zu zeigen, dass sie keine weitere Waffe in der Hand hält.

„Wir können euch nicht helfen“, bestimmt ein Mann aus dem Haus heraus.

Obwohl Faith niemanden sehen kann, ist sie sich doch sicher, dass er sich im Haus versteckt.

„Wir machen euch keinen Ärger, versprochen“, antwortet sie, doch der Mann bleibt stur.

„Wir können euch nicht helfen und wenn ihr versucht, hier hereinzukommen werden wir euch töten.“

„Typisch amerikanische Gastfreundschaft“, spottet Jessy.

Faith überlegt einen Augenblick, kann jedoch keine Möglichkeit erkennen die Meinung der Bewohner zu ändern. Sie würde mit Sicherheit nicht ihr Leben riskieren, um diese Leute umzustimmen. Wenn Viktor der Ansicht ist, dass sich ein Angriff lohnt, wäre sie sofort dabei. Aber nur mit diesem Grünschnabel Jessy gegen eine mögliche Übermacht, so verrückt ist Faith definitiv nicht. Es wird bessere Möglichkeiten geben, um anderen das Leben zu nehmen. Danach würde sie sich besser fühlen.

„Gut, wir verschwinden", beschließt sie und Jessy nickt zustimmend. Langsam und vorsichtig gehen sie im Licht der letzten Sonnenstrahlen zurück zum Tor. Aus dem Augenwinkel sieht Faith plötzlich eine Bewegung. Jessy hat sie ebenfalls gesehen, und noch bevor die schwarzhaarige Frau ihre Partnerin stoppen kann, reißt diese die Waffe hoch und ein Schuss kracht.

Wie in Trance sieht Jessy, wie sie selbst kurz in die Luft gehoben wird und dann auf dem Boden aufschlägt. Ihr Hinterkopf schrammt über den hart gefrorenen Boden und Haare werden ihr ausgerissen. Tränen steigen ihr in die Augen und ein stechender Schmerz breitet sich in ihrem Oberkörper und der Brust, ebenso wie an ihrem Kopf, aus. Sie versucht etwas zu sagen, doch so sehr sie sich auch bemüht, es kommen keine Worte aus ihrem Mund. Sie bekommt kaum Luft, ihre Beine fühlen sich an, als würden sie eine Tonne wiegen. Lichtblitze zucken immer wieder durch die beginnende Dunkelheit vor ihren Augen und sie kann Stimmen hören, die um sie herum schwirren. Die Worte sind für sie nicht zu verstehen und so starrt sie stumpfsinnig auf einen Stein, der neben ihrem Gesicht liegt.

Eine kräftige Hand gräbt sich in den Stoff ihrer Jacke und zerrt sie vorwärts. Ihre Haut wird von dem Untergrund aufgerissen und Blut sickert auf ihn herab. Jessy keucht und versucht zu sehen, was um sie herum passiert. Schreie dringen an ihr Ohr und sie versucht, mühsam den Kopf zu drehen. Sie erkennt Faith's Gesicht vor ihrem, die ihr etwas zuruft. Erneut blitzt es auf und Faith wirft sich über sie. Ihre Wärme lässt Jessy ein wenig mehr zu sich kommen und sie bemüht sich erneut, die Rufe zu verstehen.

„Bist du getroffen?“, scheint Faith zu flüstern, doch zeigt ihre Mimik, dass sie schreit. Jessy starrt an ihrem Körper herunter, kann jedoch nichts erkennen, da das Licht zu schlecht ist und ihre dunkle Kleidung den Rest verdeckt. Faith zerrt sie weiter auf das Tor zu und feuert ein paar Mal in Richtung Farmhaus. Das Donnern der Desert-Eagle lässt Jessys Ohren klingeln.

Die Lichtkegel von Scheinwerfern erfassen die beiden Frauen, ausgehend von den Fahrzeugen der restlichen Gruppe, die sich mit Höchstgeschwindigkeit dem Farmhaus nähern. Jessy kann Mündungsfeuer erkennen und Holz splittert von der Hauswand ab. Fenster gehen zu Bruch und Pflanzen werden zerfetzt. Der Hummer stoppt zwischen den beiden Frauen und dem Farmhaus, sodass sie aus der Schusslinie sind. Viktor springt vom Beifahrersitz und stürzt sofort zu Jessy. Er tastet sie eilig ab und spricht zu Faith.

„Die kugelsichere Weste hat alles abgehalten. Sie ist nicht getroffen.“

Eine gewaltige Last scheint von ihm abzufallen und er lacht sogar kurz. Jessy dagegen ist nicht zum Lachen zumute, die Schmerzen in ihrem Oberkörper breiten sich spinnennetzförmig aus und sie stöhnt auf.

„Das gibt einen üblen Bluterguss“, erklärt er ihr und lehnt sie gegen einen der Reifen des Geländewagens. „FEUER EINSTELLEN!“, brüllt Viktor anschließend und Vanessa gibt per Taschenlampe den Befehl an Alexandr, der in einiger Entfernung geblieben ist.

Zwei Mal feuern die Hausbewohner noch, dann herrscht auch von dort Stille.

„Maggie, sieh dir Jessy genauer an. Vielleicht hat die Prellung die Lunge beschädigt“, befiehlt er und die ehemalige Krankenschwester kommt dem Auftrag sofort nach.

Während sie Jessy im Schutz des Wagens vorsichtig den Oberkörper entkleidet, geht Viktor ein Schritt auf das Haus zu, jederzeit bereit, in Deckung zu springen.

„Mein Name ist Viktor Mason. Warum habt ihr das Feuer eröffnet?“ Seine Hand liegt auf dem Griff seiner 9mm Glock-17.

„Sie wollte meinen Neffen erschießen!“, lautet die Antwort des unsichtbaren Sprechers.

„Das ist nicht wahr!“, keucht Jessy, doch Viktor deutet ihr, ruhig zu sein.

„Das war mit Sicherheit nicht ihre Absicht. Sie wurde getroffen, wird es aber überleben. Wir sind nicht hier, um einen Kampf mit euch zu beginnen, sondern wollen nur reden, und wenn möglich etwas essen und uns aufwärmen“, erklärt er und starrt in die Dunkelheit.

„Ihr habt uns eine Falle gestellt, indem ihr zwei Personen vorgeschickt habt, um dann mit der ganzen Gruppe nachzukommen“, keift der Sprecher der Bewohner wütend.

Jessy flucht über ihr Fehlverhalten. Hätte sie die Waffe nicht hochgenommen, wäre das Feuer nicht eröffnet worden. Als Maggies Hand ihren Brustkorb berührt, zuckt Jessy vor Schmerzen zusammen.

„Oh Gott“, keucht sie und Tränen laufen ihre Wangen hinab.

Maggie sieht sie zerknirscht an und lauscht ihren Atemgeräuschen.

Viktor knurrt ärgerlich, nimmt die Hand von der Waffe und geht zum Tor, wartet jedoch davor.

„Sie sollten die Lage auskundschaften, ob ihr eine Gefahr seid oder nicht. Es war nicht unsere Absicht euch anzugreifen. Das versichere ich dir.“

Kurz kann Jessy eine Silhouette an einem der oberen Fenster entdecken und sieht, dass auch Viktor sie bemerkt hat. Er wendet sich in die Richtung.

„Mir ist klar, dass ihr keinen Grund habt, uns zu glauben. Wenn ihr es wünscht, werden wir unsere Motorräder aufladen und von hier verschwinden.“

Lester stellt sich neben Viktor und leuchtet sie beide mit der Taschenlampe an, sodass die Bewohner ihre Gesichter sehen können.

„Mein Freund spricht die Wahrheit. Es war ein Missverständnis und in der heutigen Zeit kann man nicht vorsichtig genug sein. Wir waren vor wenigen Wochen in einer ähnlichen Lage wie ihr gerade und da meinten es die Besucher nicht ehrlich mit uns. Euer Argwohn ist also durchaus berechtigt."

„Argwohn? Ihr wolltet uns überfallen und jetzt habt ihr die Frechheit, uns eine Lüge nach der anderen aufzutischen!", schimpft die Person und Jessy ist sich inzwischen sicher, dass der Sprecher aus einem der oberen beiden Geschosse spricht.

Sie lässt ihren Blick über die kleine Gruppe schweifen, die mit schussbereiten Waffen hinter ihren Fahrzeugen stehen und das Haus beobachten. Ihre Position ist etwas schlechter als die von Richard und seiner Bande, als sie Viktor und den Rest in Sudbury überfallen haben. Der Zaun bietet keine Deckung und wenn es zu einem Kampf kommt, würden Menschen sterben und Fahrzeuge beschädigt.

Jessy kann sich nicht vorstellen, dass Viktor dieses Risiko eingehen würde. Den Nutzen, den sie von den Bewohnern und dem Land hätten, ist nichts im Vergleich zu drei funktionstüchtigen Geländewagen.

„Ihr habt keinen Grund, uns zu vertrauen. Wir werden verschwinden", beschließt Viktor und deutet seinem Team abzurücken.

Faith wirft ihm einen fragenden Blick zu, doch Viktor beachtet sie nicht weiter. Im Licht der Taschenlampe kann Jessy einen abgrundtiefen Hass in ihrem Gesicht erkennen. Faith springt auf und stößt ihn mit voller Wucht vor die Brust.

Viktor prallt gegen die Fahrertür des Hummers und funkelt sie wütend an.

„Das war's? Ich bin bei dem Besuch fast drauf gegangen und du ziehst den Schwanz ein?", faucht sie und starrt ihm wütend in die Augen, wobei ihre Hand sich immer wieder zur Faust ballt.

„Du hast dich freiwillig gemeldet, wenn ich mich recht entsinne. Du wurdest nicht getroffen und trotzdem willst du Vergeltung üben?", entgegnet Viktor kalt, wobei seine Stimme so schneidend ist, wie der Wind, der nachts um die Häuser streicht.

Die junge Frau mit den dunklen Locken stemmt die Hände in die Hüften und ihre Augen scheinen Verachtung zu sprühen.

„Ja, das will ich!"

Jessy versucht sich mühsam aufzurappeln, doch Maggie drückt sie wieder auf den Boden.

„Du darfst nicht aufstehen, deine Rippen sind geprellt und deine Lunge arbeitet nicht richtig."

Jessy keucht vor Anstrengung und schiebt Maggies Arm weg.

„Faith, ich danke dir für meine Rettung", flüstert Jessy und merkt erst jetzt, wie schwach sie wirklich ist. Ihre Beine zittern und ihr ganzer Körper scheint nur noch aus Schmerzen zu bestehen. Immer wieder breitet sich schwarzer Nebel vor ihren Augen aus und sie kann ihn nur schwer verdrängen.

„Diese Menschen dachten … dachten wir wollen sie überfallen. Wir sind nicht so. Bitte … bestraf sie nicht." Die Kraft verlässt Jessy und sie sackt zusammen.

Nur Viktors schnelle Reaktion verhindert, dass sie sie umkippt. Maggie packt mit an und sie legen Jessy auf die Rückbank des Hummers.

„Wieso kann die Jugend nicht einmal auf mich hören?", klingt Maggies schimpfende Stimme, wie durch Watte zu Jessys Ohren.

Faith knurrt ein paar Flüche, dreht sich dann um und stapft von den Fahrzeugen weg, in die Dunkelheit hinein. Mia will ihr nach, doch hält Viktor sie zurück.

„Sie muss sich abreagieren, lass sie. Die kommt schon zurück", erklärt er. Mia blickt Faith unschlüssig nach, stimmt Viktor dann aber zu.

„ZUSAMMENPACKEN!", brüllt er und steigt wieder in den Hummer. Lester nimmt neben ihm Platz, während Maggie sich auf dem Rücksitz weiter um Jessy kümmert.

„Meinst du, wir sollen wirklich einfach so wegfahren?", fragt der dunkelhäutige Ingenieur in ruhigem Ton.

Viktor nickt langsam. „Sie haben die bessere Position und wir sind nicht hier um einen Kampf um das Anwesen zu führen. Wir fahren zurück, sammeln Faith und Alexandr ein, dann geht's weiter Richtung Süden. Wenn Richards Gang uns bis hierher verfolgen wird, haben sie wenigstens einen Feind, der ihnen Paroli bietet."

Lester wirft einen Blick zurück auf das Farmhaus.

„Du willst sie im Unklaren lassen, was passieren könnte, nur damit sie eventuell ein paar von Richards Männern erledigen?"

Viktor zuckt mit den Achseln und lenkt den schweren Geländewagen die gefrorene Straße den Hügel hinauf. „Sie haben auf Jessy und Faith geschossen. Dafür werden sie büßen."

Lester sieht ihn betrübt an, kann sein Verhalten jedoch durchaus verstehen. Seitdem Viktor Jessy aufgelesen hat, fühlt sich dieser mehr als nur verantwortlich für die junge Frau. Ständig hat Viktor darauf aufgepasst, dass es Jessy gut ging. Warum sich der knallharte Polizist bei der jungen Frau plötzlich als Vaterfigur aufspielt, ist Lester noch nicht ganz klar. Jede Überlegung führte schließlich in eine Sackgasse.

„Verstehen kann ich ihn schon", murmelt er leise zu sich selbst. Als Lester gesehen hat, wie sie von der Wucht des Geschosses nach hinten geschleudert wurde, setzte sein Herz ebenfalls für den Bruchteil einer Sekunde aus.

Er lehnt sich in dem weichen Sitz zurück und starrt in die Dunkelheit hinaus. Der hintere Wagen stoppt, lässt Faith einsteigen und sie fahren weiter, um den Scharfschützen abzuholen. Lester streicht sich über seinen Bart und muss ein Seufzen unterdrücken. Die Welt hat sich verändert und er sich mit ihr. In Gedanken dankt er Gott dafür, dass seine Frau diese schweren Zeiten nicht mehr erleben muss. Sie hätte es mit Sicherheit nicht ausgehalten von den lebenden Toten verfolgt zu werden.

„Wie geht es Jessy?", reißt Viktors Frage ihn wieder aus seinen Gedanken.

Maggie wischt sich eine Haarsträhne aus dem Gesicht und lächelt müde.

„Sie wird keine bleibenden Schäden davontragen. Das ist schon mal ein guter Anfang."

Jessy stöhnt auf, als sie sich aufsetzt und vorsichtig von Maggie angeschnallt wird.

„Mach dir keine Sorgen, so leicht bin ich nicht zu töten“, witzelt sie, doch ist der Schmerz in ihrer zitternden Stimme mehr als offensichtlich. Lester lächelt sie schweren Herzens an. Seitdem er angeschossen wurde, sind viele Jahre vergangen. Nichtsdestotrotz erinnert er sich gut an diesen Moment. Der Schmerz, die Angst und die Ungewissheit, ob man überleben wird.

„Du wirst diesen Moment immer wieder erleben, und musst versuchen, es irgendwie zu verarbeiten. Wenn du darüber sprechen möchtest, ich bin für dich da. Ich kenne das Gefühl, angeschossen zu werden und die Fragen und Unsicherheiten, die damit einhergehen“, antwortet Lester und lächelt sie kurz durch den Rückspiegel an.

Sie nickt dankbar und stöhnt erneut auf, als der Gurt auf ihre Brust drückt.

„Ich habe euch noch nicht für die Rettung gedankt, glaube ich“, flüstert sie, der Ohnmacht nahe.

„Das ist nicht nötig. Wir passen aufeinander auf“, antwortet Lester an Viktors Stelle und lächelt sie aufmunternd an.

„Du musst dich ausruhen, damit du schnell wieder gesund wirst.“ Sie nickt kurz und schließt dann ihre Augen. Lester reibt sich die müden Augen und überprüft seine Remington-700, dann lehnt auch er sich in den Sitz zurück und schließt die Augen. Ein paar Stunden Schlaf sind besser als nichts.

Bootstour

Müde streckt sich Michael und ein kurzer Schmerz zuckt durch seine Schulter. Er öffnet die Augen und sieht sich in dem Mustang um. Die Nacht ist fast vorbei und da sie keine sichere Unterkunft gefunden haben, mussten sie im Wagen übernachten. Mit dem Ärmel wischt er die beschlagenen Scheiben frei und mustert kurz die Umgebung.

Abgesehen von der weiten Straße vor und hinter ihnen ist nicht viel zu sehen. Etwas unbeholfen steigt er aus dem Wagen und die kalte Morgenluft schlägt ihm ins Gesicht. Schnell schnappt er sich seine Jacke von der Rückbank und zieht sie über. Rufus hebt kurz den Kopf, doch als Michael ihm zeigt, dass er still sein soll, lässt der Hund ihn wieder sinken. Tief atmet Michael die kalte, aber frische Morgenluft ein und starrt in den langsam heller werdenden Himmel. Die letzten Sterne verlieren soeben den Kampf gegen die Sonnenstrahlen und verblassen immer mehr.

„Fast wie die Menschheit", seufzt Michael zu sich selbst und reibt sich den Schlaf aus den Augen.

Die Nacht im Auto zu verbringen hat ihm nicht die gewünschte Erholung gebracht, vor allem deswegen nicht, weil Chan im Schlaf ab und zu mal um sich schlägt. Ein paar Mal wurde Michael getroffen und ist aufgewacht. Er kann es seinem Freund jedoch nicht übel nehmen, denn Albträume gehören in der heutigen Welt einfach dazu. Sie leben schließlich selbst in einem.

Becky hat sich auf der Rückbank in ihre Jacke und eine Decke eingemummelt und scheint tief und fest zu schlafen. Michael geht ein paar Schritte um seine Muskeln zu lockern. Immer wieder kehren seine Gedanken zu Eliza zurück. Statt sich aber an die schönen Zeiten zu erinnern, treiben seine Gedanken immer wieder dahin, als sie an den Stuhl gefesselt war. Er kann ihre mordlüsternen Augen sehen und das Klappen ihres Kiefers hören.

Michael schüttelt den Kopf, um die Bilder zu vertreiben, doch es hilft nur kurz. Mit schnellen Schritten geht er zurück zum roten Mustang und öffnet leise den Kofferraum. Nach ein paar Handgriffen hat er die Straßenkarte gefunden und faltet sie auf.

Das Navigationsgerät in dem Mustang hat seit Wochen schon keinen Kontakt mehr zu irgendwelchen Satelliten, weswegen sie es entsorgt haben. „Überflüssiger Ballast“, hat er es genannt, erinnert Michael sich.

Mit dem Finger streicht er über die Linie, die die Bundessstraße drei abbildet, auf der sie sich befinden. In wenigen Kilometern müssten sie die Amerikanisch-Kanadisch Grenze erreicht haben. Michael fährt sich mit gespreizten Fingern durch die Haare und schlingt die Arme um den Körper. Auch wenn die schmale Linie auf der Karte kaum zu sehen ist, symbolisiert sie für Michael und seine Gruppe doch eine wichtige Hürde.

Hinter der Grenze sind sie nicht mehr in ihrer Heimat. Sie betreten ausländischen Boden und das ist auch gut so. In der Ferne kann er, je nachdem wie der Wind weht, bereits das Rauschen der Niagarafälle hören. Mit dem Finger prüft er die Route und kratzt sich nachdenklich am Hinterkopf, als er das Zuschlagen einer Tür vernimmt. Michael sieht hoch und erkennt Chan, der ihm schlaftrunken entgegen wankt.

„Guten Morgen“, stöhnt Chan und massiert sich die Schultern. „Der Wagen ist echt unbequem, um darin zu schlafen“, beschwert er sich und schlurft zu Michael herüber. Er schnappt sich ein trockenes Milchbrötchen aus dem Kofferraum und zeigt auf die Straßenkarte. „Was guckst du?“

Michael fährt mit dem Finger über die Karte und erklärt: „Wenn wir unsere Route weiter verfolgen, kommen wir zwar über die Grenze, aber auch nahe an Buffalo vorbei. Die Großstädte wollten wir ja eigentlich deutlich meiden.“

Er zeigt Chan, was er meint und sein Freund folgt dem Finger aufmerksam. Er kaut genüsslich.

„Wir könnten auch die westliche Route nehmen. Durch Brantford, London und Sarnia, aber dann kommen wir nahe an Detroit“, schlägt Chan vor und Michael nickt grimmig.

„Wohin wir auch fahren, eine US-Großstadt ist in jedem Fall auf unserem Weg.“

Bei dem Gedanken an die Zombiemassen, die sie in Toronto getroffen haben, wird ihm wieder flau im Magen.

„Nur haben wir keine Alternative. Einen der beiden Wege müssen wir nehmen, außer wir überqueren den Lake Erie", stellt Michael missmutig fest.

An dem See gibt es zwar viele Anlegestellen für Boote, doch weiß niemand von ihnen wie man ein Boot fährt.

„So schwer kann das aber nicht sein, ein Boot zu steuern", versucht es Chan erneut und Michael nickt zustimmend.

Die Diskussion hatten sie schon ein paar Mal, doch war er strikt gegen die Überquerung des Sees. Sie müssten den Wagen zurücklassen, und obwohl Michael sich eigentlich nicht als sentimental toten Gegenständen gegenübersieht, macht ihm gerade das schwer zu schaffen.

„Der Wagen hat uns mehr als einmal das Leben gerettet. Auch wenn es irgendwie blöd ist, möchte ich ihn ungern zurücklassen", gesteht Michael zerknirscht ein. „In dieser toten Welt gibt es wenige Sachen, auf die wir uns verlassen können. Der Wagen war bisher eine dieser Sachen."

„Die Alternative wäre eine Fahrt durch die Vororte von Detroit oder Buffalo", erinnert Chan seinen Freund. Beiden ist bei dem Gedanken an Tausende von Zombies, die ihnen folgen, nicht wohl. Michael nickt nur langsam und starrt auf die nahestehenden Bäume um sie herum. In wenigen Stunden können sie die Niagarafälle erreicht haben und von dort aus kommen sie dann in die Staaten und weiter Richtung Süden. Die Fahrt über den See wäre eindeutig sicherer.

„Mach mal das Licht aus", murmelt Becky aus dem Fond des Wagens und die beiden jungen Männer sehen sie überrascht an.

Sie wälzt sich auf dem Rücksitz herum und scheint gerade wach zu werden. Sie müssen grinsen und Michael weist Chan an wieder einzusteigen. Sein Entschluss ist gefallen, auch wenn er ihm selbst nicht sonderlich gefällt.

Der kleine Jachthafen am Lake Erie macht einen verlassenen Eindruck auf die drei. Seit ihrer Ankunft hat sich nichts auf den ausladenden Anlegestegen bewegt. Ihre Sicht ist jedoch aufgrund einer massiven Nebelwand eingeschränkt. Einige Masten heben sich schwarz vor der weißen Wand ab. Becky hat sich das letzte Milchbrötchen geschnappt und kaut genüsslich auf dem pappig, weichen Brötchen herum. Nur der zwei Meter hohe Maschendrahtzaun mit eingelassenem Tor beschützt den Zugang zu „Niagara Falls - Boots- und Angelausflügen“.

Michael betrachtet die angebundenen Boote, doch kann er auch hier nichts Verdächtiges erkennen. Einige kleine Segelboote befinden sich am Steg, ebenso wie vier Motorboote unterschiedlichster Größe. Der größte Teil ist in den aschgrauen Nebel getaucht, der sich wie eine Glocke über den See und Anlegeplatz gelegt hat.

„Es sieht alles ruhig aus“, befindet Michael. Becky kommt langsam wieder aus ihrem Versteck hinter einem bereits kahlen Busch hervor. Sie klopft sich den Dreck von der Kleidung.

„Wir sollten uns vorsichtig nähern und die Boote inspizieren“, schlägt sie vor und Michael stimmt ihr zu. „Chan, du bewachst das Auto. Wenn wir Probleme kriegen, hupst du.“

Der Asiate bestätigt und geht zum roten Ford zurück. Michael zieht die schwere .357er-Magnum aus seinem Hosenbund, lässt die Trommel herausspringen und prüft die Patronen. Nachdem er sich vergewissert hat, dass alle Kammern gefüllt sind, klappt er sie wieder ein und geht zum Tor. Becky öffnet es vorsichtig, doch lässt sich ein metallisches Quietschen nicht vermeiden. Angespannt sehen sie sich um, ob ein untoter Bootsbesitzer von dem Lärm aufgeschreckt wurde. Nebelfetzen wabern geisterhaft über den Bootssteg und verschlucken einige der Boote vollkommen.

Michael weist Becky an, vorsichtig zu sein. Mit schnellen Schritten gehen sie die feuchten Holzstufen hinab. Dumpf hallen ihre Tritte und nur das leise Platschen des Wassers schwingt noch durch die Luft. Mehrfach rutscht Michael etwas aus, kann jedoch das Gleichgewicht halten. Seewasser und Algen haben den Steg in den letzten Monaten rutschig werden lassen. Becky hält den Baseballschläger schlagbereit in ihrer Hand. Der Lauf der Magnum folgt jeder seiner Bewegungen und er kann sehen, wie sich der Nebel um sie schmiegt.

Nach zwei weiteren Schritten stehen sie mitten in der Nebelwand. Becky hält sich dicht bei Michael, da die Sicht kaum einen Meter beträgt. Sie haben sich den Weg zum Bootshaus genau eingeprägt und biegen bei der nächsten Möglichkeit rechts ab. Der graugrüne Mülleimer mit dem kleinen Wasserfallaufkleber dient Michael dabei als Orientierungshilfe.

Ihr Weg führt sie zehn Meter weiter, bis sie endlich die Umrisse des kleinen Häuschens sehen können. Sämtliche Türen wirken verschlossen und Michael versucht, durch die Scheiben etwas zu erkennen.

„Ich kann nichts sehen. Es ist zu dunkel darin“, berichtet er Becky und sie versucht es ebenfalls. „Stimmt“, bestätigt sie und zeigt auf die Eingangstür.

„SORRY, WE ARE CLOSED“, steht auf dem dunkelroten Schild hinter der Glasscheibe der Tür und Michael denkt, dass es sich wohl auch nie wieder gewendet werden wird. Je länger die Zombie-Epidemie anhält, desto geringer ist seine Hoffnung auf ein normales Leben in naher oder ferner Zukunft. Immer wieder scheint sich Elizas Gesicht im Nebel abzuzeichnen. Trauer liegt schwer auf Michaels Brust und er bildet sich ein, nicht mehr atmen zu können. Das leise Klirren von Glas reißt ihn wieder zurück in die Realität und er sieht überrascht, wie Becky ihre Hand durch das Loch in der kleinen Glasscheibe steckt.

Ein leises Klacken zeigt ihnen, dass die Tür nun offen ist. Vorsichtig öffnen sie die Holztür mit den kleinen Glasscheiben. Das zerbrochene Glas knirscht unter Michaels Schuhen als er den Verkaufsraum betritt. Nur das düstere Licht von draußen dringt durch die Fenster. „Es erinnert mich an einen alten Horrorfilm, den ich als Kind einmal im Fernsehen gesehen habe“, flüstert er mit einem geheimnisvollen Lächeln. „Wenn dort gleich irgendwelche Seemänner wie aus dem Nichts auftauchen, laufen wir aber was das Zeug hält“, flüstert er, doch Becky scheint nicht zu begreifen und sieht ihn nur fragend an. „Nicht so wichtig.“

Er schiebt zwei Postkartenständer beiseite, die wohl bei schönem Wetter auf dem Holzsteg gestanden haben. Die längliche Holztheke füllt beinah den gesamten Raum aus. Laut hallen ihre

Schritte auf dem dunklen Holz des Bodens. Bilder von glücklichen Touristen vor den Niagarafällen säumen die Wände und Michael betrachtet sie kurz traurig.

„Wie viele von ihnen leben wohl heute noch?", fragt er sich selbst. Becky stellt sich neben ihn und zuckt gleichgültig mit den Achseln.

„Vielleicht zwei oder drei." Sie schwingt sich umständlich auf die Theke und steigt auf der anderen Seite wieder hinunter. Vorsichtig durchsucht sie den angrenzenden Raum, der mit einem Vorhang verdeckt ist.

„Alles sauber!", ertönt schließlich ihr Ruf und Michael lässt die Magnum erleichtert sinken.

Der Verkaufsraum ist ebenfalls frei von Zombies, sodass er nur die Tür im Blick behalten muss.

„Ich habe ein paar Bootsschlüssel gefunden. Ansonsten ist hier hinten nichts …", ruft Becky durch den halb geöffneten Vorhang und kommt wieder nach vorn gehumpelt. Obwohl ihr Knöchel nicht gebrochen zu sein scheint, hat sie weiterhin Probleme beim Laufen. Michael nickt verständnisvoll und sie lächelt ihn verschwörerisch an.

„Ich habe da etwas", ruft sie lächelnd und zieht mit einem Ruck eine Flasche mit einer goldgelben Flüssigkeit hervor.

Erschrocken stolpert Michael fast über seine Füße und grinst verlegen.

„Wo hast du den denn her?"

Sie wiegt die Flasche wie ein Baby im Arm und streichelt über das Etikett.

„Er sah so einsam und verlassen aus, da konnte ich ihn doch nicht in der dunklen Kammer lassen", antwortet sie frech grinsend und Michael muss bei ihrem lächerlichen Anblick lachen.

„Okay, dann mal los."

Becky verstaut den Single-Malt Whiskey in ihrem Rucksack und folgt Michael langsam aus dem Bootshaus hinaus. Das harte Klacken des Sicherungshebels lässt sie zusammenzucken, doch zeigt Michael, dass alles in Ordnung ist. Er lässt die Mündung der Magnum vor sich durch den Nebel dringen und achtet peinlichst genau darauf, wohin er tritt. Ein falscher Schritt und er würde in die kalten Fluten des Lake Erie stürzen. Obwohl es niemand je angesprochen hat, fühlt er doch ganz genau, dass die beiden anderen ihn als Anführer akzeptiert haben. Schon oft hat er deswegen desnachts wachgelegen. Wie ein schwerer Stein in seinem Rucksack fühlt sich die Verantwortung für seine beiden Kameraden an, die mittlerweile zu Freunden geworden sind.

In einer Welt, in der die Menschen pro Quadratkilometer an einer Hand abzuzählen sind, braucht es fähige Anführer. Michael ertappt sich dabei, wie er sich zum wiederholten Male fragt, wieso sie ihm vertrauen. Sie tun es einfach, als wüsste er genau, was er tut.

„Wenn ich das doch nur wüsste …“, flüstert er leise zu sich und fasst den kalten Griff der Faustfeuerwaffe fester.

Mit dem Oberschenkel stößt er gegen den Mülleimer mit dem Aufkleber und wendet sich diesmal in Richtung des Sees. Unter ihnen gluckert das Wasser um die Säulen des Steges. Das erste Boot taucht im Nebel neben ihnen auf. Der hohe Mast des kleinen Segelbootes ist gerade noch zu erkennen und Michael schüttelt den Kopf.

„Segel bringen uns nicht viel. Wir brauchen einen Motor.“

Becky stimmt ihm sofort zu und zeigt auf einen Schatten vor sich. Er ist deutlich kräftiger als der des Segelboots, doch bewegt er sich nicht. Michael richtet die Magnum aus und sein Herz schlägt schnell. In dem Nebel kann er so gut wie nichts erkennen. Er räuspert sich leise und als der Schatten sich umständlich zu ihnen umdreht, ist sich Michael sicher: Sie sind nicht allein.

Mit schlurfenden Schritten nähert sich der Schatten und ein leises Klimpern geht von ihm aus. Ein dicker Nebelfetzen zieht an ihnen vorbei und verschluckt ihr Gegenüber.

„Scheiße! Wo ist er?“, flucht Michael und versucht, in der dichten weißen Wand etwas zu erkennen.

Becky reagiert schnell und streckt den Baseballschläger nach vorn aus. Mit ihm rührt sie wie mit einem Kochlöffel in dem Nebel. Mit jedem Atemzug stößt sie einen kalten sichtbaren Hauch aus und Michael hält sich nah bei ihr. Er kann gerade einmal ihre Hand sehen, die sich um den Schaft des Baseballschlägers klammert. Der Rest des Schlägers ist in den undurchdringlichen Tiefen vor ihnen verschwunden. Das leise Schlurfen wird nun mit einem zögerlichen Stöhnen versetzt. Der Zombie scheint unschlüssig zu sein, wo sich sein Opfer befindet.

„Er kann uns auch nicht sehen", flüstert Becky und Michael stimmt ihr zu.

Eine Idee verfestigt sich langsam in seinen Verstand und er durchsucht seine Taschen bis er die kleine Münze findet, die er immer für die Einkaufswagen am Supermarkt genutzt hat.

Inständig hofft Michael, dass neben ihnen kein Boot steht und wirft die Münze mit einer fließenden Bewegung in die Nebelwand vor ihnen. Das leise „Plopp" scheint die Stille förmlich zu zerreißen, als die Münze die Wasseroberfläche trifft. Die schlurfenden Schritte verstummen kurz und Michael hält die Luft an. Erneut stößt ihr untoter Nachbar ein leises Stöhnen aus, das fast so klingt, als würde er sich etwas fragen. Als Michael zu Becky sieht, kann er gut erkennen, dass auch sie es so aufgefasst hat. Ihr Gesicht ist bereits rot angelaufen und sie presst die Hand vor den Mund um nicht laut zu lachen. Michael grinst und lauscht in den Nebel hinein. Dem leisen Schlurfen folgt plötzlich ein lautes Platschen.

„Treffer!", jubelt Michael und geht langsam etwas vorwärts.

Der Zombie scheint seinem Köder gefolgt und im See verschwunden zu sein. Gurgelnde Geräusche und das Schlagen von Armen sind keine zwei Meter neben ihm zu vernehmen und Michael achtet darauf, nicht auf den Planken auszurutschen.

„Grüß die Fische von uns", lästert Becky leise lachend.

Er kann sich ein Grinsen nicht verkneifen und sie lauschen in die Stille hinein. Kein weiterer Gegner scheint sich hier zu befinden. Ein leichter Windstoß lässt Becky zittern und sie schlingt die Arme fester um sich. Michael sieht auf und kann erkennen, dass der Nebel nun langsam von dem Wind vertrieben wird. Er zeigt auf die kleine Yacht vor ihnen und Becky nickt zustimmend.

„Das dürfte reichen", stellt sie fröhlich fest und Michael streicht über das Geländer.

„Victoria“ steht an dem Bug und er fragt sich, wer diese Victoria wohl gewesen sein muss, damit jemand sein Boot nach ihr benennt. Becky klettert an Bord der „Victoria“ und steigt die paar Treppenstufen zum Unterstand hinauf, auf dem sich die Steuerkonsole befindet. Michael sichert weiterhin die Umgebung ab und sieht ihr immer wieder hinterher. Mit einem Röhren springt plötzlich der Motor der Yacht an. Der Geruch von Benzin schwängert die Luft.

„Jackpot!“, ruft Becky von oben und strahlt über das ganze Gesicht.

„Ich hole Chan und dann nichts wie weg!“, bestimmt Michael und macht sich auf den Rückweg zu seinem Freund.

Getrennte Wege

„Was eine Dusche doch für einen belebenden Effekt hat“, flüstert Kaylee zufrieden.

Aus der fest montierten Brause strömt lauwarmes Wasser. Sie stützt sich an der gefliesten Wand ab und lässt das Wasser einfach auf sich herabregnen. Es weicht den Dreck, Schmutz und das Blut ein, bis es als schwarzes Rinnsal in dem Abfluss zwischen ihren Füßen verschwindet. Vorsichtig entknotet sie ihre Haare und fischt die, vom Autounfall verbliebenen, Glassplitter aus ihren Haaren.

Kaylee stellt das Wasser ab und humpelt zum Spiegelschrank. Mit der Hand wischt sie die beschlagenen Scheiben frei und betrachtet sich. „Uff. Ich bin ja echt mies zugerichtet“, stellt sie überrascht fest.

Auch wenn ihr Körper seit dem Unfall stark schmerzt, kam sie noch nicht dazu, sich alle Stellen anzusehen. Einige Schrammen und blaue Flecken befinden sich in ihrem Gesicht. Die Wange ist leicht abgeschürft, woran sie sich nicht wirklich erinnert. Die ausgekugelte Schulter ist leicht bläulich verfärbt und ein großer Bluterguss breitet sich an ihrer Hüfte aus. Er muss beim Autounfall entstanden sein. Sie dreht sich etwas und betrachtet den zweiten großen Bluterguss auf ihrem Rücken. Er scheint sich langsam zurückzubilden. Der Abdruck, wo der Sicherheitsgurt ihr das Leben gerettet hat, ist ebenfalls noch gut auf ihrer Brust zu sehen.

„Kein Wunder, dass die mich zuerst für einen Zombie gehalten haben“, unkt Kaylee grinsend.

Es klopft zaghaft an der Tür.

„Ja?“, antwortet sie, während sie sich in das große Duschtuch wickelt.

„Hier ist Sabrina. Ich habe ein paar Klamotten für dich“, ertönt eine ängstliche Stimme von der anderen Seite der Tür.

„Leg sie einfach vor die Tür.“

Als Kaylee sicher ist, dass Sabrina verschwunden ist, öffnet sie die Tür und zieht den kleinen Wäschestapel herein. Die

Unterwäsche passt gut, die Jeans ist ihr etwas zu weit um den Bauch herum und das Sweatshirt mit dem Logo einer fiktiven Motorradgang aus einer TV-Serie ist ihr deutlich zu groß. Sie beschließt, zwei T-Shirts darunter zu ziehen und das Shirt trotzdem anzubehalten. Nachdem sie in ihre gereinigten Stiefel geschlüpft ist, fühlt sie sich fast wieder wie ein normaler Mensch. Mit dem Handtuch rubbelt sie ihre Haare weitestgehend trocken, setzt dann die Kapuze des Sweatshirts auf und verlässt das Bad.

Als sie in das Büro der Wache kommt, wird sie bereits von vier Söldnern erwartet. Die grimmig dreinschauenden Männer haben ihre Waffen jedoch über den Rücken geschoben. Der Major muss ihnen entsprechende Befehle gegeben haben. Sie nickt ihnen kurz zu und wartet, bis sie das Wort ergreifen. Die Tür zum Nebenraum öffnet sich und der Latino mit der gebrochenen Nase kommt heraus. Watte steckt in seinen Nasenlöchern und jemand scheint seine Nase gerichtet zu haben. Seine feinen Gesichtszüge, die dunklen Augen und der durchtrainierte Körper machen ihn äußerst attraktiv, doch verdrängt Kaylee den Gedanken schnell wieder.

„Du hast mir die Nase gebrochen“, knurrt er ärgerlich. Er baut sich vor ihr auf. In Sekundenschnelle erfasst sie jede mögliche Schwachstelle an seiner Haltung.

Gespielt langsam geht sie einen Schritt auf ihn zu, sodass ihr Gesicht knapp vor seinem ist.

„Du wirst es überleben.“ Sie stemmt die Arme in die Hüften und er lächelt gequält, macht einen Schritt von ihr weg.

„Du bist taff, das muss man dir lassen. Ich bin Hector.“

Sie schüttelt die entgegengestreckte Hand.

„Kaylee.“

Die vier Söldner entspannen sich sichtlich.

„Du schlägst wie ein Mädchen“, neckt er sie und lächelt breit, wobei seine perfekten Zähne zu sehen sind.

„Für dich hat‘s gereicht“, entgegnet sie und lässt ihn stehen.

Major Grey sitzt zusammen mit den Frauen und Kindern im Hof der Feuerwache. Nachdem der Doktor, ein grobschlächtiger

Tierarzt mit Halbglatze, Kaylee sehr ausführlich auf Bisswunden untersucht hat, versorgte er ihre Schnittwunden und gab ihr ein paar Tabletten gegen ihre Erkältung. Die Kinder betrachten sie weiterhin mit Furcht, was Kaylee nicht entgeht. Einzig Timmy strahlt über das ganze Gesicht, als er sie entdeckt. Sie lässt sich auf der Bank gegenüber dem Major nieder. Timmy setzt sich neben sie und brabbelt fröhlich darauf los, was ihm passiert ist.

„Als sich dein Wagen überschlagen hat, wollten wir sofort helfen“, berichtet Timmy eifrig, wird dann jedoch traurig. „Fiby hat aber nicht anhalten können. Wir wussten ja nicht, dass Major Grey zu den Guten gehört.“ Seine kleine Hand liegt in ihrer und immer wieder drückt er sie. „Erst in der Stadt haben wir angehalten und haben uns in einer Reifenfabrik versteckt. Das hat ganz schön komisch gerochen. Und dreckig war es“, plappert er weiter. Nur mühsam kann sich Kaylee ein Grinsen verkneifen, als Timmy angewidert die Nase rümpft. „Wir haben aber vergessen, dass die Soldaten unser Auto kannten. So haben sie uns gefunden“, gesteht er niedergeschlagen. „Ich wollte auf sie aufpassen.“

Kaylee zieht ihn zu sich heran und umarmt ihn, wobei sie ihr Kinn auf seinen Kopf legt.

„Ihr seid beide am Leben. Du hast deine Aufgabe erfüllt.“ Sie streicht ihm durch die Haare.

„Sie sorgen also für diesen Haufen?“, fragt Kaylee, als Timmy kurz still ist. Der Major blickt sich um.

„Ja, so könnte man es sagen. Wir haben die Menschen nach und nach gefunden und bieten ihnen Schutz, soweit es uns möglich ist.“ Er legt seine Hände auf den Holztisch zwischen ihnen und beugt sich etwas vor. „Auch wenn wir keinen guten Start hatten, möchte ich Ihnen dasselbe Angebot machen. Schließen sie sich uns an. Sie wirken wie eine erfahrene Kämpferin, das können wir dringend gebrauchen.“ Er zeigt auf seine Truppe. „Meine Jungs sind gut ausgebildet, aber auch sie sind nicht unsterblich. Amins Verlust war ein herber Rückschlag.“ Seine Kiefer mahlen und sie kann sich vorstellen, wie schwer ihm die Unterhaltung fallen muss. „Auch wenn es nicht mit Absicht war, hast Du doch einen meiner Männer getötet. Dies kann und werde ich nicht so schnell vergessen."

„Es tut mir leid um Ihren Mann. Hätte ich von seinen Absichten gewusst, hätte ich nicht geschossen", versichert Kaylee und sieht ihm fest in die Augen. Er nickt und atmet gepresst aus.

„Ich weiß, es ist trotzdem nicht einfach." Grey lacht gequält und öffnet die zur Faust geballte Hand. Stumm sieht Kaylee ihm zu und wartet, dass er das Gespräch fortführt. „Wir wollen zu einem unserer Stützpunkte im Westen vordringen. Wenn der noch existiert, werden wir nach Ottawa ausrücken, sobald der Frühling angebrochen ist", berichtet Major Grey und beobachtet sie genau.

Kaylee spürt ein nervöses Kribbeln in ihren Fingern, doch zwingt sie sich zur Ruhe. Bei der Erwähnung von Ottawa hat er ihr Interesse geweckt.

„Was wollen Sie denn in Kanada?", fragt sie, so beiläufig, wie sie kann. Innerlich verzehrt sie die Antwort auf diese Frage nur zu sehr. Das kann kein Zufall sein, dass er genau Ottawa genannt hat. Er muss mehr als nur einen Verdacht haben, was sie angeht. Da sie nicht auf seinen Köder angesprungen ist, wendet er seinen aufmerksamen Blick nun von ihr ab. Erleichtert atmet Kaylee aus, streicht Timmy durch die Haare.

„Eine Tochterfirma meines Arbeitgebers hat Forschungen an dem Virus durchgeführt. Laut deren Angaben konnten sie einige Durchbrüche erzielen, jedoch brach der Kontakt ab." Er sieht sich vorsichtig um. „Ein weiterer Punkt sind die Untoten. Je wärmer es wird, desto … gefährlicher werden sie."

Überrascht sieht Kaylee ihn an. Bisher hat sie immer dieselben, trägen Zombies getroffen. Wirklich viele Vergleichsmöglichkeiten hatte sie jedoch bisher nicht.

„Ich bin mir nicht ganz sicher, aber je weiter nördlich wir gezogen sind, desto langsamer wurden die Viecher", berichtet der Major flüsternd. „Ich stamme aus Charleston, West Virginia. Zu Beginn der Seuche waren wir noch gut fünfzig gut bewaffnete Männer. Als der Sommer zu Ende ging … nun ja, das Ergebnis sehen Sie hier."

Kaylee beugt sich etwas vor.

„Was genau macht sie gefährlicher im Sommer?"

„Sie sind schneller. Ich habe Exemplare getroffen, die gerannt sind."

Bei dem Gedanken, dass diese langsamen, todbringenden Monster plötzlich so schnell wie ein Mensch rennen, läuft Kaylee eine Gänsehaut über den Körper.

„Sind Sie sicher?"

Der Major nickt. „Wir wollen uns in der Basis mit Waffen, Munition und Lebensmitteln ausrüsten und dann im Norden eine Bastion errichten."

Aus dem Augenwinkel erkennt Kaylee, dass Hector in den Hof gekommen ist. Er schlendert die Außenmauer entlang, wirft ihr aber immer wieder einen Blick zu.

„Ich muss nach Tennessee. Dort ist es jedoch zumeist warm", erklärt Kaylee dem Major. Die veränderte Situation erfordert, dass sie mehr Informationen über die Lage im Süden erhält. „Wenn die Gefahr dort deutlich größer ist, muss ich mich entsprechend vorbereiten."

„Davon würde ich abraten. Temperaturen über fünfundzwanzig Grad lassen sie deutlich schneller werden. Wir sind deshalb aus diesen Gebieten abgezogen, damit sich die Chance zu überleben erhöht", erklärt er ihr mit ernstem Gesicht.

Auch wenn Kaylee sich nicht vorstellen kann wieso die Zombies bei Wärme so schnell werden, glaubt sie dem Major. Er hat keinen Grund, sie zu belügen. Es wäre das Klügste, weiter nach Norden zu ziehen. In Kanada könnte sie sich auf der Suche nach ihrer Familie machen, vielleicht hat jemand überlebt.

Kaylee spielt mit der Kordel an ihrem Kapuzenshirt und grübelt eine Weile vor sich hin. Timmy erzählt ihr wie die anderen Kinder heißen, dass eine Frau Schokolade gefunden hat und weitere Banalitäten, die Kaylee im Grunde gar nicht interessieren. Sie umarmt ihn weiterhin und streichelt seinen Rücken. Seine Stimme beruhigt sie, scheint ihr etwas Frieden zu geben.

„Schließen Sie sich uns an. Sie brauchen uns und wir brauchen Sie. Ein Gewinn für beide Seiten", schlägt der Major vor und reicht ihr die Hand.

Nachdenklich betrachtet Kaylee seine ausgestreckte Hand. Viele Möglichkeiten hat sie nicht, jedoch gehört der Norden nicht zu ihren Hauptzielen. Tennessee, dort zieht es sie hin. Ein vereinbarter Ort. Ob er dort sein wird, weiß sie nicht. Es ist einige Jahre her und die Zombieseuche hat ihn vielleicht dahingerafft. Sie würde sich unnötig in Gefahr begeben und den Schutz der Gruppe verlassen. Vielleicht für nichts. All die Gedanken schwirren Kaylee durch den Kopf, doch beschließt sie, dem Major erst einmal nichts von ihren Zweifeln zu erzählen.

„Einverstanden, ich bin dabei."

Zweiundzwanzig Personen, davon acht Soldaten und vier Kinder. Die kleine Gruppe um Major Grey bildet fast alle Gesellschaftsschichten ab: Die hochnäsige Mutter aus gutem Hause, die Kaylee unter dem Namen Simone kennengelernt hat, der KFZ-Mechaniker Toni und der Einsiedler Flint bilden die Rahmen. Grey und sein Team stellen den militärischen Teil der Unternehmung und scheinen auch großen Respekt bei den anderen Mitgliedern der Gruppe zu genießen. Fiby kaut auf einem gummiartigen Brot, das sie mit Timmy und Kaylee teilt.

„Was hältst du von dem Ganzen?", fragt Kaylee gespielt beiläufig.

„Die Leute scheinen sehr nett zu sein", beginnt Fiby und trinkt einen Schluck Wasser hinterher. „Wir sollten bei ihnen bleiben. Major Grey wirkt erfahren auf mich und Timmy hätte andere Kinder zum spielen", fährt sie fort.

Nachdenklich betrachtet Kaylee den Jungen. Er lauscht den beiden Frauen aufmerksam, sagt jedoch bisher nichts.

„Das ist wahr. Eine Gruppe ist sicherer, aber sie wollen nach Norden", entgegnet Kaylee und berichtet den beiden in kurzen Worten, was sie vom Major erfahren hat.

Fibys Augen werden groß und sie beugt sich etwas vor.

„Sie sind schneller, wenn es warm ist?", flüstert sie ungläubig. Kaylee zuckt mit den Schultern.

„Ich bin noch nicht vielen von ihnen begegnet und es war immer ziemlich kühl während der Zeit. Ich weiß nicht, ob da etwas dran ist.“

Die beiden Frauen sehen sich eine Weile an und Kaylee kann sehen, wie Fiby versucht, die Informationen zu verstehen. Wie Kaylee erfahren hat, wütet die Zombiepandemie schon seit einem Jahr. Es muss also bereits wärmer als fünfundzwanzig Grad gewesen sein.

„Und du möchtest trotzdem nach Tennessee? Was genau ist dort, Kaylee?“, fragt Fiby schließlich. Die Holzhütte kommt Kaylee ins Gedächtnis und sie erinnert sich an den großen Stausee, den er ihr gezeigt hat.

„Unser Refugium“, hatte er gesagt und sie fest in den Arm genommen. Er hatte es gewusst. Wusste, was sie war. Nie hatte sie vorgehabt ihn zu verletzten, doch konnte sie seine Angst in seinen Augen sehen. Er fürchtete, sie an den Hass zu verlieren. All das konnte Kaylee sehen und deuten, doch war sie nicht bereit, von ihrem Weg abzuweichen. Es musste getan werden und sie war dazu auserkoren.

„Zuflucht ... das hoffe ich jedenfalls“, presst sie hervor und streicht mit ihren Fingerkuppen über eine Delle auf dem Holztisch.

„Du meinst, dass wir dort einen sicheren Ort vorfinden werden? Wie kommst du darauf?“ Kaylee erhebt sich, wuschelt Timmy durch die Haare.

„Ich weiß es nicht. Ich werde dort jemanden treffen. Ob ihr mitkommt oder nicht, müsst ihr wissen. Mein Entschluss steht fest“, verkündet sie, entschiedener, als sie es im Grunde fühlt. „Ob er überhaupt noch lebt, weiß ich nicht“, gesteht sie sich nachdenklich ein. Wenn er noch lebt, würde er zu Hause auf sie warten, oder an dem vereinbarten Ort. Beides wäre denkbar. Die Entfernung zwischen diesen beiden Punkten beträgt jedoch einige tausend Kilometer. In Anbetracht ihrer wundersamen Rettung aus dem Gefängnisschiff und der vergangenen Tage, scheint es das Schicksal halbwegs gut mit ihr zu meinen.

Wie, um ihr das Gegenteil zu beweisen, schmerzt ihre Schulter kurz, als Kaylee den Arm bewegt. Sie ignoriert den Schmerz so gut es geht und schlendert auf Hector zu. Der Latino hat sie die gesamte Zeit nicht aus den Augen gelassen. Seine dunkelblaue Tarnuniform hebt sich etwas von denen seiner Kameraden ab. Statt der Adlerklaue, die eine Sonne in den Fängen hält, befindet sich an seiner die Flügel der Air Force. Er stemmt die Hände in die Hüften und lächelt sie freundlich an.

Misstrauisch sucht Kaylee nach einem Anzeichen von Falschheit in seinem Gesicht, kann jedoch nichts entdecken. Er scheint sich tatsächlich zu freuen, dass sie zu ihm kommt.

„Was grinst du?“, fragt sie etwas gereizt.

Er zuckt mit den breiten Schultern und lächelt noch etwas breiter.

„Keine Ahnung, bin ein fröhlicher Mensch.“ Sein Bizeps ist deutlich unter den Ärmeln zu sehen und Kaylee muss sich zwingen, ihn nicht so offensichtlich zu mustern.

„Ist die falsche Zeit, um fröhlich zu sein, oder?“, entgegnet sie ein wenig schnippisch, doch Hector lässt sich davon nicht aus der Ruhe bringen.

„Wir sind am Leben, oder nicht?“ Als sie nur mit den Achseln zuckt, lacht Hector. „Das Leben ist immer scheiße, da ändert auch eine Zombieapokalypse nichts dran. Du musst versuchen, dich über die kleinen Dinge zu freuen.“

„Und welche wären das?“ Er zeigt direkt auf Kaylees Nase und sie zieht misstrauisch eine Augenbraue hoch. „Du bist die Zombieläuferin. Hast dich mitten in einer ihrer Horden aufgehalten und wurdest nicht gebissen. Dann hast du noch deine Freunde wiedergefunden und lebst immer noch.“ Hector zwinkert ihr zu. „Siehst du, worauf ich hinaus will?“

Seine fröhliche Art beginnt Kaylee zu nerven, doch nickt sie.

„Ja, ich soll tanzen, da ich am Leben bin.“ Er grinst frech.

„So ist es. Lebe jeden Tag, als wäre er dein Letzter. Scheiße, er könnte es sein.“

Sie lehnt sich gegen die kühle Steinmauer der Feuerwache und entlastet ihren schmerzenden Fuß.

„Ich bin keine Frohnatur. Habe zu viel Scheiße erlebt …“ Hector schnauft, stellt sich nun direkt vor sie und sein Lächeln ist verschwunden.

„Das hat jeder von uns. Wir haben Freunde, Familien und mehr verloren. Jeder trauert auf seine Weise um sie. Wir leben und nur das zählt.“

„Du warst bei der Air Force?“, wechselt sie das Thema, um ihn nicht weiter zu verärgern. Auf Streit hat sie absolut keine Lust.

„Zombies!“, ertönt der Warnruf, noch bevor Hector antworten kann. Sofort rennt er los, schnappt sich sein M16–Sturmgewehr und ist Richtung Straße verschwunden. Timmy eilt zu Kaylee und umarmt sie.

„Sie kommen wieder“, flüstert er und Tränen glänzen in seinen Augen.

„Ja, die Schüsse locken sie an“, antwortet Kaylee missmutig. „Du bleibst bei Fiby, ich werde sehen, ob ich helfen kann.“

Noch bevor Timmy etwas sagen kann, eilt Kaylee in die Feuerwache, vorbei an den roten Einsatzfahrzeugen. Schüsse peitschen bereits und sie kann das Mündungsfeuer der Gewehre auf der Straße erkennen.

Major Grey steht am großen Tor und beobachtet die Szene. Ungefähr fünfzig Untote stolpern aus einer Seitengasse zwischen Phils Drugstore und einer zugenagelten Bäckerei.

„Die Schüsse ziehen sie an“, warnt Kaylee den Major. Der Farbige nickt und verschränkt die Arme vor der Brust.

„Weiß ich. Wir können bei einer so großen Meute jedoch keinen Nahkampf riskieren. Schnelles Ausschalten hat Priorität.“

Köpfe explodieren, Gliedmaßen werden abgerissen und Leichen pflastern den Boden. Die Sturmgewehre richten verheerenden Schaden an den Untoten an, noch bevor sie eine Chance haben, zuzubeißen. In geschlossener Formation rücken die Soldaten vor und erledigen die verbliebenen Gegner.

„Wir bleiben nicht mehr lange hier. Ich habe bereits Späher ausgeschickt, um die Umgebung zu prüfen.“

Keuchend lässt sie sich von ihm heruntergleiten. Die blonden Haare kleben an ihrem Rücken und sowohl ihrer, als auch sein Körper sind schweißbedeckt. Noch immer spürt sie die wohligen Lustwellen in ihrem Schoß und atmet tief durch.

„Das war …“

„Wahnsinn“, beendet Hector ihren Satz und Kaylee lacht leise auf.

„Das kannst du laut sagen.“ Sie legt ihren Kopf auf sein Kopfkissen und wedelt sich mit der Hand etwas Luft zu. Seine Finger umkreisen ihre Brustwarzen. „Das hat mir echt gefehlt“, gesteht sie ihm.

„Welches der vier Male?“, scherzt er grinsend. Kaylee starrt aus dem verdreckten Fenster, wobei sie seine Berührungen genießt. Seit Jahren hatte sie keinen richtigen Sex mehr, erst recht nicht mit einem Wildfremden.

„Komm mit mir.“ Er sieht sie überrascht an und Kaylee hält seinem Blick stand.

„Du willst weg?“ Sie nickt, streicht durch seine Haare und legt ihren Kopf auf seinen Arm.

„Ich muss. Euer Weg führt nach Norden, meiner nach Tennessee. Mit euch zu gehen würde mich immer weiter von meinem Ziel wegführen.“

Hector scheint zu überlegen, was er auf diese plötzliche Offenbarung sagen soll, also wartet Kaylee geduldig. Der Soldat wirkt hin- und hergerissen, was sie ihm nicht verdenken kann. Seine Loyalität galt in den letzten Monaten Major Grey und dem restlichen Haufen. Kaylee kennt er erst seit einem Tag. Auch wenn sie nur eine geringe Chance sieht, dass er sich ihr anschließt, würde es ihre Überlebenschancen deutlich steigern. Ein erfahrener Soldat ist in den meisten Situationen hilfreicher, als das Halbwissen, das sich Kaylee aus Filmen angeeignet hat.

„Was du da verlangst …“, sie nickt und streicht über seine muskulöse Brust.

„Ich weiß, schon okay. Kann verstehen, wenn du nicht mitkommen kannst.“ Sie erhebt sich, streift ihre Unterwäsche über.

„Ich … ich weiß nicht.“ Hector hat sich ebenfalls aufgesetzt. Noch immer hadert er mit dem Konflikt, das kann Kaylee nur zu gut in seinem zerknirscht dreinblickenden Gesicht erkennen.

„Major Grey sagte, dass ihr morgen aufbrecht. Ich werde mich dann in eine andere Richtung bewegen. Entscheide dich bis dahin. Ich werde beide Entscheidungen akzeptieren.“ Sie zieht ihre Kleidung an, beugt sich zu ihm herunter und gibt ihm einen letzten Kuss auf die Lippen, bevor sie das Zimmer verlässt.

„Sie wollen uns wirklich verlassen?“ Major Grey wirkt aufrichtig überrascht von Kaylees Entscheidung. „Ich dachte, dass Sie sich uns anschließen wollten. Wenn es wegen Armin ist …“

Kaylee unterbricht ihn kopfschüttelnd.

„Das ist es nicht, Major. Sie sind ein erstklassiger Anführer und Ihre Männer verdienen meinen größten Respekt.“ Sie stellt den schweren Trekkingrucksack, den ihr der Major überlassen hat, zwischen ihre Füße. „Ich muss nach Tennessee. Ich habe es jemandem versprochen und dieses Versprechen muss ich einhalten. Ob er noch lebt oder nicht, ich muss es einfach versuchen.“ Sie streckt dem Major die Hand als Zeichen, dass er sie nicht umstimmen kann, entgegen und er ergreift sie.

„Verstehe. Ich wünsche Ihnen Glück und bleiben Sie sauber.“

Sie nickt dankbar. Auch wenn sie dem Major keinen Grund gegeben hat, an ihrer Geschichte zu zweifeln, scheint er sie doch erkannt zu haben.

„Das werde ich. Ich bin nicht die, für die sie mich aufgrund von Medienberichten halten müssen“, antwortet sie und bemerkt, dass er ihre Hand weiterhin festhält.

„Was Sie mit Ihrem Leben machen, liegt ganz bei Ihnen. Sie sollten den Kleinen und Fiby aber bei der Gruppe lassen.“

Er lässt ihre Hand los und Kaylee wirft einen Blick auf die Gruppe, die sich vor der Feuerwache versammelt hat. Die Menschen haben ihre wenigen Habseligkeiten zusammengesammelt, oft nicht mehr als sie am Körper tragen. Fiby unterhält sich angeregt mit einem Pärchen, während Timmy stumm auf der Begrenzungsmauer hockt. Bei dem Gedanken,

Timmy zurückzulassen, zieht sich Kaylees Magen zusammen. Der kleine Kerl ist ihr inzwischen ans Herz gewachsen, und nur er gab ihr die Kraft weiterzumachen.

„Das kann ich nicht“, flüstert sie und starrt auf den aufgebrochenen Bordstein.

Hector tritt neben die beiden und räuspert sich verlegen. „Sir …“, der Major schüttelt langsam den Kopf.

„Nicht Sie auch noch, Hector.“

„Was soll ich sagen? Einer muss diese Wahnsinnige und den Jungen doch beschützen, oder?“

Kaylee horcht überrascht auf.

„Du kommst mit?“ Der Latino nickt, zeigt auf Fiby.

„Sie aber nicht. Fiby will bei der Gruppe bleiben.“

Auch wenn Kaylee damit gerechnet hat, dass Fiby mitkommen würde, spürt sie doch etwas Erleichterung. Sie war die Einzige aus ihrer kleinen Gruppe, die weiß, wer Kaylee in Wirklichkeit war. Es würde für Timmy nicht einfach, sofern er es herausfinden würde. Da Fiby nun nicht mitkommt, besteht diese Gefahr vorerst nicht mehr.

„Der Sex muss ja echt gut gewesen sein, wenn Sie dafür Ihr Leben aufs Spiel setzen.“ Der Major reicht Hector die Hand und die beiden verabschieden sich voneinander.

Begleitschutz (zehn Monate zuvor)

Leise trommelte der Regen auf das demolierte Dach des Streifenwagens. Er lief über die Windschutzscheibe hinweg und wurde von den Scheibenwischern fortgetragen. Viktor starrte in die Ferne, konnte den brennenden Constitution Square - Tower noch sehen, doch interessierte es ihn nicht sonderlich. Der Kampf an der Portage Bridge hatte ihn fast die letzten Kräfte gekostet. Er rieb sich die schmerzenden Schultern und lehnte sich in dem Sitz zurück. Auf Victoria Island hatte die Nationalgarde eine der sechs Straßenblockaden errichtet, um die aus dem Norden herunterkommenden Untoten zu stoppen. Die letzten Wochen waren der Horror für Viktor. So viele Morde, Tote und Untote hatte er in seinem gesamten Leben noch nie gesehen. Längst hatten die Polizisten begriffen, dass die Untoten Gegner nicht auf ihre Warnungen reagieren würden. Inzwischen wurde zuerst geschossen, dann gefragt. Er erinnerte sich kaum mehr daran, dass er mal geschlafen hatte. Die paar Stunden am Tag, die er abgelöst wurde, verbrachte er bei Nancy und seinem Sohn Jack. Sie hatten sämtliche lebenswichtigen Utensilien in Koffer verstaut, um fliehen zu können, falls es brenzlig würde.

Bis zu diesem Zeitpunkt dachte Viktor nicht, dass es nötig wäre. Die Straßensperren auf der Brücke erlaubten es nur vereinzelten Zombies durchzubrechen. Doch kam die Überraschung von Westen. Auch wenn Viktor keine bestätigten Meldungen gehört hatte, scheinen doch die Alexandra Bridge oder eine der Brücken, die über den Rideau River führen, gefallen zu sein. Ohne Vorwarnung fielen mit einem Mal Hunderte, wenn nicht sogar Tausende, von diesen untoten Monstern über die Gardisten und Polizisten her. Er schauderte bei der Erinnerung an die vielen Leiber, die sich über die Hügel geschoben hatten. Sie überschwemmten die Straßen und wie eine Stampede begruben sie alles unter sich.

Als Viktor die Sinnlosigkeit ihres Handelns erkannte, entschloss er sich zu fliehen. Nancy und Jack wäre nicht damit gedient, wenn er bei dem sinnlosen Versuch umkäme, eine Brücke zu verteidigen. Zusammen mit einigen Soldaten der Nationalgarde floh er und erreichte schließlich den verlassenen Streifenwagen. Noch immer zitterte Viktors Hand von dem Adrenalinschub, der ihn die letzten Minuten hat überstehen lassen. Die Scheibe beschlug langsam von seinem Atem und der Körperwärme. Eilig wischte er sie mit dem Ärmel frei. Er konnte es sich nicht leisten, von der Meute überrascht zu werden. Das Funkgerät knackte immer wieder und Einsatzbefehle der Zentrale wurden herausgegeben. Tief atmete er ein und langsam wieder aus, bis sein Körper sich endlich vollständig beruhigt hatte.

„An alle Einsatzkräfte. Die Alexandra Bridge ist gefallen. Ziehen sie sich zum nächstgelegenen Stützpunkt zurück“, ertönte es über den Lautsprecher und Viktor prustete ärgerlich.

„Als ob das etwas bringt. Ihr werdet auch dort überrannt“, sagte er zu sich selbst und ließ sich seine Optionen durch den Kopf gehen.

Dass Ottawa verloren ist, stand für ihn außer Frage. Nun war nur noch seine Familie wichtig. Viktor startete den Motor und setzt von der Uferböschung zurück.

Sein Entschluss stand. Er würde nun zu seiner Familie fahren und zusammen mit ihr diese den Untoten gehörende Stadt verlassen. Viel zu viele Jahre hatte er ihr bereits geopfert. Er war in mehr Morde und Korruptionsvorfälle verwickelt worden, als er sich überhaupt erinnern konnte. Nein, Ottawa würde er keine Träne nachweinen. Viktor lenkte den Wagen zwischen einigen umgekippten Fahrzeugen herum. Es wirkte, als wären sie in einen Unfall verwickelt worden, denn als Blockade standen sie zu weit auseinander. Sein geschultes Auge erfasste die Umgebung sehr genau. Kein Hinterhalt durfte ihn jetzt aufhalten. Nancy brauchte ihn und er würde sich sicherer fühlen, sobald seine Familie aus dieser Todesfalle heraus war.

„Zentrale an Wagen siebzehn, Wagen siebzehn, bitte kommen!“, knarrte es über Funk und wie aus Gewohnheit sah Viktor nach der Nummer seines Fahrzeuges. Tatsächlich rief die Zentrale ihn.

„Sie müssen über GPS gesehen haben, dass sich der Wagen bewegt. Nun wissen sie, dass noch jemand lebt."

Viktor verfluchte sich für diese Unvorsichtigkeit und wog seine Chancen ab. Er könnte den Ruf einfach ignorieren. Mit Sicherheit würde niemand ausrücken, um einen gestohlenen Streifenwagen zu suchen.

Die Neugier überwog jedoch und so antwortet Viktor: „Hier Wagen siebzehn, was gibt es?"

Keine zehn Kilometer trennten ihn mehr von seinem zu Hause und der Familie.

„Wagen siebzehn, sie werden für einen Begleitschutz benötigt. Ein Transporter der Firma GenTec muss zwingend den Flughafen erreichen", berichtete die Stimme der Leitzentrale.

Manchmal fragte sich Viktor, ob die Frauen dort wirklich so schrecklich klingen, oder ob es nur an der Funkübertragung lag.

„Negativ, Zentrale. Meine Priorität liegt bei dem Schutz meiner Familie", antwortete Viktor wahrheitsgemäß und hing das Sprechfunkgerät wieder an seine Halterung.

„Das verstehen wir. Es handelt sich jedoch um einen Transport, der auch ihre Familie schützen wird." Viktor horchte auf, griff erneut zum Funkgerät und fragte: „Wie das?"

„Es handelt sich bei dem Transport um das erste Gegenmittel gegen die Seuche."

Sieben Polizeiwagen hatten sich in den letzten Minuten auf dem Gelände von GenTec Pharma eingefunden, stammend aus dem gesamten Großraum von Ottawa. Die letzten Vertreter von Gesetz und Ordnung. Aufmerksam beäugte Viktor die Kollegen. Vom Namen her kannte er den einen oder anderen, aber persönlich hatte er sie noch nie getroffen. Fast jeder Wagen war mit zwei Uniformierten besetzt, von denen niemand glücklich zu sein schien, sich an diesem Ort zu befinden. Viktor lehnte sich gegen seinen ramponierten Streifenwagen.

Ein leichter Nieselregen regnete beständig auf sie herab. Seine Kleidung wurde immer weiter von den Tropfen durchnässt. Viktor wischte sich den Regen von dem kahlen Schädel und spuckte aus.

„Wie lange dauert das noch, bis diese Pfeifen das Zeug verladen haben? Meine Familie wartet!“, knurrte er ärgerlich und ein junger Polizist, kaum der Ausbildung entstiegen, nickte zustimmend.

„Es wird immer schlimmer da draußen. Wir sollten zusehen, dass wir den Job schnellst möglichst hinter uns bringen. Meine Verlobte möchte, dass ich mit ihr zu ihren Eltern aufs Land fahre“, berichtete der junge Polizist.

Viktor grinste breit.

„Da würde ich doch lieber die menschenfressenden Irren bevorzugen!“

Der junge Polizist lachte. „Das stimmt. Die Eltern sind der blanke Horror. Ich bin Shawn Stinger.“

„Viktor Mason.“

Sie schüttelten sich kurz die Hand.

„Das Handynetz ist derart überlastet, dass ich sie einfach nicht erreichen kann“, jammerte Shawn und steckte das nutzlose Mobiltelefon wieder in seinen gefütterten Parker.

„Seit Stunden. Habe heute Mittag versucht, meine Frau anzurufen, aber selbst die Zentrale kann einen nicht mehr durchstellen. Man kommt sich vor, als wäre man in Nordkorea, wo es nicht mal Strom gibt“, stimmte Viktor verärgert zu.

„Ich glaube sie haben Strom in Korea ...“, entgegnete Shawn, doch ignorierte Viktor seinen Einwand.

Das gut zehn Meter hohe Logo von GenTec Pharma leuchtete in dem schummerigen Regenwetter. Längst war die Sonne hinter dem Horizont verschwunden und Viktor kam es vor, als würde sie es sich stark überlegen noch einmal aufzugehen. Er rieb sich den Nacken und musste über diesen lächerlichen Gedanken grinsen. Zum wiederholten Mal tastete er nach dem Griff seiner Glock-17 und sah besorgt in die Runde.

Jenseits der vier Meter hohen Mauer ertönten immer öfter laute Stöhngeräusche, Schreie 'hallten gelegentlich durch die nahegelegenen Gassen. Die Männer waren nervös. Die schwarze Metalltür am Hinterausgang der Firma wird geöffnet und Bewegung kommt in die kleine Gruppe Polizisten. Zwei

Wissenschaftler, unschwer an den weißen Kitteln zu erkennen, schleppten einen verschlossenen Metallbehälter von den Ausmaßen eines Getränkekastens. Vier Sicherheitsbeamte von GenTec begleiteten sie. Die Angst stand ihnen buchstäblich ins Gesicht geschrieben. Selbst Shawn entging dies nicht und er sah Viktor nervös an. Zusammen gingen sie zu dem weißen Kastenlieferwagen mit dem aufgedruckten Logo der Firma. Die Wissenschaftler verstauten die Kiste in dem Laderaum und sicherten sie mit mehreren Bändern.

„Was hat es mit der Kiste nun auf sich? Ist da dieses hochgelobte Heilmittel drin?“, fragte Viktor und die Wissenschaftler warfen sich fragende Blicke zu.

„Das geht sie nichts an. Sie eskortieren den Behälter nur und nicht mehr ...“

Viktor machte einen Schritt vor und baute sich vor dem schmächtigen Brillenträger auf.

„Wir riskieren hier unseren Arsch, der bereits seit Tagen Feierabend hat. Unsere Familien warten auf uns, Freunde sind heute gestorben und jetzt sollen wir euch einfach so begleiten? Was ist in dieser verdammten Kiste?“

Die übrigen Polizisten hatten sich ebenfalls versammelt und starrten die Wissenschaftler finster an. Die Wachmänner fühlten sich unwohl in ihrer Haut. Nervös blickten sie zwischen den Wissenschaftlern und den Polizisten umher. Da von ihnen keine Unterstützung kam, blieb den beiden Kittelträgern nichts Anderes übrig, als zu antworten.

„Es ist ein Gegenmittel der frühen Phase. Wir haben erste Versuche damit gemacht, die recht vielversprechend sind. Es heilt die Krankheit jedoch noch nicht, somit, nein ... es ist kein Heilmittel“, antwortete der Brillenträger, während sich Regentropfen darauf sammelten. Er wischte sie mit dem Ärmel weg und erklärte den Beamten: „Bisher haben wir bei fünf von zehn Testobjekten ... frisch Infizierten ... eine weitere Ausbreitung des Virus stoppen können. Es befindet sich in einer Art Ruhezustand, ist aber noch im Körper.“

„Siehst du, war doch gar nicht so schwer. Wohin sollen wir euch eskortieren?“, antwortete Viktor nachdenklich. Der Wachmann holte eine Stadtkarte hervor und legte sie auf die Motorhaube des Streifenwagens zu seiner Linken. Sein Hemd spannte sich gefährlich über den fetten Bauch.

„Das Gegenmittel muss zu unserem Hauptlabor nach New York. Die Leute dort können es mit Sicherheit weiter entwickeln. Wir bringen es auf direktem Weg zum Macdonald-Cartier Flughafen. Ein Privatjet von GenTec wird das Mittel dann nach New York bringen.“ Er zeigte die Strecke Richtung Süden auf der Straßenkarte und die Polizisten sahen aufmerksam zu.

„Rechnen sie mit Problemen, oder was soll dieser umfangreiche Begleitschutz?“, fragte Shawn und kratzte sich nachdenklich am Kopf. Seine Jacke war bereits vollgesogen von dem Nieselregen und er fror deutlich.

„Das Mittel dürfte auf dem freien Markt derzeit unbezahlbar sein. Der Hauptgrund für unsere Vorsichtsmaßnahmen sind aber die … Infizierten dort draußen. Wir müssen sicherstellen, dass das Medikament New York erreicht. Wir haben sämtliche Forschungsunterlagen zusammengestellt und beigelegt“, antwortete der Wissenschaftler.

„Dann wollen wir mal“, rief Viktor und wendete sich an seine Kollegen. „Ich habe schon öfter Fahrzeuge begleitet, wie ihr sicherlich auch. Wir sollten vier Wagen vorwegschicken und die restlichen drei folgen dem Lieferwagen. Haltet nur an, wenn es wirklich erforderlich ist.“

Da es keine Einwände gab, befahl Viktor dem Wachmann loszulegen.

Beim Verlassen des Geländes von GenTec bot sich ihnen ein Bild des Schreckens. Innerhalb weniger Stunden war die restliche Stadt ebenfalls ins Chaos versunken. Geschäfte standen in Brand, Schaufenster waren eingeschlagen, Autos brannten, Müll und anderer Unrat befand sich auf den Straßen.

„Heilige Scheiße“, fluchte Viktor und lenkte seinen Streifenwagen hinter dem Transporter her.

Für ihn gab es nur eine mögliche Erklärung für den rasanten Verfall: Untote. Die Horde, die die Straßensperren niedergetrampelt hatte, hatte ihren Weg in die Stadt fortgesetzt. Die übrig gebliebenen Menschen hatten mit allem gekämpft, was sie zur Verfügung hatten. Nun beherrschten Plünderungen und Gewalt die Hauptstadt Kanadas und die kleine Polizeikolonne konnte nichts dagegen unternehmen. Mit hoher Geschwindigkeit rasten sie durch die überfüllten Straßen. Viktor konnte Menschen erkennen, die von einer Gruppe Angreifer niedergerungen wurden. Die Angreifer schlugen ihre Zähne in das blutige Fleisch und rissen große Stücke heraus. Shawn verlor sämtliche Farbe aus dem Gesicht.

„Das darf doch nicht wahr sein."

Viktor knirschte mit den Zähnen, als er haarscharf an einer schwer verletzten Frau vorbei fuhr, die laut um Hilfe rief. Sie prallte von dem Polizeiwagen ab und wurde zwei Untoten direkt in die Arme geschleudert.

„Oh, Gott …", keuchte Shawn und Tränen stehen ihm in den Augen.

„Wir konnten nichts für sie tun", presste Viktor hervor.

Mit Blaulicht und Sirene, um die anderen Fahrzeuge zum Ausweichen zu bewegen, erreichten sie den Highway, der sie nach Süden zum Flughafen führen sollte. Die ersten Wagen bremsten mit quietschenden Reifen und Viktor gelang es nur haarscharf, vor der hinteren Stoßstange des Transporters stehen zu bleiben.

„Was ist los?", brüllte er, sah es aber im selben Augenblick.

Die Auffahrt zum Highway war komplett verstopft. Voll beladene Fahrzeuge standen in einer nicht enden wollenden Schlange. Selbst die Standstreifen waren vollgestellt. Das Hupen der Fahrer war weithin zu hören.

Wütend schlug Viktor auf das lederbezogene Lenkrad und griff zum Funkgerät. „Wir müssen den Weg durch die Stadt nehmen. Los, los, los!"

Mit quietschenden Reifen setzte sich der Konvoi in Bewegung. Die Bebauung wurde wieder dichter, als sie die nächste Kreuzung überfuhren. Ein Bäcker, zwei Elektronikläden und eine Kfz-

Werkstatt rasten an ihnen vorbei. Viktors Gedanken an seine Frau und seinen Sohn ließen seine Aufmerksamkeit immer wieder abschweifen. Er hoffte, dass es ihnen gut geht. Nur für sie hatte er diesen Auftrag angenommen. Sollte das Heilmittel wirklich bald existieren, würden sie auch davon profitieren.

Ein Schrei riss ihn aus seinen Gedanken. Die Scheinwerfer eines Escalade leuchteten grell durch die Frontscheibe des Streifenwagens. Der Wagen hupte laut. Nur wenige Meter trennten die beiden Fahrzeuge. Unbewusst war er in den Gegenverkehr geraten. Eilig riss Viktor das Lenkrad herum und mit einem lauten Knall wurde der Seitenspiegel abgerissen, als die beiden Autos aneinander vorbeischrammten.

„FUCK!", fluchte Viktor und konnte sehen, wie Shawn am ganzen Körper zitterte. Er keuchte und merkte, dass auch seine Hand zitterte. Adrenalin jagte durch seine Blutbahn und sein Atem ging schnell. Er wischte sich den Angstschweiß von der Stirn und atmete tief ein. „Der Wichser hätte ruhig mal ausweichen können", schimpfte er, um die Stille zu durchbrechen. Sein Partner nickte nur stumm und rutschte unruhig auf seinem Sitz umher. Der Geruch von Urin breitete sich in dem Wagen aus und Viktor lachte in sich hinein.

Immer mehr Fahrzeuge kamen ihnen entgegen, um einen Ausweg über den Highway zu suchen. Kaum jemand auf ihrer Spur wich den Polizeifahrzeugen aus. Immer wieder mussten sie andere Fahrzeuge rammen, damit diese an die Seite fuhren.

„Da vorn steht ein Wagen quer …", ertönte es über Funk, als eine Explosion, keine zehn Meter entfernt, Viktor zusammenzucken ließ. Ein Auto wurde von der Wucht der Explosion in die Luft gehoben und landete krachend auf der Seite. Schüsse hallten durch die Nacht und die beiden Polizisten sahen, wie die ersten Fahrzeuge aus der Formation ausbrachen. Windschutzscheiben wurden durchschlagen. Geschosse von unbekannten Angreifern zerfetzten Haut, Gewebe und Knochen. Der erste Polizeiwagen rammte mit voller Fahrt in einen VW-Kleinbus, als sein Fahrer getötet wurde.

Viktor hämmerte das Bremspedal aufs Bodenblech und riss das Steuer herum. Er konnte den Mündungsblitz sehen, noch bevor seine Ohren die Schüsse vernahmen oder das Splittern der Windschutzscheibe. Shawn wurde ein paar Mal durchgeschüttelt, sackte dann in sich zusammen. Viktor verlor die Kontrolle über den Wagen, der sich mit einem Mal überschlug. Hart wurde er herum geschleudert, Sein Kopf krachte gegen das Fahrerfenster und Sterne tanzten vor seinen Augen. Der Wagen schlitterte ein paar Meter auf dem Dach, wobei das Blaulicht abgerissen wurde. Blut sickerte aus Viktors Kopfwunde und tropfte auf den Wagenhimmel unter ihm. Funken sprühten, während das Metall über den Asphalt kratzte.

„Shawn?“, keuchte er, als das Fahrzeug zum Stehen kam.

Sein Kopf schmerzte gewaltig und er musste kämpfen, um nicht das Bewusstsein zu verlieren. Schüsse waren um ihn herum zu hören und er konnte erkennen, dass der Transporter mit zwei Polizeiwagen kollidiert war. Rauch stieg aus dem Motorblock auf, während die Polizisten das Feuer auf die Angreifer erwiderten. Da Viktor noch niemanden sehen konnte, griff er zum Sicherheitsgurt und versuchte ihn zu lösen, jedoch ohne Erfolg. Glas knirschte, einige Meter von ihm entfernt. Jemand schlich sich an den Wagen heran. Er drehte seinen Kopf, um etwas zu erkennen. Erneut zerrte Viktor an dem Gurt, der ihn gnadenlos in der Luft hielt. Turnschuhe kamen in sein Blickfeld und er konnte hören, wie das Magazin aus einem Sturmgewehr herausgeholt und ein Neues eingesteckt wurde. Dann wurde die Waffe durchgeladen. Nancys Gesicht tauchte plötzlich vor Viktors innerem Auge auf. Sie fragte ihn, wieso er nicht nach Hause gekommen ist. Wut erfasste Viktor bei dem Gedanken, wie ein Hund in dem Sitz abgeknallt zu werden.

„Geschieht dir Recht“, schien Terence Geist von der Rückbank zu rufen. Viktor verdrängte diese Einbildung, verdrehte seinen Arm, soweit er konnte und griff nach seiner Glock-17. Die Schüsse draußen wurden weniger. Der Schütze neben dem Wagen drehte sich nun zu dem Wagen und entsicherte das Schnellfeuergewehr. Viktors Finger rutschten von dem Griff seiner Waffe ab. Er presste die Zähne zusammen und griff weiter danach. Seine Schulter schmerzte, sein Herz raste und sein Atem ging stoßweise. Der Schütze musste in diesem Augenblick auf den Unterboden des Fahrzeuges anlegen. Dass Kugeln aus einem Sturmgewehr auf diese Entfernung das dünne Bodenblech problemlos durchschlagen, war Viktor klar.

Endlich spürte er den Griff seiner Waffe in der Hand. Eilig packte er ihn, richtete die Waffe aus und feuerte. Die Kugel jagte durch das zerborstene Seitenfenster und drang in den Fuß des Schützen ein. Der schrie wie ein abgeschlachtetes Schwein, verlor das Gleichgewicht und stürzte zu Boden. Das Gesicht landete keine zwei Meter neben Viktor. Schmerzverzerrte Züge blickten ihn an. Der Mann mit Bürstenhaarschnitt und Motorradoutfit starrte für eine Sekunde überrascht in die Mündung der Glock, bevor Viktor abdrückte. Blut, Gehirn und Knochen explodierten förmlich aus dem Schädel heraus, als das 9mm-Hohlspitzgeschoss ihn durchschlug.

Durch die Erschütterung durch den Schuss löste sich der Gurt und Viktor landete unsanft mit dem Gesicht auf dem Dach des Fahrzeuges. Umständlich kletterte er aus dem Wagen, wobei er aufpasste, nicht durch die sich ausbreitende Blutlache des Schützen zu klettern. Glassplitter schnitten Viktor in den Rücken, als er sich aus dem Fahrzeug zog und aufrichten wollte. Aus dem Augenwinkel bemerkte er eine Bewegung links von ihm.

Viktor ließ sich auf den Rücken zurückfallen, wobei seine Schnittwunden schmerzten. Keine Sekunde zu früh, denn das Blech der Tür wurde von den Kugeln eines AK47 durchlöchert. Er konnte die Hitze und den Luftzug der Kugeln spüren. Wie eine Ewigkeit kam es ihm vor, bis sein Arm über seinen Kopf schnellte und dem Schützen drei Kugeln in die Brust verpasste.

Schnell stemmte sich Viktor in die Höhe, musste sich jedoch an dem Wagen abstützen. Die Welt drehte sich um seinen ramponierten Schädel. Mit der Waffe zielte er in alle Richtungen, um einem weiteren Angreifer keine Chance zu geben, sich an ihn heranzuschleichen. Als er sicher war, dass kein Angreifer auf ihn zielte, machte sich Übelkeit breit und er musste sich stark zusammenreißen, sein Abendessen nicht auf dem Bordstein zu verteilen.

Zwei Männer eilten plötzlich mit gezückten Sturmfeuergewehren auf Viktor zu. Der Rauch des explodierten Fahrzeugs vernebelte ihnen die Sicht, sodass sie ihn nicht sofort als Polizisten erkennen konnten. Noch bevor sie ihren Fehler bemerkten, hatte Viktor abgedrückt. Der linke, ein schmächtiger Mann mit einem riesigen Schnurbart wurde in den Kopf getroffen. Blut spritzte seinem Partner entgegen, der aber im selben Augenblick eine Kugel durch den Hals und eine in den Brustkorb bekam. Er wurde von der Wucht der Geschosse zu Boden geworfen.

Die Waffe glitt ihm aus der Hand. Blut sprudelte gurgelnd aus seiner Kehle. Viktor trat neben ihn, hob in aller Seelenruhe das Gewehr auf und ließ den Mann sterben. Als er sicher war, dass sein eigener Kreislauf wieder stabil war und kein weiterer Feind auf ihn lauerte, ging Viktor zum Transporter. Ein Rinnsal aus Blut schlängelte sich aus der halb geöffneten Fahrertür. Als Viktor sie ganz aufzog, fiel ihm der beleibte Wachmann fast entgegen. Sein Kopf wurde regelrecht zerfetzt und Viktor musste schlucken. Mit gezückter Glock ging er um den Wagen herum zum Heck. Die Türen waren noch verschlossen, was Viktor einen kleinen Hoffnungsschimmer bescherte. Er klopfte mit der Faust gegen die verbeulte Außenwand.

„Viktor Mason hier. Seid ihr verletzt?“

Ein leises Kratzen war zu hören und Viktor sah misstrauisch auf die Tür. Er spürte, wie seine Waffenhand langsam feucht wurde, und wischte sie an der dreckigen Hose ab.

Mit schnellen Schritten ging er zurück zum Fahrer, griff an ihm vorbei und zog unterhalb des Lenkrades an dem Hebel, um die Tür zu entriegeln. Er ging um den Wagen herum. Als er die Hand nach dem Griff der hinteren Tür ausstreckte, wurde ihm bewusst, wie sehr seine Hand von den Strapazen der letzten Minuten zitterte. Viktor schloss die Augen und atmete tief durch. Er konnte fühlen, wie schnell sein Herz schlug. Die Luft um ihn herum war erfüllt von Rauch und Tod. Der Geruch von Exkrementen verbreitete sich und Viktor kam es so vor, als könne er das Schlurfen von Füßen in der Nähe hören. Der Rauch der brennenden Fahrzeuge kratzte in seinem Hals und in der Lunge. Der Transporter ragte vor ihm auf und er war der Einzige, der das Gegenmittel nun zum Flughafen bringen konnte. Alle anderen Polizisten waren den hinterlistigen Angreifern zum Opfer gefallen. Als er sicher war, dass er seine Hände wieder komplett unter Kontrolle hatte, öffnete er die Tür.

Die beiden Wachmänner im Heck des Transporters lagen am Boden. An der Außenseite befanden sich mehr als zwanzig Einschusslöcher. Der Boden war übersät von dem Blut der beiden und Viktor musste aufpassen, dass er nicht ausrutschte. Mit dem Fuß stieß er gegen die durchlöcherten Leichname. Nachdem er sicher war, dass die Wachen nicht aufspringen und ihn angreifen würden, steckte er seine Glock weg. Er ging in die Hocke und zog die Metallkiste unter dem Körper des Wachmannes hervor. Er musste sie mit seinem Leben beschützt haben, indem er sich über sie geworfen hatte. Blut und Gewebe klebten an ihr und Viktor fluchte verärgert, als er damit in Berührung kam.

Er stemmte die Kiste hoch, verließ den Transporter und stellte sie auf die ramponierte Motorhaube eines Streifenwagens.

„Wie soll ich dich bloß zum Flughafen bringen?“, knurrte er ärgerlich und sah sich nach einem Transportmittel um.

Die meisten der umstehenden Fahrzeuge waren durch den harten Kampf zwischen Angreifern und Polizisten stark in Mitleidenschaft gezogen. Erneut drang das Geräusch von schlurfenden Schritten an Viktors Ohr. Er wirbelte herum und starrte auf zwei Untote, die sich mit weit ausgestreckten Armen näherten. Die Frau schien gerade dem Teenageralter entsprungen zu sein. Ihre langen braunen Haare hingen ihr wirr im Gesicht. Ihr rechter Arm war beinahe bis auf den Knochen abgenagt und Viktor schüttelte es bei dem Gedanken, dass sie dies wahrscheinlich bei vollem Bewusstsein miterlebt haben musste. Zu oft musste er in den letzten Tagen sehen, wie Menschen von den untoten Kreaturen gefressen wurden. Viel mehr als die junge Frau schockierte ihn jedoch der zweite Untote. Der Junge von kaum mehr als fünf Jahren hatte ein faustgroßes Einschussloch in seiner Brust und sein ganzer Körper war blutverschmiert.

Ein kalter Schauer rann Viktor über den Rücken und er zog langsam die Glock wieder aus dem Holster. Als die Frau gegen die Leiche eines Polizisten stieß, sah sie diese interessiert an. Speichel lief ihr den Mund hinab und für einen Augenblick glaubte Viktor, ein Lächeln gesehen zu haben. Beim Anblick der ganzen Leichen sahen sich die Zombies für einen Augenblick unschlüssig um. Die frischen Leichen schienen ihnen sehr zuzusagen, jedoch witterten sie ein lebendes Opfer, dem sie nun ihre volle Aufmerksamkeit widmeten.

Mit unbeholfenen Schritten kamen die beiden Untoten immer näher. Ohne zu zögern, drückte Viktor ab. Das Geschoss zerstörte das Gehirn der jungen Frau und sie landete mit einem Platschen auf dem Asphalt.

Unbeeindruckt von der Szene kam der kleine Junge näher. In Viktors Magen rumorte es stark und er hatte das Gefühl, auf seiner Brust säße ein Riese. Der Lauf der Waffe zitterte, als er auf den Zombie anlegte. Immer wieder sagte ihm sein Verstand, dass er sich schützen müsste. Doch eine leise Stimme, irgendwo in seinem Unterbewusstsein sagte, dass dieser Junge vor ihm nicht viel jünger war, als sein eigener Sohn. Ein Kind, mit dem er beim Zelten war, zusammen Rad gefahren war und dem er das Laufen beigebracht hatte. Viktor presste die Zähne so stark aufeinander, dass er beinah Sorge hatte, sie nicht mehr auseinander zu bekommen. Sein Finger krümmte sich am Abzug, doch kam ihm der mechanische Widerstand diesmal stärker vor als noch vor wenigen Sekunden.

„Schieß!“, ertönte eine röchelnde Stimme, keinen Meter von ihm entfernt. Erschrocken zuckte Viktor zusammen und wirbelte herum. Der Polizist zu seinen Füßen war schwer verwundet und beiden war klar, dass er es nicht überleben würde. Seine Schulter war überzogen mit Blut und auch der notdürftige Druckverband, bestehend aus einer Jacke, war bereits vollgesogen.

„Es ist ein verdammtes Kind“, fluchte Viktor, peinlich berührt von seiner Schwäche.

„Nein ...“ Der Mann, den Viktor kurz als Josef kennengelernt hatte, schüttelte schwach den bleichen Kopf. „Es ist eines dieser Dinger.“

Der Junge war nun keine zwei Meter mehr von den beiden Polizisten entfernt und seine Kiefer mahlten in der Luft. Ein schmatzendes und gurgelndes Geräusch kam aus der Kehle, sie sich fast wie Vorfreude auf sein bevorstehendes Mahl anhörten. Er streckte die Arme nach seinem Ziel aus. Viktor richtete die Waffe erneut aus, starrte auf das entstellte Gesicht und legte den Finger auf den Abzug.

„TU ES!“, rief der Polizist.

Der Zombie stoppte und wendete sich dem Verletzten zu. Die beiden Männer sahen sich kurz an.

„Verdammt, schieß!“, röchelte Josef, Panik in der Stimme. Seine Augen waren weit aufgerissen, während er nach seiner Waffe tastete, die er nicht mehr in seinem Holster vorfand. Der Zombie stolperte vorwärts und riss den Mund auf.

Bevor er sein Opfer erreichen konnte, schleuderte ihn ein kräftiger Fußtritt einige Meter durch die Luft. Der Kotflügel des Transporters bremste seinen Flug mit einem lauten Knall. Viktor steckte die Waffe wieder weg und atmet aus. Ärgerlich wischte er die blutige Schuhspitze an seinem Hosenbein ab.

Als er sich zu Josef umsah, konnte er erkennen, dass dieser seine irdische Hülle bereits verlassen hatte. Viktor nickte ihm noch mal zu, stemmte dann die Metallkiste hoch und machte sich auf die Suche nach einem Fahrzeug.

Obwohl es in dem alten Renault Clio nach alten Pommes und verschüttetem Bier roch, war Viktor froh, ein Fahrzeug gefunden zu haben, das er kurzschließen konnte. Der Kleinwagen war für seine Verhältnisse ausreichend, sodass er die Metallkiste auf den Beifahrersitz gestellt hatte und nun Richtung Süden zum Flughafen fuhr. Wie ein Zombie starrte er auf die Straße vor sich. Jeden Gedanken an die letzten Minuten verdrängte er direkt, sodass eine angenehme Stille in seinem Kopf herrschte. Keine Sorgen machten sich breit, kein Gewissen meldete sich zu Wort, nur himmlische Stille.

Das plötzliche Klingeln erschreckte ihn dermaßen, dass er das Lenkrad verriss und beinah einen Laternenpfahl umgepflügt hätte. Eilig hämmerte Viktor den Fuß auf die Bremse und der Wagen kam schlingernd zum Stehen. Die Scheinwerfer erhellten die Landstraße vor ihm und durchbrachen die tiefschwarze Nacht. Unsicher sah sich Viktor um, bis ihm klar wurde, dass sein Handy klingelte. Eilig fummelte er es aus der Jackentasche und nahm den Anruf an.

„Ja?“

„Viktor? Gott sei Dank! Ich versuche schon seit Stunden, zu dir durchzukommen. Wo bist du?“

Erleichterung breitete sich in Viktor aus.

„Nancy, geht es euch gut? Ich musste noch auf einen Einsatz, bin aber in gut zwei Stunden zu Hause.“

Seine Frau schnaubte ärgerlich.

„Ich habe unsere Sachen zusammengepackt. Seit Stunden sitzen Jack und ich auf heißen Kohlen. Draußen geht die Welt unter und du bist noch auf der Arbeit?“

Viktor schluckte die Antwort herunter, die ihm auf der Zunge lag und fragte: „Wie geht es euch?“ Er konnte die Anspannung in ihrer Stimme hören, während der Motor des Renaults vor sich hin brummte.

„Wir sind unverletzt. Ich glaube aber, dass einige von ihnen in den Hausflur eingedrungen sind. Wir haben die Wohnungstür verriegelt, aber die Geräusche sind einfach nur schrecklich. Viktor, wann bist du endlich da?“

Viktor warf einen Blick auf den Tacho.

„Ich brauche noch ungefähr eine Stunde, dann bin ich wieder zu Hause...“

„Mama! Sie kommen!“

Der Schrei seines Sohnes drang Viktor in jede Faser seines Körpers. Schweiß brach aus und sein Herz raste.

„Was ist da los?“, brüllte er in das Mobiltelefon.

„Sie schlagen auf die Tür ein. Mein Gott ... Viktor, beeil dich!“

Ohne noch einen Augenblick zu zögern, wendete Viktor den Wagen und hämmerte das Gaspedal durch. Quälend langsam erhöhte der Wagen seine Geschwindigkeit und er verfluchte sich dafür, kein Fahrzeug mit mehr Pferdestärken gefunden zu haben. Das Handy ans Ohr gepresst, starrte Viktor in die Dunkelheit auf der Suche nach der nächsten Abfahrt.

„Lasst mich rein!“, ertönte die Stimme eines Mannes über das Telefon.

„Nancy, wer ist das?“

Seine Frau atmet schwer. „Da draußen sind Menschen, sie kämpfen gegen die Monster, Viktor. Wir müssen ihnen helfen.“

„NEIN! Nancy, ihr lasst die Tür zu, bis ich da bin. Ich bin auf dem Weg, hörst du?! Nancy?!“ Er konnte hören, wie seine Frau die Kommode beiseite schob und die Tür öffnete. Ein Schrei ertönte und dann nur noch das rhythmische Tuten des Telefons.

Viktors Herz schien für den Bruchteil einer Sekunde auszusetzen. Seine Augen verengten sich zu Schlitzen, seine Finger umschlossen das Lenkrad immer fester. Weiß traten seine Knöchel hervor und sein Fuß presste das Gaspedal fest auf das Bodenblech. Die wildesten Szenen spielten sich vor seinem inneren Auge ab. Seine Frau kämpfte dort gegen diese Zombies und er befand sich gut dreißig Kilometer von zu Hause. Würde er an eine höhere Macht glauben, würde Viktor sie nun abgrundtief hassen und verfluchen. Als er in den Rückspiegel sah, konnte er die Gesichter von Terence und Thomas sehen. Sie saßen auf der Rückbank und sahen ihn traurig an.

„Verpisst euch, ihr seid nicht hier“, fluchte Viktor mit zusammengepressten Zähnen.

„Du hast uns umgebracht, es ist dein Gewissen, was uns herkommen lässt“, antwortete Thomas und Viktor musste sich stark zusammenreißen, sich nicht umzudrehen und in die Rückbank zu feuern.

„Ich schwöre bei Gott, wenn ihr nicht gleich verschwindet, werde...", begann er, wurde sich aber der Absurdität seines Satzes bewusst.

Wieder starrte Viktor auf die Straße und verdrängte jeden Gedanken an seine Frau, der sich in sein Bewusstsein zu schieben droht. Die sich ausbreitende Stille ließ ihn innerlich aufseufzen. Ein Blick in den Rückspiegel zeigte ihm die leere Rückbank des Renaults. Die Landstraße führte ihn durch die Vororte und immer wieder konnte er brennende Häuser erkennen. Keine Feuerwehr machte sich auf dem Weg, um sie zu löschen. Chaos beherrschte die Stadt, Untote wandelten auf ihren Straßen, gierig nach dem Fleisch der Lebenden.

Viktor fuhr an dünn besiedelten Gewerbegebieten und Werkstätten vorbei. Die meisten Schilder konnte er in der Dunkelheit nicht lesen, sie interessierten ihn aber auch nicht sonderlich. Der Gedanke an Nancy und seinen Sohn trieb Viktor an. Nichts und niemand auf der Welt würde ihn davon abhalten, seine Wohnung zu erreichen. Ein Schmerz holte ihn in die Realität zurück. Seine Zähne schmerzten derart stark, dass er seinen Kiefer öffnete. Unbewusst hatte er sie erneut so fest zusammengepresst.

Fahrzeuge kamen ihm entgegen und verschwanden in der finsteren Nacht. Der Flammenschein erhellte inzwischen die Straßen vor seinem Fahrzeug. Er bog an der Kreuzung mit dem großen McDonalds-Schild rechts ab und folgte der Straße die nächsten vier Kilometer. Als er in seine Straße einbog, glaubte er seinen Augen nicht zu trauen. Fahrzeuge standen brennend am Rand, Fenster waren eingeworfen und nichts erinnerte an die friedliche Gegend mit der guten Grundschule. Nancy und er hatten sich für den Stadtteil entschieden, da er die niedrigste Kriminalität aufwies. Die Menschen achteten aufeinander. Sie halfen sich gegenseitig. Das war Viktor lange Zeit nicht gewohnt gewesen. Das Bild, das sich ihm nun bot, war das genaue Gegenteil dieser Idylle. Abrupt stoppte Viktor den Renault, prüfte sein Magazin und warf der Kiste mit dem Heilmittel einen unsicheren Blick zu.

„Wenn ich dich hier stehen lasse, dann werden sie den Wagen aufbrechen“, stellte er grimmig fest. „Ich werde mit Sicherheit nicht unsere beste Chance auf Überleben weggeben.“

Sein Blick wanderte durch den Wagen und blieb an der Abdeckung hängen, unter der sich der Stauraum des Kofferraums befand. Von außen konnte man den Inhalt nicht sehen.

„Bingo!“ Eilig stieg er aus, öffnete den Kofferraum und verstaute die Kiste in ihm.

Das Mehrfamilienhaus mit den drei Etagen war seit ungefähr zehn Jahren ihr zuhause. Nancy hatte sich in den großen Garten und den nahegelegenen Spielplatz verliebt. Ihre Wohnung befand sich im zweiten Obergeschoss, nur über eine breite Holztreppe zu erreichen. Diese Treppe hatte schon bessere Zeiten erlebt, das sah Viktor sofort. Nun war es genau diese Treppe, die seine Ankunft verriet. Sein Herz hämmerte in seiner Brust, als Viktor vorsichtig die Holzstufen hinaufging. Sie knarzten unter seinem Gewicht, was in der Totenstille unglaublichen Lärm erzeugte. Ein Schritt nach dem anderen ging Viktor die Treppe hinauf, abwechselnd nach oben und dann nach unten sichernd. Das Licht im Flur war schon seit Tagen defekt, doch kam der Vermieter seiner Pflicht, es zu ersetzen, nicht nach. Viktor verfluchte den alten Mann dafür von ganzem Herzen. Die kleine Taschenlampe in seiner Hand spendete immerhin so viel Licht, dass Viktor nicht über die Stufen oder liegengelassene Gegenstände stolperte.

Als er endlich den zweiten Stock erreicht, glaubte er, keine Luft mehr zu bekommen. Der Holzboden war bereits rutschig von Blut und anderen Körperflüssigkeiten. Vorsichtig stieg er über einen Körper hinweg, nachdem er sich mit einem Fußtritt über dessen Ableben vergewissert hatte. Die Glock hielt er im Anschlag und folgte mit ihrer Mündung dem Strahl der Taschenlampe.

Viktor ertappte sich dabei, wie er die Zähne erneut zusammenpresste, lockert seinen Kiefer jedoch sofort wieder. Die Tür seines Nachbarn, Dennis Sorbek, war aufgebrochen und hing schief in den Angeln. Kurz warf Viktor einen Blick hinein, konnte aber weder Bewohner noch Angreifer entdecken. Der Mann nervte ihn seit ihrem Einzug. Entweder war ihm Viktors Musik zu laut, sein Sohn zu quengelig oder etwas anderes passte ihm nicht. Es gab nicht viele Menschen, denen Viktor einen grausamen Tod wünschte, doch sein Nachbar gehörte eindeutig dazu. Jetzt, wo die Untoten durch die Welt ziehen, kamen ihm diese Streitigkeiten jedoch sehr banal vor.

Ohne viel Zeit zu verlieren ging er weiter und erreichte schließlich seine Wohnung am Ende des dunklen Flurs. Eine eisige Hand schien sich um sein Herz zu legen, als er die schief in den Angeln hängende Wohnungstür vor sich sah. Mit der Waffe im Anschlag betrat er den schmalen Flur. Jacken, die an der Garderobe hingen, strichen an ihm entlang, als er die Tür hinter sich wieder schloss.

Die Taschenlampe leuchtete über ein schmales Schränkchen, das seine Frau unbedingt haben musste. Sie war der festen Überzeugung, dass sie dadurch ihre Schlüssel nicht mehr so oft suchen müsste, wenn sie sie dort ablegt. In Wahrheit konnte sich Viktor nicht erinnern, dass Nancy ihre Schlüssel jemals dort abgelegt hatte. Er entsicherte die Glock in seiner Hand und schlich leise vorwärts. Seine Schritte hallten dumpf auf dem nagelneuen Laminat, den sie erst vor wenigen Wochen verlegt hatten.

Er betrat das Wohnzimmer, stolperte fast über den Läufer zu seinen Füßen, der sich etwas aufgewölbt hatte. Aufmerksam suchte er den Raum ab. Licht traute er sich nicht anzumachen, um keine möglichen Gegner auf sich aufmerksam zu machen. Er kannte jedes Möbelstück, sie nicht. Viktor umschloss die Faustfeuerwaffe fester und ihr Gewicht gab ihm ein beruhigendes Gefühl.

Schritte! Er verharrte auf der Stelle und starrte in Richtung der Schlafzimmertür. Die Taschenlampe gab den Blick auf Schlieren von Blut und Fleisch frei.

„Nein ...“, hauchte Viktor, seine Augen wurden groß und er ließ die Waffe sinken.

Die angelehnte Schlafzimmertür wurde von einem Mann aufgestoßen. Er schwankte auf Viktor zu und stöhnte gierig. Sein Mund, sein Kinn und sein ganzer Oberkörper waren blutverschmiert. Er streckte seine grauen Hände nach Viktor aus und seine Kiefer schnappten bereits schmatzend in der Luft.

Viktor sah ihm in die milchig weißen Augen. Er konnte keinen klaren Gedanken fassen. Der Zombie kam näher. Die Taschenlampe leuchtete direkt in das Gesicht des Untoten. Die kalte Hand berührte ihn und Viktor erwachte mit einem Schrecken aus seiner Starre. Er zuckte zurück und feuert. Das Geschoss durchbohrte den Schädel und verteilte das Gehirn an seiner Wohnzimmerwand.

Schwer atmete Viktor und seine Beine fühlten sich taub an. Stumpf setzte er einen Fuß vor den anderen, stieg über den Leichnam hinweg und erreichte die Schlafzimmertür. Vorsichtig leuchtete er über die Wand mit dem Blumenmuster.

Ein Schmatzen hallte durch den kleinen Raum und Viktors Nackenhaare stellten sich auf. Er schaltete das Licht ein und musste kurz die Augen vor der grellen, schmerzenden Helligkeit schließen. Sämtliche Vorsicht vor einem möglichen Angreifer war vertrieben. Das Schmatzen verstummte und als Viktor die Augen öffnete, glaubte er den Verstand zu verlieren. Langsam sank er auf die Knie und die schwere Glock fiel ihm polternd aus der Hand. Er konnte die Tränen nicht zurückhalten, immer weiter liefen sie über seine Wangen und sein ganzes Gesicht.

„Nein ... oh Gott ... nein!", keuchte er und starrte fassungslos auf die beiden Körper vor ihm.

Seine Frau saß in der Ecke, die Augen geschlossen und sein Sohn vor ihr. Als er Viktor bemerkte, sah er auf und drehte sich zu seinem Vater herum. Viktor erkannte einen Oberarmknochen, den sein Sohn in der Hand hielt und soeben abgenagt hatte. Ein Fauchen entströmte seiner Kehle und er erhob sich schwerfällig. Das dunkelbraune Haar war strubbelig und Viktor dachte für einen Augenblick, was seine Frau zu der Frisur sagen würde. Sein untoter Sohn schlurfte langsam auf ihn zu, streckte die Arme vor, als wolle er seinen Vater umarmen.

Viktor sah von seiner toten und verstümmelten Frau zu seinem blutüberströmten Sohn. Als dieser auf Armeslänge herangekommen war, schnappte sich Viktor ihn und presste ihn fest gegen sich.

„Ganz ruhig, ich bin hier“, flüsterte er, doch Jack schlug wild um sich. Seine kalten, feuchten Hände trommelten auf Viktors Rücken und seine Fingernägel kratzen ihm tief ins Fleisch. Er fauchte und knurrte, doch hielt Viktor ihn weiter an sich gepresst. Jack versuchte sich zu befreien, und die Zähne in Viktor zu schlagen.

„Wir kriegen das wieder hin, du wirst wieder gesund“, flüsterte er beruhigend auf ihn ein.

Er ignorierte den Schmerz der Kratzwunden auf seinem Rücken, den Geruch von Tod und die Kälte, die sein Sohn abstrahlte. Er drückte ihn fest gegen seinen Oberkörper, als ihn ein stechender Schmerz durchfuhr, wie ein glühendes Eisen.

Viktor schrie auf und sah, wie sein Sohn voller Inbrunst in seine Schulter biss. Mit aller Kraft stieß Viktor ihn von sich und er wurde erst von der Schrankwand gestoppt. Für einen Augenblick starrte Viktor total überrascht auf die Fleischwunde, die nun stark blutete. Zu seinem Glück konnte er durch die gefütterte Polizeijacke kein Fleisch herausreißen. Jack rappelte sich mühsam auf und strauchelte wieder in seine Richtung. Langsam erhob sich Viktor, griff beim Aufstehen nach der Glock und richtete sie auf seinen Sohn. Er fokussierte sein Ziel und aus dem Augenwinkel glaubt er Terence und Thomas dort stehen zu sehen.

„Ausgleichende Gerechtigkeit?“, fragte Viktor knurrend zu den imaginären Gestalten. Er sah wieder zu seinem Sohn, der jetzt nur noch zwei Meter von ihm entfernt war. Tiefe Trauer drohte ihn zu übermannen. Unter Anstrengung richtete Viktor die Waffe aus, als sich plötzlich etwas in seinem Kopf veränderte. Er starrte auf seinen Sohn, und als ob jemand einen Schalter umgelegt hatte, erkannte er nur noch einen wütend, geifernden Zombie, der auf ihn zukam. Alles blendet er aus seinem Kopf aus. Die gemeinsamen Stunden vor dem Fernseher, wie er ihm Radfahren beibrachte, das erste Wort, das Jack damals sagte: Papa. Es wurde still in Viktors Kopf. Kein Gefühl erreichte seinen Verstand, kein

Gewissen plagte ihn, kein Unterbewusstsein drängte sich nach vorn, um ihn davon abzuhalten.

Er kannte diesen Zustand. In ihm hatte er schon so manchen Verbrecher zur Strecke gebracht. Hier fühlte er sich wohl. Keiner konnte ihm zu nahe kommen, keiner konnte ihn wirklich verletzen. Er war der letzte Mensch auf Erden. Ohne weiter zu zögern, zog Viktor den Abzug zurück und die Glock donnert in der Stille. Das Projektil zerstörte das untote Gehirn und der Zombie klatschte auf den Boden. Ohne ihn eines weiteren Blickes zu würdigen, richtete er die Waffe auf die Frau in der Ecke, mit der er einmal sein Leben geteilt hatte und feuerte.

Mit schnellen Schritten ging er ins Wohnzimmer zurück, schaltete auch hier das Licht an und sah die gepackten Taschen mit sauberer Kleidung, Lebensmitteln und allem, was er gebrauchen konnte. Im Seitenfach der schweren Gepäcktasche sah er das Foto seiner Familie. Seine Frau, er und seine beiden Kinder standen dort. Für einen Augenblick übermannte ihn die Trauer und Viktor konnte sich nur mühsam auf den Beinen halten. Alle hatte er verloren, jeden Menschen, der ihm noch irgendwie wichtig war. Er strich über die Gesichter der drei anderen Menschen auf dem Bild, steckte es wieder in die Seitentasche und stand auf. Tief atmete er durch, schnappt sich die ersten zwei Koffer und brachte sie eilig zum Wagen seiner Frau. Der BMW Geländewagen wartete wie ein treuer Gefährte in der Einfahrt, jederzeit bereit, seinen Besitzer zu jedem Ort der Welt zu bringen. Er ließ die beiden Koffer zu Boden plumpsen und atmete gierig die Luft ein. Rauch kratzte in seinem Hals und brannte leicht in seinen Augen und als er sich streckt, fuhr ein stechender Schmerz durch seine Schulter. Überrascht sah Viktor sich die Stelle an und erst jetzt erinnerte er sich an den Biss. Mit einem Mal wurde ihm klamm im Magen und er betrachtete die Wunde vorsichtig.

„Verdammt“, fluchte er und lehnte sich gegen die Hauswand. „Du wirst dich in einen von ihnen verwandeln, du dummes Arschloch“, beschimpfte er sein Spiegelbild in der Beifahrertür.

Er seufzte, setzt sich auf den Bordstein und lachte. Es war ein lautes, dem Wahnsinn nahes, Gelächter. Er lachte, als hätte er gerade den besten Witz seines Lebens gehört. Doch wusste Viktor nicht einmal, wieso er lachte. Nur mit Mühe gelang es ihm, seine Fassung zurück zu erlangen. Mit dem Ärmel wischte er sich die Tränen aus den Augen.

„Zum Teufel, was macht das jetzt noch für einen Unterschied? Ich habe alle umgebracht, die mir eine Gefahr waren und jetzt auch die, die mir am meisten auf der ganzen Welt bedeuten." Sein Blick richtete sich gegen den dunklen Nachthimmel. „War das wirklich dein Wunsch? Bist du jetzt zufrieden? Du hast mir alles genommen, was mir jemals etwas bedeutet hat. Scheiß auf dich!"

Wütend spuckte er aus und erhobt sich. Gerade als er den ersten Koffer in den BMW lud, durchfuhr ihn ein Gedanke wie ein Blitz. Er ließ den Koffer los, der nur halb verstaut war und auf die Straße fiel. Mit weiten Schritten sprintete Viktor zu dem kleinen Renault, öffnete den Kofferraum und starrte auf die Metallkiste.

Für einen Augenblick hielt er inne, doch die Stille in seinem Kopf gab ihm keinen Grund zu stoppen. Er prüfte das Vorhängeschloss und verpasste ihm ein paar gezielte Schläge mit dem Griff seiner Glock-17. Das Schloss gab nach und schnell öffnete er den Metallkasten. Ein leichter Trockeneisnebel quoll hervor und Viktor pustete, um ihn zu vertreiben. Schlurfende Schritte lenkten seine Aufmerksamkeit auf sich. Er wirbelte herum, zielte mit der 9mm und drückte ab. Seine untote, vormalige Nachbarin mit dem ständig kläffenden Hund landete Rücklinks auf der Straße. Er wendete sich wieder dem Inhalt der Kiste zu. Mehrere Plastikröhrchen, kaum dicker als ein Filzstift, befanden sich auf einem Gestell. Viktor schnappte sich die beiliegenden Dokumente und überflog sie, so schnell es ging.

„Eine Dosis bei frisch infiziertem Objekt verhindert die Ausbreitung", las er leise vor und nahm eines der Röhrchen. Schnell schraubte er den Verschluss ab und betrachtete die hellgelbliche Flüssigkeit für einen Augenblick misstrauisch.

„Denn mal Prost. Hoffen wir, dass ich zu den fünfzig Prozent gehöre, bei denen es wirkt."

Er prostete seiner toten Nachbarin zu und leerte die Ampulle mit einem Zug.

Lorain, Ohio

Leise brummend nähert sich die kleine Jacht mit dem Namen „Victoria“ dem Anlegesteg. Michael starrt aufmerksam durch das Fernglas, das sie in der Kajüte gefunden haben, kann jedoch keine Gefahr entdecken. Chan hat auf dem Deck Platz genommen und verfolgt interessiert die Wellen, die sich vom Heck aus fächerförmig ausbreiten. Ihre Habseligkeiten haben sie zusammen mit Rufus in der Kajüte verstaut. Da sie den Ford Mustang in Kanada zurücklassen mussten, wird es ihre erste Aufgabe sein, ein neues Fahrzeug zu beschaffen.

„Nichts zu sehen“, berichtet Michael Becky. Sie lenkt das Boot vorsichtig in Richtung des dritten, dunkelbraunen Anlegestegs. Einer Leiter gleich, ragen die langen Anlegestege in die kleine abgeschottete Bucht hinein. Boote schwimmen gluckernd auf dem See. Manche sind bereits gesunken oder sie können nur noch die Masten erkennen. Nachdem Becky auf dem See genug Zeit hatte, um sich mit der Steuerung der Jacht anzufreunden, gelingt es ihr zusehends besser.

Von Kanada aus sind sie südwestlich gefahren und nachdem sie endlich wieder Land sehen konnte, folgten sie der Küste weiter bis zu dem Jachthafen. Die von einer Landzunge und mehreren Wellenbrechern geschützte Bucht scheint der sicherste Ort zum Anlegen zu sein. Vorsichtig drosselt Becky die Motoren und dreht bei, sodass ihre Backbordseite nahe an den Steg kommt. Michael beobachtet ihr Anlegemanöver und bewundert sie ein wenig.

„Du warst die ganze Fahrt über ziemlich still“, stellt Michael fest, als sie den Motor abgestellt hat. Becky sieht ihn ein wenig überrascht an und lächelt dann verlegen.

„Ja, ich ... naja, ich bin eigentlich nicht der gesellige Typ“, gesteht sie und wird leicht rot.

Michael sieht sie fragend an und Becky streicht sich nervös eine Haarsträhne aus dem Gesicht. „Ist nichts Persönliches, aber ich kam bisher mit Menschen nicht sonderlich gut klar.“ Sie wirft einen Blick über die Reling hinweg.

„Mist, nicht nah genug dran“, stellt sie ärgerlich fest.

„Kein Problem. Es ist nah genug, um rüber zu springen. Dann ziehe ich das Boot mit dem Tau heran.“, entgegnet Michael.

Er legt das Fernglas in den Rucksack zu seinen Füßen und steigt die Leiter hinab zum Deck. Chan ist bereits aufgestanden und trägt die Schlafsäcke aus der Kajüte an Deck.

„Warte damit noch. Wir müssen uns erst ein Fahrzeug besorgen“, weist Michael ihn an. Sehnsüchtig denkt er an die weichen und bequemen Sitze des Mustangs, der nun mutterseelenallein an der Hafenmauer wartet. Den Schlüssel haben sie auf dem Fahrersitz liegen lassen, falls jemand in Not den Wagen benötigt.

Michael steckt die Magnum wieder in seinen Hosenbund, da er sie während der Überfahrt in seinen Rucksack gepackt hatte. Sie ist aufgrund ihrer Größe und Gewicht recht unbequem zu tragen. Um nichts auf der Welt würde er jedoch auf diese Waffe verzichten wollen. Chan reicht ihm das Tau und mit einem beherzten Sprung landet Michael auf dem Holzsteg. Sein Fuß rutscht etwas auf Seetang aus und er kann gerade noch das Gleichgewicht zurückerlangen, bevor er auf dem Hintern gelandet wäre.

„Elegant“, lobt Becky lachend und Chan grinst ebenfalls breit.

Anmutig verneigt sich Michael.

„Alles Absicht, alles Absicht“, antwortet er lachend.

Er bindet die kleine Jacht an den massiven Holzpflöcken fest und zieht sie unter großer Anstrengung an den Steg, wo Chan und Rufus sofort von Bord gehen. Chan hilft seinem Freund, das Boot zu sichern, während Rufus wild schnüffelnd über den Steg läuft.

„Geh nicht zu weit“, ruft Chan dem Hund nach, der ihn jedoch ignoriert. Viel zu überwältigend sind die ganzen neuen Gerüche, die hier auf ihn warten. Mit der Hand an der Waffe folgt Michael dem Hund. Zwei kleine Ruderboote und ein Motorboot, an dem bereits die Farbe abblättert, befinden sich zu seiner Rechten. Der kalte Wind bläht seine Jacke auf und Michael reibt sich die klammen Finger. Der Griff der Magnum fühlt sich fast wie Eis bei dem Wind an. Drei Stufen führen ihn auf einen leeren Parkplatz. Vorsichtig sieht sich Michael um, kann jedoch keine unmittelbare Gefahr erkennen. Möwen steigen kreischend in die Luft, als sich Rufus schnellen Schrittes nähert. Der Labrador sieht ihnen interessiert nach und stößt ein kurzes „Wuff" aus. Michael tätschelt ihm den Kopf.

„Da fliegt unser Abendessen, was Rufus?", sagt er lachend und weist das Tier an, ihm zu folgen.

Ein Haus mit weißer Fassade und vormals hellblauem Dach befindet sich keine zweihundert Meter von ihm entfernt. Rufus trabt bereits in die Richtung und so folgt Michael ihm. Da der Wind ihnen ins Gesicht bläst, ist sich Michael sicher, dass Rufus jede Gefahr vor ihm wittern würde. „Jackalope Lakeside" steht auf einem schief hängenden Holzschild und Michael bleibt nervös stehen. Die Bilder des Blutbades bei der Raststätte kommen ihm wieder in den Kopf. Das Restaurant vor ihnen macht einen verlassenen Eindruck, jedoch dachte er das von der Raststätte damals auch.

Wie eine Ewigkeit kommt es ihm vor, seit er mit Eliza und den anderen Dorfbewohnern um sein Leben gekämpft hat. Chan kommt zu ihm und folgt seinem Blick. Auch er muss schlucken.

„Wir müssen da nicht rein", flüstert er. Dieselben verstörenden Bilder scheinen auch seinen Geist zu durchströmen. Das Restaurant besteht aus zwei Hauptgebäuden und einem kleinen Vorbau mit Glasfenstern und einem Balkon, der auf Holzsäulen steht. Hell und freundlich wirkt es in der kalten Wintersonne, doch traut Michael dem Schein nicht. Aufmerksam haftet sein Blick auf den dreckigen Fenstern. Seine Fingerknöchel haben sich fest um den Griff der Magnum gelegt.

Er lässt seinen Blick über die Umgebung wandern und bleibt an den unzähligen Wohnhäusern hängen, die sich vor ihnen aufreihen. „Wir sind hier nicht sicher."

Chan sieht ihn fragend an, doch da erkennt er, was Michael meint.

„Wir können von weit her gesehen werden, was uns einen deutlichen Nachteil verschafft", stimmt er seinem Freund zu.

Mit einem Mal bleibt Rufus stehen, hebt den Kopf und wittert in den kalten Wind hinein. Sein Schwanz ist steil nach oben gerichtet und die Nackenhaare stellen sich ihm auf.

„Scheiße", flüstert Michael, sichert die Magnum wieder und kniet sich neben den Hund.

„Was riechst du, mein Freund?"

Rufus starrt weiter geradeaus, und erst als Michael „Such" sagt, sprintet er voran. Er jagt die Straße entlang in das Wohnviertel und Michael hat Mühe ihm zu folgen. Zu sehr stecken ihm die Anstrengungen der vergangenen Tage in den Knochen, so dass er Rufus fast aus dem Blickfeld verloren hätte. Das Straßenschild „Arizona Avenue" zeigt stumm in Rufus' Richtung und so folgt ihm Michael langsam. Auf der Straße scheint es zu einem Unfall gekommen sein, denn ein dunkelblauer Ford hat sich dermaßen mit einem Mercedes verkeilt, dass sie fast zu einem Fahrzeug verschmolzen wirken. Der Fahrer muss ziemliche Panik gehabt haben, um in so einer Straße so schnell zu fahren. Die nahegelegenen flachen Häuser mit den Holzterrassen sind verlassen und angsteinflößend. Ihre dunklen Fensterhöhlen wirken wie tote Augen, die ihm stumm auf seinem Weg folgen.

„Wirklich unheimlich hier", flüstert er und fasst die Waffe fester.

Vorsichtig nähert sich Michael den Fahrzeugen und klettert auf die Motorhaube des Mercedes. Die Windschutzscheibe scheint Austragungsort eines Kampfes gewesen zu sein, denn spinnennetzförmige Risse ziehen sich durch sie hindurch. Er richtet sich vorsichtig auf, wohl wissend, dass ihn jeder Angreifer direkt sehen könnte. In der Ferne kann er eine dünne Rauchfahne erkennen, die sich in den Himmel windet. Leises Gestöhne von Untoten dringt an sein Ohr und eine Gänsehaut zieht sich über seinen gesamten Körper. Die riesige Armee von Untoten, die sie in Toronto getroffen haben, hat sich tief in sein Gedächtnis eingebrannt. Er spürt, wie sein Körper sich bereit macht zu fliehen, und muss alle Kraft aufbieten, um diesem Drang zu widerstehen. Trotz der Kälte schwitzt seine Hand bereits und er muss sie an der Hose abwischen, um die Waffe sicher halten zu können.

Michael steigt von dem Fahrzeug herunter und schleicht vorsichtig die Straße entlang. Die Teppichreinigung ist nicht halb so interessant wie das, was er nun vor sich sieht: Eine Gruppe von Untoten wandert ziellos um ein Subways-Schnellrestaurant herum. Rufus steht keinen Meter von Michael entfernt und beobachtet die untoten Gäste aufmerksam. Der Hund scheint für sie nicht von Interesse zu sein, denn obwohl ihn einige gesehen haben müssen, greifen sie nicht an. Strom- und Telefonmasten reihen sich aneinander und Michael versteckt sich hinter einem, sodass er vor neugierigen Blicken verborgen ist.

„Ich glaube kaum, dass die für uns aufmachen und wir uns ein Sandwich bestellen können", ulkt er.

Erstaunt weiten sich Michaels Augen. Schräg gegenüber dem Subways-Schnellrestaurant befindet sich eine Pure Tankstelle. An den Zapfsäulen kann er einen schwarzen Pickup erkennen, ebenso wie einen nagelneuen BMW. Das deutsche Luxusauto scheint in tadellosem Zustand zu sein und Michael sieht sich in Gedanken bereits hinter dem Steuer.

„Jetzt gilt es, nur die Subways-Besucher nicht auf sich aufmerksam zu machen und unbemerkt den Wagen zum Pier zu schaffen", bläut er sich grimmig ein. In geduckter Haltung läuft er los und berührt im Laufen Rufus Schwanz, der sich zu ihm umblickt und dann folgt.

Sie ignorieren das rote Stoppschild und laufen weiter auf das Fahrzeug zu. Plötzlich donnert ein Schuss und Michael duckt sich instinktiv. Der Schuss hallt an den Häusern wider und scheint daher aus mehreren Richtungen zu kommen. Schnell tastet sich Michael ab, bis er sicher ist, dass er nicht getroffen wurde. Da auch neben ihm keine Scheibe zu Bruch ging, hat der Schütze offenbar nicht auf ihn geschlossen, schlussfolgert er langsam. Seine Augen wandern die Häuserfronten vor ihm ab, doch entdecken kann er nichts.

Hinter den flachen Gebäuden reckt sich ein Hochhaus in den Himmel. Unzählige Balkone befinden sich an dem grauweißen

Gebäude und es ist ihm nicht möglich, sie alle einzusehen. Wenn sich dort jemand befindet, dann hat er sich gut versteckt. Die Untoten beim Subways haben den Schuss ebenfalls mitbekommen und setzen sich schwerfällig in Bewegung. Schnell presst sich Michael gegen den Pickup und hält den Atem an. Schlurfende Schritte nähern sich bedächtig und das gierige Stöhnen lässt Michaels Gedärme zusammenziehen.

„Lass sie vorbei ziehen … bitte lass sie vorbei ziehen“, betet er inständig. Erneut rast sein Herz, als einer der Untoten gegen die Stoßstange des Pickups stößt.

Rufus beginnt laut zu bellen. Sofort will Michael ihn zur Ruhe bringen, sieht jedoch, dass der Hund nicht mehr neben ihm steht. Das goldblonde Tier befindet sich mittig auf der Straße. Einige Zombies machen ein paar Schritte auf den Labrador zu. Der läuft jedoch vor ihnen davon und bellt erneut.

Fassungslos erkennt Michael, dass der Hund die Untoten von dem Pickup weglockt. „Guter Hund. Verdammt guter Hund!“, flüstert er überglücklich.

Einen Kampf mit so vielen Zombies hätte er kaum gewinnen können. Erneut donnert ein Schuss und die Zombies orientieren sich einen Augenblick neu. Sie lassen Rufus in Ruhe und wandern nun weiter in Richtung des Hochhauses. Den Pickup ignorieren sie vollständig und als sie vorbeigelaufen sind, erhebt sich Michael vorsichtig und folgt den Zombies, bis er einen guten Blick auf das Hochhaus hat.

Kalter Schweiß läuft seine Rücken hinunter, als er um den Lebensmittelsupermarkt herumgeht. Die Straße dahinter ist voll von untoten Körpern. Sie alle bewegen sich in Richtung des Hochhauses und ihr Gestank ist unerträglich. Schnell wendet er sich angeekelt ab und muss sich stark zusammenreißen, um sich nicht zu übergeben.

Rufus hält sich neben ihm und knurrt die Zombies unsicher an. Schnell weist Michael ihn an, ruhig zu sein, was der Hund auch nach der zweiten Aufforderung endlich tut. Keiner der Untoten scheint sie bemerkt zu haben. Erleichtert seufzt Michael auf.

„Das fehlt jetzt noch, dass diese Horde mich entdeckt“, flüstert er leicht zitternd. Die Vorstellung, dass sich die ganze Horde nun an seine Fersen heftet, treibt ihm den Angstschweiß auf die Stirn.

Erneut donnert ein Schuss und einer untoten Frau in einem Pelzmantel, keine zwanzig Meter von ihm entfernt, wird der Schädel gesprengt. Blut und Gehirn spritzen an die Häuserwand. Der Zombie macht noch einen Schritt, bevor er zu Boden fällt und Blut sowie ein übelriechendes Sekret aus ihrem Hals rinnt. Überrascht sieht Michael nach oben in Richtung Hochhaus und kann in der zweit obersten Etage eine Person winken sehen. Er deckt seine Augen vor der Sonne des Morgens ab und versucht etwas mehr zu erkennen, doch dafür ist die Entfernung einfach zu groß. Die Person winkt offensichtlich mit beiden Armen, dessen ist sich Michael sicher. Er hebt die Hand ebenfalls zum Gruß und winkt. Dann weist er Richtung Hafen und hofft, dass der Hausbesetzer ihn versteht. Mit weiten Schritten rennt Michael zurück zu Chan und Becky, die an der „Victoria“ warten.

Rufus hält sich spielend neben ihm und seine lange rosa Zunge baumelt ihm aus dem Maul. Es scheint beinahe so, als würde er Michael anlächeln und er kann nicht anders, als das Lächeln zu erwidern.

Sie erreichen die Stufen, die zum Pier hinabführen und Michael wird etwas langsamer.

„Es würde niemandem helfen, wenn ich mir nun auf der Treppe die Beine brechen würde“, knurrt er grimmig. Chan und Becky haben sich bereits an der „Victoria“ bereit gemacht, wie sie es besprochen hatten. Der Motor der Jacht läuft bereits und Chan hat eines der beiden Taue gelöst und wartet mit dem Zweiten. Michael winkt und schüttelt dabei den Kopf. Der Motor verstummt stotternd und Michael bremst seinen Lauf etwas ab. Rufus läuft weiter und springt mit einem Satz aufs Boot. Er hat sich bereits an ihren schwimmenden Untersatz gewöhnt.

„Was ist los?“, fragt Chan und zeigt in Richtung Stadt. „Wir haben Schüsse gehört.“ Michael atmet tief ein und erzählt ihnen, was passiert ist.

„Und jetzt willst du zu den Leuten im Hochhaus gehen?“, fragt Becky misstrauisch, doch Michael schüttelt den Kopf.

„Erst einmal wollte ich das Fernglas holen, um vielleicht etwas erkennen zu können“, erklärt er den beiden und weist auf das Hochhaus, von dem sie aus ihrer Position heraus nur das flache Dach sehen können.

„Die Leute wollten, dass ich sie sehe. Vielleicht brauchen sie Hilfe. Oder sie bieten uns Hilfe an, das wäre doch mal was“, hofft er und kratzt sich nachdenklich am Hinterkopf. Chan verzieht nachdenklich das Gesicht.

„Du sagtest, dass dort einige Hundert Zombies vor dem Haus sind. Wie willst du zu ihnen durchdringen?“, gibt Chan zu bedenken. Becky stimmt ihm zu und Michael muss sich eingestehen, dass er dafür noch keinen Plan für hatte.

„Zuerst das Fernglas, alles weitere sehen wir dann“, beschließt er und Becky reicht ihm das schwere Fernglas.

Becky begleitet ihn, während Chan und Rufus das Boot bewachen. Sie laufen zurück zur Tankstelle, von wo aus sie den besten Blick auf das Hochhaus haben. Michael zeigt auf die ungefähre Position des Balkons, von der er die Person hat winken sehen. Becky setzt das Fernglas an, und lässt ihren Blick über die heruntergekommene Fassade wandern. Obwohl das Gebäude von Weitem noch sehr gut aussieht, kann Becky durch das Fernglas entdecken, dass einige Scheiben zersprungen sind und an den Balkonen bereits die Farbe abblättert. Als sie schließlich den gezeigten Balkon erreicht, kann sie niemanden erkennen.

„Ich sehe niemanden“, berichtet sie und reicht das Fernglas an Michael weiter. Er sieht ebenfalls hindurch und muss sich ihrer Einschätzung anschließen. Nachdenklich kratzt er sich am Nacken.

„Ich habe mir das doch nicht eingebildet ...“, murmelt er grüblerisch.

Sie starren weitere fünf Minuten auf den Balkon, als mit einem Mal eine Person dort auftaucht. Schnell stellt er die Schärfe etwas ein und kann einen Mann erkennen, der ihm zuwinkt. Michael erwidert die Geste und der Mann, der in einen schwarzen

Kampfanzug gekleidet zu sein scheint, hält ein Kopfkissen in die Höhe und zeigt auf Michael.

„Er hat ein Kopfkissen in der Hand“, berichtet Michael, mehr fragend als sagend. Becky sieht ihn überrascht an, klaut ihm das Fernglas und sieht ebenfalls hindurch.

„Tatsächlich. Was will der von uns?“ Michael zuckt verständnislos mit den Schultern.

„Ich habe keinen Schimmer.“

Der Mann zeigt erneut auf sie, holt aus und wirft das Kissen in hohem Bogen durch die Luft.

„Was zum ...?“ Der Wind erfasst das Kissen und trägt es etwas weiter, sodass sie mit dem Fernglas seinen Flug verfolgen können. „Dann mal los!“, bestimmt Michael und zieht die Magnum.

„Dem Flugwinkel nach zu urteilen müsste sich das Kissen in einer Entfernung von rund zehn Metern befinden“, erklärt Michael.

Neben Ricks Motorwerkstatt sind sie in eine kleine Seitengasse abgebogen, die sie zwischen engstehenden Gebäuden hindurchführt. Der perfekte Ort für einen Hinterhalt, kommt es Michael immer mal wieder in den Kopf. Eilig verdrängt er den Gedanken, denn welchen Grund sollte der Mann haben sie anzulocken und sie dann zu überfallen?

Große Müllcontainer befinden sich an der rechten Seite des Weges und sie müssen sich vorsichtig an den großen Metallkisten vorbeiquetschen. Als sie endlich aus der kleinen Gasse herauskommen, sieht sich Michael unsicher um. Die Straße vor ihnen ist mit zahlreichen untoten Bewohnern übersät, die unkontrolliert herumwandern. Becky stößt fast gegen Michael, als er ruckartig stehenbleibt. Sie sieht an ihm vorbei und erkennt die Situation.

„Wenn wir schießen, dürften wir schon bald die große Meute hier haben, die sich auf der anderen Häuserblockseite befindet“, stellt er nachdenklich fest. Becky schwenkt den Baseballschläger ein wenig und wägt ihre Chancen ab.

„Das sind ungefähr dreißig Zombies über die Straße verteilt. Sieht nicht gut aus.“

Erneut ertönt ein Schuss und der Zombie, der am nächsten zu ihnen stand, geht getroffen zu Boden. Die beiden ducken sich sofort und starren überrascht nach oben. Michaels Herz rast.

„Habe ich ihn falsch eingeschätzt? Hat er uns nur hergelockt, damit er uns nun erschießen kann?“, flüstert er, wobei seine Knie zittern. Vorsichtig setzt er das Fernglas an und schaut zum Balkon. Er kann den Mann mit einem Scharfschützengewehr erkennen.

„Ich glaube, er gibt uns Feuerschutz“, flüstert Becky, als das Feuer nicht erneut eröffnet wird.

„Hoffen wir es ...“, keucht Michael. Die Zombies sind beim Schuss aus ihrer Lethargie erwacht und sehen sich gierig nach der Quelle des Geräusches um.

Schnell pressen sich die beiden wieder in die Gasse zurück und halten unbewusst die Luft an. Langsam setzen sich die Untoten in Bewegung und der Scharfschütze vom Balkon feuert noch ein paar Mal. Durch die Bauweise der Häuser und seine hohe Position wird der Schall mehrfach abgelenkt und scheint die Sinne der Zombies zu verwirren. Sie marschieren stöhnend in Richtung der Hauptstraße, weg von Michael und Becky. Sie packt Michael am Arm und sieht ihm fest in die Augen.

„Entweder weiß der Typ da oben ganz genau was er tut, oder er hat ein verdammtes Glück mit den Zombies“, flüstert sie, als könne sie der Schütze hören.

Er überlegt kurz und muss ihr dann zustimmen.

„Der Schütze braucht für jeden Zombie nur einen Schuss, und das aus dem vierundzwanzigsten Stock. Er muss einiges an Windverhältnissen beachten und das kann ein Laie nur sehr selten.“

„Ich denke, dass du recht hast. Was sollen wir tun?“, fragt sie und Michael verzieht unschlüssig das Gesicht.

„Bisher hat er uns nur geholfen. Wir sollten sehen, was es mit dem Kissen auf sich hat und dann entscheiden wir“, schlägt er vor und Becky ist einverstanden.

Er hebt den Daumen zum Schützen als Zeichen, dass alles in Ordnung ist und sie laufen weiter. Ein drei Meter hoher Metallzaun trennt das Grundstück des Hochhauses von der Straße vor ihnen ab. Der dahinterliegende Garten ist ziemlich verwildert, jedoch frei von Zombies.

„Das Kissen müsste hinter, oder auf dem kleinen Kiosk runtergekommen sein", flüstert Becky und Michael prüft den kleinen Laden mit der großen, aber verdreckten Glasfront.

Der Mann auf dem Balkon zeigt mit der Hand auf den Kiosk und sie gehen weiter. Michael hat die Magnum entsichert und umrundet den Kiosk langsam. Die Tür steht sperrangelweit offen, sodass Zombies mit Sicherheit einfach hinein- und hinausgehen konnten. Becky geht ein paar Schritte weiter und winkt Michael heran. Auf den zwei Stellplätzen neben dem Kiosk befindet sich ein alter, bereits halb verrosteter Ford, auf dessen Motorhaube sich das Kissen befindet. Michael geht schnell hin und schnappt es sich. Es fühlt sich wie ein ganz normales Daunenkissen an, jedoch ist es mit Klebeband umwickelt. Er hält es in die Luft und der Mann winkt ihnen zu. Er macht die Geste als würde er etwas zerreißen.

„Er will, dass wir das Kissen öffnen!", schlussfolgert Becky, während Michael bereits dabei ist, es zu öffnen.

Vorsichtig tastet er in der Daunenfüllung herum, bis er einen harten Gegenstand findet. langsam zieht er ihn hinaus und staunt nicht schlecht.

„Ein Funkgerät!" Becky sieht nach oben und der Mann ist verschwunden.

„Er hat's in das Kissen gesteckt, damit es den Sturz überlebt. Was sollen wir nun tun?" fragt sie, doch da knackt es bereits im Funkgerät.

„Hallo ... chhh ... könnt ihr mich hören?"

Flugstunden

„Air Force also.“

Hector zuckt mit den Achseln, während er den Geländewagen mit hoher Geschwindigkeit über die freie Interstate jagt. Die Fahrbahn, die in die Stadt führt, ist beinah unberührt, was an der dicken Betongrenze zwischen den Fahrbahnen zu liegen scheint. Die flüchtenden Stadtbewohner bekamen ihre Fahrzeuge nicht mehr aus dem Stau heraus. Immer wieder wirft er einen Blick in den Rückspiegel, mehr aus Gewohnheit als aus Sorge verfolgt zu werden.

„Ja, seit zehn Jahren. Wieso? Sehe ich nicht wie ein Pilot aus?“ Kaylee hat die Beine auf das Armaturenbrett gelegt. „Du solltest die Beine herunter nehmen. Wenn der Airbag Aufgrund eines Unfalles aufgehen sollte, kann er dich schwer verletzen.“

Sie sieht ihn überrascht an, winkt dann jedoch mit einem Lächeln ab. Innerlich seufzend gibt Hector den Versuch auf, dieser Frau etwas vorschreiben zu wollen. Ihre blonden Haare hat sie zu einem Zopf gebunden und durch die Lasche an ihrer Cap gezogen. Auch wenn er Kaylee noch nicht lange kennt, kann er sich doch nicht des Eindrucks erwehren, dass sie anders ist, als sie es vorgibt zu sein. Ihre kalten Augen spiegeln selten das Lächeln ihres Mundes wider. Ihre gesamte Körperhaltung zeugt von Kampferfahrung, wie er es sonst nur bei Elitesoldaten gesehen hat. Ständig scheint diese Frau für den Kampf oder die Flucht bereit zu sein.

„Hätte dich eher zum Bodenpersonal geschätzt“, antwortet sie keck und zwinkert ihm zu. Auch wenn Hector die Arbeit der Bodencrew nicht schlecht machen würde, fühlt er dennoch den Stich in seiner Brust.

„Nein, ich bin Pilot“, entgegnet er gekränkt. „Was hast du vor dem hier gemacht?“ Kaylee sieht aus dem Fenster, betrachtet die vorbeiziehenden Autodächer, die sie über die Betonabgrenzung sehen können. „Irgendwas sagt mir, dass du nicht das typische blonde Püppchen bist, das als Vorzimmerdame einer Nobelfirma beschäftigt war“, fügt er frech grinsend hinzu. Ihre raue Art, ihr

Erfindungsreichtum und die Kampferfahrung zeigen ihm, dass sie mehr ist, als man auf den ersten Blick sieht.

„Nein, das bin ich definitiv nicht", entgegnet sie ehrlich lachend. „Ich habe mal dies, mal das gemacht. Ich war mal Kellnerin", erzählt sie ihm nach einem kurzen Zögern.

Aus dem Fond des Wagens ist ein leises Murmeln zu hören, als sich Timmy im Schlaf umdreht. Hector blickt erneut durch den Rückspiegel und muss grinsen. Seine Großmutter hätte sich über diese Schicksalswendung kaputtlachen, wenn sie noch am Leben gewesen wäre. Immer wieder bat sie ihn, sich ein nettes Mädchen zu suchen und Kinder zu zeugen. Jetzt ist er mit einer wunderschönen, wenn auch etwas verrückten, Zombieläuferin und einem Jungen unterwegs. Näher an einer eigenen Familie war er noch nie in seinem Leben.

Die Air Force war nach seiner verpatzten Karriere als Straßendrogendealer der beste Weg, um dem Knast zu entgehen. Obwohl Hector nie glaubte, dass er intelligent sei, bestand er die Aufnahmeprüfungen ohne viel Lernen. Die Pilotenlaufbahn war für ihn der beste Weg, um sein neu entdecktes Talent zu nutzen.

„Bist also viel rumgekommen?", fragt er sie beiläufig und erntet direkt wieder den misstrauischen Blick, den er schon so oft bei ihr gesehen hat.

Sie scheint es nicht zu mögen, wenn jemand in ihrer Vergangenheit wühlt. Nach seinem Gespräch mit Major Grey war Hector auch schnell klar, wieso es so ist. Die kleine Blonde verbirgt ihr Geheimnis ziemlich gut vor ihm. Da Hector jedoch gewohnt ist, nicht alle Details eines Auftrages zu erfahren, tut er diese Zweifel ab. Sie behindern ihn nur bei seiner Mission, die beiden und sich am Leben zu halten.

Routiniert blickt Hector über die Geschwindigkeitsanzeige, den Drehmoment und den Treibstoffvorrat. Der Geländewagen befindet sich in keinem guten Zustand, aber zumindest scheint er einwandfrei zu funktionieren. Major Greys Truppe half dabei, den asiatischen Wagen zu starten, sie erhielten einen halbvollen Tank, Lebensmittel für vier Tage und die Waffen, die Kaylee vor ihrer Zusammenkunft besessen hat. Zusätzlich zu ihrer P90 hat Hector sein M16-Sturmgewehr auf der Rückbank abgestellt. Wenn er die beiden Pistolen, das Jagdgewehr von Timmy und sein Kampfmesser zählt, sind sie durchaus ausreichend bewaffnet.

„Was wir nicht umnieten können, das umfahren wir", flüstert er.

„Was hast du geflogen?", reißt ihn Kaylees Stimme aus den Gedanken.

„Dies und das", antwortet er frech grinsend. Sie rollt mit den Augen und blickt wieder auf die Gegenfahrbahn. „Ich war für die großen Maschinen zuständig. Vorzugsweise die strategische C-130H." Als er Kaylees fragenden Blick sieht, muss Hector grinsen. Es fällt ihm meistens gar nicht auf, wenn er von Typbezeichnungen spricht, die Zivilisten nur sehr selten kennen. „Eine riesige Transportmaschine. Sie wird vom Militär eingesetzt, um Truppen, Panzer, Boote oder andere Gegenstände ans Ziel zu bringen."

Sie wirkt enttäuscht. „Also bist du nur ein Frachtpilot? Dachte wenigstens etwas Cooles wie ein Kampfpilot." Sie zwinkert ihm zu und Hector lacht.

„Hey, wir sind auch cool. Versuch du mal ein tonnenschweres Flugzeug in die Luft zu bringen. Zudem brauch ich mit dem Baby nicht einmal eine richtige Landebahn. Versuch das mal als Kampfpilot."

Ihr Lächeln versetzt Hector ein Kribbeln im Bauch und er grinst breit.

„Das stimmt. Du bist total cool", bestätigt sie ihm, was Hector ein noch breiteres Grinsen aufs Gesicht treibt.

Als Kaylee aus ihrem kurzen Schlaf aufwacht, hat sich die Landschaft verändert. Statt auf dem Highway, fahren sie auf einer Landstraße. Blätter säumen die Fahrbahn, hin und wieder liegen Äste vor ihnen, den Hector geschickt ausweicht.

„Wie lange habe ich geschlafen?" Sie wirft einen Blick in Richtung Sonne, die am Horizont langsam versinkt. Der gesamte Himmel wird von ihr in ein helles rot getaucht.

„Ein paar Stunden."

Sie streckt ihre müden Glieder, fährt aber wie von einem Elektrostoß getroffen zusammen.

„Wohin fährst du?“ Das Schild mit dem Hinweis, dass Boston noch hundert Kilometer vor ihnen liegt, hat sie erschreckt. Dies ist definitiv nicht der richtige Weg nach Tennessee. Automatisch greift sie an ihren Halfter, spürt den Griff ihrer Pistole. Ihr Herz rast. Hector sieht sie überrascht an.

„Alles okay?“

„Wohin zum Teufel fährst du? Ich sagte, dass ich nach Tennessee muss.“ Ihr wütender Blick lässt ihn zusammenzucken und würde er nicht am Steuer sitzen, hätte Kaylee ihm längst eine verpasst.

„Das weiß ich doch. Du wirst aber doch nicht so naiv sein, dass du die zweitausend Kilometer mit dem Auto zurücklegen willst. Wir müssten an New York, Baltimore und unzähligen anderen Städten vorbei“, entgegnet er in ruhigem Ton, was Kaylee noch mehr in Rage versetzt.

„Und wie sollen wir stattdessen …“ mitten im Satz fällt ihr ihre Unterhaltung von vorhin wieder ein. „Du willst ein Flugzeug auftreiben?“

Hector grinst breit und zeigt auf ein kleines Schild, an dem sie soeben vorbeigefahren sind.

„Dort müssten wir eine C-130 finden, wenn mich nicht alles täuscht.“

Kaylee setzt sich aufrecht, nimmt die Hand von der Waffe und streicht sich eine blonde Haarsträhne aus dem Gesicht.

„Der Plan gefällt mir. Meinst du, dass wir unseren Proviant reinkriegen?“

Ein Maschendrahtzaun taucht vor ihnen auf, den Hector ignoriert und einfach durchfährt. Die Zaunelemente werden von der Wucht des Aufpralls weggesprengt und eines segelt über den Geländewagen hinweg.

„Was ist passiert?“, ruft Timmy überrascht, der bis eben geschlafen hat.

„Nichts, keine Sorge.“ Kaylee schenkt ihm ein Lächeln, das sie zum ersten Mal, seitdem sie an Land gegangen ist, auch so meint.

Hector mitzunehmen war eine sehr gute Entscheidung, dessen ist sie sich nun sicher. Mit dem Wagen würden sie im besten Fall einige Wochen brauchen, nicht sicher, ob sie überhaupt am Ziel ankommen. Millionen von Zombies dürften zwischen ihrem jetzigen Standort und Tennessee stehen.

„Der Proviant bleibt im Wagen“, antwortet Hector. Noch bevor Kaylee aufbrausen kann, dass sie die Lebensmittel, das Wasser und die wenigen Arzneimittel mit Sicherheit nicht auf dem Flugplatz zurücklassen wird, sieht sie das Flugzeug. Zwei gewaltige, grau gefärbte Transportmaschinen stehen nebeneinander. Selbst im Vergleich zu einigen kreuz und quer parkenden Privatmaschinen wirken diese Giganten erhaben.

„Es müssen einige Leute mit ihren privaten Maschinen nach dem Ausbruch hier gelandet sein“, stellt Hector zeitgleich fest. Sein Finger zeigt auf eine Cessna, die Kaylee auch schon aufgefallen ist.

„Vielleicht hatten sie keinen Sprit mehr. Aber wieso haben sie dann nicht die C-130 genommen, wenn die schon dort stehen?“

Hector lacht laut auf und schüttelt grinsend den Kopf.

„Du bist knuffig. Um eine C-130 zu fliegen, braucht man mehr, als du in der Flugschule für eine Cessna lernst. Das wäre, als wenn du einen Führerschein für einen Motorroller hast, dann aber einen fünfzehn Tonnen Sattelschlepper fahren willst. Theoretisch haben beide Räder, aber ansonsten wenig gemeinsam.“ Er lenkt den Wagen über das Gelände und Kaylee fallen sofort die Silhouetten ins Auge, die beim Motorenlärm auf sie zu getorkelt kommen.

„Der Flugplatz ist nicht sauber“, warnt sie und lässt sich von Timmy die P90 reichen.

„Ich werde die Maschinen überprüfen und gucken, ob sie flugbereit sind. Kannst du mir den Rücken freihalten?“, fragt Hector und stoppt den Wagen knapp hinter dem ersten Flugzeug.

Die mächtigen Flügel mit den jeweils zwei Triebwerken heben sich dunkel gegen den blutroten Abendhimmel ab. Kaylee nickt, hängt sich die P90 um, schiebt sie auf den Rücken und steigt gleichzeitig mit Hector aus.

„Timmy, du bleibst im Wagen“, befiehlt Kaylee, ohne Widerspruch zu dulden. „Ich muss mich auf die Zombies konzentrieren.“

Während Hector verschwindet, öffnet Kaylee den Kofferraum, schiebt eine Tasche beiseite und holt ihr Souvenir von der Feuerwache hervor. Die erst kürzlich geschärfte Axt liegt gut in der Hand. Sie lässt sie testweise durch die Luft sausen und lächelt zufrieden. Der erste Zombie, ein ehemaliger Mechaniker, ist nah genug um an ihm ihr neues Spielzeug auszuprobieren. Mit beiden Händen umfasst sie den Holzstiel und lässt die Axt einen Bogen beschreiben. Mühelos dringt die Schneide in den Kopf des Mechanikers. Durch die Wucht des Treffers wird sein Schädel beinahe abgerissen. Kaylee stolpert nach vorn, als der Zombie zu Boden geht und sie mit der Axt mitzieht. Energisch stemmt sie ihren Fuß auf seine Brust und zieht die Axt wieder heraus. Rippen knacken. Ein wenig angeekelt verzieht sie das Gesicht.

„Klingt ja fast wie im Knast, als ich Melinda zusammengeschlagen habe“, stellt sie grinsend fest.

Der nächste Gegner hat sie fast erreicht. Schnell überbrückt sie die Distanz und erneut zischt die Axt durch die Luft. Ihre Schulter schmerzt von der ungewohnten Bewegung. Obwohl sie sich etwas ausruhen konnte, sind ihre Wunden noch nicht verheilt. Vier weitere Gegner erledigt sie auf diese Weise. Ihr Atem geht keuchend und sie muss sich an ihren Oberschenkeln abstützen.

„In den Filmen sieht das immer so einfach aus“, keucht sie, wobei sie grimmig die Axtschneide an dem Hemd eines Untoten sauber macht.

Sie lässt ihren Blick über das weitläufige Gelände wandern. Der blutrote Himmel wird langsam dunkler und vereinzelte Sterne sind am Firmament zu sehen. Der Wind trägt das Geräusch einiger Zombies zu Kaylee herüber. Eilig sieht sie sich um.

„Scheiße! Wo steckt ihr?“ Sie lässt ihren Blick über den lichtlosen Gebäudekomplex wandern. „Die müssen sich hinter den Hangars befinden, sonst könnte ich sie trotzdem schon sehen“, stellt sie nachdenklich fest.

Aufmerksam geht sie um die riesige Transportmaschine herum, immer darauf bedacht nicht von hinten überrascht zu werden. Die Rumpfhöhe von gut zwölf Metern wirkt beeindruckend auf sie.

„Jetzt sehe ich es ein. Du bist echt cool, Hector. Dieses Monster zu steuern, wird echt schwierig", stellt sie anerkennend fest.

Auf der Startbahn scheinen sich mehrere Läufer, wie sie Major Grey nannte, zu befinden. Angelockt von dem Motorenlärm straucheln sie in ihre Richtung. Das hüfthohe Gras behindert sie jedoch, weswegen Kaylee ihre Ankunft auf ungefähr zehn Minuten schätzt.

„Diese C-130 ist tot", ruft Hektor und steigt aus der Pilotenluke. „Ich kriege keinen Saft auf die Konsolen, egal was ich tue. Ich nehme mir jetzt den zweiten Vogel vor."

Im Laufschritt überbrückt er die rund zweihundert Meter zum nächsten Flugzeug. Kaylee springt auf den Fahrersitz des Hyundai, startet den Wagen und fährt zur hochgezogenen Rampe der zweiten C-130. Sollte diese auch nicht funktionsfähig sein, müssten sie im Zweifel schnell von hier verschwinden.

„Sie kommen", flüstert Timmy ängstlich, während er aus seinem Fenster schaut.

„Es sind nur vier oder fünf, die von der Landebahn kommen, mit denen werde ich fertig", beruhigt sie den blass gewordenen Jungen.

Irgendwas an seinem Blick, den Kaylee durch den Innenspiegel sieht, lässt sie an ihrer Aussage zweifeln. Timmys Augen sind weit aufgerissen, seine Lippen fest aufeinander gepresst und er zittert leicht. Erst jetzt fällt Kaylee auf, dass er gar nicht Richtung Startbahn sieht. Sie schließt kurz die Augen, flucht gedanklich sehr vulgär und sieht dann aus dem Beifahrerfenster. Durch das Umsetzen des Wagens weist dieses nun direkt auf die Hangar und den Tower.

Ihr Magen zieht sich zusammen, ihre Hände schwitzen und Kaylee flucht diesmal laut.

„Scheiße."

Timmy nickt stumm, starrt weiterhin auf die Horde von rund zwei- bis dreihundert Untoten, die sich eilig nähern. Selbst wenn sie alle ihre Munition einsetzen, könnten sie es nicht mit dieser Horde aufnehmen. Jeder Schuss müsste ein Treffer in den Kopf sein.

„Hector braucht Zeit, die müssen wir ihm verschaffen."

In ihrem Kopf wirbeln die Gedanken umher. Die einzige Chance, diese Meute abzulenken, würde Hector ungeschützt zurücklassen. Sie verflucht sich dafür, dass sie Fiby hat gehen lassen. Die dunkelgelockte Frau hätte jetzt gut die Rolle des Aufpassers übernehmen können. „Timmy, du bleibst im Wagen!", befiehlt sie, springt raus und zieht ihre P90 über die Schulter, entsichert sie und zielt. Der Schuss peitscht und der erste Zombie, der von der Landebahn herbeistolpert, wird in den Kopf getroffen. Sechs weitere Male muss Kaylee feuern, bis die verbliebenen vier Zombies erledigt sind.

„Was ist los? Wieso schießt du?", ruft Hector aus dem Cockpit.

„Wir kriegen Gesellschaft. Ich muss sie vom Flugzeug weglocken. Hier unten müsste es sauber sein, pass auf dich auf", ruft sie zu ihm hinauf und rennt zum Wagen zurück.

Die Untoten aus Richtung Hangar sind deutlich nähergekommen. Sie trennen vielleicht noch hundert Meter, maximal Hundertzwanzig, dessen ist sich Kaylee bewusst. Ihr Herz rast und sie legt die P90 auf den Beifahrersitz. Timmy hat sich im Fond bereits angeschnallt.

„Bereit?" Er nickt und Kaylee startet den Wagen. Mit quietschenden Reifen schießt sie auf die Horde der Untoten zu. Der spröde Asphalt schüttelt sie durch, doch ist Kaylee so auf ihre Aufgabe konzentriert, dass sie es nicht mal mitbekommt. Kurz vor der ersten Reihe Untoter, deren aufgerissene Mäuler sie an eine Schildkröte erinnern, die hinter der Glasscheibe versucht, ihren Finger zu schnappen, bremst sie hart ab. Der Geländewagen protestiert mit quietschenden Reifen. Sie rutschen noch ein paar Meter, wobei die Motorhaube die ersten Zombies erwischt. Der Knall ist ohrenbetäubend, schleudert jedoch fünf Angreifer mit voller Wucht in die Reihen der Verfolger. Körper purzeln übereinander, das gierige Stöhnen dröhnt unüberhörbar in die Fahrgastzelle. Kaylee rammt den Rückwärtsgang rein und gibt Gas. Kurz drehen die Räder durch, was ihrer Vermutung nach auf einen überfahrenen Körper zurückzuführen ist.

„Na, komm schon“, flucht sie panisch, doch die Reifen finden schnell wieder Halt auf dem überfahrenen Körper eines Untoten. Der Geländewagen jagt zurück. Kaylee reißt das Lenkrad herum und bleibt stehen.

Gespannt beobachtet sie zusammen mit Timmy, wie sich die Horde auf den Wagen konzentriert. Sie greifen an, trommeln bereits mit den Fäusten an der Heckscheibe.

„Ich glaube, dass sie uns bemerkt haben“, stellt Kaylee grinsend fest und gibt Gas.

Sie lenkt den Wagen an den beiden gestrandeten Cessnas vorbei. Immer wieder bremst sie ab, damit ihre Verfolger aufholen können. Vereinzelt feuert sie aus dem Auto heraus auf die Gegner. Auf die Weise kann sie unmotivierte Verfolger doch noch umstimmen, sodass sich niemand dem Flugzeug nähern sollte.

Mit einem Mal ertönt ein lauter Knall. Kaylee zuckt erschrocken zusammen und sieht sich um. Das Geräusch war deutlich lauter als ein Schuss, was die Zombies ebenfalls bemerkt haben. Sie bleiben stehen, drehen sich langsam Richtung des riesigen Transportflugzeuges um. Erneut knallt es und eine kleine Rauchwolke steigt aus den mächtigen Triebwerken auf. Von einer Sekunde auf die andere ertönt das satte und mächtige Dröhnen der angesprungenen Triebwerke. Die Scheiben des Wagens zittern leicht, als sich die Umdrehungszahl erhöht. Hector scheint sie auf volle Leistung hochfahren zu wollen. Zwischen dem Flugzeug und dem Hyundai befinden sich etwas mehr als hundert Untote, die nun zielstrebig Richtung Flugzeug wanken. Kaylee gibt Gas und jagt um sie herum. Vereinzelt werden ihr gierige Blicke nachgeworfen, Hände Richtung Auto erhoben, doch ist der Wagen zu schnell. In einem großen Bogen rast Kaylee über den Flugplatz. Die schwere Frachtmaschine setzt sich gemächlich in Bewegung, weg von den Untoten.

„Wie sollen wir ins Flugzeug kommen?“, fragt Timmy ängstlich vom Rücksitz. Er hat sich tief in seine dunkelgrüne Jacke zurückgezogen, sodass nur noch seine Augen über den Reißverschluss gucken.

„Hector und ich haben einen Plan, keine Sorge“, lügt sie und starrt erneut auf den Flieger. Dieser hat inzwischen Fahrt aufgenommen und holpert über die Zufahrt zur Startbahn. Kaylee reißt das Lenkrad herum, sodass sie sich direkt von der Seite nähert. „Hector muss uns doch deutlich sehen können“, hofft sie inständig.

Die C-130 wird langsamer, da eine Kurve vor ihr liegt, und schwenkt anschließend auf die Startbahn. Der Hyundai saust an den niedergestreckten Untoten vorbei.

„Wenn du uns zurücklässt, werde ich dich bis in die tiefste Hölle verfolgen“, flüstert sie grimmig.

Ihre Hände umschließen das Lenkrad so fest, dass ihre Knöchel weiß hervortreten. Als das Flugzeug ausgerichtet ist, jaulen die Triebwerke lauter auf und eine Lampe leuchtet am Heck rot auf und blinkt. Langsam senkt sich eine Rampe hinab. Erleichtert atmet Kaylee aus, merkt erst jetzt, dass sie die Luft angehalten hatte. Sie setzt sich hinter das Flugzeug, das an Fahrt gewinnt.

„Wieso wartet er nicht, bis wir drin sind?“, ertönt Timmys weinerliche Stimme. Kaylee lugt an dem Frachtflugzeug vorbei und erkennt die Gefahr.

„Die Untoten nehmen nicht die asphaltierte Strecke, Timmy. Sie strömen von links über die grüne Fläche, direkt Richtung Landebahn.“

Er sieht in die Richtung und sein ohnehin schon bleiches Gesicht wird noch weißer.

„Festhalten, Timmy“, ruft sie über den Lärm der Triebwerke hinweg.

In der Sekunde, als die Rampe Funken sprühend auf dem Asphalt aufsetzt, tritt Kaylee das Gaspedal durch. Der Motor des Hyundai heult auf, beschleunigt den Wagen jedoch unmittelbar.

Obwohl die Tachonadel schnell höher schnellt, kommen sie dem Flugzeug nur langsam näher.

„Zwei bis dreihundert Kilometer pro Stunde, so schnell muss in etwa ein Flugzeug sein, um abzuheben", flüstert Kaylee und wirft einen Blick auf ihren Tacho. Bei hundertachtzig endet die Anzeige. Unbewusst drückt sie das Gaspedal noch weiter durch. Der Motor brüllt schmerzvoll auf. „Was ist, wenn wir es nicht schaffen?", flüstert sie ängstlich.

Das Gefühl, zurückgelassen zu werden, macht sich in ihr breit. Das dunkle Maul des Flugzeugs wird größer, Funken sprühen bei jeder Unebenheit hoch. Noch weiter drückt sie das Gaspedal durch. Angst und Hoffnung spiegeln sich in ihren Augen wider. Kurz vor der Rampe schaltet Kaylee den Geländemodus an. Rumpelnd schleppt sich der Wagen die Rampe hinauf und Kaylee muss stark bremsen, damit sie nicht zu schnell in den Laderaum jagt. Sie betätigt die Hupe und Lichthupe, als Zeichen, dass sie an Bord sind. Die Rampe beginnt sich nur Sekunden danach zu schließen und die Motoren brüllen ein weiteres Mal lauter.

Das Flugzeug beschleunigt. Kaylee stoppt den Hyundai, springt aus dem Wagen. Ihre Haare wehen im Fahrtwind, der aus der sich schließenden Rampe jagt. Sie nimmt die P90 in den Anschlag und betrachtet den Laderaum aufmerksam. Auch wenn Hector das Flugzeug vermutlich gesichert hat, möchte sie ungern von einem verbliebenen Crewmitglied gebissen werden. Wie in Zeitlupe hebt sich das Flugzeug vom Asphalt, bevor die Rampe mit einem Knall schließt. Das kreisende Warnlicht erlischt.

Timmy steigt ebenfalls aus, das Jagdgewehr hält er immer noch krampfhaft in seiner Hand. Abgesehen von dem Auto befinden sich noch ein paar, mit Planen bedeckte Kisten im Laderaum, ebenso wie schmale Bänke. Kaylee legt den Gang im Wagen ein, zieht die Handbremse und geht zu Timmy herüber. Da ihr nicht bekannt ist, wie man ein Auto in dem riesigen Laderaum sichert, zieht sie es vor, auf den Sitzbänke zu bleiben. Sie nimmt Timmy in den Arm und zusammen schlendern sie hinüber. Nachdem sie sicher ist, dass er sich mit den an der Innenwand angebrachten

Gurten angeschnallt hat, und der Laderaum zombiefrei ist, kniet sie vor ihm nieder.

„Ich geh eben zu Hector. Kommst du klar?“, ruft sie gegen den Lärm an.

Der Junge nickt stumm und hebt den rechten Daumen als Zeichen, dass alles okay ist.

Als Kaylee das Cockpit betritt keucht sie überrascht auf. „Jetzt wird mir auch klar, wieso die Cessna-Piloten die C-130 nicht übernommen haben. So viele kompliziert wirkende Schalter, Hebel, Knöpfe und Lichter habe ich mir beim besten Willen nicht vorstellen können.“

Auf dem Pilotensitz befindet sich Hector. Er lässt die schwere Frachtmaschine einen sanften Bogen fliegen, bevor er weiter Richtung Westen fliegt. Kaylee lässt sich auf den Copilotensitz fallen und schnallt sich ebenfalls an.

„Ich dachte schon, dass du uns zurücklässt“, gesteht sie ihm laut rufend.

Er zeigt auf einen Kopfhörer mit angebrachtem Mikrofon. Als sie es aufgesetzt hat, wird es deutlich ruhiger im Cockpit. Auch wenn sie den Lärm der Motoren noch hören kann, dröhnt es nicht mehr in ihren Ohren.

„Ich würde euch niemals zurücklassen“, versichert Hector und sieht ihr direkt in die Augen. Auch wenn Kaylee danach sucht, kann sie doch keine Lüge in seinem Gesicht erkennen. „Ich musste die Triebwerke testen, ob sie ausreichend funktionieren. Auf der Startbahn war genug Platz, dass ich gefahrlos die Luke öffnen konnte“, erklärt er, während sein Blick über den Höhenmesser und den Geschwindigkeitsregler wandert.

Er legt einige Kippschalter um und Kaylee bewundert seine Fähigkeiten. Egal wie lange sie diese unzähligen Knöpfe anstarrt, sie kann sich nicht einmal im Traum vorstellen, welche sie für welche Tätigkeit zuerst drücken müsste.

Fasziniert sieht Kaylee aus der großen Frontscheibe. Sie hat einen sehr weitreichenden Ausblick. Der Highway mit unzähligen Wracks, die entfernten Großstädte, wo aus einigen Bereichen Rauchsäulen aufsteigen und die vielen Punkte, die über Felder,

Straßen und Wege wandern. Dass es sich hierbei um Untote handelt, kann sich Kaylee nur zu gut vorstellen. Sie lehnt sich in dem weichen, etwas abgenutzten Sitz zurück.

„Kommen wir mit der Maschine wirklich bis Tennessee?“, ruft sie in das Mikrofon und Hector nickt.

„Ja, wir haben einen beinahe halbvollen Tank. Das sollte reichen, um unser Ziel zu erreichen.“ Er grinst breit und zeigt seine weißen Zähne. Sie beugt sich rüber und legt eine Hand auf seinen Oberschenkel.

„Danke!“

Ablenkungsmanöver

„Wie seid ihr dort gelandet?“, fragt Michael in das Funkgerät.

„Unser Helikopter ist nicht weit von hier abgestürzt. Die verdammte Mechanik hat versagt“, berichtet der Mann am anderen Ende, den Michael nun als Jason kennt. Überrascht wendet sich Michael an Becky.

„Sie hatten einen Hubschrauber? Was sind das für Typen?“ Sie zuckt mit den Achseln, scheint sich aber ähnliche Gedanken zu machen.

„Ein Helikopter? In diesen Zeiten? Habt ihr eine Militärbasis geplündert?“, versucht Michael an weitere Infos zu gelangen.

„So etwas in der Art“, antwortet nun eine Frauenstimme. „Hier ist Kyra. Ich befinde mich zusammen mit Jason hier oben“, stellt sie sich vor.

Unruhig blickt sich Michael um. Er hat keine Ahnung, wie viele Menschen sich dort oben befinden. Die Untoten haben sie scheinbar eingekesselt und eine Flucht bisher verhindert.

„Freut mich, dich kennenzulernen. Was bedeutet, so etwas in der Art? Sorry, für meine Fragen, aber wir kennen euch nicht. Ich möchte mir gern ein Bild von euch machen“, rechtfertigt er mit schiefem Grinsen sein Nachhaken.

„Wir gehören zu einer größeren Gruppe, die ein entsprechend befestigtes Lager hat. Helikopter gehören zum Bestand, jedoch sind sie kaum noch gewartet. Und bei so empfindlicher Technik, versagt dann gern mal etwas“, antwortet Jason statt Kyra. „Wir arbeiteten für eine Sicherheitsfirma, die über eigene Standorte verfügte. Von dort kommen wir.“

„Das sind Söldner“, stellt Michael überrascht fest. „Okay. Danke für euer Vertrauen und dass ihr es uns gesagt habt. Wir sind leider nur zu Dritt, sofern man den Hund nicht mitzählt“, antwortet er ihnen, ebenso aufrichtig. „Wieso seid ihr in das Hochhaus geflohen?“

„Das ist meine Schuld. Beim Absturz habe ich mir das Bein gebrochen. Kyra hat mich stützen müssen und diese Zombies haben uns den Weg abgeschnitten. Leider ist ein

Hubschrauberabsturz nicht gerade leise. Das hat sehr viele von ihnen angelockt", berichtet Jason und Michael muss ihm zustimmen. Schüsse sind weithin zu hören, aber ein abstürzender Helikopter ebenso.

„Wir sollten ihnen helfen", fordert Becky. Er nickt zustimmend, sieht jedoch einige Schwierigkeiten.

„Leider haben wir nicht viele Möglichkeiten euch zu helfen, da wir nur eine Magnum und ansonsten nur Schlag- und Stichwaffen besitzen", erklärt Michael den beiden Söldnern per Funk, als Jasons tiefe Stimme ertönt.

„Das haben wir gesehen. Ist kein Problem."

Becky zieht überrascht die Augenbrauen hoch, während Jason fortfährt.

„Wir konnten bei dem Absturz aufgrund meiner Verletzung nicht alles bergen. Wir sind im Stadion einer Highschool östlich von euch abgestürzt und haben einige Waffen und eine Kiste mit C4-Sprengstoff und Zündkapseln in der Dusche versteckt."

Anerkennend pfeift Michael durch die Zähne. Die beiden Söldner scheinen für einen kleinen Krieg gerüstet gewesen zu sein.

„Und die sollen wir nun holen?", fragt Michael und Jason bestätigt seine Vermutung.

„Ja, ihr müsst mit dem Sprengstoff für eine Ablenkung sorgen, dass sich diese Bastarde von hier verziehen. Zusätzlich, was wichtiger ist, müsst ihr ein defektes Funkgerät mitbringen. Es müsste noch im Wrack liegen."

„Wozu das Funkgerät?", fragt Michael nachdenklich, wobei er bereits nach Osten sieht.

„Unser Hochleistungsfunkgerät ist auf dem Weg hierher beschädigt worden", berichtet Jason. „Im Hubschrauber befindet sich ein defektes Gerät, durch das wir vielleicht ein Funktionstüchtiges bauen können."

„Das wird nicht einfach. Auf den Straßen wimmelt es nur so von den Zombies, wir werden starke Probleme haben den Helikopter überhaupt zu erreichen", gibt Becky zu bedenken und streicht sich die langen Haare aus dem Gesicht.

Missmutig stimmt Michael ihr zu. Auch wenn ihm der Gedanke nicht behagt den beiden Menschen dort oben nicht helfen zu können, macht ihm der Gedanke an die unzähligen Untoten mehr Sorge. Er atmet tief ein und geht ein paar Schritte, das Funkgerät weiterhin in der Hand.

„Michael?“ Er sieht nach oben und kann das Gesicht einer jungen Frau mit dunkelblonden Haaren auf dem Balkon sehen. Sie hat sich über das Geländer gebeugt und sieht zu den beiden herab. Jason muss sich in der Wohnung befinden.

„Ja, Kyra?“, antwortet er auf ihren Funkspruch.

„Ich verstehe, wenn ihr das nicht tun könnt. Es ist ein schwieriges Unterfangen und wir können von hier oben aus keine Deckung geben“, beginnt sie, und obwohl er ihr Gesicht nicht genau erkennen kann, weiß er doch, dass sie es ernst meint. Ihre Stimme klingt ernst und aufrichtig für ihn.

„Ihr kennt uns nicht und wir können euch nicht viel als Dank anbieten.“ Eine Pause herrscht. „Und ihr könntet bei dem Versuch umkommen.“

Michael schluckt schwer, denn sie hat genau erkannt, was in ihm vorgeht. Chan und Rufus befinden sich noch am Boot und Michael möchte ungern ihre beste Fluchtmöglichkeit unbewacht zurücklassen. Das würde jedoch bedeuten, dass er mit Becky oder Chan allein zum Helikopter vorstoßen müsste.

Er fährt sich mit den Fingern durch die Haare und schlägt den Kragen seiner Winterjacke auf. Die Seitenstraße ist weiterhin leer, doch auf dem direkt angrenzenden Grundstück des Hochhauses wanken einige Untote umher. Eine Flucht aus einem der unteren Geschosse würde ebenfalls nicht gelingen.

„Wir machen es“, bestimmt Michael und Becky nickt zustimmend.

„Danke!“

Kyra verschwindet von der Brüstung und kommt kurz darauf wieder.

„Ich habe euch ein P90-Sturmgewehr in einige Bettlaken eingewickelt und werfe es jetzt herunter. Passt auf, dass ich euch nicht treffe“, übermittelt sie per Funk und hebt das Päckchen über die Brüstung.

Michael verfolgt die Flugbahn des mit Paketklebeband zu einem Paket geschnürten Bettlakens. Es landet beinah lautlos keine fünf Meter von ihm entfernt.

Nachdem er das Päckchen geöffnet hat, kann er das P90-Schnellfeuergewehr vor sich sehen. Vorsichtig nimmt er die leichte Waffe heraus und hält sie prüfend in der Hand. Anders als seine Magnum hat die P90 nur einen sehr kurzen Lauf und er muss sie weit vorn anfassen. Die ungewöhnliche Form der Waffe mit der Aussparung im Griffbereich und dem sehr kurzen Lauf verwirrt ihn für einen Augenblick. Nach einigen Versuchen gelingt es ihm, das Magazin, das sich am oberen Rand der Waffe befindet, herauszunehmen und zu prüfen. Es ist komplett voll und so lässt er es wieder einrasten.

„Die P90 kann zwischen Einzel- und Dauerfeuer umgestellt werden. Dafür befindet sich ein kleiner Drehschalter beim Abzug, der ebenfalls die Sicherung der Waffe beinhaltet“, erklärt Kyra per Funk und Michael betätigt den Drehschalter.

Er zieht mit der freien Hand die Magnum aus dem Hosenbund und reicht sie Becky. „Wir gehen zu Chan und erklären ihm die Lage. Kyra, sieh dich bitte nach dem bestmöglichen Weg um, den wir nehmen können.“

Nachdem sie zum Boot zurück geeilt sind, erläutert Michael Chan die Situation.

„Ihr wollt also jetzt zu der Highschool und dort das Funkgerät bergen. Was ist, wenn dort noch mehr Zombies auf euch warten?“, gibt der Asiate zu bedenken. Nervös spielt er mit Rufus Fell.

„Dann lassen wir uns etwas einfallen, um nicht gefressen zu werden“, gibt Michael augenzwinkernd zurück. Auch wenn ihm nicht der Sinn nach Scherzen steht, will er seinen Freund so wenig wie möglich beunruhigen.

„Das klingt ja einfach …“, beginnt Chan, doch Michael unterbricht ihn sofort.

„Wir werden auf uns aufpassen, Chan. Wenn es zu gefährlich ist, werden wir es nicht riskieren. Dann müssen wir uns einen Plan B ausdenken, um die beiden aus dem Hochhaus zu befreien."

Missmutig nickt Chan.

„Was soll ich derweilen tun?" Becky krault Rufus den Kopf und nickt in Richtung Boot.

„Du passt auf das Boot auf. Wir müssen einen Rückzugsort haben, wenn es tatsächlich schief gehen sollte. Im Fall von Untoten, löst du einfach die Leinen und wartest, bis wir wieder zurückkommen. Du weißt noch, wie man das Boot bewegt?"

„Ja. Ich starte den Motor, schiebe den Schubregler leicht nach oben und lenke mit dem Lenkrad", antwortet Chan nach ein paar Sekunden.

Becky lächelt zufrieden.

„Genau. Und dann holst du uns ab."

„Ich werde da sein, verlasst euch drauf!", versichert Chan.

Kalt pfeift der Wind von Norden zu ihnen herab. Eine Kaltfront muss sich nicht weit entfernt, gebildet haben und Michael glaubt, den Geruch von Schnee riechen zu können. Der Winter kommt mit großen Schritten und ihnen bleibt nicht mehr viel Zeit, um in Sicherheit zu kommen. Er haucht auf seine klammen Finger und steckt sie abwechselnd unter seine Achseln.

„Das wird nicht einfach", schwört er Becky ein, doch die junge Frau lächelt ihn aufmunternd an. Zum ersten Mal, seit er sich erinnern kann.

„Holen wir den Sprengstoff und dann machen wir ein hübsches Feuerchen."

Sie zwinkert ihm zu und eilt los. Michael zuckt mit den Achseln, nimmt die P90 in den Anschlag und läuft hinter ihr her.

Sie folgen der Hauptstraße mit den vernagelten Häusern, bis sie die zweite Kreuzung erreichen. Fast überall um sie herum befinden sich freistehende Holzhäuser mit weitläufigen Gärten.

„Der amerikanische Traum", sagt Michael kopfschüttelnd.

Er konnte diesen Vorstadthäusern noch nie etwas abgewinnen. In seiner Jugend hat er eine Weile bei seinem Onkel gewohnt, der ein solches Haus besessen hat. Die Nachbarn waren alle überfreundlich und doch hat Michael schnell festgestellt, dass es nicht so ist, wie es scheint. Die Menschen in diesen Vorstadtgegenden haben dieselben Probleme, wie die in den Großstädten. Sie sind nur sehr bemüht, sie vor den Mitbewohnern zu verstecken. Statt offen damit umzugehen, versuchen sie alles, um ihre Probleme geheim zu halten. Das hat Michael nie verstanden. Besonders Amy Richards fällt ihm bei dem Anblick dieser Häuser immer wieder ein. Die rundliche alte Dame hat mehrmals im Monat auf ihn aufgepasst und obwohl sie kein Geld hatte, hat sie ständig große Feiern für alle Nachbarn geschmissen. Sie wollte auf keinen Fall ihr Ansehen verlieren.

Dass das auf Dauer nicht gutgehen kann, hatte Michael bereits mit sieben Jahren begriffen, doch war es Mrs. Richards egal. Sie sagte, dass man nur einmal lebe und daher müsse man das Beste daraus machen. Dass sie vielleicht recht hatte, auch wenn sie wohl nicht an eine Zombieseuche gedacht hatte, kommt Michael in den Kopf.

Er verdrängt die Gedanken und entdeckt gleichzeitig mit Becky die beiden schwankenden Gestalten. Abrupt bleibt er stehen und richtet die P90 aus. Becky tut es ihm mit der Magnum gleich.

Irgendetwas an dem Bild wirkt bizarr, doch weiß Michael nicht genau was. Erst als sich die beiden Zombies in ihre Richtung wenden, erkennt er es. Die beiden sind mit rosa Plüschhandschellen aneinander gefesselt. Die junge Frau und der ältere Mann müssen sich wohl gerade vergnügt haben, als sie dieses Unglück ereilt hat. Becky lacht hell auf, als sie die Handschellen sieht, und schüttelt den Kopf.

„Oh Mann, das muss ja demütigend sein. Man ist tot und trotzdem an den One-Night-Stand gebunden."

„Woher willst du wissen, dass sie ein One-Night-Stand ist?" Becky zeigt auf die halb verweste Hand des Mannes.

„Er hat einen Ehering, sie nicht. Zudem scheint sie deutlich jünger gewesen zu sein. Wahrscheinlich eine Prostituierte." Er kann sich ein Grinsen nicht verkneifen.

„Okay, Sherlock Holmes, was sollen wir nun mit dem Liebespaar machen?“

Becky überlegt einen Augenblick, währenddessen sich die beiden Zombies bereits bis auf fünf Meter genähert haben.

„Wir umgehen sie.“

Michael ist einverstanden, lässt das Sturmgewehr sinken und sie rennen um das untote Liebespaar herum.

„Zu schießen hätte uns nur Problem eingebracht und eine lautlose Beseitigung birgt immer Gefahren. Zwei Zombies können wir problemlos davon laufen. schwieriger wird es nur bei größeren Mengen“, erklärt sie ihm und Michael ist einverstanden.

Nachdem sie einige weitere Querstraßen hinter sich gelassen haben, erreichen sie die Highschool. Der Helikopter kann somit nicht mehr weit entfernt sein. Michaels Finger liegt am Abzug des P90-Sturmgewehres und er spürt, wie sich sein Magen zusammenzieht.

Die beiden jungen Leute atmen tief ein und beruhigen ihre Körper von dem Lauf. Aus Erfahrung weiß Michael, dass er ein schlechter Schütze ist, wenn er gerannt ist. Becky hat sich seinem Vorschlag untergeordnet, und so verschnaufen sie erst einmal ein wenig.

Vor ihnen befindet sich das backsteinfarbige Gebäude einer Highschool. Unkraut überwuchert die Pflastersteine und eine Tür bewegt sich quietschend im Wind. Der Bau verfügt über drei Etagen, soweit Michael dies sehen kann. Unzählige Fenster reihen sich hintereinander. Ein Maschendrahtzaun zieht sich am Grundstück entlang, der den Schulhof und die Sportanlage von der Straße trennt.

„Scheiße, das wirkt ja wie in so einem B-Movie. Fehlen nur noch die Zombies, die gleich um die Ecke stolpern“, flüstert Becky und bei dem Gedanken an eine weitere Horde Untoter stellen sich Michael die Nackenhaare auf.

„Beschrei es bloß nicht“, entgegnet er mit trockenem Mund und sieht sich nervös um.

Obwohl der Zaun scheinbar bereits Opfer von Zombieattacken geworden ist, hat er Stand gehalten. Haut- und

Kleidungsfetzen hängen von ihm herunter. Michael entsichert das Gewehr und geht mit vorsichtigen Schritten auf den Haupteingang zu.

„Der Hubschrauber ist im Stadion abgestürzt. Kyra sagte, dass sie durch die Schulkorridore gelaufen sind“, erinnert sich Michael und atmet tief die kühle Luft ein. Die Tatsache, dass er keinen Verwesungsgeruch riecht, wirkt beruhigend auf ihn.

„Meinst du, dass wir Glück haben und der Hubschrauber nicht belagert wird?“ Obwohl Michael unmöglich die Antwort auf diese Frage kennen kann, zuckt er mit den Schultern.

„Die meisten Zombies dürften den Schüssen gefolgt sein. Allzu viele werden wohl nicht bei einem leeren Wrack …“ Er verstummt mitten im Satz und starrt auf die Straße hinter Becky. Sein Atem geht schneller und Schweiß sammelt sich auf seiner Stirn. Sie schließt die Augen und seufzt.

„Bitte nicht …“

Ohne zu warten läuft Michael zum Eingang der Schule, hetzt die Stufen hinauf und sieht sich um. Becky ist ihm dicht auf den Fersen, doch wurden sie bereits entdeckt. Eine Meute aus gut einhundert der untoten Bewohner nähert sich der Schule zügig.

Die beiden stürmen durch die verwaisten Gänge. Schließfächer zu beiden Seiten des Ganges wurden aufgebrochen und ihr Inhalt auf dem Boden verteilt. Bücher, Notizhefte und Stifte befinden sich überall. Jemand hat seine ganze Wut an dem Eigentum anderer ausgelassen. Sie erreichen den hinteren Ausgang ohne Schwierigkeiten und gelangen auf den ausladenden Schulhof. Zwei Zombies wanken unsicher umher, haben sie aber noch nicht entdeckt. Ihr Stöhnen wird von dem kalten Nordwind zu ihnen herüber getragen und Michael kann den bekannten Verwesungsgeruch riechen.

„Das Stadion!“, ruft Becky und zeigt auf den ovalen Bau, keine zweihundert Meter von ihnen entfernt. Maschendrahtzaun trennt sie von ihrem Ziel, jedoch wissen sie, dass es einen anderen Weg geben muss. Jason hätte mit seinem Bein nie über einen Zaun klettern können.

„Wir hätten sie echt genauer nach dem Weg fragen sollen“, schimpft Becky, während die beiden den Zaun ablaufen.

Längst wurden sie von den beiden Streunern entdeckt, die nun laut stöhnend hinter ihnen herschwanken. Die beiden Männer scheinen die Hausmeister der Schule gewesen zu sein, denn ihre grauen Overalls tragen das Logo der hiesigen Sportmannschaft.

„MICHAEL!“, schreit Becky plötzlich erschrocken auf und weist in Richtung Hofausgang der Schule.

Die Horde Zombies, die ihnen soeben noch auf der Straße entgegen kam, hat sich den Weg durch das Schulgebäude gebahnt und folgt ihnen weiter.

„Die sind aber echt … schnell“, stellt Michael geschockt fest. Er bleibt stehen, hebt die P90 und schaltet sie auf Einzelfeuer um. Sein Atem geht schnell und Schweißperlen sammeln sich auf seiner Stirn, doch zwingt er sich, die Waffe ruhig zu halten.

„Beine etwas auseinander, du brauchst einen festen Stand. Waffe fest umschließen, zielen und den Finger erst an den Abzug, wenn du bereit bist zu feuern“, erklingt die leise Stimme seines Onkels in seinem Kopf.

Michael richtet die Waffe aus, wie sie es bei ihren Jagdausflügen des Öfteren gemacht haben. Jedoch war seine Waffe damals kein Sturmgewehr des Militärs, sondern eine ganz normale Repetierflinte.

„Was tust du? Wir müssen weg!“, ruft Becky, doch Michael lässt sich nicht ablenken. Er atmet tief ein und legt dann den Finger an den Abzug. Ein Schuss peitscht, ein zweiter und die beiden Hausmeister sacken ohne ein weiteres Geräusch zu Boden. Der Inhalt ihrer Köpfe verteilt sich auf den Steinplatten zu ihren Füßen. Er richtet die Waffe auf die näherkommende Hundertschaft aus und weist Becky an.

„Such die Lücke im Zaun.“ Ohne auf eine Antwort zu warten, feuert Michael weiter. Auf dreihundert Meter konnte er einen Rehbock mit einem Blattschuss erlegen. Die Köpfe dieser schwankenden Untoten zu treffen ist jedoch eine andere Hausnummer. Immer wieder verlässt ein Projektil donnernd das Magazin der P90 und Blut, Gewebe und Knochen spritzen in einer

Fontäne aus den getroffenen Körperteilen. Der Rückstoß der Waffe drückt schmerzend gegen seinen Oberarm, doch er ignoriert den Schmerz so gut es geht. Der kalte Wind lässt zudem seine Ohren schmerzen. Immer wieder feuert er und die Zahl der Zombies am Boden wächst.

„Hier ist ein Loch im Zaun!“, ruft Becky jubelnd und Michael feuert einer Krankenschwester in den Schädel, bevor er sich zu Becky umdreht und das Loch ebenfalls sieht.

„Alles klar!“

Er lässt die heiße Waffe vor seiner Brust baumeln und eilt zu ihr. Der Maschendrahtzaun ist an dieser Stelle eingeschnitten und kann beiseite gedrückt werden. Die beiden krabbeln hindurch und Michael zieht das Geflecht wieder vor die Stelle.

„Die Zombies dürften Probleme haben, dadurch zu kommen. Beeilen wir uns trotzdem!“

Seelische Abgründe

Jessy stöhnt mit schmerzverzerrtem Gesicht auf, als der Hummer durch ein Schlagloch fährt. Sterne blitzen vor ihren Augen auf und sie ringt nach Luft. Die Nacht ist über den Süden Kanadas hereingebrochen und doch rast Viktor zusammen mit den anderen beiden Fahrzeugen mit Höchstgeschwindigkeit über die freie Landstraße. Kaum zwei Tage ist es her, seit sie auf die Bewohner der Farm getroffen sind. Hier wurde Jessy angeschossen und Faith entkam nur knapp einem Treffer.

Die Scheinwerfer des mächtigen Geländewagens schneiden tief in die Dunkelheit und Jessy kann auf der Beifahrerseite den hell strahlenden Mond erkennen, der ihnen zusätzlich noch etwas Licht schenkt. Sie reibt ihre kalten Hände, die bereits in Handschuhen stecken, und streckt sich auf dem Rücksitz etwas aus. Maggie schläft bereits seit Stunden neben ihr. Die Krankenschwester hat sich bisher sehr gut um Jessy gekümmert, worüber sie sehr dankbar ist. Immer wieder treiben Jessys Gedanken ab, driften wie ein Stück Treibholz auf einer stürmischen Brandung aus dem Hier und Jetzt in die Vergangenheit. In wenigen Stunden würden sie ihre Heimat verlassen haben. Noch nie war Jessy außerhalb von Kanada. Mit ihren Eltern hat sie zumeist Urlaub in der Jagdhütte ihres Vaters am See gemacht. Auch als sie älter wurde, war die Zeit dort immer eine Möglichkeit, sich von dem Trubel in der Schule und vom Cheerleading zurückzuziehen.

Wehmütig denkt Jessy an die vielen Freundinnen, die sie nun nie wieder sehen wird. Ob es nun die etwas pummelige Susan ist, die als Maskottchen rumgelaufen ist und ihr jeden Wunsch von den Augen abgelesen hatte, oder ihre beste Freundin Michelle. Seit Kindesbeinen haben sie alles zusammen unternommen und jetzt weiß sie nicht einmal, ob Michelle noch lebt. Jessy lehnt den Kopf gegen die Lehne und schließt die Augen. Das gleichmäßige Rumpeln der Reifen über den zum Teil aufgebrochenen Asphalt beruhigt sie ein wenig. Die Schmerzen in ihrem Brustkorb melden sich nur bei Schlaglöchern, die die Stoßdämpfer nicht ausgleichen können.

Das sich verändernde Geräusch des mächtigen Motors reißt Jessy zurück in die Wirklichkeit. Viktor bremst den schweren Hummer langsam ab und lässt ihn ausrollen.

„Was ist los?“, flüstert Jessy und der Polizist deutet auf ein kaum zu erkennendes großes Schild in der Dunkelheit neben ihnen.

„Ein Walmart. Wir sollten ihn unter die Lupe nehmen. Unsere Vorräte gehen zur Neige“, antwortet Viktor und Jessy kann den Widerwillen in seinen Augen sehen.

Große Einkaufszentren sind in ihrer Vergangenheit immer ein Ballungsort von Zombies gewesen. Jessy streicht sich eine blonde Haarsträhne aus dem Gesicht und sieht nachdenklich in die Finsternis um sie herum.

„Vielleicht haben wir Glück und es sind keine Untoten dort“, äußert sie ihre vage Hoffnung, doch Viktor schüttelt den Kopf.

„Mehr als unwahrscheinlich, aber wir haben keine Wahl. Unsere kleine Gruppe vertilgt mehr, als wir an Beute gemacht haben. Die Vorräte sind rapide zusammengeschrumpft, auch wenn ich stark darauf geachtet hat, dass niemand zu viel isst und trinkt“, berichtet er Jessy leise, um Maggie nicht aufzuwecken. „Zwei der drei Fahrzeuge sind inzwischen nur noch halb voll, und zwar mit Zelten, Schlafsäcken und anderen nötigen Dingen. Nahrungsmittel sind Mangelwaren“, fügt er noch hinzu. Viktor betätigt den Blinker und Faith sowie Jason lenken ihr Fahrzeug ebenfalls die breite Auffahrt hinauf zum Walmart.

Auf dem Parkplatz befinden sich einige liegen gebliebene Fahrzeuge, die noch Spuren von Kämpfen aufzuweisen haben. Scheiben wurden eingeschlagen, Kotflügel zerbeult und Leichen liegen auf dem dunklen Boden mit den gelben Markierungen. Das kalte, bleiche Licht des Mondes verleiht der Szene einen gespenstischen Touch.

„Wenn jetzt hier ein Geist über den Parkplatz fliegt, würde mich das auch nicht wundern“, flüstert Maggie ein wenig unbehaglich. Ihre Finger umklammern verkrampft den Griff der Schrotflinte.

Die Wagen haben nebeneinander geparkt, sodass die Scheinwerfer eine gemeinsame Front bilden, die den Eingang erhellt. Viktor mustert aufmerksam die großen Scheiben und die weit offen stehenden elektrischen Türen. Seitdem es keinen Strom mehr gibt, müssen die Türen bereits offen stehen.

„In dem großen Supermarkt könnte sich eine ganze Armee verstecken“, flüstert Jessy eingeschüchtert.

Es behagt auch Viktor nicht, in einem Gebäude mit einigen hunderten Untoter gefangen zu sein. Nachdenklich streicht er sich mit der flachen Hand über den kahlen Schädel und lehnt sich in dem weichen Fahrersitz zurück. Der Motor brummt ruhig vor sich hin und eine helle Abgaswolke sammelt sich hinter den Fahrzeugen.

„Was machen wir nun?“, fragt Jessy. Viktor knirscht mit den Zähnen, mustert erneut den sternenklaren Nachthimmel und öffnet schließlich die Tür. Die kalte Nachtluft lässt Jessy erzittern und sie zieht eilig den Reißverschluss ihrer äußeren Jacke zu.

„Wir sehen es uns genauer an.“

Sie nickt und klettert ebenfalls aus dem Wagen. Faith, Mia und Lester kommen zu ihnen herüber und prüfen ihre Waffen. Die Remington ruht auf Lesters Unterarm, wobei er die Front des Walmarts aufmerksam prüft.

„Da könnten einige Hundert von diesen Bastarden sein“, gibt auch er zu Bedenken und Viktor stimmt ihm zu.

„Sehe ich auch so. Wir haben aber kaum eine Wahl, da unsere Vorräte sehr schnell zu Neige gehen.“ Seine Kiefer malmen erneut und Jessy verzieht genervt das Gesicht.

„Seht doch mal, wie klar die Sterne zu sehen sind“, stößt Mia bewundernd hervor und starrt in den Nachthimmel.

„Wow“, entfährt es Jessy begeistert, als sie die Abermillionen Sterne in einer Deutlichkeit sieht, die selbst während der Wanderungen mit ihren Eltern nicht zu erkennen war.

„Kein Wunder, wir produzieren kaum mehr Dreck, der in die Luft gepustet wird“, erklärt Lester und lächelt spitzbübisch.

„Die globale Erwärmung dürften wir tatsächlich noch stoppen können. Wer hätte das noch vor einem Jahr gedacht, dass die Menschen ihre Emissionen fast auf null bringen?“ Faith tritt einen Stein, der gegen das Wrack eines Ford Taurus prallt und entgegnet finster: „Dass dafür aber über sieben Milliarden Menschen sterben mussten, war bestimmt nicht so geplant.“

Der Kriegsveteran sieht sie traurig an und nickt bedächtig.

„Da hast du recht, es tut mir leid.“

„Wenn wir jetzt genug über Weltwirtschaft diskutiert haben, sollten wir uns mal dem Grund unseres Stopps zuwenden“, knurrt Viktor ungeduldig.

Lester winkt die anderen Mitglieder herbei und gemeinsam machen sie sich auf den Weg. Die Lichtkegel der Taschenlampen fügen sich zum Licht der Scheinwerfer und erhellen die Dunkelheit hinter den verdreckten Glastüren.

„Darius und Alexandr, ihr folgt mir als Erstes in den Laden. Jason, Maggie und Lilli, ihr passt auf die Fahrzeuge auf. Ich will nicht, dass sie uns gestohlen oder von Zombies eingenommen werden“, bestimmt Viktor. Ihm war nicht wohl bei dem Gedanken die Wagen mit stecken gelassenem Zündschlüssel unbewacht zurückzulassen. Daher entschied er sich dafür, einen Teil ihrer Gruppe zurückzulassen, auch wenn das ganze Unternehmen so länger dauert.

Das Geräusch von knackendem Glas ist in der Stille zu hören, als sie über die zerborstenen Türen hinwegsteigen. Mit den Waffen im Anschlag sondieren sie vorsichtig die Lage. Jessy, Lester und Faith befinden sich direkt hinter ihnen. Er gibt einen Wink und sie dringen weiter ins Innere des pechschwarzen Supermarktes vor.

Noch vor einem Jahr war er am Wochenende mit tausenden Menschen gefüllt, die aus den nahen Ortschaften zu ihm pilgerten, begierig auf die Angebote, die ihnen hier geboten wurden.

Im geisterhaften Licht wirken die Regale nun wie das Skelett eines gestrandeten Wales. Jessy hält die Schrotflinte leicht gesenkt und muss höllisch aufpassen, um nicht über leere Kartons zu stolpern, die achtlos von Plünderern zu Boden geworfen wurden.

„Wir teilen uns auf. Jessy, Alexandr und ich gehen zu den Waffen. Darius, du und der Rest geht in Richtung Lebensmittel“, befiehlt Viktor und zeigt in die entsprechenden Richtungen.

„Wenn ihr was findet, gebt ihr Bescheid. Wir cholen dann die anderen und bringen es zu den Autos“, fügt Alexandr mit seinem schweren russischen Akzent hinzu. Er zwinkert Jessy aufmunternd zu, die noch immer bleich im Gesicht ist.

Die Anstrengung aufgrund der Schmerzen in ihrem Brustkorb haben sie gezeichnet. Es wird noch einige Zeit dauern, bis sie sich von dem Treffer in die kugelsichere Weste vollständig erholt hat, dessen ist sich Viktor bewusst.

Nur zu gut kennt er diese Schmerzen. In dem Moment als Jessy getroffen zu Boden ging, waren Viktors Reaktionen zweigeteilt und er ist sich nicht sicher, welcher er mehr Bedeutung zumessen soll. Zu einem war der Schock da, aber auch gleichzeitig eine gewisse Erleichterung. Der Gedanke, dass Jessy zumindest den Hinweis darauf hat, dass Viktor etwas vor den anderen verbirgt, raubt ihm immer mal wieder den Schlaf.

„Wie würde die Gemeinschaft reagieren, wenn sie davon erführen?“, fragte er sich regelmäßig. „Wie viele Leben hätten eventuell gerettet werden können, wenn er sein Geheimnis geteilt hätte?“

Mit Jessys Tod wäre das Wissen um das umgefüllte „Wasser“ verschwunden und damit hätte er seine Ruhe gehabt. Die schleichende Ungewissheit, ob Jessy es nicht irgendwann erzählt, wenn auch nur aus Versehen, belastet Viktor, obwohl er es sich nicht eingestehen will.

„Hat sie es vielleicht schon jemandem in der Gruppe erzählt? Lester? Nein, der alte Mann hätte mich bei der erstbesten Gelegenheit erledigt, würde er davon wissen. Maggie? Eher nicht, denn sie hätte es den anderen erzählt. Alexandr? Das wäre eine Möglichkeit, jedoch stehen sich die beiden nicht sonderlich nahe“, überlegt Viktor. Seine Finger legen sich fester um den Griff der Glock und er atmet gepresst aus.

Sie rücken vor und Viktor folgt dem Russen, vorbei an Kleiderständern und aufgerissenen Schuhkartons. Immer wieder präsentieren Angebotsschilder ein Schnäppchen, doch sind die meisten Regale bereits geleert. Viktor lässt die Taschenlampe über den Fußboden wandern. Keine Spuren von Untoten möchte er übersehen, denn wenn es in diesem riesigen Komplex von ihnen wimmelt, muss er sie unbedingt rechtzeitig entdecken. Nachdenklich wirft er Jessy einen Blick zu.

„Auch wenn sie den anderen bisher nichts über seine Flaschen erzählt hat, dürfte es doch nur eine Frage der Zeit sein", knurrt er missmutig vor sich hin. Das Gesicht von Jimmy DeBlanc taucht wieder vor Viktors innerem Auge auf. Er war eine Gefahr, die beseitigt werden musste. Wenn die anderen von seinem Geheimnis erfahren, dann wäre das möglicherweise das Ende. „Würden sie es verstehen? Ja, vielleicht. Aber kann ich das Risiko eingehen?", zaudert er grimmig.

„Da vorn ist etwas", flüstert Jessy und bleibt augenblicklich stehen.

Viktor wird aus seiner Gedankenwelt gerissen und folgt ihrem ausgestreckten Finger. Ein Schatten wandert langsam und ziellos zwischen zwei Regalen mit Windeln herum.

„Vielleicht er kauft nur ein", scherzt Alexandr und grinst bösartig. Die 9mm-Pistole in seiner Hand geht in den Anschlag und er schnappt sich eine Packung der Windeln. Als er den Zombie erreicht, sieht Viktor, wie der Russe seine Waffe in die große Plastikpackung schiebt und abdrückt. Ein dumpfer Knall ertönt und das Gehirn des Zombies wird auf dem Boden verteilt.

„challdampfer", flüstert er und wirft Jessy die Packung zu. Diese wehrt sie ab und funkelt ihn ärgerlich an.

„Ein bisschen zu unhandlich für mich." Viktor grinst und zeigt auf ein großes Schild: PHARMACY.

„Wir sollten uns zuerst dort umsehen", befiehlt er und macht sich bereits auf den Weg. Alexandr und Jessy folgen ihm eilig, wobei jeder die unmittelbare Umgebung im Auge behält.

Viktor schwingt sich über die mit Holz verkleidete Theke und reißt dabei beinah einen der flachen Monitore herunter. Im letzten Augenblick kann der Scharfschütze ihn festhalten.

„Das war knapp“, stellt Alexandr fest und Viktor nickt ihm dankend zu.

Die Regale hinter dem Tresen sind komplett geleert und sie gehen weiter hinein. Große Schränke, mit herausgezogenen und geplünderten Schubladen bauen sich vor ihnen auf.

„Scheiße!“, keucht Jessy und taumelt zurück.

Die beiden Männer wirbeln herum und folgen ihrem Blick. Viktor flucht leise und lässt die Waffe sinken. In der Ecke vor ihnen sitzen zwei junge Frauen, die sie mit weit aufgerissenen Augen anstarren. Ein kleines Mädchen liegt tot über ihren Beinen.

„Das sieht nach einer Hinrichtung aus“, stellt Viktor angewidert fest.

Die beiden Angestellten tragen noch ihre Namensschilder. Er geht neben ihnen in die Hocke und betrachtet die Leichen aufmerksam. „Sie müssen von Plünderern oder Dieben gezwungen worden sein, sich in die Ecke zu setzen. Wahrscheinlich wollten sich diese Medikamente oder Rauschmittel besorgen. Haben die armen Leute einfach über den Haufen geschossen.“

„Was für cheine Verschwendung“, knurrt Alexandr und spuckt aus.

Die Werbebilder einzelner Produkte von glücklichen Familien über ihren Köpfen lassen die Szene für Viktor noch unwirklicher erscheinen. Er betrachtet das Bild, in dem jeweils ein Kind auf den Schultern seines Großvaters und das andere auf den Schultern seines Vaters sitzt. Sie befinden sich am Meer und zeigen auf etwas, das man nicht sehen kann. Der Name eines, Viktor unbekannten, Medikaments steht daneben und seine Gedanken kreisen zurück zu seinem Sohn. Auch wenn er in dieser grausamen Welt vermutlich nie glücklich geworden wäre, wünscht sich Viktor doch von ganzem Herzen, dass er bei ihm sein könnte.

Die Regale der Apotheke sind an der Wand entlang aufgebaut und wurden bereits größtenteils geleert. Schubladen wurden herausgerissen und leere Schachteln liegen verteilt herum. Auch im hinteren Bereich können sie niemanden entdecken. Nachdem sie noch einige wenige Medikamente aus den Schubladen einsammeln konnten, verteilt sich Viktors Gruppe, um die Regale auf dem Weg zur Waffenabteilung durchsuchen zu können. Das Licht der Fahrzeuge wirft seine bleichen Strahlen den Gang entlang, den Viktor gerade abgeht. Das dumpfe Brummen der Motoren dringt bis in die hintersten Ecken des Supermarktes. Es fühlt sich an, als würde die Luft vibrieren. Staubpartikel werden von seinen Füßen aufgewirbelt und immer wieder gleitet der Lichtkegel seiner Taschenlampe über einen verwesenden Körper. Zu ihrem Glück scheint sich aber, abgesehen von dem einen Kunden, niemand in dem Walmart aufzuhalten.

„Was soll ich bloß machen?", flüstert Viktor verärgert zu sich selbst. Seine Entscheidung Jimmy betreffend war einfach. Er mochte ihn nicht und kannte ihn noch weniger. Jimmy stellte ein Risiko für Viktors weiteres Überleben dar und somit musste er beseitigt werden.

Mit dem Fuß tritt Viktor unabsichtlich gegen eine Konservendose, die mit einem lauten Scheppern den Gang entlang rollt und gegen ein Regal rumst. Wie vom Donner gerührt verharrt er regungslos und leuchtet in alle Richtungen.

„Was war das?", ertönt Alexandr Stimme und Viktor flucht leise.

„Eine scheiß Konservendose. Habe sie übersehen." Er zwingt sich innerlich zur Ruhe und verdrängt, wie er es gern tut, alle Gedanken aus seinem Kopf. Die Zähne fest aufeinander gepresst, marschiert er eilig weiter. Den riesigen Supermarkt möchte er so schnell wie möglich wieder verlassen.

Urplötzlich ertönt ein Schuss, dann ein zweiter und dritter. Viktor geht sofort in Deckung und sucht die Umgebung nach Mündungsfeuer ab. Erneut feuert jemand, doch in der großen Halle ist kein Mündungsfeuer auszumachen.

„Wer schießt da?", brüllt er, ungeachtet der Gefahren, in die Dunkelheit.

„Keine Ahnung, wir nicht!", antwortet Lester und Viktor läuft es kalt den Rücken runter bei dem Gedanken, was noch übrig bleibt.

„Die Schüsse können nur von den Fahrzeugen kommen. Alle raus hier!“, befiehlt er und läuft los.

Mit der Waffe im Anschlag erreicht er soeben den Ausgang, als die ersten Untote hineinstolpern. Abrupt bremst Viktor und blinzelt in die grellen Scheinwerfer. Immer wieder schieben sich Körper davor und drängen Richtung Walmart. Erneut feuert jemand und ein Zombie, keine fünf Meter von Viktor entfernt, geht zu Boden. Der Polizist flucht erneut und verpasst einem Schlipsträger einen Schlag mit der schweren Taschenlampe. Der Schädel gibt ein Knacken von sich und der Zombie landet unter den Füßen des nachfolgenden Untoten.

„Zurück, schnell!“, ruft Viktor und stößt fast mit Darius zusammen. Der Farbige starrt auf die Wand aus Untoten, die sich nun alle durch den schmalen Eingang drängen. Viktor packt ihn an der Jacke und zieht ihn mit. Maggie und Lillie erscheinen um sich schlagend, und Viktor gibt ihnen Deckung. Mit seiner Glock erledigt er drei der nahestehenden Zombies. Ein Mann schreit vor Schmerzen und als Maggie Viktor erreicht, berichtet sie kurz.

„Jason hat‘s erwischt. Sie kamen aus dem Nichts. Da draußen müssen einige Hundert sein.“ Tränen laufen ihr über das Gesicht und sie kann sich kaum auf den Beinen halten.

„Viktor, wo sollen wir hin?“, ruft Jessy panisch und sieht sich hektisch in dem finsteren Kaufhaus um. Immer mehr Untote stolpern durch den Eingang und drängen die Gruppe Überlebender zurück. Der Polizist sucht die Wände mit seiner Taschenlampe ab, während sie sich wieder weiter ins Innere des Walmarts zurückziehen. Wie Feuerblumen wirkt das Mündungsfeuer, das aus den Läufen der Waffen erscheint und die Umgebung kurz erhellt. Jedes Mal geht mindestens einer der Zombies zu Boden. Endlich entdeckt Viktor, was er gesucht hat, ein kleines rechteckiges Schild mit einem weißen Strichmännchen auf grünem Grund.

„Zum Notausgang, folgt dem Schild!“, brüllt er über den Lärm der Waffen und Zombies hinweg.

Viktor hält den Lichtkegel seiner Taschenlampe solang auf das Schild gerichtet, bis er sich sicher ist, dass jeder es gesehen hat.

Viktor packt ein Rollregal, löst die Bremsen und schiebt es mittig in den Gang. Darius und Alexandr sind schnell bei ihm und packen mit an, damit das Regal umkippt. Ein Zombie, der in seinem früheren Leben eine Kellnerin war, wird von dem schweren Regal erschlagen und Blut spritzt über den Boden. Alexandr feuert und verteilt dadurch die Gehirne zweier Zombies auf dem Boden.

Viktor bewundert die Ruhe, die der russische Scharfschütze ausstrahlt. Obwohl er selbst schon oft in lebensbedrohlichen Situationen gewesen ist, hat er doch jedes Mal Mühe, sich unter Kontrolle zu halten. Alexandr's Hand zittert kein bisschen und immer wieder erledigt er einen Untoten nach dem anderen.

„Weiter!“, befiehlt Viktor, als weitere Zombies die Barrikade erreichen.

Um sie herum ist nur die absolute Schwärze zu sehen und in Viktor steigt das beklemmende Gefühl auf, dass sich hier vielleicht noch eine weitere Armee befindet. Die Frauen sind keine zehn Meter vor ihm, als Jessy plötzlich aufschreit. An die zwanzig Zombies schwanken aus dem Gang mit den Werkzeugen und einer packt die junge Frau.

Viktor reißt die Glock hoch und zielt. Sein Atem geht schwer und er sieht, wie seine Hand vor Anstrengung zittert. Der Lauf und der Kampf haben ihn stark mitgenommen. Die Mündung der Glock-17 ist auf die beiden Kämpfenden gerichtet. Er hat kein freies Schussfeld. Ein Gedanke blitzt in seinem Kopf auf, wie er all seine aktuellen Probleme lösen könnte. Er müsste nichts weiter tun als abdrücken. Sein Geheimnis würde mit ihr zusammen sterben und keiner macht ihm einen Vorwurf. Es war ja nur ein Unfall, da er ihr doch helfen wollte.

Sein Finger liegt auf dem Abzug und er atmet tief ein.

Zwiespalt

Auch wenn die kleine Gruppe in den vergangenen Tagen und Monaten schon vieles gesehen hat, ist der Blick aus der Luft doch etwas ganz anderes. Kaylee sah verlassene Städte, liegengebliebene Autos, Untote aber nun, aus fünftausend Meter Höhe, erfasst sie nach und nach das Gesamtbild. Was sie sieht, macht ihr Angst. Allein in den letzten dreißig Minuten sahen sie zwei große Armeen von Untoten.

Auch wenn aufgrund der Höhe eine Zählung unmöglich war, so sind sich Hector und sie doch einig, dass es sich um mehrere hunderttausend Untote handeln muss. Ein komplett überwuchertes Feld, die angrenzenden Interstates und der Parkplatz eines Supermarktes waren kaum zu erkennen.

Wie ein schwarzer Fleck wandert die Horde über das Land. Kaylees Schätzungen nach müssten sich die beiden Horden in einigen Tagen treffen und vermutlich vereinigen.

„Das müssen dann zusammen fast drei- bis vierhunderttausend Untote in einer, nach Blut gierenden Menge sein“, haucht Kaylee geschockt. „Ich hätte mir nie ausmahlen können, wie viele es wirklich sind. Die größte Ansammlung war bisher die, die um mich herum lief. Das waren keine hundert.“

„Das stimmt. Es ist unbeschreiblich“, stimmt Hector über den Lärm der Turbinen zu. „Sie sind unaufhaltsam, ohne Angst vor dem Tod. Selbst die schlimmsten biblischen Plagen scheinen ein harmloser Streich gegen diese Monster zu sein. Sie scheinen südwärts zu ziehen.“

Bei der Erinnerung an ihr Gespräch mit dem Major läuft Kaylee ein Schauer über den Rücken. In warmen Regionen würden die Toten aktiver. Sie werden schneller. Schnell bemüht sich Kaylee, die Vorstellung einer rennenden Horde dieser Größe zu verdrängen. Sie würden einfach alles niedermachen.

„Wie soll die Menschheit gegen so etwas bestehen?“, fragt sie, mehr zu sich selbst. „Was ist, wenn es auf der ganzen Welt so aussieht? Sind wir wirklich die letzten Menschen auf der Erde?“ Bei dem Gedanken zieht sich selbst Kaylee der Magen zusammen.

Verlassene Städte tauchen unter ihnen auf, verschwinden wieder. Einzig die schwarzen Punkte, die die Untoten zu sein scheinen, folgen ihnen für eine Weile, bis sie das Geräusch des Flugzeugs nicht mehr hören können.

Am Anfang des Fluges hat Kaylee nach Überlebenden Ausschau gehalten, diese Suche jedoch bald aufgegeben. Auch wenn sie jemanden sehen sollte, wäre es schier unmöglich, ihm zu helfen. Sie würden riskieren, das Flugzeug zu verlieren. Dann wäre für sie alles aus. Viel zu lange musste sie untätig warten, hatte keine Chance zu dem vereinbarten Treffpunkt zu gelangen. Vielleicht sind sie schon weg oder waren nie da. Leben sie überhaupt noch? Wäre es nicht wichtiger, selbst am Leben zu bleiben, als einer unwahrscheinlichen Begegnung entgegenzufliegen?

All diese und weitere Fragen tanzen durch Kaylees Geist.

Sie hat sich im Sitz des Copiloten in ihre Jacke gewickelt und die Augen geschlossen. Trotzdem kann sie weiter vor ihrem inneren Auge die Horden von Untoten sehen. Sie selbst wanderte unter ihnen, versteckt und doch sichtbar. Würde eine Meute dieser Größe sich ebenfalls täuschen lassen? Kaylee kann es sich nicht vorstellen. Sie hatte als Zombieläuferin einfach Glück. Bei dem Gedanken muss sie lächeln. Immer wieder hatte Major Grey sie nach ihrem Erlebnis mit den Zombies gefragt. Dass sie hauptsächlich nach Geruch zu jagen scheinen, schien für ihn neu zu sein.

„Hätten wir Bomben an Bord, würde ich versuchen einige dieser Horden auszulöschen", reißt Hector sie aus ihren Gedanken.

Widerwillig öffnet sie die Augen und blinzelt in den grellen Sonnenaufgang. Innerhalb der letzten Stunden haben sie einige hundert Kilometer zurückgelegt, was sie ihrem Ziel immer näher bringt.

„Dafür haben wir das falsche Flugzeug genommen", antwortet sie müde und streckt sich ein wenig. Wegen des Lärms und der mehrmaligen Turbulenzen hat sie kaum ein Auge zugetan. Selbst Hector scheint immer mal wieder in den Sekundenschlaf zu fallen.

Vermutlich sollte sich in den nächsten tausend Kilometern ohnehin kein weiteres Flugzeug befinden.

„Du hättest einen B52 kurzschließen sollen“, schlägt sie grinsend vor.

„Ja, zwei oder drei Atombomben und die Jungs dort unten sind Geschichte“, stimmt er ihr zu. Mit den Fäusten reibt er sich die Augen und gähnt herzhaft. „Darf ich dich was fragen?“, fragt er sie ernst.

Sie sieht ihn blinzelnd an und nickt. „Was suchst du in Tennessee? Ich meine, ich habe kein besseres Ziel, aber wieso Tennessee?“

Nervosität durchströmt Kaylees Körper und sie setzt sich etwas aufrechter hin. Kann sie Hector die Wahrheit sagen? Wenn er sie wüsste, würde er dann das Flugzeug wenden und einen geeigneteren Platz suchen? Der Latino blickt sie noch immer fragend an und Kaylee lächelt verlegen.

„Wenn ich es dir sage, versprichst du mir, mich nicht für verrückt zu erklären?“ Ihr Herz rast und sie kann fast spüren, wie mit jedem Herzschlag das Blut durch ihre Adern jagt. Noch nie hat sie jemandem die Wahrheit über diesen Ort gesagt.

„Ich verspreche es.“ Seine ruhige Stimme und das strahlende Lächeln beruhigen Kaylee ein wenig. Sollte Hector sie reinlegen wollen, zeigt er jedoch keine Anzeichen dafür.

In Gedanken geht Kaylee dennoch die Schritte durch, die nötig sind, um das Flugzeug in ihre Gewalt zu bringen, sollte er lügen. Sie atmet tief durch, setzt sich normal hin und dreht sich etwas in seine Richtung. Ihr Holster ist somit besser zu erreichen.

„Ich … ich möchte dort jemanden treffen“, ruft sie gegen den Lärm an.

Überraschung ist auf Hectors Gesicht zu sehen.

„Du weißt, dass dort noch jemand ist? Woher?“

Langsam schüttelt Kaylee den Kopf und blickt zu Boden.

„Nein, ich weiß es nicht mit Sicherheit. Ich war sehr lange von … ihnen getrennt und wir hatten eine Abmachung.“ Erst jetzt fällt ihr auf, dass sie ihre Hände nervös knetet und grinst verlegen. Sie legt sie flach auf ihre Oberschenkel. Die Sonnenstrahlen, die durch die Scheiben dringen, lassen ihre Haut angenehm kribbeln.

Da Hector nichts sagt, fährt sie fort. „Wir wollten uns an einem bestimmten Ort in Tennessee treffen, wenn ich mich irgendwie losreißen kann."

Die Erinnerung an den Gefängnisfrachter schwelt vor ihrem inneren Auge. Eine Flucht war unmöglich, erst musste die Welt untergehen. Welches Zeichen hätte sie sonst gebraucht, um sich zu dem vereinbarten Ziel aufzumachen? Dass sie vielleicht beinah ein Jahr zu spät kommt, das versucht sie zu verdrängen.

„Ich weiß, dass es egoistisch ist, uns dorthin zu führen … aber vielleicht sind sie ja noch dort. Er hatte es versprochen!" Ihre Stimme versagt und Kaylee blickt aus dem Fenster.

Die Skyline einer Stadt taucht am Horizont auf. Welche es ist, kann sie beim besten Willen nicht erkennen.

„Okay", antwortet Hector nach einem peinlichen Augenblick der Stille.

„Was?", keucht Kaylee überrascht über seine Zustimmung. Er zuckt mit den Achseln.

„Ich habe dir zugesagt, dass ich mitkomme. Dazu stehe ich, komme, was wolle." Er grinst breit und reicht ihr die Hand. Sie ergreift sie und drückt sie dankbar.

Obwohl es im Cockpit aufgrund der Motoren laut ist, fühlt Hector diese ungewöhnliche Ruhe in seinen Kopfhörern. Keine Kontaktaufnahme von anderen Flugzeugen, keine Richtungsänderungshinweise von der Bodenkontrolle. Es ist still. Kaylee hat das Cockpit vor einer halben Stunde verlassen, um sich mit Timmy im Wagen etwas hinzulegen.

„Sie ist sehr gefährlich. Bist du sicher, dass du mit ihr und dem Jungen gehen willst?", hatte ihn Major Grey vor seiner Abreise gefragt. Während Kaylee den Wagen belud, hat ihn sein vorrübergehender Vorgesetzter beiseite genommen. „Sie hat Männer mit einem Skalpell die Eier abgeschnitten, hat sie ausgeweidet und das alles bei lebendigem Leib", berichtete er weiter und das ernste Gesicht des Schwarzen wurde bleich.

Auch wenn Hector diese Fälle nie verfolgt hat, hatte er doch davon gehört. Sie sollen sich in Kanada und den Staaten zugetragen haben. Ein Bild des Täters hatte er jedoch nie gesehen und es war ihm auch egal. Kranke Menschen gab es zu Hauf und einer mehr oder weniger, wen juckt es?

„Sie wird mir nichts tun."

Seine Worte hallen noch in seinem Kopf nach. Nach der letzten gemeinsamen Nacht spürt er immer wieder das Verlangen nach Kaylee. Ihren Körper berühren, gemeinsam zum Höhepunkt zu gelangen. Der Sex mit ihr war wild und unglaublich gut. Nie hatte Hector mit einer heißblütigeren Frau als Kaylee geschlafen. Auch wenn sie ansonsten eiskalt zu sein scheint, konnte er doch in diesem Augenblick durch ihren harten Panzer sehen. Unter der kilometerdicken Schicht aus Kälte und Zynismus befindet sich ein weicher, verletzlicher Kern, der nicht allein sein möchte.

Wie könnte es sonst sein, dass eine bekannte Serienkillerin zusammen mit einem kleinen Jungen reist? Timmy, wie passt er ins Bild? Hector ist sich nicht ganz sicher. Vielleicht war der Junge der Auslöser, dass Kaylee wieder zurück zur Menschlichkeit gefunden hat. Dass Kaylee kein schlechter Mensch ist, hat er schon bei ihrem zweiten Treffen bemerkt. Sie versteckt dies jedoch erstklassig, was Hector noch mehr reizt, sie besser kennenzulernen. Der Gedanke, eine Serienkillerin sei kein so schlechter Mensch, amüsiert ihn, sodass er nur knapp ein Prusten unterdrücken kann.

Mit einfachen Frauen konnte er noch nie etwas anfangen. Seine Exfrau war mehr als nur etwas schwierig. Kurz vor der Zombieplage verließ sie ihn und hat alle seine Sachen mitgenommen hat. Als er abends von einer Tour zurückkam, war seine erste Überlegung, dass es einen Einbruch gegeben hat. Maria hatte selbst die Teppiche mitgenommen. Abgesehen von zwei Mehrfachsteckdosen war seine komplette Wohnung geleert. Klar, sie hatten ständig mal Streit, aber mit so was hatte Hector nun wirklich nicht gerechnet.

Bei der Erinnerung an die heißblütige Mexikanerin muss Hector grinsen. Sie trieb ihn in den Wahnsinn, war ständig auf

Konfrontation aus und hatte einen extremen Kontrollzwang. Wenn er dagegen nun Kaylee betrachtet, die mit ihrem Blick einen Vulkan zum Gefrieren bringen könnte, ist er wohl von einem Extrem ins andere gerutscht. Schon seine Mutter prophezeite ihm, dass er mit Frauen nie wirklich Glück haben wird. Er suche sich immer die mit extremen Problemen aus und wäre dann verwundert, wenn es zu Streit käme.

Hector wirft einen Blick auf den Höhenmesser, die Treibstoffanzeige und die restlichen Kontrollleuchten. Die C-130 ist nicht im besten Zustand, aber für ihr Alter hält sie sich sehr gut. Er konnte keine gravierenden Mängel feststellen. Das strategische Transportflugzeug wird ihnen gute Dienste leisten, dessen ist er sich sicher. Wenn die Landebahn ausreichend lang ist, könnte er fast überall landen. Ein Problem würde das Starten werden. Wenn sie nicht in Tennessee bleiben wollen, dann müssen sie Sprit auftreiben. Zwar sind die C-130 nicht sehr wählerisch, was sie schlucken, aber die Menge Treibstoff aufzutreiben ist nur auf Flughäfen oder Air Force Stützpunkten möglich.

„Ich werde Kaylee wohl besser erst mal nicht von dem Problem erzählen. Vielleicht tritt es ja gar nicht auf", überlegt Hector im stillen. „Vielleicht würde sie eine Falle wittern, denken, dass ich sie reinlegen will. Das will ich nicht riskieren. Sie baut gerade erst Vertrauen zu mir auf." Hector ist überzeugt, dass sie in einem solchen Fall handeln würde. Sie würde ihn unverzüglich töten.

„Wie geht's dir?"

Kaylee hat den Arm um Timmy gelegt. Zusammen haben sie sich auf die Rückbank des Hyundai gekuschelt, nachdem Hector ihn entsprechend gesichert hat. Selbst in starker Steillage würde der Wagen nun nicht mehr durch den Bauch des Flugzeuges rutschen können.

„Ganz gut", murmelt der Junge. Seine Finger spielen mit der Kordel von Kaylees Kapuzenpullovers. Das Brummen der mächtigen Triebwerke ist in dem Wagen nur gedämpft zu hören. „Sind wir bald da?"

Kaylee lächelt und streicht ihm durch die Haare.

„Hector sagt, dass es nur noch ein paar Stunden dauern wird. Fliegst du nicht gern?“ Timmy zuckt mit den Achseln.

„Es ist anders.“ Sein Zeigefinger streicht über den Aufdruck „Son“ auf Kaylees Pullover. „Dieses Flugzeug ist anders“, fügt er nach einem Moment des Nachdenkens hinzu.

„Ja, es ist ein Frachtflugzeug. Dafür können wir das Auto mitnehmen und sparen viel Zeit. Dort unten ist es gefährlich. Wenn ich könnte, würde ich hier oben bleiben“, erklärt sie ihm.

„Ist es in Tennessee sicher?“

Kaylee zuckt etwas zusammen. „Ich weiß es nicht, Schatz. Wir wollen dort Freunde treffen. Wenn es sicher ist, bleiben wir. Ansonsten fliegen wir weiter.“

„Und wohin?“

Kaylee kommt das gewaltige Heer von Untoten ins Gedächtnis. Egal wohin sie fliehen, wenn es dort Untote gibt, würden sie überrannt.

„Das werden wir dann sehen, wenn es soweit ist. In den kalten Regionen soll es sicherer sein, doch ist unsere Überlebenschance dort deutlich geringer“, antwortet sie ehrlich auf seine Frage. „Egal wohin wir gehen, die Toten sind schon dort. Hohe Mauern und Abgeschiedenheit. Ein Ort, an dem sich normalerweise kaum Menschen aufhalten. Das dürfte der optimale Ort sein“, erklärt sie ihm nachdenklich, wobei sie ihm weiter durch die Haare streicht. „Ein sehr wichtiger, Punkt ist der, dass die Versorgung mit Lebensmittel und Wasser sicher gestellt ist. Jedoch würde ein derart abgeschiedener Ort kaum genug Fläche für das Bewirtschaften von Land anbieten. Wir müssten uns aus dem Umkreis Nahrung besorgen, was jedes Mal ein Risiko bedeutet und auch irgendwann erschöpft sein wird.“

Timmy kuschelt sich näher an sie. „Ich verstehe“, murmelt er müde.

Eine einfache Lösung für dieses Problem gibt es mit Sicherheit, dessen ist sich Kaylee sicher. Sie ist ihr nur noch nicht eingefallen. Solange sie sich in der Luft befinden, sind sie sicher. Es kommt ihr vor, als hätte sich der gesamte Planet gegen sie verschworen. Die

Menschen haben ihren Platz an der Spitze der Nahrungskette verloren.

Kaylee spürt, wie sie zu zittern beginnt. Das Gefühl der Machtlosigkeit konnte sie über Jahre unterdrücken. Seit dem Tag als Anabelle entführt wurde, fühlte sie sich so. Das trügerische Gefühl der Sicherheit konnte sie sich erst nach und nach einbilden. Nun scheint es, als würde all das Verdrängte langsam zurück an die Oberfläche gelangen. Eilig drückt sie es wieder hinab in ihr Unterbewusstsein. Für eine derartige Auseinandersetzung hat sie nun wirklich gerade keine Kraft. Wenn der richtige Moment gekommen ist, würde sie sich ihren Emotionen stellen. Jetzt sind sie nur hinderlich. Machen sie schwach, berechenbar und kosten womöglich noch Leben.

Als ihr Magen knurrt, holt Kaylee eine Packung mit Crackern aus dem Rucksack zwischen den beiden vorderen Sitzen hervor. Sie öffnet sie und gibt Timmy drei der salzigen Kekse, bevor sie ebenfalls von einem abbeißt. Genüsslich reibt sie die Salzkristalle mit der Zungenspitze an ihrem Gaumen, bis sie sich aufgelöst haben. Viel zu lange ist es her, dass sie Süßigkeiten und Cracker essen konnte. Im Gefängnis gab es keine derartigen Köstlichkeiten. Selbst Nachtisch war sehr selten gesehen. Einzig zu Feiertagen, wie Weihnachten und dem vierten Juli wurde den Insassen Pudding oder ein kleiner, abgepackter Kuchen zum Essen dazugegeben.

„… hören Sie mich?“, ertönt die Stimme rauschend aus dem Funkgerät.

Fassungslos starrt Hector auf das Gerät, keine Armeslänge von ihm entfernt. Der Sprecher hat die Nachricht soeben das zweite Mal beendet. Da er hierbei nicht exakt dieselben Worte verwendete, ist sich Hector sicher, dass es sich nicht um eine Schleife handelt. Hier spricht tatsächlich ein realer Mensch.

„An das Flugzeug über uns, wir brauchen Hilfe. Können Sie uns hören? Mein Name ist Daniel und ich sitze hier mit meiner Frau und unseren Kindern in einem Haus fest. Hallo, hören Sie mich?“

Noch immer starrt Hector auf das Funkgerät, als wäre es ein Traum.

Schließlich gibt er sich einen Ruck und antwortet: „Ja, wir hören Sie."

Eine kurze Pause ertönt und Hector glaubt schon, dass sein Gesprächspartner die Frequenz gewechselt haben könnte.

„Bin ich froh, Ihre Stimme zu hören. Wir wurden von Untoten in die Enge getrieben, da unser Auto stehengeblieben ist. Können Sie uns bitte helfen?"

Hector sieht aus den Fenstern. Die Stadt liegt weit unter ihnen. Aus dieser Höhe kann er keine Details erkennen.

„Wie soll ich Ihnen denn helfen? Ich fliege in knapp viertausend Metern Höhe und habe keinen Helikopter", antwortet er wahrheitsgemäß. Mit einer C-130, so vielseitig sie auch sei, kann man nicht in einer Stadt landen.

„Ich weiß, dass es viel verlangt ist, aber wir brauchen wirklich Hilfe. Diese Dinger haben das Haus umstellt und uns gehen langsam die Lebensmittel aus. Bitte … wir haben Kinder", antwortet Daniel, ohne auf Hectors Frage einzugehen.

Hector reduziert die Geschwindigkeit ein wenig und lässt das Flugzeug langsam in einer Kurve absinken. Er schuldet es den Menschen, sich zumindest nach einer möglichen Landebahn umzusehen. Als Soldat hat er geschworen, Zivilisten zu beschützen. Dieses Versprechen scheint schon Hunderte von Jahren her zu sein, doch wühlt es sich gerade jetzt bis in seinen Verstand.

„Wo befinden Sie sich genau?", fragt er ins Funkgerät, ohne den Sinkflug abzubrechen.

„Im südöstlichen Viertel. Wir können sie von unserem Fenster aus gut erkennen", antwortet Daniel und Hector glaubt, Hoffnung in seiner Stimme erkennen zu können.

„Gibt es eine freie Fläche in ihrer Gegend, wo ich landen könnte?"

„Nein, leider nicht. Die Straßen sind eng und es stehen überall Autos herum. Vielleicht etwas außerhalb der Stadt. Kenne mich hier aber nicht wirklich aus. Wir stammen aus Miami.“ Hector flucht.

Würden sie außerhalb landen, würde der Lärm tausende Untote anlocken. Sie müssten sich durch diese hindurchkämpfen, Daniel und seine Familie einsammeln, zum Flugzeug zurück und dann sicher starten können. Ein Blick auf die Treibstoffanzeige sagt Hector, dass sie hierfür die Motoren abstellen müssten, während sie unterwegs sind. Das Risiko, das Flugzeug anschließend nicht mehr starten zu können, oder es nicht wieder zu erreichen, ist enorm.

„Ich sehe mir die Gegend an. Vielleicht finde ich einen Ort“, antwortet er halbwegs optimistisch.

Die C-130 hat einen Halbkreis durchgeführt, als Kaylee das Cockpit betritt.

„Was ist los?“, fragt sie misstrauisch und Hector bemerkt sofort, dass sie die Hand an der Waffe hat.

„Wir haben Funkkontakt mit einer Familie dort unten“, antwortet er möglichst gelassen. Mit einem Nicken deutet er Kaylee, Platz zu nehmen. Sanft lässt er die schwere Maschine noch ein Stück tiefer sinken.

„Und du willst landen und ihnen helfen?“

Er schüttelt langsam den Kopf.

„Ich möchte mir einen Überblick verschaffen, ob wir ihnen helfen können. Wenn es geht, sollten wir es tun. Sie haben Kinder.“

Kaylee setzt sich auf den Copiloten-Sitz, legt die Hände auf die Oberschenkel. Erleichtert atmet Hector auf. Auch wenn er sie sehr mag, hat er dennoch ein wenig Angst vor ihren möglichen Reaktionen. Kaylee hat für ihn eindeutig ein Vertrauensproblem. Das versteht er aufgrund ihrer bisherigen Lebenserfahrung nur zu gut. Nichtsdestotrotz verfliegt die Sorge nicht, wenn er ihr eine unschöne Nachricht überbringen muss.

„Als ob ich auf einen kranken Nervenkitzel stehen würde“, knurrt er grimmig.

Kaylee wirft ihm einen fragenden Blick zu, doch er winkt ab. Sie dreht sich zu ihm und sieht ihn durchdringend an. In dem Moment knarrt erneut das Funkgerät.

„Ich danke Ihnen. Wir danken Ihnen. Bitte helfen Sie uns“, ertönt wieder Daniels Stimme.

Kaylees Blick treibt Hector die Röte ins Gesicht. Nervös sieht er auf den Höhenmesser, den künstlichen Horizont und die Treibstoffanzeige.

„Hector …“, sie lächelt traurig. Sein Magen zieht sich zusammen.

„Wir können sie nicht einfach so zurücklassen!“, unterbricht er sie, bevor sie es aussprechen kann.

Unbeirrt von seinem Einwand sieht sie ihn weiter an. Ihre Meinung scheint festzustehen, das erkennt er an den harten Zügen um ihre Mundwinkel. Diese Familie bedeutet Kaylee nichts, sie würde sie eiskalt ihrem Schicksal überlassen.

„Sie haben Kinder!“, erinnert er sie. „Vielleicht jemand wie Timmy. Willst du sie wirklich auf dem Gewissen haben?“

Kaylee greift zum Funkgerät.

„Hören Sie …?“

„Daniel“, fügt Hector hinzu und Kaylee nickt.

„Daniel. Ich bin Kaylee. Wie alt sind ihre Kinder?“ Es bleibt einen Augenblick still.

„Acht und zehn. Was tut das zur Sache, Hailey?“

„Kaylee“, korrigiert sie emotionslos. Wie heißen sie und wo wurden sie geboren.“

Die Stimme am anderen Ende wird sauer.

„Was geht Sie das an? Helfen Sie nun, oder nicht?“ Erneut blickt Kaylee Hector an. Daniels Reaktion ergibt keinen Sinn. Selbst Hector könnte jedem auf den Punkt genau sagen, wie seine beiden Neffen heißen, wann und wo sie geboren wurden.

„Sie heißen James und Marina, geboren in Atlanta“, ertönt es nach einem kurzen Moment über Funk.

„Okay, Daniel. Geben Sie mir bitte eines der Kinder. Ich möchte mit ihnen sprechen.“ Bei Kaylees kalter Stimme läuft Hector ein Schauer über den Rücken. Selbst durch die schlechte

Funkqualität muss dieser Daniel ihre Stimmung mitbekommen haben.

„Kaylee. Sie können lang und ausführlich mit ihnen sprechen, sobald Sie uns hier herausgeholt haben."

Kaylee lächelt hart.

„Daniel, Sie verstehen nicht. Kann ich nicht mit den Kindern sprechen, landen wir nicht."

Es dauert eine gefühlte Ewigkeit, bis erneut Daniels Stimme zu hören ist.

„Sie schlafen gerade. Wieso sollte ich Sie belügen?"

Kaylee wendet sich Hector direkt zu.

„Der Typ verarscht uns. Wir können nicht einmal mit Sicherheit sagen, dass er in Gefahr ist. Vielleicht lockt er uns nach unten, wo seine Leute einen Hinterhalt planen. Dann töten sie uns und nehmen das Flugzeug."

Ein Schauer läuft Hector über den Rücken.

„Das kannst du nicht wissen", entgegnet er, selbst wenig von seinem Einwand überzeugt.

„Nein, das kann ich nicht, aber so würde ich es machen."

Hector betrachtet seine leicht zitternden Hände. In seinem Inneren ringt die Menschlichkeit mit der Vernunft. Wenn Kaylee recht hat, würden sie diesen Männern direkt in die Falle laufen. Liegt sie falsch, lassen sie einige Menschen ganz bewusst im Stich.

„Daniel, Sie haben zwei Minuten, um mindestens eines der Kinder ans Funkgerät zu holen. Ansonsten sind wir weg!"

Hector betrachtet Kaylee intensiv. Das soeben von ihr gestellte Ultimatum scheint ihr nicht eine Sekunde Sorge zu bereiten. Der Höhenmesser zeigt nun knapp zweitausendfünfhundert Meter an. Obwohl alles in seiner Seele danach lechzt, den Leuten zu helfen, stabilisiert er den Sinkflug, sodass sie die Höhe halten. Das gleichmäßige Brummen der Motoren lässt den Rumpf ein wenig vibrieren.

„Fahr doch zur Hölle, Miststück", ertönt die Antwort.

Weggefährten

Chan streichelt über Rufus' Kopf, während er sich die Zombiehorde vom Dach eines kleinen, leergeräumten Spirituosenladen ansieht. Michael und Becky sind schon eine geraume Zeit weg und vor einigen Minuten konnte er sogar Schüsse hören. Ein ungutes Gefühl macht sich in ihm breit. Er beißt ein Stück von dem gummiartigen Müsliriegel ab und kaut angestrengt darauf herum. Rufus sieht ihm aufmerksam zu und leckt sich ein paar Mal über die Lefzen. Ein leises „Wuff", ertönt und Chan muss grinsen.

„Sehr subtil, alter Freund", entgegnet er und sieht dem Hund in die Augen.

Dieser wedelt mit dem Schwanz. Sein neues Herrchen seufzt, reißt ein Stück des Riegels ab und hält es dem Hund hin. „Lass es dir schmecken." Vorsichtig nimmt Rufus es aus seiner Hand und schlingt es schnell herunter. Chan geht auf die andere Seite des Daches und betrachtet das Boot, das er noch knapp erkennen kann. Niemand scheint sich ihm zu nähern, also muss er seine Position nicht verlassen. Vom Dach aus kann er weit genug sehen, um jeden möglichen Dieb rechtzeitig zu erreichen, bevor dieser das Boot stehlen kann. Daher entschied er sich, näher an das Hochhaus heran zu gehen.

„Chan, hörst du mich?", ertönt Kyras Stimme und Chans Herz schlägt schneller. Schnell fummelt er das Funkgerät aus seiner Jacke. „Ja, ich höre dich. Was gibt es?"

Ein paar Mal knackt es im Kanal, dann ist sie wieder zu hören.

„Ich bin mir ziemlich sicher, dass die erste Barrikade, die wir im Treppenhaus gebaut haben, überrannt wurde", berichtet Kyra und Chan wundert sich, dass er keine Sorge in ihrer Stimme hören kann.

Erneut sieht er über den Rand des Daches hinab in die Straßenschlucht. Ein paar der Untoten haben sich in Richtung der Schüsse aufgemacht, jedoch viel zu Wenige. Wenn Michael und Becky sich nicht beeilen, dürfte es knapp werden.

„Das ist nicht gut. Kann ich etwas tun?"

„Nein, ich denke nicht. Bis die Dinger hier oben bei uns sind, wird es noch eine Weile dauern. Schwieriger wird es nur für uns, runter zu kommen, wenn das Gebäude überfüllt ist."

Chan nickt, als wenn sie das sehen könnte und sieht auf den Labrador runter.

„Wir müssen etwas tun, Rufus", sagt er zu seinem Begleiter und läuft auf dem Dach umher. Teils, um sich warmzuhalten, da der Wind ihm fast durch die Klamotten dringt, teils, um sich einen Überblick zu verschaffen.

„Ich könnte versuchen, sie aus dem Haus zu locken, jedoch ohne die große Explosion von eurem Sprengstoff sieht das schlecht aus", schlägt er per Funk vor.

Die Straßen sind fast komplett mit den untoten Fußgängern gefüllt. Hin und wieder ragt ein Autowrack aus dem Fluss an Leibern heraus.

„Du hast keine Waffe mehr und ich würde dir ungern unsere letzten Waffen runterwerfen. Sobald die Zombies hier oben sind, werden wir jede Waffe und jede Kugel brauchen", antwortet ihm Kyra, was Chan nachvollziehen kann.

„Ich lass mir etwas einfallen. Gib mir Bescheid, wenn sich etwas ändert."

Chan ist stolz auf sich selbst, wie mutig er in diesem Moment geklungen haben muss. Das flaue Gefühl in seinem Magen wächst jedoch rasch wieder an und er fragt sich, was er tun kann, um die beiden Söldner zu beeindrucken und am besten noch zu retten. Rufus hat sich auf die Dachpappe gelegt und betrachtet Chan aufmerksam.

„Okay, also was wissen wir? Zombies können sehen, riechen und sie können sehr gut hören", berichtet er dem Hund. „Alle auf einmal können mich nicht sehen, zudem könnte ich mit Sicherheit nicht lange vor ihnen davon laufen", fährt er nachdenklich fort. Sein Blick wandert über die nahestehenden Geschäfte, bis er an einer Drogerie, ungefähr vierhundert Meter entfernt, hängen bleibt.

Einem Lichtblitz gleich, durchzuckt Chan eine Idee. Er lächelt breit und reibt sich die klammen Finger. In seiner Jugend hatte er nicht viele Freunde und wurde in der Schule oft gemobbt. Einmal haben ihn seine Klassenkameraden mit Spraydosen erschreckt, die sie angezündet haben. Als diese explodiert sind, hat sich Chan damals vor Angst in die Hose gemacht. Nie würde er diese Demütigung vergessen.

„Chester Rimes … möge dein Arsch in der Hölle schmoren", knurrt er und reißt sich wieder zusammen. Er darf sich bei der Mission nicht ablenken lassen. Schnell durchwühlt er seine Taschen und findet das alte Benzinfeuerzeug, das ihm sein Großvater einmal geschenkt hat.

„Kyra, ich habe eine Idee. Haltet euch bereit, vielleicht reicht es aus, um euch Luft zu verschaffen", spricht er aufgeregt ins Funkgerät und hebt das Brecheisen vom Boden auf. „Rufus, wir machen nun richtig Krach!"

Als Chan die Straße erreicht, sieht er sich vorsichtig um. Ein paar vereinzelte Zombies streifen durch die Seitengasse, die mit umgestoßenen Mülltonnen und deren Inhalt vollgestellt ist. Im Schatten der umstehenden Häuser kann er den Himmel kaum sehen und die Nachmittagssonne erreicht nicht einmal den Boden. Das Brecheisen liegt beruhigend in seiner Hand. Rufus hat er auf dem Dach zurückgelassen, um nicht in die Situation zu gelangen, dass der Hund seine Position zu früh verrät. In leicht geduckter Haltung eilt Chan Richtung Norden durch die Gasse. Eine untote Barbedienung kommt ihm entgegen. Aufmerksam betrachtet Chan sie und schlägt dann mit dem Brecheisen zu. Bei einer abgebrannten Tankstelle biegt er links ab und geht hinter einem stark beschädigten BMW in Deckung. Fünf Untote wanken vor der Drogerie umher und sehen sich immer wieder interessiert um. Es scheint, als würden sie seine Anwesenheit spüren, ihn aber nicht sehen können. Chans Hand zittert und er muss sich stark zusammenreißen, um nicht umzudrehen und wegzulaufen.

„Kyra braucht deine Hilfe, vielleicht ist das deine einzige Chance, eine Frau zu beeindrucken", muntert er sich selbst auf.

Tief atmet er ein, hält die kalte Luft in den Lungen und atmet wieder aus. Sein Herzschlag wird langsamer und er prüft die Lage erneut. Die fünf Gegner befinden sich weiterhin sehr nah am Eingang der Drogerie, sodass Chan sich entscheiden muss.

„Wenn ich mich mit ihnen anlege, könnte es böse ausgehen“, wägt er seine Möglichkeiten ab. Sofort zittert seine Hand mit dem Brecheisen. „Reiß dich zusammen Chan. Kyra und Jason verlassen sich auf dich. Wer weiß, ob Michael es rechtzeitig schafft. Du bist ihre einzige Hoffnung“, drängt er sich zitternd zu einem Entschluss.

Er nimmt all seinen Mut zusammen, umfasst das Brecheisen fester und kommt hinter dem BMW hervor. Sein Herz rast, als er sich den Zombies nähert. Der Erste bemerkt ihn, stößt ein gieriges Stöhnen aus und stolpert auf ihn zu. Seine Artgenossen folgen ihm kurz darauf, doch konzentriert sich Chan erst einmal auf den Ersten. Der schlaksige Jugendliche hat ihn fast erreicht, als Chan das Brecheisen hebt und auf den Schädel niedersausen lässt. Knochen splittern, als der Stahl durch den Schädelknochen dringt, das Gehirn zerstört und im Rückenmark stecken bleibt. Panisch zerrt Chan an der Waffe, doch kann er sie dem toten Zombie nicht entreißen. Die anderen haben Chan nun erreicht. Mit aller Kraft zerrt er erneut an dem Brecheisen und mit einem Knacken gibt das Genick nach. Durch die plötzliche Befreiung hat Chan jedoch zu viel Schwung und landet auf seinem Hintern. Der abgetrennt Schädel hängt noch halb am Brecheisen.

Die Zombies greifen nach ihm. Chan kreischt kurz auf, als einer seine Jacke zu fassen bekommt. Schnell schlägt er die Hand beiseite und zertrümmert mit dem Brecheisen die Zahnreihe des Untoten. Mühsam rappelt er sich wieder auf und hämmert mit dem Brecheisen, an dem noch Teile des Schädels des Zombies hängen, auf den Kopf des Grapschers. Der Schädel wird von der Waffe geschleudert und landet mit einem Klatschen im Gesicht des Untoten. Erneut lässt Chan die Waffe auf den Kopf des untoten Verkäufers niedergehen, was dem Zombie den Rest gibt.

„Zwei erledigt, drei sind noch übrig“, keucht er und macht ein paar Schritte zurück.

Sein Arm schmerzt von der ungewohnten Anstrengung. Die restlichen drei Zombies kann er nach wenigen Minuten ebenfalls erledigen und stützt sich keuchend auf seinen Oberschenkeln ab. „Ich bin echt nicht in Form", keucht er grinsend und wischt sich einige Knochenstücke von der Kleidung. „Eine leichtere Waffe wäre zudem nicht verkehrt. Da muss ich mir bei Gelegenheit etwas Passenderes suchen", entscheidet er, während er sein schmerzendes Handgelenk massiert. Als er sicher ist, dass er wieder genug Luft bekommt und kein weiterer Zombie zu einem Kampf antritt, läuft er schnell in die Drogerie.

Die eingeschlagenen Scheiben knirschen unter seinen Füßen und die Regale wurden umgestoßen. Sämtliche Gegenstände, die man noch gebrauchen kann, wurden scheinbar geplündert. Chan sieht sich ängstlich um und kann einige Spraydosen mit Haarlack und Deodorant entdecken. Schnell sammelt er sie ein und stellt sie zu Gruppen zusammen. Dann legt er Bretter der beschädigten Regale dazu und stopft das Ganze mit Geschenkpapier aus, das er unter der Kasse gefunden hat.

Einige Geldscheine befinden sich ebenfalls noch in der Kasse, die Chan zu seinem kleinen Scheiterhaufen bringt. Dass Plünderer das Geld liegen lassen, wunderte ihn zuerst, doch wird ihm schnell klar, dass man damit ja nichts mehr anfangen kann.

In einem Karton entdeckt er noch ungefähr vierzig Fläschchen Nagellackentferner, schraubt diese auf und verteilt den Inhalt in dem gesamten Raum. Erst nachdem er sich vergewissert hat, dass ihn auf der Straße keine Armee von Untoten erwartet, zündet er das schmale Bündel fünfzig Dollarscheine in seiner Hand an. Die Flammen lecken an dem Geld und Chan wirft es so gut er kann in den Haufen mit dem Haarspray. Der Nagellackentferner fängt sofort Feuer und entzündet den Scheiterhaufen. Rasend schnell breiten sich die Flammen auf dem, mit Nagellackentferner bekleckerten Holzfußboden aus, und Chan verlässt eilig das Geschäft. So schnell er kann, läuft er zurück in die schmale Gasse, öffnet die Hintertür zum Spirituosenladen und kehrt aufs Dach zurück.

„Wo bist du gewesen?", ertönt Kyras Stimme über Funk und Chan drückt die Sprechtaste.

„Ich versuche die Zombies abzulenken, damit sie zumindest aus dem Gebäude hervorkommen. Verhaltet euch ruhig."

Er wischt sich den Schweißfilm von der Stirn und ringt nach Luft. Das Steigen der Treppen hat ihn mehr angestrengt, als er gedacht hätte. Chan sieht zum Drogeriemarkt, wo bereits Rauchschwaden aufsteigen, lange kann es nicht mehr dauern.

Ein Knall, lauter als ein Schuss, ertönt und zieht sich durch die Gassen zwischen den Holzgebäuden. Ein weiterer Knall, ausgelöst durch die explodierenden Dosen, erklingt, gefolgt von einer Reihe weiterer kleiner Explosionen.

„Warst du das?", fragt Kyra und Chan grinst zufrieden.

„Ja, das sollte die meisten von ihnen zumindest anlocken. Ist es im Treppenhaus zu hören?"

Nach einem Augenblick bestätigt Kyra, dass es selbst im Treppenhaus des Hochhauses noch gut zu vernehmen ist. Er beugt sich über den Rand des Daches und lächelt zufrieden. Das Meer an Zombieleibern hat sich bereits in Bewegung gesetzt und nimmt Kurs auf den Drogeriemarkt. Von seinem Blickwinkel aus kann Chan nicht erkennen, ob Zombies ebenfalls aus dem Hochhaus strömen, doch hofft er es inständig. Er legt dem aufgeregten Rufus die Hand auf den Kopf und redet leise auf den Hund ein. Die Explosionen machen ihn nervös, was Chan ihm nicht verdenken kann. Bei jedem Knall erinnert er sich düster an die Streiche aus seiner Schulzeit.

Mit einem Mal explodiert der Laden förmlich und Chan duckt sich automatisch. Überrascht sieht er zu dem Feuerpilz, der sich nun in den Himmel erhebt. Die Wucht der Explosion hat brennende Holztrümmer in die umstehenden Häuser geschleudert. Zwei weitere Häuser haben bereits Feuer gefangen.

„Ups …" Er schluckt und sieht erneut zu den Zombies herunter.

Die Explosion war der letzte Ausschlaggeber für sie. So gut wie alle Zombies haben sich inzwischen auf den Weg gemacht. Sie drängen wie Fans bei einem Rockkonzert gegeneinander, alle in dieselbe Richtung zu den Flammen. Zufrieden lächelt Chan vor sich hin. Sein Plan hat Früchte getragen, auch wenn er nicht vorgehabt hat, die ganze Einkaufszeile in Brand zu setzen. Vielleicht wirkt er in den Augen der beiden Söldner dank seiner Aktion nicht wie ein Versager. Kyra möchte er ganz besonders beeindrucken, da sie aus der Entfernung schon wunderschön aussah, denkt sich Chan, und knetet die Finger.

Vier gewaltige, gleichzeitige Explosionen lassen die Scheiben der Häuser klirren und Chan glaubt sogar, ein Zittern des Bodens zu bemerken. Gut einen Kilometer von ihm entfernt richten sich vier Feuerpilze auf und Chan klappt die Kinnlade herunter.

„NA! Das war ich aber nicht!“

Chan hat sich gerade entschlossen, das Dach zu verlassen, als er zwei Menschen sieht, die sich dem Hotel nähern. Beide sind bewaffnet, und als sie nah genug dran sind, kann er Michael und Becky erkennen. Freudig winkt Chan ihnen zu und eilt die hölzerne Treppe hinab, bevor er aus dem Geschäft herauskommt.

„Was ist passiert?“, fragt Michael direkt und Chan sieht ihn fragend an.

„Wir haben Explosionen gehört und dachten, dass ihr in Schwierigkeiten seid. Daher haben wir schnell einige Gastanks in den umstehenden Häusern mit C4 präpariert und gesprengt“, erklärt er seinem Freund.

Michael sieht auf einen Gegenstand, aus dem Kabel heraushängen. „Wir mussten das Funkgerät herausreißen, um schnellstmöglich bei euch zu sein.“

Chan sieht betreten zu Boden und aller Stolz, den er für seine Initiative empfunden hat, löst sich plötzlich in Luft auf.

„Ich war das. Die Dinger haben das Treppenhaus erreicht und ich wollte helfen“, antwortet er kaum hörbar.

Michael seufzt und lässt die P90 sinken. „Du hast mir echt einen scheiß Schrecken eingejagt, Mann“, sagt er grinsend und klopft seinem Freund aufmunternd auf den Rücken.

Becky wirft ihm einen finsteren Blick zu, sagt jedoch nichts.

„Wir sind auf dem Weg nach unten“, hören sie Kyra über Funk sagen.

Michael stellt das defekte Funkgerät ab und sieht auf die Rauchsäulen, deren Zahl immer mehr zunimmt.

„Ich glaube, dass wir drei die ganze Stadt in Brand gesetzt haben."

Chan nickt nachdenklich. „Ohne Feuerwehr dürfte es jedenfalls für die Häuser hier nicht gut ausgehen", stimmt er Michael zu und seufzt. „Das war eigentlich nicht meine Absicht."

„Gut zu wissen", wirft Becky ein und blickt auf eine Näherei, die bereits lichterloh in Flammen steht.

„Hallo ihr", hören sie die Stimme einer Frau hinter sich und die Drei drehen sich um. Kyra stützt Jason, während beide zwei schwarze Taschen mit sich schleppen. In ihrer schwarzen Kampfuniform wirken sie, Respekt einflößend.

Chan betrachtet die Adlerklaue, die eine Sonne in den Fängen hält, kurz, und schüttelt dann die ihm entgegengestreckte Hand.

„Jetzt sehen wir uns mal aus der Nähe. Freut mich euch kennenzulernen."

Jason, ein durchtrainierter Mann Mitte dreißig, verlagert sein Gewicht auf das andere Bein und stützt sich an einem Laternenmast ab. Er lächelt gequält, lässt sich jedoch ansonsten kaum etwas von den Schmerzen anmerken. Sie haben ein Bettlacken kleingerissen und um das Bein gewickelt. Chan kann ebenfalls ein Stück Holz erkennen, das sie für eine Schiene genutzt haben.

„Danke für eure Hilfe. Ich weiß nicht, was wir ohne euch getan hätten", fährt Kyra fort und ihre Schönheit lässt Chans Herz schneller schlagen. Sie streicht sich eine lange, blonde Haarsträhne aus dem Gesicht und streckt die Hand zum defekten Funkgerät aus.

Michael überlässt es ihr und fragt: „Auch wenn du es wieder hinbekommst, wen sollen wir anfunken?"

„Wir sind doch nicht allein. Unsere Basis verfügt noch über weitere Hubschrauber, die hoffentlich besser gewartet sind als unserer", knurrt Jason.

Michael nickt anerkennend und Chan nimmt seinen Mut zusammen. „Würdet ihr uns dann mitnehmen?"

Die Söldnerin lächelt und Chan spürt erneut das süße Ziehen in seiner Brust.

„Klar. Ihr habt uns doch gerettet."

„Und wohin geht die Reise?", mischt sich Becky ein, die den beiden offensichtlich nicht so ganz traut.

Jason setzt sich auf den Boden, ein P90-Schnellfeuergewehr auf dem Schoß, und stöhnt kurz auf. „Unsere Basis liegt weiter südlich. Zwischen Columbus und Cincinnati. Wir waren hier oben auf Erkundungstour, ob es vielleicht in Kanada sicherer ist", berichtet er den Dreien und Chan sieht ihn überrascht an.

„Und wir sind Richtung Süden unterwegs, in der Hoffnung, dass es dort sicherer ist", erklärt Michael den beiden. Eine peinliche Stille legt sich über die Gruppe.

„Gut, dann wissen wir alle nun, dass es weder im Norden noch im Süden wirklich besser ist", stellt Michael fest. „Machen wir das Beste draus und bündeln unsere Kräfte."

Kyra und Jason stimmen ihm zu, und als auch Becky einverstanden ist, seufzt Chan erleichtert. Auch wenn er bisher mit Michael überlebt hat, tendiert sein Unterbewusstsein doch eher zu einer Gruppe bewaffneter Söldner, die über Militärfahrzeuge, Munition und Helikopter verfügen. Wenn sie eine richtige Basis haben, dann muss es dort zumindest einen geschützten Bereich geben. Chan sehnt sich nach einem richtigen Bett. Der Schlaf im Auto ist ihm überhaupt nicht gut bekommen, es ist viel zu eng und unbequem. Ständig war er müde und abgenommen hat er durch die Entbehrungen der Zombieapokalypse auch.

Kyra löst einige Kabel, schraubt ihr mitgebrachtes Funkgerät auf, baut eine Platine aus und nach einigen Versuchen knistert es leise. Sie stellt eine Frequenz ein und sagt: „Alpha Basis, hier ist Team Delta. Hören sie mich?"

Gespannt warten alle, ob sich jemand meldet, doch bleibt die Leitung stumm. Kyra versucht es erneut und auch ein drittes Mal, als plötzlich eine Antwort ertönt.

„Team Delta, hier Basis Alpha. Wir hatten sie schon abgeschrieben. Was ist passiert?"

Kyra lächelt und schickt ein stummes Dankesgebet Richtung Himmel.

„Wir sind abgestürzt und hatten einige Schwierigkeiten. Erbitten Abholung bei den Koordinaten 41°27'35.7“Nord 82°11'42.2“West. Team plus 3“, berichtet sie kühl und Chan bewundert sie für ihre Professionalität.

„Rufus muss auch mitkommen“, erklärt er Kyra und sie überlegt kurz und stimmt dann zu.

„Der Helikopter ist groß genug, da können wir ihn mitnehmen. Um Verpflegung für ihn müsst ihr euch aber selbst kümmern.“

„Bestätige, Bergungsteam startet in wenigen Minuten zu euren Koordinaten. Team plus drei“, ertönt es aus dem Funkgerät und Kyra steckt es weg.

„Ich habe ihnen die Koordinaten einer kleinen Wiese gegeben, die ich von unserer Unterkunft aus sehen konnte. Wir müssen los!“, berichtet Kyra der Gruppe und Jason stemmt sich mühsam wieder in die Höhe.

„Dann mal los“, keucht er und stützt sich auf seine behelfsmäßige Krücke.

„Wir haben unsere Sachen noch auf dem Boot. Die müssten wir zuerst holen und dann zum Landeplatz bringen“, wirft Michael ein und Chan kann erkennen, dass seinen Freund irgendetwas bedrückt.

Kyra seufzt, streicht sich erneut die widerspenstigen Haare aus dem Gesicht und stimmt zu. „Okay, wir gehen Richtung Westen. Der Park liegt vier Querstraßen Richtung Westen von hier aus. Der Hubschrauber braucht zwar gut zwei Stunden, aber die sind schnell um.“

Sie trennen sich, und als die beiden Söldner außer Hörweite sind, sagt Michael: „Ich habe da so meine Bedenken. Sie sind einfach zu ... nett, als dass alles gut sein kann.“ Die beiden sehen ihn überrascht an und Chan widersteht dem Drang, sich sofort auf Kyras Seite zu schlagen. Er lässt sich, wie so oft, alles erst einmal durch den Kopf gehen, bevor er eine Entscheidung trifft.

Becky ist jedoch schneller. „Sie haben uns bisher nicht geschadet. Wir haben Waffen von ihnen bekommen und jetzt wollen sie uns sogar mit ihrem Helikopter mitfliegen lassen." Sie steckt ihre Hände in die Taschen der Winterjacke und marschiert schneller. Chan hat Mühe mitzuhalten und pflichtet ihr bei.

„Die sind beide sehr nett und ich denke, dass wir bei ihnen sicherer sein dürften, als wenn wir uns allein durchschlagen."

Becky bleibt stehen, wofür Chan ihr stumm dankt.

„Nicht alle Menschen sind schlecht. Vielleicht wollen sie sich nur für ihre Rettung bedanken! Schon mal daran gedacht?", gibt sie zu Bedenken und Michael nickt.

„Ja, das habe ich tatsächlich. Ich denke nicht, dass die beiden ein Problem für uns sind. Du weißt aber nichts von ihrem Stützpunkt."

Chan wird langsam klar, dass Michael an das kleine Dorf denkt, das aufgrund ihres Besuches kurz vor der totalen Ausrottung gestanden hat. Auch Chan möchte es keinesfalls riskieren, wenn auch unabsichtlich und ohne eigenes Verschulden, erneut den Tod über andere Menschen zu bringen.

„Sie sind gut bewaffnet, verfügen scheinbar über eine Organisation und Struktur. Es ist das, was dem normalen Leben am nächsten kommt", beginnt Chan und muss seinen ganzen Mut aufbringen, um Michael zu widersprechen.

„Wir sind auf der Suche nach einem Platz zum Leben und diese Gruppe von Menschen hat so etwas. Wollen wir das wirklich ausschlagen?" Er sieht seinen Freund an, und auch wenn es Chan schwerfällt würde er Michael sofort folgen, wenn dieser nicht mitfliegen möchte.

Michael rauft sich die Haare und sie gehen schweigend bis zum Boot. Rufus ist vorgelaufen und jagt einige Möwen, die sich kreischend in die Lüfte erheben.

„Wie auch immer du dich entscheidest, ich werde dir folgen", versichert Chan Michael, hofft jedoch inständig, dass er sich für den Helikopter entscheidet.

„Es sind Söldner, die eine Basis irgendwo hier in der Gegend haben. Sollen wir wirklich unser Leben in die Hände von Fremden legen?"

Chan zuckt unwissend die Schultern. „Ich weiß es nicht. Wir können Pech haben und diese Leute sind nicht das, was wir uns erhoffen. Aber es wäre auch möglich, dass wir schon morgen von Zombies überrascht werden und beide sterben."

Die beiden Freunde sehen betrübt auf den großen See. Das Wasser schwappt gegen den Holzsteg und Chan wünscht sich, dass es wieder normal wäre. Keine Zombies, kein Ende der Menschheit, einfach wieder diesen trostlosen Alltag, den er früher immer so verflucht hat. Allein der Gedanken morgens zur Arbeit aufstehen zu müssen, hat ihn geärgert. Jetzt würde er alles für diese Normalität geben. Chan atmet tief die kalte Winterluft ein und betrachtet die Schönheit des Sees, während hinter ihm die Stadt nach und nach in Flammen aufgeht.

„Einverstanden, wir fliegen mit ihnen", entscheidet Michael und sie machen sich daran, die wichtigsten Gegenstände auszusuchen, um den Helikopter nicht zu überladen.

Entscheidungen

Seine Hand zittert leicht und in Viktor ringen die Gefühle miteinander. Seit sie von den Zombies von ihren Fahrzeugen abgeschnitten wurden, mussten sie weit in den Walmart zurückweichen. Die halb verweste Hand eines Zombies hat Jessys Arm umklammert und sein Körper presst sich gegen die junge Frau. Sie schlägt und tritt nach ihm, doch lässt der schmerzimmune Angreifer nicht locker.

Die anderen der Gruppe erwehren sich der Angriffe der restlichen Zombies und keiner scheint Jessys Dilemma zu bemerken. Ihre langen blonden Haare wirbeln herum, während sie sich gegen den Zombie zur Wehr setzt. Würde er Jessy nicht helfen, wird sie sterben. Sein Geheimnis würde mit ihr sterben und Viktor wäre wieder frei. Auf der anderen Seite, erinnert sie Viktor sehr stark an jemanden aus seinem früheren Leben.

„Wenn noch jemand unter irgendwelchen mysteriösen Umständen stirbt …“, spukt plötzlich Lesters Stimme durch Viktors Gedanken. Verärgert verzieht er die Mundwinkel. Sein Blick wandert über die Szene, in der Jessy den Kampf gegen den Zombie zu verlieren scheint. Immer mehr nähert sich sein schnappender Kiefer ihrem Arm. Viktor hat sich entschieden. Er spannt die Muskeln an, presst die Zähne fest aufeinander und zieht den Abzug zurück. Der Schuss peitscht aus seiner Waffe und das Projektil schlägt in den Schädel des Zombies ein. Blut spritzt Jessy ins Gesicht und sie schwankt gefährlich, als der Untote seine Kraft verliert und gegen sie fällt.

Wütend stößt sie ihn von sich und keucht vor Anstrengung. Sie wischt sich das Blut mit dem Ärmel vom Gesicht und stützt sich auf ihren Oberschenkeln ab.

„Danke!“, keucht sie und Viktor nickt grimmig.

Inständig hofft er, dass es die richtige Entscheidung war, sie nicht zu erschießen. Noch nie hatte er Skrupel, einen Zeugen oder unliebsamen Konkurrenten loszuwerden, doch bei dieser Frau ist es anders.

Die Zombies hinter ihnen haben die Barrikade scheinbar ebenfalls überwunden und nähern sich nun eilig. Viktor flucht und hilft den anderen, die restlichen vier Gegner zu überwältigen, die noch übrig sind. Er feuert und erledigt eine Hausfrau mit einer blutigen Schürze, einen übergewichtigen Jugendlichen mit kaputter Brille und geht anschließend zu Jessy.

„Alles in Ordnung?", fragt er und schiebt den Gedanken an den Wunsch, sie zu beseitigen schnell beiseite.

Sie nickt eilig und lädt die Schrotflinte nach. „Ja, er hat mich einfach überrascht. Das war knapp, ich dachte schon, das war's", antwortet sie keuchen.

Viktor grinst schief.

„Solange du mich auf deiner Seite hast, wird dir nichts passieren." Er zwinkert ihr zu und die Gruppe läuft weiter Richtung Notausgang.

Viktor ist klar, dass sie die Zombies alle in den Bau hineinlocken müssen, damit sie ihre Fahrzeuge erreichen können. Ohne diese würden sie niemals überleben.

„Chier ist Notausgang!", ruft Alexandr.

Mia geht an ihm vorbei und stößt die schwere Metalltür auf.

„Scheiße!", flucht Viktor, doch noch bevor er reagieren kann, hat der Untote vor Mia zugepackt. Seine Hände greifen die Musikstudentin und seine Zähne schlagen sich tief in ihren Hals.

„NEIN!", faucht Faith, springt an dem schockierten Russen vorbei und hämmert ihre 45er-Desert-Eagle auf den Schädel des Zombies.

Dieser reißt ein dickes Stück Fleisch aus Mias Hals, während er zusammenbricht. Ein starker Schwall Blut strömt aus ihrer Halsschlagader. Panisch drückt sie ihre Hand darauf. Maggie eilt herbei.

„Heilige Scheiße, wo kam der denn her?", keucht Jessy und starrt Viktor an.

Dass Mia nicht mehr zu retten ist, sah er auf den ersten Blick. Selbst wenn sie nicht infiziert wäre, ist diese Wunde zu tief. In weniger als einer Minute wird sie verblutet sein. Gurgelnd ringt sie nach Luft, blickt in die verzweifelten Gesichter von Maggie, Faith und Vanessa, die sich neben sie gekniet haben. Unablässig sprudelt Blut aus der Halswunde. Dann hat sie den verzweifelten Kampf um ihr Leben verloren.

„Nein …“ Wütend wischt sich Faith die Tränen von den Wangen. „Das ist nicht fair“, flucht sie, und tritt wütend auf den erledigten Untoten ein.

„Darius, schieb den Müllcontainer vor den Ausgang!“, befiehlt Viktor und der ehemalige Lehrer beeilt sich, zusammen mit Lester, den Ausgang zu blockieren.

„Überprüft eure Munition. Wir müssen zurück zu den Fahrzeugen“, fordert Viktor die Gruppe auf und lässt das Magazin aus seiner Waffe gleiten. „Sechs Schuss im Magazin, eine im Lauf und noch zwei Ersatzmagazine“, zählt er und knirscht ärgerlich mit den Zähnen. Das ist nicht viel Munition und im Walmart konnte er nichts erbeuten.

„Wie kannst du so gefühlskalt sein?“, faucht ihn Vanessa an und baut sich vor dem Polizisten auf.

In Anbetracht ihrer zarten Figur wirkt es beinah putzig, doch ist Viktor absolut nicht zum Lachen zumute. „Sie ist tot. Wir können nichts mehr für sie tun und hinter uns sind einige hundert Untote her. Tut mir leid, dass ich uns hier rausbringen will! Jetzt überprüft euren Munitionsvorrat.“

Bei den anderen sieht es auch nicht viel besser aus. Maggie hat gar keine Munition mehr, Jessy noch vier Patronen und selbst Alexandr hat nur noch zwanzig Schuss für seine Handfeuerwaffe.

Die restliche Munition befindet sich in den Fahrzeugen, zu denen sie es erst einmal zurückschaffen müssen.

„Wir dürfen hier nicht verweilen. Sie werden den Notausgang auch bald finden“, bemerkt Viktor grimmig. Zusammen mit Alexandr geht er an der Außenwand des Walmarts entlang, an der sich längst abgelaufene Angebote auf Plakaten befinden. Er lugt um die Ecke und sein Magen zieht sich zusammen.

Auch wenn der Walmart inzwischen mit Sicherheit ein- bis zweihundert Untote beherbergt, befinden sich doch noch mehr als genug draußen. Unzählige Zombies schwanken stöhnend um die Fahrzeuge herum, deren Scheinwerfer die Nacht erhellen. Die

Motoren laufen weiterhin und Viktor kann das Brummen hören. Er verflucht sich selbst, dass er so dumm gewesen ist. Natürlich sind laufende Motoren immer eine Geräuschquelle und die Zombies mussten sich in der Nähe befunden haben. Seine eigentliche Vorsichtsmaßnahme hat sie zwei Mitglieder gekostet und vielleicht noch ihre Fahrzeuge, wenn ihm nichts einfällt.

„Das sieht nicht gut aus", knurrt Alexandr Wolkov und prüft die Umgebung mit dem Nachtsichtgerät seines Scharfschützengewehrs.

Viktor stimmt ihm zu und winkt die restliche Gruppe heran.

„Die Fahrzeuge werden von diesen Bastarden belagert. Ich wette, der Krach der Motoren hält sie dort", erklärt er die Situation und sein Verstand arbeitet unentwegt, um einen möglichst optimalen Schlachtplan auszuarbeiten. Nervös kratzt er sich an der Stirn, während er ihre Optionen abwägt.

„Wir könnten versuchen sie wegzulocken und sie kalt machen, indem wir irgendwo anders Krach machen", schlägt Faith grimmig vor. Sie ist ganz offensichtlich auf Rache aus. „Das würde sie beschäftigen."

Viktor reibt sich nachdenklich die Stirn und schüttelt schließlich den Kopf.

„Nein, wir würden sie zwar anlocken, aber auch deren Freunde aus dem Laden." Betretenes Schweigen breitet sich aus und immer wieder sehen sie sehnsüchtig zu den drei Autos herüber, die leise vor sich hin brummen.

„Wie viele sind es?", fragt Lester und Alexandr zuckt mit den Schultern.

„Chundert, zweichundert, ich weiß nicht genau."

Der Veteran nickt nachdenklich und scheint sich einen Plan zu überlegen.

„Was hast du vor?", fragt Viktor leicht gereizt. Die Kälte und das durchgängige Gestöhne der Untoten zerren an seinen bereits angeschlagenen Nerven.

„Wir müssen die Anzahl der Gegner reduzieren, beziehungsweise sie von den Fahrzeugen weglocken."

Viktor verdreht die Augen und will gerade sagen, dass er nicht das Offensichtliche hören will, als Lester fortfährt.

„Der Walmart verfügt über ein Gitter, das sich oben über dem Eingang befindet. Es kann manuell geschlossen werden." Er zeigt auf den Eingang. „Wir würden die eine Hälfte drinnen einsperren, und die andere dann weglocken."

Für einen Augenblick ist Viktor von der Kühnheit des Plans überrascht und lässt ihn sich durch den Kopf gehen. Das Risiko ist hoch, doch belagern die Untoten ihre einzige Fluchtmöglichkeit. Eine Alternative fällt ihm nicht ein und so stimmt er zu.

„Okay, nur wie sollen wir an die Handsteuerung gelangen. Zwischen ihr und uns befinden sich unzählige dieser Viecher", gibt er grimmig zu bedenken.

Wieder suchen sie die Reihen der umherwandernden Untoten nach einer Lücke ab, können jedoch keinen sicheren Weg entdecken.

„Wir lenken sie ab", bestimmt Faith und lächelt grimmig. „Ich werde sie beschäftigen, aber so leise wie möglich, damit ihre Freunde aus dem Walmart nicht dazu stoßen." Sie wirft ihre Locken aus dem Gesicht und zieht einen Hammer aus dem Rucksack. Ihre Augen funkeln vor Entschlossenheit und noch bevor Viktor etwas erwidern kann, schließt sich Vanessa ihr an.

„Wir bieten ihnen ein Ziel und locken sie von dem Eingang weg. Ihr schnappt euch die Fahrzeuge und verschließt das Tor."

Vanessa wirkt keineswegs so siegessicher wie ihre Freundin, das sieht Viktor mit einem Blick. Sie scheint Faith nur in nichts nachstehen zu wollen, was bei einem solchen Unternehmen schnell zum Tode führt. Zudem will auch sie den Tod ihrer Freundin Mia rächen, was noch viel gefährlicher ist, da es zu Leichtsinn verleitet.

„Das ist zu riskant, wir sollten uns einen anderen Plan überlegen", wirft Maggie ein.

Ein metallisches Kreischen lässt die Gruppe zusammenzucken. Der Müllcontainer, den sie vor dem Notausgang platziert haben, hat sich bewegt. Die Zahl der nachdrängenden Zombies muss groß genug sein, dass sie ihn langsam wegschieben.

„Keine Zeit, wir nehmen Faith's Plan. Los geht's!", beschließt Viktor und sie laufen los.

Jessy läuft direkt hinter Viktor her. Zusammen haben sie die Aufgabe, das Tor von Hand zu schließen. Während der Schulzeit musste Jessy einmal ein Praktikum bei einem kleinen Supermarkt machen, der ebenfalls ein Metallgitter vor der Tür hatte. Für den Fall eines Stromausfalls konnte man es trotzdem von Hand hoch oder runterfahren. Inständig hofft sie, dass Walmart eine ähnlich aufgebaute Mechanik verwendet. Die Schrotflinte hat sie sich auf den Rücken gebunden, die beim Laufen hin und her schwingt. Sie halten sich im Schatten des großen Gebäudes, und da der Wind ihnen den abscheulichen Gestank des Todes entgegen bläst, wissen sie, dass die Zombies sie nicht riechen können.

Jessys Herz rast bei dem Gedanken, sich an einer Herde von Zombies vorbei zu schleichen. Sie muss sich stark anstrengen, um das Gefühl der Panik zu vertreiben. Die Bilder des Kampfes im Wald kommen ihr wieder ins Gedächtnis. Zusammen mit Viktor hat sie wie ein Berserker gekämpft und irgendwie hat sie das Gefühl, dass sie sich seinen Respekt verdient hat. Seit diesem Zeitpunkt sieht er sie anders an und scheinbar hat er sich eben daran erinnert. Sie erkennt diesen vertrauten und gleichzeitig vermissten Blick eines gutmütigen Beschützers. Viktor würde ihr nie etwas antun, dessen ist sich Jessy sicher. Auch wenn der Polizist manchmal grob ist, ist er für Jessy doch kein schlechter Mensch.

„Pass auf, wo du hinläufst", knurrt Viktor und sie wird aus ihren Gedanken gerissen. Er hat sie am Arm gepackt und zieht sie hinter einem ausgebrannten Mustang in Deckung. Keine zehn Meter vor ihnen torkelt ein Untoter vorbei. Sein linker Arm wirkt in dem dunkelgrauen Ärmel seines langen Mantels deutlich länger als der Rechte und Jessy starrt ihn nachdenklich an. Erst nach einigen Sekunden wird ihr klar, dass der Arm halb ausgerissen ist. Sie wendet sich angeekelt ab und schüttelt den Kopf.

„Ich werde mich nie an diese Dinger gewöhnen", flüstert sie Viktor zu und eine Gänsehaut breitet sich auf ihrem Rücken aus.

Der Polizist verdreht die Augen und Jessy muss grinsen. Ihr Vater hatte den gleichen Gesichtsausdruck, wenn sie ihm von ihrem Cheerleading und dem Streit mit Freundinnen erzählt hatte. Jessy umfasst den Griff ihres Brecheisens fester. Das kühle Metall fühlt sich beruhigend an, auch wenn Jessys Finger langsam taub werden. Sie haben beschlossen, nur im äußersten Notfall zu schießen, um die Untoten nicht aus dem Kaufhaus zu locken. Viktor hält den Griff seines Baseballschlägers fest umklammert und Jessy kann die Anspannung in der Luft buchstäblich sehen. Sie achtet darauf, dass ihr dampfender Atem nicht von den Zombies gesehen werden kann, indem sie sehr flach atmet und die Hand vor den Mund hält. Ein dumpfer Aufprall ist zu vernehmen und ein paar Zombies stöhnen lauter auf.

Jessy spannt jeden Muskel in ihrem Körper an. Sie weiß, dass Faith und Vanessa Zombies mit dem Bogen erlegen und dabei wie wild winken und umherspringen, sodass die Zombies lautlos auf sie aufmerksam werden. Der Zombie mit dem halb abgerissenen Arm bleibt plötzlich stehen und sieht sich um. Seine bleichen, leblosen Augen leuchten im Schein des Mondes und Jessy fragt sich, was dieses Ding wohl denken könnte. Ihr Magen zieht sich zusammen, da sie glaubt, eine unendliche Traurigkeit in seinem Blick entdeckt zu haben.

„Haben sie vielleicht noch Gefühle?“, flüstert Jessy und Viktor wirft ihr einen ärgerlichen Blick zu.

„Abgesehen von Hunger wohl kaum. Weitere Zombies werden von den beiden jungen Frauen getötet und so langsam merken die Untoten, dass etwas vor sich geht. Der Untote, keine fünf Meter von Jessy und Viktor entfernt, dreht sich in Richtung der Fahrzeuge und stöhnt leise. Fasziniert betrachtet Jessy, wie sich der Mantelträger langsam zu dem Kampf wendet. Erneut stöhnt er leise und für Jessy klingt es, als würde er seine Artgenossen fragen, was los sei. Er macht ein paar unbeholfene Schritte und scheint sich nicht sicher zu sein, was er tun soll.

„Sie setzen sich in Bewegung!“, bemerkt Viktor und zeigt auf eine Gruppe von dreißig Zombies, die sich von den Autos wegbewegt.

Ihr Freund mit dem verdreckten Mantel dreht sich wieder in ihre Richtung. Er streckt die Arme aus und wankt langsam auf sie zu.

„Er hat uns bemerkt", flüstert Jessy.

Ohne den Zombie aus den Augen zu lassen, lugt Viktor hinter dem Autowrack hervor.

„Mach dich bereit. Sie setzen sich fast alle in Bewegung. Wir müssen schnell und leise sein."

Jessy schluckt ihre Angst herunter und zwingt sich zur Ruhe. Der Zombie ist jetzt keinen Meter entfernt, als die beiden aufspringen. Noch bevor er etwas unternehmen kann, kracht Viktors Baseballschläger gegen seinen Schädel. Der Unterkiefer wird von der Wucht des Treffers herausgerissen und saust wie ein Geschoss davon. Viktor läuft bereits weiter und Jessy beendet das Werk mit ihrem Brecheisen, wobei Knochensplitter und ein dunkles Sekret hochspritzen. Der Zombie sinkt zu Boden, doch das merkt Jessy gar nicht mehr. So schnell sie in geduckter Haltung laufen kann, folgt sie Viktor in Richtung Haupteingang.

Immer wieder müssen sie einzelne Zombies erledigen, bevor diese ihre Anwesenheit verraten können. Das ständige Knacken der Schädeldecken reiht sich in die Geräuschkulisse mit dem Plumpsen der Körper, wenn sie auf dem Boden aufschlagen. Es kommt Jessy immer wieder wie eine schräge Symphonie vor.

Als sie endlich den Eingang erreichen, öffnet Viktor die kleine Metallabdeckung und mehrere Knöpfe und Hebel kommen zum Vorschein. Jessy wirft einen Blick darauf und Erleichterung macht sich in ihr breit.

„Es ist ein ähnliches System, wie das, das ich bei Marcys Supermarkt kennengelernt habe", bestätigt sie Viktor.

Wie erwartet passiert nichts, als sie die großen grünen Knöpfe drückt und Jessy zieht an einem Hebel. Ein leises Klicken ist zu hören und sie greift um die Ecke herum in den Spalt neben der Glastür, um das Gitter manuell herunterzulassen als ein stechender Schmerz von ihrem Arm ausgeht.

Viktor zuckt bei Jessys Schrei zusammen und leuchtet sie mit seiner Taschenlampe direkt an. Ihr schmerzverzerrtes Gesicht ist kreidebleich und sie schlägt mit dem Brecheisen auf etwas ein.

„Scheiße!“, flucht Viktor und mit zwei Schritten ist er an der Glastür. Geschockt starrt er auf die frisch blutende Wunde an Jessys Arm. Der zertrümmerte Schädel eines Zombies befindet sich in einer Blutlache auf dem Boden des Eingangs.

Fassungslos starrt Jessy ihn an. Kein Wort kommt über ihre Lippen und Viktor packt ihren Arm. Der Biss ist nicht sonderlich tief und er hat kein Fleisch herausgerissen. Dennoch wissen beide, dass Jessy in diesem Augenblick infiziert wurde.

„Wie schließe ich das Tor?“, fragt Viktor, doch reagiert sie gar nicht.

Stumm starrt sie auf ihren blutenden Arm und schüttelt immer wieder den Kopf. Das Stöhnen aus unzähligen Kehlen dringt ihnen aus den Tiefen des Supermarktes entgegen und Viktor verpasst Jessy eine leichte Ohrfeige.

Verstört versucht sie sich, auf ihn zu konzentrieren, kann offensichtlich keinen klaren Gedanken fassen.

„Das Tor! Wie kriege ich es zu?“, fragt er erneut und packt ihr Gesicht, sodass sie ihn direkt ansehen muss.

„Da ist eine Kette …“, flüstert sie und Tränen schießen ihr in die Augen.

Viktor schiebt Jessy beiseite, und auch, wenn ihr Anblick ihm das Herz zerreißt, muss er jetzt handeln. Er packt die dünne Eisenkette und zieht daran. Sie fühlt sich leicht rostig an und Viktor stößt ein stummes Gebet aus, dass sie noch funktionstüchtig sein möge. Kräftig zieht er an der Kette und ein Rattern ist zu hören als die ersten Glieder des Gitters aus einem, verborgenen, Kasten kommen. Schnell lässt Viktor das Gitter hinab und verriegelt es am Boden.

Jessy hat sich auf den Boden gesetzt und weint bitterlich. Rasch sieht Viktor sich um. Die ersten Zombies kommen bereits wieder zurück. Jessys Schrei hat sie von Faith und Vanessa abgelenkt.

Er geht vor Jessy in die Hocke, packt ihren Arm und untersucht ihn erneut.

„Ich bin erledigt", flüstert sie unter Tränen und muss mehrmals schlucken.

Viktor wird klar, dass er nicht viele Optionen hat und noch weniger Zeit. In seinem Kopf überschlagen sich die Gedanken und er wägt seine Möglichkeiten ab. Keine behagt ihm und nervös fährt er sich mit der Hand über den kahlen Schädel. Sein Atem geht schnell und sein Magen hat sich zusammengezogen. Auch wenn er sich vor wenigen Minuten noch überlegt hat, Jessy zu erschießen, kann er sich nun doch nicht mit dem Gedanken anfreunden, sie zu verlieren. Einmal beschlossen, muss man auch an seinem Entschluss festhalten, so hat es Viktor schon seit Jahren gemacht. Das hat ihn dazu gemacht, was er ist.

Wenn er jedoch nun diese Grenze überschreitet, gäbe es kein Zurück mehr. In Gedanken geht er alles noch einmal durch. Zwei Möglichkeiten … nein, drei stehen ihm zur Verfügung und keine gefällt ihm sonderlich. Eine wäre Jessys sicherer Tod, die anderen beiden könnten sie eventuell retten. Jede Sekunde, die er wartet, lässt die Chance auf Erfolg von Option zwei sinken, das weiß er. Im Kofferraum des Hummers liegt ein Beil, scharf genug um Haut und Knochen zu durchtrennen. Mit etwas Glück ist das Virus noch nicht so weit vorgedrungen, dass eine Amputation ausreichend ist.

In jedem Fall wäre dies eine nicht umkehrbare Tatsache, die Jessy für den Rest ihres Lebens begleiten würde. In seinem Inneren wird Viktor jedoch schnell klar, dass er es niemals über das Herz bringen wird, ihr den Arm abzuhacken.

„Nicht unbedingt", presst er zwischen den zusammengepressten Zähnen hervor, doch Jessy bekommt es nicht mit.

Sie starrt weiterhin auf die schwache Blutung und Tränen kullern über ihre Wangen. Ihr Haar liegt wirr in ihrem Gesicht und sie schluchzt und schnieft. Viktor ist sich sicher, dass sie gerade an ihren Vater denkt, wie er ihre Mutter getötet hat. Ihm selbst würde es an ihrer Stelle nicht anders gehen.

Schnell springt er auf und läuft los. Der Hummer steht keine zwanzig Meter weit entfernt und es befinden sich nur fünf Zombies zwischen ihm und dem Wagen. Selbst eine zehnfache Anzahl würde Viktor nicht von seinem Vorhaben abhalten. Sein Baseballschläger schwingt durch die Luft und landet krachend im Gesicht eines untoten Kellners. Dieser wird durch den Treffer von den Beinen gerissen und Viktor ist sich sicher, dass er hinüber ist. Der nächste Gegner wird ebenfalls mit einem kräftigen Schlag niedergestreckt, dass ihm der Schläger beinah aus der Hand spricht.

Adrenalin wird durch Viktors Blutbahnen gejagt und ihm ist klar, dass sein Vorhaben sein Leben massiv gefährdet. Zudem ist es nicht einmal gewiss, dass es von Erfolg gekrönt ist. Die restlichen Zombies hat er getötet, ohne es selbst mitbekommen zu haben. Sein Körper befindet sich wie im Automatikmodus, in dem gewohnte Abläufe ohne Nachzudenken stattfinden.

So schnell er kann, reißt er den Kofferraum auf, schiebt zwei Schlafsäcke beiseite und öffnet die Abdeckung zum Reservereifen. Er zieht ein Kanister mit der Aufschrift „Motoröl" heraus, packt eine leere Wasserflasche, einen Trichter und läuft zurück zu Jessy.

Viel Zeit bleibt ihm nicht, denn die restliche Gruppe wird bald zurück sein. Wenn sie sehen, was er macht, würde er riesige Probleme bekommen. Als er Jessy erreicht, rütteln bereits unzählige Untote an dem verankerten Gitter. Ihre hässlichen Fratzen blicken geifernd auf die beiden Menschen hinab.

Viktor geht vor Jessy erneut in die Hocke, schraubt den Kanister auf und gießt vorsichtig den Inhalt durch den Trichter in die Wasserflasche. Jessy starrt in die Sterne und scheint den Planeten längst verlassen zu haben. Nachdem er die Flasche gefüllt hat, hält er ihre Öffnung an Jessys Lippen. Sie erwacht aus ihrer Starre und sieht ihn fragend an.

„Trink!", befiehlt er, doch Jessy schüttelt den Kopf.

„Ich habe keinen Durst …"

„TRINK!", befiehlt Viktor erneut und Wut, Angst und Verzweiflung schwingen in seiner Stimme mit.

Sie nimmt einen Schluck, doch Viktor hält die Flasche weiter oben, sodass sie weiter trinken muss. Jessy hustet, trinkt die Flasche jedoch komplett leer.

„Was sollte das?“, faucht sie und Viktor setzt sich erleichtert auf den Hosenboden.

„Jetzt warten wir ab“, antwortet er ihr sie sieht ihn irritiert an.

„Ich bin tot. Das wissen wir beide“, entgegnet Jessy und erneut bebt ihr Körper unter einem Heulkrampf.

Viktor starrt sie finster an, und auch wenn jede Faser seines Seins sich gegen den Satz wehrt, den er nun sagen will, muss er es tun.

„Das wissen wir in ein paar Stunden. Du hast gerade ein Gegenmittel getrunken. Lass uns sehen, ob es wirkt.“

„Ich habe WAS?“, fragt Jessy und ihre Augen weiten sich. „Wie, woher … Was meinst du damit?“, fragt sie stotternd. Viktor sieht sich aufmerksam um, kann jedoch keine akute Gefahr oder einen Lauscher hören.

„Sie kommen jeden Augenblick. Ich kann es dir jetzt nicht erklären, aber ich verspreche dir eins: Wenn du es schaffst, dann werde ich dir alles darüber erzählen.“

Sie keucht überrascht und Viktor kann die gemischten Gefühle in ihrem Blick erkennen. Auf der einen Seite ist sie ihm dankbar dafür, dass er ihr geholfen hat, auf der anderen Seite stehen die Freunde, die an einem Biss gestorben sind, obwohl er ein Gegenmittel besitzt. Ihm selbst geht es nicht anders, auch wenn er nie Gewissensbisse hatte, weil er Daniel oder einen der anderen hat sterben lassen. Das Gegenmittel ist zu wichtig, um es an für Viktor unwichtige Personen zu verschwenden. Wer weiß, wie oft Viktor es selbst noch benötigen wird.

„Was ist passiert?“, fragt Maggie, als sie die beiden erreicht.

Viktor grinst verlegen. „Sie hat sich an einem Glas der Tür geschnitten. Nichts Wildes, aber das dumme Ding hat fast die halbe Stadt zusammengeschrien“, lügt Viktor und wirft Jessy einen vielsagenden Blick zu.

Sie sieht stumm zu Boden und presst die Lippen fest aufeinander.

„Wir sollten verschwinden, die Zombies sind fast am zum Highway. Faith und Vanessa treffen uns an der Auffahrt“, berichtet Maggie und bietet Jessy an, dass sie sich die Wunde mal ansieht.

„Nicht so schlimm. Ich werde es wahrscheinlich überleben“, presst Jessy hervor und setzt sich auf den Beifahrersitz des Hummers. Eilig verbirgt sie die Wunde vor Maggie. Als Krankenschwester würde sie mit einem Blick erkennen, dass es sich um einen Biss und keine Schnittverletzung handelt.

„Ihr nehmt die anderen Wagen“, befiehlt Viktor, und noch bevor Maggie etwas erwidern kann, ist er eingestiegen und lenkt das schwere Fahrzeug vom Walmart-Parkplatz herunter.

Treffpunkt

„Und du bist dir absolut sicher?“ Misstrauisch sieht Kaylee durch die Scheiben des Cockpits.

„Sicher kann man sich nie sein, aber ich denke, dass es klappen wird“, antwortet Hector und setzt sein breites Grinsen auf.

Genervt verdreht sie die Augen und stemmt die Hände in die Hüften.

„Wir sitzen in einem tonnenschweren Metallsarg, der gerade knapp vierhundert Kilometer pro Stunde fliegt und du bist dir nicht einmal relativ sicher?“ Er zuckt gleichgültig mit den Achseln.

„Runter kommt man immer, die Frage ist nur wie. Unsere Chancen stehen sehr gut, die Landebahn sollte ausreichen.“

Kaylee schnaubt verächtlich.

„Sollte? Scheiße, wenn es nicht passt, werden wir ziemlich schnell draufgehen.“

Hector packt unvermittelt ihren Kragen und zieht ihr Gesicht zu sich herunter. Ihre Lippen treffen sich.

„Na gut. Wenn wir aber abstürzen und sterben, mach ich dich kalt“, seufzt sie, als sie sich voneinander lösen.

Das dunkle Blau des Sees schimmert im trüben Regenwetter unter ihnen. Vier Überflüge haben sie bereits durchgeführt, wobei Hector nach der besten Landebahn Ausschau gehalten hat. Neben der Tatsache, dass sie sicher landen möchten, wollen sie das Flugzeug auch wieder starten können, sollte es Probleme geben. Seine Wahl fiel auf einen schmalen Golfplatz, unweit von ihrem eigentlichen Ziel entfernt. Obwohl das Gras mit Sicherheit ziemlich hoch sein wird, stehen hier doch die wenigsten Bäume. Nicht auszudenken, was passierten würde, wenn eine Tragfläche durch die Bäume abgerissen werden würde.

„Bereit?“, ruft er über den Lärm der Motoren hinweg.

„Nicht im Geringsten“, antwortet Kaylee, schnallt sich aber auf dem Copilotensitz an, nachdem sie Timmys Gurt ebenfalls geprüft hat.

Er hat hinter ihnen im Cockpit Platz genommen und starrt fasziniert durch die Scheiben. Die schwere Frachtmaschine kippt langsam zur Seite weg und Kaylees Magen fühlt sich flau an. Sie gehen in einen Sinkflug über. Langsam nähern sie sich dem Boden. Die Häuser werden größer, das Ende des Sees ist nicht mehr zu sehen. Ein Rumpeln geht durch Rumpf, als das Fahrwerk ausgefahren wird. Hector blickt konzentriert auf die Instrumente und Kaylee wünscht sich, helfen zu können.

Tatenlos zuzusehen, wie der riesige Vogel dem Erdboden immer näherkommt, macht sie fertig. Es ist kein Vergleich, wie in einem Touristenflieger zu sitzen, wo man vor sich ausschließlich den Vordermann sieht. Hier kann sie die näherkommende Landschaft mehr als nur deutlich sehen.

Ihre Finger krallen sich in ihre Oberschenkel und Kaylee atmet bewusst tief ein und aus. Auch wenn sie nicht direkt unter Flugangst leidet, ist es doch jedes Mal ein komisches Gefühl abzuheben und zu landen. Einzelne Gestalten wandern über die Straße, bleiben stehen und sehen ihnen nach.

„Die werden uns mit Sicherheit folgen", sagt Kaylee, doch Hector kann sie bei diesem Lärm hinweg nicht hören.

Er drosselt die Geschwindigkeit, zieht die Nase der C-130 etwas höher und lässt die Maschine weiter absinken. Das Clubhaus des Golfplatzes scheint auf sie zuzurasen.

Kaylee merkt, wie sie auf eine imaginäre Bremse tritt, hält die Luft an. Das Flugzeug jagt über das Dach hinweg, so dicht dass Kaylee nur die Hand hätte ausstrecken müssen.

„Festhalten!", ruft Hector, als er den Schub weiter reduziert und Veränderungen an den Landeklappen vornimmt.

Ein Ruck geht durchs Flugzeug. Sie haben aufgesetzt. Kaylee wird in ihrem Sitz hochgeschleudert, der Gurt zerrt sie aber direkt wieder zurück. Das Flugzeug brettert über den Rasen. Schmerzvoll schlagen Kaylees Zähne aufeinander und sie presst die Kiefer zusammen.

Bodenunebenheiten schütteln das Flugzeug durch. Vereinzelte Sträucher sausen an ihnen vorbei, ein Sandbunker taucht auf und verschwindet wieder. Hector drosselt die Geschwindigkeit weiter und betätigt vorsichtig die Bremse. Die Motoren heulen auf, das Flugzeug rutscht etwas, doch Hector hat es schnell wieder im

Griff. Er bremst, löst die Bremse, bremst. Kaylee bewundert ihn für diese Fähigkeit. Auch wenn sie selbst beim Fahrtraining entsprechende Einweisungen hatte, ist der Reflex, die Bremse nicht loszulassen, bei ihr immer stärker gewesen.

„Der Rasen ist sehr feucht", flucht Hector, gibt Schub auf die Triebwerke und lenkt etwas gegen, als das Flugzeug zu rutschen droht.

Die Silhouette eines Menschen taucht vor ihnen auf. Instinktiv hämmert Kaylee ihren Fuß auf die nicht vorhandene Bremse. Der Untote streckt seine Hände aus, als wolle er sie umarmen. Kurz darauf verschwindet er unter dem Flugzeug. Die tonnenschwere Maschine überrollt ihn, ohne dass sie es spüren. Endlich wird die Maschine langsamer und die nahende Baumgrenze kommt nicht mehr so schnell näher.

Kaylee wischt sich den Schweißfilm von der Stirn. Hector stellt den Schubhebel auf Minimum und dreht das Flugzeug langsam. Eine Schneise wurde in das Gras gepflügt. An der Stelle, an der sie den Zombie überfahren haben, ist der gesamte Rasen rot, was Kaylee jedoch nicht stört.

„Ich fahre noch ein Stück und stelle den Flieger so, dass wir hoffentlich eine ausreichend lange Startbahn haben werden." Er grinst, als er Kaylees Blick sieht, und zuckt erneut mit den Achseln. „No Risk, No Fun, Kleine."

Nachdem sie die C-130 gesichert, das untote Begrüßungskomitee beseitigt und den Hyundai aus dem Flugzeug gefahren haben, sichert Hector die Laderampe wieder und steigt ins Auto. Kaylee hat auf dem Fahrersitz Platz genommen.

„Die Maschine dürfte keiner klauen können. Sofern es aber hier im Umkreis von einigen tausend Kilometern noch einen Piloten gibt und gerade er die Maschine stiehlt, hat er es sich verdient", scherzt Hector, sichert seine Pistole und stellt das M16-Sturmgewehr zwischen seine Beine.

„Mal den Teufel nicht an die Wand. Auch wenn deine Landung gewöhnungsbedürftig war, war es doch die bequemste Art zu reisen", entgegnet Kaylee. Sie startet den Motor und führt den Wagen von dem Golfplatz weg. Als sie die Straße erreicht hat, fährt sie das Fenster runter, hält die Beretta in die Luft und feuert zwei Mal. Hector nickt anerkennend.

„Gute Idee diese Idioten von der C-130 wegzulocken, falls sie vom Motorenlärm angelockt wurden."

Zufrieden lächelnd nickt Kaylee. Das Lob des Soldaten fühlt sich ehrlich an, was ihr sehr gefällt.

„Weißt du, wo du hin willst?"

Sie knirscht mit den Zähnen und sieht sich unsicher um. „Es ist schon eine Weile her, dass ich hier war", gesteht sie. „Es hat sich einiges verändert und wir kamen von einer anderen Seite."

Hector nickt verständnisvoll. „Fahren wir erst mal Richtung See, vielleicht erkennst du unterwegs etwas wieder", schlägt er vor und Kaylee ist einverstanden.

Sie folgen der Straße, die einige sanfte Kurven hat, vorbei an freistehenden Häusern und einzelnen Geschäften. Die Angelläden fallen ihr immer wieder ins Auge, doch waren sie damals nicht zum Fischen dort. Es sollte ein Rückzugsort sein, falls sie getrennt werden. Wie oft hat sie in den letzten Jahren an die kleine Hütte im Wald gedacht? Kaylee kann es nicht sagen.

Es dauert rund eine Stunde, bis sie das verlassene Restaurant wiedererkennt. Zwei Untote starren durch die Scheiben und scheinen dem Auto hinterherzuwinken, als sie sie passieren.

„Meinst du, dass sie hier sind?", fragt Hector. Sein aufmerksamer Blick wandert die Umgebung ab.

Fischerboote dümpeln an den unzähligen Stegen und dem flachen Strand. Die Zahl der Untoten ist nicht sonderlich hoch, dennoch zeigen sie deutlich, dass auch dieser Ort nicht von der Seuche verschont wurde. Kaylee beißt sich auf die Unterlippe und zuckt mit den Achseln.

„Ich weiß es nicht, aber ich hoffe es. Ich hoffe es sehr …"

„Dein Freund?"

Sie sieht ihn überrascht an. „Was?"

Hector grinst verlegen und reibt sich den Nacken. „Du sprachst von ihm und ich dachte, dass du vielleicht deinen Freund, Mann oder sonst was meintest."

Lachend schüttelt Kaylee den Kopf. Seine plötzliche Schüchternheit wirkt sehr amüsant auf sie.

„Nein, keine Sorge. Ich bin schon lange Single. Ich möchte dort meine Familie treffen."

Hector starrt sie an, als wären ihr soeben Antennen aus dem Kopf gewachsen.

„Was?", fragt sie überrascht über seine Reaktion.

Er schüttelt den Kopf. „Nichts, ich wundere mich nur. Du stammst doch aus …", er verstummt mitten im Satz.

Ein Schauer rinnt Kaylee den Rücken entlang. Er weiß es, er weiß, wer sie ist. Fast sekundengleich wird ihr Blick hart und das soeben noch freundliche, ernst gemeinte Lächeln verschwindet.

„Ja …?"

Hector grinst schief. „Kanada … oder?"

Nur mühsam kann Kaylee den ersten Impuls, die Waffe zu ziehen und ihm eine Kugel in den Kopf zu schießen, unterdrücken. Timmy ist auf dem Rücksitz eingenickt. Sie atmet gepresst aus und sieht fest auf die Straße vor ihnen.

Die Bäume um sie herum werden vielfältiger. Das triste Licht wandelt sich in ein düsteres Zwielicht und Kaylee schaltet die Scheinwerfer ein.

„Wie lange weißt du es schon?"

„Seit unserem Aufbruch. Major Grey sagte es mir", berichtet er.

Ihre plötzliche Gefühlsveränderung muss auch ihm aufgefallen sein, da sein lässiges Grinsen verschwunden ist. Kaylees Puls rast, fast so schlimm, wie in dem Moment, als die Polizisten damals die Wohnung gestürmt haben. Ihr Fluchtinstinkt sucht bereits nach einer Möglichkeit. Auch wenn sie weiß, dass seit ihrer Verhaftung einiges passiert ist, kann sie dennoch nicht abschütteln, wer sie ist.

„Das ist aber unwichtig", fährt Hector nach einem Moment des Schweigens fort. „Du bist nicht mehr die Frau von damals, ebenso wenig wie ich der Kerl bin, der wegen Drogenverkauf festgenommen wurde." Er blickt aus dem Seitenfenster.

Kaylee wirft ihm immer wieder einen verstohlenen Seitenblick zu. Ihre Fingerknöchelt treten bereits weiß hervor, so fest umschließt sie das Lenkrad.

„Man ist immer, was man war. Kein Mensch ändert sich“, flüstert sie grimmig.

„Glaubst du das wirklich?“ Er dreht sich wieder zu ihr um. Weder seine Hände noch das Gesicht zeigen Anzeichen für eine Bedrohung, was Kaylee widersinnig vorkommt. Jeder normale Mensch, der mit einem derart brutalen Serienkiller in einem Wagen sitzt, würde sich zumindest schützen wollen.

„Ja, das glaube ich. Ich habe Menschen getroffen, keiner von ihnen hat sich geändert“, antwortet sie. Andrews Gesicht taucht vor ihrem inneren Auge auf. Jahre lang hat er Frauen gequält, vergewaltigt und ermordet. Wie soll sich ein Mensch wie er jemals verändern? „Wir sind die Summe unserer Taten“, knurrt sie grimmig.

Die Straße macht eine Kurve und Kaylee muss einem halb im Graben liegenden Chevrolet ausweichen.

„Genau“, bestätigt Hector und lächelt verlegen. „Du hast viele schlimme Dinge getan, aus welchen Gründen auch immer.“ Beschwichtigend hebt er die Hände, als sie ihm einen vernichtenden Blick zuwirft. „Aber überleg mal. Was hast du gemacht, als du dachtest, dass wir Timmy und Fiby entführt haben? Genau, du bist uns gefolgt. Schwer verletzt, kaum Munition und eigentlich so gut wie tot“, erklärt er weiter, wobei er den Blickkontakt mit Kaylee sucht. Angestrengt bemüht sie sich, ihn nicht anzusehen. „Du bist diejenige, die einen kleinen Jungen aus seinem verlassenen Haus mitgenommen hat. Du hast ihn beschützt, hast nach einer Heimat für euch gesucht. Ist das die Kaylee, die bestimmt Dinge vor einigen Jahren getan hat?“ Ganz vorsichtig legt er ihr die Hand auf ihre. „Hättest du Timmy zu den Zeiten gerettet oder wäre er dir egal gewesen?“

Ein leichtes Kribbeln zieht durch ihre Finger und sie zieht eilig ihre Hand unter seiner weg.

„Wer weiß das schon. Es waren andere … Umstände.“

Hector nimmt die Hände eilig zurück. Zeitgleich zieht Kaylee ihre Waffe. Die Mündung zeigt auf seinen Brustkorb. Erst jetzt sieht sie, dass er keine Waffe gezogen hat, sondern nur die Daumen hochgestreckt hat. Erschrocken starrt er sie an.

„Scheiße", knurrt Kaylee und bremst den Wagen ab, die Waffe weiterhin auf Hector gerichtet. Als der Hyundai steht, steckt sie die Waffe wieder weg. „Entschuldige … Macht der Gewohnheit." Mit einer Drehung des Zündschlüssels lässt sie den Motor verstummen. Sie reibt sich die Stirn und atmet tief durch. Ihr Herz rast und die Bestie in ihr will herauskommen. Sie mag keine Zeugen, will Hector zerfleischen. Kaylee schließt kurz die Augen und dreht sich dann etwas zu Hector herum. „Ich bin nicht gut darin anderen Menschen zu vertrauen."

Er nickt stumm.

„Ich war so lange auf der Flucht, dass ich es nicht ertrage, wenn jemand mein Geheimnis kennt", gesteht sie weiter. Die Bestie in ihr versucht sie dazu zu bringen erneut die Waffe zu ziehen. Sie will Blut. Nur mühsam kann Kaylee dem Drang widerstehen. Hector macht keinerlei Anzeichen irgendetwas versuchen zu wollen.

„Kaylee, wir alle sind auf der Flucht. Wir fliehen vor einem Verfolger, dem es egal ist, ob wir ein Drogendealer, Filesharer oder Mörder waren. Er will uns einfach nur fressen." Seine braunen Augen zwinkern verschmitzt. „Die Zeiten, in denen du wegen deiner vergangenen Taten über die Schulter sehen musst, sind schon lange vorbei. Jetzt musst du nur gucken, ob da jemand ist, der dich essen, ausrauben oder anders angreifen will." Absichtlich langsam nimmt er ihr Gesicht in seine Hände. Seine warmen Augen halten ihrem frostigen, etwas verwirrten Blick stand. „Ich wusste, wer du warst, als ich in diesen Wagen gestiegen bin. Ich wusste, wer du warst, als ich das Flugzeug für uns geklaut habe. Ich weiß, wer du bist, und du bedeutest mir sehr viel."

Mit diesen Worten zieht er sie an sich heran und sie küssen sich leidenschaftlich.

Ungefähr eine Stunde später erreichen sie die freistehende Waldhütte. Eine Forststraße führt sie fast bis vor die Haustür. Immer wieder kratzen Äste am Lack des Wagens, doch stört Kaylee das nicht.

Timmy sieht sich erstaunt um. „Sind wir schon da?" Sie lächelt kurz.

„Ja, so gut wie. Es dürfte nicht mehr weit sein." Ihr Herz rast vor Vorfreude und Angst. Immer wieder gewinnt eines der beiden Gefühle die Oberhand. Wird ihre Familie dort sein? Werden sie gesund sein? Ist alles glattgegangen? Was macht sie, wenn die Hütte leer ist? Oder noch schlimmer, wenn ihre Familie dort als Untote wartet? Kaylee denkt an ihren jüngeren Bruder, wie er mit toten Händen gegen die hölzerne Tür hämmert. Eilig schüttelt sie den Kopf, als könne sie dadurch die Gedanken vertreiben. Ihre Hände zittern und sie presst die Lippen aufeinander. Seit dem Kuss schweigen Hector und sie. Die Übereinkunft ist getroffen, sie werden den weiteren Weg gemeinsam gehen.

Die Forststraße wird etwas breiter und Kaylee bremst ab. Die kleine Holzhütte am Rand des Sees wirkt wie ein Postkartenmotiv. Nebelschwaden wandern über den See, verirren sich bis an die Veranda. Sie lässt den Wagen im Leerlauf stehen. Nichts rührt sich, keine Untoten, die heran gestolpert kommen. Keine Menschen, die sehen wollen, wer sie da besucht.

„Vielleicht warten sie mit den Waffen in der Hand", flüstert Hector und drückt ihren Arm aufmunternd.

Sie kann ihm sofort ansehen, dass er nicht die geringste Hoffnung hat. Er hebt das M16 auf, öffnet die Autotür und tritt als Erster heraus.

Kaylee folgt ihm mit weichen Knien. Die Aufregung ist so groß, dass sie sich beinah übergeben muss. Nur mühsam kann sie dem Drang widerstehen.

„Ist jemand da?", ruft Hector, laut genug, dass man ihn auch im Haus hören kann. „Wir sollen uns hier mit jemandem treffen", fährt er fort, das Gewehr noch nicht im Anschlag.

Ein Stöhnen ertönt.

„Nein", keucht Kaylee und sinkt auf die Knie.

Schlurfende Schritte kommen aus dem Wald. Zwei Silhouetten torkeln auf sie zu. Auch wenn sie wollte, ihr Waffenarm reagiert nicht. Stumm starrt sie auf die beiden Angreifer. Ein Schatten huscht an ihr vorbei. Der erste Zombie stöhnt auf. Lautes Knacken, dann ein Plumpsen. Noch ein Knacken, gefolgt von einem nassen Plumpsen. Die beiden Zombies liegen am Boden. Hector wischt die Axt an einem der beiden ab, bevor er neben Kaylee tritt und sie auf die Beine zieht.

„Kennst … kennst du sie?“

Sie wendet sich ab. Die Angst, diese beiden, halb verwesten Gesichter anzusehen, ist zu groß. Ihr Körper zittert, Tränen laufen ihr über das Gesicht.

„Kaylee.“

Seine Stimme ist nah bei ihrem Ohr, sie kann seinen warmen Atem spüren.

„Ich weiß es nicht“, antwortet sie krächzend. Ihre Stimme droht zu versagen. Die gesamte Kraft der letzten Wochen nahm sie aus dem Wunsch, hierher zu gelangen. Hier würde sie endlich wieder ihre Familie treffen, es würde alles wieder gut werden. Auch wenn die Zweifel da waren, die Hoffnung war größer. Nun ist es aus, sie hat keine Hoffnung mehr.

„Auch wenn sie es nicht sind, hier sind sie jedenfalls nicht. Sie haben es nicht geschafft“, antwortet sie schließlich. Nur mühsam kann sie das Schluchzen unterdrücken. Ihr Bruder, ihre Mutter, ihr Vater, niemand ist hier. Nur diese beiden Bastarde. „Lass uns das Haus untersuchen.“ Sie kann seine Blicke auf ihrem Rücken spüren, doch dreht sie sich nicht um. Müde zieht sie ihre Beretta, entsichert sie und betritt das Haus durch die quietschende Tür.

Die letzte Festung

Eine drei Meter hohe Mauer aus Stahlbeton und zwei Reihen von stabilen Zäunen mit Stacheldraht an ihrem oberen Ende schützen das Gelände. Ein leichter Nieselregen hat den Boden die letzten Tage über aufgeweicht und Michael kann die tiefen Reifenabdrücke der HUMVEEs auf dem Rasen erkennen. Die gepanzerten Fahrzeuge mit dem Kaliber 50-Maschinengewehr patrouillieren immer wieder das rund fünf Quadratkilometer große Grundstück ab. Vom Aufbau her erinnert es eher an ein Flüchtlingslager, als an das Gelände einer Rüstungsfirma. Unzählige Zelte wurden aufgebaut und Menschen drängen sich an die rar gesäten Heizöfen.

Der kontinuierlich niedergehende Regen drückt die Stimmung immer mehr, und Michael rechnet jeden Morgen damit, dass sich diese entlädt. Schon mehrfach sind einige der Flüchtlinge untereinander in Streit geraten. Den genauen Grund konnte er damals nicht hören, aber es schien um die Nahrungsrationen zu gehen. Seitdem Michael, Becky, Rufus und Chan in diesem Camp, das die Bewohner „Last Fortress“ genannt haben, angekommen sind, konnten sie nicht viel tun. Fast sämtliche Arbeiten, wie patrouillieren, Nahrungsmittel beschaffen oder Untote von den Befestigungen weglocken, werden von den Söldnern der Firma unternommen. Den Kommandanten der Last Fortress konnte Michael nur einmal aus der Ferne sehen, jedoch scheinen seine Männer ihn zu vergöttern. Kyra und Jason sprachen in den höchsten Tönen von diesem Mann.

Michael hatte jedoch mit einem äußerlich eindrucksvollen Mann gerechnet. Statt eines drei Meter großen Riesen sah er aber nur einen untersetzten Mann mit Bürstenhaarschnitt und Brille.

Als er Schritte hinter sich hört, dreht sich Michael um und schiebt die Regenkapuze seines Armymantels etwas nach hinten. Jason reicht ihm einen dampfenden Becher Kakao und Michael lächelt. „Wo hast du den schon wieder aufgetrieben?“

Der Söldner zuckt mit den Achseln und grinst. „Organisiert.“

Beiden ist klar, dass Jason damit meint, dass er den Kakao beim Glücksspiel im Lager gewonnen hat. Sein Bein, das er sich beim Hubschrauberabsturz verletzt hat, ist in den letzten drei Wochen gut geheilt, weswegen er seinen Dienst wieder aufgenommen hat. Das M16-Sturmgewehr baumelt vor seiner Brust.

„Die Stimmung wird immer schlechter", berichtet Michael und der Söldner nickt zustimmend.

„Ja, die Zivilisten werden unruhig. Durch das miese Wetter können sie nicht viel machen und die Kälte kommt dann noch dazu." Er reibt sich die Arme und trinkt einen Schluck seines Kakaos.

Der Duft treibt Michael das Wasser im Mund zusammen und er nippt ebenfalls an dem seltenen Heißgetränk.

„Vielleicht sollte man ihnen mehr Aufgaben im Lager geben. Nichts ist schlimmer, als Langeweile."

Der Söldner denkt einen Augenblick darüber nach. „Ich kann es dem Kommandanten mal vorschlagen, aber es gibt nicht so viel, was die Zivilisten machen könnten. Ansonsten hätte man sie bestimmt schon eingesetzt."

„Das mag sein, aber auch langweilige und doofe Aufgaben helfen, den Geist zu beschäftigen, damit sie nicht über andere Sachen nachdenken", erwidert Michael augenzwinkernd.

Jason grinst und schüttelt den Kopf. „Du hast echt deine Berufung verfehlt. Würdest bestimmt einen guten Politiker abgeben."

Schon lange wollte Michael sich nach dem Grund für das Lager erkundigen, doch weder auf dem Flug noch in den letzten drei Wochen konnte er viel in Erfahrung bringen. Die meisten Flüchtlinge, mit denen er sich unterhalten hat, kamen erst vor wenigen Monaten hierher.

„Wie kam es zu der Entstehung dieses Lagers? Hier leben einige hundert Menschen. Abgesehen von einem kleinen Dorf weit im Norden, das es inzwischen nicht mehr geben dürfte, habe ich noch nie so viele Überlebende auf einem Haufen gesehen", fragt Michael.

Jason verwischt einige Regentropfen auf dem Griff seines M16-Sturmgewehrs, bevor er in Gedanken versunken antwortet. „Ich war hier, als es begann. Besser gesagt, in einer Stadt, keine zehn Kilometer von hier.“

Nur zu gut erinnert sich Michael an den ersten Zombie, den er sah. Sein Nachbar Dr. Bolt lief über den Hausflur und machte genug Krach, sodass eine andere Nachbarin ihn zur Ruhe bringen wollte. Er griff sie an, biss sie und das war der Moment, in dem sich Michael in der Wohnung einschloss und Chan anrief.

„Ich arbeitete bereits für DK-Industries‘ Sicherheitsdienst und wir erfuhren durch unseren eigenen Kommunikationsdienst viel eher von der Seuche als die restliche Bevölkerung. Lange hielt die Regierung die wahren Informationen geheim und nannte es einen Grippevirus“, berichte Jason, während er weiter Regentropfen von seiner Waffe schiebt. Er wirkt gedankenverloren und Michael trinkt den Rest des Kakaos aus, bevor er kalt wird. „Der Kommandant ließ die Tore der Anlage schließen. Fünfzig Zentimeter Stahl und eine zwei Meter dicke Mauer aus Stahlbeton sind die Trennlinie zwischen uns und der Außenwelt.“

Die Mauer hat Michael schon mehrfach besucht. Sie verfügt über eine Brüstung, die es einem sogar ermöglicht aus der Deckung heraus auf Außenstehende zu feuern.

Wozu ein Waffenproduzent eine derartige Schutzvorkehrung benötigt, ist Michael ein Rätsel, doch nimmt er sich vor, Kommandant Tanner irgendwann danach zu fragen.

„Er verhängte eine Quarantäne über die Anlage, ließ Zäune installieren und nach und nach Flüchtlinge ein. Diese mussten über Wochen zwischen den Zäunen leben, wurden immer weiter getrennt, bis man wirklich jeden Infizierten erwischte. Erst danach wurden die Überlebenden hereingelassen.“

Unwillkürlich wandert Michaels Blick über den Platz. Die Erde zwischen den einzelnen Zäunen, die über Rollzäune noch weiter unterteilt werden können, war zertrampelter, als er es erwartet hatte. Trotzdem hätte er nie gedacht, dass dort Menschen hausen mussten. Eingepfercht zwischen diese Zäune, die große Mauer im Rücken und vielleicht einen infizierten Nachbar direkt in der eigenen Gruppe oder in dem Käfig nebenan, das kann nicht einfach gewesen sein. Auch Chan, Becky und er wurden einer gründlichen Untersuchung unterzogen, bevor sie sich frei in der Anlage bewegen durften.

„Inzwischen sind die Verfahren deutlich besser geworden. Unsere Wissenschaftler konnten eine Art Schnelltest entwickeln, über den sie den Erreger nachweisen. Das war zu Beginn nicht so“, erzählt Jason ihm.

Zusammen gehen sie ein paar Schritte und Michael hofft, dass der Söldner weiter erzählt.

„Als die ersten Flüchtlinge eintrafen, verfügte Kommandant Tanner, dass sie zuerst in untersucht werden mussten. Jeder Neuankömmling wurde von unseren Ärzten nach Biss- oder Kratzspuren untersucht. Wurde etwas Derartiges entdeckt, haben wir den Infizierten wieder nach draußen gebracht.“

Überrascht sieht Michael ihn an und Jason wirkt zerknirscht.

„Es war der einzige Weg um die Anderen vor dem Virus zu schützen. Natürlich gab es Proteste … sowohl verbaler als auch körperlicher Natur“, gesteht er ein und wischt erneut Regentropfen beiseite.

„Ihr habt die Proteste niedergeschlagen“, schlussfolgert Michael nach einem Augenblick.

„Ja, wir hatten keine Wahl. In dieser Basis lebten damals achtzig Personen. Unsere Verantwortung bestand und besteht im Schutz der Bewohner. Wenn jemand infiziert ist oder das Zusammenleben gefährdet, muss er gehen. Da gibt es keine Diskussion. Und … wir sind nun mal in der Lage alles niederzuschlagen, was innerhalb dieser Mauern eine Gefahr darstellen könnte.“ Mit der Hand streicht er über das M16-Sturmgewehr. „Die Vorsichtsmaßnahmen gelten aber sowohl für Neuankömmlinge als auch für jeden, der außerhalb der Basis war. Bevor einer von uns wieder rein darf, wird er ebenso durchgecheckt. Fällt er bei der Kontrolle durch, muss er gehen. Das ist vor allem bei Teammitgliedern eine sehr schwierige Entscheidung. Aber nur so können wir die Menschen hier gesund halten.“

„Ich verstehe. Ist dir das auch schon passiert?“

Gedankenversunken nickt Jason. „Ja, ich habe zwei Kameraden verloren, als wir eine Kirche unweit von hier befreiten. Die Bewohner hatten sich eingeschlossen und die Zombies wollten rein. Wir verloren an dem Tag drei Kameraden und zwei wurden gebissen. Einer wollte es verbergen, wurde aber von unseren Ärzten untersucht.“ Jason fährt sich mit den Fingern durch die Haare. Er verzieht das Gesicht zu einer grimmigen Grimasse. „Er wollte nicht gehen … Dabei kannte er die Regeln.“

„Das tut mir sehr leid, Jason.“

Der Söldner nickt dankbar.

„Gibt es einen Zivilsprecher?“, fragt Michael, als er sicher ist, dass Jason von sich aus nicht mehr erzählt.

Dieser sieht ihn überrascht an und schüttelt dann den Kopf. „Nein, so was haben wir hier nicht. Die Leute unterstehen dem Befehl des Kommandanten. Es macht keinen Sinn, noch eine zweite Autorität einzuführen. Das würde nur zu Verwirrungen führen. Die Rangfolge ist einfach, sie gilt es zu befolgen“, antwortet er voller Überzeugung.

Auch wenn Michael bisher keinen Grund hat, an der Rolle des Kommandanten zu zweifeln, missfällt es ihm doch, dem Militär gehorchen zu müssen. Er verabschiedet sich von Jason, der daraufhin seine Patrouille den Zaun entlang fortsetzt.

„Nein, nein, nein! Ein Flush ist höher als zwei Paare“, ruft Chan und fuchtelt wild mit den Armen.

Becky runzelt verärgert die Stirn und wirft die Karten vor ihn auf den provisorischen Tisch in dem Viermann-Zelt.

Michael grinst bei ihrem missmutigen Gesicht. Seit ein paar Tagen spielen sie immer mal wieder Poker, doch kann sich Becky anscheinend die Hände nicht merken. Michaels Vermutung geht aber eher in die Richtung, das sie versucht zu bluffen und wenn Chan nicht darauf hereinfällt, tut sie naiv und stellt sich dumm. Er scheint dies jedoch nicht zu denken, da er soeben wieder anfängt, Becky die einzelnen Hände beim Poker zu erklären.

„Kann ich euch mal was fragen?“, unterbricht Michael Chans Ausführung, bei denen Becky nur die Augen verdreht. Sie wendet sich Michael zu und nickt eifrig, damit Chan nicht weiterredet.

„Ich habe mir schon eine Weile Gedanken gemacht, wie man die Situation hier vielleicht etwas verbessern kann. Bevor ich damit aber zu den anderen gehe und schließlich zum Kommandanten, wollte ich eure Meinung hören.“ Erst jetzt bemerkt Michael, dass er nervös seine Hände knetet, und legt sie fest auf die Knie. Er lächelt verlegen. „Sorry. Also …“, er räuspert sich und Becky verdreht lächelnd die Augen.

„Leg los, bevor wir hier an Altersschwäche gestorben sind.“

„Wir sind jetzt gut drei Wochen in dem Lager, viele der Flüchtlinge seit rund acht oder zehn Monaten, wenn nicht länger. Die Söldner besorgen uns Essen, Trinken, Kleidung und alles, was irgendwie möglich ist.“

Die beiden nicken ungeduldig.

„Die Leute werden immer unruhiger. Ich denke, dass es nicht allein am Wetter liegt. Sie fühlen sich gefangen und sehen sich eher wie ein Opfer als wie ein gleichberechtigter Partner in dieser Situation. Jemand … nein, wir sollten die Situation ändern.“

„Du meinst von hier fortgehen?“, fragt Chan vorsichtig. Sein Gesicht wird bei dem Gedanken aschfahl und Michael schüttelt entschieden den Kopf.

„Nein, das meine ich nicht. Wir haben es relativ gut hier, leisten jedoch keinen Beitrag. Aktuell sind wir einzig und allein eine Last für diese Soldaten. Es wird mit Sicherheit immer schwieriger, an Lebensmittel und andere Sachen zu kommen und sie stoßen immer weiter vor, um es heranzuschaffen“, entgegnet er eilig, damit Chan sich nicht an dem Gedanken festbeißt, Michael wolle sie von hier fortführen.

Auch wenn er schon mehrfach darüber nachgedacht hat, gefällt ihm doch die Sicherheit dieser Anlage. Die Mauern halten auch großen Horden von Untoten Stand und durch die Schleusen kann sich das Virus nicht hereinmogeln.

„Um diese Anlage herum ist fast nur freie Fläche. Das nächste Dorf ist rund zehn Kilometer von hier. Wir könnten uns ein vorgelagertes Dorf bauen, oder zumindest das Grasland vor uns in Ackerland umfunktionieren."

Chan reibt sich den knurrenden Bauch und sieht sich nach etwas Essbaren um. „Du willst, dass wir Bauern werden?", fragt er schließlich, als er einen Proteinriegel gefunden hat.

„Nicht alle von uns. Ich würde eine Bestandsaufnahme der Fähigkeiten der Gruppe vornehmen, dann Pläne machen und anschließend diese in die Tat umsetzen. Was denkt ihr?"

„Das klingt ziemlich anstrengend", antwortet sein pummeliger Freund ehrlich und beißt ein kleines Stück des Proteinriegels ab.

„Das kann es werden, aber wenn alle mit anpacken, können wir das Fort vielleicht erweitern. Ähnlich einer Stadt vor den Burgtoren könnten wir ein Dorf aufbauen, das vor der Anlage von DK-Industries liegt."

Die beiden denken scheinbar über seinen Vorschlag nach, da sie still geworden sind. Michael erinnert sich an die Ritterfilme in seiner Jugend, in denen eine mächtige Burg die Bewohner der Dörfer beschützte. Auch wenn das Gelände des Waffenproduzenten nicht höhergelegen ist, ist es dennoch ein perfekter Zufluchtsort. Um dauerhaft dort zu leben, bedarf es jedoch mehr, als diese Anlage ihnen bieten kann.

„Versuchen kann man es, aber du solltest keine allzu hohen Erwartungen daran haben. Diese Menschen haben die Hölle erlebt und es wird nicht besser werden. Die Toten wandeln über die Erde. Jetzt heile Welt zu spielen, kann schnell tödlich enden. Wenn sie unvorsichtig werden und infiziert werden, sind wir alle in Gefahr", teilt Becky ihm ihre Meinung schließlich mit. Sie streicht sich eine der langen braunen Haarsträhnen aus dem Gesicht. Ihre braunen Augen funkeln aufgeweckt. „Ich glaube nicht, dass der Kommandant sich darauf einlässt. Nehmen wir mal an, dass alles gut geht. Du hast deine Stadt vor den Mauern und irgendwann kommt eine große Zombiehorde. Wenn wir nun wieder in die Anlage wollen, weiß niemand, ob wir infiziert sind oder nicht."

Chan knüllt die Verpackung des Riegels zusammen. „Sie müssten uns wieder in Quarantäne stecken, während die Zombies sich in den Häusern verstecken können. Eine Säuberungsaktion wäre viel gefährlicher."

Überrascht sieht Michael seinen Freund an. Seine Einschätzung trifft genau die Sorgen, die in Michaels Hinterkopf umhergeschwirrt sind. Sie hätten Probleme, dieses Dorf und die Felder zu verteidigen. Eine Mauer um ein derart großes Areal zu ziehen ist fast unmöglich, zumindest in absehbarer Zeit. Sie wären den kommenden Untotenherden schutzlos ausgeliefert. Zudem erhöht sich mit jedem Bewohner die Gefahr einer Infektion um ein Vielfaches.

„Ich weiß … das sind auch meine Sorgen, die ich erst noch aus dem Weg räumen muss. Aber vielleicht haben ja andere eine gute Idee oder Lösung", erwidert er, verlegen lächelnd. „Es muss doch einige schlaue Köpfe unter den Bewohnern geben. Im einfachsten Fall ziehen wir einen riesigen Zaun um das Gelände, postieren alle paar Meter Wachen und hoffen auf das Beste", juckst er herum und zuckt mit den Achseln, als Zeichen, dass es nur ein Schnellschuss war und er es nicht ernst gemeint hat.

„Versuchen kann man es. Sprich mit den Bewohnern, mach dir ein Bild, welche Fähigkeiten vorhanden sind und dann arbeiten wir zu dritt einen guten Plan aus. Vielleicht können wir den Kommandant von unserer Sache überzeugen, dass er es uns genehmigt."

„Oder wir wählen einen Repräsentanten, der auf Augenhöhe mit ihm verhandelt", schlägt Michael vor, was die beiden aufhorchen lässt.

„Denkst du an jemand Bestimmtes?", fragt Becky interessiert.

Als er ihre Blicke sieht, schüttelt er eilig den Kopf.

„Nein, auf keinen Fall. Ich habe kein Bock auf so was!"

„Es war aber deine Idee", wirft Chan ein, doch lässt sich Michael gar nicht auf weitere Diskussionen ein. Als Anführer möchte er nun wirklich nicht mehr tätig sein. Ständig um seine Leute zu sorgen, alles zu managen und keine Ruhe zu finden, so stellt er sich sein weiteres Leben nicht vor. Unter den hunderten Bewohnern wird sich mit Sicherheit jemand finden, der besser dafür geeignet wäre.

„Ich bräuchte eure Hilfe für eine Bestandsaufnahme. Wir notieren Namen, Alter, Beruf, Fähigkeiten und in welchem Zelt sie leben“, erklärt Michael seinen Plan. „Ohne euch sind es einfach zu viele Menschen, die ich befragen müsste. Das schaffe ich definitiv nicht.“

„Das tragen wir alles zusammen, führen dann eine Versammlung durch und bestimmen, ob wir das Projekt dem Kommandanten vorstellen. Seid ihr dabei?“

„Wir haben ja sonst nichts vor, also wieso nicht. Führen wir einen Putsch durch“, antwortet Becky sarkastisch grinsend.

Erfolgschancen

Unablässig mahlen Viktors Kiefer, während er in die Finsternis des Highways vor ihnen blickt. Jessy starrt stumpf in die Nacht hinaus. Seitdem sie Maggie angelogen hat, hat sie kein Wort mehr gesprochen. Auf ihrer Stirn stehen ein paar Schweißperlen und Viktor blickt immer wieder besorgt zu ihr herüber. Er erinnert sich daran, dass auch er Fieber hatte, nachdem er das Gegenmittel eingenommen hatte.

Ein Trost ist dies jedoch noch nicht, da auch Infizierte ohne Gegenmittel für eine Zeit Fieber haben, bevor sie dann schließlich sterben. Er ist sich nicht sicher, was seine größere Sorge ist. Wenn Jessy nicht zu den fünfzig Prozent gehört, wird sie in wenigen Minuten bis Stunden höchst ansteckend sein, und das auch ohne ihn zu beißen. Auf der anderen Seite, wenn sie immun ist, wie würde sie sich in Zukunft ihm gegenüber verhalten?

Wenn sie ihn an die Gruppe verraten würde, müsste er versuchen zu fliehen oder die Leute, mit denen er schon so lange zusammen unterwegs war, töten. Beide Szenarien gefallen ihm überhaupt nicht.

„Doch wie oft werde ich wohl noch Glück im Unglück haben? Irgendwann ist es einmal aufgebraucht und dann holen einen die Sünden ein", fragt er sich selbst. Diese und andere Gedanken gehen Viktor immer wieder durch den Kopf. Jimmy DeBlanc, sein ehemaliger Partner Thomas Pegg und Terrence, der Zivilist, der nur zur falschen Zeit am falschen Ort war, sie alle sind Viktors größte Sünden. Auch wenn es längst nicht die Einzigen waren, die Viktor im Laufe seines Lebens ohne Rücksicht erschossen hat, waren sie doch einige der Wenigen, die keine richtige Gefahr für sein Leben darstellten.

Jessy hustet und Viktor zuckt erschrocken zusammen, als er aus seinen Gedanken gerissen wird.

„Wie fühlst du dich?", fragt er vorsichtig, doch Jessy dreht sich von ihm weg. „Wir sollten reden", versucht er es erneut, sich der Ironie bewusst. Wie oft hatte seine Frau das zu ihm gesagt und immer wieder hatte er sie einfach ignoriert.

„Was gibt es da zu reden?“, fragt sie finster und wischt sich den Schweißfilm von der Stirn.

Ihm fehlen die Worte und so fahren sie einfach stumm weiter. Jessy kaut auf ihrer Unterlippe und knetet ihre Finger, wie Viktor es schon oft bei Verdächtigen gesehen hatte, die sich nicht sicher sind, ob sie etwas sagen sollen.

„Sag es einfach“, bittet er sie und presst die Zähne wieder fest aufeinander.

Diese Stille zwischen ihnen macht ihm mehr zu schaffen, als er es für möglich gehalten hätte. Er würde es bevorzugen, dass sie ihn anschreit, schlägt oder sonst was tut, nur nicht so stumm dazusitzen. Sie atmet schwer und hustet erneut in ihren Ärmel.

„Ein Gegenmittel also“, beginnt Jessy zögerlich und Viktor atmet erleichtert aus.

„Nicht ganz. Es unterdrückt bei … ich glaube, es waren fünfzig Prozent der Versuchspersonen das Virus. Du wirst aber nicht geheilt“, antwortet er ihr ehrlich. Fast kann er ihren Blick auf seinem Gesicht spüren, zwingt sich jedoch weiterhin, auf die Straße zu sehen.

„Fünfzig Prozent, also kann es sein, dass es nicht wirkt“, stellt sie mit neutraler Stimme fest.

Langsam nickt er, sagt jedoch nichts. Der Wunsch, sie fest in den Arm zu nehmen und ihr einfach zu sagen, dass alles wieder gut wird, ist übermächtig. Nur mühsam kann er ihn unterdrücken. Er fühlt sich mit Jessy verbundener als er es je mit seiner Frau oder seinem Sohn getan hat. Vielleicht weil er nie mit ihnen zusammen um Leben und Tod kämpfen musste, vermutet er.

„Wo hast du es her?“

„Von einer Firma namens GenTec. Ich war dem Personenschutz zugeteilt, als der Konvoi angegriffen wurde. Ich war der einzige Überlebende und konnte das Mittel sicherstellen“, antwortet er und wirft ihr einen kurzen Blick zu.

Jessy betrachtet ihn aufmerksam, als suche sie nach dem Anzeichen einer Lüge.

„Das ist die Wahrheit. Ich habe noch nie jemandem davon erzählt“, schwört er ihr und sieht ihr fest in die Augen, bevor er wieder auf die Straße guckt.

„Wie vorteilhaft für dich, dass es sonst keine Überlebenden gibt“, flüstert sie ärgerlich und Viktor verspürt einen Stich im Herzen.

„Ich erzähle dir alles, an das ich mich erinnere. Es ist fast elf Monate her und seitdem ist viel passiert.“

Es dauert fast eine halbe Stunde, bis Viktor mit dem Bericht geendet hat. Er hat Jessy von seinen ersten Einsätzen gegen diese Zombies und von dem Tod seines Partners Thomas Pegg erzählt. Hier hat er aber weggelassen, dass er ihn getötet hat. Des Weiteren berichtete er ihr von den Vorfällen beim Transport des Serums, ebenso wie von dem Tod seiner Familie und seinen Taten ihnen gegenüber. Jessy scheint ihm halbwegs aufmerksam zuzuhören, doch bleiben ihre Augen immer länger geschlossen. Ihr Körper wehrt sich gegen das Virus, was der unterernährten jungen Frau alle Kräfte zu rauben scheint.

„Ich verstehe“, flüstert sie, so leise, dass Viktor es kaum verstehen kann.

„Jessy, bitte halt durch. Ich brauche dich“, bittet er sie, erstaunt darüber, dass er das soeben zugegeben hat.

Sie zwingt sich sichtlich dazu ihn anzusehen und ihre tief liegenden Augen wirken erschreckend auf Viktor.

Erneut zieht sich sein Herz zusammen und er glaubt, keine Luft mehr zu bekommen. Trauer macht sich in ihm breit.

„Du bist die einzige Person, die meine dunkle Seite im Zaum hält“, gesteht er und knirscht erneut mit den Zähnen.

Sie lacht trocken und muss husten. „Du hast … wie viele Menschen sterben lassen, obwohl du ein Gegenmittel hattest? Und dann bin ich die Person, die deine dunkle Seite zurückhält? Viktor, was musst du für ein Mensch sein, wenn das deine gute Seite war?“

Schon mehrfach in seinem Leben wurde Viktor angeschossen, er hatte gebrochene Knochen und musste mehr Schläge einstecken, als er sich erinnern kann, doch dieser Satz verletzt ihn tiefer als alles, was er bisher kannte. Es ist, als würde sie bis tief in seine schwarze Seele hineinsehen und seinen Eispanzer, der ihn vor Gefühlen schützt, einfach durchstoßen. Tief atmet er durch und starrt auf die Fahrbahn, sich dessen bewusst, dass Jessy ihn weiterhin ansieht.

„Ich war nie ein guter Mensch, Jessy. Ich habe Menschen … getötet, weil sie mir im Weg waren. Ich habe Geld von Drogendealern genommen, habe sie erpresst und zusammengeschlagen.“ Er wirft ihr einen kurzen Blick zu und kann erkennen, dass sie so etwas schon vermutet hatte. „Das Ganze habe ich getan, damit meine Familie abgesichert war, da man als Polizist nicht viel verdient. Habe ich Fehler gemacht? Ohne Frage! Würde ich mein Leben noch einmal genauso führen wie bisher?“ Er stockt und überlegt einen Augenblick, bevor seine eigene Frage beantwortet. „Ich weiß es nicht. Die Entscheidungen in meiner Vergangenheit haben mich zu dem Menschen gemacht, der ich jetzt bin. Dank mir leben die meisten unserer Gruppe noch und du hast jetzt noch eine gute Chance.“ Er schweigt einen Moment und sieht, dass Jessy wieder die Augen geschlossen hat.

Ihre Atmung geht sehr flach und eine Flut von Trauer überkommt Viktor.

„Verlass mich nicht. Ich liebe dich wie eine Tochter. Dich kann ich nicht auch noch verlieren.“

Sie öffnet mühsam die Augen und sieht zu ihm hoch. „Okay“, flüstert sie und schließt erneut die Augen, bevor sie einschläft.

Die Sonne steht bereits hoch am Himmel und blendet sie, als sie die Augen unter Aufbietung aller Kräfte öffnet. Das Holpern des Wagens über den Asphalt rüttelt sie immer wieder durch und Jessy versucht, sich zu orientieren. Sie sieht die Rückseite des Fahrersitzes des Hummers. Ihr Mund ist staubtrocken und sie hat das Gefühl, als wäre ihre Zunge mit dem Gaumen verwachsen.

„Wasser“, krächzt sie kraftlos und sinkt wieder zurück in den Schlaf.

Unzählige Zombies befinden sich vor ihr. Sie alle haben sich versammelt und starren stumm zu Jessy hinauf. Sie steht auf einem kleinen Podest und winkt den Anwesenden fröhlich zu. Keiner der Zombies verzieht eine Miene. Ihr Vater, ihre Mutter, ihre besten Freundinnen aus der Schulzeit, sie alle haben sich versammelt. Es wirkt, als würden sie auf Jessy warten. Ihr Vater hebt den halb verwesten Arm und streckt die Hand nach ihr aus. Jessy lächelt glücklich und streckt ebenfalls die Hand aus. Kurz bevor sich ihre Finger berühren, zuckt sie zurück. Jemand schüttelt sie und ein Schwall Wasser trifft sie ins Gesicht. Die Zombies schütteln den Kopf und strecken nun alle helfend die Hand aus.

Die Menge teilt sich und ein muskelbepackter Mann mit kahlem Schädel kommt aus ihr hervor. Sein finsteres Gesicht wirkt brutal und Angst einflößend. Jessy fürchtet sich vor ihm und geht ein paar Schritte zurück. Die dunkelblaue Polizeiuniform ist blutdurchtränkt und er baut sich vor Jessy auf.

„Du hältst meine dunkle Seite zurück", sagt er und seine Augen füllen sich mit Schwärze. Seine Haut verwest innerhalb von Bruchteilen von Sekunden und ein schwarzer Nebel schwebt vor Jessy. Eine Angst, tiefer als alles, was sie jemals gespürt hat, breitet sich in ihr aus. Der schwarze Nebel wächst und wächst, bis er fast alles eingehüllt hat.

„NEIN!", schreit sie und schnellt hoch. Sie sieht in Maggies Gesicht, die erleichtert aufatmet.

„Mein Gott, Schatz, du hast uns einen solchen Schrecken eingejagt", keucht sie und wischt sich einen Schweißfilm von der Stirn.

Ein stechender Schmerz breitet sich schlagartig in Jessys Brust aus und sie stöhnt auf.

„Ich musste dich reanimieren, glaube aber, dass keine Rippe gebrochen ist", erklärt Maggie und hilft Jessy, sich langsam aufzusetzen. Sie reicht ihr eine Wasserflasche und Jessy trinkt gierig.

Das kühle Getränk rinnt ihren ausgetrockneten Rachen hinab und sie umklammert die Flasche, bis diese leer ist.

„Wie fühlst du dich?", hört sie Maggie fragen, doch klingt alles wie durch Watte.

Jessy schließt kurz die Augen und konzentriert sich auf die Geräusche in ihrer Umgebung. Das Brummen des mächtigen

Dieselmotors ist unverkennbar, dann hört sie noch wie die Reifen über aufgeplatzten Asphalt rollen. Vorsichtig tastet Maggie ihre Stirn ab und Jessy hört, wie sie erleichtert seufzt.

„Das Fieber ist fast ganz weg." Die Krankenschwester lächelt sie aufmunternd an, als Jessy unter Anstrengungen ihre Augen wieder öffnet.

„Was …", sie muss schlucken und merkt erst jetzt, wie kratzig ihre Stimme klingt. Vorsichtig räuspert sie sich, um die Schmerzen in ihrem Brustkorb nicht erneut zu spüren. „Was ist passiert?", fragt sie und Maggie sieht sie besorgt an. Ihr Gesichtsausdruck lässt Jessy frösteln und sie presst die Lippen aufeinander. Weiß Maggie es?

„Du hast dich an einer Glasscherbe oder so was geschnitten und dich scheinbar mit … irgendetwas infiziert. Dein Körper hat dagegen angekämpft und du lagst eine Woche mit über vierzig Grad Fieber flach." Die Sorge in Maggies Stimme ist unverkennbar und Jessy verspürt den Drang, sich bei ihr zu entschuldigen, doch Maggie fährt fort: „Als wir schon dachten, dass du es geschafft hast, bist du plötzlich zusammengebrochen. Dein Herz stand ein paar Sekunden lang still, bis ich dich zurückholen konnte."

„Danke …", flüstert Jessy schließlich und versucht, ein Lächeln aufzusetzen.

Maggie wirft einen Blick über ihre Schulter Richtung Fahrer und wendet sich dann wieder an Jessy. „Viktor hat mich eingeweiht. Du wärst sonst tot …"

Ein Schauer läuft Jessy über den Rücken, als sie sich an den Biss erinnert.

„Das war keine … Scherbe …", flüstert sie und sieht sich ihren bandagierten Arm an.

Maggie schüttelt langsam den Kopf und lehnt sich gegen die Rückenlehne des Beifahrersitzes. „Ich habe keine Ahnung wie, aber dein Körper hat das Virus besiegt. Du bist die Erste, die gebissen wurde und es überlebt hat!" Maggie strahlt über das ganze Gesicht, während Jessy das Gefühl hat, ihr Magen würde sich zusammenknoten. Viktor hatte die Krankenschwester also nicht eingeweiht, sondern nur von dem Biss erzählt.

Sie richtet sich auf, umarmt Maggie vorsichtig und lächelt müde. „Danke, ohne dich hätte ich das nicht überstanden.“ Sie drückt die Krankenschwester und schnallt sich an. Ihre Gedanken kreisen um den Vorfall. Wie soll sie sich nun bloß verhalten? Wenn die anderen mitbekommen, was ihr passiert ist, halten sie das für ein Wunder. Vielleicht werden sie unvorsichtig, da sie hoffen, es auch überleben zu können. Doch wenn sie ihnen die Wahrheit sagt, würden sie Viktor mit Sicherheit lynchen.

Er hat sein Geheimnis riskiert, um ihr Leben zu retten. Eine Fremde, die er gerade einmal ein paar Monate kennt. Sie schätzt Viktor sehr, doch hätte sie nie geglaubt, dass er selbstlos handeln würde. Jessy streicht sich eine Haarsträhne aus dem Gesicht und lächelt Maggie erneut an, die sie die ganze Zeit anstarrt.

„Ich werde dich nicht aufessen“, verspricht Jessy zwinkernd und Maggie lacht erleichtert auf.

„Deinen Humor hast du also nicht verloren. Hast du Hunger?“

Jessy spürt ein brennendes Gefühl in ihren Eingeweiden, das sie zuvor nicht bemerkt hatte, und nickt eifrig. „Ich könnte einen ganzen Bären verdrücken“, gesteht sie und Maggie klettert über die Rückbank zum Kofferraum des Hummers.

Als Jessy hoch blickt, sieht sie gerade noch, wie Viktor den Blick vom Rückspiegel abwendet, durch den er die beiden aufmerksam beobachtet hat. Auf die Unterhaltung mit ihm freut sie sich kein Stück. Egal wie sie sich entscheidet, eine Partei wird sie so oder so betrügen oder sogar verraten. Jessy lehnt sich zurück und sieht aus dem Fenster.

„Wo sind wir?“, fragt sie verwundert, als einige Verkehrsschilder an ihr vorbei rasen.

„Knapp 200km östlich von St. Louis entfernt“, antwortet Viktor und Jessy überlegt angestrengt, wo sie die Stadt einordnen soll.

„Dann haben wir die Grenze überschritten“, stellt sie erfreut fest und Viktor nickt zustimmend.

„Vor einer Woche in etwa. Wir fahren die 57 Richtung Südwesten. Bisher ist das Land ebenso tot wie Kanada“, berichtet er ihr tonlos und Jessy seufzt traurig.

„Dann war das wohl nichts, dass die Amis uns retten.“

„Ist ja schließlich kein Kinofilm“, ruft Maggie von hinten und reicht Jessy ein Sandwich.

Genüsslich beißt sie hinein und seufzt erleichtert.

„Oh man, ich habe lange nicht mehr so etwas Gutes gegessen.“

„Der Geschmack geht offensichtlich als erstes flöten“, ruft Viktor von vorn und sie grinsen.

Auf der mit Raureif bedeckten Wiese haben sie ihr Nachtlager aufgeschlagen. Der kleine Hügel ermöglicht ihnen, die Umgebung im Blick zu behalten, ohne selbst sofort gesehen zu werden. Zwei kleine Feuer brennen, die ihre Wärme an die um sie gekauerten Menschen abgeben. Viktor und Jessy befinden sich etwas abseits der Gruppe. Die Ausrede für den Rest war, dass sie Wache halten wollen, was nur halb der Wahrheit zu entsprechen schien. Viktor schlendert vor ihr lang und lässt seinen kalten Blick über die Ebene wandern. Bäume ragen kahl in den mit Wolken überzogenen Nachthimmel. Es riecht nach Schnee, dessen ist sich Viktor sicher.

„Wie wollen wir nun weiter vorgehen?“, fragt Jessy unvermittelt und reibt sich die Arme. Ihr Gesicht hat immer noch kaum Farbe und in der Dunkelheit wirkt sie fast wie eine Leiche.

Viktor schluckt seine Sorge um sie herunter und setzt sich neben Jessy auf einen umgestürzten Baumstamm. „Maggie hat versprochen, erst einmal nichts zu sagen. Alle denken, dass du nur Fieber hattest und alles nun wieder gut ist“, antwortet er ihr leise und Besorgnis schwingt in seiner Stimme mit.

„Du hast ein Gegenmittel … oder zumindest etwas in der Art, Viktor. Wir dürfen es nicht vor den anderen geheim halten.“ Sie sieht in weite Ferne und ihre Stimme klingt noch immer etwas zittrig.

Er hat das Gefühl, als wäre Jessy noch zerbrechlicher, als er sie jemals zuvor gesehen hat. Sanft legt Viktor ihr den Arm um die Schultern und zieht sie zu sich heran.

Jessy leistet keinen Widerstand und legt ihren Kopf auf seine Schultern.

„Ich weiß", antwortet Viktor nach einem Augenblick des Überlegens, „nur was machen wir, wenn sie es nicht so auffassen, wie du es dir erhoffst?" Er streicht sanft über ihren Arm und erklärt: „Ich habe Menschen sterben lassen, da ich es nicht riskieren wollte, dass wir das Mittel verschwenden, wenn es vielleicht nicht wirkt."

Dass ihm die anderen im Grunde absolut egal sind, kann er Jessy nicht anvertrauen. Sie würde ihn dafür mit Sicherheit verachten und das könnte Viktor nicht verkraften. Seitdem der Horror begonnen hat, ist Jessy die erste Person, zu der er eine Bindung aufbauen konnte, und deswegen möchte er sie nicht verlieren.

„Es kann nicht funktionieren, dass wir Freunde sterben lassen, wenn die Chance besteht, sie zu retten", haucht Jessy und zittert noch mehr.

Viktor hilft ihr beim Aufstehen und begleitet sie zum Feuer.

„Lass uns morgen darüber reden, einverstanden?" Er nimmt sie vorsichtig in den Arm, und als sie in Hörweite der anderen sind, verstummt Viktor komplett.

Die kleine Gruppe hat sich um die beiden Feuer versammelt. Faith und Vanessa haben sich bereits in ihr Zelt zurückgezogen. Viktor setzt Jessy an das Feuer und stapft dann wieder in die Dunkelheit. Die Sterne leuchten hell am Firmament, hin und wieder ist eine Sternschnuppe zu sehen. Er beachtet es jedoch nicht lange. Sein Blick wandert den Hügel hinab, sucht nach den Anzeichen von Angreifern. Ob menschlich oder untot ist ihm im Grunde egal. Ein guter Kampf wäre das, was ihm jetzt gut tun würde. Die Spannung zwischen Jessy und ihm setzt ihm deutlich zu. Die Ungewissheit, ob sie es den anderen nun sagt oder nicht, macht ihn ziemlich fertig. Seit ihrem Biss hat er nur sehr schlecht gegessen. Sein Appetit ist kaum noch vorhanden. In einer derartigen Situation war er, seines Wissens nach, noch nicht. Bisher hatte er immer dafür gesorgt, dass es keine Zeugen seiner Taten gab.

Er spürt kaum, wie er einige Schritte in Richtung des Hummers gemacht hat. Überrascht bleibt er stehen. Die Flucht anzutreten wäre vielleicht nicht das Schlechteste, doch müsste er dafür Jessy zurücklassen. Verärgert schüttelt Viktor den Kopf. Er darf sich nicht von seinen Gefühlen ablenken lassen. Zu lange schon hat er den eigentlichen Plan vernachlässigt. Auch wenn die Chancen auf Erfolg minimal sind, muss er es doch versuchen. Er gab dieses Versprechen vor einer gefühlten Ewigkeit und jetzt ist es an der Zeit, es einzuhalten. Vor seinem inneren Auge erscheint die Route, die er zu nehmen gedenkt. Soll er es versuchen? Wenn alle bei dem Versuch draufgehen, soll es eben so sein. Solange er sein Ziel erreicht und Gewissheit hat, wird er jedes Opfer in Kauf nehmen müssen. Von dem Gedanken erschreckt, schüttelt Viktor den Kopf. Seine Zähne knirschen. Jessy bedeutet ihm viel, ihr darf nichts passieren.

„Entscheide dich mal“, knurrt er leise zu sich selbst. „Beides geht nicht …“

Gipfeltreffen

Nie hätte sich Michael träumen lassen, wie euphorisch die Bewohner der Zelte seinen Gedanken unterstützen. Seine geplanten fünf Minuten pro Bewohner sind längst um ein Vielfaches überschritten, da ihm nichts übrig bleibt, als den Leuten beinah alles zu erzählen, was er vorhat. In jedes Zelt, das er betritt, kommen mehr Leute und hören gespannt zu, was er den Bewohnern berichtet. Auch Becky und Chan haben diese Erfahrung schnell gemacht, weswegen sie ihre Strategie ändern mussten. Statt alle Zelte nacheinander abzuklappern, hat Michael im Messezelt, in dem normalerweise das Essen ausgegeben wird, mehrere Versammlungen angekündigt. Am Eingang notieren Becky und Chan sämtliche Namen und Fähigkeiten, bevor er seine kurze Ansprache hält. Geplant war es jedenfalls, dass sie kurz werden würde. Die erste Versammlung war nach guten vier Stunden beendet und Michaels Stimme war fast komplett verschwunden. Selbst vor dem Zelt hatten sich Menschen eingefunden, die den Bekundungen lauschen wollten.

„Nein, ich habe nicht vor, das Militär abzusetzen. Die Mitarbeiter von DK-Industries haben uns mit offenen Armen empfangen. Sie gaben uns Schutz, Essen, Kleidung und Hoffnung. Wir sollten nun daran arbeiten, ihnen etwas zurückzugeben“, beantwortet Michael die Frage einer älteren Frau aus der zweiten Reihe, die zum wiederholten Male gestellt wurde.

„Wann soll das Ganze beginnen?“, fragt ein Mann mit Vollbart, der Michael irgendwie an einen dürren Weihnachtsmann erinnert. Die tiefliegenden Augen glitzern aufgeregt und trotz seines fortgeschrittenen Alters scheint er voller Tatendrang zu stecken.

„Meine Freunde und ich haben erst einmal die Fähigkeiten notiert, damit wir uns einen Überblick verschaffen können, was überhaupt im Rahmen des Möglichen ist. Diese Daten müssen wir alle erst einmal sichten, ordnen und …“

„Ich bin Tischler, soll ich schon mal nach Holz suchen?“, unterbricht ihn ein stämmiger Mann.

Michael schüttelt entschieden den Kopf. „Bitte verhaltet euch erst einmal ganz ruhig. Noch ist nichts entschieden, ich muss erst noch …“

„Können wir dann auch Schafe züchten? Ich kann Wolle herstellen.“

„Ich bin Lehrer, wie kann ich mich nützlich machen?“

Erschöpft blickt sich Michael hilfesuchend um. Die Leute scheinen ihm nicht einmal richtig zuzuhören. Jeder scheint nur wissen zu wollen, was er speziell tun kann. Damit hatte Michael nicht gerechnet. Gedanklich lief das alles gesittet und ruhig ab. Er erzählt kurz etwas, ein paar Kritiker und ein paar Befürworter melden sich und alle gehen nach Hause. Ein derartiges Durcheinander hat er nicht erwartet.

Er fährt sich mit den Fingern durch die Haare und seufzt tief. „Okay, okay. HEY!“, schreit er gegen den ansteigenden Lärmpegel an, worauf es schlagartig still wird. Er überfliegt die Sätze, die er sich notiert hatte, steckt sie in die Hosentasche und räuspert sich. „Also Leute, hört zu. Ich freue mich, dass ihr alle Interesse habt, diese Idee umzusetzen. Wir sollten es aber richtig machen.“

Mit der erhobenen Hand unterbindet er den Einwand einer jungen Frau mit Baby auf dem Arm und fährt fort. „Ich habe nicht alle Antworten, die ihr euch wünscht. Wir müssen viele Sachen besprechen, noch viel mehr Sachen verwerfen und aus unseren Fehlern lernen.“

Sein Blick wandert über die Gesichter, die ihn voller Bewunderung anstarren. Ein ungutes Gefühl macht sich in ihm breit. Der Plan, nicht als Anführer zu enden, scheint sich immer mehr in Luft aufzulösen. Sein Blick wandert weiter und bleibt an dem Gesicht eines kleineren Mannes mit Bürstenhaarschnitt, Brille und einer schwarzen Uniform hängen.

Sein Herz scheint einen Moment auszusetzen und Michael wünscht sich, er könnte auf der Stelle im Erdboden versinken. Hinter dem Kommandanten stehen vier Soldaten von DK-Industries. Ihr Blick wirkt finster und Michael schluckt seine Angst erst einmal herunter. Jetzt ist es ohnehin zu spät. Wie lange dieser

Trupp dort schon steht, kann er nicht einmal sagen. Zu lange musste er auf die Fragen der anderen eingehen.

Er nickt dem Kommandanten zu, was dieser mit einem kurzen Lächeln beantwortet. Der Mann scheint zu sehen, dass Michael sich augenblicklich noch unwohler fühlt, als zuvor.

„Ich würde sagen, dass wir das Meeting für heute erst einmal beenden und …“, beginnt er, als sich der Arm des Kommandanten hebt.

„Ich hätte noch eine Frage, wenn ich darf.“

Es wird still in dem Zelt und wenn Michael eine Stecknadel gehabt hätte, würde er sie nun fallen lassen, nur um das sprichwörtliche Geräusch zu hören.

„Kommandant, ich wusste nicht … ich meine, was möchten Sie fragen?“, stottert Michael etwas verlegen. Er spürt, wie er rot anläuft, was ihn noch mehr ärgert.

„Wie planen Sie, das Lager zu verteidigen? Wenn ich Sie richtig verstanden habe, soll es vor den Mauern unserer Anlage errichtet werden, oder?“

Michael nickt zustimmend und erklärt: „Wir planen einen Zaun und Wachposten zu errichten, um mögliche Angreifer möglichst früh zu entdecken. Die Kernbereiche werden zudem mit Mauern oder Barrikaden geschützt. Alles Weitere kann ich ehrlich noch nicht sagen, da ich auf Ihre und die militärische Erfahrung Ihrer Männer in Sachen Planung gehofft hatte.“

„Dann scheint unsere Einladung zu diesem Meeting wohl in der Post verloren gegangen zu sein“, scherzt der Kommandant, doch kann Michael erkennen, dass es nicht ausschließlich lustig gemeint war.

Es muss ihm gelingen, den Kommandanten an Bord zu holen, ohne sich selbst oder dessen Position zu schwächen. Mit diesem Mann steht und fällt der Plan, er kann es sich nicht leisten, ihn als Gegner zu haben.

„Nein, das ist sie leider nicht. Wir wollten Sie nicht mit unvollendeten Plänen von unorganisierten Zivilisten belästigen. Sie tun so viel für uns, dass wir Ihnen und Ihren Männern einen vollständigen und ausgeklügelten Plan überreichen wollten, den wir dann mit Ihnen durchgehen“, versucht er es diplomatisch auszudrücken und lächelt dabei verlegen.

„Stattdessen wollten Sie mich also vor vollendete Tatsachen stellen und so Druck ausüben.“ Die Menschen rücken etwas von dem Mann weg. Mit einem Mal fühlt sich Michael einsam und verlassen. Würden sich die anderen vor ihn stellen, oder ihn zumindest unterstützen, dann könnte er seine Position halten. Allein jedoch gelingt ihm das nicht. Sein Mut sinkt, doch ist er noch nicht bereit aufzugeben.

„Sei ein Anführer“, scheint sein Inneres zu rufen und verpasst ihm einen gedanklichen Tritt in den Hintern. Er macht den Rücken gerade, hebt die Schultern und den Kopf. Sein Blick ruht auf dem des Kommandanten und er atmet tief ein, bevor er antwortet.

„Das war nicht unsere Absicht, Sir. Diese Menschen sehnen sich nach einem Ort, an dem sie gebraucht werden. Sie möchten ein Teil von etwas sein und ihren Beitrag leisten.“ Er geht ein paar Schritte auf dem behelfsmäßigen Podium, um sich selbst Mut zu machen und weiterzusprechen. „Diese Welt ist grausam. Ich sah Menschen sterben. Dann standen sie auf und töteten selbst. Die Apokalypse, sie ist da. DK-Industries war ein Fels in der Brandung, der das Flammenmeer vor uns brach. Wir sind Ihnen für alles dankbar und möchten weiterhin bei Ihnen bleiben. Dies funktioniert jedoch nicht, wenn Sie uns als Belastung ansehen. Wir sind Partner, die einander helfen sollten.“

Die Stille im Zelt ist zum Greifen nah, als Chan vortritt und mit zitternder Stimme spricht. „Wir sind keine Feinde. Wir sind Freunde, Verbündete. Lassen Sie uns zusammen die Welt wieder aufbauen, Kommandant.“

„Ja, wir wollen helfen. Lassen Sie uns helfen“, ruft Becky, was schließlich den anderen genug Mut gibt, ebenfalls zuzustimmen. Die Miene des Kommandanten wirkt unergründlich und seine Augen wandern von links nach rechts und zurück. Er mustert die Leute, scheint ihre Entschlossenheit abzuwägen.

Michael streckt die Hand aus und ruft über den Lärm hinweg. „Lassen Sie uns gemeinsam diese Welt verbessern. Ohne Sie wollen und können wir es nicht. Wir brauchen einander."

Das schmucklose Büro liegt im Ostblock der Anlage. Michael muss einige Wachposten passieren, endlose Flure entlang gehen und das unter den eisigen Blicken zweier Söldner, die keine zwei Schritte hinter ihm herlaufen. Zwei Tage ließ der Kommandant auf seine Entscheidung warten, zwei Tage, in denen Michael zwischen Bangen um seinen Platz im Lager, und der Hoffnung auf eine bessere Zukunft, geschwankt ist. Zu seiner eigenen Überraschung konnte er seine Unsicherheit den anderen gegenüber ziemlich gut verbergen. Die Zivilisten strömten zu seinem Zelt, teilten Chan und Becky ihre Fähigkeiten mit und er musste jedem die Hand schütteln. Längst hat sich in ihren Augen sein Platz als ziviler Anführer gefestigt, ohne dass er etwas dagegen tun konnte.

Er hat auf dem bequemen Sessel Platz genommen. Sein Blick fällt auf die mit einigen roten und schwarzen Fähnchen versehene Weltkarte. Sie befindet sich an der sonst kahlen Wand des Büros. Auf dem Schreibtisch befinden sich zwei Stapel mit Akten und eine leere Tasse. Kein Bilderrahmen mit glücklichen Familienmitgliedern, keine persönlichen Gegenstände. Auch wenn es nicht kalt ist, wirkt der Raum doch sehr steril und unpersönlich. Kein Vergleich zu Michaels ehemals total überladenen Schreibtisch und den vielen Fotos von Freunden, Freundin und Kollegen. Die Tür öffnet sich und der Kommandant tritt ein. Mit schnellen Schritten durchquert er das Büro und nimmt Michael gegenüber Platz. Sein neutral gehaltener Blick lässt keine Rückschlüsse auf die Gedanken hinter der nichtssagenden Miene zu.

„Mister …"

„Michael, Sir."

Der Kommandant nickt nachdenklich.

„Einverstanden, Michael. Wir haben uns unter recht ungewöhnlichen Umständen kennengelernt."

Verlegen sieht Michael zu Boden, muss sich regelrecht zwingen, den Kopf wieder zu heben. Dieser Mann in der schwarzen Kampfuniform wirkt auf seine eigene Art wie eine absolute Autorität, was es Michael schwer macht, ihm entgegen zu treten.

„Das ist wahr, Sir. Ich wünschte, wir hätten uns unter anderen Umständen kennengelernt."

Der Kommandant öffnet einen Papphefter von dem Stapel, schiebt seine Brille etwas zurück und liest kurz. „Sie haben zwei meiner Leute gerettet. Auch wenn ich sehr beschäftigt war, hätte ich mir die Zeit nehmen sollen, sie richtig zu begrüßen. Leider kann man aber in meiner Stellung nicht allen Anforderungen gerecht werden." Er steht auf und reicht Michael die Hand. „James Tanner, Oberbefehlshaber des Außenpostens sieben von DK-Industries."

Michael steht überrascht auf und schüttelt die Hand kurz. Obwohl er den Namen bereits kannte, freut er sich über die formelle Vorstellung und die offene Geste des Kommandanten.

„Gut, jetzt da wir uns förmlich vorgestellt haben, wüsste ich gern, was ich für Sie tun kann, Michael."

Nervös spielt Michael mit seinen Fingern. „Um ehrlich zu sein, weiß ich das nicht genau, Sir. Sie waren auf der Versammlung. Sie wissen, was wir planen." Er holt eine grobe Skizze aus seiner Tasche, entfaltet das Blatt. Für einen Augenblick kommt es ihm wie ein Frevel vor, das etwas verdreckte Papier auf den sauberen Schreibtisch zu legen, doch er verdrängt diesen Gedanken. „Ich habe mir erlaubt mit zwei Lagerbewohnern, die vorher im städtischen Bauamt und als Architekt tätig waren, über konkretere Ideen zu sprechen. Ihr … Außenposten liegt strategisch in einer sehr guten Lage."

Kommandant Tanner lächelt kurz, was Michael nicht entgeht.

„Sie haben freie Sicht auf jede mögliche Bedrohung im Umkreis von zehn Kilometern. Sie werden mir aber mit Sicherheit zustimmen, dass dieser Außenposten nicht als Lager für fünfhundertzweiundsiebzig Zivilisten angedacht war." Er lässt einige Sekunden verstreichen, doch das Gesicht des

Kommandanten bleibt unergründlich. Etwas mutloser fährt Michael fort. „Ihre Männer kümmern sich hervorragend um die Zivilsten, die jedoch, allen Bemühungen zum Trotz, nur dahinvegetieren."

Tanner zieht die Augenbrauen zusammen, die erste offensichtliche Verärgerung, die Michael in seinem ansonsten starren Gesicht sieht.

„Die Männer, Frauen und Kinder haben keine Beschäftigung. Sie können oder dürfen keinen Dienst in ihrem Team übernehmen. Wir haben Köche unter ihnen, Schneider, Architekten, Malermeister, einen Tierarzt und zwei Krankenschwestern. Dazu noch jede Menge anderer Berufe, die wir auch in der heutigen Zeit brauchen." Michael lehnt sich etwas vor und zeigt auf die grobe Zeichnung, die das Gelände des Außenpostens als graues Quadrat zeigt, in denen einige Sektoren eingezeichnet sind. „Wir haben uns überlegt, dass wir eine vorgeschobene Stadt errichten können. Baumaterial befindet sich mit Sicherheit zur Genüge in der angrenzenden Umgebung. Im Frühling können wir, sofern wir entsprechendes Gerät auftreiben, Getreide anpflanzen oder Kartoffeln sähen. Wir haben mehrere Farmer in unseren Reihen. Auf diese Weise wäre es möglich, die erbeuteten Nahrungsmittel zu strecken oder zumindest zum Teil aufzusparen."

„Michael, ihr Einsatz ist löblich, aber an der ursprünglichen Situation hat sich nichts geändert. Es herrscht Krieg. Die Lebenden kämpfen gegen die Toten und teilweise auch gegen andere Überlebenden. Jetzt eine Stadt außerhalb dieser Mauern aufzubauen, würde ein beträchtliches Sicherheitsrisiko bedeuten." Er faltet die Hände auf der Tischplatte und beugt sich etwas vor. Die beiden Männer sehen sich einen Augenblick an, bis Michael nickt.

„Das ist es, Sir." Der Kommandant wirkt erleichtert. „Jedoch haben wir keine Alternative. Ja, die Welt, wie wir sie kannten, ist untergegangen. Untote ziehen durch die Lande. Ich weiß das besser, als jeder andere. Nur knapp bin ich schon mehrfach dem Tod entronnen. Es ist verdammt gefährlich da draußen." Michael hält dem nichtssagenden Blick stand. Elizas Gesicht erscheint ihm vor seinem inneren Auge. „Ich habe geliebte Menschen verloren, war dabei als hunderte Menschen infiziert wurden und sich das Virus in Windeseile ausbreitete." Unbewusst hat er die Hand zur Faust geballt und muss sie gequält lächelnd wieder öffnen. „Wir bauen keine eigenständige Stadt vor ihren Mauern, wir vergrößern den Außenposten." Mit dem Finger fährt er eine dicke Linie entlang, die die Mauer nach Süden hin verlängert.

„Wir errichten eine Mauer, mindestens so hoch wie Ihre Außenmauer. Dazu werden wir auch in der Stadt eine oder mehrere Schleusen einbauen, wo jeder untersucht wird. Während der Bauarbeiten heben wir Gräben aus, bauen Barrikaden und stellen immer wieder Wachen auf. Erst wenn die Mauer steht, werden wir in ihrem Schutz die Häuser bauen." Erneut zeigt er auf die Karte. „Stellen Sie es sich wie einen Brückenkopf vor, der Stück für Stück in Feindesland hinein erweitert wird. Erst wenn die Stellung gefestigt ist, ziehen wir unsere Truppen, in dem Fall unsere Zivilisten, nach. Ihre Männer behalten jederzeit den Überblick, da die Befestigungsanlagen ebenfalls erweitert werden." Innerlich ist Michael froh, dass er Charles Gooh getroffen hat. Der während des Irakkrieges desertierte Soldat konnte ihm einige militärische Begriffe beibringen, sodass es auf den Kommandanten professioneller klingen würde.

Tanner lässt seinen Blick über das Papier wandern und sieht dann wieder Michael an. Er verzieht den Mundwinkel zu einem Lächeln, was Michael ihm gleichtut.

„Sie haben sich gut vorbereitet, das muss ich Ihnen lassen."

Michael entspannt sich merklich und lehnt sich wieder in dem Sessel zurück. „Danke, Sir. Es ist mir sehr ernst. Diese Männer und Frauen möchten helfen. Sie gaben ihnen Hoffnung, jetzt bitte ich Sie, geben Sie ihnen die Möglichkeit, an eine Zukunft zu glauben."

„Was Sie da verlangen, ist sehr viel." Er reibt sich das Kinn und setzt die Brille ab. Gemächlich zieht er ein Tuch aus der Schublade und reinigt die Gläser.

„Es hilft auch Ihnen. Wenn wir Nahrungsmittel anbauen, Werkzeuge herstellen und wer weiß, was noch alles möglich ist, dann können Sie Ihre begrenzten Ressourcen sinnvoller einsetzen."

Der Kommandant deutet ihm mit einem Wink fortzufahren.

„Derzeit dürften rund neunzig Prozent Ihrer Außeneinsätze der Nahrungsbeschaffung, dem Auftreiben von Treibstoff und Beschaffen von Ersatzteilen aller Art dienen. Wenn Sie einen Teil dieser Einsätze anders durchführen können, oder Ihre Männer ausgebildete Zivilisten mitnehmen, haben Sie mehr Personal übrig. Dieses kann dann in nicht so stressigen Schichten arbeiten oder den neu gebauten Teil der Mauer mit bewachen. Zudem erhalten Sie selbstverständlich von allen Erzeugnissen denselben Anteil wie wir. Sie können also im besten Fall schon bald neue Kopfkissen mit Daunen oder frische Eier, neue Möbel, Gemüse oder Brot genießen."

„Ihre Vorschläge klingen sehr gut durchdacht, das muss ich Ihnen lassen, Michael. Meine Bedenken gelten jedoch weiterhin der Sicherheit. Die heutige Welt ist eine andere. Wir haben nur begrenzte Feuerkraft, auch wenn sie den meisten marodierenden Banden überlegen sein sollte. Unsere Fahrzeuge und Hubschrauber sind in keinem perfekten Zustand und ich bin mir nicht sicher, wie lange ich die Vögel noch aufsteigen lassen kann. Uns fehlen Mechaniker, Treibstoff und vieles andere. Wenn wir nun damit Baumaterial heranschaffen, würden diese Ressourcen an anderer Stelle fehlen."

Erstaunt sieht Michael Kommandant Tanner an. Mit einer so offenen Aussprache hatte er beim besten Willen nicht gerechnet. In seinen Gedanken stand der Außenposten viel besser da. Die Hubschrauber mögen zwar nicht mehr die Neuesten sein, jedoch schienen sie äußerst robust zu sein. Dass es aber nun doch nicht so rosig aussah, bietet ihm eine weitere Chance.

„Auf meiner Liste stehen vier Automechaniker. Diese könnten Ihren Fuhrpark unterstützen. Vielleicht kommen sie nach entsprechender Einarbeitung auch mit den Helikoptern klar." Michael zieht die sorgsam gefaltete Liste mit sämtlichen Namen und Fertigkeiten der Bewohner aus seiner Innentasche. „In diesen Zeiten sollte niemand die Last allein tragen müssen, Kommandant. Diese Leute da draußen, diese fünfhundertzweiundsiebzig, wollen helfen. Es wird mit Sicherheit ein hohes Maß an zusätzlicher Belastung, bis es besser wird. Das ist es aber mit Sicherheit wert." Michael sieht ihm fest in die Augen. „Ich sagte es schon auf der Versammlung, und ich sage es noch einmal: Lassen Sie uns die Welt wieder aufbauen. Stück für Stück, und das gemeinsam!"

„Ich gehe mit Ihnen konform, dass wir nicht einfach nur überleben sollten, sondern auch versuchen können, eine neue Art der Zivilisation aufzubauen. Das Risiko ist jedoch sehr hoch und wir werden mit Sicherheit gute und wichtige Menschen hierbei verlieren", gibt Tanner zu bedenken. Er lehnt sich zurück, setzt die geputzte Brille wieder auf.

Aus dem Fenster hinter dem Kommandanten kann Michael eine Gewitterfront erkennen, die sich langsam zu nähern scheint. Es wird mit Sicherheit ein ungemütlicher Abend werden.

So hart die Worte auch klingen werden, Michael ist sich bewusst, dass er sie sagen muss. Er atmet tief durch. „Verluste wird es immer geben, Sir. Das wissen Sie mit Sicherheit besser als ich. Unsere Welt hat sich verändert, was aber nicht heißt, dass wir sie aufgeben sollten. Die Menschheit ist schon immer gestärkt aus Katastrophen hervorgegangen. Zeigen wir dem Schicksal, dass es dieses Mal auch so sein wird."

Neue Umstände

Das kalte Wetter hat einem immer wieder auftretenden Nieselregen Platz gemacht. Die tief hängenden, schweren Wolken lassen das ländliche und mit Wäldern überzogene Gebiet trostlos erscheinen. Aus der Erinnerung heraus weiß Viktor, dass es hier einige Nationalparks und Naturschutzgebiete gibt. Auch wenn er sich nicht an die genaue Route erinnert, ist er sich doch sicher, dass sie auf dem richtigen Weg sind. Das eigentliche Ziel hat er seinen Mitreisenden nicht verraten. Sie fahren nun beinah ausschließlich Richtung Osten. Immer wieder sucht sein Blick die Verkehrsschilder nach einem bekannten Ort ab.

Dass er keinen Straßenatlas erbeuten konnte, stört ihn enorm. Würden sie zu lange im Kreis fahren, könnten seine Leute merken, dass er nach etwas Bestimmten sucht. Die dann gestellten Fragen möchte er zum jetzigen Zeitpunkt nicht beantworten. Sie würden ihn für verrückt halten. Immerhin setzt er durch seine Suche das Leben der gesamten Gruppe aufs Spiel. Mit Ausnahme von Jessys Leben kümmert es ihn aber nicht sonderlich. Natürlich mag er auch Maggie, Faith, Vanessa und in gewisser Weise sogar Lester, aber er würde wohl nicht sein Leben für sie riskieren. Jedenfalls nicht mehr, als er es eh schon die ganze Zeit über macht.

„Ich glaube, dass es Jessy langsam besser geht. Meinst du, wir sollten den anderen nicht doch von dem Biss erzählen?" Zum wiederholten Mal spricht Maggie dieses Thema an. Jessys Bisswunde ist gut verheilt und inzwischen könnte es tatsächlich nach einer schweren Schnittwunde aussehen. Maggies Naht hat Wunder bewirkt. Entschieden schüttelt Viktor den Kopf. „Es würde nichts zum Besseren verändern. Sie hätten Angst vor Jessy, würden sich fragen, ob sie ansteckend ist. Es ist besser, wenn wir dicht halten." Er betrachtet die nahe Baumgrenze, keine hundert Meter entfernt.

Vor einigen Stunden haben sie auf einem kleinen Campingplatz Unterschlupf gesucht. Geräuschlos konnten sie zehn der ursprünglichen Wohnwagenbesitzer erledigen. Zum ersten Mal seit zwei Wochen erlaubt Viktor daher eine längere Pause. Die

Stimmung innerhalb der Gruppe wurde immer gereizter, je länger er sie auf Trapp hielt. Jessy musste ihn schließlich dazu zwingen, ihnen diese eine, wenn auch kurze, Pause zu gönnen. Widerwillig stimmte Viktor zu. So nah an seinem Ziel und dennoch so weit weg. Alleine wäre er längst dort. Größere Regentropfen prasseln auf das verdreckte Plastikvordach des Wohnwagens. Maggie hat sich in einen der leicht verrosteten Campingstühle gesetzt und die Beine übereinandergeschlagen.

„Du könntest recht haben. Meine Sorge ist auch, dass Jessy vielleicht doch ansteckend ist. Wenn das so wäre …" Sie beendet den Satz nicht, sondern starrt auf einen fernen Punkt.

„Sie ist nicht ansteckend. Ansonsten wären wir beide längst infiziert, wir sind mit ihr im Wagen gefahren. Mach dir keine Sorgen", entgegnet Viktor. Seine Füße schmerzen vom langen Stehen und er nimmt auf dem Tisch Platz. Die Glock hat er griffbereit darauf liegen. Obwohl sie das notdürftige Lager mit Stacheldraht, der auf dem Campingplatz herumlag, gesichert haben, fühlt sich Viktor nicht sicher. Solange keine dicke Mauer zwischen ihm und den grässlichen Wesen ist, fühlt er sich verwundbar.

Mit einem Quietschen öffnet sich die Tür des Wohnwagens und Jessy tritt vorsichtig hinaus. Die drei schmalen Stufen bereiten ihr Probleme. Viktor kann sich nicht daran erinnern, dass er nach der Einnahme des Serums jemals so schwach war. Es scheint, als würde Jessys Körper kaum mehr zu Kräften kommen. Sorgenvoll sieht er in ihr bleiches Gesicht mit den dunkel umrandeten Augen. Sie versucht ein Lächeln, was die Sache nicht besser macht.

„Wie geht's dir?", fragt er mit belegter Stimme.

„Nicht so schlimm, wie ich deinem Blick nach auszusehen scheine", antwortet sie und lässt sich auf die unterste Treppenstufe plumpsen. „Bin nur schlapp und müde. Sonst geht's mir gut."

Viktor reicht ihr eine Flasche Wasser, die Jessy in einem Zug halb leert. Ein lauter Rülpser entfährt ihr und sie lehnt sich erleichtert zurück.

„Respekt“, lobt Viktor woraufhin Maggie und Jessy laut lachen. Viktor grinst ebenfalls während Jessy die Flasche in kleinen Schlucken leert.

„Viktor! Viktor! Komm schnell!“, brüllt plötzlich jemand. Noch während Viktor zur Waffe greift, merkt er, dass es Lesters Stimme ist. Panik schwingt in ihr mit. Erneut ruft er nach dem ehemaligen Polizisten. Jessy hat sich noch nicht ganz erhoben, da ist Viktor schon über den Vorplatz gelaufen. Er eilt zwischen den wirr stehenden Wohnwagen hindurch, folgt der Richtung, aus der der Ruf kam. Mit der Schulter schrammt an einem Wohnwagen entlang, befördert mit einem Fußtritt einen verdreckten Gartenzwerg durch die Luft. Mit einem Klirren zerschellt dieser an einer niedrigen Mauer.

Als Viktor die Gruppe erreicht, stoppt er abrupt. Lester, Faith, Darius, Vanessa und Christopher stehen mit den Waffen im Anschlag und zielen auf einen Untoten, der im Stacheldraht hängt. Irgendwas an ihm lässt Viktor frösteln. Die Kleidung hängt in Fetzen an ihm, während er wild um sich schlägt. Sein Knurren und Fauchen klingt wie das eines wilden Tieres. Der Stacheldraht frisst sich weiter in seine Haut, was den Untoten nicht zu stören scheint. Die Beute vor ihm, interessiert ihn mehr, als der scharfe Draht, der sich in seinen Körper schneidet.

„Das ist ein Zombie, was brüllst du so?“, flucht Viktor außer Atem. Erst jetzt fällt ihm auf, dass die Anwesenden, bis auf Christopher, stark zittern. Ihre Gesichter sind bleich, als hätten sie noch nie im Leben einen Zombie gesehen.

„Das ist kein normaler Zombie“, flüstert Lester. Das Remington-Gewehr zittert leicht in seiner Hand. Ein abgebrühter Vietnamveteran sollte sich im Angesicht des Feindes nicht derart ängstlich verhalten.

„Was meinst du damit?“, hakt Viktor nach, die Glock nun auch im Anschlag. Eine falsche Bewegung und der Kopf dieses Ungeheuers würde in einer Fontäne aus Blut verschwinden.

„Siehst du die Straße?“ Ärgerlich sieht Viktor nach rechts, wo sich die Zufahrtsstraße befindet. Die schmale Schranke trennt den

Campingplatz von der kleinen Seitenstraße, über die sie hergelangt sind.

„Natürlich, ich bin doch nicht blind." Viktors Geduld ist bis zum Äußersten strapaziert.

„Der Zombie kam von dort. Er hat einen Bogen um die Wagen gemacht und ist dann in den Stacheldraht gerannt", berichtet Darius. Seine Augen sind geweitet und in Viktor keimt der Verdacht, dass sie sich zu viel Alkohol oder irgendwelche Drogen reingepfiffen haben.

„Soll ich ihn loben, oder was willst du von mir?", flucht Viktor, dem langsam der Geduldsfaden reißt.

„Viktor! Er ist gerannt! Für die Strecke von der Straße bis zum Stacheldraht hat er vielleicht zwanzig Sekunden gebraucht", faucht Faith.

Erneut blickt Viktor zur Straße. „Die Entfernung beträgt rund fünfhundert Meter. Ein Zombie würde für diese Strecke einige Minuten brauchen. Wir haben uns absichtlich so positioniert, dass die Wagen eine Barrikade bilden", entgegnet Viktor nachdenklich. Gut erinnert er sich an ihren Plan, dass die angreifenden Zombies erst mal gegen die Wagen laufen würden, dabei Krach machen und sie alarmieren. Dieser Zombie schien nichts von ihrem Plan gewusst zu haben, hat die Barrikade direkt links liegen lassen und eine freie Durchfahrt genommen.

„Ihr verarscht mich doch", entgegnet Viktor, sich seiner Sache nicht mehr so sicher. Unsicher sieht er sich um und sucht den Waldrand ab. Schweiß sammelt sich auf seiner Stirn. Die Anstrengungen des Untoten, sich aus dem Stacheldraht zu befreien, unterscheiden sich deutlich von denen seiner Artgenossen. Er schlägt wild um sich, scheint richtig Kraft in den Armen und Beinen zu haben. Sein Kiefer schnappt in der Luft, als wollte er diese zerteilen. Maggie und Jessy erreichen nun auch die Stelle.

„Nein, keineswegs. Dieser Zombie ist gerannt. Schnell wie ein Mensch auf der Flucht", antwortet Darius.

„Wieso sollte ein Zombie rennen? Wir haben Tausende von ihnen gesehen, aber keiner von ihnen ist wirklich gerannt", entgegnet Viktor gereizt. Diesmal aber eher vor Überraschung, als vor Ungeduld. Die Situation erscheint ihm falsch. „Klar, ab und an waren manche mal schneller, aber gerannt ist keiner von ihnen."

Jessy stimmt ihm nickend zu. „Sie sind langsam. Wir sind schneller."

„Nein, das sind wir nicht", erwidert Christoph. Viktor ballt die Hände zur Faust. Nur mühsam kann er sich beherrschen, Christoph keine Abreibung zu verlassen.

„Rede!", presst er wütend zwischen den Zähnen hervor.

Der Biker sieht durch Viktor hindurch. Sein Gesicht ist ebenfalls aschfahl. Die Lippen hat er fest aufeinander gepresst, sodass sie nur einen schmalen Strich ergeben. Jessy tritt zu Christoph, legt ihm beruhigend die Hand auf den Rücken.

„Es ist okay. Er kann dir nichts tun. Bitte erzähl uns, was du damit meinst." Viktor zieht den Werkzeughammer aus Darius Gürtelschlaufe und tritt zu dem Zombie. Dieser blickt ihn direkt an. Die milchigen Augen scheinen Viktor genau zu sehen. Er öffnet seinen stinkenden Mund und schnappt nach ihm, kann ihn jedoch nicht erreichen. Bevor er ein zweites Mal schnappen kann, lässt Viktor den Hammer mit voller Wucht auf den Schädel niedergehen. Das laute Knirschen geht dem Zusammensacken des Körpers voraus. Er erschlafft und sämtliche Bewegungen enden.

„Vielleicht habt ihr euch schon mal gewundert, wieso wir auf Motorrädern im kalten Kanada herumgefahren sind. Der Großteil von Richards Gang waren Mitglieder der Hells Angels. Sie stammen aus Los Angeles oder San Francisco. Ich weiß es nicht mehr so genau, jedenfalls Kalifornien." Er setzt sich auf einen Baumstumpf, der einmal die Grenze eines der Campinggrundstücke angezeigt hat.

„Ich dachte einfach, dass ihr nur bescheuert seid", antwortet Viktor in der Hoffnung, dem ganzen etwas die Spannung zu nehmen.

„Sie sind von dort geflohen, wie ich mal eines Tages erfahren habe. Ich hielt ihre Geschichte für zu unglaublich, als dass sie wahr sein könnte."

Die kleine Gruppe hat sich um den ehemaligen Biker versammelt. Faith legt den Arm um Vanessa und sie lehnen sich gegen die Außenwand eines Carports.

„Sie haben mir davon berichtet, dass es, als es losging, noch recht harmlos war. Klar, die Infektion griff schnell um sich und die Straßen waren von Untoten bevölkert. Richard beschloss, die Chance zu nutzen und die Stadt unter seine Kontrolle zu bringen. Zusammen mit seinem und anderen Chapters nahm er in Hollywood einige Villen ein. Ach, doch Los Angeles, ich war mir nicht mehr sicher“, berichtet Christoph und lächelt bei der Tatsache, dass er doch mit der Stadt recht hatte.

„Als die Anzahl der Untoten immer mehr zunahm, rückten sie weiter nach Süden vor, wollten aus den Großstädten raus. Es war ein sehr heißer Winter, bestimmt über dreißig Grad. Als sie mit ihrer Gruppe durch eine Vorstadt fuhren, wurden sie plötzlich angegriffen. Untote rannten auf sie zu. Zuerst dachte Richard, dass es Menschen seien. Erst als sie die Motorräder erreichten und über seine Leute herfielen, haben sie es bemerkt. Die Zombies rannten, als wäre der Teufel persönlich hinter ihnen her.“ Christoph wischt sich den Mund ab. Bis zum heutigen Tag scheint auch er die Erzählung für ein Märchen gehalten zu haben. Viktor lässt seinen Blick von Christoph zum Untoten im Draht wandern.

„Wenn es tatsächlich so ist, wieso sind ihm dann bisher keine rennenden Toten begegnet? Das passt irgendwie nicht zusammen“, grübelt Viktor vor sich hin.

„Da es immer schlimmer wurde, je weiter südlich sie zogen, entschied Richard nach Norden abzudrehen. Wie mir ein Freund aus der Gang sagte, wurden die Zombies immer langsamer, je weiter nach Norden sie fuhren“, beendet er seine Erzählung.

Die kleine Gruppe starrt den dürren Mann mit den wirren Haaren fassungslos an.

„Du willst mir also sagen, dass wir genau in die Scheiße hineinfahren, wenn wir weiter nach Süden aufbrechen?“, knurrt Viktor verärgert. Dass dieser Christoph mit der Enthüllung so lange gewartet hat, macht die Sache nicht gerade einfacher für Viktor.

„Wir hatten auch heiße Sommer und die Zombies waren trotzdem …“, er stockt und überlegt einen Augenblick. Im Kopf lässt er die besonders heißen Tage des letzten Jahres Revue passieren. Er war mit Darius unterwegs, noch bevor er die Gruppe um Lester traf. Es fiel ihnen zwar auf, dass die Untoten ungewöhnlich angriffslustig waren, doch hielten sie es für eine Anomalie. Viktor schob es auf den Hunger, den sie vermutlich haben mussten. Gerannt ist trotzdem keiner von ihnen. Er selbst war immer schneller als sie.

„Das ist doch verrückt. Wieso sollten sie rennen können?“, knurrt Viktor verärgert.

Lester zuckt mit den Achseln. „Wer weiß. Vielleicht ist es ein mutiertes Virus, es liegt am Klima oder an tausend anderen Möglichkeiten.“ Der Ingenieur betrachtet die Leiche des Zombies nun etwas genauer. „Er scheint kaum Muskelmasse verloren zu haben. Insgesamt ist er in einem besseren Zustand, als viele Zombies, die uns bisher begegnet sind“, stellt er sachlich fest und weist auf die Muskelstränge, die sich unter der aschfahlen Haut auf den Oberarmen abzeichnen.

„Wenn dem echt so ist, dass es im Süden noch mehr von diesen schnellen Bastarden gibt, sollten wir vielleicht überlegen, umzudrehen“, schlägt Faith grimmig vor. Sie bindet ihre langen dunkelbraunen Locken zu einem Zopf zusammen.

„Wenn es tatsächlich immer gefährlicher wird, müssen wir uns etwas überlegen“, stimmt Jessy ihr zu.

Eilig überlegt Viktor. Er muss schnell eine plausible Lösung finden, damit die Gruppe nicht darauf besteht, umzudrehen und wieder in den eisigen Norden zu fahren. So kurz vor dem Ziel, das kann er nicht zulassen.

„Beruhigt euch“, ruft er gegen die lauter werdenden Stimmen an und hebt beschwichtigend die Arme. „Ich bin auch mehr als nur etwas beunruhigt von dieser neuen Situation.“ Er stellt sich so, dass die Gruppe ihn anblicken muss. Den Hammer hat er Darius bereits zurückgegeben und packt nun den Untoten am Schopf, hebt den Kopf etwas an. „Dieses Viech ist anders als die anderen, das steht außer Frage. Wir wissen jedoch nicht mit Sicherheit, ob es tatsächlich so weit reichende Folgen hat." Angewidert lässt er den Kopf wieder nach unten sacken und verpasst der Leiche einen Tritt. Sie wird aus dem Stacheldraht gestoßen und landet klatschend auf dem Rassen. Gehirnmasse sickert aus dem zerstörten Schädel.

„Wir sind aus dem Norden geflohen, da der Winter unbarmherzig ist. Uns ist es knapp vor dem Schnee gelungen, darüber sollten wir froh sein." Ängstliche und unsichere Blicke treffen ihn. Sie erinnern ihn an eine Gruppe Zeugen, die einen schweren Autounfall gesehen haben. Er setzt sein beruhigendes Lächeln auf. „Wir fahren erst einmal nicht weiter in Richtung Süden. Hier in der Nähe müsste sich ein riesiger Stausee befinden, wo wir hoffentlich Nahrung finden. Er soll für seine Fische berühmt sein." Dass Jessy ihm einen fragenden Blick zuwirft, ignoriert Viktor und sieht die anderen nacheinander an, um ihre Aufmerksamkeit zu sichern. „So können wir abwarten, ob hier noch mehr schnelle Zombies auftauchen und unsere nächsten Schritte planen. Wir verstärken unsere Schutzmaßnahmen und stellen noch mehr Wachen auf."

„Das klingt nach einem guten Plan. Wir sollten nichts überstürzen. Ihr wisst selbst, aus was für einer Gegend wir geflohen sind. Im Frühling und Sommer ist es klasse, aber im Winter ohne Strom oder Heizung …", unterstützt Maggie ihn. Die Krankenschwester stützt Jessy ein wenig, versucht es aber zu kaschieren, indem sie Jessys Arm über ihre Schultern gelegt hat. Eine Pause müsste Jessy ebenfalls helfen, wieder auf die Beine zu kommen.

„Also, wir könnten uns auf die Suche nach dem Stausee machen, dort einige ruhige Wochen verbringen oder zurück in den verschneiten Norden fahren", fügt Viktor ihrer Schilderung hinzu.

„Ich bin für eine Pause", stimmt Jessy ihm schließlich als Erste zu.

Als sie wieder allein im Wohnwagen sind, legt sich Jessy auf das Bett und dreht sich auf den Bauch. Das Bett haben sie mit den wenigen schimmelfreien Bezügen bezogen und Viktor bestand darauf, dass Jessy es belegt. Er selbst hat es sich auf der harten Klappcouch gemütlich gemacht. Der Stoff kratzt in seinem Nacken und mindestens eine Feder drückt hart gegen sein Becken, doch Viktor versucht, es so gut wie möglich zu ignorieren. Jessy legt ihren Kopf auf die verschränkten Arme und sieht zu ihm herüber. „Du warst schon mal hier, oder?“ Ihre Augen funkeln trotz der einsetzenden Dämmerung.

„Ja, es ist aber schon einige Jahre her“, gesteht Viktor, da es keinen Sinn hat, etwas anderes zu behaupten. Woher sollte er sonst von dem Stausee wissen und dass er ganz in der Nähe ist. Ihre Frage hat ihn aus dem leichten Dämmerschlaf gerissen.

„Und wir sind nicht zufällig an diesem Ort, oder?“

Eine Warnsirene in Viktors Kopf heult. Er dreht sich, so beiläufig wie möglich, in ihre Richtung. „Wir wollten nach Süden, und als ich die Städte in der Gegend sah, ist es mir wieder eingefallen, wieso?“ Er zwingt sich, ruhig weiter zu atmen. Die Unterhaltung läuft in eine Richtung, die er vermeiden wollte.

Jessys Blick ruht auf ihm, während sie hin und wieder mit den Füßen wackelt.

„Viktor?“

„Ja?“

„Wir hatten doch etwas ausgemacht, oder?“

Er sieht sie fragend an, kann sich beim besten Willen nicht daran erinnern, was sie meinen könnte.

„Du wolltest mich nicht für naiv halten und mich belügen, falls du dich erinnerst.“ Ihre Stimme klingt kräftiger und er kann einen gewissen Ärger heraushören.

Er lässt sich die möglichen Erklärungen durch den Kopf gehen. Die Wahrheit zu sagen würde ihm vielleicht Sympathiewerte einbringen, jedoch könnte sie genauso gut den anderen davon berichten. Sie würden erkennen, dass er sie für seine persönlichen Ziele eingesetzt hat. Die wenigsten würden dies gut aufnehmen, dessen ist sich Viktor sicher.

Langsam setzt sich Viktor auf, legt die Hände auf die Oberschenkel und sieht Jessy in die Augen. Der schmale dunkle

Gang liegt zwischen ihnen. Eine einsame Fliege summt über der Spüle mit dem seit Monaten verdreckten Geschirr.

„Es gibt Sachen, die ich dir nicht sage, Jessy“, beginnt er so vorsichtig wie möglich. „Sie sind jedoch nicht wichtig für euch. Eure Sicherheit ist mir ebenso wichtig wie meine eigene.“

Ihr Gesichtsausdruck verändert sich kein Stück, als hätte sie damit gerechnet.

„Ich war hier schon einmal und ich kenne einen Ort, der uns einen bestmöglichen Schutz bieten könnte. Dorthin können wir fahren, sofern die anderen zustimmen.“

Mühsam setzt sich Jessy auf. Fast automatisch legt sich Viktors Hand auf den Griff seiner Glock, die er unter der grauen Decke seiner Couch versteckt hat. Die Mündung ist auf das Bett gerichtet. Der Walmart kommt ihm wieder ins Gedächtnis. Er hatte die Chance, sie zwei Mal zu beseitigen, doch er konnte es nicht. Langsam nimmt er die Hand wieder von der Waffe.

„Du belügst uns die ganze Zeit. Was soll ich dir überhaupt noch glauben, Viktor?“

Jedes Wort schneidet wie eine Samuraiklinge in Viktors Herz. Er zuckt zusammen.

„Du sagtest, dass ich diejenige wäre, die deine dunkle Seite zurückhält. Bist du sicher, dass du überhaupt eine gute Seite hast? Klar, du hast mich gerettet und das nicht zum ersten Mal. Aber seien wir mal ehrlich, du erhoffst dir irgendetwas davon, oder?“

Noch bevor er überhaupt weiß, was er tut, springt Viktor auf. Seine Augen funkeln wütend und er ballt die Hände zur Faust. „Das ist nicht wahr“, presst er zwischen den Zähnen hervor.

Jessy sieht ihn aus tieftraurigen Augen, die Viktors Zorn unmittelbar verrauchen lassen, an.

„Ich meinte damit jetzt nichts Sexuelles, Viktor. Du versuchst irgendwas wieder gutzumachen, indem du mich gerettet hast.“

Erst nach einigen Sekunden merkt Viktor, dass er sie mit offenstehendem Mund anblickt. Eilig schließt er ihn und sinkt auf die Couch zurück. Jessy kommt zu ihm herüber, legt die Hand auf seinen Arm und setzt sich neben ihn auf die Couch. Mit der freien Hand schiebt sie die Glock beiseite.

„Habe ich nicht recht?"

Stumpfe Schmerzen wandern Viktors Körper empor, ausgelöst von einem inneren Schmerz, den er seit Jahren tief begraben hat. In Jessys Blick kann er erkennen, dass sie ihm den Schmerz ansieht. Eilig wendet er sich ab und atmet tief durch. Ihre Hand fühlt sich kühl auf seiner Haut an, scheint jedoch Tonnen zu wiegen. Eilig blinzelt Viktor und atmet tief durch. Ihre stumme Anwesenheit mit den traurigen Augen zerren an seiner Selbstbeherrschung.

„Ich weiß es nicht", antwortet er wahrheitsgemäß. „Du erinnerst mich an jemandem aus einem früheren Leben. Ich habe bei ihr …", er muss schlucken und die aufsteigenden Gefühle zurückdrängen. Wie Wellen schwappen sie gegen seine innere Barriere und Viktor presst die Zähne fest aufeinander und atmet stoßweise. Er kann förmlich spüren, wie sein kahler Schädel rot geworden ist. „Ich konnte sie nicht beschützen. Ich habe versagt. Sie ist gestorben … viele Male. Immer wieder und wieder und ich konnte nichts machen." Tränen rollen über seine Wangen, doch er ignoriert sie. „Immer wieder habe ich das Bild des kleinen Mädchens vor meinem inneren Auge. Die langen blonden Haare, das fröhliche Lachen. Sie tanzt in ihrem Sommerkleidchen im Garten mit ihrer besten Freundin. Die beiden machen eine Wasserschlacht, während ich am Grill stehe und die Steaks wende", berichtet er stockend, einen Kloß im Hals sitzend.

Heftig schüttelt er den Kopf und presst die geballten Fäuste vor die Augen. Jessys Kopf lehnt an seiner Schulter.

„Wer war sie?", flüstert sie leise.

„Mein Leben."

Bedrohung

Die Plane, die ihr Zelt abschottet, wird geöffnet und ein Soldat in schwarzer Kampfuniform von D.K.-Industries steht im Eingang. Überrascht sieht Michael von seinem Bericht auf.

„Entschuldigen Sie die Störung, Sir. Der Kommandant wünscht Sie zu sprechen. Es ist dringend“, berichtet der Soldat. Sein Gesicht zeigt keine Regung, jedoch stehen auf seiner Stirn kleine Schweißperlen. Er muss ziemlich gerannt sein, wird Michael klar.

„Natürlich. Gehen Sie voran“, erwidert er und schnappt seine Jacke.

Chan befindet sich derzeit bei einer Gruppe Frauen, die ein Gemüsebeet innerhalb der Mauern angelegt haben. Michael muss sich sputen um den rothaarigen Soldaten folgen zu können. Sie hetzen durch die kleine Zeltstadt. Immer wieder muss Michael warten, bis Menschen mit sperrigen Gegenständen vorbei gegangen sind, so wenig Platz haben sie. Die Wege zwischen den Zelten sind vom Regen matschig und gleichen einem Schlammbad. Längst ist das Gras zertrampelt.

Nach einigen Minuten passieren sie das drei Meter hohe Eingangstor, das den Gebäudekomplex von der Außenwelt trennt. Mühsam versucht Michael, seine Schuhe auf den Matten zu säubern, bevor er dem Soldaten weiter durch die Gänge folgt.

Noch immer kommt ihm das Gebäude größer vor, als es von außen wirkt. Mehrfach biegen sie um Ecken, gehen einige Stockwerke hinab und kommen zu einem Raum, der mit zwei Wachposten und einem Handflächenscanner geschützt ist. Die Männer werfen ihm einen kurzen abschätzigen Blick zu, stehen dann jedoch stramm. Der Linke von ihnen, ein Mann mit kahlem Schädel und einer schmalen Brille, legt seine Hand auf den Scanner, woraufhin sich die Tür öffnet.

Gedämmtes Licht fällt Michael entgegen und es dauert einen Augenblick, bis sich seine Augen daran gewöhnt haben. In dem Raum befinden sich ein langer, ovaler Holzschreibtisch, Stühle und Monitore, die an den Wänden befestigt sind.

Kommandant Tanner spricht gerade mit einer jungen Soldatin im Tarnanzug. Sie wirkt kaum Älter als zwanzig und ist etwas kleiner als Tanner. Sie fährt sich gerade mit der Hand über den Nacken, als die beiden Michael bemerken.

„Da sind Sie ja. Sehr gut. Wir können beginnen", begrüßt ihn Tanner in seiner kurzgehaltenen Art und weist auf einen Stuhl. Michael folgt der Geste und nimmt Platz. Die Soldatin bleibt vor dem Monitor stehen, zieht eine Fernbedienung aus der Tasche und sieht den Kommandanten fragend an. Er gibt ihr einen Wink und auf den großen Monitoren vor Kopf erscheint das Video einer Helikopterkamera.

„Auf dem letzten Besorgungsflug Richtung Westen sind wir auf etwas Überraschendes gestoßen", beginnt die Soldatin zu erzählen. Anhand ihres Namensschildes auf der Brust hat Michael sie als Rebecca Casyl identifiziert. „Die Bilder, die Sie hier sehen, zeigen eine Gegend rund achtzig Kilometer von hier entfernt."

Der Helikopter fliegt mit hoher Geschwindigkeit. Bäume und Felsen verschwinden zügig aus dem Blickfeld. Der Horizont ist schwarz. Michael runzelt fragend die Stirn.

„Das haben wir uns auch gefragt, Sir", bestätigt Casyl seine Verwunderung. „Also haben wir Kurs darauf gesetzt." Auf dem Bildausschnitt erkennt man, wie der Helikopter eine leichte Kurve einlegt und Kurs auf die schwarze Masse nimmt, die sich dort befindet.

„Zuerst dachten wir an eine Überflutung, denn wie Sie gleich sehen werden, ragen weiterhin Häuser aus der Masse hervor. Ohne zu viel vorweg zu nehmen: Es war keine Überflutung", berichtet sie und zeigt mit dem Finger auf den Monitor. Die Kamera zoomt gerade hinein und Michael klappt der Kiefer herunter.

„Heilige Scheiße!", flucht er.

„Wie viele sind es?", fragt Chan fassungslos, als Michael wieder zurück in ihrem Zelt ist. Noch immer von dem Meeting geschockt, hört Michael ihn zuerst nicht. „Michael?"

„Entschuldige. Ich war noch in Gedanken", antwortet er seinem Freund und nimmt auf der Liege Platz. „Es müssen weit über eine Million Untote gewesen sein. So etwas habe ich noch nie zuvor gesehen. Du konntest keine einzelnen Körper mehr sehen, so viele waren es." Ein Frösteln zieht sich über seinen Körper. „Erinnerst du dich noch an die Horde in Toronto? Als wir den Mustang geborgen haben?", fragt er und Chan nickt.

„Ja, das waren echt viele …"

„Das war nichts. Vielleicht zweitausend Zombies. Verglichen mit dieser Horde war das harmlos, Chan", erwidert Michael mit trockenem Mund. „Du hättest die Bilder vom Helikopter sehen müssen. Auch als sie in der Mitte der Untoten waren, war noch kein Ende in Sicht. Es war wie ein riesiger schwarzer See, der sich ständig bewegt.

„Die Mauern sollten doch halten, oder?", fragt Chan seinen Freund.

Nachdenklich nickt Michael. „Ja, davon gehe ich aus. Die sind extrem massiv und auch ein solcher Andrang bringt sie nicht zum Einsturz. Jedoch werden die Untoten nicht weiterziehen, wenn sie merken, dass wir hier drin sind. Sie werden uns belagern", fügt Michael nachdenklich hinzu.

„Wir wären somit zu hundert Prozent auf die Helikopter angewiesen. Eine Flucht wäre quasi unmöglich, denn wir könnten nie alle Bewohner per Helikopter hier wegschaffen. Das und das ganze Material, das wir benötigen würden, ist zu viel für die Maschinen. Sie würden nach und nach ihren Dienst einstellen oder direkt abstürzen. Dann wären wir für immer gefangen und würden verhungern", schlussfolgert Chan ängstlich.

Auch wenn Michael es bisher nicht erwähnte, hatten der Kommandant und Chan genau dieselbe Schlussfolgerung wie Michael. Wenn die Zombies die Stadt erreichen, würden sie auf Dauer nicht überleben.

„Das stimmt. Kommandant Tanner bespricht sich aktuell mit seinen Leuten und versucht, eine Lösung für das Problem zu finden. Wenn ihnen nichts einfällt, müssen wir innerhalb von drei Tagen evakuieren", erklärt Michael ihm die Situation.

„Drei Tage reichen niemals, um alle hier wegzuschaffen. Geschweige denn, alle Materialien wie Zelte, Nahrungsmittel, Wasser, Waffen, Baumaterial mitzunehmen“, erinnert sich Chan grimmig.

„In der Tat. Wir sollten hoffen, dass den Leuten von D.K.-Industries eine Möglichkeit einfällt, wie man die Untoten von hier ablenken kann. Sonst sind wir am Arsch“, stimmt Michael ihm zu.

Nach der Unterhaltung geht Chan zu seinen Freunden zurück, um zu besprechen, wie man die Saat retten kann. Michael setzt sich auf seine Liege und vergräbt sein Gesicht in den Händen.

„Das darf doch nicht wahr sein. Gerade haben wir ein Zuhause gefunden und schon wird es uns wieder genommen“, stöhnt er traurig auf. Elizas Gesicht taucht vor seinem inneren Auge auf und er spürt sofort wieder, wie er sie vermisst.

„Die Geschichte wiederholt sich. Du dachtest auch, dass du bei uns sicher bist“, scheint sie zu flüstern.

„Ich weiß. Aber ich habe den Tod über eure Stadt gebracht. Wegen mir sind fast alle gestorben“, antwortet er ihr. Michael steht auf und geht im Zelt auf und ab. „Wieso passiert das immer wieder? Sind Chan und ich so was wie die apokalyptischen Reiter? Wo wir hingehen, folgt uns die Hölle nach?“

Elizas Abbild lacht über seinen Spruch, wie sie es schon zuvor tat, wenn er sich in etwas hinein gesteigert hat. „Na, da nimmt sich aber jemand wichtig“, spottet sie und zwinkert ihm zu. „Du bist nicht Gott. Du beeinflusst nicht das Leben so vieler Menschen. Und erst recht hören keine Millionen von Zombies auf dich“, holt sie ihn wieder auf den Boden der Tatsachen zurück.

„Ich weiß...“, beginnt er, unterbricht aber mitten im Satz. „Wieso eigentlich nicht?“

Sie sieht ihn überrascht an, dann hellt sich ihr Gesicht jedoch auf. „Ich verstehe.“

„Kein Wunder, du bist eben ein Geschöpf meiner Fantasie. Natürlich kennst du meine Gedanken“, erwidert Michael ein wenig sarkastisch.

Sie zuckt mit den Schultern und lehnt sich zurück. „Das stimmt. Ich bin schon eine Weile tot. Aber deine Idee ist trotzdem ganz gut. Meinst du nicht, dass die Herren von DK-Industries, mittlerweile auch auf die Idee gekommen sind?“

„Davon gehe ich aus. Es ist unsere einzige Möglichkeit.“

Als Michael das Kommandozentrum betritt, ist Tanner gerade in einer Besprechung mit einem seiner Divisionskommandeure. Der Mann im fortgeschrittenen Alter und einem Bürstenhaarschnitt beugt sich über eine auf dem Tisch liegenden Karte.

„Das könnte machbar sein …“, sagt er gerade, als Michael eintritt.

Die beiden Männer wenden sich ihm zu und in Michael steigt die Nervosität. Er fühlt sich wie ein Schüler, der zum Direktor zitiert wurde. Auch wenn er sein eigenes Gesicht nicht sehen kann, ist er doch davon überzeugt, ein klein wenig rot geworden zu sein.

„Sir, danke, dass Sie mich nochmal empfangen“, begrüßt Michael Tanner.

„Keine Ursache, Michael. Wir besprechen gerade unsere neue Situation. Ich vermute, dass Sie bereits einige Ideen haben, was wir unternehmen können?“, begrüßt Tanner ihn schelmisch grinsend.

Michael erwidert die Geste und nickt bestätigend. „Das ist richtig, Sir.“

„Commander Richcraft kennen Sie bisher noch nicht, oder?“, fragt der Kommandant und weist auf den neben ihm stehenden Divisionskommandeur.

Michael schüttelt verneinend den Kopf und reicht ihm die Hand. „Freut mich Sie kennen zu lernen, Sir.“

Richcraft ist gut einen Kopf größer als Michael, somit misst er fast zwei Meter. Er hat einen festen Händedruck und Michael sieht anhand des drahtigen Körperbaus, dass dieser Mann ein geborener Kämpfer ist.

„Bevor wir auf Ihre Ideen zu sprechen kommen, wird uns Commander Richcraft Seine vorstellen“, beschließt Tanner und weist ihn mit einer Handbewegung an, zu beginnen.

Michael tritt neben den Kartentisch und sieht einen groben Umriss der Gegend, in der sie sich befinden. Das Lager befindet sich mittig auf einer riesigen freien Fläche. Wie Michael bereits weiß, ist der Fluss auch nicht sonderlich weit.

Neben dem Lager befinden sich noch mehr Markierungen auf der Karte. Eine Stadt, mehrere Straßen, Wälder und Weiteres, das Michael nicht deuten kann.

„Die Zombies sind auf direktem Weg zu uns. Ich gehe davon aus, dass sie einem oder mehreren unserer Helikopter gefolgt sind und wenn diese außer Sichtweite waren, einfach geradeaus weitergelaufen sind. Inzwischen ist die Meute so groß, dass selbst unsere Waffenvorräte keine Chance haben, sie zu erledigen", fasst Richcraft die Ausgangslage zusammen. „Ich habe bereits Späher ausgeschickt, die die Gruppe im Auge behält. Sie sind mehr oder weniger auf direktem Weg zu unserem Lager." Mit dem Zeigefinger verdeutlicht er die Stellen, an denen sich seine Späher befinden.

„Wie lange haben wir noch, bis sie in etwa hier sind?", fragt Michael neugierig. Die Soldaten haben keine Zeit verstreichen lassen, sondern direkt Späher losgeschickt, um die Bedrohung einzuschätzen. „Auf Späher hätte ich auch selbst mal kommen können", flüstert er missmutig zu sich selbst.

„Wenn sie ihr derzeitiges Tempo beibehalten, gehe ich von drei Tagen aus. Aus dem Grund haben wir auch alle Helikopterflüge gestrichen. Wir können es nicht riskieren, dass die Untoten motiviert werden, schneller zu gehen", beantwortet der Divisionskommandeur seine Frage.

„Also müssen wir sie von uns ablenken", schlussfolgert Michael. Sein Plan kommt ihm wieder ins Gedächtnis, doch will er den Kommandeur erst einmal ausreden lassen.

„Das ist jedenfalls mein Plan. Eine derart große Meute ist schwer zu kontrollieren. Nur, weil die ersten Hunderttausend Interesse an etwas gefunden haben, müssen das die anderen Neunhunderttausend nicht auch tun. Es mag viel klingen, wenn wir auch nur die Hälfte der Untoten weglenken, doch auch eine Belagerung durch fünfhunderttausend Untote können wir nicht dauerhaft überstehen", fährt er grimmig fort.

„Dem stimme ich zu", unterstützt Michael seine Schlussfolgerung.

„Ungefähr zehn Kilometer von hier, befindet sich ein alter Steinbruch. Mein Plan sieht vor, dass wir die Untoten in diesen Steinbruch locken und sie dort ausschalten!“ Zufrieden lächelnd sieht Richcraft Michaels überraschtes Gesicht an.

„Ihr Plan ist noch etwas besser als meiner“, gesteht Michael schief grinsend. „Von dem Steinbruch wusste ich nichts.“

„Kleiner Heimvorteil“, scherzt Richcraft und Michael muss grinsen.

„Ist der Steinbruch denn groß genug, für eine Horde dieser Größe?“

Tanner zeigt auf die Karte und fährt mit dem Zeigefinger ein Gebiet, südlich des Lagers ab.

„Wir gehen davon aus, dass dort mindestens die Hälfte der Untoten problemlos rein passt“, erklärt er Michael.

„Aber haben …“, beginnt Michael, doch Richcraft unterbricht ihn direkt.

„Ja, wir haben eben festgestellt, dass wir auch mit der Hälfte der Zombies nicht klar kommen würden. Daher haben wir vor, alle von ihnen in diesen Steinbruch zu bringen.“

Er geht zum Computer zu seiner Linken und ruft eine Bestandsliste auf.

„Wie Sie sehen können, verfügen wir über ein starkes, wenn auch kleines Arsenal an unterschiedlichen Waffenarten. Mit dabei ist ein Kampfstoff, den Sie vielleicht besser unter seiner Bezeichnung kennen: Napalm.“

Anerkennend pfeift Michael durch die Zähne. „Das ist natürlich schon eine ordentliche Hilfe. Aber haben Sie genug, um es über alle Zombies zu verteilen?“

Der Kommandeur schüttelt den Kopf. „Nein, deswegen müssen wir sie in den Steinbruch locken. Wie wir festgestellt haben, interessiert Feuer sie. Sie laufen darauf zu, da sie wohl Nahrung vermuten. Feuer brechen ja nun mal nicht immer von selbst aus. Die Zombies laufen geradewegs ins Feuer rein, wenn es vor ihnen liegt“, erklärt er geduldig und zeigt erneut auf die Karte. „Wir locken sie in den Steinbruch und werfen dann das Napalm ab. Das wird so lange brennen, wie es Nahrung findet. Durch den stetigen

Strom an Zombies, sollte das ein hübsches Feuerchen werden. Und bei rund tausend Grad Celsius bleibt von den Zombies nichts mehr übrig, außer Asche."

„Und wie wollen Sie die Untoten überreden, zum Steinbruch zu gehen?" Auch wenn Michael selbst einige Ideen hat, ist er doch von Richcrafts Plan begeistert.

„Wir setzen auf altbewähre Strategien", antwortet er grinsend und Tanner lächelt ebenfalls. „Wir haben einiges an C4 hier im Lager und würden es einsetzen, um die Aufmerksamkeit der Horde auf sich zu ziehen. Die Explosionen sollen die Untoten ködern und weglocken."

„Damit müssen wir aber anfangen, bevor sie nah genug am Lager sind, und uns hören", gibt Michael zu bedenken.

„Kommandant Tanner sagte schon, dass Sie recht pfiffig sind. Das Problem habe ich auch schon erkannt. Wir müssen sehr schnell handeln. Wenn sie uns aus dem Lager kommen sehen, könnte es bereits zu spät sein. Bei ihrem jetzigen Tempo haben wir noch rund einen Tag, um alles vorzubereiten", stimmt ihm Richcraft zu.

„Ein Tag ist nicht viel Zeit, aber wir schaffen das. Wir haben keine Wahl", fügt Kommandant Tanner hinzu. „Wenn es uns nicht gelingt, wird es zu spät sein, das Lager zu evakuieren. Ich bin jedoch kein Fan davon, alles auf eine Karte zu setzen", fügt Tanner hinzu. Mit missmutigem Gesicht starrt der Kommandant auf die Karte, als könnte sie ihm die Lösung seiner Probleme zeigen. „Wir können keine fünfhundert Bewohner evakuieren und gleichzeitig die Untoten ablenken. Zudem fehlt uns aktuell einen sicherer Beta-Standort."

„Ich fürchte, dass wir keine Wahl haben. Wir müssen sehr viel aufbieten, um die Untoten zu ködern. Was war Ihre Idee, Michael?", mischt sich Richcraft in das Selbstgespräch seines Vorgesetzten ein.

Verlegen kratzt sich Michael am Nacken. Sein Plan klingt seiner Meinung nach sehr primitiv im Vergleich zu dem des Kommandeurs.

„Dass wir sie ablenken müssen, hatte ich mir auch gedacht. Da ich jedoch nichts vom Steinbruch wusste, ging ich davon aus, dass wir sie komplett in eine andere Richtung lenken müssen. Und zwar so weit, dass sie sich nicht entschließen umzudrehen", beginnt Michael nachdenklich zu berichten.
„Ich habe früher gern Western im Fernsehen geguckt", gesteht er grinsend. „Die Indianer sind dort immer um die Wagen der Siedler herum geritten und haben diese dann beschossen. Wir könnten etwas Ähnliches versuchen." Mit dem Finger zeichnet Michael die ungefähre Position der Zombies ein. „Die Horde ist riesig. Zusätzlich zu den Explosionen, die wirklich eine sehr gute Idee sind, könnten wir sie mit Fahrzeugen umfahren. So bekommen wir definitiv die Aufmerksamkeit der Zombies, falls sie auf die Explosionen nicht anspringen. Damit können wir sie dann hoffentlich wie Rinder vor uns her treiben. Wir ziehen sie hinter den Fahrzeugen her, bis sie weit genug in eine Richtung laufen. Dann machen wir einen riesigen Bogen und fahren wieder zum Lager zurück."

„Auch keine schlechte Idee. Wir würden uns den Sprengstoff sparen", stimmt Richcraft ihm nachdenklich zu. Er legt die Stirn in Falten. „Wir könnten den Sprengstoff dann verwenden, um den Steinbruch noch weiter auszubauen. Dann würden mehr Untote hineinpassen."

„Wir sollten zusätzlich…."

Die Besprechung dauerte rund vier Stunden und als Michael das Hauptgebäude verlässt, ist es bereits tiefste Nacht. Als er das Zelt betritt, entdeckt er Chan, der um einen Kohleofen sitzt. Sein Freund wärmt sich die Hände über dem Metallofen.

„Du bist ja noch auf", stellt Michael überrascht fest.

„Du ja auch. Ich habe auf dich gewartet. Die Zombies da draußen lassen mich einfach nicht schlafen. Sobald ich die Augen zumache, sehe ich sie", erklärt sein Freund und Michael kann sehen, dass Chans Hand ein wenig zittert.

„Wir haben einen Plan, mit dem wir diese Bedrohung hoffentlich abwenden können. Es ist aber riskant und wenn es nicht klappt, haben wir keinen Plan B", erklärt er offen und ehrlich die Situation.

„Kein Plan B sagt mir nicht sonderlich zu", gibt Chan ängstlich zu bedenken und Michael lacht auf.

„Ich weiß. Daher muss es funktionieren." Er nimmt neben Chan auf einem der Klappstühle Platz.

„Ich möchte dir dabei helfen."

Langsam nickt Michael, denn mit Chans Wunsch hatte er schon gerechnet. „Danke. Ich kann deine Hilfe sehr gut brauchen, bei dem was nun auf uns zukommt. Geh am besten schlafen. Morgen früh geht es sehr zeitig los."

Die Horde

Leichter Nieselregen überzieht schon die ganze Nacht den ohnehin schon schlammigen Boden. Der nahe gelegene Wald zeichnet sich als graue Wand vor Michael ab und er wischt sich einige Regentropfen aus dem Gesicht. Die frische Morgenluft trägt den saftigen Geruch des Grases zu ihm herüber, während die leichten Regentropfen ein kaum hörbares Trommeln auf den breiten Blättern der Pflanzen veranstalten.

Zusammen mit Chan hat er sich hinter einem feuchten Busch versteckt, doch die Nässe durchzieht langsam seine gesamte Kleidung. Sein Atem geht sehr flach, damit keine Kondenswolken an diesem kühlen Morgen seine Position verraten. Auch wenn Michael keine große Sorge hat, dass die Untoten darauf achten, will er doch kein Risiko eingehen.

Vor ihnen liegt der Steinbruch. Ein Gelände, etwas größer als ein riesiges Einkaufscenter, jedoch in die Tiefe. Mehrere Wege führen kreuz und quer durch ihn durch. Ein alter Bagger befindet sich noch in der Mitte des Tals. Regen hat den Steinbruch ein wenig durchgeweicht. Hin und wieder rutschen kleine Bereiche der vierzig Meter hohen Wand ab.

Schon vor Minuten haben sie die erste einer Reihe von Explosionen gehört. Die Söldner unter Führung von Kommandeur Richcraft haben gezielt Sprengungen vorgenommen. Feuer lodern in rund einem Kilometer Entfernung. Ein Kampfhelikopter jagt über den Steinbruch hinweg. Das Dröhnen seiner Rotoren bricht sich an den Wänden und hallt im Steinbruch wider.

„Meinst du, dass es funktioniert?“, fragt Chan zum wiederholten Mal.

Genervt rollt mit den Augen und sieht Chan ungeduldig an. „Ich habe keine Ahnung. Die Feuer sind ja sehr weit zu sehen. Die haben sich richtig Mühe gegeben. Der Helikopter fliegt immer wieder über die Horde um alle einzusammeln. Viel mehr können wir jetzt auch nicht mehr tun“, antwortet er seinem Freund nachdenklich. Richcrafts Plan erschien Michael gestern noch sehr gut durchdacht. Doch bisher können sie keine Untoten erkennen, die dem Feuer und dem Lärm folgen.

„Da ist etwas", meldet Chan plötzlich und stößt Michael schmerzhaft gegen die Schulter. Er greift sich sein Fernglas und sieht hindurch. Dein Blick wandert über die steilen Wände, bis er zum freigeschlagenen Bereich kommt.

Hier wurden durch einen Sturm bereits die umstehenden Bäume umgeknickt oder in den Steinbruch gestürzt. Innerhalb einer Nacht haben die Söldner die restlichen Reste entsorgt, so dass nun ein Weg bis zu vierzig Meter tief abfallenden Wand reicht.

„Wieso wollten wir nochmal den neuen Weg bauen, wenn es doch einen breiten Eingang gab?", fragt Chan ein wenig verwirrt, während er mit seinem Fernglas den Boden des Steinbruchs absucht.

„Ziel ist es, die Untoten dorthin zu locken, damit sie sich schon beim Sturz die Beine brechen und nicht mehr entkommen können. Das Letzte was wir brauchen, wären brennende Untote, die durch die Gegend streifen. Keine Ahnung, wie zäh sie letztlich sind. Aber wir wollen es lieber nicht riskieren", erklärt Michael die Strategie und Chan nickt beeindruckt.

„Sehr gut."

Erneut donnert der Helikopter über sie hinweg und als seine Motoren nicht mehr zu hören sind, fröstelt es Michael plötzlich. Zuerst hatte er das Geräusch für den Wind gehalten, doch inzwischen wird ihm klar, dass das stetige Rauschen, der Ruf von hunderttausenden Untoter ist.

„Oh Gott", keucht Chan plötzlich auf und Michael folgt seinem ausgestreckten Zeigefinger. Die breite Zufahrtsstraße ist komplett überfüllt. Unzählige Untote schieben sich den immer schmaler werdenden Weg entlang.

„Sie sind in Position", ertönt es über Funk und im Steinbruch geht plötzlich eine Alarmsirene los. Rotes Licht blinkt auf und ein auf- und abschwellender Heulton ertönt. Er hallt von den Wänden wider und klingt ohrenbetäubend auf Michael.

Die Untoten haben den Krach ebenfalls mitbekommen und erhöhen nun ihr Tempo, um dem Geräusch zu folgen. Die ersten

Leiber erreichen die Kante und fallen hinunter. Wie ein Wasserfall folgen nun weitere Untote, die auf dem harten Steinboden zerschmettern. Auch wenn Michael nicht sehen kann, wie Knochen brechen, erkennt er doch, dass die Zombies liegen bleiben. Den ersten muss das Rückgrat gebrochen worden sein. Immer mehr und mehr Zombies fallen über die Kante in die Tiefe.

„Es klappt", jubelt Chan grinsend und Michael erwidert die Geste.

„Sieht so aus", stimmt er seinem Freund zu.

Der Steinbruch füllt sich immer mehr. Längst ist der Boden bedeckt und die Untoten stapeln sich übereinander. Ihr Sturz führt jetzt nicht mehr zur kompletten Lähmung. Nach dem Sturz robben sie über ihre Artgenossen hinweg um weiter zum Warnton vorzudringen.

„Rückzug. Das Paket befindet sich im Anflug", ertönt es über Funk und Michael läuft ein Schauer über den Rücken.

Eilig packt er seine Sachen zusammen und robbt zusammen mit Chan unter den Büschen hindurch, weg vom Rand des Steinbruchs. Das Heulen und Stöhnen der Untoten folgt ihnen, wohin sie auch gehen. Der Lärm ist so enorm, dass Michael sich teilweise die Ohren zugehalten hat. Noch nie hatte er eine solche Horde aus der Nähe gesehen.

„Ich hätte nicht gedacht, dass es so viele Zombies auf einem Haufen geben kann", keucht Chan, während sie den Hang hinabrutschen.

„Ich auch nicht. Es ist … überwältigend", stimmt Michael ihm zu.

Ein Helikopter jagt über sie hinweg. Kurz darauf erzittert der Boden unter einer Explosion. Ein Flammenpilz schießt in die Höhe und überragt die Baumwipfel um einige Meter. Obwohl sie sich einige Meter vom Kraterrand entfernt haben, kann Michael die Hitze der Napalmbombe spüren.

„Wow", keucht Chan überrascht auf.

„Das sollte definitiv ausreichen, um alle Zombies in einen Haufen Asche zu verwandeln", stellt Michael grinsend fest.

Mit schnellen Schritten eilen sie den Schotterweg entlang, der in einer Schlaufe um den Steinbruch führt. Längst hat sich die Natur begonnen, ihren Besitz wiederzuholen. Pflanzen wuchern auf dem Weg, die Sträucher ragen weit in ihn hinein und Äste liegen herum.

Ein Fauchen ertönt plötzlich rechts von ihnen und Michael verharrt. Aufmerksam beobachtet er den Waldrand. Das M16-Sturmgewehr, das ihm Jason geliehen hat, hält er bereits im Anschlag. Chan ist seinem Beispiel gefolgt und hält die Magnum in der Hand.

„Was war das?“, flüstert er Michael zu.

Dieser schüttelt mit dem Kopf und geht einen Schritt vorwärts. „Ich habe keine Ahnung. Vielleicht ein Puma?“, rät er. Etwas bewegt sich im Wald neben ihnen. Zweige knacken, Äste brechen und plötzlich teilt sich das Grün vor ihnen. Michael entfährt ein Schrei, als er feuert. Das M16 donnert in seiner Hand und die Projektile fliegen durch die Luft.

Diese Wesen vor ihm sehen aus wie Zombies, doch sie rennen wie Menschen. Mit weiten Schritten jagen sie auf die beiden Männer zu.

„Scheiße!“, flucht Chan und drückt ab.

Der Brustkorb eines der Untoten explodiert unter dem Treffer. Er stürzt zu Boden. Zwei weitere Untote sind bereits an ihrem Artgenossen vorbei. Michaels Salve reißt einen von den Füßen.

Mit einer Schnelligkeit, die er noch nie bei einem Zombie gesehen hat, erreicht ihn der Untote. Michael reißt die Waffe hoch. Gerade rechtzeitig, als der Untote sich nach vorn wirft um Michael zu beißen. Die Zähne schlagen in den Lauf des Gewehrs und Michael wird von der Wucht des Aufpralls zu Boden geworfen.

„Chan!“, schreit er, krampfhaft bemüht, den Untoten von sich wegzuhalten. Es gelingt ihm nur mühsam, denn der Untote ist um einiges stärker, als alles, was ihm bisher begegnet ist.

Erneut schnappt er zu, versucht Michael zu greifen. Ein Schrei gellt neben ihm. Michael dreht sich unter dem Zombie weg, schmeißt ihn zu Boden und tritt zu. Mit einem Knacken gibt der

Brustkorb nach, was den Zombie jedoch nicht stört. Er packt Michaels Bein und will ihn zu Fall bringen.

Nur durch einen beherzten Rückwärtssprung kann Michael sich retten. Er landet unsanft auf dem Hintern, bringt jedoch sofort das M16 in den Anschlag. Die Projektile durchschlagen den Zombie, als dieser gerade aufsteht. Das Rückgrat wird zerschmettert und eine Kugel erwischt auch den Schädel. In einer Blutfontäne zerspringt dieser und der Zombie sackt in sich zusammen.

Nach Luft ringend, stemmt sich Michael in die Höhe. Drei Untote liegen auf dem Boden. Sie rühren sich nicht mehr.

„Was zum Teufel war das?“, fragt Michael und wendet sich an Chan, der ihm den Rücken zugewandt hat. Sein Freund starrt auf den Boden und Michael kommt langsam auf ihn zu.

„Chan? Alles okay?“, fragt er nun etwas besorgter, als er die Blutlache vor dessen Füßen sieht.

Langsam dreht sich sein Freund um und Michael verharrt erschrocken in der Bewegung. Er wagt keinen weiteren Schritt, aus Angst, seine schlimmste Befürchtung könnte sich bestätigen. „Chan!“, keucht er und spürt, wie sein Herz auszusetzen droht.

„Er war zu schnell“, flüstert Chan und zeigt Michael den aufgerissenen Arm.

Zuerst kann Michael nicht begreifen, wie es geschehen konnte, doch dann sieht er es. Der, dessen Brustkorb Chan zerschossen hat, hat nun eine weitere Kugel in der Stirn und liegt direkt neben Chan.

„Das …“, Michaels Stimme versagt und er lässt die Waffe kraftlos fallen. „Das darf nicht sein. Wir … wir haben doch noch so viel vor.“

Sein Freund sieht ihn traurig an und schüttelt langsam den Kopf. „Ich werde dir da keine Hilfe mehr sein, Michael. Für mich ist die Reise nun zu Ende.“

„Nein, das glaub ich nicht. Wir müssen doch etwas tun können“, erwidert Michael und Tränen laufen über sein blutverschmiertes Gesicht. Krampfhaft sucht er nach einer Möglichkeit, doch in seinem Verstand herrscht nur gähnende Leere.

„Es gibt kein Heilmittel. Ich wurde infiziert“, flüstert Chan traurig. „Du solltest dich von mir fern halten, bevor ich auch dich infiziere.

Zornig schüttelt Michael den Kopf. „Ich habe schon meine Familie verloren, Eliza, und ich will dich nicht auch noch verlieren!“, knurrt er wütend und betrachtet die Wunde näher.

Das Fleisch wurde durch einen tiefen Biss aufgerissen und auch, wenn Chan die Blutung inzwischen mit einem Stück Stoff halbwegs gestillt hat, ist der Biss deutlich zu erkennen. Längst wird sich die Infektion in seinem Körper ausbreiten.

„Ich kann nicht zurück. Ich würde alle anderen anstecken, sofern ich irgendwie durch die Untersuchung kommen würde. Das möchte ich nicht“, erklärt Chan mit Nachdruck. Er sieht Michael fest in die Augen und setzt ein zerknirschtes Lächeln auf. „Ich will jetzt nicht sagen, dass wir eine gute Zeit hatten, aber alles geht einmal zu Ende. Behalte mich so in Erinnerung, wie ich war.“ Er sieht Michael in die Augen. „Mach nicht denselben Fehler, wie bei Eliza. Gib dir nicht die Schuld für das, was passiert ist.“

„Chan …“, beginnt Michael, doch fehlen ihm die Worte. Dass sein Freund recht hat, weiß er nur zu gut. Trotzdem möchte er die Wahrheit nicht sehen. „Selbst wenn du dich verwandelst, könnten sie dich vielleicht eines Tages zurückholen“, versucht er Chan aufzumuntern, doch dieser schüttelt entschieden den Kopf.

„Weißt du noch, was du mir damals in Toronto versprechen musstest?“ Seine Augen verharren starr auf Michaels, in der Hoffnung, er würde ihm selbst diese Frage beantworten. Doch es passierte nicht. „Du musstest mir versprechen, dass ich nicht als Untoter durch die Gegend laufen werde.“ Fest sieht er seinem Freund in die Augen und Michael wendet sich ab. Tränen laufen ihm über die Wangen.

„Ich weiß …“, antwortet er, wobei sein Unterkiefer bebt. „Aber ich dachte nie, dass ich dieses Versprechen einlösen muss.“

„Ich auch nicht, aber jetzt ist es soweit“, antwortet Chan. Er macht ein paar Schritte den Hang hinauf, den sie noch vor einigen Minuten erst hinab gelaufen sind.

„Was hast du vor?“, fragt Michael irritiert. Doch als er den Flammenschein hinter den Bäumen sieht, wird es ihm mit einem Mal klar.

„Du willst … dich in die Flammen stürzen?“, stammelt er ungläubig und fasst Chan an den Schultern. „Chan … bitte … das musst du nicht tun. Vielleicht bricht es gar nicht bei dir aus“, versucht er ihn zu überzeugen, auch wenn seine Stimme Michael selbst nicht überzeugen würde.

„Du weißt genau, dass es keine Heilung gibt. Wir haben gesehen, wie das Virus ein ganzes Dorf innerhalb eines Monats ausgerottet hat. Ich kann es nicht riskieren, dass das hier noch einmal passiert“, antwortet Chan niedergeschlagen. Seine Hände zittern nervös und Schweiß steht auf seiner Stirn. Betreten blickt er zu Boden und macht einen weiteren Schritt zurück zum Steinbruch.

„Ich brauche dich doch … du bist mein einziger Freunde“, flüstert Michael und folgt ihm.

„Du hast doch noch Becky. Und vergiss Rufus nicht, der kann dich auch recht gut leiden“, versucht Chan zu scherzen und knufft Michael in die Seite.

„Das ist nicht das Gleiche. Wir kennen uns jetzt schon ewig und haben das Schlimmste durchgemacht“, erwidert Michael niedergeschlagen. „Ich kann mir ein Leben ohne dich nicht vorstellen.“

„Ich mir auch nicht. Ich … ich habe Angst vor dem, was jetzt kommt, Michael.“ Chan bleibt stehen und sieht Michael fest in die Augen. Seine Haut ist bleich, ob vom Schock, der Angst oder dem Virus kann Michael nicht mit Sicherheit sagen. „Ich habe eine abgrundtiefe Angst. Was passiert, wenn ich tot bin? Gibt es etwas wie einen Himmel?“

Michael zuckt leicht mit den Achseln.

„Ich weiß es nicht.“ Betreten schweigend gehen sie ein paar Schritte. Das Fauchen von Flammen ist zu hören das sogar noch den tosenden Wind übertönt. Eine unglaubliche Hitze schlägt ihnen entgegen, wenn der Wind über die Flammengrube hinweg fegt. Noch immer fallen Untote von der Klippe in die Feuersbrunst hinein.

„Der Strom scheint gar kein Ende zu nehmen", ruft Michael gegen den Lärm der Flammen an.

Das Napalm vernichtet die Körper der Zombies so schnell, dass keiner aus der brennenden Hölle entkommen kann. Aus der Ferne kann Michael die Wachposten sehen, die den Ausgang des Steinbruchs bewachen. Jeder Untote, der sich ihnen nähert, würde erschossen werden. Bei rund achthundert Grad erreicht sie jedoch niemand. Haut wird von den Knochen gefegt, Fleisch verdampft und Knochen verbrennen unter der enormen Hitze zu Staub.

„Michael, was macht ihr dort?", ertönt die Stimme von Richcraft über Funk. „Der Treffpunkt ist hier unten."

Chan reicht Michael die Magnum. „Ein Himmel wäre jetzt echt nicht verkehrt", kehrt Chan zu ihrer Unterhaltung zurück. „Es kann doch nicht alles gewesen sein. Wir können doch nicht einfach aufhören zu existieren, oder?"

„Einige Hundertmillionen Menschen glauben … ich meine glaubten an Gott und einen Himmel. Sie alle können doch nicht irren", stimmt Michael ihm nachdenklich zu. Dass er selbst nie an den Himmel geglaubt hat, möchte er zu diesem Zeitpunkt seinem Freund lieber nicht sagen. „Du wirst deine Familie wiedersehen. Der schwere Weg hat ein Ende", versucht Michael ihn aufzumuntern, spürt jedoch, wie schwer es ihm fällt. Die Trauer schwappt immer wieder hoch und er muss sich von Chan abwenden. „Tut mir leid", flüstert er und kämpft mühsam die Tränen zurück.

„Mir auch", antwortet Chan und starrt in die Flammen. „Ich will nicht sterben." Tränen laufen über seine Wangen, trocknen aber schnell unter der Hitze der Flammen. Michaels Haut fühlt sich trocken an und er glaubt, dass seine Haare leicht angekokelt riechen.

„Es ist nicht schlimm. Es wird dir gut gehen", flüstert Michael. Er verliert den Kampf gegen die Trauer. Er wendet sich von seinem Freund ab, um ihm nicht noch mehr Unbehagen zu bereiten.

„Ich wünschte, dass ich etwas tun könnte, was dir hilft", erklärt Michael, als er sich wieder unter Kontrolle hat.

„Du musst jetzt für die anderen Menschen da sein“, antwortet Chan. Wie hypnotisiert starrt er in die Flammen. Seine Augenbrauen sind bereits versenkt, ebenso wie seine Haarspitzen.

„Michael, was treiben Sie dort? Antworten Sie!“, ertönt es erneut über Funk und Michael flucht innerlich, dreht sich um und zieht das Funkgerät hervor.

„Chan wurde gebissen!“, beantwortet er die Frage, als ihm plötzlich ein eisiger Schauer über den Rücken läuft. Sofort wirbelt er herum, doch Chan ist verschwunden.

„Oh Gott … er ist gesprungen“, haucht Michael von Trauer überwältigt.

Stumm starrt er auf den langsam endenden Strom an Untoten, die über die Klippe in die Feuersbrunst stürzen. „Der Plan ist aufgegangen. Das Lager ist gerettet, doch zu welchem Preis?“ Wie erstarrt blickt Michael über die lodernden Flammen. Menschen stehen am Ausgang des Steinbruchs und jubeln über ihren Erfolg. In Michael rührt sich jedoch keine Freude. Kein Triumph über einen übermächtigen Feind.

„Du warst mein einziger Freund. Die Welt wird ein dunklerer Ort ohne dich.“ Michael atmet tief ein. „Ich werde dich vermissen.“

Zusammenkunft

Erschrocken zuckt Viktor zusammen, als unter seinen Füßen ein morsches Ästchen, einem Pistolenschuss gleich, knackt. Fast gleichzeitig antwortet ein fragendes Stöhnen links von ihm.

„Scheiße", knurrt Viktor.

Alexandr Wolkov grinst und nähert sich mit schnellen Schritten dem Untoten. Er zückt sein Armeemesser und rammt die Klinge bis zum Heft in die Schädeldecke des einstigen Truckers.

„Ich weiß echt nicht, wie du es schaffst, so leise zu sein", ärgert sich Viktor. Die Schritte des Scharfschützen sind so gut wie nicht zu vernehmen, und das, obwohl dieser ebenfalls zügig geht.

„Viel Training", antwortet er immer noch grinsend und wischt die Klinge an der blutigen Jacke des Zombies ab.

Zusammen mit Alexandr hat er sich von dem Campingplatz abgesetzt. Seine stille Art, der gute Umgang mit Waffen und seine Art ohne Rückfragen Befehle zu befolgen, machen ihn für Viktor sehr wertvoll. Seitdem sie sich getroffen haben, hat Alexandr Viktor als seinen Kommandanten anerkannt. Egal was Viktor fordert, der Russe führt den Befehl aus. Als Viktor ihn nun um den Gefallen bat, ihm Rückendeckung bei der weiteren Erkundung der Gegend zu geben, stimmte Alexandr selbstverständlich sofort zu. Sie beluden den Hummer mit dem Notwendigsten und machten sich auf den Weg. Es dauerte gut zwei Stunden, bis Viktor das Schild mit der Aufschrift Dale Hollow Lake entdeckt hatte, das er seit Monaten herbeisehnte.

Er lenkte den Hummer die menschenleeren Straßen entlang, vorbei an Angelgeschäften, Restaurants und einer Apotheke. Da er nicht vorhatte, auf direktem Weg zum Ziel zu fahren, hielt er auf einem Parkplatz. Unter dem Vorwand, die Gegend zu Fuß erkunden zu wollen, haben sie sich aufgemacht, den angrenzenden Wald auszukundschaften.

Mit einem Mal schnellt Alexandrs Faust als Zeichen für Stehenbleiben in die Luft. Viktor wird aus seinen Gedanken an sein Ziel gerissen und verharrt auf seiner Position, zieht aber in derselben Sekunde seine Glock. Beide gehen etwas in die Knie.

„Ich sehe Chaus“, flüstert er und deutet schräg rechts von ihm.

Ein kleiner, überwucherter Trampelpfad führt von einem verrotteten Anlegesteg zwischen den Bäumen entlang. Sofort beginnt Viktors Herz zu rasen. Er lächelt nervös und muss das Zittern seiner Hände unterdrücken.

„Das sollten wir uns ansehen“, schlägt er so beiläufig wie möglich vor, und sein Partner nickt.

„Einverstanden.“

Vorsichtig nähern sie sich dem massiven Holzhaus, als Alexandr erneut stoppt und auf ein Knie sinkt. „Ich chabe etwas gesehen. Jemand ist in Chaus“, flüstert Alexandr und weist auf das zweite Fenster auf der rechten Seite.

„Menschen oder Zombies?“

Er zuckt die Achseln. „Weiß nicht.“

Viktor presst die Zähne aufeinander. Sein Blick wandert über das Unterholz im immer schwächer werdenden Tageslicht. Der Trampelpfad ist kaum noch zu erkennen. Es knackt in einiger Entfernung, auf der Rückseite des Hauses, wie Viktor vermutet.

„Entweder hauen sie ab oder dort ist noch jemand“, flüstert er und geht hinter einem Baum in Deckung.

„Chette ich doch mein großes Gewehr dabei“, knurrt der Russe und entsichert das Sturmgewehr.

„Ja, das wäre klug gewesen“, stimmt Viktor ihm zu. Das schwere Kaliber 50-Gewehr mit aufgesetztem Nachtsichtgerät würde ihnen einen taktischen Vorteil verschaffen. „Lässt sich aber jetzt nicht mehr ändern.“ Er prüft das Magazin seiner Glock, lässt es wieder einrasten und lädt sie durch. Das Knacken und Stolpern um sie herum wird deutlicher. Die Silhouette eines Menschen taucht knapp hinter Alexandr auf. „Hinter dir!“

Der Russe wirbelt herum und reißt gleichzeitig das Gewehr hoch. Der Holzgriff trifft den Schädel eines Zombies. Knochen und Zähne brechen. Der Untote taumelt zurück. Alexandr zieht sein Messer und beendet es.

Neben Viktor brechen zwei weitere Gestalten durch das Unterholz. Er richtet die Glock aus und feuert. Das Mündungsfeuer erhellt das Zwielicht einen Augenblick und Viktor rutscht fast das Herz in die Hose. Unzählige tote Augen blicken in seine Richtung. Für den Bruchteil einer Sekunde kann er mindestens fünfzig Gesichter erkennen, die durch den Wald wandern. Erneut feuert er und das Projektil vernichtet eine Frau mit dicker Hornbrille. Das gierige Stöhnen einiger Kehlen dringt an ihr Ohr

„Das sind echt viele", flucht Viktor. „Wir müssen zum Haus, jetzt!"

Sie spurten los, doch immer mehr Zombies kommen ihnen in die Quere. Längst hat Viktor es aufgegeben, sie zu erschießen. Die Kugeln werden mit Sicherheit noch gebraucht. Alexandr ist ihm dicht auf den Fersen. Mehr als zehn Untote hat der Russe bereits mit seinem Kampfmesser erledigt. Mit seinem Baseballschläger teilt Viktor so gut es geht aus. Die Wucht des Holzes sprengt die Zähne eines Kaufmannes aus seinem Kiefer. Sie prasseln gegen die Hauswand. Alexandr ist an Viktor vorbei, rammt die Klinge in den deformierten Schädel und sie rücken weiter vor.

Als sie die Tür erreichen, seufzt Viktor erleichtert und drückt die Klinke herunter. Die Tür bewegt sich kein Stück.

„Scheiße!", flucht er und verpasst der massiven Tür einen Tritt. Die erzittert, bewegt sich jedoch keinen Millimeter. „Verschlossen, weiter!", brüllt er und läuft vor.

Eilig duckt er sich unter den verwesenden Händen eines Untoten hinweg. Zu Viktors Glück sind die Lichtverhältnisse ziemlich schlecht, sodass er die halb weggeschossene Fratze nur sehr undeutlich erkennen kann. Ohne zu zögern, lässt er den Baseballschläger eine Rückhand beschreiben. Wie eine reife Melone platzt der zerstörte Schädel.

„Wohin jetzt? Wir mussen weg!", ruft der Russe. Sein Arm ist mit Blut verschmiert.

Inständig hofft Viktor, dass es nicht Alexandrs Blut ist. Schritte nähern sich, rennende Schritte. Das Blut gefriert in Viktors Adern.

Sofort lässt er den Baseballschläger fallen und reißt die Glock hoch.

„Renner!“, warnt er seinen Kameraden, achtet jedoch nicht darauf, ob er es mitbekommen hat. Ein wildes Fauchen ertönt rechts von Viktor. Er schwenkt herum. Die Waffe folgt seiner Bewegung. Das wütende Gesicht eines Untoten taucht auf. Viktor drückt ab.

Der Mündungsblitz umhüllt das aufplatzende Gesicht und der Zombie fällt. Durch seinen Schwung wird er erst von der Hauswand gebremst. Alexandr brüllt auf. Viktor wirbelt herum. Ein Zombie hat sich in seinen Arm verbissen. Wütend verpasst Alexandr ihm einen Faustschlag, der ihn von ihm wegschleudert.

Zwei weitere Male feuert Viktor. Die Zahl der Gegner wird nicht weniger. Für eine Sekunde sieht er Jimmy DeBlancs Gesicht vor ihm. „Geschieht dir recht, verrecke!“, scheint es zu rufen.

„Noch nicht!“, flucht Viktor, verpasst einem Untoten eine Kugel zwischen die Augen und packt Alexandr am Arm. „Beweg dich!“, schnauzt er ihn an.

Ein Fenster taucht vor ihnen auf und Viktor sieht seine Chance. Wenn sie nicht in das Haus kommen, werden sie die nächsten Minuten nicht überleben.

Mit dem Baseballschläger zertrümmert er das Fenster. Alexandr klettert hinein, während Viktor mit dem Baseballschläger zwei Zombies in die Hölle schickt. Ein Schuss donnert. Instinktiv duckt er sich.

„Scheiße!“, flucht Viktor und stemmt sich auf die Fensterbank und anschließend in den Raum. Alexandr hat einen Jungen im Schwitzkasten. Ein Jagdgewehr liegt auf dem Boden. Da keine akute Gefahr droht, wirbelt Viktor wieder herum. Hände strecken sich bereits durch das Fenster. Mit aller Kraft packt Viktor das Bücherregal und zerrt es etwas nach vorn. Der Junge kreischt und tritt, doch Alexandr hält ihn in seinem eisernen Griff fest.

Als er sicher ist, dass sein Plan aufgeht, stößt Viktor das Regal um. Bücher landen krachend auf dem Boden, doch das Oberteil blockiert nun das Fenster. Schritte ertönen auf der anderen Seite der Zimmertür.

„Der Junge ist nicht allein!“, flucht Viktor. In diesem Moment wird die Tür aufgetreten und ein Latino mit einem M16 erscheint.

„Kaylee, wir kriegen Besuch!“, flüstert Hector und schüttelt sie an den Schultern. Verschlafen blickt sie sich um, braucht einen Moment, bis ihr klar wird, wo sie ist. Das dunkle Zimmer riecht nach Holz, die Vorhänge halten das schwache Sonnenlicht komplett ab. Die Sonne ist weit gesunken, seit sie sich kurz hinlegen wollte. Es sind mindestens drei oder vier Stunden vergangen.

„Wieso hast du mich so lange schlafen lassen?“, faucht sie und steigt aus dem knarrenden Bett. Eilig schlüpft sie in ihre Stiefel, schmeißt sich die kugelsichere Weste über die Schulter und läuft hinter Hector ins Wohnzimmer.

In den letzten zwei Wochen haben sie sich häuslich in der Hütte eingerichtet. Dem ersten Wunsch, direkt wieder abzuhauen, hat Kaylee dank Hector und Timmy widerstanden. In dem Vorratslager befindet sich genug Nahrung für einige Wochen und die gemütlichen Betten sind eine deutliche Verbesserung zu ihren sonstigen Möglichkeiten.

Da sie am heutigen Tag noch kein Licht brauchten, hatte keiner ein Feuer gemacht. Die Angreifer dürften also ihre Position nicht kennen. Nachdem Kaylee die Weste angezogen hat, streift sie den Kapuzenpulli darüber. Ihr Puls rast und ihr ist leicht schwindelig. Das schnelle Aufstehen bekam ihr nicht sonderlich. Sie kann sich gut daran erinnern, wie sie ihrer ersten und einzigen Mitinsassin den Kehlkopf zerschmetterte, als diese sie nachts aus dem Schlaf gerissen hat. Sie hatte versucht, Kaylee nach einem länger andauernden ständigen Streit zu erwürgen. Auch damals brauchte Kaylee eine Weile, bis sie das röchelnde und sterbende Bündel am Boden erkannt hat. Anschließend durfte sie lange Zeit in einem lichtlosen Raum weilen. Selbst das stete Dröhnen der Schiffsmotoren war nicht zu hören. Die absolute Stille hätte viele Menschen in den Wahnsinn getrieben, Kaylee jedoch nicht.

Nie im Leben schlief sie so gut, wie in dieser unbequemen Zelle ohne Bett. Sie verlor jedes Zeitgefühl, legte aber auch keinen

Wert darauf. Was sind schon Tage, wenn man ein Leben lang eingesperrt bleiben wird. Sie sprach zu Anabelle, zu ihrer eigenen Bestie in sich selbst und zu ihrer Familie, wenn sie sich einsam fühlte. Niemand antwortete, doch diesen Teil der Unterhaltung setzte ihr Verstand zusammen.

„Wie viele sind es?“, fragt sie. Das Magazin der Beretta hat sie wieder aufgefüllt und lässt es einschnappen.

„Ich bin nicht sicher, zwei oder drei. Schwer bewaffnet“, meldet Hector, als er durch die dicken Vorhänge lugt.

„Weck Timmy, ich behalte sie im Auge“, befiehlt er, und obwohl Kaylee widersprechen will, gehorcht sie. In Kampfsituationen hat Hector schließlich mehr Erfahrung als sie, weswegen sie ihm bedingungslos vertraut.

Sie eilt ins kleine Zimmer nebenan, wo sich Timmy wie eine Katze zusammengerollt hat. Das schwere Gewehr hält er umarmt. Erleichtert erinnert sich Kaylee, dass sie darauf bestand, die Patronen aus ihm herauszunehmen. Sollte er im Schlaf die Waffe entsichern und sich den Kopf wegschießen, könnte sie sich das nie verzeihen.

„Timmy, wach auf, Kleiner.“ Sanft schüttelt sie ihn an den Schultern. Nach dem zweiten Mal schlägt er verschlafen die Augen auf.

„Mami?“

„Nein, Kaylee. Steh auf, wir kriegen Gesellschaft.“

Der Junge braucht einen Augenblick, bis er wieder in der grausamen Realität ist. Sie zieht ihm die Schuhe an, wickelt ihn in seine gefütterte Jacke und steckt die beiden Patronen in den Lauf des Gewehrs.

Dann geht sie vor ihm in die Hocke.

„Timmy, du bleibst in diesem Zimmer, egal was passiert. Wenn alles in Ordnung ist, werden Hector oder ich dich rufen. Kommt jemand hier herein, ohne dass wir gerufen haben …“ Sie klopft mit der flachen Hand auf den Lauf des Gewehres und sieht ihm fest in die Augen. „Wir wissen nicht, wer diese Menschen sind. Eins steht aber fest, wenn Hector und ich dich nicht rufen, wollen sie dir etwas Böses.“ Sanft streichelt sie über sein Haar und seine

Wangen, wie es ihre Mutter damals auch bei ihr tat. „Du musst jetzt tapfer sein, kannst du das?"

Entschlossen nickt Timmy, entsichert das Gewehr und legt sich auf das Bett, die Mündung auf die Tür gerichtet.

„Alles klar, bis gleich", sagt Kaylee, entsichert ihre Beretta und kehrt zu Hector zurück.

„Sie kommen von beiden Seiten", flucht Hector. Das M16 liegt schussbereit in seiner Hand. Kaylee stemmt die schwere Couch von der Wand weg und geht dahinter in Deckung. Hector tut dasselbe mit einem alten Sessel.

„Sicher, dass es keine Zombies …?" Sie verstummt, als ein Schuss donnert, dann noch einer.

Rufe ertönen, erneut feuert jemand. Das Stöhnen aus unzähligen Kehlen antwortet.

„Da draußen sind Menschen und Zombies", stellt Kaylee mit einem Frösteln fest.

Egal welche arme Sau sich außerhalb des Hauses befindet, sie stehen mit Sicherheit einer ganzen Armee an Untoten gegenüber.

Aus dem Flugzeug heraus konnte Kaylee noch sehen, wie eine Herde von mittlerer Größe in diese Richtung gelaufen ist. Der Plan, sich still zu verhalten, gerät ins Wanken.

„Wir sollten ihnen helfen", schlägt Hector vor, doch Kaylee hört eindeutig die Zweifel in seiner Stimme.

„Wenn wir die Tür öffnen, könnten Zombies hereingelangen. Zudem könnten die Menschen gefährlich sein. Wir würden unser eigenes Leben für Fremde aufs Spiel setzen", erwidert sie.

Entschieden schüttelt Kaylee den Kopf, was er aufgrund der Dunkelheit nicht sehen kann. „Nein, das ist zu gefährlich. Wir erschießen alles, was durch diese Tür kommen wird." Hector atmet erleichtert aus, was Kaylee nicht entgeht. Er scheint gehofft zu haben, dass sie die schwierige Entscheidung trifft.

„Feigling", flüstert sie und konzentriert sich wieder auf das Fenster und die Tür.

Draußen wird erneut gefeuert. Ein Sturmgewehr rattert. Instinktiv wirft sich Kaylee zu Boden, doch keine Kugeln schlagen in den Scheiben ein. Das Mündungsfeuer ist jedoch durch die

Gardinen zu sehen. Sie presst die Zähne aufeinander, versucht ihren Puls zu beruhigen.

Gespannt starren die beiden auf das Fenster, hinter dem sich das Schauspiel wiederholt. Körper rempeln gegen das schwere Holzhaus, knallen torkelnd in ihrem Wahn gegen die Tür und laufen weiter. Die Zombies haben Blut geleckt. Sie wollen ihr Opfer.

„Die armen Schweine dort draußen", flüstert Kaylee.

Immer wieder donnern Schüsse. Mündungsfeuer erhellen die Dunkelheit außerhalb des Hauses. Nachdem die Personen erfolglos die Haustür zu öffnen versucht haben, wandern sie die Hauswand entlang. Sie kämpfen mit den Bestien. Einer brüllt vor Schmerzen auf.

„Einer weniger", flüstert Kaylee.

Noch immer ist sie nicht sicher, wie viele Gegner auf der anderen Seite der massiven Holzwand sind. Es wird aus mehreren Waffen gefeuert, dazu mit Sicherheit noch Nahkampfwaffen. Ihr Körper zittert. Der Wunsch rauszulaufen und zu kämpfen, tobt in ihr. Die Bestie will freigelassen werden. Blut und Eingeweide verteilen. Erschrocken spürt sie, wie sie bei dem Gedanken lächelt.

„Nein, … ich muss Timmy beschützen", ermahnt sie sich selbst. Mühsam ruft sie sich sein Gesicht in Erinnerung. Das Adrenalin jagt durch ihre Blutbahnen und Kaylee nimmt bedächtig den Finger vom Abzug der Waffe. Der Geruch frischen Blutes steigt ihr in die Nase, als sie sich an die Hinrichtung von Andrew erinnert. Er hatte es verdient, es hat ihr Freude bereitet. Das war sie, sie war dieses Monster. Lächelnd erinnert sich Kaylee daran, wie sie das Skalpell durch seine Haut und Muskeln geschnitten hat. Wie sich seine Innereien auf dem Teppich gesammelt haben. An den ekelerregenden Gestank, der dabei ausgetreten ist.

Das Klirren einer Glasscheibe lässt sie zusammenzucken. Hector und sie schauen gleichzeitig an den Mündungen ihrer Waffen entlang und suchen die Wohnzimmerfenster ab. Alle sind unversehrt. Verwirrt sieht sie zu Hector, da donnert der Schuss einer Flinte.

„Timmys Zimmer!", flucht sie.

Hector erreicht die Tür vor ihr. Mit dem letzten Schritt hebt er den Fuß und lässt ihn voller Wucht gegen die Sperrholztür krachen. Das Schloss hält der Kraft nicht Stand und die Tür springt auf. Kaylee erkennt einen grimmig dreinblickenden Riesen mit einer fiesen Narbe im Gesicht. Er hält Timmy vor sich, sodass Hector kein freies Schussfeld hat.

„Lass den Jungen los!", brüllt Hector.

„Njet, Waffe weg!", entgegnet dieser mit russischem Akzent.

Hector betritt das Zimmer, die Sicherung einer Waffe klackt. Da ist noch jemand! Kaylee flucht innerlich.

„Waffe runter, Arschloch", ertönt eine Stimme. Blut rauscht in ihren Ohren. Die Wut ist unbeschreiblich, die durch ihre Adern fließt.

Noch bevor Hector das M16 zu Boden gelegt hat, ist sie an ihm vorbei. Die Augen des Russen weiten sich, als Kaylee sich vom Boden abstößt. Der Griff ihrer Beretta kracht auf seine Stirn. Der Mann torkelt und lässt Timmy los. Bereits im Sprung richtet sie die Beretta auf den anderen Mann.

Der Aufprall verzieht die Waffe etwas und ein Schuss löst sich. Hector lässt sich fallen, entkommt der Mündung des Feindes und richtet sein M16 auf ihn.

„Waffe runter! Sofort!", befiehlt er brüllend.

Keuchend rappelt sich Kaylee auf, richtet die Beretta auf den Russen, der sich immer noch nicht von dem Schlag erholt hat. „Das ist das falsche Haus, Arschloch", flucht sie und will ihm gerade einen Tritt verpassen, als sein Begleiter etwas nach vorn kommt und das fahle Licht des zerbrochenen Fensters auf ihn fällt. Kaylee hält mitten in der Bewegung inne. Ihre Augen weiten sich. Die Beretta landet krachend auf dem Boden. „Dad …?", keucht sie ungläubig. Auch wenn sie ihn einige Jahre nicht gesehen hat, vergisst sie niemals sein Gesicht.

„Kaylee …", antwortet der kahlköpfige Mann ebenfalls überrascht.

„Dad?" Die Stimme des Latinos klingt zweifelnd, doch Viktor ignoriert ihn.

„Wie … wie ist das möglich? Ich … oh Gott, Dad!“, stammelt Kaylee. Eilig fällt sie ihm um den Hals, wie sie es kleines Mädchen getan hat, vor dem grausamen Tag, der ihr Leben veränderte. Schnell steckt er die Glock weg und nimmt sie fest in den Arm.

„Mein kleines Mädchen“, flüstert er und drückt sie so fest an sich, als wolle er sie nie wieder loslassen. Sie lacht und weint gleichzeitig. Viktor streicht ihr über den Hinterkopf, küsst sie auf die Stirn. „Du hast dich erinnert“, krächzt er, muss sich erst mal räuspern. „Du hast dich an das Haus erinnert. Ich war mir nicht sicher … wie lange seid ihr schon hier?“

Sie löst sich widerwillig von ihm, tritt ein paar Schritte zurück. Fast schüchtern, wie er sie schon ewig nicht mehr gesehen hat, blickt Kaylee zu Boden. Aufmerksam mustert er sie. Die Zeit im Gefängnis hat ihr einen noch härteren Gesichtszug gegeben, als er ihn in Erinnerung hat. Zudem muss sie mindestens fünf oder mehr Kilo verloren haben. Sie wirkt drahtig, kampferprobt und entschlossen, wie eine Löwin zu kämpfen.

„Zwei knappe Wochen. Es ist viel passiert. Seid ihr … oh Gott, es tut mir echt leid, was ich …“ Sie wendet sich an Alexandr Wolkov, der die Situation scheinbar ebenso wenig versteht wie der Latino.

Der große Russe knurrt ein paar Sätze und reibt sich die Stirn, wo sich langsam eine deutliche Beule herausarbeitet. Viktors Mädchen hat immer noch Biss. Stolz legt er den Arm um sie.

„Das ist Kaylee Mason, meine Tochter.“

„Alexandr“, knurrt der Russe und reicht ihr seine mächtige Pranke.

„Das sind Hector und Timmy“, stellt Kaylee ihre Begleiter vor. In kurzen Worten berichtet sie Viktor, was in den letzten Wochen geschehen ist.

Staunend lauscht er ihr, während draußen immer mehr Hände gegen das Holz schlagen. Das Stöhnen der Untoten dringt durch das verbarrikadierte Fenster. Kurz berichtet Viktor von seinen Erlebnissen. Nachdem er geendet hat, blickt Hector von ihm zu Kaylee und wieder zurück zu ihm.

„Sie haben also dieses Haus gekauft um für den Fall, dass ihre Tochter aus dem Gefängnis fliehen kann, einen sicheren Ort zu haben?“ Er lacht und geht kopfschüttelnd ein paar Schritte. „Ihr seid echt eine merkwürdige Familie.“ Mit dem ausgestreckten Arm zeigt er auf das demolierte Fenster. „Wir haben aber nun das Problem, dass wir in diesem Haus eingeschlossen sind. Dort draußen sind einige hundert Untote“, fügt Hector grimmig hinzu.

Gleichgültig zuckt Viktor mit den Achseln. Er mustert den Soldaten, der Pilot sein soll. Ob er mit Kaylee geschlafen hat? Seine Haltung zeigt keinen Hinweis auf außergewöhnliche Vertrautheit. Er steht etwas abseits, scheint sich ausgeschlossen zu fühlen. Timmy hat sich zu Kaylee gesellt, scheint Viktor aber nicht so ganz zu trauen.

„Ja, es mag etwas seltsam klingen, aber wir haben immer schon gern vorgesorgt.“

„Dad … wo sind Mum und Jack?“

Betreten sieht Viktor zu Boden. Ein kalter Schauer rinnt ihm über den Rücken. Vor seinem inneren Auge taucht die Szene auf, wie er seinen Sohn von sich stieß. Wie er sein untotes Dasein mit der Glock beendete. Sein Herz scheint vor Trauer für einen Augenblick auszusetzen. Er ballt die Hand zur Faust, atmet bewusst langsam.

„Sie …“, er muss sich räuspern, wagt es nicht, Kaylee in die Augen zu sehen. Der Schmerz darin dürfte annähernd so schlimm sein, wie der, den er selbst gerade spürt. „Sie haben es nicht geschafft“, bringt er mühsam hervor. Vorsichtig blickt er hoch, sieht in das bleiche, harte Gesicht seiner Tochter, die so viele Menschen umgebracht hat.

Die Maske ist fast perfekt, jedoch ist da dieses feuchte Glitzern in ihren Augen. Ihre Haltung versteift sich etwas und sie presst die Lippen aufeinander. Nur mit größter Mühe kann sie die Tränen verbergen, das kann Viktor nur zu gut sehen.

Wie ähnlich sie ihm doch ist, geistert ihm durch den Kopf. Bloß keine Schwäche zeigen und immer für den Kampf bereit sein. Wäre aus ihr ein normales Kind geworden, wenn er nicht so ein Arschloch gewesen wäre? Hätte sie mit Puppen gespielt, wenn er diese Vergewaltiger und Mörder zur Strecke gebracht hätte? Viktor schüttelt den Kopf. Selbstvorwürfe führen ihn hier nicht weiter. Kaylee ist am Leben und nur das zählt. Seine Reise wurde von Erfolg gekrönt, und auch wenn es einen Gott gab, der immer auf ihn gepisst hat, so hat er sich dieses Mal revanchiert.

Zaghaft zieht er die sich sträubende Kaylee an sich heran. Steif wie ein Brett steht sie vor ihm.

„Sie mussten nicht leiden, es ging schnell. Deine Mutter … sie hätte diese Welt nicht ertragen."

Kaylees Unterkiefer bebt und Viktor drückt ihren Kopf gegen seine Schulter. Ihr Atem geht stoßweise.

„Es ist gut. Du bist in Sicherheit. Ich lass nicht zu, dass dir noch mehr Scheiße wiederfährt", flüstert er in ihr Ohr.

Es dauert gut fünf Minuten, bis sich Kaylee wieder im Griff hat. Schniefend wischt sie sich die Tränen vom Gesicht. „Dad, was machen wir denn nun? Wir sitzen hier fest."

Er lächelt freundlich und deutet der Gruppe ihm zu folgen. Unter dem stetigen Pochen der untoten Hände auf der anderen Seite der Hauswand erreichen sie die Küche.

„Es sind nicht mehr so viele Lebensmittel da", berichtet Hector, wobei er auf die Schränke zeigt.

Die Küchenzeile mit dem großen Kühlschrank, der Mikrowelle und dem Herd wirkt wie aus einer anderen Zeit. Ohne Hector zu beachten, schiebt Viktor die Mikrowelle beiseite und tastet hinter dem Kühlschrank, bis er es gefunden hat. Mit einem leisen „klack" legt er den Schalter um und das Schloss wird entriegelt.

Irritiert betrachten ihn die Vier, doch lässt sich Viktor davon nicht beirren. „Gleich werdet ihr staunen", verspricht Viktor grinsend. Er greift an den Rand des Kühlschranks, der mit einem Mal mühelos zur Seite gleitet. Die Verankerung im Boden wurde gelöst und das kleine schwarze Viereck kommt zum Vorschein.

Hector pfeift anerkennend.

„Ein Geheimgang." Viktor grinst und holt die Taschenlampe aus dem Fach neben dem kleinen Eingang. Nachdem er ein paar Mal gekurbelt hat, springt die Dynamotaschenlampe an. „Es ist ein Schutzraum, um sich vor aufdringlichen Nachbarn zu verstecken.

Hat mich ein Vermögen gekostet.“ Bei der Erinnerung an die Schwarzarbeiter, die er extra aus dem Westen hat kommen lassen, muss er automatisch knurren. „Sie haben ein Heidengeld verlangt. Aber nur aufgrund der Tatsache, dass niemand je auf die Idee käme, in Kalifornien nach ihnen zu fragen, war dieser Umbau sicher. Hätten die Behörden hiervon erfahren, wäre der Mehrwert des Raumes dahin. Für mein Mädchen ist mir nun mal nichts zu teuer“, berichtet er ihnen.

Vorsichtig steigt er die schmale Holztreppe hinab, dicht gefolgt von Kaylee, Hector und Timmy. Alexandr bleibt oben, um das Haus zu bewachen. Sollten die Zombies irgendwie durchbrechen, würde er sie eine Weile aufhalten. Mit einem Mal stockt Viktor. Der Biss kommt ihm wieder ins Gedächtnis. Es würde nicht lange dauern und sein Kumpel wäre höchst ansteckend. Der Scharfschütze ist fast unverzichtbar für das Team, jedoch ist nicht sichergestellt, dass das Mittel bei ihm wirkt. Zudem würde er es vielleicht anderen erzählen. Wenn dieser Hector oder Timmy es zudem mitbekäme, wäre es ein weiteres hohes Risiko.

Erst jetzt bemerkt er, dass er die Hand an der kleinen Trinkflasche hat. Für den Notfall hat er immer eine Ration bei sich. Der Weg zurück zum Campingplatz dauert bei den vielen Untoten mit Sicherheit eine Stunde. Bis dahin ist die Infektion nicht mehr aufzuhalten.

Viktor hat nun das Ende des kurzen Tunnels erreicht. Mit der Taschenlampe leuchtet er den verlassenen Raum aus. Es ist zwei Jahre her, seit er das letzte Mal hier gewesen ist. Etwas Staub hat sich angesetzt und er kann Spinnenweben erkennen. Der helle Lichtstrahl der Taschenlampe wandert über die beiden Metallbetten mit den sauberen Laken und die Regale mit Lebensmitteln. Er hat sich für Essen in Dosen entschieden, da dieses viele Jahre haltbar ist. Auf diese Weise war er nicht gezwungen, jedes Jahr hier herunterzufahren und neue Lebensmittel einzukaufen. Für den Fall der Fälle sollte die Verpflegung mehrere Monate möglich sein.

Er tritt zu dem kleinen Tisch in der Mitte, nimmt die Campingleuchte hoch und kurbelt auch hier einige Sekunden.

Kurz darauf erhellt ihr kaltes Licht den kargen Raum. Die kleine Gruppe sieht sich mit bewundernden Blicken um. Viktor kann seinen Stolz nur schwer unterdrücken. Diese kleine Festung ist sein Vermächtnis. Hier kann man die schlimmsten Epidemien aussitzen. Auch wenn er nie mit einer Zombieplage gerechnet hat, ist dieses Haus doch perfekt abgesichert.

Hinter den zwei Reihen von Regalen, die Viktor selbst zusammengebaut hat, befinden sich Stapel mit eingeschweißter Kleidung und Notrationen. Während Kaylee und Hector sich den Raum ansehen, setzt sich Timmy bereits auf eines der Betten. Viktor sieht die schmale Treppe hinauf und seufzt. Dieser Tag gehört nun zu den schönsten in seinem Leben, er darf einfach nicht so enden. Mit schnellen Schritten eilt er die Stufen wieder hinauf und geht ins Wohnzimmer. Der große Russe hat sich in den Sessel gesetzt, das AK47 auf die Oberschenkel gelegt und starrt in Richtung Tür.

Viktor setzt sich auf die, von Kaylee, verschobene Couch. „Wie geht's dir?"

Alexandr zuckt mit den Achseln.

„Ich sterbe." Die harten und nüchternen Worte lassen Viktor zusammenzucken. Er löst die Trinkflasche von seiner Weste und reicht sie ihm.

„Hier trink."

Alexandr schüttelt den Kopf.

„Njet. Ihr braucht Wasser dringender. Ich uberlebe den Tag nicht."

Keine Gefühlsregung ist auf dem Gesicht zu erkennen, was vielleicht auch an der Dunkelheit liegt. Das unnachgiebige Hämmern der Zombies erinnert Viktor an die Zeit, als das Haus umgebaut wurde. Nägel wurden eingehämmert, was diesen Geräuschen ähnlich ist.

„Das ist nicht gesagt. Vielleicht überlebst du", beginnt Viktor. Er wischt sich über die Glatze. Er streckt Alexandr weiterhin das Wasser entgegen, bis dieser es schließlich nimmt.

„Niemand uberlebt einen Biss“, knurrt er, öffnet die Flasche und trinkt einen großen Schluck. Viktor beugt sich etwas vor, stützt den Oberkörper auf die Oberschenkel.

„Jessy hat es überlebt.“ Hätte er Alexandr eine Katze ins Gesicht geworfen, hätte er nicht überraschter gucken können. „Sie wurde im Walmart gebissen. Wir … wir haben sie in meinem Wagen isoliert, damit sie niemanden von euch ansteckt“, berichtet Viktor, so nah an der Wahrheit wie möglich. „Sie wurde von einem dieser Bastarde gebissen und hat überlebt. Das kann dir auch passieren. Vielleicht hast du Glück.“ Er zeigt auf die Flasche und deutet seinem Kumpel, dass er sie austrinken soll. „Du musst kämpfen. Gib nicht auf. Ich habe gerade erst meine Tochter zurückbekommen. Ich brauche dich, damit sie überlebt.“ Er reicht ihm die Hand.

Alexandr scheint abzuwägen, was er tun soll, ergreift sie aber schließlich und steht auf. Viktor steckt die leere Flasche wieder ein. Die Chancen stehen nicht gut, aber wenn er überlebt, würde Alexandr tatsächlich eine große Hilfe sein.

„Wir gehen in den Schutzraum und verbarrikadieren uns. Wenn die Zombies uns nicht mehr sehen und hören, werden sie irgendwann weiterziehen.“

Das Klirren von Glas lässt Viktor zusammenzucken. Fauchen dringt an sein Ohr.

„Krovavyy ad!“, flucht Alexandr, was Viktor jugendfrei ausgedrückt für „verdammt noch mal“ hält, und entsichert das Gewehr. Das Fauchen kommt aus der Küche und Viktor rinnt ein Schauer über den Rücken. Der Geheimgang ist noch offen. Sofort spurtet er los. Die Glock im Anschlag erreicht er den Durchgang, zeitgleich, als einer der schnelleren Zombies gerade durchs Fenster gestiegen ist. Viktor drückt ab. Der Schädel explodiert und das Wesen bricht zusammen.

„In den Gang, los!“, brüllt Viktor, doch Alexandr schüttelt den Kopf.

„Zu viele, ich lenk sie ab.“

Viktor erledigt zwei junge Frauen, die ihre halb verwesten Hände nach ihm ausstrecken. Die Zombies müssen über ihre

Artgenossen klettern, die sie niedergetrampelt haben. Eine Salve des Sturmgewehrs wirft fünf Untote wieder zurück.

„Komm mit mir", fleht Viktor, doch der Russe schüttelt den Kopf.

„Njet. Ich beschütze dich und deine Tochter." Mit diesen Worten schiebt er Viktor in den Gang und der Kühlschrank gleitet davor. Planmäßig rastet die Verankerung ein. Das Gestöhne der Untoten ist nur noch leise zu vernehmen. Schüsse peitschen. Das typische Rattern des AK47-Sturmgewehres ist zu vernehmen. Viktor flucht stumm. Egal, was dieser wahnsinnige Russe vorhat, er kann es auf keinen Fall überleben.

„Hättest du mal die Fenster verstärkt", meldet sich eine Stimme in Viktors Kopf, doch er versucht, sie so gut es geht zu unterdrücken und sich zu konzentrieren.

Als er sich umdreht, blickt Viktor direkt in den Lauf eines M16 und einer Beretta. Erleichtert lassen die beiden die Waffen sinken und treten beiseite, sodass er passieren kann.

„Was ist los?", fragt Kaylee. Mit knappen Worten berichtet er von Alexandrs Entschluss und nimmt auf dem Campingstuhl am Tisch Platz. „Ich vermute, dass er sie aus dem Haus locken will. Wenn sie ihm folgen und wir ruhig bleiben, werden sie abziehen."

Hector nickt zustimmend. Er fährt sich nervös durch die Haare, hat das Gewehr immer noch in der Hand. Kaylee geht vor Viktor in die Hocke.

„Geht's dir gut?" Ihr besorgter Blick rührt ihn und Viktor versucht ein Lächeln.

„Ja, Kleines, alles in Ordnung." Er streicht über ihre Wange.

Das Geräusch der Schüsse wird immer leiser, was darauf schließen lässt, dass Alexandr bereits das Haus verlassen hat. Schließlich verstummen sie komplett. Still lauscht die kleine Gruppe nach dem Lärm, den die untoten „Hausbesichtiger" verursachen. Sie stolpern gegen die Möbel, laufen gegen den schweren Kühlschrank und torkeln anschließend wieder durch die Gegend. Sofern es Alexandr nicht aus dem Haus geschafft hat, sollten sich dort oben mit Sicherheit einige hundert Untote befinden. Bei dem Gedanken, wie ihn beim Verlassen des Raumes, eine Herde anzutreffen, schüttelt es Viktor.

„Wir werden es aussitzen. Die Nahrungsmittel dürften für uns Vier mindestens einen Monat reichen, wenn wir sparsam sind. Wasser kommt aus einer Grundwasserpumpe im hinteren Teil des Raumes, alles Handbetrieb." Er reibt sich über die Glatze. So hatte er das Wiedersehen eigentlich nicht geplant, aber es könnte schlechter aussehen.

Ein Flugzeug steht keine zwei Kilometer entfernt, ein Wagen vor dem Haus und Jessy, Darius, Lester und die anderen wissen, in welche Richtung er gelaufen ist. Wenn sie nicht bald zurück sind, würde zumindest Jessy darauf bestehen, ihn suchen zu wollen.

Viktor lässt seinen Blick über den ärmlichen aber hoffnungsvollen kleinen Haufen wandern. Dass er seine Tochter wirklich hier angetroffen hat, kann er noch immer nicht glauben. Ein Lächeln breitet sich auf seinem Gesicht aus.

Vielleicht nimmt ja doch alles noch ein gutes Ende.

Ende

Danksagung

Ich möchte mich ganz herzlich bei meinen guten Freunden und einigen hilfsbereiten Arbeitskollegen bedanken. Zusammen mit Euch konnte ich den Kampf gegen die Grammatik- und Rechtschreibfehler zu einem siegreichen Ende führen. Hierfür danke ich Benjamin Grabosch, Markus Schofnegger, Markus Bock, Thomas Brylczak, Ute Hedtke und Bernd Brenner.

In „Übererfüllung seiner Pflicht“, hat Steffen Grittner mir sehr geholfen, dieses Buch lesenswerter zu machen und die gedanklichen Fehler auszumerzen. Seinem freiwilligen Lektorat verdanke ich einiges (an zusätzlicher Arbeit ☺). Ich hoffe, dass dein Buch auch schon bald erscheinen wird. Es hat sehr viel Potenzial!

Mein weiterer Dank geht an die Verlegerin Toni Kuklik., die mich dazu brachte meinen Schreibstil weiter zu verbessern und nicht aufzugeben.

Des Weiteren möchte ich allen Teilnehmern und Helfern des Trailerdrehs danken. Ohne eure massive Unterstützung, euren persönlichen Einsatz und die gute Laune, wäre der Trailer niemals entstanden. Da die Liste der Namen den Umfang nun sprengen würde, verweise ich hier auf den Abspann des Rising Death Trailers. Diesen könnt ihr auf meiner Webseite **www.kazek.org und auf Youtube.com** bewundern.

Auch danke ich Dirk Wansing, der das tolle Foto von mir gemacht hat. Du hast dir echt viel Zeit genommen. Bin schwer begeistert davon. Wenn auch Sie super Fotos haben wollen, sehen Sie sich mal seine Webseite an: **www.wansing-arts.de**

Letzte Worte des Autors

Ich würde mich sehr freuen, wenn du dich für meinen kostenlosen Newsletter unter www.kazek.org anmeldest. Auf die Weise erfährst du sofort, wenn es etwas Neues zu lesen gibt.

Sofern dir der Roman gefallen hat, würde ich mich sehr über eine positive Rezension auf Amazon.de oder einer der anderen Plattformen freuen. Ebenso freue ich mich natürlich über (mündliche) Werbung, Buchbesprechungen, Weiterempfehlungen oder anderes, was Rising Death weiterverbreitet.

Solltest du Fragen haben, über das Buch diskutieren wollen oder einfach mal den Autor kennenlernen wollen, kannst du dies auf Facebook: **www.facebook.com/Untote** oder meiner Webseite: **www.kazek.org** tun

Ich freue mich über jedes „Gefällt mir".

Es hat mir riesigen Spaß gemacht, dieses Buch zu schreiben. Aktuell arbeite ich bereits an meinem nächsten Werk. Ich würde mich freuen, dich auch dort wieder in eine fantastische Welt entführen zu können.

Dein

Dennis Kazek

Empfehlungen

Ein Schicksal, ein Name, eine Macht.

Nur knapp kann die junge Sklavin Sirana ihrer Hinrichtung entfliehen. Sie schließt sich einer Gruppe Söldner und einem Mann an, der ihr Herz höher schlagen lässt. Ihr Weg führt sie in den kriegsbedrohten Norden, wo das Land Gomern von schwarzer Magie beherrscht wird. Hierbei kommt sie einem, in ihr schlummernden Geheimnis näher, das so manche Gefahr mit sich bringt. Etwas Mächtigen, das Fluch und Segen zugleich bedeutet.

Autor: Dennis Kazek

Genre: Schwert & Magie Fantasy

Erhältlich: https://zentbooks.de/sirana1

Ein übermächtiger Feind

Die Pflicht, all jene zu beschützen, die sich auf sie verlassen

Sirana überlebt den Kampf gegen Octavian – schwer verletzt. Der Preis für ihre Genesung ist hoch und wird fortan ihr Leben bestimmen. Gemeinsam mit ihren treuen Verbündeten schließt sie sich dem Feldzug zur Befreiung Gomerns erneut an, bei dem sie ein geheimnisvolles Wesen kennenlernt.

Bis sich der Kreis wieder schließt und sie ihrem Erzfeind gegenüberstehen kann, gilt es zahlreiche Hindernisse zu überwinden, bei denen sie sich beweisen muss.

Wird Octavian auch dieses Mal siegreich aus dem Kampf hervorgehen?

Autor: Dennis Kazek

Genre: Schwert & Magie Fantasy

Erhältlich: https://zentbooks.de/sirana2

Ein hoher Preis für die Rückkehr

Die letzte Möglichkeit, die Welt vor der Vernichtung zu bewahren

Um ihr Volk zu befreien, muss sich Sirana mit ihren Freunden ihrer Tante Yvers im Kampf stellen. Unsicher, ob die Armee der südlichen Königreiche ihrem Ruf folgen wird, riskiert sie alles, um die nahende Bedrohung zu stop-pen. Yvers will dem Blutgott Maros die Rückkehr ermöglichen. Gelingt ihr dies, ist ihre Armee unbesiegbar und wird die gesamte Welt mit Krieg überziehen. Der Kampf auf Leben und Tod spitzt sich in einer finalen Schlacht zu, die Sirana mehr kosten wird, als sie jemals zu geben bereit war.

Autor: Dennis Kazek

Genre: Schwert & Magie Fantasy

Erhältlich: https://zentbooks.de/sirana3

Printed in Poland
by Amazon Fulfillment
Poland Sp. z o.o., Wrocław

25026329R00316